Jan Karon

Die grünen Hügel von Mitford

Roman

Aus dem Amerikanischen
von
Michaela Link

BASTEI LÜBBE

BASTEI LÜBBE TASCHENBUCH
Band 26062

Vollständige Taschenbuchausgabe

Bastei Lübbe Taschenbücher ist ein Imprint der Verlagsgruppe Lübbe

Originaltitel: These High Green Hills

Lektorat: Annerose Sieck
Einbandgestaltung: CCG, Köln
Titelfoto: Okapia, Frankfurt
Satz: Siebel, Lindlar
Druck und Verarbeitung: Ebner, Ulm
Printed in Germany
ISBN: 3-404-26062-7

Für meine geliebte Großmutter,
Fannie Belle Bush Cloer,
die Geschichtenerzählerin
** 1893 † 1993*

DANKSAGUNG

Aufrichtigen Dank schulde ich Miss Read (Dora Saint); Dr. John E. Weems; Reverend Rocky Ward; Marrion Ward; Dr. Greg Adams; Dr. »Bunky« Davant; Dr. Greg Hawthorne; Flyin' George Ronan; Jim Atkinson; Dr. John C. Wolff, jr.; Billy Wilson; Dr. Buck Henson; Dr. Cara Roten-Henson; David Watts; Tony di Santi; Dr. Ken McKinney; Vater James Harris; Ruth Bell Graham; Earl und Nancy Trexler; Sonny Klutz; Richard J. Foster; Dr. William Standish Reed; Jim Barber; Diane Grymes; Steve Sudderth; Bear Green; Bob Moody; Vater Chuck Blanck; Vater Rick Lawler; Vater Russell Johnson; Raney MacArthur Ratchford; Maribelle Freeland; Julie Q. Hayes, diplomierte Krankenschwester in der Blowing-Rock-Klinik; Pam Collette, diplomierte Krankenschwester im Clinical Nurse; Manager Donna Joynet, Assistant im Clinical Nurse, und Pamela Thornas, diplomierte Krankenschwester am Geburtszentrum North Carolina Baptist Hospitals, Inc., Winston-Salem; Dana Watkins, diplomierte Krankenschwester in der Sanger-Klinik, Charlotte; Reverend James Stuart; Vater Kale King; Dr. Ross Rhoads; Doug Galke; Shirlee Gaines Edwards; meinen Freunden vom Gideon Ridge Inn; Liz Darhansoff, meiner begnadeten und unermüdlichen Agentin, und Carolyn Carlson, meiner visionären Viking/Penguin-Lektorin und Freundin; Jerry Burns, dem Kleinstadtzeitungsmann mit dem großen Herzen; und der aussterbenden Rasse der alten Evangelisten (vor allem dem inzwischen verstorbenen Vance Havner und Arndt

Greer, der noch unter uns weilt), die Überzeugung zu ihrer Aufgabe gemacht und Farbe in die Sprache gebracht haben.

Zu guter Letzt, aber darum durchaus nicht minder danke ich den wunderbaren Buchhändlern, die die Botschaft so enthusiastisch verbreitet haben, und den vielen Lesern, die mich immer wieder ermutigt, mein Buch Familienangehörigen und Freunden gegeben haben und sich inzwischen in Mitford wie zu Hause fühlen.

KAPITEL 1
Durch die Hecke

Er stand am Küchenfenster und sah zu, wie sie durch die Hecke schlüpfte.

Was schleppte sie bloß diesmal rüber? Es schien sich um eine Schüssel und einen Krug zu handeln. Oder war es ein Stapel Bücher, auf dem eine Vase thronte?

Der Pfarrer nahm seine Brille ab, hauchte die Gläser an und wischte sie dann mit einem Taschentuch ab. Es handelte sich tatsächlich um eine Schüssel und einen Krug. Wie sie es geschafft hatten, all dieses Zeug aus dem kleinen, gelben Haus nebenan ins Pfarrhaus zu bringen, ging über seinen Horizont.

»Für deine Kommode«, sagte sie, als er ihr die Tür aufhielt.

»Aha!«

Das letzte, was er wollte, waren eine Schüssel und ein Krug auf seiner Kommode. Die Oberfläche seiner Kommode war sein sicherer Part, sein Trost, sein Fels in einem Meer der Veränderung. Das war der Platz, an dem seine Autoschlüssel residierten, seine losen Münzen, seine diversen Kreuze, seine Manschettenknöpfe, seine Brieftasche, sein Scheckbuch, sein Schulring und ein kleiner Topf mit Knöpfen, einer Nadel und Garn.

Es war ebenfalls der Platz, an dem er den Spiegel aufbewahrte, der ihm der gelegentlichen Begutachtung seines Schädels diente. Er hoffte immer noch, daß durch irgendeine mysteriöse und ersehnte Umkehrung der Dinge sein Haar wieder zu wachsen begann.

»Cynthia«, sagte er, während er seiner blonden und wohlgeformten Ehefrau die Treppe hinauffolgte, »was diese Schüssel und den Krug betrifft…«

»Die Farbe ist prachtvoll. Sieh dir nur diese Blautöne an. Sie wird dein ewiges Burgunderrot und Braun auflockern!«

Er wollte nicht, daß sein Burgunderrot und Braun aufgelockert wurde.

Er sah es kommen.

Seit ihrer Hochzeit am siebten September hatte sie an dem Plan gesponnen, diesen verwünschten Schrank für das Gästezimmer des Pfarrhauses rüberzuschleppen.

Das Schleppen war eine Sache; es war das Zurückschleppen, vor dem ihm graute. Er erinnerte sich nur ungern an den orientalischen Teppich, der in Cynthias Keller aufbewahrt wurde. »Zehn Fuß auf zwölf!« verkündete sie und stellte damit fest, daß er genau die richtige Größe für den kahlen Fußboden im Speisezimmer des Pfarrhauses hatte. Also wurde der schwere Teppich ins Pfarrhaus geholt.

Nachdem sie den Tisch und die Stühle in den Flur gewuchtet hatten, rollten sie den Teppich aus. Sie hätten damit weitermachen können, bis sich seine Kanten am Kronleuchter wiedergetroffen hätten.

»Das ist ein Teppich für eine Turnhalle!« sagte er und wischte sich den Schweiß ab, der ihm über die Stirn strömte.

Sie schien maßlos verblüfft zu sein, daß er nicht paßte, und das Ende vom Lied war gewesen, daß sie ihn wie die Packesel zurück durch die Hecke hieven mußten.

Die Entscheidung, beide Häuser zu behalten und zu benutzen, war natürlich ein Geniestreich gewesen. Das Licht im Pfarrhaus würde niemals so gut sein wie das ihres Studios nebenan, wo sie bereits ihre Bücher, ihre Farben und ihr Zeichenbrett stehen hatte. Das bedeutete, daß sein Arbeitszimmer unverändert bleiben konnte – seine Bücher durften weiterhin auf denselben Regalen stehen, und sein gewaltiger

Vorrat an Predigtnotizbüchern in den Einbauschränken brauchte auch nicht zu weichen.

Wenn man mit über sechzig Jahren zum ersten Mal heiratete, war das schon Veränderung genug. Es war ein segensreicher Luxus, daß das Leben seinen gewohnten Gang weitergehen konnte. Die einzige echte Veränderung war das willkommene Teilen von Tisch und Bett.

Eines Morgens beim Frühstück wagte er es, sein Interesse an der endgültigen Klärung der Möbelfrage zu bekunden.

»Warum können wir die Dinge nicht einfach so lassen, wie sie sind… In ihrem jetzigen Zustand? Es scheint doch alles bestens zu funktionieren…«

»Ja, hm, mir gefällt es, daß unsere Häuser getrennt sind, aber ich möchte gleichzeitig, daß sie eins sind und eine Art organischer Ganzheit bilden.«

»Man schafft keine organische Ganzheit, indem man einen Schrank durch die Hecke schleift und wieder zurück. Sie sieht ohnehin schon aus, als wäre eine Herde Elefanten durchgezogen.«

»Timothy! Sei doch nicht immer so pedantisch! Dein Haus muß ein wenig lebendiger werden, und meins braucht etwas mehr Zurückhaltung. Deine Chippendalestühle würden meinem Eßtisch zum Beispiel einen nüchterneren Anstrich geben.«

»Dein Eßtisch könnte seiner Größe nach ohne weiteres in unserem Kindergarten verwendet werden. Meine Stühle würden daneben geradezu gigantisch aussehen.«

Sie sagte genau das, was er erwartet hatte. »Wir könnten es ja mal ausprobieren.«

»Cynthia, vertrau mir einfach in dieser Sache. Meine Stühle würden sich neben deinem Tisch nicht gut machen, genausowenig wie dieser handbemalte Zeitschriftenständer meinen Armsessel nicht direkt verschönern würde.«

»Nun, welchen Sinn hatte es dann überhaupt, zu heiraten?«

»Wie bitte?«

»Ich meine, wenn keiner von uns sich verändert, wenn wir beide einfach so bleiben, wie wir seit ewigen Zeiten sind, welchen Sinn hatte es dann?«

»Ich glaube, ich verstehe, worauf du hinaus willst. Mußt du dich denn mit nichts Geringerem zufriedengeben als einem Versuch, diese Stühle in dein Haus zu bugsieren? Und was ist mit meinem eigenen Tisch? Dem fehlen dann die Stühle. Irgendwie leuchtet mir die ganze Sache nicht ein.« Er wäre am liebsten durchs Fenster gesprungen, um im Laufschritt geradewegs bis zur Staatsgrenze zu stürmen.

»Immer schön eins nach dem anderen«, sagte sie freudestrahlend. »Es wird sich schon alles finden.«

Lieber Stuart,
danke für Dein Schreiben, und Dank an Martha für die Einladung, nach der Diözesan-Sitzung meine Füße unter Euren Tisch zu stecken. Ich muß jedoch gleich danach nach Hause – hoffe, du verstehst.
Da ich schon mal beim Thema bin, möchte ich Dich etwas fragen:
Warum müssen Frauen immer irgendwelche Dinge durch die Gegend schleppen? In der Sonntagsschule hat Jena Ivey gerade die Jugendgruppe dazu angestiftet, die Bücherregale des Kindergartens an die gegenüberliegende Wand zu schieben.
An der Heimatfront hat meine Haushaltshilfe einen Stuhl von meinem Schlafzimmer in den Flur verfrachtet, ohne auch nur einen Augenblick darüber nachzudenken, daß ich vierzehn Jahre lang meine Hosen über die Lehne gehängt und meine Schuhe auf den Sitz gestellt habe, so daß ich sie im Notfall schnell finden konnte.
Und eines dürfte feststehen: Wenn C. mich in meinem Sessel hochheben und während meines Mittagsschläfchens zum Fenster rüberschleppen könnte, würde sie auch das tun.

Zweifellos hast Du wichtigere Dinge zu bedenken. Aber sag mir eins, wie geht man mit so etwas um?

Ich eile mich hinzuzufügen, daß ich nie in meinem Leben glücklicher gewesen bin. Um die Wahrheit zu sagen, ich bin vollkommen verblüfft, daß ein solches Glück – noch dazu in solchem Maße – überhaupt existiert.

Er unterschrieb den Brief, den er auf seiner Royal getippt hatte, und empfand einmal mehr Dankbarkeit dafür, daß Stuart Cullen nicht nur sein Bischof, sondern seit den friedvollen Tagen im Seminar auch sein engster persönlicher Freund war.

Bruder Timothy Kavanagh,
Kapelle Unseres Herrn und Erlösers
Alte Kirchgasse, Mitford, N. C.

Lieber Timothy:

Wahrhaftig, es ist schon beunruhigend, wenn die eigene Haushaltshilfe, die Sonntagsschullehrerin und die Ehefrau alle zur selben Zeit so etwas tun.

Mein Rat ist folgender: Wehr Dich nicht dagegen. Das verläuft sich.

Sein Friede mit dir,
Stuart

PS Martha würde einen Gruß dazuschreiben, aber sie hat alle Hände voll damit zu tun, meine Kommode auf die andere Seite unseres Schlafzimmers zu schieben. Da ich mit einer dringenden Angelegenheit in Sachen Bischofskonferenz beschäftigt bin, habe ich mich nicht dazu verdonnern lassen, ihr zu helfen. Daher hat sie die Kommode nun auf eine alte Tagesdecke manövriert, und ich kann hören, wie sie das Ding im oberen Stockwerk über den Fußboden schleift. Dieses spezielle Bedürfnis hat jetzt annähernd sieben Jahre lang in ihr geschlummert und ist plötzlich wieder hervorgebrochen. Vielleicht liegt es ja an irgendeinem Stoff im Wasser.

Er hatte ziemlich schnell begriffen, daß die Betten ein Problem darstellten, das einer schnellen Lösung bedurfte.

Ihre Hochzeitsnacht hatten sie in seinem Bett im Pfarrhaus verbracht, wo sie von ihrer jeweiligen Seite in die Mitte gerollt und dort zusammengestoßen waren.

»Was hat dieses Loch in deinem Bett zu suchen?« fragte sie.

»Das ist die Stelle, wo ich schlafe«, sagte er und kam sich dabei ein wenig töricht vor.

Während der ganzen Nacht hatten sie zusammengepreßt wie die Sardinen nebeneinander gelegen. Er hatte das sehr genossen, sie indes nicht. »Meinst du, das ist es, was die Worte ›die beiden sollen ein Fleisch sein‹ bedeuten?« murmelte sie, als ihre Wange abermals gegen die seine gepreßt wurde.

In der folgenden Nacht war er mit seinem Pyjama und seiner Zahnpasta in einer Einkaufstüte des ›Ladens‹ durch die Hecke marschiert.

Ihr Bett war riesengroß, das größte Möbelstück überhaupt in ihrem winzigen Haus.

Ihm kam es vor, als ob es sich – was die Größe anbetraf – mit den Ausmaßen des Staates von Texas vergleichen ließ, oder vielleicht mit dem Territorium von Saskatchewan. War das eine Büffelherde, die aus der Ferne auf ihn zugestürmt kam, oder ein Rudel Schlittenhunde? »Cynthia!« rief er quer über die weite Fläche ihres Bettes und wartete auf das Echo.

Gleich nach der Rückkehr aus ihren Flitterwochen in Stuart Cullens Sommerhaus hatten sie eine neue Matratze für das Pfarrhaus bestellt. Dort, an der felsigen Küste von Maine, hatten sie ihre Zeit damit verbracht, dem Ruf der Seetaucher zu lauschen, Händchen zu halten, am Ufer entlangzugehen und bis früh in den Morgen hinein zu reden. Die Sonne hatte

Cynthias heller Haut zur Farbe von leicht angeröstetem Toast verholfen, wie er fasziniert festgestellt hatte; und er hatte beobachtet, wie drei Sommersprossen auf ihrem Nasenrücken in Erscheinung traten wie Sterne, die erst nachts am Himmel erschienen. Ganz gleich, was sie miteinander taten, sie wußten, daß sie glücklicher waren als je zuvor in ihrem Leben.

Eines Abends, kurz nachdem im Pfarrhaus die neue Matratze in Gebrauch genommen worden war, fand er sie, als er aus der Dusche kam, aufrecht im Bett sitzend.

»Ich habe eine wunderbare Idee, Timothy! Ein Kamin! Gleich da drüben, wo die Kommode steht.«

»Und was soll ich dann mit meiner Kommode machen?«

Sie sah ihn nachsichtig an wie einen kleinen Jungen, der aus dem Kindergarten gestolpert kommt. »In den Erker stellen natürlich.«

»Dann könnte ich ja nicht mehr aus dem Fenster sehen.«

»Aber wieviel Zeit verwendest du darauf, aus dem Erkerfenster zu sehen?«

»Als du mit Andrew Gregory herumstolziert bist, eine ganze Menge Zeit.« Bei diesem Eingeständnis schoß ihm die Röte ins Gesicht, aber ja, er war eifersüchtig auf den gutaussehenden Antiquitätenhändler gewesen, der ihr einige Monate lang den Hof gemacht hatte.

Sie lächelte und legte den Kopf auf jene so typische Art und Weise zur Seite, der er kaum widerstehen konnte. »Ein Kamin wäre so romantisch.«

»Hm.«

»Warum muß ich eigentlich die Romantikerin in der Familie sein, während du den konservativen Standpunkt vertrittst nach dem Motto: Laß uns nur ja keine Veränderungen vornehmen?«

Er setzte sich neben sie. »Wie schnell du doch vergißt. Als wir noch keine feste Beziehung hatten, fandest du mich ungeheuer romantisch.«

Sie lachte und küßte ihn auf die Wange. »Und ich hatte natürlich recht. Es tut mir leid, mein alter Schatz.«

Es mißfiel ihm, ein alter Schatz für sie zu sein.

»Selber alter Schatz«, sagte er verschnupft. »Ich bin schließlich nur sechs Jahre älter als du.«

»Nach dem Kalender«, antwortete sie hochtrabend und spielte damit wohl auf irgend etwas Altväterliches in seiner allgemeinen Lebenseinstellung an.

Aber wie dem auch sei, das Thema Kamin wurde nicht noch einmal angeschnitten.

In Wahrheit hatte er keine Worte für sein Glück. Es wurde mit jedem Tag tiefer und erstaunte ihn durch seine Wärme und seine Kraft. Er schien sogar über sein Gesicht die Kontrolle zu verlieren, das, wenn man den Stammgästen der Grillstube an der Hauptstraße Glauben schenken durfte, ein fortwährendes, törichtes Grinsen zeigte.

»Ich liebe dich … furchtbar«, sagte er in dem Bemühen, seinen Gefühlen Ausdruck zu verleihen.

»Ich liebe dich auch furchtbar. Es ist beängstigend. Was, wenn es enden sollte?«

»Cynthia, allmächtiger Gott …«

»Ich weiß, ich sollte nicht vom Ende reden, wo dies doch ein wunderbarer Anfang ist …«

»Dann tu's auch nicht«, sagte er und meinte es absolut ernst.

Daß Barnabas so bereitwillig seinen Platz am Fußende seines Bettes aufgegeben hatte, um in Zukunft auf einem Läufer im Flur zu schlafen, war eine Geste, die er ihm nie vergessen würde. Sein Hund liebte nicht nur die Dichter des achtzehnten Jahrhunderts und unterwarf sich ohne Groll seinem wöchentlichen Bad, sein Hund war obendrein noch ein Gentleman.

Die Entscheidungen wurden getroffen, und beide Parteien erreichten schließlich friedliche Übereinstimmung.

Sie wollten überwiegend im Pfarrhaus schlafen, gelegentlich aber auch in dem kleinen, gelben Haus nebenan. Obwohl Cynthia dort wie immer arbeitete, behandelten sie es wie ein zweites Zuhause, das sie zur Entspannung und als privaten Rückzugsort benutzten.

Er versprach, seine Predigt grundsätzlich bis Samstag nachmittag unter Dach und Fach zu haben, so daß ihm Zeit blieb, sich einige Mußestunden mit ihr zusammen zu gönnen, und am Sonntag morgen wollte er stets das Frühstück bereiten.

Er zeigte ihr, wo sein Testament lag, und versprach, ein neues zu machen. Sie gestand ihm, daß sie überhaupt kein Testament hatte, und versprach, eines erstellen zu lassen.

Wenn es, was Gott verhüten mochte, jemals ein Mißverständnis zwischen ihnen geben sollte, wollte keiner von ihnen hinüber in sein altes Haus laufen, um zu schmollen.

Er würde sich weiterhin der Hilfe der fröhlichen und unternehmungslustigen Puny Guthrie, geborene Bradshaw, erfreuen, die an drei Tagen die Woche das Pfarrhaus saubermachte, und Cynthia würde ihre Dienste nebenan an einem vierten Tag beanspruchen.

Sie würden weiterhin ihre getrennten Bankkonten führen, einige gemeinsame Investitionen machen, sich miteinander beraten, wenn es um Geschenke ging, und niemals mehr als eine bestimmte, festgelegte Summe ausgeben, ohne vorher die Zustimmung des anderen einzuholen.

Er schlug fünfzig Dollar als Grenze vor.

»Hundert!« konterte sie.

Er war froh, daß er niedrig eröffnet hatte. »Also gut, dann hundert, und ich behalte dieses alte Jackett, das du für den Wohltätigkeitsbasar beiseite gelegt hast.«

»Abgemacht!«

Sie lachten.

Sie schüttelten sich die Hände.

Sie waren erleichtert.

Eine Ehe von Anfang an in die richtigen Bahnen zu lenken, war schließlich keine Kleinigkeit.

»Ich schätze, Sie sind total durch den Wind«, sagte Percy Moseley, der in der Grillstube die Rechnung für seinen Lunch eintippte.

»Was heißt das?« erkundigte sich der Pfarrer.

»Ich meine, da sie jetzt verheiratet sind und alles, werden Sie bestimmt nicht mehr so regelmäßig herkommen.« Der Besitzer der Grillstube fühlte sich gekränkt und verraten, das war deutlich zu spüren.

»Das haben Sie falsch verstanden, mein Freund.«

»Ach ja?« sagte Percy. Seine Miene hellte sich auf.

»Ich werde so regelmäßig kommen, wie das überhaupt nur möglich ist. Meine Frau ist selbst berufstätig; sie ist ja eine bekannte Kinderbuchautorin – Texte und Bilder. Sie wird mir bestimmt nicht jeden Tag ein heißes Mittagessen auftischen – ganz bestimmt nicht.«

Percy sah ihn argwöhnisch an. »Und was ist mit dem Frühstück?«

»Das«, sagte der Pfarrer, während er sein Wechselgeld einsteckte, »ist eine ganz andere Geschichte.«

Percy runzelte die Stirn. Er sah es gern, wenn seine Stammgäste mit seinem Lokal verheiratet waren.

Er blickte von seinem Stuhl im Arbeitszimmer auf. Lockenwickler. Schon wieder.

»Ich muß Lockenwickler tragen«, sagte sie, als hätte sie seine Gedanken gelesen. »Ich fahre morgen nach Lowell.«

»Nach Lowell? Weshalb das denn?«

»In die Schule. Ich soll dort dem Französischkurs *Violet fährt nach Frankreich* vorlesen, und dann habe ich noch ein Programm in der Aula.«

»Mußt du das tun?«

»Muß ich was tun? *Violet fährt nach Frankreich* lesen? Sie haben mich gebeten, dieses Buch zu lesen.«

»Nein, mußt du nach Lowell fahren?«

»Hm, ja.«

Er wollte nichts so Idiotisches sagen, aber er würde sie so vermissen, als hätte sie sich ans Ende der Welt begeben.

Es folgte ein langes Schweigen, während sie sich auf dem Sofa zusammenrollte und eine Zeitschrift aufschlug. Er versuchte zu lesen, konnte sich aber nicht konzentrieren.

Er hatte kein einziges Mal daran gedacht, daß sie wegen ihrer Arbeit würde reisen müssen. Beklommen versuchte er, sich mit dieser Neuigkeit auszusöhnen. Lowell. Dort war mal jemand am hellichten Tag erschossen worden.

Und noch etwas – Lowell war ganze hundert Meilen entfernt. Hatte sie gute Bremsen? Genug Benzin? Wann hatte sie den letzten Ölwechsel machen lassen?

»Was ist mit deinem Öl?« fragte er ernsthaft.

Sie lachte, als hätte er etwas umwerfend Komisches gesagt. Dann stand sie vom Sofa auf, kam zu ihm und küßte ihn auf die Stirn. Er roch ihr Blauregenparfüm und war augenblicklich hin und weg. Mit weichen Knien.

Sie sah ihm in die Augen. »Ich finde es herrlich, wenn du so redest. Mein Öl ist in Ordnung, was ist mit deinem?«

»Cynthia, Cynthia«, sagte er und zog sie auf seinen Schoß.

»Wissen Sie was?« fragte Emma, die gerade ein Foto von ihrem neuen Enkelkind an die Wand neben ihrem Schreibtisch klebte.

Das war das Lieblingsspiel seiner Sekretärin, und eines, das er selbst von Herzen verabscheute. »Was denn?«

»Raten Sie!«

»Mal sehen. Sie werden Ihren Job bei den Episkopalen kündigen und in Zukunft für die Baptisten arbeiten.«

»Ich wünschte, ich könnte es«, sagte sie und rollte mit den Augen. »Versuchen Sie es noch mal.«

»Verflixt, Emma, ich hasse dieses Spiel.«

»Es ist gut für sie, Training fürs Gehirn.«

»Nächste Woche erscheint in der kulinarischen Spalte der *New York Times* das Rezept von Esther Bolicks Orangenmarmeladenkuchen.«

»Sehen Sie! Sie versuchen es ja nicht mal. Sie reden einfach nur so drauflos. Aber einen Versuch haben Sie noch.«

»Geben Sie mir wenigstens einen Tip.«

»Es hat was damit zu tun, daß jemand übergeschnappt ist.«

»Der Kirchenvorstand. Es muß etwas mit dem Kirchenvorstand zu tun haben.«

»Falsch. Soll ich es Ihnen erzählen?«

»Ich bitte darum.«

»Marge Wheeler hat letzten Juni nach dem Brunch für den Bischof ihren besten Korb in der Küche stehenlassen und Flora Lou Wilcox hat ihn beim Wohltätigkeitsbasar verkauft. Jemand hat hundert Dollar dafür hingelegt und ist damit davonspaziert! Können Sie sich das vorstellen? Hundert Dollar für einen Korb mit einem losen Griff? Marge schäumt vor Wut, sie hat damit gedroht zu klagen. Aber Flora Lou sagte, sie hätte nicht den Hauch einer Chance, da Sie im Kirchenblatt immer die Aufforderung drin stehen haben, die Leute sollten ihre Sachen abholen, die sie in der Küche stehengelassen haben.«

»Hm. Halten Sie mich auf dem laufenden.«

»Der Brunch ist jetzt vier Monate her, daher verstehe ich Flora Lous Argument, daß Marge den Korb schon lange hätte abholen und mit nach Hause nehmen können. Außerdem, woher sollte Flora Lou wissen, daß der Korb neunzehnhundertzwanzig von irgendwelchen Navajoindianern in Handarbeit hergestellt worden ist?« Emma seufzte. »Ich verstehe natürlich auch Marges Standpunkt, Sie nicht auch?«

Er verstand durchaus, war aber klug genug, sich nicht einzumischen, es sei denn, man forderte ihn eigens dazu auf.

Er blätterte die Post durch. Ein Brief von seinem Vetter Walter und dessen Frau, Katherine, die letztes Jahr mit ihm in Irland gewesen waren …

Lieber Timothy,
da Irland ja jetzt vertrautes Gelände ist, warum wollt Ihr beide, Du und Cynthia, nicht nächsten Sommer mit uns noch mal hinfahren? Ich dachte, wir setzen jetzt schon mal die Saat, damit sie während des Winters sprießen kann.
Wir werden nie vergessen, wie prächtig Du auf der anderen Seite der Kanzel ausgesehen hast, wie Du da neben Deiner schönen Braut standest. Wir lieben sie genauso, wie wir Dich lieben, und das heißt von ganzem Herzen. Alles Gute, Deine Katherine.
PS: Bitte um Deinen Rat, ob Hanf und Lilienzwiebeln im Herbst getrennt werden sollten. Ich versuche, mir ein Hobby zuzulegen, das nichts mit einem Nudelapparat zu tun hat.
Dein Walter

Er wühlte sich bis auf den Grund des Poststapels durch.

Aha!

Ein Brief von Dooley Barlowe aus dieser feudalen Privatschule, für die sein ältestes Gemeindemitglied, Miss Sadie Baxter, echtes Geld bezahlte.

Hallo. Mir gefällt's hier nicht. Das Gehirn in dem Glas, das sie uns gezeigt haben, kommt aus einem medizinischen Institut. Aber ich weiß immer noch nicht, wessen Gehirn es ist. Wann kommen Sie wieder her? Bringen Sie Barnabas mit und Großvater und Cynthia, 'n Zwanziger käm mir nich ungelegen. Dooley

Na also! Kein einziger Fluch, und vollständige Sätze von Anfang bis Ende. Halleluja!

Wer hätte gedacht, daß dieser Junge, der seinerzeit kaum

imstande war, vernünftig Englisch zu sprechen, einmal eine angesehene Schule in Virginia besuchen würde?

Kopfschüttelnd betrachtete er den Brief.

Es war kaum mehr als zwei Jahre her, daß Dooley Barlowe schmutzig, zerlumpt und barfuß im Pfarrbüro aufgetaucht war. Sein Großvater war zu krank gewesen, um den Jungen zu versorgen, den ein abtrünniger Vater und eine alkoholkranke Mutter verlassen hatten. Auf diese Weise war Dooley im Pfarrhaus gelandet. Allein durch Gottes Gnade war es ihm und Dooley gelungen, gefährliche Zeiten zu überstehen.

»Ich habe nachgedacht«, sagte Emma und sah ihn über den Rand ihrer Brille hinweg an. »Wird Cynthia mit anfassen und in der Kirche aushelfen?«

»Sie kann so viel oder so wenig tun, wie sie möchte.«

»Ich fand immer, daß eine Pfarrersfrau mit anfassen sollte.« Sie verzog das Gesicht zu genau jener Grimasse, die ihm so mißfiel. »Wenn Sie mich fragen, was Sie nicht getan haben, wird die Gemeinde es erwarten.«

Ja, tatsächlich, wenn er die Baptisten dazu bringen konnte, ihm Emma Newland abzunehmen, würde er drei Kreuze machen.

»Miss Sadie«, sagte er, als sie in Fernbank an den Apparat ging. »Ich habe einen Brief von Dooley bekommen. Er schreibt, es gefiele ihm nicht auf dieser feudalen Schule.«

»Es ist völlig egal, ob es ihm gefällt oder nicht. Darum geht es nicht«, sagte sie freundlich.

»Wenn Sie zwanzigtausend Dollar im Jahr auf den Tisch des Hauses legen, können Sie ganz schön unnachgiebig sein, Miss Sadie.«

»Wenn ich nicht unnachgiebig sein könnte, Pfarrer Tim, hätte ich keine zwanzigtausend, um sie auf den Tisch des Hauses zu legen.«

»Sie werden sich sicher freuen zu hören, daß der Direktor mit ihm zufrieden ist. Er begreift manchmal ein bißchen langsam, kommt ansonsten aber mit diesen reichen Bürschchen gut mit. Übrigens sind sie gar nicht alle reich. Mehrere haben ein Stipendium und kein größeres Vermögen als unser Dooley.«

»Gut! Vergessen Sie nicht, die Sache kann ihm nur nützen. Und daß Sie sich ja nicht weichklopfen lassen und ihn mitten in der Nacht da raushauen.«

»Sie können sich auf mich verlassen«, sagte er.

»Louella und ich haben uns von dem ganzen Theater im Juni beinahe wieder erholt...«

»Der Juni war ein echter Hammer, das stimmt.«

»Schließlich sind wir keine jungen Hüpfer mehr.«

»Sie könnten aber glatt noch dafür durchgehen.«

»Ich werde bei meinem nächsten Geburtstag neunzig und Louella verrät nicht, wie alt sie ist. Übrigens, wir wollten Sie und Cynthia mal zum Abendessen einladen. Was sollte es noch gleich geben, Louella?«

Er hörte Louellas Mezzosopran aus einer Ecke in der großen Küche schallen: »Brathuhn, Kartoffelpüree, Soße und Krautsalat!«

»O Mann!« zitierte er eine beliebte Äußerung Dooleys.

Die Speisekarte war jedoch noch nicht zu Ende. »Heiße Biskuits, gedünstete Äpfel, gefüllte Eier, Brot und Buttergürkchen...«

Barmherziger! Ein akuter Schub seiner Diabetes würde ihn in die Notaufnahme befördern, noch bevor die anderen ihre Stühle vom Tisch zurückgeschoben hatten.

»Und was sollte es noch zum Nachtisch geben?« trällerte Miss Sadie in der Ferne.

»Selbstgebackenen Kokoskuchen!«

Ah, das bedeutete endgültig das Koma. Kaum ein einziges seiner Gemeindemitglieder dachte daran, daß er mit dieser elenden Krankheit geschlagen war, die Information schien bei den meisten zum einen Ohr hinein und zum anderen wieder herauszugehen.

»Fragen Sie Louella, ob sie mich heiraten will«, sagte er.

»Louella, der Pfarrer will wissen, ob du ihn heiratest...«

»Sagen Sie ihm, er hätt 'n kurzes Gedächtnis. Wo er doch gerade erst Miss Cynthia zum Altar geführt hat.«

Er lachte, dankbar für die Labsal dieser alten Freundschaft. »Sie brauchen nur zu sagen, wann«, sagte er. »Wir werden da sein.«

Der Herbst hielt Einzug in den Bergen.

Hier setzte er den roten Ahorn in Brand, dort zeichnete er Eichen rostrot und gelb. Dicke Persimonen nahmen die Farbe geschmolzenen Goldes an und warteten nur darauf, daß der Frost ihr bitteres Fleisch zu Honig machte. Sassafras, Hartriegel, Pappel und Judasbaum wurden von dem tollkühnen Feuer des Herbstes entflammt und zeigten ihren farbenprächtigen Teppich auf jedem Kamm, jeder Kuppe, in jedem Tal und jeder Schlucht.

Am elften Oktober standen die Ahornbäume, deren Reihe sich von der Ersten Baptistengemeinde bis zu Winnie Iveys Cottage am Mitforder Bach hinzog, voll in Flammen.

»So schön wie nie!« sagten viele Dorfbewohner. Sie holten ihre Fotoapparate heraus, um diese einzigartige Pracht festzuhalten.

Der Chef der Lokalzeitung, J. C. Hogan, verknipste ganze sechs Filme. Zum ersten Mal seit der Zweihundertjahrfeier der Nation sahen die Leser einen Vierfarbdruck auf der Titelseite der *Mitford Muse*.

Allerorten beschleunigte sich das Lebenstempo in dem blendenden Licht, das jetzt vom Gabriel Mountain hinab schräg auf das ganze Land fiel.

Avis Packard hängte ein Transparent über die grüne Markise des ›Ladens‹: Jetzt frischer Dorfschinken, demnächst Kohl.

Dora Pugh dekorierte im Landhandel das Schaufenster neu und stellte Laubharken, Fahrradluftpumpen, lebende Kaninchen und gußeiserne Kasserolen aus. »Welches Motto hat denn Ihr Schaufenster?« fragte jemand. »Das Leben«, erwiderte Dora.

Die Bibliothek stellte ihr Leseprogramm für den Herbst vor und lud die Autorin der *Violet*-Bücher zu einem Gespräch darüber ein, woher sie ihre Ideen bezog. »Ich habe keine Ahnung, woher ich meine Ideen habe«, erklärte sie Avette Harris, der Bibliothekarin, »sie sind einfach plötzlich da.«

»Also dann«, sagte Avette, »haben Sie vielleicht irgendeine Idee für ein anderes Thema?«

Die Dorfkirchen kamen überein, daß das von allen Gemeinden veranstaltete Erntedankfest bei den Episkopalen stattfinden sollte und das Weihnachtskonzert der Jugendchöre bei den Ersten Presbyterianern.

In der Kapelle Unseres Herrn schmückte man den Altar nun mit Kürbissen und legte zur Betonung des ganzen Arrangements hier und da Zweige des feurigroten Ahorns aus. Zu dieser Jahreszeit kümmerte sich der Pfarrer gern persönlich um den Blumenschmuck. Er gab auch unumwunden zu, daß ihm diese Zeit des Jahres die liebste war, und seine Predigten waren dann, wie jemand bemerkte, so elektrisierend wie die scharfe, reine Luft.

»Nehmet dies«, sagte er eines Sonntagmorgens, während er den Kelch und die Hostie über den Altar hob, »im Gedenken daran, daß Jesus Christus für Euch gestorben ist, und eßt von seinem Leib mit gläubigem Herzen und Dankbarkeit für eine gute Ernte.«

Seiner eigenen Frau die Hostie zu geben, war etwas, das ihm vielleicht bis ans Ende seiner Tage rühren und erstaunen würde. Mehr als sechzig Jahre des Junggesellendaseins und jetzt dies – zu sehen, wie sie ihm erwartungsvoll das Gesicht entgegenhob, die Wärme ihrer Hand zu spüren, während er ihr das Brot auf die Hand legte. »Dies ist der Leib Christi, der für dich hingegeben wurde, Cynthia.«

Ihm entging auch nicht das farbig schillernde Licht, das durch eines der bunt verglasten Fenster auf ihr Haar fiel, als sollte sie dadurch noch erhöht werden. Es konnte gewiß nichts Himmlisches daran sein, daß sie nun den Rest ihres Lebens mit ihm würde beschließen müssen, mit seinen eingefahrenen Gewohnheiten und seiner teuflischen Diabetes.

Nach dem Gottesdienst klemmte er sich sein Predigtbüchlein unter den Arm, und Hand in Hand gingen sie gemeinsam nach Hause. Er fühlte sich so frei wie ein Schuljunge, so leicht wie Luft. Was hatte er nur getan, um sich Gottes Liebe zu verdienen – und ihre obendrein?

Genau darum ging es. Er hatte nichts getan. Es war reine Gnade, und nichts als Gnade.

Er saß in seinem Sessel am Kamin und las die Zeitung. Barnabas kam aus der Küche und streckte sich zu seinen Füßen aus.

Cynthia saß barfuß und in ihrem Lieblingsmorgenmantel auf dem Sofa und kritzelte etwas in ein Notizbuch. Sie hatte sich eins seiner antiquierten Handtücher um ihr feuchtes Haar geschlungen. Er konnte es immer noch nicht fassen, wenn er sie so auf seinem Sofa sitzen sah, so behaglich, als lebte sie hier – was sie, wie er immer wieder und zu seinem häufigen Erstaunen feststellte, ja auch tat.

»War das nicht wundervoll?« fragte sie.

»War was nicht wundervoll?«

»Unsere Hochzeit.«

»O ja!«

Sie schnitt dieses Thema ziemlich häufig an, und so langsam wußte er nichts Neues mehr dazu zu sagen.

»Ich denke furchtbar gern daran«, sagte sie, schlug ein gesticktes Kissen auf und schob es sich hinter den Kopf. »Frack und Priesterkragen sind eine atemberaubende Kombination.«

»Im Ernst?« Das würde er sich merken.

»Ich finde, du solltest dich, wenn es sich ergibt, wieder so anziehen.«

Er lachte. »Du bist aber bescheiden.«

»Das stimmt, mein Liebster. Nur nicht, was meinen neuen Ehemann betrifft. Auf diesem Gebiet bin ich ganz und gar unbescheiden.«

Wieder spürte er, wie sich dieses lächerliche, unkontrollierbare Grinsen auf seinem Gesicht ausbreitete …

»Es war eine wunderbare Idee, Dooley darum zu bitten, zu singen. Er war absolut professionell. Und Gott sei gedankt für Ray Cunninghams Videokamera! Ich liebe die Bilder von dir und Stuart in seinem Bischofsornat, wie ihr da auf dem Kirchhof steht … Und wenn man Miss Sadie und Prediger Greer miteinander lachen sieht …«

»Noch zwei Herzen, die im selben Takt schlagen.«

»Möchtest du dir das Video nicht noch einmal ansehen? Ich würde uns Popcorn machen.«

»Vielleicht in ein oder zwei Tagen.« Hatten sie den Film nicht erst letzte Woche gesehen?

»Es war so lieb und charmant, wie du darauf bestanden hast, einen Schinken für unseren Empfang zu backen.«

»Ich backe immer einen Schinken für Hochzeitsempfänge in der Kapelle Unseres Herrn«, sagte er. »Eine Gewohnheit, die ich jetzt nicht mehr loswerde.«

»Verrätst du mir etwas …?«

»Alles!« Würde er ihr wirklich alles verraten?

»Wie hast du es nur geschafft, mir einen Antrag zu machen? Was ist passiert?«

»Mir wurde klar … das heißt, ich …« Er hielt nachdenklich inne und rieb sich das Kinn. »Um die Wahrheit zu sagen, ich konnte einfach nicht dagegen an.«

»Hm«, sagte sie und lächelte ihm zu. »Weißt du, ich fand es herrlich, wie du auf einem Knie gehockt hast.«

»In Wirklichkeit war ich durchaus bereit, auf beide Knie runterzugehen. Sobald ich mich jedoch auf eines niedergelassen hatte, wußtest du ja, was kommen würde, und du schienst so glücklich darüber zu sein, daß eine weitere Mühsal meinerseits nicht mehr notwendig war.«

Sie lachte schallend und streckte ihm die Arme hin. »Bitte komm zu mir, mein Liebster. Du bist so weit weg da drüben!«

Das Telefon klingelte gerade in dem Augenblick, in dem im Fernsehen die Nachrichten begannen. Es war sein Arzt und Freund, Hoppy Harper, der aus dem Krankenhaus anrief.

»Wie schnell können Sie hier sein?«

»Hm…«

»Erklärungen später. Kommen Sie einfach.«

Dreißig Sekunden später war er unterwegs.

KAPITEL 2
Brot der Engel

»Dr. Harper ist im Operationssaal, Pfarrer Tim, er kann nicht rauskommen. Er sagte nur, ich solle Sie in sein Büro bringen.«

Schwester Kennedy öffnete eine Tür und schob ihn entschlossen hindurch.

»Er hat gesagt, Sie sollten nach Kräften beten und nicht eher damit aufhören, bis er selbst wieder hier ist. Beten Sie für Angie Burton; sie ist sieben. Dr. Harper sagt, es sei ein Blinddarmdurchbruch, ein septischer Schock. Wir beten alle – außer Dr. Wilson.«

Schwester Kennedy, die im allgemeinen so fröhlich wirkte, zog mit angespanntem Gesichtsausdruck die Tür hinter sich zu.

In Hoppys überfülltem Büro brannte nur eine einzige Lampe.

Angie Burton. Das mußte Sophia Burtons Jüngste sein. Er dachte an Sophia, von der allgemein bekannt war, daß sie mit ihren beiden Töchtern jeden Sonntag morgen bei Regen und bei Sonnenschein zur Ersten Baptistengemeinde kam und ihnen den dreiundzwanzigsten Psalm beigebracht hatte, sobald sie sprechen konnten. Sie arbeitete in der Konservenfabrik in Wesley und schlug sich tapfer allein durchs Leben. Jahrelang hatte sie ihren Ehemann erdulden müssen, der erst ihren Wagen zu Schrott gefahren, dann versucht hatte, ihr Haus abzubrennen, und schließlich mit nur wenigen Schritten Vorsprung vor dem Gesetz nach Tennessee verschwunden war.

Timothy rief zu Haus an und bat Cynthia, ebenfalls zu beten, dann ließ er sich neben Hoppys Schreibtisch auf die Knie sinken.

»Gott, der Du unser Tröster bist, unsere einzige Hilfe in Zeiten der Not, steh in Deiner unendlichen Güte der kleinen Angie bei ...«

Es war beinahe Mitternacht, als Hoppy die Tür öffnete. »Ich muß mich bei Ihnen entschuldigen«, sagte er. »Ich hätte Sie bitten können, zu Hause zu beten, aber ich hatte nur einen Gedanken, nämlich Sie hier zu haben – im Krankenhaus.«

Der Pfarrer hatte diesen Ausdruck auf dem Gesicht seines Freundes schon zuvor gesehen. Es war ein Ausdruck tiefster Erschöpfung. »Wie ist es gelaufen?«

Es folgte eine lange Pause. Hoppy blickte auf und schüttelte den Kopf. »Wir haben alles getan, was wir konnten.«

Müde ließ er sich auf den Stuhl an seinem Schreibtisch fallen. »Seit wir bei Olivias Transplantation gebetet haben und ich sah, welche Wunder damals geschehen sind, habe ich für meine Patienten gebetet. Eines Tages habe ich Schwester Kennedy gefragt, ob sie nicht ebenfalls beten könne. Sie hat dann mit Schwester Baker gesprochen, und schon bald stellte sich heraus, daß der ganze Operationssaal betete.

Ich habe nie mit Ihnen darüber gesprochen, aber ich dachte immer, ich würde ... wir haben einige Male erlebt, daß sich das Blatt wendete. Kein Wunder vielleicht, aber Wendungen zum Besseren. Wir konnten spüren, daß da etwas Machtvolles im Gange war, etwas, das wir erkunden wollten.«

Hoppy nahm seine Brille ab und rieb sich die Augen. »Tatsache ist jedoch, wir haben gebetet, Sie haben gebetet, aber Angie Burton ist nicht durchgekommen.«

Was konnte er dazu sagen?

Angie Burtons Tod war etwas, das das Dorf kaum verkraften konnte.

Winnie Ivey war gramgebeugt – Angie und ihre Schwester Liza waren nach der Schule oft in die Leckerbäckerei gekommen. Sie war für die beiden Oma Ivey gewesen und hatte ihre Schulzeichnungen in der Küche der Leckerbäckerei aufgehängt.

Der Redakteur der *Muse*, der kaum je mit einem Kind sprach oder es auch nur zu Kenntnis nahm, war beim Frühstück in der Grillstube plötzlich zu Tränen gerührt und erhob sich fluchtartig von seinem Tisch.

Coot Hendrick ging mit einer Pastete, die seine alte Mutter gebacken hatte, zu Sophias Haus, lief aber, da er nichts zu sagen wußte, wieder fort, bevor jemand die Tür öffnete.

Die Mitglieder der Ersten Baptistengemeinde trauerten um das Kind. So viele von ihnen hatten Anteil an Angies Leben genommen, hatten sie als Säugling im Arm gehalten, sie in der Sonntagsschule unterrichtet und dafür gesorgt, daß sie und Liza regelmäßig einen Karton mit anständigen Kleidern bekamen. In den letzten Jahren hatte jemand ohne Aufhebens die Apothekenrechnung bezahlt, als die Mädchen Grippe hatten.

Nach der Beerdigung machte der Pfarrer mit seiner Frau einen Besuch in dem gemieteten Haus hinter Low Boyds Exxon-Tankstelle, die den meisten Dorfbewohnern noch als Esso-Tankstelle bekannt war.

Er sagte nicht viel, sondern saß auf dem Sofa und hielt Sophias Hand, während man im Hintergrund das Gemurmel der Nachbarn hören konnte, die das Essen in die Küche brachten.

Neben ihm hatte Cynthia Liza auf dem Schoß und strich liebevoll über die feuchte Wange, die sich an ihre Schulter lehnte.

Als Liza zu schluchzen begann, begann Cynthia leise mit ihr zu weinen. Irgendwie weinten sie dann alle und kauerten sich so auf dem Sofa zusammen.

Es war furchtbar und wunderbar zugleich. Es war ihm egal, daß er plötzlich keine Kontrolle mehr über die Dinge hatte, daß seine Trauer sich unabhängig von seinem Willen Bahn brach.

Sie hielten einander in den Armen, bis die Woge ihres Kummers vorüber war und er wieder beten konnte. Sie alle wußten, daß er keine Antworten hatte, obwohl sie es vielleicht gehofft hatten.

Als er mit Cynthia zurück zu ihrem Wagen ging, sagte er mit zusammengebissenen Zähnen nur »Verdammt« .

Sie sah ihn an, sah, wie dieser Tod ihn berührte und erschütterte. Im Wagen nahm sie seine Hand und legte sie sich an die Wange. »Ich bin so froh, daß du ein so warmherziger Priester bist.«

Er kam sich nicht warmherzig vor. Er kam sich hilflos und ausgelaugt vor.

»Das oberste wird zuunterst gekehrt, und alles stürmt im Galopp nach hinten«, hatte der neue Baptistenprediger ihm gestern versichert.

Der sonst so fröhliche Prediger sah aus, als hätte er eine Dosis Rizinusöl geschluckt. »Rechnen Sie damit, daß Sie die ersten sechs Monate in Elend und Verwirrung verbringen werden und die nächsten sechs Monate nur in Verwirrung.«

Für jemanden, der kaum in der Lage war, eine Tasse Kaffee im Mikrowellenherd zu erhitzen, schien der Gedanke an das, was vor ihm lag, schier unausdenkbar. Aber trotz all der Unkenrufe, die er zu diesem Thema gehört hatte, wußte er, daß sein Kirchenvorstand recht hatte – es mußte sein. Tod, Steuern und Computersysteme. Das war das Gesetz des Landes, und niemand konnte sich ihm entziehen.

»Emma, ich weiß nicht, wie ich es Ihnen sagen soll. Der Kirchenvorstand möchte, daß wir auf Computer umstellen.«

Sie sah ihn über den Rand ihrer Brille an. »Was? Was haben Sie gesagt?«

»Ich sagte, der Kirchenvorstand will, daß wir auf Computer umstellen. Der Bischof glaubt, daß sich auf diese Weise eine gewisse Übereinstimmung in die Angelegenheiten der Diözese bringen läßt. Und wahrscheinlich wird es für die Angelegenheiten der Kapelle Unseres Herrn von großem Nutzen sein. Sie werden das bestimmt auch bald sagen, wenn wir den Bogen erst einmal raus haben.«

»Ohne mich!«

Sie erhob sich von ihrem Stuhl und tat etwas mit ihrem Mund, das sie wie Dschingis Khan mit Ohrringen aussehen ließ.

»Diese Sache könnte niemandem mehr zuwider sein als mir«, sagte er. »Aber es muß sein.«

»Ich arbeite jetzt seit vierzehn Jahren hier, tagein, tagaus, und das ist der Dank? Ich schufte wie ein Sklave über diesen Büchern, hüte jeden Penny, überprüfe jede Summe, und wie viele Fehler habe ich gemacht?«

»Nun«, sagte er, »da war dieser Bürgschaftsbericht vor fünf Jahren…«

»Wirklich eine große Sache! Als wären schäbige vierzehntausend Dollar ein Grund zur Aufregung…«

»... und die Sache mit Sam McGee…«

»Sam McGee! Dieser alte Knicker! Jeder kann behaupten, er hätte tausend Dollar in den Klingelbeutel gelegt, und die Sekretärin hätte den Scheck verschlampt! Ich hoffe, Sie wollen mir nicht erzählen, ein Computer hätte diesen dummen Scheck finden können, den McGee wahrscheinlich überhaupt nie ausgestellt hat!«

»Ah, hm…«

»Na also!« sagte sie und atmete tief ein. »Dann suchen Sie sich eben ein junges Ding mit einem Rock, der gerade mal über den Hintern reicht, und zahlen einen Lohn, daß Ihnen Hören und Sehen vergeht. Hat der Kirchenvorstand sich überlegt, wieviel Geld Sie für so eine Sekretärin ausspucken müssen, während das Geld, das Sie an mir sparen, in Bücher für die Sonntagsschule und Suppenküchen fließt? Ha! Der

Gedanke ist denen bestimmt nie gekommen, wenn Sie mich fragen!«

Er hatte einen Vulkanausbruch erwartet – und er hatte ihn bekommen.

Sie lagen im Bett, im Rücken die gewaltigen Kissen, die sie in Abfallsäcken aus ihrem Haus herübergeschleppt hatte. Er mußte zugeben, daß diese weichen Gänsedaunen bequem waren. Er kam kaum über die erste Seite seines Buches hinaus, ohne einzunicken.

»Timothy, schnarche ich?«

Er mochte es, wie ihre Fragen manchmal einfach aus dem Blauen geschossen kamen, ohne irgendeinen ersichtlichen Zusammenhang. Eine gute Übung für einen Kirchenmann.

Er nahm die Brille ab und sah seine Frau an. »Ob du schnarchst? Meine Liebe, ich weiß nicht, wie ich es dir sagen soll, aber du bringst geradezu die Fensterscheiben zum Klirren. Ich denke jedoch, es ließe sich überwinden, wenn du mit geschlossenem Mund schlafen würdest … was vielleicht auch das Sabbern etwas einschränken würde.«

»Timothy!«

»Siehst du jetzt, wie das ist? Du hast mir gesagt, ich würde im Schlaf murmeln und mit den Zähnen knirschen. Also, wie du mir, so ich dir.«

»Bitte sag mir, daß du nur Spaß machst. Ich schnarche doch nicht wirklich, oder?«

»Um die Wahrheit zu sagen, nein. Du schnarchst nie. Vielleicht ein Schnauferchen hier und da, aber nichts Ernstes.«

»Und kein Gesabber?«

»Nicht, daß ich wüßte.«

Sie sah ihn selbstgefällig an. »Aber du murmelst wirklich im Schlaf.«

»Es gibt schlimmere Fehler.«

Er hörte nie auf zu staunen, wie sich all das entwickelt hatte. Wenn er gewußt hätte, daß das Zusammensein so tröstlich war, hätte er früher kapituliert. Warum hatte er nur solche Angst vor der Ehe gehabt, vor Intimität, vor Liebe?

Erst heute morgen hatte er wieder die Geschichte des Auszugs der Israeliten aus Ägypten gelesen, und, wie Gott sie auf wundersame Weise versorgt hatte. Manna jeden Tag, und sie brauchten es nur einzusammeln.

»Brot der Engel aßen sie alle«, hatte der Psalmist es ausgedrückt.

Irgendwie schien ihm das auch seine Ehe zu beschreiben. Jeden Tag wurde ihm ohne sichtbare Anstrengung seinerseits Gottes außerordentliche Zuteilung an Zufriedenheit geschenkt – sie wartete einfach auf ihn, jeden Tag, wenn die Sonne aufging; er brauchte sie nur noch einzusammeln.

»... Brot der Engel«, sagte er leise.

»Siehst du! Du murmelst ja schon, bevor du richtig eingeschlafen bist!«

»Ich wußte nie so recht, was ich tat, bis du und Dooley Barlowe in mein Leben gekommen seid.«

Sie lehnte sich in ihrem gestreiften Schlafanzug an ihn und gähnte glücklich.

»Du bist so ein Trost, Timothy. Ich hätte mir nie träumen lassen, daß ich jemanden wie dich finde – manchmal weiß ich kaum noch, wo ich aufhöre und wo du anfängst.«

Dasselbe traf auf ihn zu, aber er sagte nichts.

»Ich glaube, unsere Liebe läßt sich in die Kategorie Wunder einordnen«, sagte sie.

»Gleich neben die Sache mit dem Roten Meer, meiner Meinung nach.«

»Glaubst du, daß die Menschen, die dich lieben, sich für uns freuen? Fühlt sich die Gemeinde nicht ein wenig... betrogen?«

»Niemals. Sie sind glücklich darüber, daß sich jemand um mich kümmert, damit sie das nicht mehr tun müssen. Andererseits mußten sie das natürlich nie tun, aber unverheiratete Priester bedürfen landläufiger Auffassung nach zusätzlicher Aufmerksamkeit.«

Er legte einen Arm um ihre Schulter und zog sie an sich.

Sie küßte ihn aufs Kinn. »Mein Liebster?«

»Hm?«

»Wollen wir diesen Samstag den Schrank rüberholen?«

Aus blauem Himmel, schon wieder! Er mußte schnell sein. »Diesen Samstag wollte ich dich zu einer kleinen … Spritztour einladen.«

»Ich liebe Spritztouren! Was machen wir?«

Sein Leben lang war er außerstande gewesen, einen freien Tag zu gestalten. Als Junggeselle hatte es ihn immer wieder maßlos erstaunt, mit welcher Sorgfalt die Menschen eben diese Sache planten. »Was hast du dieses Wochenende vor?« fragte zum Beispiel jemand, und der Befragte spulte daraufhin eine verblüffende Liste von Aktivitäten ab – ein Ballspiel, ein Kinofilm, ein Essen im Restaurant, ein Spiel, eine Wanderung, ein Picknick und Gott weiß, was sonst noch. Wenn man ihm eine solche Frage stellte, kratzte er sich stets sprachlos den Kopf. Er wußte nie, was er unternehmen wollte, bis er es wirklich tat.

»Es wird eine Überraschung«, erklärte er.

»Gut! Ich liebe Überraschungen!«

»Cynthia, Cynthia. Was liebst du eigentlich nicht?«

»Autoabgase, Filme, die fürs Fernsehen produziert werden, und Kuchen aus einer Backmischung.«

»Ich schwärme für Frauen, die wissen, was ihnen gefällt – und was nicht.« Er räusperte sich. »Was mich betrifft, mir gefällt das.«

»Das was?«

»Das … Zusammenleben mit dir.«

»Warum hast du dich dann mit Zähnen und Klauen gegen mich gewehrt? Und das länger, als der Bau der Brooklyn Bridge dauerte?«

»Keine Vorstellungskraft«, gab er zu. »Keine Phantasie. Keine …«

»Keine blasse Ahnung vom Paradies?«

»Du sagst es.«

»Na dann …«

Er beugte sich vor und küßte sie genüßlich auf den Mund.

»Ach, du meine Güte«, murmelte sie schließlich. »Wer hätte je gedacht …?«

»Barnabas!« rief er und trat in die Küchentür.

Es war Freizeit angesagt, und er machte besser ernst damit. Sonst würde er zur Eisenwarenhandlung rüber müssen, um sich eine Rückenbandage und Tragegurte für den Transport des elenden Schranks zu leihen.

Barnabas kam aus dem Arbeitszimmer, rutschte auf einem Flickenteppich durch die Küche und sprang hoch, um seinem Herrn ausgiebig das linke Ohr abzulecken.

»Wenn wir aber unsere Sünden bekennen«, beeilte sich der Pastor aus dem ersten Johannesbrief zu zitieren, »so ist er treu und gerecht, daß er uns die Sünden vergibt und reinigt uns von aller Ungerechtigkeit.«

Barnabas machte erst Sitz, dann legte er sich hin, seufzte und blickte zu seinem Herrn auf.

Er besaß den einzigen Hund auf Erden, den das Wort Gottes unweigerlich in seine Schranken wies. Wenn die ganze Menschheit in ähnlicher Weise reagieren würde …

»Ich bin fertig!« rief Cynthia und trat aus dem Arbeitszimmer. Sie trug Bluejeans und ein Sweatshirt, Tennisschuhe und einen Parka und sah aus wie ein junges Mädchen.

»Fertig wofür?« fragte er grinsend.

»Was du sagtest …«

Er war aufgeregt wie ein kleiner Junge, dagegen ließ sich nichts tun.

»Los geht's«, sagte er und hielt ihr seinen Arm hin.

Barnabas lag im hohen Gras, und die Zunge hing ihm nach dem langen Marsch bergauf aus dem Maul.

Sie waren zweimal um den Mitforder See gelaufen. Von

der scharfen Luft waren ihre Wangen gerötet. Sie hatten Lunch aus einer Papiertüte gegessen, auf einem Baumstamm gesessen und gelacht und waren dann die Alte Kirchgasse hinaufgelaufen, um sich auf der Steinmauer auszuruhen, von der aus man einen Blick über die ganze »Tagesdeckenlandschaft« hatte, wie er sie nannte.

Im Tal mit seinen Kirchtürmchen und Getreidefeldern, seinen winzigen Häusern und dem funkelnden Fluß konnten sie überall den Rückzug des Herbstes beobachten. Nur ein schwacher Hauch von Farbe war in den Bäumen verblieben.

»Ich habe eine wunderbare Idee«, sagte er.

»Schieß los!«

»Warum unternehmen wir nicht jede Woche so etwas? Wir versinken alle beide in unserer Arbeit, und vielleicht wäre das ein geeignetes Gegenmittel. Wir wollen uns in Zukunft vornehmen, ein bißchen rauszugehen, und sei es nur für ein paar Stunden.« Er lernte gerade etwas Neues, er spürte es direkt. Wer sagte, daß man einem alten Hund keine neuen Kunststückchen mehr beibringen konnte?

»Himmlisch!«

Mit wachsender Begeisterung sprach er weiter. »Selbst mitten im Winter!«

»Wunderbar! Ich bin absolut deiner Meinung.«

So. Nach all dem Gerede über Bankkonten, über die Frage, wo sie schlafen sollten und wieviel sie ohne die Zustimmung des anderen ausgeben wollten, war dies ihr erster wichtiger Pakt.

»Hand drauf«, sagte sie.

Sie saßen auf der Mauer, bis ein scharfer Wind von Norden aufkam, dann gingen sie mit schnellem Schritt die Alte Kirchgasse hinunter und durch den Baxterpark.

»Sieh nur«, sagte er. »Da ist unsere Bank.«

»… auf der wir gesessen haben, als es anfing zu regnen … auf der du gesagt hast, du fühltest dich wie dünne Suppe, mich eingeladen hast, mit dir zum Bischof zu fahren.«

Das Gedächtnis seiner Frau beeindruckte ihn, da er selbst sich nicht daran erinnern konnte, etwas über dünne Suppe gesagt zu haben.

»Ach, übrigens«, überlegte er laut, »wer wollte heute abend eigentlich das Essen kochen?«

»Daran kann ich mich nicht erinnern«, sagte sie und zog die Stirn kraus.

Percy schlurfte zum letzten Tisch und schenkte dem Pfarrer, der zu einem frühen Mittagessen hereingekommen war, Kaffee ein. »Wie gefällt es Ihnen denn?«

»Am liebsten so wie immer. Schwarz.«

»Das meine ich nicht.«

»Was meinen Sie denn dann?«

»Wie gefällt Ihnen die Ehe?«

»Gut. Sehr gut.«

Das war das erste Mal seit seiner Rückkehr aus den Flitterwochen, daß einer der Leute aus der Grillstube ihn ernsthaft nach seinen neuen Lebensumständen fragte. Weder Percy Moseley noch Mule Skinner oder J. C. Hogan hatten ein einziges Wort über die Sache verloren.

Er konnte sich nur den einen Reim darauf machen, daß es sie restlos überfordert hatte, wie jemand, den sie seit fast fünfzehn Jahren kannten, plötzlich einfach mir nichts dir nichts heiratete.

»Ich bin mir nicht sicher, ob ich's noch mal tun würde«, sagte Percy.

»Sie wissen, daß Sie es tun würden. Woher hätten Sie denn sonst diese wunderbaren Enkelkinder kriegen sollen?«

»O, ja«, sagte der Grillstubenbesitzer, und seine Miene hellte sich auf.

»Ich würde es auf der Stelle wieder tun«, sage Mule, während er sich an den Tisch setzte. »Fancy sieht heute besser aus als an dem Tag, an dem ich sie geheiratet habe.«

J. C. nahm auf der anderen Seite Platz. »Ich würde diese Sache nicht mal mit spitzen Fingern anfassen. Mich kriegten sie nicht mal für eine Million Dollar dazu.«

»Vor oder nach Abzug der Steuern?« erkundigte sich Mule.

J. C. tupfte sein Gesicht mit etwas ab, das wie ein Stück von einem Papiertaschentuch aussah. »Einmal war schon einmal zuviel. Lieber würde ich mich von einem Exekutionskommando erschießen lassen.«

»Ist das Kaffee mit oder ohne Koffein?« fragte Mule. »Fancy hat mich auf entkoffeinierten Kaffee gesetzt; ich versuche jetzt schon seit zwei Tagen vergebens, richtig wach zu werden. Geben Sie mir ein kleines Schlückchen von beidem.«

J. C. hielt Percy seine Tasse hin. »Ich hab's eine Woche lang mit Entkoffeiniertem versucht und die Zeitung nur mit knapper Not gedruckt bekommen. Wir haben das elende Ding auf vier Seiten zusammengekürzt; ich konnte nicht mal eine Anzeige einkleben, ohne lang hinzuschlagen und ein Nickerchen zu machen.« Er blies auf den dampfenden Kaffee. »No, Sir, nicht für allen Tee in China würde ich noch mal heiraten. Die Frauen wollen einem lediglich sagen, wo es langgeht – sie setzen einen auf Diät, nehmen einem den Schinken weg, setzen einen auf Margarine, nehmen einem das Koffein weg.«

»Sie sind heute aber mächtig redselig«, sagte Mule.

»Ich war die halbe Nacht bei der Feuerwehr. Omer Cunninghams alter Heuschober hat Feuer gefangen und die Funken sind auf den Schuppen übergesprungen, in dem er dieses antike Flugzeug stehen hat. Die Feuerwehr ist angerückt, und bis drei Uhr morgens stand es auf Messers Schneide.«

»Ich dachte, ich würde vielleicht auch mal ein bißchen Zeitung machen«, sagte Mule, »aber ich hab's überwunden.«

»Wenn dieses Flugzeug Feuer gefangen hätte, hätten Sie vielleicht ein Fahrgestell auf Ihrer Veranda gefunden.«

»Es war Benzin drin, wie?«

»Sie kennen doch Omer, er ist immer startbereit. Er braucht lediglich einen ungepflügten Acker. Jetzt, meint er, würde er es in einen Hangar auf dem Flugplatz verlegen.«

Mule rührte Sahne in seinen Kaffee. »Irgend jemand hat mir erzählt, Mack Stroupe würde für die nächste Bürgermeisterwahl kandidieren.«

»Mack steht für Veränderung«, sagte J. C. »Entwicklung, Fortschritt und Veränderung – das ist sein Programm.«

»Mir gefällt das Programm, das wir haben«, sagte der Pfarrer. »In Mitford sind wir füreinander da!« zitierte er im Einklang mit Mule.

Jeder in Mitford kannte Bürgermeisterin Esther Cunninghams Programm, einschließlich der Schüler der Mitforder Schule, die es auf ein Nylontransparent gemalt hatten. Dieses Transparent wurde bei der Parade zum Unabhängigkeitstag alljährlich die Hauptstraße entlanggetragen.

»Wissen Sie noch, wie er seinen Hot-Dog-Stand gebaut hat, als er glaubte, Percy müßte sein Geschäft aufgeben? Jetzt will er diese Seite des Gebäudes zum Hauptquartier für seinen Wahlkampf machen.«

»Genau«, sagte J. C. »Und ich bin der Papst. Sie würden diese Stadt nicht dazu kriegen, für irgend jemand anderen als Esther Cunningham zu stimmen, und wenn Sie ihm bares Geld zahlten. Die Leute werden sie erst in ihrem Sarg aus dem Büro tragen.«

»Er wird nie gewählt«, sagte der Pfarrer, »also können wir die Sache einfach vergessen. Mack ist kein Genie, aber er ist auch nicht dumm.«

Mule beugte sich in den Gang und hielt Ausschau nach Velma. »Bestellen wir jetzt, oder bin ich hergekommen, um was für meine Gesundheit zu tun?«

»Also deshalb sind Sie bestimmt nicht hergekommen«, sagte J. C.

Percys Frau, Velma, stand plötzlich wie aus dem Nichts mit ihrem Bestellblock da. »Bestellen Sie das Sonderangebot.«

»Was ist es?« erkundigte sich der Pfarrer.

»Hackfleischpastetchen belegt mit Ananas.«

»Wie ist die Ananas geschnitten?« wollte Mule wissen. »Ich hab sie gern in Scheiben, nicht in Stücken.«

Velma runzelte die Stirn. »Es sind Stücke.«

»Dann nehme ich einen überbackenen Käse. Nein, warten Sie.« Mule trommelte mit den Fingern auf den Tisch. »Bringen Sie mir eine Schale Suppe und ein Hot dog mit allem Drum und Dran. Fancy hat mir Käse verboten.«

»Ich nehme einen doppelten Cheeseburger mit allem Drum und Dran, viel Senf und Mayonnaise, und dazu eine große Portion Pommes frites.« J. C. gab seine Bestellung mit lauterer Stimme auf als gewöhnlich, um klarzustellen, daß er ein freier Mann war.

»Sie brauchen nicht so zu schreien, sonst platzen mir noch die Trommelfelle«, sagte Velma.

Mule seufzte. »Wenn ich so drüber nachdenke, lassen Sie bei mir die Zwiebeln weg, davon krieg ich immer Verdauungsstörungen.«

Velma beäugte den Pfarrer, den die frische Schärfe der Oktoberluft inspirierte. »Rindereintopf!« erklärte er.

»Tasse oder Terrine?«

»Terrine!«

»Brötchen oder Kräcker?«

»Kräcker.«

»Ändern Sie meine Bestellung und bringen Sie mir auch den Rindereintopf«, sage Mule. »Es ist immer lecker, was er bestellt. Aber für mich keine Kräcker, ich nehme das Brötchen. Und lassen Sie die Butter weg.«

»Ich habe noch nie gehört, daß Rindereintopf in der Tasse serviert wird«, sagte J. C.

»Kräcker sind was für Kranke«, sagte Mule.

»Barmherziger!« Velma riß die Bestellung von ihrem Block und reichte sie an Percy weiter.

Mule wandte sich an den Pfarrer. »Eine Sache will mir nicht aus dem Kopf …«

»Und die wäre?«

»Wie kommen Ihr Hund und Cynthias Katze miteinander aus?«

»Violet wohnt im Haus nebenan und Barnabas geht im Pfarrhaus seiner Wege.«

Genaugenommen gab Cynthia Violet um fünf Uhr ihre Abendmahlzeit und kam dann durch die Hecke zum Pfarrhaus, woraufhin Violet sich auf Cynthias Sofa zusammenrollte und schlief, bis ihre Herrin am nächsten Morgen zur Arbeit wiederkam und eine dieser Konservendosen öffnete, deren Duft einen Mann schier umhauen konnte.

»Eine Katze mit eigenem Haus«, sagte J. C. »Das ist doch was. Cynthias Katze und Ihr Hund kommen sich also nicht in die Quere?«

»Nicht, wenn wir es verhindern können.«

»Sie haben mir mal erzählt, Barnabas schliefe in Ihrem Bett.«

»Jetzt schläft er im Flur.«

Es folgte nachdenkliches Schweigen.

»War in letzter Zeit mal jemand oben auf dem Hügel?« fragte der Pfarrer.

Er war gerade vom Bauplatz des Hauses der Hoffnung gekommen, des Pflegeheims für fünf Millionen Dollar, das Sadie Baxter der Kapelle Unseres Herrn gestiftet hatte. So wie es aussah, würde es noch ein Jahr dauern, bis das Haus fertiggestellt und mit Personal ausgestattet war.

»Ich habe am Mittwoch zwei Rollen Film da oben verknipst. Nächste Woche kommt eine Sonderseite.«

»Das wird 'ne runde Sache«, sagte Mule. »Ich hätte nichts dagegen, selbst einzuziehen. Wie ich höre, soll es in der Empfangshalle sogar einen Springbrunnen geben.«

»Und ein Vogelhaus im Speisesaal«, ergänzte der Pfarrer stolz.

Mule kratzte sich am Kopf. »Hab ich nicht auch gehört, daß das Haus eine eigene Kirche bekommen soll?«

»Eine Kapelle. Eine kleine Kapelle. Mit Fensterrose. Alles erste Klasse.«

Velma balancierte zwei Lunchteller auf dem linken Arm und einen dritten auf der rechten Hand.

Mule sah sie beifällig an. »Das ist ein Kunststück, das ich immer bewundert habe.«

»Rindereintopf mit Kräckern. Rindereintopf mit Brötchen, ohne Butter. Doppelter Cheeseburger mit allen Schikanen und einer großen Portion Fritten.« Velma stellte die Teller willkürlich irgendwohin und stolzierte davon.

Die Männer senkten die Köpfe, während der Pfarrer das Tischgebet sprach.

»Amen«, sagte Mule und rieb sich die Hände.

»Wie geht es Ihrem Jungen?« fragte J. C., der eifrig Salz auf seinen Burger und seine Pommes frites streute.

»Sehr gut. Könnte nicht besser sein. Er kommt zum Erntedankfest nach Hause.«

»Diese vornehme Schule steigt ihm doch wohl nicht zu Kopf, oder?«

»Bestimmt nicht. Nicht Dooley Barlowe.«

»Haben Sie meinen Artikel über Rodney gelesen? Daß er eine Frau eingestellt hat?« J. C. bot wirklich keinen schönen Anblick, wenn er mit vollem Mund sprach.

»Das ist nicht Ihr Ernst!«

»Und ob es das ist! Sie fängt Mitte November an. Eine Frau in Polizeiuniform ... Ich kann gar nicht hinsehen.«

»Warum eigentlich nicht?«.

»Würden Sie eine Frau in Ihrer Kanzel haben wollen?« fragte J. C. und verschüttete etwas Kaffee auf seine Krawatte.

»Käme ganz auf die Frau an.«

»Ich kann mir eine Frau mit Pistole in der Hand nicht vorstellen.«

»Wie kommt es eigentlich, daß sie was gegen Frauen haben?« fragte Mule. »Ich mag Frauen.«

»Ich hab' es Ihnen doch erklärt. Weil die Damen ständig irgend etwas instandsetzen oder besser noch: generalüberholen müssen.«

»Vielleicht würde es Ihnen gar nicht schaden, ein wenig ›generalüberholt‹ zu werden.«

»Ich bin schon mal generalüberholt worden, Kamerad. Ich habe fünfzig Pfund abgenommen, mir das Rauchen abgewöhnt, kein rotes Fleisch mehr gegessen und keine Schundromane mehr gelesen. O ja. Ich habe mir sogar Spritzen gegen Schweißfüße geben lassen. Und hat das genügt? Weit gefehlt. Das war übrigens in dem Jahr, in dem die Dallas Cowboys die Denver Broncos mit siebenundzwanzig zu zehn geschlagen haben.«

»Großes Jahr«, sagte Mule. »Die Yankees haben die World Series gewonnen.«

»Ganz zu schweigen davon, daß die *Chicago Daily News* pleite gemacht hat.«

Aus keiner dieser Bemerkungen vermochte der Pfarrer zu entnehmen, von welchem Jahr die Rede war, und er hatte auch nicht die Absicht nachzufragen.

»Und?« fragte Mule, »haben die Spritzen gewirkt, oder haben Sie immer noch Schweißfüße?«

Ein Mittagessen in der Grillstube, dachte Pfarrer Tim, sorgte stets dafür, daß man mit beiden Beinen im Leben blieb. Er mußte jedoch gestehen, daß er es kaum erwarten konnte, ins Büro zurückzukommen und den Aufsatz von C. S. Lewis zu Ende zu lesen, dessen Titel lautete: »Gedanke, Imagination, Sprache«.

Als er durch die Hintertür kam, begrüßte Cynthia ihn mit einer Umarmung. »Miss Rose und Onkel Billy haben uns für heute abend auf einen Bananenpudding eingeladen.«

»O nein! Bitte, nein!«

»Sei nicht so pomadig, Schatz.«

»Pomadig? Miss Rose hat zweimal mit Ptomainvergiftung im Krankenhaus gelegen – und ein Gemeindemitglied der Presbyterier zu seinem Schöpfer geschickt. Du bist der einzige Mensch in der Stadt, der freiwillig seine Füße unter ihren Tisch stellen würde.«

»Dann bete um göttlichen Schutz, und laß uns hingehen«, sagte sie mit erwartungsvoller Miene.

Es brauchte wirklich nicht viel, um Cynthia Kavanagh glücklich zu machen. Nein wirklich, es brauchte beinahe gar nichts. Und mehr noch, sie genoß es förmlich, sich in tödliche Gefahr zu begeben.

»Außerdem haben sie uns praktisch seit meiner Ankunft in Mitford zu einem Bananenpudding eingeladen, daher dürfen wir sie nicht enttäuschen.«

»Natürlich nicht.«

»Und für nächsten Mittwoch«, fuhr sie fort, »haben Miss Sadie und Louella uns zum Abendessen eingeladen.«

»Stimmt.«

»Zu Brathuhn und Kartoffelpürree.«

»Wir werden pünktlich sein.«

»Und selbstgemachtem Kokoskuchen!«

»Ich habe mir schon mal ein Plätzchen in der Notaufnahme reservieren lassen«, erklärte er, während er sich an den Küchentisch setzte.

»Keine Sorge, ich werde jede Minute des Abends über dich wachen. Du darfst weder die Soße essen, noch den Kuchen und nur eine winzige Portion Kartoffeln, da sie bestimmt mit Unmengen Butter und Sahne zubereitet sind …«

Er war nur froh, daß J. C. nicht in der Nähe war, um das zu hören.

»Außerdem«, sagte sie und rückte ihre Halbbrille zurecht, um eine Liste zu verlesen, »haben Ron und Wilma uns für Freitag abend eingeladen.«

»Hm.«

»Hal und Marge wollen, daß wir am ersten Sonntag im November zu ihnen auf den Hof kommen.«

»Aha.«

»Und die Bürgermeisterin hat uns für den folgenden Sonntag zu einem Familiengrillfest eingeladen. Was meinst du dazu?«

»Nimm alles an.«

Sie wirkte leicht erschöpft. »So viele gesellschaftliche Verpflichtungen! Ich dachte, du führst ein ruhiges Leben.«

»Hab ich auch getan«, sagte er. »Bis ich geheiratet habe.«

»Oh.«

»Jeder möchte mal einen Blick auf dich werfen.«

»Aber die Leute kennen mich doch schon seit Ewigkeiten!«

»Nicht unter deinen neuen Umständen.«

Sie seufzte. »Und dann kommt Erntedank!«

»Und das große Gemeindefest, das wir besuchen müssen; am nächsten Tag sind dann Dooley, Russell Jacks und Betty Craig zum Truthahn hier, und … du siehst völlig fertig aus. Was ist los?«

Sie seufzte abermals. »Ich habe mit einem neuen Buch angefangen, und der Abgabetermin rückt immer näher.«

Alles oder nichts. Das war es, was ihm an seinem neuen Leben so gefiel.

Händchenhaltend gingen sie zum Porter Place, der neuerdings auch als Museum fungierte. Eine kanadische Kaltfront war herangezogen, deswegen hatten sie sich wie Mumien eingepackt..

»Ich war heute morgen bei Miss Pattie«, verkündete sie, während ihr Atem in der eisigen Luft zu Dampfwölkchen erstarrte.

»Ach ja?«

»Ich habe Evie für zwei Stunden freigegeben.«

»Gott weiß, wann Evie das letzte Mal zwei Stunden frei hatte. Du bist eine Heilige.«

»Überhaupt nicht. Wir haben Scrabble gespielt.«

»Scrabble? Mit Miss Pattie?« Evie Adams Mutter war seit einem ganzen Jahrzehnt nicht mehr recht bei Verstand, und Evie rief in regelmäßigen Abständen in Tränen aufgelöst im Pfarrbüro an.

»Sie hat ein Wort geschrieben – ›geh‹ – und sich zur Siegerin erklärt. Dann haben wir ein eingebildetes Mittagessen genossen, und sie hat mir ihre eingebildete Puppe gezeigt.«

»Wie ich dich kenne, kannst du die Puppe in allen Einzelheiten beschreiben.«

Sie lachte. »Grübchen. Blaue Augen – eins ging nicht zu. Sie hatte ihre Socken und Schuhe verloren, und ich glaube, die Zehen sind irgendwann einmal von einem jungen Hund durchgekaut worden. Ich habe Evie gesagt, ich würde wiederkommen.«

Er blieb stehen und legte die Arme um sie. »Ich habe mir immer einen Diakon gewünscht. Du bist engagiert.« Er küßte sie auf beide Wangen, dann auf den Mund.

»Mein Liebster … Die Leute werden reden.«

»Höchste Zeit, daß ich ihnen endlich einen Grund zum Reden gebe«, sagte er mit vollem Ernst.

»Mich laust der Affe! Wenn das nicht der Prediger ist! Rose, komm her! Sieh nur, er hat seine kleine Frau dabei.«

Sie standen an der Hintertür des Museums, von der aus man in die Wohnung gelangte, die die Stadt für Miss Rose und Onkel Billy Watson umgebaut hatte.

Die unter Schizophrenie leidende Frau, mit der der alte Mann seit fast fünfzig Jahren verheiratet war, schob den Kopf durch die Tür. Der Pfarrer fand, daß sie grimmiger denn je aussah.

»Was wollen sie?« fragte sie und sah dabei das fröstelnde Paar auf der Treppe direkt an.

Onkel Billy schien betroffen zu sein.

»Sie haben uns zu einem Bananenpudding eingeladen!« sagte Cynthia. »Gestern, als ich Sie auf der Straße getroffen habe.«

»Das soll ich getan haben?« Miss Rose stemmte die Hände in die Hüften und bedachte sie beide mit einem vernichtenden Blick. »Nun, ich habe keinen Bananenpudding!«

»Ach du liebe Güte«, sagte Onkel Billy, »hast du etwa vergessen, daß du den Prediger und seine Frau eingeladen hast?«

»Das habe ich bestimmt nicht vergessen. So kurz vor Erntedank würde ich niemals Bananenpudding machen, daher kann ich unmöglich so eine Idee gehabt haben.«

Onkel Billy sah sie gequält an. »Na, kommt man trotzdem rein ins Warme. Ich habe übrigens was für Sie, Prediger, es brennt mir schon fast ein Loch in die Tasche.«

»Schon gut, Onkel Billy, wir kommen ein anderes Mal wieder.« Wahrlich eine lebensrettende Wendung der Ereignisse.

»O nein, ich muß Ihnen das unbedingt geben, es ist etwas, das dem Herrn gehört, müssen Sie wissen.«

Unter Miss Roses argwöhnischen Blicken stapften sie durch den Flur.

Der Pfarrer bemerkte, daß sie sich immer noch mit der Militärgarderobe ihres lange verstorbenen Bruders ausstaffierte. Unter einem abgetragenen Hausmantel, dessen Gürtel bis auf den Boden hinunterbaumelte, trug sie Armeehosen und eine Bomberjacke aus dem zweiten Weltkrieg. Der Anblick ihrer ungeschnürten zweifarbigen Schuhe, die zu ihren Dauerbrennern zählten, hatte beinahe etwas Tröstliches.

»Ich kann mich nicht setzen, kann mich nicht legen, und kann mich kaum auf den Beinen halten«, sagte Onkel Billy, der sich auf einen Stock stützte. »Der blöde Arthur hat mich mal wieder in den Klauen.«

Furchtsam blieben sie am Küchentisch stehen, während Miss Rose an den Herd trat und sie von Kopf bis Fuß musterte.

»Prediger, könnten Sie mal 'n Augenblick hier rüberkommen?« Onkel Billy öffnete die Tür, die zu dem ungeheizten Teil des Hauses führte, und ließ einen Schwall arktischer Luft herein. Dann ging er voran. Als die Tür sich hinter ihnen schloß, blickte sich der Pfarrer nach seiner Frau um, die sich um eine tapfere Miene bemühte.

»Ich hab's da rübergebracht«, sagte Onkel Billy und knipste ein Licht in einem Zimmer an, in dem sich alte Zeitungen türmten. »Ich mußte es vor Rose verstecken – sie sähe es bestimmt nicht gern, wenn ich so was mache.«

Als der Mann endlich den richtigen Stapel vergilbter Papiere gefunden und einen Umschlag herausgezogen hatte, fühlte der Pfarrer sich beinahe tiefgekühlt. Mit zitternder Hand reichte ihm der alte Mann den Umschlag.

»Das ist mein Zehnter«, sagte er, und seine Stimme brach. »Der Herr hat mir dieses Geld für meine Tuschezeichnungen gegeben, die Miss Cynthia verkauft hat, und ich gebe ihm seinen Anteil zurück.«

Der Pfarrer war so gerührt, daß er kaum sprechen konnte. »Möge Gott, der Herr, Sie segnen, Bill!«

»O, das tut er bestimmt. Tut er jeden Tag.«

»Ich bin froh, daß wir hingegangen sind«, sagte er, während er sich sein Schlafanzugoberteil zuknöpfte.

»Ich auch. Selbst wenn Miss Rose mich halb zu Tode erschreckt hat!«

Sie stemmte die Hände in die Hüften und sagte grollend: »Ich habe keinen Bananenpudding!«

»Gott sei's gedankt!« rief er, bevor sie sich beide lachend aufs Bett fallen ließen.

KAPITEL 3
Zu dir, mein Gott …

»Sie sehen vor sich das letzte Abendmahl«, sagte Louella.

Da Fernbanks Speisezimmer für den Winter geschlossen worden war, saßen sie am Küchentisch.

»Louella hat am Donnerstag ihre Knieoperation«, erinnerte Miss Sadie ihre Gäste. »Da wird sie lange nicht mehr kochen können.« Seine Gastgeberin, die überdies sein ältestes – und liebstes – Gemeindemitglied war, wirkte ein wenig melancholisch.

»Wer fährt Sie denn rüber nach Winston-Salem?« erkundigte sich Cynthia, die sich erboten hatte, das zu übernehmen.

»Ed Malcolm. Ich weiß nicht, wie Mr. Leeper davon erfahren hat, aber irgendwie hat er's wohl gehört, und er hat Ed den Tag frei gegeben, damit er uns hinfahren kann. Ist das nicht unfaßbar?«

»Wirklich erstaunlich«, sagte der Pfarrer. Buck Leeper, der abweisende, fluchende, Tritt-mir-nicht-auf-den-Schlips-Bauleiter vom Haus der Hoffnung …

Cynthia nahm sich noch ein gefülltes Ei. »Wie lange müssen Sie denn im Krankenhaus bleiben?«

»Fünf Tage, denken wir.«

»Was werden Sie fünf Tage dort unten machen, Miss Sadie? Und wo werden Sie wohnen?«

»Ich lasse mir ein Bett in Louellas Zimmer stellen!«

»Sie will mich verhätscheln. Wie ein Baby«, sagte Louella mit sonniger Miene. Miss Sadie hatte Louella, die auf Fernbank geboren war, verhätschelt, seit sie Kinder waren. In den letzten Jahren jedoch hatte die Situation sich umgekehrt.

Fünf Tage in einem Krankenhausbett...? dachte er. Keine gute Idee.

»Louella würde dasselbe für mich tun.«

»Amen!« rief Louella, während sie das Kartoffelpüree herumreichte. »Wir müssen alles aufesssen, wir haben nämlich keine jungen Hunde, an die wir es verfüttern können.«

Er spürte, daß seine Frau im siebten Himmel schwelgte; sie aß wie ein Scheunendrescher und war glücklich wie ein Kind. Sie sah ihn an und lächelte. »An die Soße brauchst du nicht mal zu denken, mein Liebster.«

Gott allein wußte, wie sehr er sich bemühte... »Was werden Sie denn machen, wenn Sie zurückkommen? Die Treppe ist doch bestimmt...«

»Louella wird hier unten in der Küche schlafen.«

»Wie lange?«

»Der Arzt sagte, drei Monate keine Treppen.«

»Und dabei haben wir ihm nicht mal erzählt, daß unsere Treppen fast bis in den Himmel hinaufführen. Wie viele Stufen haben wir eigentlich, Miss Sadie?«

»Neunundzwanzig! Papa wollte dreißig, aber es hat nicht hingehauen.«

Sadie Baxter nachts allein in diesem höhlenartig verzweigten ersten Stockwerk? Und was war, wenn Louella auf diesem rissigen, abgestoßenen Linoleum ausrutschte? Der Plan hörte sich in seinen Ohren nicht gut an, überhaupt nicht.

»Wenn wir abends raufgehen, gehen wir zusammen«, sagte Louella. »Aber manchmal sitzen wir mehr, als daß wir gehen.«

»Das stimmt. Manchmal brauchen wir so lange, um bis nach oben zu kommen, daß es fast schon wieder Zeit ist runterzugehen!«

»Ich und Miss Sadie, wir singen uns nach oben. Ich sage: Erinnern Sie sich an ›Zu dir, mein Gott...‹? Dann sagt sie:

Natürlich erinnere ich mich, du fängst an, und ich falle dann ein. Wir sitzen also irgendwo auf der Treppe und singen einen Vers, dann steigen wir noch eine kleine Stufe oder vielleicht zwei weiter nach oben. Manchmal singen wir zwei oder drei Kirchenlieder von Anfang bis Ende, nur um unsere müden Knochen auszuruhn.«

»Und manchmal«, sagte Miss Sadie, mitgerissen von dieser aufregenden Enthüllung, »manchmal kommen wir überhaupt nicht wieder runter…«

»Miss Sadie hat immer ein paar Süßigkeiten in ihrem Schminktisch, und ich habe immer etwas Marmelade und Brot in meiner Kommode. Dann sehen wir uns die Seifenopern und die Nachrichten an…«

»Wir spielen Dame oder durchstöbern den Speicher. Ich stöbere furchtbar gern im Speicher; es hält mich jung, wenn ich mich an alte Zeiten erinnere.«

»An so manchen Tagen«, sagte Louella, »lesen wir laut aus der Bibel vor, oder Miss Sadie schläft einfach, bis es dunkel wird.«

»Louella, das darfst du aber nicht erzählen!«

»Es ist die Wahrheit, so wahr mir Gott helfe.«

Miss Sadie sah plötzlich müde aus. »Dieses alte Haus…«, murmelte sie. »Ich weiß nicht…«

Man erfährt so einiges bei einem Teller mit Brathuhn, dachte er. Warum hatte Miss Sadie ihm bisher nichts von alledem erzählt? Sie ließ immer alles sonnig und strahlend erscheinen. Die beiden alten Damen hatten in diesem schindelgedeckten Amphitheater von einem Haus nichts zu suchen, jedenfalls nicht allein. Nur – was ließ sich da machen? Es würde noch ein ganzes Jahr dauern, bis das Haus der Hoffnung fertiggestellt und mit Personal ausgestattet war. Vielleicht wäre ja eine gute Haushaltshilfe die Lösung, jemand, der auch nachts kam.

Oder… hm, nun ja. Das war ein Gedanke. Warum war er nicht früher darauf gekommen? Das schöne alte Haus in der

Fliederstraße, das Olivia Davenport von ihrer Mutter geerbt hatte... Einfach perfekt! Erst vor wenigen Monaten hatte Miss Sadie herausgefunden, daß sie, ohne es zu wissen, doch noch Blutsverwandte besaß. Die schöne Olivia war ihre Großnichte, eine überraschende Enthüllung, die beide Frauen mit großer Begeisterung aufgenommen hatten. Es war jedoch eine Enthüllung, die sie geheimhalten wollten, da sonst auch an den Tag gekommen wäre, daß Miss Sadies Mutter ein außereheliches Kind gehabt hatte.

Jetzt war Olivia mit Hoppy Harper verheiratet, der ihre an ein Wunder grenzende Herztransplantation in die Wege geleitet hatte. Seit die beiden glücklich in dem geräumigen Heim des Arztes lebten, stand Olivias Haus in der Fliederstraße leer. Und verfügte es nicht über einen brandneuen Heizofen, Teppichboden und jede nur denkbare Annehmlichkeit – und das alles ebenerdig?

Er wollte diese Idee jedoch nicht ausgerechnet jetzt ansprechen. Das mußte bis Montag warten.

Im Flur erklang das schrille Klingeln des Telefons.

»Ich gehe ran!« sagte Cynthia.

Er würde Olivia fragen, ob sie irgendwelche Pläne hatte, ihr Haus zu verkaufen. Wenn nicht, würde er sich daran machen, Miss Sadies Widerstand gegen den Gedanken, Fernbank zu verlassen, zu brechen. Sie wohnte seit ihrem neunten Lebensjahr in dem Haus, das ihr Vater gebaut hatte – mehr als achtzig Jahre. Eine solche Bindung durchschnitt man nicht so ohne weiteres.

»Miss Sadie, es ist Olivia.«

Als Miss Sadie mit Hilfe ihres Gehstocks das Zimmer verließ, beugte Louella sich vor und flüsterte: »Schätzchen, dieses alte Haus bringt mich um, und es bringt sie um, lassen Sie sich da nichts von ihr vormachen. Und noch etwas, wenn ich sage: Miss Sadie, erinnern Sie sich an dieses Lied, dann sagt sie zwar, sie täte es, aber das ist nicht wahr. Miss Sadie möchte nicht, daß Sie denken, ihr Gedächtnis ließe sie im Stich.

Und auf dem Speicher herumstöbern? Sie könnte bis zum jüngsten Gericht da oben bleiben und den ganzen Staub aufwirbeln …«

»Der Gedanke, daß Sie beide nachts neunundzwanzig Stufen voneinander entfernt sein sollen, gefällt mir gar nicht.«

»Und mir gefällt es nicht, daß Miss Sadie das Kochen hier besorgen soll! Sie kocht nämlich nicht – sie stellt Sachen raus. Sie stellt Senf raus, sie stellt Mortadella raus, sie stellt Knäckebrot raus. Lieber Gott, wir sitzen ganz schön in der Patsche!«

Cynthia zog sich Louellas Schürze an und erklärte, daß sie den Abwasch besorgen würde. Dann reichte sie ihrem Mann ein Handtuch zum Abtrocknen.

Miss Sadie kam wieder in die Küche und schloß die Tür. »Also wirklich, wenn man nicht eine Sache hat, über die man nachgrübeln muß, dann hat man zwei. Sie werden nie erraten, worum es bei diesem Gespräch ging.«

»Da haben Sie recht, das errate ich wirklich nicht«, gab Cynthia zu.

»Olivia sagte, Tante Sadie, ich möchte, daß du in das Haus meiner Mutter ziehst. Wir machen uns solche Sorgen um dich und Louella.«

»Dank sei Gott!« sagte der Pfarrer.

»Gelobt sei Jesus!« rief Louella mit Donnerstimme.

»Bingo!« kam es von Cynthia. »Und was haben Sie dazu gesagt?«

Miss Sadie setzte sich und sah sie der Reihe nach an. »Ich sagte, ich müsse darüber nachdenken.«

Cynthia antwortete sofort. »Ich hoffe, Sie werden auch bedenken, daß Sie da alles auf ebener Erde hätten.«

»Und denken Sie nur an die Heizung«, fügte er hinzu, »und die Außenisolation und die wunderbar dichten Fenster, und alles ist brandneu. So warm wie eine Scheibe Toast!«

»Denken Sie nur daran, wo das Haus liegt!« krähte Louella.

»Einen Häuserblock vom Lebensmittelladen entfernt! Und die Post ist direkt um die Ecke!«

»Ihr braucht mir nicht allesamt eine Predigt zu halten!«

Nach einem respektvollen Schweigen stürzte er sich abermals mitten hinein. »Neunundzwanzig Stufen und niemand, mit dem Sie ein Päuschen machen und ein Kirchenlied singen können. Also, ich hätte keine Lust dazu.«

Miss Sadie bedachte ihn mit einem kühlen Blick.

»Ich werde in der Küche schlafen und zuhören, wie es vom Dach in die Eimer tropft«, stöhnte Louella.

»Ist das Dach denn schon wieder undicht?« fragte er. »Ich dachte, es wäre repariert worden.«

»Ich dachte, es wäre repariert worden, Miss Sadie dachte, es wäre repariert worden. Aber es ist nicht repariert.«

»Es ist überall repariert, nur nicht im Flur!« sagte Miss Sadie mit strengem Blick.

»Ja, ja«, murmelte Louella. »Und wenn's regnet, brauchen wir einen Suppentopf, eine Babybadewanne und einen Truthahnbräter, um das ganze Wasser aufzufangen!«

Miss Sadie klopfte mit ihrem Rohrstock energisch auf den Boden. In all den Jahren, die er sie nun kannte, hatte er sie niemals etwas Derartiges tun sehen. »Ruhe!« befahl sie. »Ich sagte, ich müsse darüber nachdenken. Ich habe nicht gesagt, wie lange ich darüber nachdenken müsse. Ich habe darüber nachgedacht, während ich den Flur hinunterging.«

Niemand sagte ein Wort.

»Und ich bin fest entschlossen, es zu tun!«

»Bewahre uns vor sorgenvollem, rastlosem Schlaf«, sang er leise in dem verdunkelten Zimmer vor sich hin, »vor allen bösen Träumen schütze deine Kinder …«

»Wie hübsch«, murmelte sie neben ihm im Bett. »Was singst du da?«

»Einen Vers aus Louellas Lied: Zu dir, mein Gott, bevor der Tag sich neigt …«

Dann sang er weiter: »... nun gib Ruhe unserm Geist, daß alle Angst verstumme, und erquicke unsren Leib mit deinem Frieden.«

»Amen«, flüsterte sie und nahm seine Hand.

Die Leute von St. Andrews in Canton hatten eine detaillierte Beschreibung davon ausgearbeitet, wonach jede Gemeinde suchte, und ihm eine Kopie zugeschickt.

Der perfekte Pastor predigt danach genau zehn Minuten. Er verdammt die Sünde, verletzt aber niemals die Gefühle des Menschen. Er arbeitet von acht Uhr morgens bis Mitternacht und fungiert gleichzeitig als Kirchenhausmeister. Er ist neunundzwanzig Jahre alt und verfügt über vierzigjährige praktische Erfahrung. Er macht fünfzehn Hausbesuche am Tag und ist immer im Büro.

Paßt genau zu dem, was gegenwärtig von Cynthia Kavanagh erwartet wird, dachte er.

»Man hat mich gebeten, Präsidentin vom Frauenkreis zu werden«, sagte sie mit blassem Gesicht.

»Und was hast du geantwortet?«

»Ich habe geantwortet, ich hätte eine Vollzeitbeschäftigung und es sei nicht fair, wenn ich Präsidentin von irgend etwas würde, denn ich würde mit Sicherheit meine Pflichten versäumen.«

»Gut formuliert.«

»Also haben sie mich gefragt, ob ich nicht den Vorsitz über die Altargilde übernehmen wolle.«

Genau dieses Thema hatten sie besprochen, lange, bevor er ihr am Abend seines Geburtstags im letzten Juni einen Antrag gemacht hatte.

»Ich habe natürlich nein gesagt, vielen Dank. Daraufhin haben sie mich gefragt, ob ich nicht den Vorsitz über diesen abscheulichen Wohltätigkeitsbasar führen wolle, der schon mindestens zwei Frauen darniedergeworfen hat.«

»Stimmt.«

»Als es zur Nominierung eines Vorsitzenden für den Freizeitausschuß kam, richteten sich alle Augen auf mich. Ich habe mich entschuldigt und bin zur Damentoilette. Es war schrecklich.«

Sie seufzte. »Nun, mein Liebster, ich habe sechs Dinge hintereinander abgelehnt – sie haben mich allesamt regelrecht mit ihren Blicken vernichtet. Das brauchte ungeheuren Mut.«

»Kann ich mir vorstellen.« Soweit es den Frauenkreis betraf, hätte er persönlich nicht die Courage gehabt, sechs Dinge abzulehnen – ob nun hintereinander oder mit Pausen.

Sie holte tief Luft. »Und da habe ich dann gesagt, ich würde mir meine Energie sparen, um im Frühling eine Teegesellschaft für die ganze Gemeinde auszurichten.«

»Aha!« Er wußte, wie sehr seine Gemeinde so eine klassische, handfeste Teegesellschaft liebte.

»Und ich war im Nu vom Haken. Du hättest mal den versöhnlichen Ausdruck in ihren Augen sehen sollen! Und jetzt rate mal …«

»Was denn?«

»Jetzt muß ich es wirklich tun!« jammerte sie.

Der Vorstand vom Haus der Hoffnung suchte nach einem Verwaltungschef.

Hoppy zufolge lief alles bestens. Da er Abgänger der medizinischen Fakultät von Harvard und ein persönlicher Freund eines angesehenen Herzchirurgen im Mass General war, hatte man auf Grund seiner Verbindungen bereits mehrere vielversprechende Kandidaten aufgetan.

Man würde ungefähr fünfzig Leute benötigen, um das zweistöckige Vierzig-Betten-Pflegeheim zu leiten, und Miss Sadie hatte darauf bestanden, daß sie obendrein einen eigenen Kaplan bekamen. Den richtigen Kandidaten für dieses Amt zu finden, so erfuhr der Pfarrer, war sein Job.

Es würde ausgebildete Krankenschwestern geben, Lernschwestern, Schwesternhilfen, Küchenpersonal … Die Liste ging weiter und weiter, und die meisten Leute würden nicht aus der näheren Umgebung stammen. Was wiederum den Kaufleuten auf der Hauptstraße und dahinter zugute kam.

Es konnte kein Zweifel bestehen, das Haus der Hoffnung würde sich für die Mitforder Wirtschaft als ausgesprochen profitabel erweisen.

»Wer braucht schon eine Konservenfabrik?« fragte eine jubilierende Bürgermeisterin Cunningham bei einer Stadtratsversammlung.

Puny hatte seiner Meinung nach in letzter Zeit ein wenig spitz ausgesehen; irgendwie war sie nicht mehr dasselbe Mädchen, das er im Juli durch den Mittelgang der Kirche geleitet und dem Enkelsohn der Bürgermeisterin zur Ehe anvertraut hatte.

»Müssen Sie den Fußboden auf diese Weise schrubben?« fragte er seine Haushaltshilfe am Montag. Puny auf Händen und Knien auf seinem Küchenfußboden zu sehen, bekümmerte ihn immer ein wenig. »Sie wissen doch, daß ich Ihnen einen Mop kaufen würde.«

»Das sagen Sie immer. Ich wünschte, Sie würden in die andere Richtung sehen, wenn ich auf allen Vieren den Boden schrubbe. Warum müssen Sie deswegen eigentlich immer so rumjammern? Meine Großmutter hat es genauso gemacht und meine Mama auch, und so werde ich es ebenfalls halten.«

Sie schien die abgetretenen Küchenfliesen noch härter zu bearbeiten. »Dann wenigstens Handschuhe!« sagte er. »Gummihandschuhe!« Er hatte sich angewöhnt, sich um die sommersprossige, rothaarige Puny Guthrie zu sorgen, als sei sie sein eigen Fleisch und Blut.

»Ooooh, ich hasse es, wenn Sie mir eine Predigt halten!« sagte sie.

»Eine Predigt? Wenn Sie glauben, das wäre eine Predigt gewesen, warten Sie nur, bis ich richtig loslege, junge Dame.«

Sie sah ihn an, lächelte und schob sich das Haar aus der

Stirn. »In gewisser Weise gefällt es mir ja, wenn Sie mich rumkommandieren.«

»Ich kommandiere Sie nicht rum, und das wissen Sie auch. Sie sehen nur ein wenig … blaß aus. Fühlen Sie sich irgendwie anders als sonst?«

»Na ja«, sagte sie und hockte sich auf die Fersen, »wenn Sie's unbedingt wissen müssen, die Wahrheit ist, ja, Sie haben recht. Ich bin so müde. Ich weiß nicht, was es ist.«

»Wollen Sie ein paar Tage frei haben? Wir kommen schon zurecht …«

»Nein, vielen Dank, ich möchte mir nicht frei nehmen! Joe Joe und ich bauen in unserem Haus ein Badezimmer und decken das Dach neu. Das letzte, was ich brauche, sind freie Tage, wo das Dach doch zwanzig Dollar den Quadratmeter kostet.«

Seit sie vor zwei Jahren hereinspaziert war und sein Haus übernommen hatte, war Puny wie eine Kerze in der Dunkelheit gewesen – um nichts in der Welt würde er ihren Frohsinn missen wollen, ihre Tatkraft, ihren beharrlichen Glauben oder das Leben, das sie in seinen Haushalt gebracht hatte. Joe Joe Guthrie hatte eine wahre Perle errungen.

»In Ordnung, ich halte den Mund.«

»Gut!« sagte sie und blickte grinsend zu ihm auf.

Er wachte mitten in der Nacht auf und suchte nach dem Wasserglas auf seinem Nachttisch. Er nahm einen Schluck und lag dann einfach da und lauschte ihrem Atem. Immer wieder verblüffte es ihn, daß sie neben ihm lag. Schließlich hatte er keine Ahnung gehabt, was auf ihn zukommen würde, wenn er plötzlich mit einem anderen Menschen im Bett schlief.

Würde er sich eingeengt fühlen? In seiner Privatsphäre bedroht?

Aber er hatte weder das eine noch das andere empfunden, kein einziges Mal. Statt dessen verspürte er eine Art von Ehrfurcht, die ihn ganz still daliegen und beinahe den Atem anhalten ließ. Wie das alles hatte geschehen können, überstieg seine Vorstellungskraft. Tagsüber konnte er zumindest über den langsamen und allmählichen Prozeß nachsinnen, der sie beide an diese Stelle gebracht hatte. Aber des Nachts schien es ihm ein Wunder zu sein, das dem Verstand trotzte.

Seltsamerweise hatte er das Gefühl, daß er selbst plötzlich mehr zu sein schien als früher, so wie man vielleicht plötzlich neue Zimmer in einem Haus entdeckte, in dem man sein ganzes Leben verbracht hatte. Türen hatten sich geöffnet, Fensterläden waren aufgeklappt worden, um neues Licht einzulassen. Wenn er in seinem Bett lag und sich einfach dem Wunder all dessen überließ, überkam ihn eine Art von Glück, wie er es nie zuvor gekannt hatte.

Dieses Glück unterschied sich auch von dem, das er empfunden hatte, als der Heilige Geist seine Schutzmauer durchbrach und sein Herz läuterte. Aber beide Gefühle, das eine Glück wie das andere, riefen in ihm eine Zärtlichkeit wach, die beinahe unerträglich war.

»Ich danke dir, lieber Gott«, flüsterte er.

»Hm?« fragte Cynthia schläfrig. »Was hast du gesagt, Liebster?«

»Ich sagte … ich danke dir«, krächzte er.

»Gern geschehen«, sagte sie und schlief weiter.

Mit Barnabas an der roten Leine ging Timothy zur Grillstube und genoß die scharfe, reine Kälte des Tages. Am Himmel hörte er das Dröhnen eines kleinen Flugzeuges und blickte auf. Wahrscheinlich Omer Cunningham, der nichts Besseres zu tun hatte, als am blauen Firmament seine Kapriolen zu schlagen, während alle anderen in Mitford hin und her eilten wie Ameisen auf einem Hügel.

Er dachte über Dooleys Anruf am vergangenen Abend nach – kein einziges Mal hatte der Junge »nich« gesagt. Der Junge lernte schnell, soviel mußte man ihm lassen. Aber da war noch etwas in ihm, etwas, das er nicht preisgab – etwas

Vorsichtiges und Wachsames, das er von dem alten Dooley kannte, aber diesmal war es ernster.

»Wie geht es Tommy?« hatte Dooley gefragt.

»Er vermißt dich, könnte ich mir denken. Mit seinen Krücken kommt er mittlerweile ganz gut zurecht. Dr. Harper hofft, daß sein Bein soweit wieder verheilt, daß er später nicht humpeln wird.« Der Freund, der von einem zusammenstürzenden Haufen Bauholz gefallen war, hatte eine furchtbare Kopfverletzung erlitten und sich das Bein bis auf den Knochen aufgeschlitzt.

»Kann er wieder richtig reden?«

»Fast so gut wie wir anderen auch, würde ich sagen.«

Schweigen.

»Wie geht es dir? Wie kommst du in Bio zurecht?«

»Ganz gut.«

»Und in Mathe? Ich höre, du spielst sie alle an die Wand.«

»Es ist o.k.«

»Der Chor ist auch in Ordnung? Du singst mit?«

»Hm.«

Wenn er nur sein Gesicht hätte sehen können. »Wir wünschen uns so sehr, dein Gesicht wiederzusehen, Freund. In zehn Tagen bist du wieder zu Hause.«

»Hm.«

War das »Ja, Sir«, das er ihm früher zu entlocken vermocht hatte, jetzt Schnee von gestern? Er liebte ihn unaussprechlich, diesen Jungen, der sein Leben verändert, der es auf den Kopf und wieder auf die Füße gestellt hatte, diesen Jungen, der ihm heute wie sein eigener Sohn war. Sie hatten sich zusammengerauft, sie waren miteinander durch dick und dünn gegangen.

Oder vielleicht nicht? »Ist alles in Ordnung mit dir?«

»Hm.«

Verwünscht, es war *nicht* alles in Ordnung mit ihm, aber am Telefon konnte er nichts deswegen unternehmen. In ein paar Tagen würden er und Cynthia ihn von der Schule nach

Hause holen, und alles würde wieder gut. Schließlich brauchte Dooley Barlowe nur eine anständige Dosis Familie und Freunde und jemanden, der seine Wäsche vom Boden auflas.

Hoppy Harper hatte vor einer Weile im Pfarrbüro angerufen und lediglich gesagt: »Ich muß unbedingt hier raus, und ich muß reden. Wie wär's mit Mittagessen?«

Sein Freund saß bereits in der vorderen Sitzecke und sah, wie Emma einmal bemerkt hatte, »wie ein junger Walter Pidgeon« aus.

»Hören Sie sich folgendes an«, sagte Hoppy. Nach langen Jahren, in denen er sich als einziger Arzt in der Stadt bis zur Erschöpfung verausgabt hatte, hatte er eine gewisse Sparsamkeit im Umgang mit Worten gelernt; er pflegte nicht um den heißen Brei herumzureden.

»Hippokrates sagte, daß es im menschlichen Körper keinen Anfang gebe – wie in einem geschlossenen Kreis, der auch keinen Anfangspunkt hat. Er glaubte, daß es sich auf den ganzen Menschen auswirke, wenn nur ein kleiner Teil litte.«

Der Pfarrer nickte. Wenn der kleinste Teil des Geistes litt, erstreckte sich dieses Leiden auf das ganze Wesen. Er hatte dieses Prinzip häufig so erlebt. »Sprechen Sie weiter.«

Selma kam mit ihrem Bestellblock an den Tisch. »Was darf ich bringen?«

»Was nimmt denn der Pfarrer?« fragte der Arzt. »Bringen Sie mir dasselbe.«

»Hühnersalat auf Vollweizentoast, keine Mayonnaise«, sagte der Pfarrer. »Und dazu eine Tasse Gemüsesuppe.« Warum wollten die Leute immer bestellen, was er bestellte? Dachten sie, er bekäme ein spezielles Zeichen vom Schicksal, das ihm sagte, was er zum Mittagessen bestellen solle?

Hoppy beugte sich mit gerunzelter Stirn zu ihm herüber. »Also, hier in unserer irdischen Existenz wirkt sich nichts auf uns aus, das nur einen umgrenzten Bereich unserer irdischen

Hülle beträfe. Und zu dieser irdischen Hülle gehört auch der Geist – genau wie die lymphatischen, die enzymatischen, die neurologischen und die zirkulatorischen Faktoren.

Selbst Sokrates hatte diesen Gedanken. Er sagte, das Heilmittel für eine Menge Krankheiten sei unbekannt, weil die Ärzte im großen und ganzen unwissend seien. Die Quintessenz seiner Anschauung bestand darin, daß ein einzelner Teil des Körpers niemals gesund sein kann, wenn nicht das Ganze gesund ist.

»Ich kann Ihnen folgen«, sagte der Pfarrer.

»Während der ersten paar Monate haben das Personal und ich schweigend vor jeder Operation gebetet, und das war gut. Es hat uns auf eine ganz neue Art und Weise auf die vor uns liegende Arbeit vorbereitet. Jetzt fragen wir für gewöhnlich den Patienten, ob wir laut beten dürfen, bevor wir den chirurgischen Eingriff vornehmen.

Bei mir funktioniert das gut, beim Personal ebenfalls. Das allein muß schon von gewissem Nutzen sein. Aber es funktioniert auch bei den Patienten. Ich glaube, es hilft ihnen, als ganzes Wesen in die Narkose zu gehen, nicht nur als eine angegriffene Blase oder ein geplatzter Blinddarm.«

»Klingt absolut vernünftig.«

»Außerdem, müßte Gott sich nicht eigentlich genauso um unsere Körper wie um unsere Seelen kümmern? Ist die Erlösung nicht etwas Absolutes? Bezieht sie sich nicht auf Körper, Seele, Geist – alles?«

»Auf absolut alles.«

»Ach, übrigens, Olivia hat gelesen, daß bei bestimmten primitiven Kulturen Arzt und Priester ein und derselbe sind.«

»Ein ziemlich umfassendes Konzept.«

Er hatte seinen Freund noch nie so engagiert über irgendein Thema sprechen hören – abgesehen vielleicht von der wunderbaren Herztransplantation, die der Frau, die er vergangenen Juni geheiratet hatte, das Leben gerettet hatte.

Hoppy fuhr sich mit der Hand durch sein zerzaustes Haar.

»Wie gesagt, das alles läßt sich nicht beweisen, mit nichts belegen. Trotzdem weiß ich, daß es echt ist, es ist richtig, es funktioniert – auch wenn wir keine Ahnung haben, warum.«

Erst als Percy vorbeikam, um ihre Tassen aufzufüllen, bemerkten sie, daß Selma ihr Essen auf den Tisch gestellt hatte.

»Ihre Suppe wird kalt«, fuhr er sie an. »Und Ihre Sandwiches trocknen aus.«

Percy Mosley konnte es nun mal nicht ausstehen, wenn seine Kunden sich seinem Essen gegenüber gleichgültig zeigten.

Das alljährliche gemeinsame Fest aller Kirchen am Orte, das an diesem Erntedanktag in der Kapelle Unseres Herrn stattfand, lockte dieses Jahr besonders viele Leute an. Die Dorfbewohner marschierten lachend und scherzend über den Kirchhof, als strebten sie einem langersehnten Familientreffen entgegen.

Dies war seiner Meinung nach einer der schönsten Tage im Jahr – mit Abstand.

Menschen, die er sonst nur im Postamt oder im »Laden« sah, brannten an diesem Tag darauf, ihm in allen Einzelheiten von ihrer Gallenblasenoperation zu erzählen, ihn zu fragen, wie ihm das Eheleben behage, mit ihren Enkelkindern anzugeben und die Vorzüge von Soße zum Truthahn gegenüber Füllung zu debattieren.

In diesem Jahr stifteten die Presbyterianer die Truthähne, die angeblich ein »dreifacher Knüller« waren.

Esther Bolick hatte zwei turmhohe Marmeladenkuchen gebacken, zur ungemeinen Erleichterung all jener, denen zu Ohren gekommen war, sie habe das Backen aufgegeben und knüpfe jetzt Wollteppiche.

»Wollteppiche?« sagte Esther angewidert. »Ich weiß nicht, wer dieses Gerücht in Umlauf gebracht hat. Ich habe zu Weihnachten ein Paar Topfwärmer gemacht, aber zwischen

Topfwärmern und Wollteppichen besteht ja wohl ein himmelweiter Unterschied.«

Miss Rose Watson marschierte ins Gemeindehaus und markierte ihren Platz an einem der Tische, indem sie ihre Handtasche auf einen Stuhl schmetterte. Dann legte sie ein halbes Dutzend großer Plastiktüten mit Reißverschluß auf den Tisch, womit sie ihre Absicht bekundigte, auch dieses Jahr Hundetüten zu machen.

Ray Cunningham kam mit einem Schinken, den er persönlich über Walnußholz geräuchert hatte, und die Bürgermeisterin, die dem Kochen schon vor Jahren abgeschworen hatte, steuerte einen Sack großer roter Winteräpfel bei.

Jeder Tisch aus den Vorratskammern der Kapelle Unseres Herrn war aufgestellt worden, und die Presbyterianer hatten noch vier Dutzend zusätzliche Stühle herbeigeschleppt. Es gab nur noch eine Möglichkeit, durch den Raum zu gehen, wie jedermann entdeckte, nämlich seitwärts.

Cynthia Kavanagh erschien mit zwei Kürbispasteten in einem Tragebehälter, Dooley Barlowe folgte mit einem Tablett noch ofenwarmer Hefebrötchen, und der Pfarrer bildete mit einem Topf Würstchensoße und einer Schale Preiselbeermus die Nachhut.

Sophia und Liza kamen mit einer Schüssel Zimtplätzchen, die Liza selbst gebacken hatte. Nachdem sie sie ihrer Mutter in die Hand gedrückt hatten, liefen sie davon, um Rebecca Jane Owen zu fangen, der drei neue Zähne gewachsen waren und die schnurstracks auf die mit einem Besenstiel aufgesperrte Tür zusteuerte.

Evie Adams half ihrer Mutter, Miss Pattie, die Treppe des Gemeindehauses hinauf, während sie in ihrem anderen Arm ein Fünfliterglas mit grünen Bohnen trug.

Mule und Fancy Skinner, ein Teil der Baptistenmannschaft, kamen mit einem Schichtkuchen aus der Leckerbäckerei.

Und Dora Pugh von Pughs Eisenwarenhandlung brachte

einen Topf gedünsteter Äpfel mit, die sie im August von ihrem eigenen Baum gepflückt hatte. »Schnuppern Sie mal«, sagte sie und hob den Deckel. Der Duft von Zimt und Piment wehte wie Weihrauch aus einem Rauchfäßchen durch die Luft.

In dem allgemeinen Aufruhr rannten George Hollifields Enkelkinder durch den Saal und warfen Nüsse und Äpfel auf jeden Tisch, während Wanda Hollifield mit orangefarbenen Kerzen in Glaskerzenständern hinter ihnen herging. Solange er sich an Mitfords Kirchenfeste erinnern konnte, glaubte der Pfarrer, nie solchen Überfluß erlebt zu haben. Er glaubte auch nicht, jemals so viele strahlende Gesichter gesehen zu haben – oder lag das nur an der Hitze der Dorföfen, die seit Tagesanbruch voll aufgedreht waren?

Das Gesicht, das er jedoch vor allen anderen im Auge behielt, gehörte Dooley Barlowe.

Nach der allgemeinen Völkerwanderung zum Desserttisch schlug jemand mit einem Löffel gegen ein Wasserglas. Niemand kümmerte sich auch nur im geringsten darum.

Jemand rief: »Ruhe bitte!«, aber die Bitte verlor sich im Stimmengewirr.

Esther Bolick trat an das Klavier der Gemeindehalle, setzte sich nieder und spielte mit ungeheurer Lautstärke die Eröffnungstakte eines Ragtimeschlagers.

Stille senkte sich über die Versammelten, nur die Küchenmannschaft beklagte noch einen Spinatauflauf, den jemand herauszustellen vergessen hatte.

»Lied Nr. 290!« verkündete der Pfarrer, während die Jugendgruppe die Liedtexte verteilte. »Und laßt mich hören, wie all diese Kalorien verbrannt werden!«

Esther legte ein kraftvolles Vorspiel hin, und alle standen auf und sangen nach Herzenslust.

Baptisten zwitscherten mit Anglikanern um die Wette, Presbyterianer harmonierten wunderbar mit Methodisten, und die Lutheraner, die grüppchenweise aus Wesley herbeigekommen waren, halfen vor allem bei den hohen Tönen aus.

Die Erwachsenen sangen unermüdlich zwei weitere Kirchenlieder, dann folgte der Jugendchor, der mit drei Nummern in schneller Folge fast die Fenster aus dem Rahmen geschmettert hätte. Das große Finale war ein Solo von Dooley Barlowe, dessen Stimme bis in den hintersten Winkel des Raumes drang und mehrere Frauen zu Tränen rührte.

»Dem ist die feine Schule jedenfalls nicht zu Kopf gestiegen«, sagte Dora Pugh zu jedem, der gerade zuhörte.

Es dauerte eine Weile, bis irgend jemand sich in Bewegung setzen und helfen konnte, die Tische abzuräumen.

»Am besten, wir legen uns gleich hier an Ort und Stelle hin«, sagte Mule Skinner und zeigte auf den Fußboden.

»Ihr könnt Euch nicht hinlegen«, sagte Onkel Billy, »Ihr müßt nämlich Körbe verteilen.«

Jemand ächzte. »Erzählen Sie uns einen Witz, Onkel Billy!«

»Na ja, Sir, da war dieser Bursche, der hatte eine Tante, die war gerade gestorben. Und sein Kumpel sagte, was weinst du denn, du mochtest die Alte doch nie leiden. Und der Bursche sagte, das stimmt, aber ich war derjenige, der sie in die Irrenanstalt gebracht hat, und jetzt hat sie mir ihr ganzes Geld vermacht, und ich kann nicht beweisen, daß sie noch bei Verstand war.«

Allgemeines Stöhnen und Gelächter. »Mehr, Onkel Billy! Mehr!«

Während Onkel Billy dem Drängen nachgab, saß Miss Rose schweigend und wie zu Stein erstarrt da und hatte Sorge, daß die Reißverschlußtüten mit Truthahn und Soße sich unter ihrem Mantel bewegen könnten.

Dann verabschiedete man sich allenthalben, umarmte sich, und jeder schüttelte dem Pfarrer und seiner neuen Frau die Hand, um sich für das schöne Fest zu bedanken. Mehrere Leute begutachteten Dooleys Schuhe und seinen Blazer und bemerkten, daß er ganz schön ins Kraut geschossen sei.

Die Mannschaft, die die Körbe verteilen sollte, wartete schon ungeduldig, während die Packer alle Hände voll zu tun hatten, eine Liste von sechzehn Empfängern abzuarbeiten. Zu diesen gehörten Miss Sadie und Louella, der heimatlose Hobbes und Winnie Ivey, die Gürtelrose hatte.

»Bringen Sie auch einen Korb weg?« fragte Mule den Pfarrer. Er nickte. »Ich gehe rüber zu Miss Sadies neuem Quartier in der Fliederstraße, dann komme ich wieder zurück und helfe aufräumen. Was ist mit Ihnen?«

»Ich geh rüber zu Coot Hendricks; seine Mama kommt seit der Grippe überhaupt nicht mehr auf die Beine.«

»Ich dachte, J.C. wollte dieses Jahr auch zum Fest kommen.«

»Er hat sich wahrscheinlich eine Dose Pilzsuppe heißgemacht und alles gegessen, was nicht angebrannt war.«

»Es ist ein Wunder, daß der Mann überhaupt noch lebt.«

»Ganz meine Meinung«, pflichtete Mule ihm bei.

»J.C. hat keine Probleme, die eine gute Frau nicht kurieren könnte«, sagte Fancy, die zur Feier des Tages knallrote Hotpants trug, dazu Schuhe mit Pfennigabsätzen, einen Pullover mit V-Ausschnitt und einen Gürtel aus goldbesprühten Muschelschalen.

»Da würde ich mich nicht allzusehr drauf verlassen«, meinte Mule.

Sophia kam zu ihnen und schlang dem Pfarrer die Arme um den Hals, während Liza sich einen Augenblick lang an seine Taille klammerte. »Wir sind so froh, daß wir Sie haben, Pfarrer Tim«, sagte Sophia. Er bückte sich und küßte Liza auf die Stirn.

»Gott steh uns bei«, sagte Mule, als Liza und Sophia gingen, »ich weiß nicht, was diese Leute machen werden, wenn Sie in Ruhestand gehen. Da mag man gar nicht dran denken.«

»Dann tun Sie es auch nicht«, fuhr der Pfarrer ihn an.

Er sah den überraschten Ausdruck auf dem Gesicht seines Freundes. Er hatte nicht beabsichtigt, so schroff zu klingen.

»Stellen Sie sich in einer Reihe auf und nehmen Sie ihre Körbe in Empfang«, rief Esther Cunningham mit Donnerstimme durch den Saal, »und dann nichts wie raus hier! Es ist nämlich kein kaltes Essen, das Sie austragen sollen.«

Das Verteilungskommando nahm gehorsam an der Küchentür Aufstellung.

»Wenn man die Baptisten von diesem Fest fernhalten könnte«, meinte Charlie Tucker, »hätten wir auch was übrig, um es in diese Körbe zu stecken. Baptisten futtern immer, als stünde eine Hungersnot bevor.«

»Es waren nicht die Baptisten, die dem Truthahn den Garaus gemacht haben«, sagte Esther Bolick, die es zu wissen schien.

»Na, die Methodisten waren's jedenfalls auch nicht«, gab Jena eilig zurück, die die Bemerkung persönlich nahm. »Wir haben uns an das Brathuhn gehalten!«

»Dann waren es die elenden Lutheraner!« erklärte Mule, während er nach dem Korb für Coot Hendricks Mutter griff. »Außenseiter aus Wesley!«

Alle grölten vor Lachen, auch die Lutheraner, die persönlich mitangesehen hatten, wie die Episkopalen genug Truthahn gegessen hatten, um einen Ölfrachter zum Sinken zu bringen.

Abner Hickman, der soeben seine Kinder nach Hause gebracht hatte, kam durch die Hintertür der Gemeindehalle.

»Wollen Sie alle mal einen Sonnenuntergang sehen?«

Ein leises, aufgeregtes Raunen lief durch die Reihen der Aufräummannschaft. Mitford war ein Ort, an dem man spektakuläre Sonnenuntergänge zu schätzen wußte.

»Dann fahren Sie zur Mauer rauf«, erklärte Abner, »und zwar dalli.«

Esther Bolick parkte ihren Teppichkehrer in einer Ecke. »Lassen wir alles stehen und liegen! Das Leben ist kurz.«

Sie zwängten sich in Lieferwagen und Autos und fuhren mit durchdrehenden Reifen vom Parkplatz, dann hetzten sie ihre Motoren bis hinauf zu dem steilen Ausguck auf der Alten Kirchgasse, wo sie ins Freie stürzten und zu der Steinmauer liefen, von der aus man einen Blick auf das gelobte Land hatte.

»Barmherziger Gott!«

»Das ist wirklich phantastisch.«

Nach und nach verstummte das große Ah und Oh, und sie standen einfach nebeneinander an der Mauer und betrachteten das Wunder eines Sonnenuntergangs, der seinen Feuerschein weit über den Himmel warf. Wo die Sonne sank, zogen sich Streifen glühenden Rots über das Firmament, die sich wie Aquarellfarben über den Bergen ausbreiteten und langsam in Orange und Rosa übergingen, in Violett und Gold. Ungezählte platinfarbene Flammen umrahmten das Profil des Gabriel Mountains und der dunklen, schwellenden Gipfel zu beiden Seiten.

Der Pfarrer legte den einen Arm um Dooleys Schultern und den anderen um Cynthias Taille. Sein Herz wollte schier bersten vor Glück.

Die Ernte ist sicher eingebracht …

Er wußte, daß es nicht immer so sein konnte. Nein, nichts blieb sich jemals gleich. Wenn er im Leben irgend etwas gelernt hatte, dann, daß solche Augenblicke unsagbar zerbrechlich waren.

Bevor die Winterstürme kommen …

KAPITEL 4
Die Fackel weitergeben

Das Licht von der Straßenlaterne vor dem Pfarrhaus schien durch das Flurfenster, wurde von dem Spiegel auf der Kommode reflektiert und wanderte behutsam weiter zur Schlafzimmerdecke hinauf.

Weil neben der alten Straßenlaterne eine Akazie gewachsen war, funkelte das Licht durch ihre Blätter und warf seine Schatten hinauf. Er wußte immer, wenn ein leichter Wind ging, da der Schatten der Blätter dann über ihm tanzte.

»Timothy?«

»Hm?«

Cynthia drehte sich um und sah ihn an. »Du liegst steif wie ein Brett neben mir. Irgend etwas geht dir im Kopf herum, ich spüre es einfach. Willst du es mir nicht sagen?«

Er wollte es nicht einmal sich selbst eingestehen, geschweige denn jemand anderem. »Es geht um Dooley.«

»Ja.«

»Was ist ihm da zugestoßen?«

»Das habe ich mich auch gefragt.«

»Er ist anders. War es ein solcher Fehler von mir, ihn auf diese Schule zu schicken?«

»Ich weiß es nicht.« Sie seufzte. »Jedenfalls sagt er nicht mehr ›nich‹. Aber das ist wohl kein Trost.«

»Bei Gott, so sehr ich mich bemüht habe, ihm das abzugewöhnen, es fehlt mir richtig, daß er es jetzt nicht mehr sagt.«

Cynthia drehte sich um und legte sich auf den Rücken. »Es ist windig draußen«, sagte sie mit Blick zur Decke.

»Ich spüre etwas Hartes in ihm, etwas, das härter ist als früher.«

»Er haßt diese Schule.«

»Ich kann einfach nicht dagegen an – ich frage mich, ob ich ihn zurückholen soll. Oder ob ich auf das alte Sprichwort bauen soll, daß die Zeit alle Wunden heilt. Vielleicht ist es wirklich nur eine Frage einiger Monate, bis er dort Wurzeln schlägt. Er hat hier in Mitford Wurzeln geschlagen – das erste Mal in seinem Leben –, dann habe ich ihn nach Virginia verschleppt. Transplantationen sind immer eine heikle Geschichte.«

»Sieh nur, was passiert ist, als ich mitten im Sommer meinen weißen Flieder umgepflanzt habe. Woher sollte ich wissen, daß man ihn zu Beginn des Frühjahrs hätte verpflanzen sollen?«

»Ja. Vielleicht war es der Zeitpunkt, vielleicht hätten wir noch ein Jahr warten sollen, bevor wir ihn fortschickten.«

»Hast du mit ihm gesprochen?«

»Er will nicht reden. Er ist hart wie Stein – Gesicht, Herz, Geist.«

»Er müßte etwas Zeit mit Tommy verbringen«, sagte sie. »Er geht seinem besten Freund aus dem Weg.«

Er haßte schlaflose Nächte, in denen er sich mit irgend etwas herumschlug. Wenn man sich schon Sorgen machen mußte, dann geschah das am besten bei hellem Tageslicht. »Sorgt euch um nichts«, hatte Paulus an die Philipper geschrieben, »sondern in allen Dingen laßt eure Bitten in Gebet und Flehen mit Danksagung vor Gott kundwerden! Und der Friede Gottes, der höher ist als alle Vernunft, bewahre eure Herzen und Sinne in Christus Jesus.« In der letzten Stunde hatte er seine Sorgen zweimal Gott überantwortet und sie dann wieder an sich gerissen, nur um jetzt dazuliegen und voller Sorge die Decke anzustarren.

»Wie warst du denn mit dreizehn? Was ging in deinem Leben vor? Vielleicht hilft uns das weiter...«

»Mein bester Freund damals hieß ebenfalls Tommy. Wir haben alles gemeinsam unternommen. Mein Vater hat ihn verachtet ...«

»Dein Vater. Was war es, Timothy, das ihn so hart gemacht hat? Hast du jemals etwas getan, das seine Billigung fand?«

Er dachte darüber nach. Nein. Er konnte sich beim besten Willen nicht daran erinnern, jemals mit irgend etwas die Billigung seines Vaters gefunden zu haben. Seine Zensuren waren sehr gut gewesen, aber nie gut genug. Dann war da der Zwischenfall mit dem Fahrrad, aber an den wollte er sich erst recht nicht erinnern, er wollte nicht über seinen Vater reden, es war mitten in der Nacht, und er spürte plötzlich, wie sich ein bleiernes Gewicht auf seine Brust legte.

»Komm, ich massiere dir den Nacken«, sagte er und drehte sich zu ihr um. »Ich weiß, daß du einen langen Tag über dem Zeichenbrett hattest.«

»Aber, Liebster ...«

»So. Wie ist das?«

»Herrlich«, murmelte sie.

Die Weichheit ihrer Haut, die Wärme der Daunendecke, die Blätter, die sich ganz sachte über ihnen regten ...

Zwei Minuten später war er eingeschlafen.

Er fuhr aufs Land hinaus, um den neunzigjährigen Prediger aufzusuchen, den er mit dem heimatlosen Hobbes und den Bewohnern von Little Mitford Creek zusammengebracht hatte.

Bei jedem Wetter kochte Hobbes Mittwoch abends einen gewaltigen Topf Suppe und gab allen zu essen, die in seine Einzimmerbaracke am Bachufer kamen. Seine größte Sorge die Sorge um die geistige Nahrung der Menschen hatte den Pfarrer bewogen, Absalom Greer zu bitten, im Sommer am Bach zu predigen. Dies war der letzte Ruf, dem er folgen würde, bevor er sich endgültig von dem Dienst an seiner kleinen Schar »der drei Berggemeinden« zurückzog.

Der alte Pastor war nur allzugern bereit gewesen, in diese von verzweifelter Armut geschlagene Gegend zu gehen, in der Alkohol, Drogen und Gewalt sich wie ein Krebsgeschwür in den Bach gefressen hatten.

»Ich höre auf!« sagte Absalom Greer, während er eine gekühlte Flasche Orange Crush öffnete und an den Pfarrer weiterreichte.

»Es tut mir weh, das zu hören«, sagte Pfarrer Tim.

»Jedesmal, wenn ich versuche, das Predigen hinter mir zu lassen, findet sich jemand, dem es weh tut, das zu hören. Also mache ich weiter, wie eine Kreissäge. Aber das war es jetzt, mein Bruder, jedenfalls soweit es Kirchen und Predigten im Freien betrifft. Der Allmächtige hat mich abgemustert, mir den Ausgang gezeigt und mich meiner Wege geschickt.«

Die beiden Männer saßen neben dem alten Limonadenspender in Absaloms ländlichem Krämerladen, nur zwölf Meilen entfernt von Mitford. Zu den Annehmlichkeiten dieses Lebens, hatte der Pfarrer einmal gesagt, gehörte es zweifelsfrei, am späten Nachmittag in Greers Laden zu sitzen, während die Wintersonne auf vor annähernd einem Jahrhundert verlegte Kiefernböden schien.

»Von jetzt an halte ich meine Predigten hier, direkt vor dem Limospender. Über diese Straße kommt so manche verirrte Menschenseele, die ihren Durst löschen möchte und denkt, eine Pepsi könne nicht schaden.«

Der Pfarrer nickte.

»Früher bekamen die Leute bei mir eine Limo und eine Predigt schon für ein Fünfcentstück, jetzt pressen die Getränkefirmen einem fast einen ganzen Dollar ab.« Die blaßblauen Augen des Predigers funkelten. »An manchen Tagen ist es ziemlich schwer, eine Predigt zu halten, die einen ganzen Dollar wert ist.«

»Amen!«

Voller Zuneigung betrachtete der Pfarrer den Mann, der vor mehr als sechzig Jahren erfolglos versucht hatte, Sadie

Baxters Hand zu erringen – diesen Mann, der sich selbst zu dem gemacht hatte, was er heute war, und der zum Entsetzen und zum Entzücken seiner Gemeindemitglieder von der Kanzel der Kapelle Unseres Herrn aus gepredigt hatte, während er selbst letztes Jahr in Irland gewesen war. Das Ungewöhnlichste an dieser Geschichte war jedoch die Tatsache, daß Absalom Greer die Leute in Scharen in seine Kirche gezogen hatte – nachdem der erste Schock verflogen war.

»Erzählen Sie mir von Ihrer Arbeit am Bach. Der Heimatlose sagte, es seien wunderbare Dinge geschehen.«

»Mein Bruder, das war ein ziemlich rauher Verein! Ich habe über die Sünde gepredigt, und das hat den Leuten da überhaupt nicht geschmeckt – genau wie in den vornehmen Kirchen, wo schon die Erwähnung des Wortes Sünde die Reihen leert.

Aber man muß schließlich irgendwo anfangen, und das war der Punkt, an dem zu beginnen der Herr mir aufgetragen hat – bei Sünde und Buße.

Die Leute denken gern, Sünde sei das, was die anderen tun – aber in den mächtigen Büchern der Römer steht es ganz schlicht und einfach ausgedrückt.

Von der Sünde aus bin ich dann aber nicht weitergegangen zur Trunksucht und Unzucht, zur Verleumdung und zum Diebstahl. O nein, ich bin gleich zum Herzen der Dinge vorgedrungen und habe mir die Pfahlwurzel der Sünde selbst vorgenommen, die inmitten der Welt zu finden ist – die eigene Person! Ich möchte dies, ich möchte das, und ich will es sofort. Ich will die Dinge bestimmen, ich will sagen, wo's lang geht, ich will an der Spitze stehen...

Wenn wir uns von der Sünde abkehren und uns die segensreiche Vergebung des Herrn zuteil wird, dann können wir *Ihn* bitten, die Dinge zu bestimmen und an der Spitze zu stehen, aber mein lieber Schwan, das wollen die Leute auch nicht hören.

O nein, sie möchten gern selbst die Zügel in der Hand halten, auch wenn ihre kleinen Boote im Sturm hin und her schwanken, voller Wasser fließen und untergehen.«

Prediger Greer nahm einen kräftigen Schluck von seiner kalten Limonade.

»So, jetzt muß ich einmal ziemlich weit ausholen. Sie haben schließlich gefragt, wie es gegangen ist.

Nun, Sir, Sie wissen, wie das ist, wenn man ein Samenkorn in den Boden setzt und sich hinhockt und die Stelle ansieht, an der man es gesetzt hat, und dann steht man auf und läuft ein Weilchen herum und wartet darauf, daß etwas passiert. Dann regnet es, und die Sonne scheint, und man gibt diesem Samenkorn noch ein wenig mehr Wasser... und immer noch streckt nichts seinen Kopf aus der Erde raus. Nach einer Weile fühlt man sich dann also versucht, davonzuspazieren und sich unter einen Baum zu legen und dieses Samenkorn einfach sich selbst zu überlassen.

Woche um Woche habe ich die lebendige Gnade unseres Erlösers gepredigt, und wenn ich mich umsah, erblickte ich nur tote Gesichter und versteinerte Herzen. Ein rauhes Leben hatte die Gefühle der Menschen dort getötet wie ein schwerer Frost eine Pfirsichernte.

An manchen Abenden ging ich nach Hause und weinte wie ein Säugling, weil diese Menschen sich so unnachgiebig an ihren Schmerz klammerten.

Aber ich habe nicht lockergelassen. Eines Abends predigten wir das Wort, in dem uns gesagt wird, der Lohn der Sünde sei der Tod, aber das Geschenk Gottes sei das ewige Leben in Jesus Christus.

Wir haben den Menschen da draußen erzählt, daß Christus aus Liebe zu uns gestorben sei, was zu verstehen ja ganz schön hart ist.

Dann haben wir diesen wunderbaren Vers aus der Offenbarung des Johannes gepredigt, bei dem ich immer erzittere: *›Siehe, ich stehe vor der Tür und klopfe an. Wenn jemand meine Stimme hören wird und die Tür auftun, zu dem werde* *ich hineingehen und das Abendmahl mit ihm halten und er mit mir‹.*

Ich sagte, der Herr Jesus würde klopfen und weiterklopfen, bis man ihn einließ, ihm erlaubte, sich zu einem neuen Menschen machen zu lassen. Er würde die Tür jedoch niemals niederrennen. Nein, Sir, der Herr ist ein Gentleman, er wartet, bis man ihn hereinbittet.«

Es klingelte an der Tür, und ein Kunde trat ein. »Bruder Greer, ich brauche eine Tüte Hafermehl!«

»Ich komme«, sagte Absalom und ließ seinen Gast allein.

Dem Pfarrer fiel auf, wie langsam der alte Mann sich bewegte, als er auf die Regale zuging. Letztes Jahr hatte er nichts dergleichen bemerkt, und es machte ihm Sorgen. Tief im Innern erwartete er wohl, daß Menschen, die er liebte, ewig lebten, und das ungeachtet der zahllosen Beerdigungen, die er während seiner Jahre als Priester vorgenommen hatte.

Absalom kehrte zum Pfarrer zurück und setzte sich wieder.

»Mein Bruder, während ich predigte, habe ich von ganzer Seele darum gebetet, daß der Heilige Geist die harte Schale durchbrechen würde, die das Herz eines jeden Menschen an diesem Bach umschlungen hielt – aber ich muß Ihnen sagen, mein eigenes Herz verlor mehr und mehr an Zuversicht, denn es sah so aus, als wollte der Weingarten keine einzige Traube hergeben.«

»Sprechen Sie weiter.«

»So stand es also, als mir ein Mädchen auffiel, das auf der Wurzel dieses großen Baums am Wasser saß.

Für gewöhnlich saßen während der Predigt eine ganze Menge junger Leute da, aber an diesem speziellen Abend hatte irgend jemand ein Brett über einige Steine gelegt, und all die jungen Leute saßen auf dem Brett – nur dieses Mädchen nicht. Ich achte immer ganz besonders auf die jungen Leute, da ich selber ja auch mal jung war, aber Lacey Turner war mir nie zuvor aufgefallen.

Meine Güte, was dieses Mädchen zuhören konnte! Ihre

Augen bohrten geradezu ein Loch in mich hinein. Wenn ein Prediger eine Gemeinde hätte, die derart aufmerksam lauschte, wäre er ein glücklicher Mann. Es schien, als sei jedes einzelne Wort, das der Heilige Geist mir in den Mund legte, genau das, was sie zu hören verlangte. Ich hatte schließlich das Gefühl, daß meine Worte wie Pfeile waren, die geradewegs in das Herz dieses langbeinigen, barfüßigen Mädchens trafen, obwohl sie die Seelen der Menschen auf dem Boden nach wie vor verfehlten.

Also, Sir, dieses junge Mädchen rutschte plötzlich von dem Baumstumpen herunter und landete direkt vor meinen Füßen!

Sie wirbelte eine richtige Staubwolke auf. Ich betrachtete den Staub und betrachtete das Mädchen, und ich wußte, der Herr würde ein Wunder wirken.

Sie sagte: ›Es tut mir leid, daß ich Böses getan habe, und ich möchte erlöst werden.‹ Es war die sachlichste Bemerkung, die man sich nur wünschen kann.

Nun, die jungen Leute auf dem Brett, die fingen an zu lachen, aber dieses Mädchen stand wie ein Felsen vor mir; Sie hätten mal ihr Gesicht sehen sollen! Sie meinte es absolut ernst.

Ich sagte: ›Was hast du denn zu bereuen?‹ Und sie sagte: ›Daß ich böse war, ganz allgemein, und jeden gehaßt habe.‹

Mein Bruder, das ist wohl so ziemlich die stärkste Antwort, die man von irgend jemandem irgendwo zu hören bekommen kann. Ich sagte: ›Möchtest du, daß dir deine Bosheit und dein Haß vergeben werden?‹ Und sie straffte sich und sagte: ›Na, deswegen bin ich doch da runtergesprungen.‹

Ich sagte: ›Na, dann spring hier rüber und sprich ein Gebet mit mir und gib dein Herz in Jesu Hände.‹ Dann haben wir uns beide gleich da unten am Wasser hingekniet und die Worte gesprochen, die das Leben so vieler entwurzelter und gequälter Seelen verändert haben.

›Herr Jesus‹, betete sie hinter mir, ›ich weiß, daß ich eine

Sünderin bin. Ich glaube, daß du für meine Sünden gestorben bist. In diesem Augenblick wende ich mich von meinen Sünden ab und empfange dich als meinen persönlichen Herrn und Erlöser. Amen.‹

Nun, Sir, ich blickte auf, und die Hälfte der Leute war zu diesem großen Baum hin und ließ sich jetzt auf die Knie nieder, einer nach dem anderen, und, meine Güte, der Heilige Geist hat sich an die Arbeit gemacht, wie Sie das noch nie erlebt haben. Hat Herzen erweicht und Seelen geläutert, bis es mir fast die Haare vom Kopf gerissen hätte.

Wir haben dann noch länger da gekniet, und ich habe erst den einen, dann den anderen mit diesem kleinen Gebet zu Gott geführt, und bevor ich wußte, wie mir geschah, erhoben sich vollkommen neue Menschen von den Knien und sprangen in die Luft vor Freude!

Oh, Sie kennen ja diese Leichtigkeit, die die Menschen befällt, wenn ihre Sünden vergeben werden! Es ist eine Leichtigkeit, die einen vom Kopf bis zu den Zehen ausfüllt und wie ein heilender Balsam durch die Seele geht...«

Der Pfarrer spürte, wie das Lächeln auf seinem Gesicht breiter wurde.

»Mein Bruder, ich bin dann das Ufer zum Bach hinuntergestolpert, und diese kleine Schar schwärmte über Felsen und Wurzeln aus; einige Leute weinten, einige johlten vor Freude, und wir haben die Menschen im Namen des Vaters und des Sohnes und des Heiligen Geistes getauft, bis ich von Kopf bis Fuß klatschnaß war.«

Der alte Prediger schwieg, dann lächelte er plötzlich. »Etwas Großartigeres habe ich in meinem ganzen Leben nicht erlebt.«

»Ich auch nicht«, sagte der Pfarrer.

Absalom stand auf und stellte seine leere Flasche in einen Kasten.

»Man kann überall taufen, wo man Wasser hat«, sagte er, »aber meiner Meinung nach geht doch nichts über einen

Bach. So hat Johannes es gemacht und der liebe Gott auch, draußen im Freien, schlicht und einfach.

Aber eins läßt mir keine Ruhe«, sagte er. »Wer wird diese Kinder Gottes nun führen?

Was soll aus Lacey Turner werden – eine kesse Göre, wenn ich je eine gesehen habe –, mit einem Vater, der sie ihr ganzes Leben lang geschlagen hat, und einer Mutter, die an einer Blutkrankheit leidet und dem Tod geweiht ist.

Ich kann nicht mehr lange da raufgehen, meine Arthritis erlaubt es mir kaum noch, von der Hauptstraße zum Ufer runterzulaufen.«

Der alte Mann schüttelte den Kopf. »Das macht mir großen Kummer, Bruder, großen Kummer.«

Der Kloß in der Kehle des Pfarrers war beträchtlich. »Im Augenblick weiß ich auch nicht, was wir da tun können«, sagte er, »aber irgend etwas wird uns schon einfallen. Darauf können Sie sich verlassen.«

Sie gingen auf die Veranda hinaus und blickten über die Weide zu den Hügeln hinüber. Die Sonne versank gerade hinter einem Gipfel.

»Wie geht es Sadie?« fragte Absalom.

»Ich glaube, es ging ihr nie besser. Sie hat ein Herz, das genauso stark ist wie Ihres.«

»Hm …«, sagte der alte Prediger, den Blick immer noch auf die Hügel geheftet. Schweigend standen sie nebeneinander auf der Veranda.

Absalom Greer hatte ihm eine Fackel gereicht, und er hatte sie angenommen. Das Problem war nur, daß er keine Ahnung hatte, was er damit anfangen sollte.

Er machte gerade das Abendessen, als Dooley in die Küchentür trat und in den Garten hinausstarrte. Cynthia, die den Tisch gedeckt hatte, blickte auf, trat neben den Jungen und legte ihm eine Hand auf die Schulter. Er schüttelte sie ab.

»Was ist los, Dools?«

»Nix.«

»Warum willst du nicht mit uns reden und die zwei Tage, die dir noch von deinen Schulferien bleiben, mit deiner Familie zusammensein?«

Dooley drehte sich um, und sie sahen, daß sein Gesicht weiß vor Zorn war. »Sie und der Pfarrer, Sie sind nicht meine Familie. Ich habe keine Familie.«

Er stolzierte aus der Küche und warf die Tür hinter sich zu.

Am Samstag sprang Cynthia, weil sie einen frühen Anruf von ihrem Verleger erwartete, durch die Hecke, und er flitzte zur Grillstube, mit Barnabas an der roten Leine. Der Advent stand unmittelbar bevor, und immer noch gab es keinen Schnee, nicht einmal die Aussicht auf Schnee. Vielleicht würden sie wenigstens weiße Weihnachten bekommen – aber, Gott behüte, möglichst keinen Schneesturm wie den, der sie im letzten Winter lahmgelegt hatte.

Er nahm seine Tasse von dem Haken an der Theke und schenkte sich Kaffee ein. »Pochiert«, sagte er zu Percy, der schwungvoll Schinkenscheiben auf den Grill warf. Percy runzelte die Stirn. Er hatte nie gern pochierte Eier gemacht, weil das zuviel Zeit kostete.

Am hinteren Tisch las Mule die Zeitung, die auf den Maschinen der *Muse* im oberen Stockwerk gedruckt worden war. »Wie kommen wir denn heute morgen zu der Ehre Ihrer Gesellschaft?«

»Weil meine Frau mir bedauerlicherweise keine Gesellschaft leisten konnte.«

»Das Gefühl kenne ich. Fancy war schon um halb sieben auf und hat Strähnchen und eine Dauerwelle gemacht.« Er faltete die *Muse* zusammen und legte sie auf den Tisch. »Haben Sie J.C.s Artikel gelesen?«

»Ich glaube, er hat ihm den Titel: ›Lernen Sie Ihren Parlamentsabgeordneten kennen‹ gegeben.«

»Er ist ein paar Tage mit einem Polizeiwagen durch die Gegend gekurvt und hat Material gesammelt.«

»Sehr hübsch geschrieben. Gut gemacht. Hat übrigens irgend jemand schon den neuen Polizisten gesehen?«

»Sie meinen die *Polizistin?*«

»Genau.«

»Füllt ihre Uniform ganz gut aus. Sie war vor Ihnen hier, hat sich einen Kaffee mit Sahne und Zucker geben lassen. Mindestens vierzig und heißt Adele Lynwood.«

»Wo steckt J.C.?«

»Beim Friseur. Ich hab ihn die Treppe zu Joe Ivey rauflaufen sehen, als ich herkam. Wo wir gerade beim Thema sind, Sie sehen selber ein bißchen schlaff um den Kragen aus.«

»Sie nutzen wohl jede Gelegenheit, um Fancys Geschäft anzukurbeln. Wenn Sie sich für Ihr Immobilienbüro genauso engagiert hätten, würden Sie heute im Geld schwimmen.«

»Ich sage nur, was ich sehe, und Sie könnten einen ordentlichen Haarschnitt brauchen.«

»O, Mann!« sagte J.C., als er sich an ihren Tisch setzte. »Der hat mich so kahl geschoren, als müßte ich morgen meine Grundausbildung antreten.«

»Das ist Joes Prinzip«, sagte Mule. »Alles auf einmal runternehmen. Fancy vertritt die neue Schule; sie glaubt, daß man besser immer nur ein bißchen abschneiden sollte. Wirkt natürlicher.«

»Und bringt mehr Geld«, sagte J.C. und wischte sich das Gesicht mit seiner Papierserviette ab. »Sechs Dollar hier, sechs Dollar da. Joe gibt einem für fünf Dollar, wofür man woanders fünfzehn hinlegt.«

»Und wenn man bei ihm rauskommt, braucht man einen Hut, um den Kopf warmzuhalten«, versetzte Mule.

Nach einem Blick auf den wie frisch aus dem Ei geschlüpften J.C. Hogan dachte der Pfarrer, daß er Joe Ivey diesmal vielleicht aus dem Weg gehen und stattdessen tatsächlich bei Fancy vorbeisehen sollte.

»Guter Artikel«, sagte der Pfarrer. »Einer der besten seit langem. Ich wußte gar nicht, daß der Polizeichef früher mal richtig Baseball gespielt hat.«

»Das hat auch sonst niemand gewußt, bis auf seine Mama und seinen Papa und vielleicht seine Frau.«

»Journalismus in Bestform!« bemerkte Mule.

Percy schenkte eine Runde Kaffee aus und beäugte J.C. »Was soll's denn sein?«

»Bringen Sie mir eine Schüssel Wheaties, Magermilch, einen Becher Joghurt und trockenen Toast ... aus Vollweizen.«

Das Ergebnis war betroffenes Schweigen. »Rufen Sie den Notarzt!« sagte Mule.

Percy bohrte sich einen Finger ins Ohr. »Werde ich taub?«

»... und zwar dalli«, sagte J.C. »Ich habe Kohldampf.«

Mule blies auf seinen Kaffee. »Sie werden eine Tasse Fett dazu trinken müssen, damit Ihr Magen auch weiß, daß Sie es sind.«

»Warum waren Sie nicht bei unserem Fest?« fragte der Pfarrer.

»Zuviel Trara.«

»Ein klein wenig Trara ab und an würde Ihnen nicht schaden, wenn Sie mich fragen.«

»Ich habe Sie aber nicht gefragt«, sagte J.C.

Eins mußte er seinem Priesterkragen zugute halten – er hatte ihm noch nie irgendwelchen Respekt in der Grillstube eingetragen.

Nach dem Frühstück ging er mit Mule hinaus und band Barnabas von der Bank los.

»Ich kapier's nicht«, sagte der Makler. »Saubere Krawatte. Frischer Haarschnitt ... «

»Trockener Toast. Magermilch ...«, grübelte der Pfarrer kopfschüttelnd.

»Ich dachte nur ... wir haben uns gefragt ... ist da irgendwas in der Schule, wovon wir wissen sollten? Dooley ist nicht er selbst, überhaupt nicht.«

»Ich bin froh, daß Sie fragen«, sagte der Direktor, der ihm beteuert hatte, daß es ihm nichts ausmachte, an einem Feiertag angerufen zu werden. »Ich dachte, die Fahrt nach Hause würde ihm vielleicht guttun, daher habe ich nichts gesagt.«

»Worüber haben Sie nichts gesagt?« Er mußte es wissen.

»Von dem, was passiert ist. Er hat sich mit einem der Jungen hier angefreundet, einem der… benachteiligten Jungen, wenn Sie so wollen, und er hat mit ihm über seine Familie gesprochen; über seine Mutter und darüber, was seinen Geschwistern zugestoßen ist. Ich glaube, es fiel ihm sehr schwer, mit jemandem darüber zu reden. Ich glaube, es macht ihm sehr zu schaffen. Nun ja, langer Rede kurzer Sinn, Dooley hat dem Jungen sein Herz ausgeschüttet, und der Junge hat ihn betrogen. Er hat es in der Schule rumerzählt.«

Gütiger Gott. Das also war es, was Dooley so durch und durch erschüttert hatte, was sein Herz wieder vollkommen verhärtet hatte.

»Und da wir schon mal beim Thema sind«, sagte der Direktor, »Dooley ist dabei erwischt worden, wie er auf dem Schulgelände rauchte. Deshalb steht sein Name jetzt auf einer Liste, die in der Halle hängt, wo alle sie sehen können. Außerdem hat er einige Male die Kirche geschwänzt. Kein guter Anfang. Er darf nicht glauben, daß das der richtige Weg ist, um sich hier einen Namen zu machen. Ich habe ein wenig Zeit mit ihm verbracht, Herr Pfarrer, er hat ein großes Potential. Aber das bringt natürlich eine ebenso große Verpflichtung mit sich…«

»Was kann ich tun?«

»Hm, zum einen könnten Sie sein Taschengeld erhöhen, falls Ihnen das angemessen erscheint. Obwohl wir hier einige Schüler aus wirtschaftlich schlechter gestellten Familien haben, ist dies immer noch eine Schule für die Privilegierten, das läßt sich nicht beschönigen. Dooley sieht, daß die Jungen teure Schulsweatshirts kaufen oder an Wochenendexkursionen nach Washington teilnehmen, und dafür reicht sein Taschengeld nicht aus. Vielleicht wäre die großzügige Frau, die ihn hierherschickt…«

»Über wieviel Geld reden wir ungefähr?«

»Hundertfünfzig Dollar im Monat. Ich meine, das wäre gerecht.«

»Betrachten Sie das als erledigt«, sagte er.

Nach dem Telefongespräch starrte er aus seinem Bürofenster. Eins mußte er Dooley Barlowe lassen. Der Junge hatte sich nie über sein Taschengeld beklagt, und er hatte nur ein einziges Mal um Geld gebeten.

Er nahm sein Scheckbuch aus seinem Jackett und seufzte. Dann rief er zu Hause an. Dooley ging an den Apparat.

»Ich möchte dich zu einem Cheeseburger in Wesley einladen«, sagte er.

»Ich will keinen Cheeseburger.«

»Ich hole dich in zehn Minuten ab. In genau zehn Minuten.«

Wenn man hundertfünfzig Dollar im Monat hinlegen mußte, hatte man keine Lust, auch noch ein Blatt vor den Mund zu nehmen.

Als sie in dem Schnellimbiss saßen, legte er den Scheck auf den Tisch und kam gleich zur Sache.

»Laß dich noch einmal beim Rauchen erwischen, und du kriegst wieder genausoviel wie vorher. Kapiert?«

Keine Antwort.

»Kapiert?«

»Jaaa.«

»Ich will kein Jaaa.«

»Ja, Sir.«

»Und noch etwas. Schwänzt du noch einmal die Kirche, bist du fünfundsiebzig Dollar im Monat ärmer. Ende der Diskussion.«

Dooley sah ihn an.

»Ich habe mit Dr. Fleming gesprochen, und ich weiß, was passiert ist. Hör mir zu. Deine Freunde werden dich verraten. Nicht alle deine Freunde, aber einige davon. So ist das Leben. Du kannst daraus etwas lernen: Du selbst darfst deine Freunde nicht verraten. Niemals.«

»Ich könnte ihn zu Mus schlagen.«

»Könntest du. Aber was brächte das?«

Dooley starrte aus dem Fenster.

»Du kannst es in dieser Schule zu etwas bringen oder nicht. Du kannst die Regeln befolgen und etwas lernen, oder du kannst nach Hause gekrochen kommen und die Welt wissen lassen, daß du es mit den anderen Jungs nicht aufnehmen konntest.

Hör mir zu, mein Freund, das Leben ist hart. Die Schule ist kein Picknick. Aber zu Weihnachten bist du wieder zu Hause. Das ist nicht mehr lang. Du mußt einfach einen Tag nach dem anderen bewältigen. Immer einen Tag nach dem anderen. Du wirst schon zurechtkommen. Das verspreche ich dir.«

Dooley knüllte sein Cheeseburgerpapier zu einem Ball zusammen und warf ihn in hohem Bogen in den Mülleimer.

»Du hast neulich gesagt, du hättest keine Familie. Das hat weh getan. Es war ein schlimmes Gefühl für uns. Ich möchte, daß du das weißt. Die Wahrheit ist, daß du sehr wohl eine Familie hast, denn wir lieben dich und sorgen uns um dich, und wir halten zu dir, ganz gleich, was geschieht. Das bedeutet Familie.«

Dooley senkte den Blick. »Ich hab's nicht so gemeint«, sagte er.

»Ich weiß. Jetzt geh und ruf Tommy an und frag, ob wir ihm einen Cheeseburger mitbringen sollen und ob er seine Pommes mit Ketchup oder Majo will.«

Es dauerte nur einen kurzen Augenblick, aber er sah es trotzdem – Dooley Barlowe konnte ihm nichts vormachen. Es war ein jähes Aufflackern von Glück in den Augen des Jungen, etwas wie Hoffnung oder Erleichterung.

Er wollte noch eine Wanne mit schmutziger Wäsche von Dooley in die Waschmaschine werfen und dann bei Winnie Ivey vorbeispringen, um einen Beutel Donuts zu kaufen, die sie morgen auf der Rückfahrt zur Schule mitnehmen konnten. Ein bitterkalter Wind peitschte durch das Dorf.

»Ich wünschte, ich könnte dich und Dooley begleiten«, sagte Cynthia. »Es ist mir furchtbar, ihn ziehen zu lassen.«

»Hm.«

»Hast du mich gehört?« fragte sie und sah ihn durchdringend an.

»Wie bitte?«

»Manchmal bist du tausend Meilen weit weg.«

Er grinste. »Der Rest von mir ist furchtbar erdenschwer, aber meine Gedanken müssen immer umherwandern. Und die Tatsache, daß ich so viele Jahre allein gelebt habe, macht es auch nicht gerade besser.«

»Kann ich mir denken.«

»Ich werde versuchen, mich zu bessern, versprochen. Was hast du heute vor?« Seine Frau hatte, das wußte er, immer irgend etwas vor.

»Ich will zwei von Dooleys Hemden flicken und dann an einer Zeichnung weiterarbeiten; Drosseln in einem Nest.«

»Dein neues Buch handelt von Drosseln?« Die letzte Zeit war so hektisch gewesen, daß sie nicht einmal Gelegenheit gefunden hatten, über ihr Buch zu sprechen.

»Ich glaube, ja«, sagte sie, »aber ich bin mir noch nicht sicher. Ich habe das Gefühl, es sollte mit Drosseln anfangen, aber ich weiß nicht, ob es direkt von Drosseln handeln wird.«

Ungefähr in dieser Art pflegte er seine Predigten anzugehen.

»Ich habe mich immer gefragt, wie es wohl wäre, ein Vogel zu sein – zwischen den Wolken zu schweben, auf Bäumen zu schlafen. Ich glaube, das wäre etwas, das auch Kinder interessiert. Alles, was wir vom Boden aus sehen, ist diese herrliche, geflügelte Freiheit. Aber auch Vögel müssen Raufereien haben und irgendwelchen Gefahren ausgesetzt sein, genau wie wir anderen, meinst du nicht?« Sie sah ihn über den Rand ihrer Brille hinweg an.

»Ich wäre geneigt, diese Frage zu bejahen.«

»Ich kann es kaum erwarten, bis wieder Frühling ist und ich mit meinem Zeichenblock hinausgehen kann«, sagte sie, und in ihre Augen trat wieder dieser geistesabwesende Ausdruck.

»Hm.«

»Ich hoffe, du kommst mit mir! Du kannst Jeremiah auslegen, während ich Vögel zeichne.«

»Na, dann würde ich doch jederzeit lieber einen Vogel zeichnen als Jeremiah auslegen!« sagte er mit Nachdruck.

»Ach, übrigens, Liebster, was blüht im Mai im Garten des Pfarrhauses?«

»Mal sehen. Ein schöner Bestand von Berg-Dreiblatt, an der Grundstücksgrenze Schlüsselblumen, die jetzt sehr gut wirken... und natürlich die Maiglöckchen, ein ganzes Beet voll.«

»Wunderbar!«

Als er sie zum Abschied küßte, raubte ihm das unwiderstehliche Blau ihrer Augen wieder einmal den Atem. Würde er diese Augen eines Tages als selbstverständlich nehmen, oder würden sie ihn immer derart in ihren Bann schlagen?

Am Montag morgen zog er gerade den Stecker der Kaffeemaschine aus der Dose, als er Puny die Haustür öffnen hörte.

Sie stürzte den Flur hinunter und verschwand im Badezimmer im Erdgeschoß, wo sie einige Zeit blieb. Als sie herauskam, wollte er sich gerade auf den Weg ins Krankenhaus machen.

Er konnte nicht umhin, festzustellen, daß ihr Gesicht eine seltsam grünliche Färbung aufwies, etwas, das in der Familie der Minze einzuordnen gewesen wäre, um genau zu sein.

»Gütiger Gott, Puny, was ist denn nur los?«

Sie seufzte. »Erinnern Sie sich noch, daß ich sagte, Joe Joe und ich hätten es nicht eilig, Babys zu bekommen …?«

»Ja. Natürlich erinnere ich mich.«

»Aber wir haben vergessen, uns daran zu erinnern«, sagte sie mit verzerrter Miene.

KAPITEL 5
Um Haaresbreite

Es hätte ebensogut ein Nest Mokkasinschlangen sein können, so kalt wurde ihm ums Herz, als er die Kartons sah, die UPS auf Emmas Schreibtisch gelegt hatte.

»Schaffen Sie das Zeug von meinem Schreibtisch runter«, sagte sie mit steif nach hinten gebogenen Schultern.

»Wo sollen wir denn hin damit? In der Dusche steht schon alles mögliche, angefangen von den Gebetsbüchern aus dem Jahr 1928 bis hin zum Weihnachtsschmuck fürs Büro.«

»Stellen Sie es auf die Besucherbank.«

»Aber wir haben für gewöhnlich Besucher.«

Warum konnten die Leute, die es geschickt hatten, das verflixte Ding nicht behalten, bis sie hier soweit waren, es zu installieren?

Sie drehte sich um und beäugte seinen Schreibtisch, ein Wink mit dem Zaunpfahl, den er ignorierte.

»Dann stellen Sie es eben auf den Boden«, sagte sie angeekelt. »Vor Ihr Bücherregal.«

»Dann können wir die Eingangstür nicht mehr ganz öffnen.«

»Sie sollten sich mal das schöne Büro ansehen, das der Prediger der Ersten Baptisten hat«, sagte sie und maß ihr Drei-mal-drei-Quadratmeter-Gefängnis mit einem finsteren Blick. »Genug Platz für eine Bowlingbahn.«

Er sah es kommen – das Büro des Baptistenpfarrers würde erst zu einem Stadion wachsen, dann zu einem Amphitheater und schließlich zum Parthenon.

»Emma«, sagte er, »Warum nehmen Sie sich nicht den Tag frei?«

Er war sicher, daß irgend jemand morgen vorbeikommen würde, um das Ding einzustöpseln.

Oder was auch immer man damit machte.

Aber niemand kam am nächsten Tag.

Widerstrebend las er, was auf den Kartons gedruckt stand. Harddisk 420 Megabyte. 8 Megabyte RAM. PCI-Architektur. Es hätte ebensogut serbisch sein können. Wenn du schon nicht verstehst, was auf dem Karton steht, überlegte er, wieviel kannst du dann von seinem Inhalt begreifen?

»Stellen Sie es in Ihren Wagen«, sagte Emma. »Sie könnten es in meinen tun, aber Harold hat Heu auf dem Rücksitz liegen.«

»Heu?«

»Es ist in alte Decken eingewickelt, damit es den Wagen nicht schmutzig macht; man sieht auch nicht, daß es Heu ist. Er wollte es trockenhalten, und in der kleinen Scheune, die er gebaute hat, ist kein Platz mehr.«

»Aha.«

»Stellen Sie es einfach in Ihren Kofferraum, wenn es reinpaßt.«

Eins mußte man ihr lassen – ab und zu hatte Emma Newland tatsächlich ganz brauchbare gute Ideen.

»Keine Sorge«, sagte er zu ihr, während er den größten Karton durch die Tür wuchtete, »irgend jemand sagte mal, selbst ein Kind könne damit umgehen.«

Er wußte, daß er eine haarsträubende Lüge verbreitete, die ihm jemand aufgetischt hatte, der törichterweise glaubte, Geistliche hätten keine Ahnung von der Wirklichkeit und auch keinen gesunden Menschenverstand.

»Hallo, Rodney!«

Er hatte schon seit einer ganzen Weile keinen Anruf von

dem Mitforder Polizeichef bekommen, nicht mehr, seit sie vor seiner Irlandreise so viele Dinge gemeinsam zu bewältigen gehabt hatten.

Während der Entführung von Barnabas, durch die ein Drogenring aufgeflogen war, und dem Drama um den Juwelendieb, der auf dem Kirchenspeicher gelebt und sich während eines Sonntagsgottesdienstes selbst gestellt hatte, hatte er Rodney Underwood zwei Monate lang fast jeden Tag zu Gesicht bekommen.

»Herr Pfarrer, ich muß etwas mit Ihnen bereden. Wir könnten uns in der Grillstube treffen – oder wie wär's, wenn ich in Ihrem Büro vorbeikäme?« Rodney klang besorgt.

»Ich könnte doch bei Ihnen auf dem Revier vorbeikommen. Ich war schon eine Weile nicht mehr dort. Haben Sie vielleicht jemanden da, den ich bei der Gelegenheit besuchen könnte?«

»Keine Menschenseele. Ich habe heute morgen erst jemanden entlassen, danach haben wir die Zelle geputzt und den Fußboden aufgewischt.« Rodney war der einzige Polizeichef, von dem er je gehört hatte, daß er wie ein Kasernensergeant häusliche Pflichten versah und für die Insassen seines Gefängnisses alte Ausgaben der *Southern Living* bereithielt.

Auf dem Revier kam Rodney ihm bereits an der Tür entgegen. »Sieht so aus, als bekäme Ihnen die Ehe ganz gut.«

»Das tut sie, vielen Dank.«

»Wie geht es Dooley? Das wollte ich schon lange mal fragen.«

»Gut. Kommt wunderbar zurecht.«

»Die Sache steigt ihm doch nicht zu Kopf, oder?«

Wenn es irgend etwas gab, was niemand im Dorf sich wünschte, dann, daß Dooley irgend etwas zu Kopf stieg. »Lassen Sie das mal Ihre geringste Sorge sein.«

Rodney führte ihn in sein Büro und schloß die Tür. »Es geht um Miss Sadie«, sagte er, während er seinen Pistolengürtel hochzog.

Er spürte ganz eindeutig, wie sein Herz einen Schlag aussetzte. »Was ist passiert?«

Rodney saß auf der Ecke seines Schreibtisches und lud den Pfarrer ein, auf einem Stuhl Platz zu nehmen. »Sie ist mit ihrem Plymouth einmal zu oft auf den Gehweg gefahren.

Sie wissen, daß ich beide Augen zugemacht und in die andere Richtung gesehen habe, seit ich diese Stelle angetreten habe – aber nur, weil es um Miss Sadie ging. Sie ist die einzige, bei der ich ein Auge zugedrückt habe.«

Der Pfarrer nickte. Wenn es je einen ehrlichen Menschen gegeben hatte, dann war das Rodney Underwood.

»So geht es einfach nicht weiter. Heute morgen hat sie so dicht vor dem ›Laden‹ geparkt, daß man, wenn man die Beifahrertür öffnete, das Schaufenster eingeschlagen hätte. Ich meine, wir haben neue Leute hier im Dorf, nicht mehr nur die Alteingesessenen wie früher. Es sind andere Zeiten, moderne Zeiten. Hier wohnen jetzt sogar Leute aus Los Angeles; draußen, auf der Grashügelstraße.«

»Wer hätte das gedacht!«

»So wie ich es sehe, ist dieser Wagen schon vom Band gerollt, als Eisenhower noch im Amt war. Wenn er mit einem Toyota zusammenstieße, würde der den ganzen Weg bis nach Wesley fliegen – Luftexpress. Und noch etwas. Sie klebt an der gelben Linie, als wäre die extra für sie persönlich geschaffen worden. Die Leute springen auseinander wie die Hühner, wenn sie sie in diesem Panzer kommen sehen.«

Der Polizeichef sah den Pfarrer durchdringend an, um sicher zu sein, daß er ihn wirklich verstand. Was er eindeutig nicht tat. »Was ich sagen will, ist folgendes: Sie muß sich bessern, oder wir müssen sie von der Straße fernhalten.«

»Aha.«

Er wollte das nicht hören, nein, wirklich nicht, er hatte es gern, wenn alles in gewohnten Bahnen lief, ohne irgendwelche Veränderungen. Sadie Baxter fuhr seit Jahren auf den Gehsteigen, was war schon groß dabei?

»Meine Männer haben sie zweimal angesprochen, aber sie kommen nicht durch bei ihr. Nächstes Mal kriegt sie eine Vorladung. Und wenn sie sich dann nicht bessert, schicken wir sie zur Behörde, damit die ihre Führerscheintauglichkeit noch mal überprüft.«

»Könnten Sie nicht mit ihr darüber sprechen?« fragte der Pfarrer, der die Antwort bereits kannte.

»Genau das wollte ich Sie bitten, Herr Pfarrer. Reden Sie mit ihr.«

»Ich hasse es, mich einzumischen«, sagte er in dem vollen Bewußtsein, daß er es trotzdem würde tun müssen. Tatsächlich hatte ihm mal jemand gesagt, das Einmischen sei sein Job. Göttliche Einmischung hatte der Betreffende es genannt, obwohl es für ihn kaum jemals ein »göttliches« Gefühl war.

»Ich würde es nicht als Einmischung bezeichnen, wo Sie vielleicht jemandem das Leben damit retten, ganz zu schweigen von Miss Baxters eigenem Leben. Mir ist völlig schleierhaft, wie sie überhaupt über das Amaturenbrett sehen kann, klein, wie sie ist.«

»Ah, hm«, sagte er schwach. Lieber würde er sich auspeitschen lassen, als Sadie Baxter sagen zu müssen, daß sie fortan wie alle anderen Leute am Straßenrand parken und sich auf ihre eigene Fahrspur beschränken solle. Er hatte vor Louellas Operation miterlebt, wie halsstarrig sie mit ihrem Rohrstock auf den Boden geklopft hatte. Um die Wahrheit zu sagen, er hatte vielleicht auch ein klein wenig Angst vor Sadie Baxter.

Vielleicht würde Cynthia diese unbequeme Aufgabe übernehmen und ihn ganz aus der Sache raushalten.

Er hatte sich rasiert und geduscht und wollte gerade ins Schlafzimmer gehen, als ihm klar wurde, daß seine Frau dort sein würde. Er schüttelte den Kopf, als hoffe er, auf diese Weise ein wenig Vernunft hineinzubekommen. Seine Frau. Er genoß die Gesellschaft seiner Frau unglaublich; es gab Zeiten, da konnte er es kaum erwarten, sie zu sehen. Aber wann würde sein Herz dieses törichte Hämmern bei fast jeder Begegnung mit ihr endlich sein lassen? Wann würde er einfach nur noch ungeteiltes Behagen darüber verspüren, daß sie wie zwei alte Schuhe zusammengehörten?

Sie saß in etwas Blauem im Bett, und Barnabas lag neben ihr auf dem Boden. »Ich habe Evie heute eine kleine Atempause verschafft.«

»Du bist wunderbar.«

»Ganz bestimmt nicht! Was meinst du, was Miss Pattie und ich getan haben?«

»Ich habe nicht die leiseste Ahnung ...«

»Wir haben getanzt.«

»Nein!«

»Ja.«

»Rumba? Foxtrott?«

»Freistil.«

»Hattet ihr denn ... Musik?«

»Sie hat das Radio angestellt.«

»Aha.«

»Als Evie nach Hause kam und ihre kleine Mutter tanzen sah, hat sie geweint.«

»Evie weint immer.«

Er liebte diese erwartungsvolle Offenheit, die so oft ihr Gesicht erhellte. Er setzte sich zu ihr aufs Bett. »Das klingt ja sehr amüsant, aber ich weiß, daß es das in Wirklichkeit nicht war. Es ist sehr tapfer und sehr gütig von dir, daß du Miss Pattie die Möglichkeit gibst, etwas von sich selbst zum Ausdruck zu bringen ...«

»Ich bin nicht gütig, mein Liebster, und tapfer bin ich schon gar nicht. Eigentlich gehe ich überhaupt nicht gern dort hin. Es ist sehr hart. Aber wenn ich daran denke, wie hart es erst für Evie sein muß ...«

Dankbar nahm er ihre Hand.

»Miss Pattie hat etwas ungemein Liebenswertes und Gewinnendes an sich«, sagte Cynthia. »Ich finde, sie sieht beinahe wie ein Sarotti-Mohr in Frauenkleidern aus, meinst du nicht auch?«

»Genau!« Er würde nicht ausgerechnet heute abend mit ihr über Miss Pattie reden.

»Ich dachte, ich nehme sie irgendwann mal zu einer Ausfahrt mit. Rodney Underwood hat sie früher oft in seinem Streifenwagen mitgenommen, aber dazu hat er jetzt zuviel zu tun. Meinst Du, ein Mazda würde ihr genügen?«

Ja, wirklich, dachte er, es gab tatsächlich Engel. Miss Pattie und Evie Adams hatten jedenfalls einen Engel bekommen, einen Engel aus Fleisch und Blut. Und er auch.

»Ah, Herr Pfarrer!« Es war Hope Justice, die aus dem Nebel auftauchte, als der Pfarrer seine letzten paar Meter die Hauptstraße hinaufjoggte.

Keuchend blieb er stehen. Er freute sich immer, wenn er ihr Gesicht sah. Und da sie Nachtschicht machte und den größten Teil des Tages schlief, sah er sie nicht oft.

»Ich wollte Ihnen und Ihrer Frau dafür danken, was Sie für Benjamin getan haben. Es war in jeder Hinsicht großartig von Ihnen. Wir sind Ihnen ja so dankbar, Herr Pfarrer.« Er sah, wie die Tränen in Hopes braunen Augen aufstiegen.

»Aber ich bitte Sie, das war doch nicht der Rede wert!«

»Es hat uns mehr geholfen, als Sie ahnen«, sagte Hope, während sie ein Taschentuch herauszog.

Als er weiter durch die feuchte Dezemberkälte joggte, konnte er nicht umhin, sich zu fragen, was er eigentlich für Hope Justice getan hatte. Er wollte nicht begriffsstutzig erscheinen, aber das letzte Mal, daß er seines Wissens nach etwas für sie getan hatte, lag Jahre zurück, als ihr Mann gerade seine Stelle in der Handschuhfabrik verloren hatte.

Puny Bradshaw Guthrie war langsam wieder sie selbst. Tatsächlich hatte sie seiner Meinung nach nie besser ausgesehen.

»Hören Sie auf, meinen Bauch anzustarren!« sagte sie kichernd. »Ich spüre direkt, wie Sie da reingucken, um festzustellen, was was ist. Wahrscheinlich wird man mir überhaupt erst in ein oder zwei Monaten etwas ansehen!«

Er spürte, wie sich dieses unkontrollierbare Grinsen ausbreitete. Seine Puny mit dem roten Haar und den Sommersprossen und der Seele einer Heiligen …

»Und was sagt Ihre Schwiegergroßmutter, die Bürgermeisterin, dazu?«

»Sie ist total aufgeregt. Das wird ihr achtes Urenkelkind.«

»Fünfundzwanzig Enkelkinder hat sie schon, glaube ich?«

»Sechsundzwanzig, wenn man den Kleinen der jüngsten Enkelin mitzählt, der letzte Woche rausgekommen ist.«

»Ich habe Ihnen was mitgebracht, und schimpfen Sie deswegen nicht mit mir.« Er trat an die Speisekammer und nahm den Mop heraus.

»Es ist ein Gummischrubber mit elastischem Griff, und sehen Sie mal, Sie brauchen sich nie wieder zu bücken, es reicht, wenn Sie diesen Hebel runterdrücken …«

Argwöhnisch beäugte sie die Demonstration.

»Und noch etwas«, sagte er, »ich möchte, daß Sie ordentlich zu Mittag essen und nicht mehr wie ein Vogel auf ihrem Teller herumstochern.«

Sie lachte und salutierte. »Jawohl, Sir!«

Er seufzte. »Ich weiß nicht, was ich ohne Sie tun werde, wenn …«

»Sie brauchen überhaupt nichts ohne mich zu tun! Ich würde es zur Arbeit mitbringen!«

»Sie … wirklich?«

»Na, und ob! Und ich hätte überhaupt nichts dagegen, wenn Sie mit ihm spielen würden!«

»Wirklich nicht?«

»Dieser kleine Zug, den Sie zu Weihnachten aufgebaut haben, den könnten Sie zum Beispiel mal fahren lassen. Das würde dem Kleinen bestimmt Spaß machen.«

Das war ein Gedanke, überlegte er, und kratzte sich am Kopf.

Aus den Augen, aus dem Sinn.

Er hatte die drei Kartons, die in seinem Kofferraum hin und her rutschten, vollkommen vergessen, bis die Computerfirma anrief, um zu sagen, daß sie die Sache jetzt »ganz bald« in Angriff nehmen würden.

Als er den Mann von der Firma am Apparat hatte, bat er ihn, ihm zu sagen, womit er zu rechnen habe. Kein Problem, sagte der Anrufer. Sie würden kommen und den Computer installieren, den Monitor, den Drucker und das Buchhaltungsprogramm und ihnen eine zweistündige Einführung geben. Dann würden sie etwa einmal die Woche auf zwei Stunden wiederkommen, bis das Pfarrbüro allein mit der Sache fertig wurde.

Wie lange, fragte er sich, würde sein Büro brauchen, um… mit der Sache fertig zu werden? Ungefähr ein Jahr, kein Problem, eine Kleinigkeit, sagte der Anrufer. Er spürte, wie sein Magen sich zusammenkrampfte. Was den Zeitplan betraf, sie wollten den Computer in der Woche nach Weihnachten installieren, falls ihm das recht sei.

Ob ihm das recht war? Er konnte ihnen gar nicht genug danken für die unentschuldbare, unprofessionelle Verzögerung, mit der sie die verwünschte Sache angingen.

Als sie die Neuigkeit hörte, schien ihm, als wäre Emma endlich wieder ganz die alte. Nicht daß dadurch irgend etwas besser geworden wäre.

»Barmherziger!« rief sie. »Jetzt hätte ich gern zur Feier des Tages ein Schokoladentörtchen!«

Emma hatte vor drei Jahren in der Fastenzeit den Schokoladentörtchen abgeschworen, ein Opfer, für das er ihr zutiefst dankbar war. Sich im selben Raum mit einem Schokoladentörtchen, gleich welcher Füllung, aufzuhalten, war eine Versuchung, der er kaum Herr zu werden vermochte.

Emma betrachtete ihn eingehend. »Sie paßt auf, daß Sie auch wirklich Diät halten, wie?«

»Irgend jemand muß es tun.«

Es folgte ein gespanntes Schweigen.

»Ich höre, der Frauenkreis wollte sie als Präsidentin haben.«

»So ist es.«

»Ich höre, sie wollte auch nicht Vorsitzende des Freizeitausschusses werden.«

»Da haben Sie richtig gehört.«

»Du liebe Güte«, sagte Emma und zog den Mund auf genau jene Art und Weise zusammen, die ihm so gründlich mißfiel.

Wenige Sekunden vor Ladenschluß hielt er vor dem Mitforder Blumenlädchen und kaufte drei edle Rosen und dazu einige Stengel Fresien. Jena Ivey wickelte den Strauß in knisterndes, grünes Blumenpapier und band es mit einer Seidenschleife zu – eine zusätzliche Geschäftsausgabe, die sie wegen der wunderbaren Wirkung des Schleifchens gern in Kauf nahm.

»Eine besondere Gelegenheit, Herr Pfarrer?« Jena wußte gern, was bei ihren Kunden los war, und sah einem direkt in die Augen, bis sie die Antwort hatte.

Er sprach es aus, als sei es ein einziges Wort: »Dreimonateverheiratet.«

Auf der Veranda des Pfarrhauses zog er seinen Kragen glatt, nahm den Strauß hinter den Rücken und marschierte dann in die Küche.

»Cynthia!« Barnabas kam die Treppe heruntergelaufen, segelte durch die Luft auf ihn zu und hatte ihm das Gesicht gründlich abgeleckt, noch bevor ihm ein Zitat aus der Bibel einfiel. »Diesmal hast du mich kalt erwischt«, sagte er und putzte sich mit dem Mantelärmel die Bescherung ab. Das aufgeregte Gebell seines guten Hundes erfüllte das Pfarrhaus wie der Baß der Kirchenorgel das Mittelschiff.

Es war wunderbar, begrüßt zu werden, als sei man der Papst selbst, aber wo war die Frau, die bei ihm eingezogen war und sein Bett teilte und übermütige kleine Briefchen in seiner Sockenschublade hinterließ?

»Cynthia!«

Vielleicht kam sie etwas später von der Arbeit nach Hause, von dem kleinen, gelben Haus nebenan.

Er ließ etwas Wasser in eine Vase laufen und stellte Rosen und Freesien hinein. Ein ganz schwacher Duft wehte ihm entgegen.

Er stand mitten in der Küche, hielt die Vase vor sich hin und lauschte auf ihre Schritte auf der Veranda. Barnabas saß zu seinen Füßen und blickte zu ihm auf.

»Na dann komm, alter Knabe, gehen wir spazieren.« Barnabas tänzelte bellend auf seinen Hinterbeinen.

Bis sie vom Denkmal zurück waren, wäre Cynthia gewiß zu Hause, und er würde sie zum Abendessen nach Wesley einladen. Warum nicht? Er hatte es schon einmal getan und ihr damit anscheinend eine große Freude gemacht. Er stellte die Rosen mitten auf den Küchentisch, kritzelte hastig ein paar Worte auf die Rückseite der Stromrechnung und lehnte das Blatt an die Vase.

»Bin zum Denkmal gegangen. Komme gleich wieder. Lade dich zum Essen ein. In Liebe, Timothy.«

Wie sehr er das sanfte Leuchten der Straßenlaternen in der ersten Stunde der winterlichen Dunkelheit schätzte. Und jetzt gesellten sich noch die Weihnachtslichter zu dem Schein der Laternen. Über die ganze Länge der Hauptstraße brannten winzige Lichter, die sich mit ihrem Halsband aus frischer Balsamtanne und Steckpalme um jede Straßenlaterne schlangen.

Auch wenn er nie aus Mitford herausgekommen wäre, hätte ihm das nichts ausgemacht. Er war hier glücklicher gewesen als in jeder anderen Gemeinde seiner Laufbahn. Um die Wahrheit zu sagen, nichts konnte auch nur annähernd an

Mitford heranreichen, vielleicht bis auf die kleine Fünfzig-Seelen-Gemeinde, in der er mit siebenundzwanzig Jahren gearbeitet hatte. Die Leute dort hatten ihn unter ihre Fittiche genommen und ihn geliebt, ihn aber niemals gegen Kummer und Leid abgeschirmt. Tatsächlich hatte es reichlich von beidem gegeben, so daß diese kleine Schar in Arkansas beinahe über Nacht einen Mann und einen Priester aus ihm gemacht hatte.

Er blickte zu den Wolken auf, die vor dem Mond dahinstürmten, und Barbabas hob sein Bein an einem Feuerhydranten.

Plötzlich ging ihm eine Zeile durch den Kopf, die ein Mann namens Burns geschrieben hatte. Er gab in einem Nachbardorf die Zeitung heraus:

Große Städte schlafen nie, aber kleine Städtchen tun das sehr wohl.

Es war kaum sechs Uhr, und Mitford hatte sich bereits für die Nacht zurückgezogen und seine Feuer angefacht, die duftenden Rauch in den Dezemberhimmel sandten. Er zog sich den Schal fester um den Hals. »Herr Pfarrer! Herr Pfarrer!«

Es war Bill Sprouse, der neue Prediger der Ersten Baptistengemeinde. Er sprang hinter etwas her, das wie eine Pusteblume aussah.

Barnabas knurrte.

»Guten Abend, Reverend!« Er freute sich, das fröhliche Gesicht des Mannes zu sehen, der wahre Wunder bei den Ersten Baptisten bewirkte und den die ganze Gemeinde mochte. Letzten Sommer hatten er und Bill und zwei weitere Geistliche aus Mitford mit der Nase Erdnüsse die Hauptstraße hinuntergeschoben, um Gelder für das städtische Museum lockerzumachen. Wenn diese abscheuliche Erfahrung auch sonst nichts bewirkt hatte, sie hatte die heimische Geistlichkeit für alle Zeit zusammengeschweißt.

»Das ist Sparky«, sagte Bill Sprouse mit offensichtlichem Stolz.

Die beiden Hunde beschnupperten einander.

»Welche Rasse?«

»Keine Ahnung. Wir nehmen an, daß es ein Lumpenmop war, der sich mit einem Staubwedel gepaart hat. Irgend jemand hat ihn vor zwölf Jahren in einer Kräckerschachtel an unserer Türschwelle zurückgelassen. Rachel und ich sind völlig vernarrt in den kleinen Kerl.«

»Das Gefühl kenne ich.«

»Wie geht es denn so mit Ihrer Computeranlage? Finden Sie sich in den Menüs schon zurecht?«

»Den Menüs?«

Bill Sprouse lachte. »Haben Sie Windows? CD-Rom?«

Er tat nicht einmal so, als wisse er, wovon der andere sprach. »Das Ding ist noch nicht installiert worden. Gleich nach Weihnachten, hat man uns gesagt. Meine Sekretärin hat mit Kündigung gedroht.«

»Ich habe zu Anfang des Computerzeitalters in meiner alten Kirche zwei Sekretärinnen eingebüßt. Um ein Computersystem in einem Pfarrbüro in Gang zu bringen, braucht man Jugend, Elan und den unerschütterlichen Glauben eines frühchristlichen Märtyrers.« Bill Sprouse grinste wissend.

»Aha.«

»Es ist ungefähr so, als müsse man sich sämtliche Weisheitszähne ziehen lassen. Ohne Betäubungsmittel.« Die beiden Hunde umkreisten sich immer noch schnuppernd. »Nein, warten Sie, das ist noch zu milde ausgedrückt. Es ist mehr so, als ...«

Der Pfarrer trat einen Schritt zurück, als sei er bereit, jederzeit die Flucht zu ergreifen.

»... als ließe man sich die Nervenbahnen im Gehirn durchtrennen. Genauso ist es!«

»Bill, war nett, Sie mal wiederzusehen. Grüßen Sie Rachel von mir. Bis dahin, Sparky.«

Hörte er Bill Sprouses schallendes Gelächter, als er auf das Denkmal zulief, oder war es der Wind? Der Gedanke, den

Frieden seines Arbeitsplatzes zu zerstören, war ihm zutiefst verhaßt – ganz zu schweigen von dem teuflischen Ärger, das Budget aufstocken zu müssen, um die Kosten für die neue Computeranlage aufzufangen.

Er sah den Streifenwagen kommen, registrierte aber, daß der Mann auf dem Beifahrersitz ihn nicht sah. J.C. war viel zu sehr damit beschäftigt, von Herzen zu lachen. J.C. lachte? Er drehte sich um, um noch einmal hinzusehen, aber der Wagen war bereits um die Ecke gebogen.

Er beschleunigte seinen Schritt und ging nach Hause.

Cynthia würde schon warten.

Aber Cynthia wartete nicht.

Er rief durchs Pfarrhaus und stellte fest, daß es leer wie ein Grab war. Dann wählte er die Nummer des Hauses nebenan. Keine Reaktion.

Immer noch in Mantel und Schal lief er durch die Hecke und stellte mit kalter Furcht fest, daß nur ein einziges Licht durch die Dunkelheit schimmerte, nämlich das über der Hintertreppe.

»Cynthia!«

Er ging in die dunkle Küche, knipste eine Lampe an und eilte in ihr kleines Atelier. Er hatte furchtbare Angst vor dem, was er vielleicht … aber sie war nicht dort, was ihn mit einer ironischen Mischung aus Sorge und Erleichterung erfüllte.

»Cynthia!« Er knipste das Flurlicht an und lief die Treppe hinunter und in ihr Schlafzimmer. Was war das da auf dem Bett …

Gütiger Gott! Aber es war nur ein Haufen Kleider, die sie dort für den Wohltätigkeitsbasar zusammengelegt hatte.

Er ging ins Badezimmer und zog den Duschvorhang zurück.

Ob sie vielleicht zum Einkaufen in den »Laden« gefahren war? Aber sie waren erst gestern einkaufen gewesen. Warum hatte sie ihm nicht Bescheid gesagt oder ihm wenigstens eine

Notiz hinterlassen? Noch nie zuvor hatte sie ihm Grund gegeben, sich um ihren Verbleib zu sorgen.

Er sah auf seine Uhr. Halb sieben. Normalerweise war sie immer spätestens um viertel nach fünf zu Hause, manchmal früher. Er durfte nicht in Panik geraten, nein, wirklich nicht. Seine Frau war erwachsen und durchaus fähig, auf sich selbst aufzupassen. Obendrein hatte sie eine Menge gesunden Menschenverstand.

Er stellte fest, daß er im Schlafzimmer auf und ab lief. Sollte er Rodney Underwood anrufen? Das war ein düsterer Gedanke. Rodney würde seine Polizisten in der ganzen Stadt ausschwärmen und den Wald durchkämmen lassen, ganz zu schweigen davon, daß er in beiden Häusern Fingerabdrücke nehmen und sich über ein knisterndes Funkgerät mit seinen Kollegen unterhalten würde. Schon die bloße Vorstellung daran war ihm verhaßt.

Violet! Plötzlich wurde ihm klar, daß keine Violet da war, die sich an seine Fersen heftete und versuchte, ihm den Knöchel zu zerkratzen.

Er spürte es direkt – Violet war nicht im Haus, sonst hätte sie sofort auf sich aufmerksam gemacht.

Er ging wieder in die Küche und sah unter den Regalen in der Speisekammer nach. Das Katzenkörbchen war weg.

Die Stille des kleinen Hauses trieb ihn schier in den Wahnsinn – sie verriet absolut gar nichts. Alles war wie immer, und trotzdem war alles beunruhigend anders.

Er ging zur Spüle, lehnte sich dagegen und betete.

»Hör mal, lieber Gott, das ist eine ernste Angelegenheit. Beschütze Cynthia, wo immer sie sein mag, und bereite der Angst, die mich quält, ein Ende und schenke mir Weisheit. Zeige mir genau, was ich tun soll, durch Christus, unseren Herrn, Amen.« Direkt und klar. Schlicht und einfach. Im Angesicht einer solch verwirrenden Angst wie dieser fiel jede Neigung zu hochgestochenen Gebeten von ihm ab.

Ihr Wagen stand natürlich auch nicht in der Garage.

Er saß im Arbeitszimmer des Pfarrhauses auf dem Sofa, wo er so oft gesessen hatte, um Klarheit zu gewinnen. Aber in dieser Sache ließ sich keine Klarheit gewinnen. Es war nach sieben, seine Frau war seit zwei Stunden überfällig, und das an einem kalten, dunklen und windigen Dezemberabend. Er konnte seinen Vetter Walter in New Jersey anrufen. Aber was würde er sagen? Katherine würde ans Telefon kommen und darauf bestehen, daß er sofort die Polizei anrief.

Hm, dann würde er eben Marge Owen anrufen, mit der er seit seiner Ankunft in Mitford befreundet war, und die die Frau des besten Kirchenvorstands war, den er je gehabt hatte. Sie würde wissen, was zu tun war.

Aber er brachte es nicht über sich. Er konnte diesen Anruf nicht machen. Er trat hinaus auf die Veranda des Pfarrhauses und wartete darauf, daß die Scheinwerfer ihres Wagens auf der anderen Seite der Hecke die Einfahrt hinunterkommen würden.

Der Wind brauste jetzt und wütete in den Bäumen im Baxter Park. Er konnte die Qual keinen Augenblick länger ertragen, er wollte auch nicht über die Konsequenzen nachdenken. Um acht Uhr ging er zu seinem Telefon in der Küche und rief Rodney Underwood zu Hause an.

»Hallo, Rodney?« Seine Stimme klang wie das Quaken eines Frosches. »Hier Tim Kavanagh.«

Hatte er da draußen etwas gehört? »Entschuldigen Sie mich mal einen Augenblick…«

Er rannte auf die Veranda und sah ihren Wagen, der mit eingeschalteten Scheinwerfern in der Einfahrt nebenan parkte. »Hallo, Liebster!« rief sie durch die Hecke.

Er spurtete zum Telefon zurück.

»Rodney! Wegen der Sache, über die wir gestern gesprochen haben, ich wollte Sie nur wissen lassen, daß ich daran arbeite. Betrachten Sie den Fall als erledigt. Bis dann!«

Er konnte sie gar nicht fest genug an sich drücken.

»Timothy, du zerquetscht mich ja«, sagte sie und schnappte nach Luft.

»Cynthia...«

»Ich weiß, daß du vor Angst außer dir warst, und ich mache dir keinen Vorwurf. Ich hätte es dir heute morgen noch einmal sagen sollen, aber weißt du, ich hatte es selbst vergessen! Mir ist erst um halb zehn eingefallen, daß ich um eins einen Termin in der Trent School hatte, und das sind vier Stunden Fahrt! Ich bin die Autobahn geradezu hinuntergeflogen. Eins kann ich dir sagen, wenn die mich wegen Geschwindigkeitsübertretung geschnappt hätten, säße ich jetzt bei Brot und Wasser in einer Einzelzelle in irgendeiner kleinen Stadt, die nicht mal auf der Landkarte steht!

Ich bin praktisch Punkt eins mit quietschenden Bremsen vor der Schule zum Stehen gekommen, und du hättest mal die Kinder sehen sollen, Timothy! Sie haben Blumen mitgebracht, sie haben Poster gemalt, und ein kleines Mädchen hatte sogar selbstgemachtes Apfelgelee von ihrer Großmutter dabei und ein Gedicht für die Autorin geschrieben. Fast alle hatten sie Bilder von Violet gemalt; ich kann's gar nicht erwarten, sie dir zu zeigen! Einige sind besser als meine!

Wenn ich nicht gekommen wäre, wäre das furchtbar gewesen; die Kinder hatten sich so darauf gefreut. Wir haben auf dem Boden gesessen und gelesen und geredet und haben uns zwei geschlagene Stunden lang bestens amüsiert, und Violet hat sich so gut benommen wie seit Jahren nicht mehr.

Und dann mußte ich nach Hause fahren, und ich war völlig ausgehungert, weil ich nichts zu Mittag gegessen hatte. Und als ich auf einen Hamburger irgendwo anhielt, bin ich anschließend falsch abgebogen und eine ganze Stunde in die verkehrte Richtung gefahren.

Es war schrecklich, entsetzlich, ich kann es dir gar nicht beschreiben. Ich wollte anhalten und dich anrufen, aber ich dachte, es wäre das beste, keine Zeit zu verlieren, sondern weiterzufahren, weil ich dir ja gesagt hatte, daß ich später nach Hause kommen würde. Schließlich habe ich dann doch angehalten und bei dir angerufen – das war so gegen halb sieben –, aber da ist niemand an den Apparat gegangen.«

»Da habe ich gerade dein Haus von oben bis unten durchgekämmt und versucht, Ruhe zu bewahren«, sagte er.

»Es tut mir so leid, Liebling, aber ich habe dir wirklich gesagt, daß ich hinfahren würde, wirklich! Ich habe mich auch ganz unmißverständlich ausgedrückt. Vorgestern, als wir am Küchentisch saßen … Aber Timothy, du hast anscheinend nicht zugehört.«

Das also war die Strafe für mangelnde Aufmerksamkeit – Todesangst.

Tatsächlich schien er sich dunkel daran zu erinnern, daß sie irgend etwas von der Trent School gesagt hatte, aber davon abgesehen wußte er überhaupt nichts mehr. »Mußt du das noch mal machen, solche Schulbesuche?«

»Ja.« Ihre Stimme hatte einen endgültigen Klang, und er verfolgte das Thema nicht weiter.

Aber selbst wenn sie es ihm erzählt hatte, war sie ihm jetzt etwas schuldig, soviel stand fest. Morgen würde er sie bitten, mit Sadie Baxter zu sprechen.

»Auf keinen Fall«, sagte Cynthia.

»Bitte.«

»Du bist hier der Priester, Timothy, ich bin bloß dein Diakon. Das ist ein Job für die Nummer eins.«

Du bist mir etwas schuldig, wollte er sagen, tat es aber nicht. »Ich bringe es nicht fertig«, erklärte er mit Nachdruck.

»Du hast Angst.«

»Du hast recht.«

»Also, wen können wir bitten, die Sache zu übernehmen?«

»Wenn ich darauf eine Antwort wüßte, läge ich hier nicht praktisch auf den Knien vor dir.«

»Du bist einfach süß, wenn du verzweifelt bist.«

»Du verstehst dich doch so gut auf solche Dinge...«

»Auf welche Dinge? Leute zu bitten, ihr Benehmen zu ändern, vertraute Gewohnheiten aufzugeben?«

»Gewohnheiten, die möglicherweise auf Kosten von Menschenleben aufrechterhalten werden?«

Cynthia runzelte die Stirn. Da hatte er sie am Wickel, das spürte er.

»Ach, was soll's«, sagte sie. »Ich tu's.«

Er setzte sich hin und war unendlich erleichtert.

»Aber jetzt bist du *mir* etwas schuldig«, sagte sie und zog ihre blauen Augen auf diese spezielle Art zusammen, von der er mittlerweile gelernt hatte, daß man sie sehr ernst nehmen mußte.

Es geschah am vierzehnten Tag des Advents, dem Datum, für das er sich in seinem Kalender vorgemerkt hatte, daß er seinen Buick zur Überholung und wegen eines neuen Auspufftopfes zu Lew Boyd bringen wollte. Er hätte kurz nach Hause fahren und sich Cynthias Wagen borgen können, aber nein, er war von der Reparaturwerkstatt zu Fuß ins Büro zurückgekehrt, den Kopf verbissen gesenkt, um sich vor dem ersten Schnee des Winters zu schützen.

Ron Malcolm drosselte das Tempo, fuhr an den Straßenrand und kurbelte sein Fenster herunter. »Pfarrer Tim! Guten Morgen. Ich wollte Sie immer mal fragen, wann unser Computersystem eigentlich installiert wird?«

»Nach Weihnachten!« entgegnete er unnötig barsch.

Ron erbleichte. »Wollen Sie mitfahren?«

Nein, er wollte nicht mitfahren. Wenn er hätte fahren wollen, wäre er gefahren.

Er blickte in das Gesicht eines der treuesten Gemeindemitglieder auf Erden und fühlte sich plötzlich wie ein Zweicentstück mit einem Loch in der Mitte. »Entschuldigen Sie bitte, mein Freund. Die bloße Erwähnung dieses Computersystems ist wie Säure auf einer Wunde. Ich muß mich erst an den Gedanken gewöhnen.«

»Ich verstehe. Meine Baufirma hat kurz vor meiner Pensionierung auch so ein Ding bekommen. Genau betrachtet war das der Grund, warum ich in Pension ging.«

»So schlimm, hm?«

»Ungefähr so, als würde man von einem Stier auf die Hörner genommen. In Zeitlupe.«

Auf seinem hutlosen Kopf schmolz der Schnee. »Haben Sie Zeit für eine Tasse Kaffee in der Grillstube?« Er ging um den Wagen herum, öffnete die Tür und ließ sich neben seinem Bauausschußvorsitzenden für das Haus der Hoffnung auf den Beifahrersitz sinken.

»Wo wir gerade von Pensionierung sprechen«, sagte Ron, als er wieder losfuhr, »ich schätze, das ist auch ein Thema, über das Sie nachdenken ...«

»Das ist es ganz gewiß nicht. Ich denke nie darüber nach.« Wieder stahl sich diese ungebetene Kälte in seine Stimme. Wenn er seine reizbare Zunge nicht unter Kontrolle halten konnte, wer sollte es dann können?

Schweigend fuhren sie weiter, bis Ron einen Parkplatz gegenüber der Grillstube fand.

»Darüber nachzudenken ist gar nicht so schlimm ...« sagte Ron, als er den Motor abstellte. »... wenn man es sich erst einmal angewöhnt hat.«

»Vielleicht.« Warum sollte seine Pensionierung irgend jemanden etwas angehen? Wenn die Kapelle Unseres Herrn wollte, daß er ging, dann war das eine Sache. Aber ob und wann er in Pension ging, das war, in Dreiteufelsnamen, seine eigene Sache.

Hatte Churchill nicht mit über achtzig Jahren begonnen, seine »Geschichte der englischsprachigen Völker« zu schreiben? Hatte nicht Eamon de Valera mit einundneunzig Jahren noch in Irland als Präsident seine Arbeit getan? Dies war eine Litanei, die er sich häufig vorbetete. Und George Abbot, die Broadway-Legende – gütiger Himmel, der Mann hatte mit sechsundneunzig das erste Mal geheiratet! Was sollte dieses ganze Geplärr von wegen Pensionierung? Ihm war schon das bloße Wort zuwider.

»Einen starken Kaffee«, sagte Ron zu Percy, »und geben Sie *ihm* gleich einen doppelten.«

Kurz vor Mittag klingelte das Telefon. Emma reichte ihm mit spürbarem Abscheu den Hörer. Es war die Computerfirma.

»Herr Pfarrer, bei uns haben sich einige Termine verschoben. Würde es Ihnen passen, wenn wir heute gegen zwei Uhr kommen und die Sache bei Ihnen in Gang bringen?«

Die ganze Angelegenheit hing ihm zum Hals raus. »Bestens!« antwortete er, ohne seine Sekretärin zu fragen. »Kommen Sie nur!«

Emma zuckte zusammen, als er es ihr sagte. »Völlig sinnlos, sich aufzuregen«, erklärte er. »Wir können die Sache genausogut hinter uns bringen und die Weihnachtszeit genießen.«

»Und Sie können die verdammte Kiste genausogut reinholen, damit alles fertig ist, wenn diese Leute kommen.«

Da war nur ein einziges Problem. Die verdammte Kiste stand im Kofferraum seines Wagens.

Er rief Lew Boyd an, bekam aber nur das Besetztzeichen zu hören. Als Emma in der Mittagspause ihr Sandwich auspackte, war immer noch besetzt.

»Warum nehmen Sie nicht einfach meinen Wagen und fahren hin?« fragte sie. »Da ist zwar immer noch das Heu drin, aber wenigstens könnten Sie Lew dann sagen, daß er die Kisten mit seinem Lieferwagen rüberbringen soll.«

Emma hatte einen gut funktionierenden Verstand, das mußte man ihr lassen.

Die Wanduhr zeigte halb eins, als er in der Werkstatt ankam, wo Lew und Bailey Coffey neben einem ausgehängten Telefon Dame spielten.

»Ich habe etwas im Kofferraum meines Wagens liegen«, sagte er zu Lew. »Es sind drei Kisten, und ich wäre Ihnen sehr dankbar, wenn Sie sie vor zwei Uhr mit ihrem Lieferwagen zu meinem Büro bringen könnten. Ich würde sie selber mitnehmen, in diesem großen Oldsmobile da draußen, aber das ist leider voller Heu.«

Lew sah ihn ein wenig dümmlich an. »Ich sage es nur sehr ungern, aber ich habe gerade Coot nach Wesley geschickt, damit er Ihren Schalldämpfer abholt – mit Ihrem Buick. Mein Lieferwagen ist nicht einsatzbereit, muß erst repariert werden, bevor man wieder damit fahren kann. Deshalb mußte ich Coot mit Ihrem Wagen hinschicken, um Ihre Ersatzteile heute noch herzuschaffen.«

»Aha. Um wieviel Uhr wird Coot zurück sein?«

»Ich würde ihm eine halbe Stunde geben«, sagte Bailey Coffey. »Er ist erst vor zehn Minuten los. Setzen Sie sich doch solange.«

»Meinetwegen gern«, sagte der Pfarrer und hockte sich auf einen mit Kunststoff bezogenen Eßzimmerstuhl, von dem aus er das Damebrett im Blick hatte.

Hinter den ungeputzten Fenstern der Reparaturwerkstatt wirbelten die Flocken zu Boden wie in einer Schneekugel.

Er hatte Coot zehn Minuten gegeben, dann zwanzig, dann fünfundvierzig. »Hat bestimmt auf einen Burrito haltgemacht, wenn Sie mich fragen«, meinte Lew.

Es war fast zwei Uhr, als das Telefon klingelte. Lew Boyd wurde weiß wie ein Laken.

»Du lügst! Nein, du lügst nicht... Ruf Bud an und sag ihm, er soll dich abschleppen.«

Lew starrte den Pfarrer an, der mit wachsender Reizbarkeit auf die Wanduhr sah. »Es geht um Ihren Buick«, sagte Lew mit erschütterter Miene.«

»Was ist damit?«

»Jemand ist Coot hinten reingefahren, als er vom Ersatzteillager losfuhr. Ist einfach in ihn reingepflügt.«

»Allmächtiger!«

»Ich weiß nicht, wie ich Ihnen das schonend beibringen soll, aber diese Kisten, die Sie im Kofferraum Ihres Wagens hatten …«

Er blieb wie angewurzelt stehen.

»… die sind ziemlich zerfetzt. Er hat sie sich angesehen und sagt, er könne beim besten Willen nicht feststellen, was drin war, aber was es auch war, es ist Geschichte.«

»Himmel, Arsch und Zwirn!« Es schockierte ihn selbst, was ihm da über die Lippen kam.

»Wie bitte?« fragte Lew.

»Ich sagte, ich danke Ihnen!« Er griff nach Lews Hand und schüttelte sie kräftig. »Vielen Dank, vielen Dank!«

»Es tut mir furchtbar leid, ich kann Ihnen gar nicht sagen, wie …«

»Kein Problem. Überhaupt keins. Wunderbar. Bestens. Hervorragend!« Da er Versicherungsgesellschaften kannte, wußte er, daß es Wochen, wenn nicht gar Monate dauern würde, bis die Sache geregelt war. Er hatte den Kopf noch einmal aus der Schlinge gezogen. Adios und auf Nimmerwiedersehen!

Die beiden Männer beobachteten, wie der Pfarrer in dem lavendelfarbenen Oldsmobile Richtung Straße donnerte.

Bailey Coffey schüttelte den Kopf. »Sah so aus, als wäre er dir am liebsten um den Hals gefallen, weil du seinen Wagen in einen Schrotthaufen verwandelt hast.«

»Der Mann ist ein Heiliger«, sagte Lew und meinte es absolut ernst.

KAPITEL 6

Die Gnade der Weihnacht

Er stand also wieder einmal ohne Auto da – na und?

Hatte er nicht einmal für die Dauer der Fastenzeit auf seinen Wagen verzichtet und ihn dann, weil ihm die Sache gefallen hatte, acht Jahre lang stehenlassen? Außerdem konnte er jederzeit auf Cynthias Wagen zurückgreifen oder, wenn es hart auf hart kam, seinen Motorroller aus der Mottenkiste holen.

Schließlich war der Winter hier beinahe frühlingshaft. Sie hatten zwar ein paar Schneestürme und gelegentlich mal einen bitterkalten Wind gehabt, aber davon abgesehen waren die Temperaturen für die Jahreszeit ungewöhnlich mild gewesen.

Was das betraf, hätte er gedacht, ganz Mitford sei außer sich vor Begeisterung. Aber nein.

»Denken Sie nur an das Fliegenproblem im nächsten Sommer!« brummte Dora Pugh im Landhandel. »Ohne eine Kälteperiode, die ihnen den Garaus macht, würden sie im Sommer über Ihren Hund herfallen wie Ameisen über einen Marmeladentopf. Und warten Sie nur, bis die japanischen Käfer auftauchen, Ihre Rosen werden wie Schweizer Käse aussehen.«

Der Mann vom »Kragenknopf« beklagte sich, daß er seine Wintermäntel nicht verkaufen konnte und sie praktisch verschenken mußte. Die Irische Wollstube saß auf einer Ladung Wollpullovern von den britischen Inseln, und Percy Mosley ereiferte sich darüber, daß wieder Eiscreme verlangt wurde, was seine im Winter auf »Skelettdürre« verringerte Belegschaft natürlich überforderte. Diejenigen, die sich durch den Schneesturm des vergangenen Jahres geschleppt und behauptet hatten, nie wieder auch nur eine einzige Schneeflocke sehen zu wollen, beklagten sich jetzt bitter über das Ausbleiben derselben. Und Bud Bradley ließ verlauten, daß ohne schlechtes Wetter, das die Leute in irgendwelche Gräben krachen ließ, sein Abschleppgeschäft Einbußen verzeichnete.

Zu den positiven Dingen zählte ein Telefongespräch mit Dooley, bei dem er erfuhr, daß es in der Schule gerade wunderbar geschneit hatte.

»Du bist Schlitten gefahren, ja?«

»Jawoll. Ich und Harvey Upton hatten einen Zusammenstoß.«

»Mit einem Baum?« Das war die Art Zusammenstöße, die er beim Schlittenfahren früher immer gehabt hatte.

»Nee. Miteinander.«

»Gab's Verletzte?«

»Der Harvey hat sich die Hände aufgeschürft, als er mir hinten reingedonnert ist.«

»Und du hast dir nichts getan?«

»Ich bin vom Schlitten geflogen, aber bloß den Berg runtergekegelt.«

»Wie kommst du mit deinem Computer zurecht?«

»Ich bin jetzt im Internet.«

»Du bist was?«

»Verstehen Sie sowieso nicht.«

»Wahrere Worte wurden nie gesprochen, Gott sei Dank. Was hast du denn in diesem ähm… in diesem Ding erfahren?«

»Internet heißt das.«

»Stimmt.«

»Ich hab was über Labrador-Retriever gelesen. Wenn ich aus dieser Schule rauskomme, will ich einen haben.«

»In Ordnung. Du hast ihn.«

»Sie fressen Möbel und Teppiche an und so.«
»Hm.«
»Aber das gibt sich mit der Zeit.«
»Wie lange dauert es denn, bis es sich gibt?«
»Ungefähr drei Jahre.«
»Aha. Hm, hör mal, mein Sohn, wir vermissen dich.«
Schweigen.

»Die Weihnachtsferien fangen bald an. Wir kommen dich holen, spar dir deine Schmutzwäsche auf. Du wirst deinen Großvater besuchen; er fragt schon nach dir, und du kannst auch zu Tommy gehen. Er kann jederzeit hier schlafen, wenn du möchtest.«

Schweigen.

»Sag mir die Wahrheit, Kumpel. Ist bei dir alles in Ordnung?«

Dooley zögerte, aber nur einen Moment lang. »Ja.«

Er hörte den Schmerz in der Stimme des Jungen. Es war etwas, das wohl außer ihm niemand hören würde, aber er hatte Dooley Barlowe mit der Zeit kennen- und liebengelernt ...

Dooley war den ganzen Tag über in seinen Gebeten und auch abends, wenn er mit Cynthia betete; das allein gab ihm die Zuversicht, abzuwarten, bis es soweit war.

Er beschloß, vor Weihnachten nicht noch einmal mit dem Direktor zu sprechen.

»Es ist passiert«, sagte Cynthia mit düsterer Miene.

»Ach ja?«

»Aber ich bin's nicht gewesen.«

»Ach nein?«

»Miss Sadie hat es selbst erledigt.«

»Aha.«

»Als Miss Sadie versuchte, eins von Olivias Seidenrollos aufzuziehen, ist es wieder hochgeschnellt und hat sich um die Kurbel gewickelt. Also kletterte sie auf den Divan, wie sie es nennt, versuchte, das Rollo runterzulassen und verlor das Gleichgewicht.«

Eine gebrochene Hüfte! Neunzig Jahre alt ... lange Monate in einem Rollstuhl – oder schlimmer noch, im Bett ...

»Sie ist vom Sofa gefallen«, sagte Cynthia, »und hat sich das Handgelenk gebrochen.«

»Gott sei Dank!«

»Timothy! Wie kannst du so etwas sagen!«

»Ich meine, ich bin dankbar, daß sie sich nur das Handgelenk gebrochen hat. Überleg doch, was alles hätte passieren können.«

»Ich weiß. Und sie ist sehr tapfer ... wollte den Knochen selbst einrichten, um die Arztrechnung zu sparen. Aber Louella hat Hoppy angerufen, und sie haben den Krankenwagen raufgeschickt, was Miss Sadie fuchsteufelswild gemacht hat, weil es doch ein Vermögen kostet. Dann ist der Wagen natürlich mit heulenden Sirenen durch die Stadt gefahren, was ihr erst recht mißfallen hat, und jetzt hat sie den Arm in einer Schlinge.«

»Ich verspüre etwas, das man als gemischte Gefühle bezeichnen könnte.«

»Ich auch. Jetzt sind Louella und Miss Sadie außer Gefecht gesetzt. Aber Olivia wird sie jeden Tag besuchen, und ich werde auch getreulich nach ihnen sehen; außerdem sind da noch die Lieferanten vom ›Laden‹, und sie haben einen Postschlitz an der Haustür, daher ...«

»Daher fällt einem nur das alte Sprichwort ein: Ende gut, alles gut«, sagte er.

»Für den Augenblick«, erwiderte sie mit besorgter Miene.

J.C. Hogan mußte ziemlich gründlich auf Magermilch umgestiegen sein, dachte er, als er den Reporter auf der anderen Straßenseite entlanglaufen sah. Er hielt in der einen Hand die Aktentasche und raffte mit der anderen seine Hosen.

Weihnachten kam mit Lichtgeschwindigkeit näher, was ihnen nur wenig Zeit fürs Mittagessen in der Grillstube ließ.

Es war eine Unzahl von Versammlungen angesetzt: Mit dem Chorleiter, dem Bauausschuß vom Haus der Hoffnung, dem Kirchenvorstand, dem neuen Evangelismuskommitee und der Sonntagsschullehrerin. Zu allem Überfluß mußte er sich auch noch um die Projekte der Bürgermeisterin kümmern, zu denen neben anderen Dingen die Instandsetzung und der Neuanstrich von Sophia Burtons Haus zählte. Und zu guter Letzt veranstaltete die Kapelle Unseres Herrn noch eine Feier im Kinderkrankenhaus.

Überdies fühlte er sich verpflichtet, an einer Wochenendveranstaltung der Jugendgruppe teilzunehmen, bei der sie Baumschmuck anfertigten, Pizza in sich hineinschlangen und lauter Musik lauschten, bis er um zwei Uhr morgens, wild beflügelt von Teenageradrenalin, nach Hause ging.

Eingewoben in den Stoff dieses bunten Vorweihnachtsprogramms waren seine täglichen Krankenhausbesuche und an vier Nachmittagen die Woche eine halbe Stunde verzweifelten Joggens die Alte Kirchgasse hinauf.

Am Mittwoch nutzte er die Gunst der Stunde und lief vom Büro zur Grillstube, wo er sich, buchstäblich mit hängender Zunge, Punkt zwölf Uhr an den hinteren Tisch setzte.

»Wir dachten, Sie wären gestorben und bereits im Himmel«, rief Mule.

»Ich arbeite dran.«

»Und Sie haben sich immer noch nicht den Nacken schneiden lassen.«

»Kein Wunder, wo mir doch auch der Teufel im Nacken saß«, sagte er gereizt. »Wo steckt eigentlich J.C.?«

»Den hat wahrscheinlich ein kräftiger Windstoß davongeweht. Haben Sie ihn letztens mal getroffen? Sieht aus wie ein Stock auf zwei Beinen.«

»Ja«, sagte Percy, während er den Kaffee einschenkte,

»wenn er nicht aufpaßt, verliert er eines Tages mitten auf der Hauptstraße seine Hosen.«

»Das«, sagte der Makler, »wäre bestimmt ein Bild für die Götter. Was nehmen Sie?«

»Eine Terrine Tagessuppe!« sagte Pfarrer Tim. »Und ein Brötchen.«

»Die Suppe wird Ihnen schmecken«, erklärte Percy. »Ist frischer Brokkoli drin.«

»Ich mag aber keinen Brokkoli«, sagte der Pfarrer.

»Und ich habe keine Zeit, mich deswegen rumzustreiten. Essen Sie die Suppe«, sagte Percy.

»Na gut«, seufzte er, zu erschöpft, um sich ernstlich dafür zu interessieren.

Mule beugte sich vor zu seinem Tischgefährten. »Also, was meinen Sie, was mit J.C. los ist?«

»Keine Ahnung. Ich schätze, wir haben ihm endlich etwas Vernunft in seinen harten Schädel einflößen können, bevor er noch einen Schlaganfall bekam.«

»Ich glaube nicht, daß es etwas mit Gesundheit zu tun hat. Meinen Sie, er hat sich um einen Job beworben und will deshalb gut aussehen?«

»Um welche Art von Job sollte er sich bewerben? Die Zeitung von Wesley hat was gegen seine politischen Anschauungen.«

J.C. ließ seinen Aktenkoffer auf die Bank krachen und schob sich an den Tisch. »Ich habe drei verdammte Stunden im Krankenhaus rumgehangen.«

Mule beäugte ihn argwöhnisch. »Sie lassen sich doch nicht etwa Spritzen gegen Stinkfüße geben, oder?«

»Ich habe mich für zweihundert Mäuse von oben bis unten untersuchen lassen«, fuhr der Reporter der *Muse* ihn an.

»Ihr Zustand hat sich dadurch aber nicht verbessert«, meinte Mule.

»Hat sich rausgestellt, daß mein Cholesterinspiegel gesunken ist und mein Blutdruck auch. Außerdem habe ich den Belastungstest bestanden …«

»Na, da haben sich doch die zweihundert schon gelohnt«, erwiderte der Pfarrer.

»Und das alles haben Sie mit Joghurt geschafft?« fragte Mule.

»Sehen Sie sich das an«, entgegnete J.C. und griff nach dem Taillenbund seiner Hose, um sie volle fünf Zentimeter von seinem Bauch wegzuziehen.

Nach dem Mittagessen stand der Pfarrer noch eine Weile mit dem Makler vor der Grillstube.

Mule runzelte die Stirn. »Ist Ihnen aufgefallen, daß seine Schuhe geputzt waren?«

»Ist Ihnen aufgefallen, daß er ein Stofftaschentuch bei sich hatte, statt eines Stücks von seiner Küchenrolle?«

Sie sahen einander an.

»... und das Taschentuch war sauber.«

Tief in Gedanken versunken gingen sie ihrer Wege.

»Rotbraun«, sagte Cynthia, die die Wände des Speisezimmers im Pfarrhaus anstarrte.

»Wie bitte?«

»Rotbraun. Die Farbe deines Eßzimmers. Ich hasse rotbraun. Außerdem, wer will schon ein braunes Eßzimmer?«

Niemand, wenn ihre krausgezogene Nase ein Zeichen war.

»Ich habe nachgedacht, mein Schatz. Wir haben das Datum für den Gemeindetee auf den fünfzehnten Mai festgelegt. Es sollte ein schöner Tag sein, ganz bestimmt kein Tag für Braun – schon gar nicht für altes Braun. Diese Tapete muß schon seit den Tagen, da die Kapelle Unseres Herrn noch Missionskirche war, an den Wänden kleben!«

»Also Jahrhundertwende …«

»Sieh dir dieses Zeug doch an!« Sie zeigte auf die Wände, die er bisher irgendwie nie recht wahrgenommen hatte. Sie waren tatsächlich braun. Mit einer Spur schlammfarbenen Purpurs darin.

»Ich bin deiner Meinung.«

»In welcher Hinsicht?«

»Daß du den Raum neu tapezieren lassen solltest.«

»Das ist es nicht direkt, was ich im Sinn hatte.«

»Aha.«

»Mach doch mal die Augen zu und stell dir folgendes vor. Wir lösen die Tapete mit Dampf ab. Dann kommt etwas Spachtelmasse auf die Wände. Darüber Farbe – ich hatte an ein wunderbar sattes Gelb gedacht, etwa wie das von Kürbissen. Und das Ganze wird dann mit einem biskuitfarbenen Hellbraun zerlumpt.«

»Es wird was?«

»Zerlumpt. Man geht mit Lumpen darüber ... damit es so aussieht wie die Wände einer alten italienischen Villa. Was hältst du davon?«

»Aber das hier ist doch keine alte italienische Villa.«

»Timothy.«

»Na ja«, sagte er, »stimmt doch.«

»Die Kapelle Unseres Herrn hat einen normannischen Turm, und die Kirche steht nicht in England. Nicht nur das, deine Gärten sind voller französischer und deutscher Rosen, und das hier – muß ich es dir ins Gedächtnis rufen? –, das hier ist Mitford!«

Daran gab es nichts zu rütteln, seine Frau hatte immer ein Gegenargument parat.

»Na, dann mal los!« sagte er mit Nachdruck.

Nachdem er den Telefonhörer aufgelegt hatte, ließ er sich in einen Stuhl am Küchentisch sinken. Gerade in diesem Augenblick kam Cynthia von nebenan zurück.

»Timothy! Was ist los?«

»Du wirst es nicht glauben.«

»Erzähl's mir!«

»Dooley kommt zu Weihnachten nicht nach Hause.«

»Aber warum nicht? Was ist los? Ist er …?«

»Er fährt nach Europa.«

»Europa?«

»Um zu singen. Im Schulchor. Sie brechen nächste Woche auf und sind dann für vierzehn Tage weg.«

Jetzt setzte auch sie sich hin.

»Ein Junge hat Lungenentzündung, und Dr. Fleming sagte, der Chorleiter hätte Dooley von der Reserveliste geholt. Alle Unkosten übernimmt die Schule; es ist Teil eines Stipendiums.«

»Wahrhaftig! Ich bin … das ist … ich bin sprachlos. Es ist zu wunderbar, um es in Worte zu fassen!«

»Ich wollte gerade die elektrische Eisenbahn vom Speicher holen«, sagte er. Er wirkte benommen und irgendwie unglücklich.

Sie griff nach seiner Hand. »Kein Problem, mein Liebster. Wir holen sie trotzdem runter. Ich liebe elektrische Eisenbahnen.«

Eine hastig hingekritzelte Notiz von Dooley:

Hier sind zehn Dollar für ein Geschenk für Tommy. Frohe Weihnachten.

PS: Wenn ich könnte, würde ich Ihnen einen Globus mit Innenbeleuchtung kaufen.

Ein Globus mit Innenbeleuchtung! Nichts Geringeres als genau das Geschenk, das er sich sein ganzes Leben lang gewünscht hatte. Erstaunlich, daß der Junge sich an etwas erinnerte, das er nur ein einziges Mal erwähnt hatte und das vor sehr langer Zeit.

Er hatte einige kostbare Augenblicke Zeit gefunden, um sich Notizen in seinem Predigtbüchlein zu machen, während im Kamin ein Feuer loderte, die Weihnachtsbaumlichter funkelten und Cynthia das Abendessen kochte.

Es war eine Art Gnade, diese kurze Stunde, die ihm während der Hektik des Advents zuteil wurde. Er wandte den Blick von dem Notizbuch ab und sprach ein Dankgebet für die kleinen Dinge der Welt.

»Wir halten Ausschau nach Visionen des Himmels«, hatte auch Oswald Chambers geschrieben, »und dabei lassen wir es uns nicht träumen, daß Gott die ganze Zeit über in den gewöhnlichen Dingen und in den Menschen um uns herum ist.«

Er ging an sein Bücherregal und nahm einen Band herunter. Man mußte schon dankbar sein, die Zeit zu haben, an sein Bücherregal treten und mit Muße nach einer Quelle suchen zu können.

Er blätterte die Seiten durch. Dietrich Bonhoeffer hatte ebenfalls von den kleinen Dingen gesprochen und in »Gemeinsames Leben« gesagt:

»Wir hindern Gott, uns die großen geistlichen Gaben, die er für uns bereit hat, zu schenken, weil wir für die täglichen Gaben nicht danken.

Wir meinen, wir dürften uns mit dem kleinen Maß uns geschenkter geistlicher Erkenntnis, Erfahrung, Liebe nicht zufrieden geben und hätten immer nur begehrlich nach den großen Gaben auszuschauen. Wir beklagen uns dann darüber, daß es uns an der großen Gewißheit, an dem starken Glauben, an der reichen Erfahrung fehle, die Gott doch anderen Christen geschenkt habe, und wir halten diese Beschwerden für fromm.

Nur wer für das Geringe dankt, empfängt auch das Große.«

Cynthia kam auf leisen Sohlen herein und stellte eine Tasse Tee vor ihn hin. Er küßte, unaussprechlich dankbar, ihre Hand, und sie kehrte in die Küche zurück.

Wenn wir die kleinen Dinge mit dankbarem Herzen betrachten, dachte er, werden selbst sie zu großen Dingen.

Was sein Haar betraf, mußte er endlich Nägel mit Köpfen machen. Einige Mitglieder der Jugendgruppe hatten ihn schon gefragt, wann er sich denn einen Ohrring zulegen würde.

Er war bisher nur zweimal bei Fancy Skinner gewesen. Bei beiden Gelegenheiten war sein langjähriger Friseur, Joe Ivey, entweder bei Verwandten in Tennessee oder mit Grippe im Bett gewesen. Was auch immer Fancy getan hatte, es hatte ihm gefallen, da er beide Male fand, daß er plötzlich dünner wirkte – eine Illusion, die ihm gegenwärtig gut zustatten käme, wenn die Enge seines Kragens ihn nicht irreleitete.

Diesmal jedoch war Joe Ivey in der Stadt und gesund wie ein Pferd, und er hatte keine Ahnung, wie er zu Joes Konkurrenz gehen konnte, ohne erwischt zu werden.

»Wann lassen Sie sich endlich den Hals freischneiden?« fragte Emma. Sie fand, daß es ihre Aufgabe sei, ihn an Haarschnitte, geputzte Schuhe und eine Vielzahl anderer persönlicher Dinge zu erinnern.

»Ah …«

»Weihnachten steht bevor, und Sie sehen aus wie ein weiser Mann, der von weither angereist ist.« Sie sah ihn über den Rand ihrer Brille hinweg an. »Die Weisen sind übrigens zwei Jahre lang unterwegs gewesen.«

Was immer das bedeuten sollte.

»Es überrascht mich, daß Cynthia Sie noch nicht zum Friseur geschickt hat.«

Nach Anschauung seiner Sekretärin war seine Frau nicht bereit, etwas für die Kirche zu tun, geschweige denn, sich um Bedürfnisse ihres Mannes zu kümmern.

»Aber egal«, sagte sie, »wenn ich Sie wäre, würde ich es mal mit Fancy Skinner probieren. Wenn Sie von Joe Ivey kommen, sehen Sie immer aus wie ein Streifenhörnchen.«

Eine Erlaubnis, war es das, worauf er wie ein Schuljunge gewartet hatte? Wie der geölte Blitz war er zur Tür hinaus.

»Barmherziger!« sagte Fancy, die ihn zwischen ihren Elf-Uhr-dreißig-Schnitt und die Zwölf-Uhr-Dauerwelle geschoben hatte.

»Sehen Sie sich nur dieses Chaos an; das Haar ist auf drei verschiedene Längen geschnitten. Ich sage es wirklich furchtbar ungern, aber ich höre, Joe Ivey guckt bisweilen zu tief in die Flasche, und wenn Ihr Haar ein Beweis dafür ist, wird seine Leber es nicht mehr lange machen.

Wie geht es Ihrer Frau? Ich bin froh, daß Sie sie geheiratet haben. Sie ist richtig schnuckelig und ein ausgesprochen jugendlicher Typ. Wieviel jünger ist sie eigentlich als Sie? Barmherziger, ich weiß, ich sollte das nicht fragen, aber ich schätze, zehn Jahre.

Also, was schenken Sie Cynthia zu Weihnachten? Mule schenkt mir einen Pelzmantel; ich habe mir schon immer einen Pelzmantel gewünscht, daher habe ich gesagt, Schatz, wenn du mir auf dem Flohmarkt einen Pelzmantel kaufst, brauchst du nicht mehr nach Hause zu kommen, da kannst du im Büro schlafen, bis du schwarz wirst. Ich weiß, es ist nicht richtig, Pelze zu tragen, wenn man an die Tiere denkt, und daran, wie sie das sehen würden, aber es wird im Winter so verdammt kalt hier oben. Diesen Winter war's natürlich nicht so schlimm mit der Kälte, nächsten Sommer werden die Fliegen uns bestimmt umbringen.

Wollen Sie ein Kaugummi? Nehmen Sie ruhig ein Kaugummi, es ist ohne Zucker.

Wo wir gerade von Zucker sprechen, ich höre, Sie sind Diabetiker. Wie wirkt sich das bei Ihnen aus? Ich höre, bei manchen Leuten schwellen die Beine furchtbar an – oder sind es die Füße? Barmherziger, Ihre Kopfhaut ist so stramm wie eine Trommel, wie immer. Sie sollten jetzt doch eigentlich entspannter sein, wo Sie verheiratet sind, aber manche Leute werden irgendwie nervöser, wenn sie den Bund schließen. Ich wette, die verheirateten Leute jammern Ihnen die ganze Zeit was vor; ich weiß gar nicht, wie Sie es als Geistlicher schaffen, überhaupt je eine Minute für sich zu haben.

Mein Großonkel ist auch Geistlicher; bei dem in der Kirche fassen sie Schlangen an. Mule sagt immer, um Gottes Willen, Fancy, erzähl niemandem, daß dein Onkel Schlangen anfaßt, also sagen Sie's nicht weiter, daß ich's erwähnt habe. Haben Sie schon mal irgend jemanden eine Schlange anfassen sehen? In der Bibel steht wohl was mit Schlangen anfassen, aber wenn man das tun muß, um seine Liebe zu Gott zu beweisen, gehe ich freiwillig in die Hölle.

Huch, fast hätte ich Ihnen mit diesem Fingernagel ein Loch in den Kopf gebohrt, der ist nämlich aus Acryl.

Wie geht es Dooley? Ich hoffe, diese vornehme Schule steigt ihm nicht zu Kopf. Ich war selber noch nie in Virginia, aber ich höre, sieben Präsidenten sind in diesem Staat geboren worden, ich glaube, wir hatten erst einen Präsidenten aus unserem Staat, vielleicht waren es auch zwei, aber ich erinnere mich nicht mehr daran, wer es war, vielleicht Hoover, meinen Sie, er hatte was mit dem Staubsauger dieses Namens zu tun, das habe ich mich immer schon gefragt. Wo wir gerade von Schule sprechen, man hat mich gebeten, zum Berufsvorbereitungstag in die Mitforder Schule zu kommen und über das Friseurhandwerk zu sprechen; ich denke, ich werd's machen, wär das nicht was? Ich würde gern die Direktorin neu frisieren, das ist wirklich die unangenehmste Direktorin der Welt! Ich würde ihr Haar im Handumdrehen blau färben, sie dann in diesem Stuhl herumschwenken und sagen: Sehen Sie sich das an, Miss Hayes, Schätzchen, finden Sie das nicht einfach hinreißend? Das sind Sie!

Sehen Sie? Sehen Sie nicht richtig fesch aus, wenn man Ihnen das ganze Zeug über den Ohren wegschneidet? Sie haben ausgesehen, als trügen Sie Ohrenschützer. Oooh, ja! Süß! Ich schwenke Sie jetzt eben rüber, damit Sie sich von hinten sehen können, Ihre Frau wird ganz weiche Knie kriegen, wenn Sie sie sieht…«

Er bezahlte Fancy und taumelte mit klingelnden Ohren aus ihrem Laden. Dann nahm er statt der Einfahrt der Skinners den Fußweg, so daß er dem nächsten Kunden entkommen konnte, der nur einen flüchtigen Blick auf seinen Rücken erhaschte, während er das Weite suchte.

Nicht nur, daß er keinen Schimmer hatte, was er Cynthia schenken sollte, er hatte auch nicht die blasseste Ahnung, was er Tommy von Dooleys zehn Dollar kaufen sollte.

Der Gedanke kam ihm, als er von Fancy nach Hause ging. Geh einfach zur Bank und tausch das Geld gegen zehn Silberdollar ein. Eine großartige Idee! Sein neuer Haarschnitt half ihm offenkundig auch beim Denken; er fühlte sich, als sei er geradeeben aus dem Ei geschlüpft, so leicht war ihm plötzlich zumute.

Und was zum Teufel sollte er für Dooley kaufen? Er mußte sich langsam wirklich dahinterklemmen und sich was ausdenken – und zwar pronto. Vielleicht einen Parka. Aber der Junge hatte bereits einen, und außerdem betrachtete Dooley Barlowe Kleidungsstücke nicht als Geschenke.

Tommys Mutter hieß ihn mit einer Umarmung willkommen.

»Wir freuen uns ja so, Sie zu sehen, Pfarrer Tim. Tommy geht es jeden Tag besser; nach Weihnachten kann er wieder in die Schule, sagte Dr. Harper.«

»Was für eine wunderbare Neuigkeit!«

»Kommen Sie mit und gehen Sie zu ihm. Er liest ein neues Buch. Es war furchtbar schwierig, aufzupassen, daß er in der Schule nicht den Anschluß verliert. Ich kann ihm in Mathe keinen Deut helfen, und sein Daddy sagt, er hätte noch nie in seinem Leben etwas von einem Satzdiagramm gehört.«

»Was für ein wunderschöner Baum!« sagte er und blieb stehen, um sich die geschmückte Fichte anzusehen, die in der Ecke stand. Ein wahres Meer von Geschenken lag unter ihren Zweigen.

»Sehen Sie diese drei großen Päckchen neben dem Sofa? Die sind von Mr. Leeper! Er war wirklich wunderbar, Pfarrer Tim. Ich bin Ihnen ja so dankbar, daß Sie ihn gebeten haben, gelegentlich nach Tommy zu sehen.«

»Oh, aber ich hatte nicht das Geringste damit zu tun. Das war ganz allein Mr. Leepers Idee.«

»Ich habe gehört, er sei kein besonders netter Mensch, aber ich bin da ganz anderer Meinung, Sie nicht auch?«

Er betrachtete die Geschenke, die von einem Mann kamen, der ebenfalls auf dem Wege der Genesung war – aber er erholte sich nicht von einem furchtbaren Unfall, sondern von anderen, weit tieferen Verletzungen. Er nahm sich vor, Buck Leeper über Weihnachten zu besuchen und eine Weile bei ihm in diesem Zimmer zu sitzen, in dem der betrunkene Bauleiter des Hauses der Hoffnung getobt und ihm beinahe eine Flasche und einen Stuhl an den Kopf geworfen hätte, während er einem abgrundtiefen Zorn Luft machte, der ihn stundenlang in seinen Fängen hielt. Niemals würde er diese Nacht vergessen oder seine Unfähigkeit, einfach aufzustehen, und dem Schmerz den Rücken zu kehren, den ein brutaler Vater, jahrelanger Alkoholismus und Bucks Anteil am Tod seines jüngeren Bruders verursacht hatten.

Er lächelte Tommys Mutter an. Die drei großen Geschenke unter dem Baum waren irgendwie auch für ihn ein Geschenk.

Ein R-Gespräch aus Frankreich? Er konnte sich beim besten Willen nicht vorstellen, wer…

Ja, natürlich würde er die Gebühren übernehmen, schon aus reiner Neugier.

»Bongschur, müssjöh!« sagte eine fremde Stimme durch das Knacken der Telefonleitung.

»Ah… bonjour. Wer spricht da bitte?«

Dooley Barlowe lachte wie eine Hyäne.

»Dooley?«

»Oui, müssjöh!«

»Unglaublich! Ich bin außer mir vor Freude, daß du anrufst...«

»Mußten wir. Alle mußten zu Hause anrufen.«

Zu Hause! Wenn Dooley Barlowe dieses Wort schon jemals benutzt hatte, hatte er es jedenfalls nicht gehört. »Fröhliche Weihnachten, Kumpel! Wo bist du?«

»In Paris. Wir haben uns Statuen und Gemälde angesehen und was weiß ich nicht alles, und wir singen heute abend in einer großen Kirche, einer Kathedrale. O Mann, so ein Riesending.«

»Kennst du denn alle Lieder?«

»Ich lerne, so schnell ich kann. Dieser Mr. Pruitt haut einem nämlich eine um die Ohren, wenn man einen Fehler macht.«

Der gute alte Mr. Pruitt. »Ich habe noch nie zuvor mit jemandem in Paris telefoniert. Wie läuft es denn so bei euch?«

»Toll. Morgen abend singen wir in Östereich oder irgendwo da in der Nähe. Ich bin total alle.«

»Wir vermissen dich, Freund.«

Teures Schweigen.

»Wir haben die Eisenbahn unter dem Baum aufgestellt.«

»Ich wette, die Cynthia mag diese Eisenbahn.«

»Woher wußtest du das?«

»Sie mag alles.«

»Ich schicke dir ein Geschenk, wenn du wieder in der Schule bist.«

»Das geht schon in Ordnung. Sie geben mir soviel Geld und alles.«

Er verspürte einen leichten Kloß in der Kehle. »Wirst du Miss Sadie und Louella eine Karte schicken, wie ich dich gebeten habe? Ohne Miss Sadie wärst du nicht in Paris.«

»Ist schon erledigt. Ich hab eine Karte mit dem Eiffelturm drauf genommen. Haben Sie Tommy sein Geschenk gebracht?«

»Zehn Silberdollar!«

»Cool.«

Gott sei Dank hatte er das Richtige getan. Er wünschte, Cynthia wäre da, um hallo zu sagen, es würde ihr guttun, Dooleys unverhohlene Aufregung mitzuerleben.

»Sagen Sie der Cynthia, ich hätt' hallo gesagt. Und dem alten Barnabas auch. Na, ich muß jetzt los. Bis dann.«

»Dooley? Dooley!«

Aber Dooley war weg.

Bei seinem vollen Terminplan während der heiligen Tage war er nie in der Lage gewesen, sich einen guten Zeitpunkt für das Öffnen der Geschenke auszusuchen.

Wenn er es am Heiligen Abend machte, mußte er es bei hellem Tageslicht tun, vor der Fünf-Uhr-Messe und der Mitternachtsmette. Das schien ihm nicht das Richtige zu sein.

Es um zwei Uhr morgens zu machen, wenn er wieder nach Hause kam, hatte ihn nie besonders gereizt.

Tat er es aber am Morgen des ersten Weihnachtstags, bedeutete das, daß er um fünf Uhr im Dunkeln herumtappen und ohne Sinn und Verstand ein Geschenk nach dem anderen öffnen mußte, bevor er zu den beiden Gottesdiensten in die Kirchen hetzte.

Wenn er es aber am ersten Weihnachtstag tat, direkt nach den erhabenen Augenblicken Christi Geburt, schien ihm das irgendwie erbärmlich.

Infolgedessen hatte er es jedes Jahr anders gehalten, je nach Laune. Der Hauch einer Tradition hatte sich erst eingestellt, als Dooley Barlowe unter seinem Dach eingezogen war.

Jetzt hatte er eine Frau, die ihm sagen würde, wann er es tun sollte.

Als seine Herde sich zur Mitternachtsmette in die Kirche drängte, lag auf jedem Gesicht der Ausdruck des Staunens über die frisch aufgehängten Tannenzweige und die sanft flackernden Kerzen auf jedem Fenstersims. Zu der schlichten Schönheit der historischen Kirche kamen die erneuerte Hoffnung in den Herzen der Menschen und der süße Duft von Blumen mitten im Winter und von Kerzenflammen, die ihre flackernden Schatten wie einen Schal über die Gemeinde breiteten.

Heilig, heilig…

Voller Freude stehen wir hier vor dir…

Der Chor drängte sich auf der Empore zusammen, und die Stimmen der Menschen, die die Anstrengung der Alltagshektik hinter sich ließen, drangen durch geschlossene Türen bis in die milde Dezemberluft hinaus.

In dieser Nacht konnte die Kapelle Unseres Herrn ihre Freude nicht für sich behalten.

»Hört nur!« murmelte die ältliche Witwe, die gleich neben der Kirche lebte. »Es klingt wie der Gesang von Engeln!« Und in dem stillen, verschlafenen Dorf stahlen sich die Stimmen zum mitternächtlichen Himmel hinauf, um dem barmherzigen Gott zu huldigen und seinen heiligen Namen zu lobpreisen.

Jeder müden und überarbeiteten Seele wurde ein wenig neue Energie geschenkt, die wie ein Strom durch das Kirchenschiff floß.

Es ist ein Kind geboren, ein Erlöser uns geschenkt…

Halleluja! Halleluja!

Kommt, laßt uns lobsingen…

Neues Leben trat an die Stelle des alten, jenes alten Lebens, das uns so oft enttäuscht und uns verleitet hat, die Geburt Christi zu vergessen, eines Lebens, das uns so oft in Verzweiflung stürzt…

Es war keine Überraschung, daß mit der Freude für all jene, von deren Herzen sich eine harte Schale löste, auch die Tränen kamen…

Cynthia hatte ihn wie ein getreuer Soldat durch diese Zeit

begleitet. Sie hatte fast jede Messe mit ihm besucht, sein Frühstück gemacht und die frühen Abendmahlzeiten zubereitet, auf die er keinen Hunger gehabt hatte, sie hatte Gott um Kraft für ihn gebeten und ihm die Schultern massiert …

»Ich kann nicht zulassen, daß du das tust«, sagte er, während er das Gefühl ihrer Hände auf seinen angespannten Muskeln genoß.

»Aber warum nicht?«

Darauf wußte er keine Antwort. Ja, warum eigentlich nicht? »Ich werde auch etwas für dich tun.«

»Du tust immer etwas für mich.«

»Ja?« Warum glaubte sie das? Seine Frau besaß eine gewisse Unschuld …

»Mein liebster Timothy, du bist von einer Unschuld, die mich in Erstaunen setzt.«

Er ließ allen Widerstand fahren.

»So ist es schon besser. Manchmal machst du es einem ziemlich schwer, überhaupt etwas für dich zu tun, weil du so … so genügsam bist.«

»Hm«, sagte er, das Gesicht in das Kissen gedrückt.

Sie hatte vorgeschlagen, daß sie ihre Geschenke am Heiligen Abend vor dem Feuer öffnen sollten, jeder bekleidet mit seinem Lieblingsbademantel. Gott sei Dank war ihr Geschenk rechtzeitig angekommen – und obendrein bereits eingepackt. Er hatte es, falls er gerade mal nicht im Büro war, um die Annahme zu quittieren, an Dora Pugh im Landhandel liefern lassen.

Es war alles viel zu einfach, dachte er. Nur ein Telefongespräch mit dem Zoll, mit einem dienstbeflissenen Herrn, dem man seine Kreditkartennummer gab. Er fand, daß ein Mann für das Geschenk an seine Geliebte ein wenig mehr leiden solle. Nächstes Jahr wollte er sich mehr anstrengen.

»Weinst du?« fragte er, als sie in die kleine Schachtel schaute.

»Und ob!« Während ihr die Tränen über die Wangen liefen.

»Du kannst ihn zu deinem Ehering tragen. Ich hoffe … ich hoffe so sehr … du weinst doch nicht, weil es zu …«

Zu protzig, wollte er sagen, oder zu geschmacklos. Die Smaragde glitzerten im Feuerschein.

Sie schlang ihm stürmisch die Arme um den Hals und weinte. An Cynthia Kavanaghs Tränen war nichts Verstohlenes, sie waren offen und ehrlich. Er tätschelte ihr liebevoll den Rücken. Er wünschte nur, sie würde das nicht tun … Trotzdem hatte es etwas ungemein Rührendes.

»Ich liebe Smaragde!« rief sie, bevor sie sich von ihm löste, um sich mit dem Saum ihres Morgenmantels die Tränen abzuwischen. »Ich bin ja so froh, daß du mir keine Saphire geschenkt hast, weil die angeblich so gut zu meinen Augen passen …«

Wie ihr erster Ehemann, der ihr so grausam untreu gewesen war, dachte er.

»Er ist wunderschön, und ich bin so stolz auf ihn. Ich danke dir, mein Liebster. Ist das alles eigentlich ein wunderschöner Traum?«

Er küßte sie.

»Sag schon, ist es das?«

»Ich glaube, irgendwie werden wir uns schon noch daran gewöhnen.«

»Du meinst, wir werden wie zwei alte Schuhe werden, ja?«

»Sehr wahrscheinlich. Angeblich passiert das allen.«

»Ich kann mir nicht vorstellen, daß es uns passiert. Ich finde, du bist der wunderbarste, attraktivste, faszinierendste Mann auf der Welt.«

»Cynthia, Cynthia …«, sagte er, und berührte ihr Gesicht. »Ich bin nur ein Landpfarrer, der ganz närrisch in seine Frau verliebt ist. Mehr nicht.«

»Soll ich holen, was ich für dich habe?«

»Warte«, sagte er und zog sie fester an sich. »Warte.«

Sie hatte die Weihnachtsmusik angestellt und war in die Garage gegangen. Er hörte etwas über das Linoleum in der

Küche quietschen, dann über den Hartholzboden und schließlich über den Läufer im Arbeitszimmer.

»Du darfst die Augen noch nicht aufmachen«, verlangte sie.

Was es auch war, sie hatte es neben das knisternde Feuer gerollt, dann hörte er etwas, das wie ein Stecker klang, der in die Steckdose neben seinem Schreibtisch eingestöpselt wurde.

»Jetzt«, sagte sie beinahe schüchtern.

Er sah ihn, konnte aber kaum glauben, was er da sah. Es war ein herrlicher Globus, der von innen beleuchtet wurde und sich obendrein noch im Schein des Feuers sonnte.

Er stand langsam auf, ging darauf zu, betrachtete ihn und war sprachlos.

»Dooley hat mir erzählt, du hättest dir immer einen gewünscht«, sagte sie, während sie den Arm um seine Taille legte.

Er breitete die Hände über den Seen und Kontinenten aus Pergament aus, als verströmten sie eine Art innerer Wärme. Verführerisch blau leuchtete die Ostsee, und als er den Globus kreisen ließ, entdeckte er die Weite Arabiens und die smaragdfarbenen Landmassen der Becken von Angola und Argentinien.

»Ich liebe dich, mein allerbester Ehemann.«

»Und ich liebe dich«, sagte er und legte seine Wange auf ihren Kopf. Gnade, Gnade und nichts als Gnade.

Die Musik wurde nur von einer Flöte gespielt, dazu sang eine klare, schlichte Stimme die Worte, die Christina Rosetti geschrieben hatte:

Love came down at Christmas
Love all lovely, love divine
Love was born at Christmas
Star and angels gave the sign.
Love shall be our token

Love be yours and love be mine…
Love was born at Christmas…
Love incarnate, love divine…

KAPITEL 7
Höhenflüge

FRÄULEIN LENZENS GROSSE ÜBERRASCHUNG
– Von der Reporterin der Mitforder *Muse*, Hessie Mayhew

Fräulein Lenz hat uns wieder einmal überrascht.

Da sie in unserer luftigen Zitadelle in diesem Jahr schon ein wenig vor der Zeit erschien, ertappte sie uns dabei, wie wir uns mit dem Flicken unserer Winterfäustlinge beschäftigten. Schon Mitte April spähten die ersten Fliederblüten aus ihrem irdischen Versteck, während in den vergangenen Jahren keiner von uns ihren keuschen Duft vor Mai schnuppern durfte. Letztes Jahr im April zitterten wir um diese Zeit noch, wie Sie sich vielleicht erinnern werden, in unseren Mänteln, während auf den Straßen unseres Dorfes eine weiße Eisschicht lag, wie Zuckerguß auf einem Hochzeitskuchen.

Aber wie dem auch sei, Fräulein Lenz hat in unserem erwartungsfrohen Garten ihre Visitenkarte hinterlassen – in dieser kleinen Nische, wo am Rand eines munteren Bächleins die Waldveilchen gestern morgen zum ersten Mal ihr unschuldiges Haupt enthüllten.

Jene unter uns, die ein Auge für Mode haben, werden sich fragen, welch kräftiges Gewand unser Fräulein in diesem Jahr wohl tragen wird. Ich habe die Dame bisher nur kurz erblickt und kann mir nicht bis ins Letzte sicher sein, aber sie scheint sich von ihrer jungfräulichen Brust bis hinunter zu ihren unbekleideten Füßen in duftige Farne gehüllt zu haben; ihren launischen Kopf dagegen hat sie mit Moos und Reben gekrönt.

Es kann nun nicht mehr lange dauern, bis sie sich ihr Bett auf den Böschungen von Miss Sadie Baxters Obstgärten macht, so daß jedes bescheidene Cottage und jede hehre Villa einen Anblick auf das Paradies haben wird, das auf die Erde niedergekommen ist.

Verehrter Leser, mögen wohlduftende Brisen in diesem Lenz deine Stirn benetzen, und ob du unser Fräulein auf wildem Gipfel oder in waldigem Tal antriffst, bitte vergiß eines nicht:

NICHTS PFLANZEN VOR DEM FÜNFZEHNTEN MAI.

Lachend ließ er die Zeitung neben seinem Ohrensessel auf den Boden fallen.

Hessie Mayhew hatte wieder einmal Wordsworth gelesen, während sie mit Fernglas und Blumenpresse die dörfliche Umgebung erkundete.

Bescheidene Cottages und hehre Villen, wilde Gipfel und waldige Täler. Das gab es nur in der *Mitford Muse*, dachte er und verspürte ohne jede Scham einen großen Stolz auf diese Zeitung, deren erschreckendste Überschrift in den vergangenen Monaten gelautet hatte: »Mann wegen rücksichtslosen Fahrens verurteilt«.

Obwohl er sich bei der Lektüre von Hessies Artikel gut amüsiert hatte, war ihm klar, daß er in letzter Zeit nicht viel zu lachen gehabt hatte.

Speisezimmer und Küche des Pfarrhauses waren auf den Kopf gestellt worden, und der Plunder aus zwei Räumen hatte sich bis ins Wohnzimmer und den Flur ergossen, ganz zu schweigen davon, daß er sich zu beiden Seiten der Treppe auftürmte.

Am Ostermontag waren seine Eßzimmerstühle und die Porzellanvitrine in die Diele geschleppt worden, zusammen mit einem Stapel von Töpfen, Pfannen, Schüsseln und neun Kisten Hafermehl. Da er seit zwei oder drei Jahren kein Hafermehl mehr benutzt hatte, hatte er keine Ahnung, woher es kam, und traute sich auch nicht, zu fragen.

Zwar sah er seine Frau gelegentlich, aber er erkannte sie kaum noch, da sie mit kürbisfarbener Anstreicherfarbe beschmiert war und sich das Haar mit einem Lumpen zurückband.

»Cynthia?« sagte er, als er ins Speisezimmer spähte. Ebensogut hätte er den Kopf in eine Warzenmelone stecken können, solch kühne, neue Farben blickten ihm von seinen Wänden entgegen.

Sie schaute von der obersten Sprosse einer Leiter herunter. »Hallo, Schatz. Was hältst du davon?«

Er wußte ehrlich nicht, was er davon halten sollte.

Ihn beschäftigte eine ganz andere Frage: Wie lange mußten sie noch um Farbeimer und Leitern herumstreichen – ganz zu schweigen davon, daß er gestern abend, als er zu Bett ging, in eine Bratpfanne getreten war. Sein Arbeitszimmer war der einzige Raum im ersten Stock, der nicht von der Hast ergriffen worden war, das Pfarrhaus vor dem fünfzehnten Mai in eine alte italienische Villa zu verwandeln.

Die Küche, die seit seinem Einzug vor vierzehn Jahren nicht neu gestrichen worden war, bekam laut Cynthia die Farbe von klumpiger Sahne. Außerdem machte Cynthia irgend etwas mit einem Hammer und einem Schwamm, das den Wänden ein unverkennbar altertümliches Aussehen verlieh.

Ob sie nicht, wenn sie überhaupt etwas in dieser Richtung unternahmen, eher versuchen sollten, dem Haus ein moderneres Aussehen zu geben?

So nutzlos es auch anerkanntermaßen war, er konnte sich eines gewissen Schuldgefühles nicht erwehren, wenn er mit ansah, wie seine Frau bis zur Erschöpfung arbeitete – und das für einen Gemeindetee, der nur zwei Stunden dauern würde.

»Ja«, erklärte ihm ihre gemeinsame Freundin, Marge Owen, »aber die Leute werden noch zwei Jahre darüber reden!«

Einmal versuchte er, ihr zu helfen, aber er hatte noch nie in seinem Leben einen Farbpinsel in Händen gehalten.

»Du backst«, sagte sie schließlich entnervt, »und ich male. Für den Anfang brauche ich zehn Dutzend Zitronentörtchen – die kann man nämlich wunderbar einfrieren. Wenn du mit denen durch bist, brauche ich zehn Dutzend Himbeerpastetchen und vierzehn Dutzend verschiedene Plätzchen …«

Sie ratterte eine Backliste herunter, die wie die Vierteljahresproduktion der Pepperidge Farm klang.

Warum konnten sie nicht einfach Gemüsesandwiches reichen und in Schokolade getauchte Erdbeeren … oder etwas in der Art?

»Die machen wir auch noch, aber erst in der allerletzten Minute«, sagte sie und spähte von der Leiter zu ihm hinab. Sie stand in letzter Zeit immer auf einer Leiter. Außer wenn sie durch die Hecke flitzte, um an ihrem Buch zu arbeiten, das einen im Dunkeln befindlichen Abgabetermin hatte.

»An den Abgabetermin darf ich nicht einmal denken«, jammerte sie. »Ich darf nicht einmal dran denken!«

Nachts rollte sie sich auf die Seite und schlief sofort ein, während er die tanzenden Schatten an der Decke anstarrte und Barnabas' Schnarchen im Flur lauschte.

»Wir sind ganz aus dem Häuschen«, sagte Esther Bolick. »Ich kann mich gar nicht daran erinnern, wann das letzte Mal ein so großes Ereignis stattgefunden hat, ohne daß ich einen Kuchen dafür gebacken hätte!«

»Sie sind nicht gekränkt, weil wir Sie nicht um einen Kuchen gebeten haben?«

»Gekränkt? I wo!«

Er spürte jedoch, daß Esther nichts dagegen gehabt hätte, eine zweistöckige Orangenmarmeladentorte zu backen.

Zu seiner Erleichterung stellte er fest, daß Emma ein wenig umgänglicher wurde, je näher das Ereignis kam. Aber sie ließ keinen Zweifel daran, daß Cynthia wenigstens in der Sonntagsschule hätte mitarbeiten und den Vorsitz über die Gemeindefrühstücke übernehmen sollen.

Der Frauenkreis rief an, um sich zu erbieten, beim Servieren und Kaffeeausschenken zu helfen, und ferner versprach man, vier oder fünf Ehemänner bereitzustellen, die den Teeverkehr auf der Straße vor dem Pfarrhaus regeln sollten.

Hessie Mayhew kam vorbei, weil sie ein Interview wollte; er war gerade auf dem Heimweg, um sein Predigtbüchlein zu holen.

»Sprechen Sie mit meiner Frau«, sagte er, »das Ganze ist ihr Werk.« Er hoffte nur, daß Hessie Mayhew nicht etwas von Coleridge lesen würde, bevor sie den Artikel schrieb.

Mit gezücktem Notizblock horchte Hessie schließlich Cynthia aus, die gerade auf der obersten Sprosse einer Leiter stand und die Deckenleiste strich. »Was werden Sie denn servieren? Wie viele Leute? Um wieviel Uhr? Irgendwelche besonderen Farben? Haben Sie ein Thema?«

Er lief aus dem Zimmer.

Als er fünf Minuten später zur Hintertür hinausging, hörte er Cynthia verkünden, daß das Ereignis den Namen tragen würde: »Erster Alljährlicher Schlüsselblumentee.«

Hessie kreischte begeistert, was eindeutig ein gutes Zeichen war.

Er hatte während des Winters mit den heimischen Geistlichen gesprochen, fühlte sich aber nicht besonders ermutigt dadurch.

Die Quintessenz war einfach: Die Leute vom Bach mochten es bekanntermaßen nicht, wenn Priester sich in ihre Angelegenheiten einmischten, schon gar nicht, wenn es sich dabei um städtische Priester handelte. Als er ihnen ins Gedächtnis rief, daß Absalom Greer einen ganzen Sommer lang jede Woche zum Bach gegangen war, erinnerten sie ihn ihrerseits, daß Greer nicht nur alt war, was allgemein mit »nicht bedrohlich« übersetzt wird, sondern daß er auch ein Einheimischer war – immer ein Vorteil.

»Nach allem, was ich gehört habe«, sagte Bill Sprouse, »würde ich da oben nicht rumpfuschen wollen. Man erzählt sich, die Leute würden einen eher erschießen als ansehen, und es dürfte wohl keine Frage sein, daß Drogen und Alkohol da ernste Probleme darstellen.«

»Unternimmt denn das Sozialamt nichts?«

»Wenn es um die Leute vom Bach geht, glaube ich nicht, daß da überhaupt viel passiert.«

»Erzählen Sie mir, was Sie sonst noch gehört haben.«

»Die üblichen inzestuösen Heiraten, wie Sie sich vielleicht denken können. Das war früher da oben ein Schmugglernest, und davor haben die Leute vom Bach den Kornwhiskey gebraut. Sehr viel Armut. Häuser, in denen man durch die Wände sehen kann, Kerosinöfen im Winter; vielen Familien brennt das Dach überm Kopf ab …«

»Wo gehen sie denn hin, wenn das passiert?«

»Sie kommen für gewöhnlich nicht nach Mitford oder Wesley, sondern bleiben bei ihresgleichen. Ab und zu sieht man natürlich mal eins von den älteren Kindern in der Stadt rumhängen, aber nicht oft. Die Leute vom Bach kaufen auf der anderen Seite der Kreisgrenze ihre Lebensmittel und gehen auch da zum Arzt, in Ipswich – da gehen die Kinder übrigens auch zur Schule, soweit sie überhaupt hingehen. Ich glaube, die Kreisgrenze verläuft einige Meilen weit parallel zum Bach.«

»Gehen Sie mit mir dahin«, sagte er. Das war radikal, aber wurde jemals etwas Wichtiges ohne radikale Taten zuwege gebracht? Das Evangelium zu predigen war radikal, die Kirche zu gründen war radikal gewesen. Weiß der Himmel, Cynthia zu heiraten – in seinem Alter! – war radikal gewesen.

»Bruder, ich habe so viele Kranke und leidende Menschen in meiner Gemeinde, wie ich nur bewältigen kann; ich brauche nicht zum Bach raufzugehen, um Unglück zu finden. Mein Organist stirbt an einem Gehirntumor, und einer meiner besten Diakone ist zu depressiv, um morgens aus dem Bett zu kommen.« Der sonst so fröhliche Prediger sah niedergeschlagen aus.

»Ja, hm …«

»Außerdem ist Rachels alte Mutter gerade gestorben, und ich und Sparky sind allein, während sie in Springfield ist, um ihr Elternhaus auszuräumen.«

»Mein Beileid an Rachel.«

»Ich habe schon alle Hände voll zu tun mit dem, was mir der Herrgott an meine eigene Hintertür gelegt hat«, sagte Bill.

Ja, aber wenn sie nichts unternahmen, wer dann?

»Ich sag Ihnen was«, meinte Bill und machte wieder ein fröhliches Gesicht, »ich verspreche Ihnen, die Sache in meine Gebete mit einzubeziehen.«

Er fühlte sich seltsam rastlos und verärgert. Gewiß hatte er auch deswegen gebetet und würde weiter beten, aber er hatte das Gefühl, auch handeln zu müssen. Irgendwie konnte er dieses Mädchen vor sich sehen, das von dem Baum gesprungen war; er konnte sie so genau vor sich sehen, als sei sie vor seinen eigenen Füßen gelandet.

»Große Ereignisse stehen Ihnen ins Haus«, sagte J.C., »ein richtiger Knüller für die erste Seite.« Er ließ sich an den hinteren Tisch gleiten; einer seiner Hände war bandagiert, und er paßte auf, daß er nirgendwo damit anstieß.

»Warum schreiben Sie den Artikel nicht nach dem Ereignis?« erkundigte sich der Pfarrer. »Sie wissen doch, einen von diesen Alle-hatten-einen-schönen-Nachmittag-Artikeln …«

»Wir bringen einen Artikel vorher und einen hinterher«, sagte der Reporter und sah dabei drein, als gehöre ihm die ganze Welt.

»Aha.«

Mule rührte Sahne in seinen Kaffee. »Die Teegesellschaft

Ihrer Frau bringt Fancy jede Menge Kundschaft ins Haus. Sie ist für den Vormittag des Fünfzehnten voll ausgebucht mit Dauerwellen und Strähnchen, mal ganz zu schweigen von Acrylnägeln.«

Er hätte nie gedacht, daß eine Teegesellschaft im Pfarrhaus der heimischen Wirtschaft Auftrieb geben würde. »Was ist mit Ihrer Hand passiert?« fragte er den Reporter.

»Ich habe mich an einem Messer verletzt«

»Wie das?«

»Weil ich versucht habe, ein neues Loch in meinen Gürtel zu stanzen. Das Messer ist weggerutscht, und ich habe mir statt dessen ein Loch ins Fleisch gestanzt.«

»Der Verband sieht aber mächtig sauber aus. Haben Sie das selbst gemacht?«

»Nicht direkt«, sagte J.C.

»Machen Sie, daß Sie was in den Magen bekommen; Sie sehen aus wie bestellt und nicht abgeholt«, meinte Mule.

»Noch zehn Pfund, und ich bin da, wo ich hin will.«

»Sie werden lauter neue Sachen brauchen. Das geht ganz schön ins Geld.«

J.C. wischte sich mit seinem Taschentuch das Gesicht ab. »Ich werde mich auf Flohmärkten und Garagenverkäufen umsehen, wie gewisse andere Leute, und mich vom Wechselgeld einkleiden.«

»Wer schüttelt denn die Laken auf, um Sie morgens im Bett zu finden?« fragte Velma den Reporter, während sie ihm Kaffee einschenkte.

J.C. grinste breit. »Das geht nur mich etwas an. Ach, übrigens, ich übernehme die Rechnung für diesen Tisch.«

»Ich glaube, mit meinen Ohren stimmt plötzlich was nicht mehr«, sagte Mule. »Was haben Sie gesagt?«

»Ich sagte, ich zahle die Rechnung.«

»Warum?« fragte der Pfarrer.

»Es ist Frühling!« sagte J.C. immer noch grinsend.

»Miss Sadie schläft«, flüsterte Louella, als sie ihm die Tür öffnete. »Kommen Sie rein, und trinken Sie ein Glas Tee mit mir; ich habe noch keinen Zucker reingegeben.«

Louella ging auf Zehenspitzen in die Küche voran und schloß die Tür. »Also!« sagte sie, »jetzt können Sie unentwegt reden, ohne daß Miss Sadie etwas hören wird!«

»Was macht denn Ihr Knie?«

»Steif, Schätzchen, wird aber langsam besser.«

»Kochen Sie?«

»Einmal am Tag. Ich sagte, Miss Sadie, suchen Sie sich eine Zeit aus, sie sagte Mittagessen! Also koche ich das Mittagessen, dann stellen wir das Geschirr in die Spülmaschine und lehnen uns zurück und hören zu, wie sie den Abwasch macht. Wirklich 'ne tolle Sache, so eine Spülmaschine!«

»Wem sagen Sie das«, erwiderte er. »Ich habe nie eine besessen.«

»Pfarrer Tim, Sie sollten etwas moderner werden, jetzt, wo Sie ein verheirateter Mann sind.«

»Stimmt. Was macht Miss Sadies Handgelenk?«

»Ach, du liebe Güte. Du liebe, liebe Güte!«

Louella schüttelte den Kopf. »Das wird langsam besser.«

»Und das ist nicht gut?«

»Sobald dieser kleine Knochen wieder kräftig genug ist, wird Miss Sadie diesen Wagen fahren – so feste sie nur kann! Sehen Sie diesen armen, alten, grauen Kopf? Das kommt nicht vom Alter, Schätzchen, das kommt von Miss Sadies Fahrerei.«

»Hm.«

»Als sie sich das Handgelenk brach, sagte ich, vielen Dank, lieber Gott, jetzt werden wir beide noch ein Weilchen länger leben! Ich hasse den Gedanken, den Jordan zu überschreiten, weil ich kopfüber in einen Lastwagen geschleudert werde; ich würde viel lieber im Schlaf hinübergehen, mit einem Lächeln auf dem Gesicht!«

»Sie wird im Juni neunzig. Muß sie nicht noch einen Test absolvieren?«

»Sie hat erst wieder einen Test, wenn sie zweiundneunzig wird. Und was unsere Miss Sadie ist, die schneidet in jedem Test gut ab. So was kann sie eben.«

Sie saßen einen Augenblick lang schweigend da und nippten an ihrem Tee.

»Ich weiß nicht, was ich machen soll«, sagte er aus vollem Herzen. »Aber irgend etwas werde ich machen.«

Warum erbot er sich immer, etwas zu tun, obwohl er nicht den blassesten Schimmer hatte, was das sein sollte? War sein Ego so aufgeblasen, daß er über alle Dinge die Kontrolle an sich reißen wollte? Nein, es war beinahe noch schlimmer als das. Was ihn trieb, war der Zwang, Menschen zu trösten, ihnen zu helfen, sie vor dem Schlimmsten zu bewahren – ein Ehrgeiz, der ihn häufig veranlaßte, dem Heiligen Geist ins Handwerk zu pfuschen.

»Dieser Junge«, hatte der alte Bischof von Mississippi seiner Mutter erklärt, »wird mal genau die Art Priester sein, die Gott in seinem Haus gut brauchen kann. Timothy wird sich auch in kleinen Dingen um seine Schäfchen kümmern, und vor allem … er wird sie lieben.«

Er wußte nicht, ob es wirklich ein Zeichen von Liebe war, die Menschen schützen zu wollen. Vielleicht bedeutete wahre Liebe, sie ihren eigenen Weg gehen zu lassen.

Dooley Barlowe jedenfalls hatte er nicht beschützt. Er hatte ihn auf eine Schule mit vornehmen, reichen Kindern geschickt, und genausogut hätte man einem Rudel Wölfe rotes Fleisch vorwerfen können. Aber war der Junge nicht anschließend in Paris aufgetaucht, um in einer Kathedrale zu singen?

»Ich hätte nie gedacht, daß ich den Tag noch erleben würde …«, sagte Cynthia, die der Länge nach auf dem Bett lag.

»Welchen Tag?«

»Den Tag, an dem ich um halb neun im Bett bin.«

»Du bist eben eine richtige Mitforderin geworden. Die Bergluft hat endlich deine Großstadtgewohnheiten überwunden.«

»Habe ich mir das Gesicht gewaschen? Ich weiß es nicht mehr. Könntest du wohl nachsehen? Ich hoffe, ich habe es getan, denn ich kann auf keinen Fall noch mal aufstehen; mir tut jeder Knochen im Leib weh.«

»Ich wollte dich schon länger mal fragen … warum gibst du eigentlich eine riesige, mörderische Teegesellschaft, wo du doch, sagen wir, zwei oder drei mittelgroße Teegesellschaften geben könntest?«

»Mit mittelgroß kommt man heutzutage nicht weit, mein Schatz. Mit mittelgroßen Sachen reibt man sich nur unnötig auf. Der Trick ist, sich einmal im Jahr halbtot zu machen, damit die Leute was zu reden haben, und dann brauche ich nicht Präsidentin oder Vorsitzende von irgend etwas zu werden, und trotzdem werden alle mit mir sprechen und meinen Mann respektieren.«

»Aha.«

»Gefällt dir das Eßzimmer wirklich?«

»Wirklich. Sehr. Es ist wunderbar. Aber ich habe mich gefragt …«

»Hm …«

»… was aus den Übergardinen geworden ist.«

»Ich habe sie abgenommen, und Puny hat sich eine Maske aufgesetzt und sie in einen Wäschekorb verfrachtet, um sie dann zur Müllkippe zu bringen. Wir hätten sie ja im Garten verbrannt, aber das ist gegen das Gesetz.«

»So schlimm, wie?«

»Antik.«

Er blickte zur Decke. Es war windstill heute abend. »Tut mir leid, daß ich die Zitronentörtchen vermasselt habe.«

Sie gähnte vernehmlich. »Das ist nicht so schlimm. Puny und ich backen morgen den ganzen Tag. Ich weiß, ich hätte

Hilfe annehmen oder jemanden vom Frauenkreis herbitten können, aber diese Frauen schuften bereits wie Sklaven, und ich möchte, daß alle einmal eine wunderbare Atempause haben. Ich möchte ihnen das Gefühl geben, etwas ganz Besonderes zu sein.

Die viele Arbeit macht mir nichts aus, wirklich nicht, es ist meine eigene Schuld, daß ich beschlossen habe, zu renovieren. Aber es mußte sein, verstehst du, man fühlte sich ja wie in einer Höhle da unten. Nächstes Jahr wird es das reinste Kinderspiel sein. Oh. Kannst du mir Mittwoch morgen bei den Gemüsesandwiches helfen und die Schokolade für die Himbeeren schmelzen?«

»Mit Vergnügen«, sagte er, und das war nicht gelogen.

»Ich brauche deine moralische Unterstützung mehr, als du dir vorstellen kannst. Um die Wahrheit zu sagen, sie ist überhaupt das Allerwichtigste. Es ist das erste Mal, daß ich mich offiziell als die neue Frau des Pfarrers präsentiere …«

Er nahm ihre Hand. »Denk an meine Worte, es wird das größte Ereignis seit der Entschleierung der Statue vorm Stadtmuseums sein.«

»Nur noch einen Tag«, sagte sie, »und dann, bumm, hundertzwanzig Frauen, die alle gleichzeitig reden! Ich habe das Gefühl, daß Onkel Billy und Miss Rose auch kommen werden, meinst du nicht?«

»Ich wäre überrascht, wenn Onkel Billy nicht käme.«

»Ich hoffe, er kommt; das wird der Sache ein wenig Glanz verleihen.«

Onkel Billy? Glanz?

»Gefällt dir die Küche wirklich, Timothy?«

»Sehr. Ich finde, es ist … interessant … wie du an siebenundvierzig Stellen der Wand den Gips abgehauen hast.«

»Es sieht so herrlich abgebröckelt aus. Lachst du?«

»O nein.«

»Ich sehe aber deinen Bauch wackeln.«

»Könnte sein, daß die Küche am Mittwoch den einen oder anderen Horizont übersteigt.«

»Wenn wir ausziehen, lasse ich neu verputzen«, sagte sie.

Ihren Worten folgte ein langes Schweigen.

Sie sah ihn an. »Wir haben nie darüber geredet, wann du – wann wir – vielleicht … ausziehen.«

»Das liegt daran, daß ich nicht den blassesten Schimmer habe«, fuhr er sie an.

Warum hatte er sie angefahren? Weil Stuart Cullen ihn immer drängte, über seine Pensionierung nachzudenken – was er dann tun würde und wann er es tun würde. Er wollte nichts davon wissen, bis es soweit war, und das sollte allen anderen ebenfalls genügen.

Plötzlich schrillte das Telefon neben dem Bett.

»Pfarrer Tim? Hier Richard Fleming.«

»Ja?« sagte er vorsichtig.

»Hier ist etwas sehr Peinliches passiert. Haben Sie einen Augenblick Zeit?«

»Habe ich.« Er setzte sich ganz gerade hin.

»Vor etwa vier Wochen haben wir einen per Hand adressierten Brief an alle Eltern geschickt, eine Einladung zu einem besonderen Chorkonzert hier in der Schule. Ich war heute abend drüben im Büro und habe festgestellt, daß Ihre Einladung zurückgekommen ist. Wo sie so lange gesteckt hat, kann ich nicht sagen, aber auf dem Umschlag stand: Zurück an Absender.«

»Aha.«

»Wir haben den bedauerlichen Fehler gemacht, den Brief nach Mitford zu schicken, wahrscheinlich ein Ausrutscher des Kugelschreibers, denn in unserem Computer ist Ihre Adresse korrekt vermerkt.

Worauf ich hinaus will, ist folgendes: Diese Konzert ist das ehrgeizigste Projekt, das wir in diesem Jahr überhaupt veranstaltet haben. Sehr wichtig. Ich habe mich gefragt, warum Sie nicht geantwortet hatten, und Dooley machte sich ebenfalls große Sorgen, weil wir nichts von Ihnen gehört hatten.

Ich muß Ihnen sagen, daß das sehr viel für ihn bedeutet. Die Eltern werden in Scharen herbeiströmen, und hm, es tut mir furchtbar leid, daß ausgerechnet Ihr Brief ein Irrläufer war…«

»Kein Problem«, sagte der Pfarrer. »Ich bin sicher, daß wir das regeln können. Ich werde auf alle Fälle kommen. Sie haben mein Wort darauf.«

»Wunderbar! Was für eine Erleichterung!«

»Wann ist das Konzert denn… genau?«

»Mittwoch morgen – also übermorgen – um elf Uhr. Anschließend wird es dann um ein Uhr noch Mittagessen geben. Am Wochenende hätten wir Probleme gehabt, daher waren wir gezwungen, das Konzert an einem Wochentag zu veranstalten, aber die Eltern waren sehr entgegenkommend. Nun, das ist ja wunderbar, soll ich dann zwei Plätze auf den Namen Kavanagh reservieren?«

Er sah seine Frau an und fühlte sich entsetzlich. Er hatte Richard Fleming sein Wort gegeben.

»Nein«, sagte er heiser. »Nur einen.«

Damit er um elf Uhr da sein konnte, mußte er spätestens um sechs Uhr morgens in Mitford aufbrechen, vielleicht um viertel nach sechs, nachdem er die Schokolade geschmolzen und hundertundfünfzig Erdbeeren eingetunkt hatte. Puny hatte sich bereitgefunden, früher zu kommen, und die Gemüsesandwiches zu übernehmen.

Cynthia war zutiefst enttäuscht gewesen, gab sich aber alle Mühe, sich nichts anmerken zu lassen. Aber seine Frau war absolut unfähig, ihre Gefühle zu verbergen. Sie standen ihr allesamt ins Gesicht geschrieben und waren so deutlich abzulesen wie das Barometer an der Wand.

»Natürlich mußt du gehen«, sagte sie. »Es würde Dooley das Herz brechen, wenn du nicht kämst. Ich packe ihm eine

Schachtel mit Süßigkeiten ein, und du brauchst auch nicht die Erdbeeren zu machen, das ist alles viel zuviel ...«

»Das ist es überhaupt nicht. Ich mache sie und damit basta.«

Sie seufzte. »Puny wird den ganzen Tag hier sein, und Hessie Mayhew sammelt in jedem Garten Schlüsselblümchen und besteht darauf, mir beim Abwasch zu helfen, und Marge Owen will auch helfen, daher ...«

»Daher werde ich gegen halb sieben zurück sein, und wenn dann noch irgend etwas aufzuräumen oder abzuwaschen ist, werde ich das übernehmen.«

»Ich liebe dich furchtbar«, sagte sie und machte ein tapferes Gesicht.

Er war gerade damit fertig, Schokoladenstückchen und einen hohen Topf für den Morgen bereitzustellen. Dann drehte er sich um, zog sie an sich und legte beide Hände um ihr Gesicht. »In Wirklichkeit«, sagte er, »ist es genau umgekehrt.«

Er war genau dreißig Meilen hinter Mitford, als sein Motor ohne jede Vorwarnung den Geist aufgab.

Es gelang ihm noch, den Wagen an den Straßenrand zu fahren, wo er direkt an einem Graben zum Stehen kam. Dann versuchte er mehrmals, den Motor wieder anzulassen, doch das einzige, was er hörte, war ein Klicken. Der Motor oder die Batterie oder was auch immer war tot wie ein Türnagel.

»Verwünscht!«

Erregt stieg er aus dem Wagen und blickte die Straße entlang. Die acht Jahre, die er sich zu Fuß fortbewegt hatte, hatte er von Herzen genossen. Kein einziges Mal war er gezwungen gewesen, sich mit dem Ärger und den Unkosten auseinanderzusetzen, die Probleme mit einem Wagen mit sich brachten.

Er sah ein Haus am gegenüberliegenden Ende einer Weide. In der anderen Richtung erhob sich ein niedriges Gebäude, das ein Stück abseits von der Straße lag; ein Schild stand davor. Hastig ging er durch den kalten, klaren Frühlingsmorgen darauf zu. Viertel nach sieben. Er hatte noch eine etwa dreieinhalbstündige Fahrt über die zeitsparenden Nebenstraßen vor sich, die zu Dooleys Schule führten.

Das Schild war verrostet, aber immer noch leserlich.

Beaumont Aviation
Charterflüge und Unterricht
Wir wünschen einen schönen Tag

Wenn er ein Telefon fände, könnte er Lew Boyd anrufen und dann Cynthia bitten, mit Lews Abschleppwagen zu folgen. Dann konnte er mit ihrem Wagen weiterfahren, obwohl er eindeutig zu spät kommen würde ...

Als er die Tür öffnete, war niemand zu sehen. »Hallo!« rief er.

Schweigen.

»Hallo! Irgend jemand da?«

Er erblickte ein Telefon auf dem Tisch. Da er Lews Nummer auswendig kannte, wählte er sie. Besetzt.

Verflixt noch mal, wenn Lew Boyd ausgerechnet heute morgen da rumsaß und Dame spielte ...

Er blickte aus dem Fenster und sah jemanden auf dem grasbewachsenen Landesstreifen an einem kleinen Flugzeug herumbasteln.

Er versuchte noch einmal Lews Telefonnummer. Immer noch besetzt.

Wenn er Cynthia anrief, was konnte sie tun? Und wie gräßlich es für sie wäre, wenn sie an einem Morgen, an dem jeder Augenblick zählte, eine Stunde im Auto saß.

Er würde nicht lockerlassen, sondern es weiter bei Lew versuchen.

Immer noch besetzt.

Lieber Gott, zeige mir, was ich jetzt tun soll. Wir haben da einen Jungen, der sich auf ein vertrautes Gesicht im Zuschauerraum freut. Wir können ihn nicht im Stich lassen ...

Er ging auf und ab. Wenn Mule Skinner herkam, um ihm seinen Wagen zu leihen, wie sollte er dann wieder nach Hause kommen? Er konnte den Mann unmöglich darum bitten, den ganzen Weg bis zu Dooleys Schule und zurück zu fahren, als hätte er nichts Besseres zu tun.

Ron Malcolm! Er wußte nicht, auf welche Weise Ron helfen konnte, aber Ron hatte für alles eine Lösung. Wilmas Stimme auf dem Anrufbeantworter sagte: »Wir sind im Augenblick nicht in der Stadt. Falls ihr es seid, Tommy, Rachel oder Nel, bitte ruft uns in Boca Raton an, unter folgender Nummer ...« Er hängte ein, nahm einen Dollar aus seiner Brieftasche und legte ihn neben das Telefon.

»Morgen«, sagte ein Mann, der gerade durch die Tür kam. Er wischte sich die Hände an einem Lumpen ab.

»Guten Morgen. Ich habe gerade ein Telefongespräch mit Mitford geführt. Ich habe einen Dollar auf den Tisch gelegt.«

»Kann ich Ihnen irgendwie helfen?«

»Ich wünschte, Sie könnten. Mein Wagen hat eine Panne. Ich glaube, der Motor ist kaputt.«

»Könnte der Zahnriemen sein«, sagte der Mann, der sich immer noch die Hände abwischte. »Vielleicht auch die Zündverteilung.«

»Könnten Sie mal einen Blick drauf werfen?»

»Ich verstehe nicht viel von Automobilen. Kaffee?«

Draußen hörte er einen Wagen über den Kies knirschen und in der Nähe der Tür stehenbleiben.

»Nein, danke. Ich muß um elf Uhr in der Schule meines Jungen in Virginia sein, ganz egal, wie ich das mache.«

Omer Cunningham trat durch die Tür; er trug eine lederne Fliegerjacke und grinste breit. »He, Prediger, ich dachte mir doch, daß ich Ihren Wagen da draußen gesehen habe. Sind Sie hier, um ein Flugzeug zu chartern, oder wollen Sie Unterricht nehmen?«

»Omer!« Er fühlte sich wie ein Mann in einem fremden Land, der ein Gesicht von zu Hause sieht. »Mein Wagen hat eine Panne, und ich muß nach Virginia; Dooley singt in einem Konzert, und Lew Boyd geht nicht an das verflixte Telefon, und… können Sie mich in die Stadt fahren, damit ich den Wagen meiner Frau holen kann…« Das hieß, daß er kurz nach Mittag in der Schule sein würde. Ihm war schlecht vor Bedauern.

»Wo in Virginia wollen Sie denn hin?«

»White Chapel, und ich bin schon ziemlich spät dran.«

»Ich fliege Sie rüber«, sagte Omer.

»Oh, ich glaube nicht…«

»Wann sollen Sie da sein?«

»Elf Uhr.«

»Es ist jetzt knapp acht. Sie werden es nie schaffen, wenn Sie erst noch wieder nach Mitford düsen.«

Er spürte, wie alles Blut aus seinem Gesicht wich. Lieber Gott, wenn das eine Antwort auf mein Gebet sein soll, glaube ich nicht, daß ich dich da beim Wort nehmen kann…

»Ich bin schon x-mal nach White Chapel und wieder zurück geflogen. Wir könnten uns am Landestreifen einen Pick-up leihen, und dann fahre ich Sie in zehn Minuten zu dieser vornehmen Schule rüber; ich weiß, wo die liegt.«

»Das könnten Sie tun?«

»Ich bringe Sie in meinem kleinen Lumpendecker-Springschwanz rüber!«

Omers Gesicht leuchtete auf wie ein Weihnachtsbaum.

»In Ihrem… was?«

»In meinem Lumpendecker-Springschwanz. Sie ist wirklich ein Schmuckstück, wie eine noch nicht ausgewachsene J-3. Flügel aus Stoff, der über ein paar Rohre gespannt ist, und das Rad für Start und Landung unterm Schwanz. Die sieht man heutzutage nicht mehr oft…«

Flügel aus Stoff, der über ein paar Rohre gespannt ist,

»Solider als alles, was heutzutage so herumfliegt. Holen Sie Ihr Zeug, und lassen Sie uns gehen. Sie werden Punkt halb elf dasein, also reichlich vor der Zeit.«

»Ist, äh, Ihre Pilotenlizenz noch gültig?«

»Omers Lizenz ist immer gültig«, sagte der Mann grinsend.

Er taumelte zu seinem Wagen; die Knie drohten unter ihm nachzugeben. Als er nach seiner Jacke griff, sah er, daß seine Hand zitterte.

Er konnte das nicht machen.

Seine Abneigung gegen das Fliegen hatte ihn vierzehn Jahre lang in Mitford kleben lassen wie Moos auf einem Baumstumpen – mit Ausnahme dieses idiotischen Ausflugs nach New York, den zu unternehmen sein Herz ihn gezwungen hatte, und der lange zurückliegenden Reise, die er unternehmen mußte, um den Essay über C.S. Lewis zu schreiben. Was seine Reise über den Teich nach Irland betraf, das war die Idee seines Bischofs gewesen. Er hatte sechs endlose Stunden mit fest ineinanderverkeilten Kiefern im Flugzeug gesessen.

Lieber Gott, wenn das deine Antwort ist, dann mußt du mir aber dabei helfen. Ich weiß, was du von Furcht hältst, und ich bin ganz deiner Meinung. Aber ich bin halbtot vor Angst, und du weißt es, und ich brauche jetzt eine großzügige Portion Gnade von dir …

Das kleine, gelbe Flugzeug sah wie ein Spielzeug aus, wie es da auf dem grünen Landestreifen stand. Obwohl schon das Gehen ein Problem für ihn bedeutete, gestaltete es sich bei weitem noch schwieriger, in das verflixte Ding hineinzuklettern. Seine Knie waren wie Fensterkitt, sein Atem ging stoßweise, und seine Handflächen waren schweißnaß.

Omer setzte sich und zog eine Mütze auf. »Ich schätze, Sie werden wohl nicht mit ausgehängten Türen fliegen wollen?«

»Das … schätze ich auch.«

»Geht klar, Sir«, sagte Omer und entblößte Zähne von der Größe von Klaviertasten, »ein Flug in meinem kleinen Schwanzhüpfer ist der größte Spaß, den man in angezogenem Zustand haben kann.«

»Halten Sie sich fest!« brüllte Omer.

Als sie – eine Ewigkeit lang, wie es ihm schien – über den Grasstreifen rasten, fühlte er sich, als hätte man ihn an einen Preßlufthammer gefesselt.

Endlich nahm das kleine Flugzeug die Nase hoch, höher, immer höher, hinein ins Blaue. Sein Magen verkroch sich unter seinen Lungenflügeln. Schweißperlen benetzten seine Stirn wie Sommernebel. Die Vibrationen im Cockpit zogen ihm die Brille von der Nase.

Mit Omer Cunningham zu fliegen, vermutete er, war das luftfahrerische Pendant zu einer Verkostung aus Rose Watsons Küche. Hatte es da nicht mal einen Burschen gegeben, der vor Jahren so tief über eine Weide geflogen war, daß die Milch in den Kühen des Bauern sauer geworden war? Der Bauer hatte geklagt – und gewonnen.

Omer beugte sich zu ihm hinüber und rief aus Leibeskräften: »Herrlicher Tag zum Fliegen, nicht wahr?«

Er ließ die Zunge über die Innenseite seiner Zähne gleiten, um sicherzugehen, daß er keinen verlor. »Ja, wirklich!« brüllte er zurück.

Er bereute sogar die wenigen Erdbeeren, die er zum Frühstück gegessen hatte. Lieber Gott, bitte hilf mir, daß ich das Flugzeug dieses Mannes nicht als Spucknapf gebrauchen muß.

Die Ermahnung des heiligen Paulus, ohne Unterlaß zu beten, gewann eine vollkommen neue Perspektive für ihn.

»Dooley, das ist Mr. Omer Cunningham, mein Pilot.«

»Ihr Pilot?«

»Er hat mich hierher geflogen.«

»Sie sind geflogen?«

Er hielt Daumen und Zeigefinger ungefähr sieben Zentimeter voneinander entfernt. »In einem kleinen gelben Flugzeug von etwa dieser Größe.«

»Mann!«

Er schüttelte Dooleys Hand. »Du warst klasse, Sohn. Mir fehlen die Worte; es war eine wunderbare Erfahrung.«

»Wirklich gut«, sagte Omer mit tiefem Ernst.

Während Omer neben dem Pick-up eine Zigarette rauchte, gingen er und Dooley in den Garten der Schule und setzten sich unter einen Baum.

»Ich bin froh, daß Sie kommen konnten. Ich wünschte nur, die Cynthia hätte auch mitkommen können.«

Er reichte dem Jungen die Kostproben von dem Ersten Alljährlichen Schlüsselblumentee. »Sie hat dir eine Schachtel Leckereien geschickt, die dir auf der Zunge zergehen werden.«

»Ich möchte sie jetzt gern aufmachen.«

»Nur zu.«

Dooley öffnete die Schachtel, schob sich ein ganzes Zitronentörtchen auf einmal in den Mund und griff nach einem Plätzchen.

»Ich würde dir raten, zu kauen, bevor du schluckst.«

Er betrachtete die Stelle an Dooleys Kopf, an der früher ein Wirbel wie ein Geysir gesprossen war, und fragte sich, wie dieser Wirbel nur auf so rätselhafte Weise verschwinden konnte. Dann betrachtete er Dooleys Tennisschuhe, die Größe elf hatten, und die langen Beine, die seit Erntedank noch länger geworden waren.

Es schien erst gestern gewesen zu sein, daß er erwählt worden war, den Jungen aufzunehmen, und nun hatte Dooley sich ihm bereits wieder entzogen – wurde langsam erwachsen und fand seinen eigenen Weg. Warum schien die Zeit nur so kurz zu sein, so flüchtig?

»Wie geht es dir denn so, Kamerad?«

»Ganz gut.«

»Wirklich und wahrhaftig?«

»Jawoll.«

»Ohne Scherz?«

»Jawoll.«

»Du wirst hier oben zurechtkommen?«

»Ja, Sir.«

»Du bleibst am Ball?«

»Jawoll.«

»Dieses Konzert war hervorragend. Ich habe noch nirgendwo etwas Besseres gehört. Da steckt sicher eine Menge Arbeit drin.«

»Ja, Sir.«

Er legte einen Arm um den Jungen. »Ich habe dich sehr lieb, mein Freund.«

»He, ihr zwei da drüben«, rief Omer, der auf ihren Baum zuspaziert kam. »Soll ich den Jungen mal für 'ne kleine Spritztour mit raufnehmen?«

»Hm …«

»Mann!« sagte Dooley und sprang auf.

Als er auf das Büro zuging, um den Direktor um Erlaubnis zu bitten, überlegte er, daß der Junge ein komplettes Mittagessen, zwei Zitronentörtchen und drei Plätzchen intus hatte. Er war seinem Schöpfer dankbar, daß es in diesem kleinen Flugzeug nur einen einzigen Beifahrersitz gab, was bedeutete, daß er bei dieser Spritztour auf dem Boden bleiben durfte.

Als sie Dooley wieder an der Schule absetzten, umarmte er ihn und fand sich seinerseits ebenfalls fest und herzlich umarmt.

Das allein war die Reise schon wert gewesen, dachte er und schluckte.

»Bongsoar, Müssjöh!« brüllte Dooley hinter ihm her.

Sie zitterten nach Mitford zurück, wobei Omer ihren Rückweg so gelegt hatte, daß seinem Passagier eine Luftansicht des Pfarrhauses zuteil wurde.

»Wo ist der Bach?« rief er. »Fliegen wir über den Bach?«

»Wenn Sie wollen, kein Problem!« rief Omer zurück. Der Pfarrer dachte, daß er im Grinsen seines Piloten zweiunddreißig Klaviertasten zählen konnte. »Aber landschaftlich gesehen ist das nichts Besonderes.«

»Ich bin auch nicht auf landschaftliche Besonderheiten aus!«

Omer schwenkte nach rechts und senkte die Nase des Flugzeugs nach unten.

»Sehen Sie das Elektrizitätswerk da drüben?«

»Ja!«

»Der Bach ist auf der anderen Seite.«

Nachdem sie über das Elektrizitätswerk und ein kleines Wäldchen gedonnert waren, sah er einen im Sonnenlicht glitzernden Wasserlauf. Dann entdeckte er die offene Wunde in der Brust des Bachufers – baufällige, ungestrichene Häuser, blechgedeckte Schuppen, Häuser, die gebrannt hatten und inmitten ihres eigenen Schutts lagen, verrostete Wohnwagen und Autos, die herrenlos im Gras oder auf Blöcken aufgebockt standen. Einige Hennen pickten auf dem Boden, der wie harter, gebrannter Ton aussah.

Hunde kamen herausgelaufen und bellten den Himmel an, und einige Leute blieben stehen, legten sich eine Hand über die Augen und schauten hinauf. In der Nähe des Waldes ergossen sich weggeworfene Herde, Kühlschränke, Autoreifen und anderer Müll das Ufer hinunter bis an den Rand des Wassers.

»Das ist nicht gerade Dollywood!« rief Omer, während sie über die Baumgipfel dahinschossen und langsam wieder an Höhe gewannen.

»Ich fliege zuerst mal über Lews Haus!«

Mann Gottes, dachte er, als er das Schild der Tankstelle näherkommen sah. EXXON. Coot Hendrick stand mit offenem Mund und winkend an der Zapfsäule.

»Okay! Jetzt kommt Ihr Haus!«

Die Bäume waren so nah, daß er die Blätter eines Ahorns hätte abreißen können.

»Verstößt das nicht gegen das Gesetz?« brüllte er.

»Ich kann Sie nicht verstehen!« rief Omer.

»Ich sehe das Pfarrhaus aber nicht!«

»Reißen Sie ihre Fußmatte hoch, und ich sag Ihnen, wo Sie es finden!«

Er zog an der Matte und entblößte ein beträchtliches Loch, während Omer nach links schwenkte und mit der Nase seines Flugzeuges runterging.

Er erkannte das Denkmal, dann die Schule und die Erste Baptistengemeinde und – bei allen Heiligen! – das war die Grillstube! Jemand trat gerade auf den Gehsteig hinaus und blickte nach oben, aber Omer donnerte weiter, bevor der Pfarrer sehen konnte, wer es war.

»So, da wären wir!« schrie sein Pilot.

Direkt unter ihm, dicht an dicht neben dem kleinen gelben Haus mit dem Ziegeldach, lag das Haus, in dem einhundertundzwanzig Frauen an eben diesem Tag genauso viele Zitronentörtchen verzehrt hatten. Er konnte das rosafarbene und weiße Dreiblatt im Garten blühen sehen. Er konnte die Schieferplatten auf seinem Dach zählen.

Wenn er noch eine Sekunde länger durch dieses Loch schaute, würde er seine Visitenkarte über die gesamte Blauregengasse verteilen. Er ließ die Matte wieder auf den Boden klatschen.

»Was wollen Sie sonst noch sehen?« brüllte Omer, der das Flugzeug steil in die Höhe zog. Omer kam eindeutig in Fahrt.

»Das reicht jetzt!« rief er. »Bringen Sie mich einfach zu meinem Wagen!«

»Wie Sie wollen!«

Er fuhr mit Omer nach Mitford.

»Was bin ich Ihnen schuldig?« fragte er den Schwager von Bürgermeisterin Cunningham.

»Oh, ungefähr drei- oder vierhundert! Aber da mir die Sache einen Mordsspaß gemacht hat und ich Ihnen daher selber was schuldig bin, können Sie mir fünfzig geben.«

»Fünfzig? Aber …«

»Ich habe keine Lizenz für kommerziellen Personentransport. Ich kann nur Benzin berechnen, und das macht haarscharf fünfzig Dollar. Außerdem sind Sie Priester.«

Er nahm zwei Zwanziger und einen Zehner aus seiner Brieftasche. Wahrhaftig! Da saß er nun, ein Kleinstadtpfarrer, der in einem Charterflugzeug durch die Gegend flog und Dollars hinblätterte wie ein Ölmagnat.

Seine Beine waren immer noch etwas wackelig, aber er brachte es fertig, Omer Cunningham herzlich auf den Rücken zu schlagen, während dieser mit einem breiten Grinsen das Geld in die Tasche steckte.

»Das war ein Flug, den ich nie vergessen werde«, sagte der Pfarrer aus vollem Herzen.

Cynthia lag im Bett, das Gesicht in das Kissen gedrückt.

»Ich hätte nie gedacht, daß ich den Tag noch erleben würde.«

»Hallo, Schatz«, murmelte sie. »Welchen Tag?«

»Den Tag, an dem meine Frau sich aufs Ohr legt, bevor es dunkel ist.« Es war erst kurz nach sieben Uhr.

Sie stöhnte.

»So schlimm, wie?«

»Sie haben es unglaublich genossen. Ich bin eine Heldin, Timothy. Dein guter Name ist unbefleckt. Aber ich kann mich nicht mehr rühren.«

»Das Haus sieht wunderbar aus. Man kommt gar nicht auf den Gedanken, daß jemand hier war. Hat das Essen gereicht?«

»Man sollte meinen, die Leute hätten tagelang nichts bekommen. Es ist nichts übriggeblieben, bis auf ein paar Haselnüsse, die unter die Schlüsselblumen gerollt sind.«

»Dann bist du also für ein Jahr aus dem Schneider, ja?«

Sie stöhnte abermals.

»Sprich«, sagte er, setzte sich aufs Bett und massierte ihren Nacken.

»Sie fanden den Tee so fabelhaft, daß sie mich gebeten haben, den Brunch für den Bischof im Juni auszurichten.«

»Keine Rast für die Bösen, und die Gerechten brauchen keine«, zitierte er Onkel Billy.

»Du wirst froh sein zu erfahren, daß ich rundheraus abgelehnt habe.«

»Gut gemacht!«

»Jetzt bist du dran. Erzähl mir alles über unseren Dools.« Sie rollte sich auf die Seite und sah ihn an. »Nein wirklich, Timothy! Du strahlst ja wie ein Leuchtturm! Eine achtstündige Fahrt und vor Morgengrauen aus den Federn und du siehst einfach ... wunderbar aus!«

»Dooley ist derjenige, der wunderbar war. Das ganze Konzert war herausragend, du wärest stolz gewesen. Er hat dich vermißt.«

Sie nahm seine Hand. »Ich vermisse ihn jeden Tag. Wird er es schaffen, da oben?«

»Wird er«, sagte er.

»Ich wußte es ja.«

»Nun ... wir haben beide viel zu erzählen.«

Sie reckte sich und küßte ihn. »Ich möchte alles hören. Das Abendessen steht im Ofen.«

»Danke, vielleicht später.«

»Willst du dann erst duschen? Ich warte hier, und anschließend können wir unser Gebet sprechen.«

Sie wartete tatsächlich auf ihn, aber tief schlafend.

Er kuschelte sich an sie, getröstet von ihren weichen Umrissen. »Löffelchenschlafen« nannte man diese eheliche Schlafposition in ihrem Teil des Südens.

Er lag da, dankbar für sein Bett und sein Zimmer und sein Haus und seine Frau und sprach ein stilles Gebet zum Lobpreis Gottes.

Erst danach ging es ihm auf: Er wollte verwünscht sein, wenn er sich heute in diesem kleinen, gelben Flugzeug nicht blendend amüsiert hatte.

KAPITEL 8

Eine ernste Sache

J.C. war beim Zahnarzt gewesen und saugte seinen Tee durch einen Strohhalm. »Dieser verrückte Omar Cunningham ist gestern so tief geflogen, daß er mir das Portemonnaie aus der Tasche hätte klauen können.«

»Im Ernst?« sagte der Pfarrer.

Mule pfiff durch die Zähne. »Ich würde nicht in dieses Flugzeug steigen und wenn man mir eine Million Dollar steuerfrei dafür gäbe. Was ist das Ding schon mehr als ein Bettlaken, das jemand um einen Ballen Hühnerdraht gewickelt hat?«

J.C. saugte seinen Tee bis zum Boden des Glases auf. »Ich persönlich habe noch nie einen Narren kennengelernt, der mit Omar Cunningham geflogen wäre.«

»Worüber grinsen Sie eigentlich so?« fragte Mule den Pfarrer.

»Grinsen? Ich?« sagte er, »ich war mir gar nicht bewußt, daß ich gegrinst habe.«

Er war gerade in Wesley, um einen neuen Rasierapparat zu kaufen, als er zufällig einen Blick aus dem Schaufenster auf die Straße warf. Er sah J.C. an der Seite eines Polizisten. Als sie einen Augenblick lang stehenblieben, hob der Pfarrer die Hand und winkte, aber J.C. sah ihn nicht. Man hatte den Eindruck, als schaue er sich verstohlen um, ob irgend jemand sie beobachtete, dann umarmte er den Polizisten und der Polizist erwiderte die Umarmung.

Er hauchte seine Gläser an, wischte sie mit dem Taschentuch ab und schaute dann noch einmal hin. Die beiden lösten sich voneinander und gingen in entgegengesetzte Richtungen davon.

Aha. Das war kein Polizeibeamter, den J.C. umarmt hatte. Das war eine Frau.

Er drückte die Nase ans Schaufenster.

Tatsächlich war es ein weiblicher Polizeibeamter.

Nachdem Omar Cunningham es Lew Boyd in der Esso-Tankstelle auf der nördlichen Hauptstraße erzählt hatte, breitete sich die Nachricht mit der Geschwindigkeit eines Buschbrandes bis zum Ende der südlichen Hauptstraße hin aus.

Der Pfarrer bemerkte, daß die Leute in dem, was sie taten, innehielten und respektvoll nickten, wenn er vorbeiging. Der Postmeister erließ ihm fünf Cent, als ihm das Wechselgeld für eine Briefmarke fehlte. Onkel Billy gab ihm ein Erdbeerbonbon zum Zeichen seiner Bewunderung. Am nächsten Sonntag wurde ihm während der ganzen Predigt die ungeteilte und verzückte Aufmerksamkeit seiner Gemeinde zuteil.

Vier Stunden in einem Flugzeug hatten ihm mehr Glaubwürdigkeit verschafft als sechsunddreißig Jahre in der Kanzel.

Von seiner Frau bekam er nicht viel zu sehen.

Bei ihrer Arbeit an ihrem Buch, ihren Schulbesuchen und ihrem Bemühen, das Pfarrhaus in eine Villa zu verwandeln sowie der Teegesellschaft für einhundertundzwanzig Frauen, die sich im letzten Augenblick in einhundertunddreißig verwandelt hatten, hatte sie kaum einmal Zeit gehabt, sich die Haare aufzurollen, geschweige denn mit ihm am Frühstückstisch zu sitzen und zu reden.

Im Büro deckte er seine Schreibmaschine ab und war fest entschlossen, sich mit hundertprozentiger Konzentration seiner Predigt zu widmen, die überwiegend von einer heiligenmäßigen Herausforderung inspiriert war. »Verkündet das Evangelium allezeit«, hatte der heilige Franz gesagt. »Wenn nötig, auch mit Worten.«

»Raten Sie mal!« sagte seine Sekretärin.

»Was denn?« fuhr er sie an.

»Oooh. Wir sind reizbar.«

»Versuchen Sie's noch mal.«

»Es geht um etwas, das wir gerade bekommen haben. Sie dürfen dreimal raten.«

Beschütze uns, erlöse uns …

»Na, kommen Sie schon!« sagte Emma. »Seien Sie kein Spielverderber.«

»Wäre es zuviel verlangt, wenn ich Sie bäte, mir einen kleinen Tip zu geben?«

»Es ist braun.«

»Ah. Sehr hilfreich. Ein neuer Anzug für Harold.«

»Sie wissen doch, wie schrecklich ungern er Anzüge trägt.«

»Abflußwasser vom Clark River.«

»Bitte.«

»Ich gebe mich geschlagen.«

»Sie geben sich immer geschlagen. Na schön, es ist ein Hund.«

Er hatte Emma Newland noch nie zuvor strahlen sehen. Lächeln, vielleicht. Lachen, bestimmt. Aber nicht strahlen.

»Sie? Harold? Ein Hund?«

»Ein brauner Pudel namens Snickers.«

»Ein Pudel! Was hat sich Harold denn bloß dabei gedacht?«

»Er findet, alle Hunde sollten draußen leben. Er ist auf dem Land groß geworden, wissen Sie, und so denken die Leute vom Land eben.«

»Also, wo wird Snickers Quartier nehmen?« erkundigte er sich.

»Drinnen!« sagte sie mit entschlossener Miene.

Als er im Büro fertig war, ging er nach Fernbank hinauf, um bei Miss Sadie nach dem Rechten zu sehen. Er hatte ihre Besorgnis gespürt, als er mit ihr telefonierte. Was konnte in ihrer Abwesenheit nicht alles auf Fernbank passiert sein? War dieser tote Baum während eines der letzten Stürme auf die Veranda gekracht? Und was war mit dem alten Waschhaus – konnte es da, wo die handgeformten Ziegelsteine aus dem Schornstein gebrochen waren, hereingeregnet und den Kieferntisch ihrer Mutter ruiniert haben?

»Ich gehe hin«, sagte er.

»Oh, Pfarrer Tim, ich verspreche, ich wollte Sie nicht bitten, da raufzulaufen, ich habe nur laut gedacht.«

»Ich bin froh, daß Sie's getan haben«, sagte er, und es war nicht gelogen.

Am Kirchbergweg bog er auf einen Pfad ab, der durch die Farne auf dem steilen Ufer führte. Der Weg, auf dem man von der Straße zum Obstgarten kam, war in den vergangenen Jahren aufgrund von Miss Sadies herzlicher Einladung an die Stadt häufig von den Einheimischen benutzt worden. »Kommt und holt sie euch!« sagte sie jedes Jahr, da sie selbst die Äpfel nicht pflücken lassen konnte.

Er hatte bereits die Hälfte des steilen Wegs hinter sich und war gerade stehengeblieben, um neben einer gewaltigen Eiche ein wenig zu verschnaufen, als er zwischen den Farnen eine Bewegung bemerkte. Es sah aus wie ein kleiner Junge, der mit dem Rücken zu ihm stand und in der Erde grub.

Er beobachtete das Kind aufmerksam. Der Junge grub Farne mitsamt den Wurzeln aus und schob sie in einen Sack, wobei er sich ständig nach links und rechts umsah, aber nicht nach hinten. Offensichtlich glaubte er, von hinten durch den Baum ausreichend geschützt zu sein.

Gewisse Leute, das wußte er, gruben häufig Farne und Rhododendronbüsche auf fremder Leute Besitz aus und verkauften sie an Baumschulen, die in solchen Fällen einfach ein Auge zudrückten. Ihm war auch bekannt, daß ein schwunghafter Handel mit den Blättern des Bronzeblattes und einheimischem Moos betrieben wurde, das in großen, zusammenhängenden Blöcken vom Boden geschabt oder von Baumstümpfen abgezogen und an Floristen verkauft wurde.

Es war nie einfach gewesen, sich hier in den Bergen seinen Lebensunterhalt zu verdienen, aber wenn man etwas Derartiges durchgehen ließ, wurde Fernbank vielleicht bald eben jenes Gewächses beraubt, von dem es seinen Namen hatte – des Farns.

Als er einen Schritt näher an den Jungen herantrat, sah er, wie er seinen Hut abnahm. Langes Haar fiel herab und ergoß sich ihm über die Schultern. Es war wohl doch ein Mädchen, das Jungenkleider trug oder vielleicht sogar Männerkleider, so wie sie ihr vom Leibe hingen. Sie hatte sich das viel zu große Hemd mit Weinreben gegürtet.

»Hallo«, rief er.

Sie fuhr herum und ließ vor Schreck ihre Hacke fallen. Er sah erst Furcht in ihren Augen, dann Zorn.

»Ich hab nix gemacht«, sagte sie rauh und wich keinen Milimeter zurück, als er auf sie zutrat. Er sah, daß ihr sein Priesterkragen auffiel.

Was hier vonnöten war, dachte er, war ein freundliches Wort. Nach dem Ausdruck ihrer Augen und der Wildheit, mit der sie ihn anfunkelte, hätte sie ebensogut ein wildes Kaninchen sein können. Er wußte das eine oder andere über Kaninchen, da er sie als Junge selbst gezüchtet hatte. Sie mochten zum Beispiel keine plötzlichen Bewegungen.

»Diese Farne sind etwas Besonderes.«

»Mich interessieren sie nicht.«

Sie schrak vor ihm zurück und stellte einen Fuß auf den Griff der Hacke.

Er blieb etwa einen Meter vor ihr stehen und sah zu dem Sack hin.

»Ich hau Ihnen eins vor die Rübe, wenn Sie meinen Sack anfassen, und es is' mir ganz egal, daß Sie 'n Prediger sind.«

»Miss Sadie Baxters Farne sind ein Mitforder Schatz.« Er sprach, als hätte er alle Zeit der Welt. Wenn er einen Stock gehabt hätte, hätte er ihn mit seinem Taschenmesser schnitzen können. »Diese Hänge hier sind schon seit vielen Jahren mit wilden Zimtfarnen überwachsen – einen solchen Bestand gibt es, wie ich gehört habe, nirgendwo sonst.«

»Is' mir völlig egal«, sagte sie und schob sich näher an den Sack heran.

»Farne wachsen in Familien, wie die meisten anderen Pflanzen auch. Es gibt übrigens drei verschiedene Farnfamilien ... und sieh dir mal das hier an. Siehst du, wie die Blätter sich an der Spitze des Stengels kräuseln und nach oben biegen? Das nennt man einen Krauskopf ...«

Sie hatte die Absicht, sich die Hacke und den Sack zu schnappen und wegzulaufen, das sagte ihm ihre Körpersprache.

»Ich persönlich sähe es lieber, wenn du alles, was du gerade ausgegraben hast, wieder einpflanzen würdest«, sagte er freundlich. »Ich helfe dir sogar dabei. Und ich werde niemandem etwas davon erzählen, es sei denn, ich sehe dich noch einmal hier.«

Sie bückte sich, packte die Hacke und schoß dann auf den Sack zu. Schnell wie der Blitz warf sie ihn sich über die Schulter und rannte einen Augenblick später wie ein Hase die Böschung hinunter.

Er sah, daß sie barfuß war und daß sie ihren Hut zu seinen Füßen liegenlassen hatte.

Hatte er das Richtige getan und gesagt? Er wußte es nicht. Er hatte ihn nie gemocht, diesen Druck, das Richtige sagen oder tun zu müssen, nur weil er Pfarrer war.

Er war auch ein Mensch, verwünscht, und er tappte im Dunkeln, genau wie der Rest der Menschheit auch.

Er blinzelte und beobachtete, wie sie auf der anderen Seite des grünen Hügels verschwand.

Sie hatte nicht zurückgesehen.

Was sie brauchten, dachte er, war ein Abenteuer, eine Atempause. Hatten sie sich nicht genau das kurz nach ihren Flitterwochen vorgenommen? Er hatte verwegen festgestellt, daß sie jedes Wochenende etwas Interessantes unternehmen würden, selbst mitten im Winter. Sie hatten sich sogar die Hand darauf gegeben.

Aber was hatten sie getan? Nun ja, gearbeitet natürlich. Und anschließend waren sie dann mit kaum mehr als einem »Schlaf gut« wie zwei Steine ins Bett gefallen.

Wieder einmal sah er sich mit dem verwirrenden Rätsel »Freizeit« konfrontiert. Spaß war schließlich eine ernste Sache. Nur – wie verschaffte man sich welchen?

Er war so fest entschlossen gewesen an dem Tag, an dem sie sich die Hand gegeben hatten; die Möglichkeiten waren ihm endlos erschienen. Jetzt fiel ihm nicht mehr ein als ein Abendessen in Wesley. Aber das hatten sie schon zweimal gemacht. Außerdem konnte jeder zum Abendessen ausgehen. Was er jetzt brauchte, war etwas Frisches, etwas Neues, etwas Unerwartetes, das die Phantasie seiner überaus phantasievollen Frau fesselte.

Andererseits – wenn sie so überaus phantasievoll war, warum bat er dann nicht einfach sie, sich etwas auszudenken?

Nein, das würde er nicht tun. Es war seine Pflicht und Schuldigkeit, selbst eine Lösung zu finden.

Er ging um seine Rosenbüsche herum. Er zog eine wilde Klette aus den Lilien. Er setzte sich auf die Steinbank und starrte einen Baum an. Vielleicht sollte er irgend jemanden nach einer Idee fragen. Aber wen?

Nicht Emma Newland, die fand, es mache Spaß, Fernsehshows anzusehen und an Harold herumzunörgeln, bis der sein Gemüse aß.

Nicht Mule Skinner, der sich damit amüsierte, Wertmarken von Kupons abzuschneiden und Garagenflohmärkte zu besuchen.

Nicht Ron und Wilma Malcolm, die sich damit amüsierten,

ihren Wagen bis zum Dach vollzupacken und nonstop nach Boca Raton zu fahren, wo Temperaturen herrschten, daß man ohne Herd oder Feuer Schweinelende rösten konnte.

Wenn er recht darüber nachdachte, kannte er niemanden, der sich auf amüsante Unternehmungen verstand, außer natürlich Omar Cunningham, der tatsächlich wußte, wie man sich einen schönen Tag machte – und das alles für den Preis einiger Liter Benzin.

Hm, na gut. Er würde sich etwas überlegen. Er würde sich Notizen machen. Vielleicht ging er auch in die Bibliothek. In der Zwischenzeit wußte er, daß er sich nicht bis in alle Ewigkeit damit begnügen konnte, laut aus seinem Wordsworth vorzulesen. Irgendwie war das ja ganz nett gewesen, solange sie eine »feste Beziehung« gehabt hatten, aber jetzt kam er damit nicht mehr so gut an. Cynthias Blick irrte im Zimmer umher, sie wurde zappelig und stand auf, um sich etwas zu notieren, das absolut nichts mit Wordsworth zu tun hatte.

Selbst Barnabas, den die romantischen Dichter früher einmal so fasziniert hatten, schlief heutzutage vor dem Ende der ersten Strophe ein.

Es blieb ihm nichts anderes übrig, als sich ein völlig neues Spiel in Sachen »Freizeit« auszudenken.

Auf dem Weg zum Kinderkrankenhaus in Wesley machte er beim Pfarrhaus halt, um sein Scheckbuch zu holen.

Puny Guthrie sah verblüffend rundlich aus, ganz zu schweigen von einer gewissen Selbstgefälligkeit, die sie in letzter Zeit an den Tag legte. Alles an ihr hatte an Volumen gewonnen – ihr Haar wirkte röter und lockiger, ihre Sommersprossen dicker, ihre Augen grüner.

»Raten Sie mal!« sagte sie, als sie sich von der Spüle abwandte, wo sie gerade Kartoffeln schälte.

»Ich kann nicht! Ich kann wirklich nicht!« sagte er.

»Wissen Sie noch, wie Sie gesagt haben, Sie würden mit dem Kind spielen, wenn ich es zur Arbeit mitbrächte?«

»Also, Puny ...«

»Na ja, die Sache ist die – es ist kein ›es‹.«
»Ach nein?«
»Es sind Zwillinge!«
»Nein!«
»Doch!« rief sie und strahlte ihn an.
Er ließ sich auf einen Stuhl am Küchentisch fallen.
Kichernd rieb sie sich den Bauch. »Sie werden zwei Kinder haben, mit denen Sie spielen können! Ist das nicht der Knüller?«
»Das können Sie laut sagen«, erwiderte er und lockerte sich den Kragen.

»Liebster«, sagte sie, bevor sie durch die Hecke und zu ihrem Zeichenbrett enteilte, »wie wär's, wenn du morgen mit mir zur Schule in Hastings fahren würdest? Du nimmst dir nie einen Tag frei, und außerdem würde es Spaß machen!«
Spaß? »Aber klar doch!« sagte er ohne zu zögern.
Emma konnte ihn vertreten. Außerdem hatten sie im Büro einen Anrufbeantworter, oder etwa nicht? Und zu alledem hatte Cynthia recht – er nahm sich kaum je einmal einen freien Tag.
»Ich werde *Violet besucht die Königin* lesen. Oh – da fällt mir etwas ein! – Du könntest die Rolle der Palastwache übernehmen!«
Er sah sie benommen an.
»Sag einfach ja!« bat sie flehentlich. »Weißt du noch, das erste Mal, als du mich zu Miss Pattie mitgenommen hast, um mir einen Einblick in deine Arbeit zu geben? Auf diese Weise lernst du etwas von meiner kennen. Das wäre der größte Spaß bei der Sache!«
Wenn man sie so reden hörte, würde dieser Ausflug der Inbegriff dessen sein, was er mit solcher Mühe in die Gänge zu bringen versucht hatte.

»Ich werde dir vom Sonnenaufgang erzählen …«, sagte sie, während sie in ihrem Mazda die Straße hinunterschoß.

»Ja, erzähl es mir!« rief er.

»A ribbon at a time –
The Steeples swam in Amethyst –
The news, like Squirrels, ran –
The Hills untied their Bonnets –
The Bobolinks – begun –
Then I said softly to myself –
That must have been the Sun!«

»Mark Twain!« sagte er verwegen und alle Vorsicht außer acht lassend.

»Timothy, du gibst dir keine Mühe! Rate noch einmal.«

Ständig wollten die Frauen, daß man irgend etwas erriet! »Christina Rosetti?«

»Nein, aber du bist nahe dran. Versuch's noch einmal. Hör mal – Kirchtürme, Amethyste, Bobolinks. Wer schreibt solche Sachen?«

»Hessie Mayhew!«

Sie lachte schallend. Es brauchte wirklich nicht viel, um seine liebenswerte Frau zu erheitern. Man brauchte ihr nur ein Fitzelchen Komik zu geben, und sie machte eine ganze Wagenladung daraus.

»Emily Dickinson, um Himmels willen. Jetzt bist du dran.«

»Könnten wir nicht ›Ich sehe was, was du nicht siehst‹ spielen?« fragte er und sah aus dem Fenster, um nach einer Weide Ausschau zu halten.

»Ich habe keine Lust, im Graben zu landen, weil ich beim Fahren Kühe zähle. Nein, du mußt doch ein Gedicht kennen oder irgend etwas. Aber nicht Wordsworth.«

»Verwünscht! Da kann man sich nicht mal einen Tag frei nehmen ...«

Sie überholte wie der geölte Blitz einen Laster. »Etwas aus dem achtzehnten Jahrhundert wäre hübsch ...«

Nachdem sie von Mitford bis nach Holding jämmerlich miaut hatte, hatte Violet sich nun endlich zusammengerollt und war in ihrer Trage eingeschlafen. Jetzt konnte er auch wieder klar denken …

»Ye fearful saints, fresh courage take
The clouds ye so much dread
Are big with mercy, and shall break
In blessing on your head.
His purposes will ripen fast
Unfolding every hour
The bud may have a bitter taste
But sweet will be the flower.«

»Bist du sicher, daß das nicht von Wordsworth ist?« fragte sie, während sie mit verlangsamtem Tempo auf eine Kreuzung zufuhr.

»Absolut«, sagte er. »Aber von einem seiner Freunde.«

»Dann Cowper.«

»Ja, aus dem Lied, das mit den Worten ›God moves in a mysterious way, his wonders to perform‹ beginnt. Die meisten Leute halten es für ein Zitat aus der Bibel.«

»Die Knospe mag einen bitteren Geschmack haben, aber süß wird die Blume sein …« Sie lachte glücklich. »Wie nett! Er hat über unsere Ehe geschrieben und über die Zeit, als du mir den Hof gemacht hast!«

Es war herrlich, mit so einer angenehmen Gefährtin unterwegs zu sein.

»Und das ist Miss Coppersmith's Mann, Mr. Coppersmith.« Die Schüler applaudierten.

»Und sie werden euch jetzt beide von einer eurer liebsten Freundinnen vorlesen …«

»Violet!« rief die Klasse einstimmig.

»Komm, setzen wir uns zu den Kindern auf den Boden«, flüsterte Cynthia.

Er blickte in den Halbkreis strahlender Gesichter und hoffte, daß seine Knie nicht knirschen würden wie ein Gartentor, wenn er sich hinsetzte. Ob er je wieder hochkam? Diese Brücke würde er überqueren, wenn er davorstand.

»Miss Coppersmith ist sehr, sehr berühmt. Sie hat einen Preis für ihre Bücher bekommen. Mr. Coppersmith ist bestimmt sehr stolz auf sie.«

»Übrigens«, sagte Cynthia, »mein Mann heißt nicht Coppersmith. Er heißt Kavanagh.«

»Oh«, sagte die Lehrerin. »Wie modern!«

»Nun ja, an sich haben wir beide denselben Namen. Coppersmith ist mein Pseudonym. Also: Das ist Pfarrer Kavanagh, und das ist Violet!« Sie setzten sich vor die Kinder hin, mit Violets Trage. Die Kinder rutschten näher heran und spähten hinein.

»Ich hab noch nie eine Katze gesehen, die in Büchern war«, sagte irgend jemand.

»Lebt sie dadrin?«

»Was macht sie denn so den ganzen Tag?«

»Wo sind ihre Jungen?«

Violet lugte herrisch aus ihrer Trage heraus.

»Ich habe auch eine Katze!« rief ein Mädchen. »Sie heißt Perry Winkle!«

»Ich habe zwei Hunde!« sagte ein Junge und schnippte mit den Fingern. »Einer muß immer kotzen, wenn er Spaghetti ißt.«

»Meine Mom kennt jemanden, der ein Schwein hat!« erzählte ein anderer Junge. »Sie lassen es im Haus wohnen. Ha! Ein Schwein im Haus! Ich frag mich bloß, wo es zur Toilette geht.«

Die Kinder lachten schallend.

»Kinder!« rief die Lehrerin.

»Ein Schwein im Haus ist keine große Sache«, sagte Cynthia. »Als ich so alt war wie ihr jetzt, hatte ich einen Alligator, der in meiner Badewanne lebte.«

»Wou!«

»Stark!«

»Wo haben Sie denn gebadet?« Noch mehr hysterisches Gelächter.

»Gar nicht«, sagte Cynthia. »Ich habe einen ganzen Monat lang nicht gebadet. Vielleicht sogar zwei ganze Monate lang!«

»Cool«, murmelte jemand mit von Herzen kommender Ehrfurcht.

»Spitzenmäßig!«

»Ich habe bei meiner Freundin geduscht!« sagte Cynthia.

Stöhnen, Ächzen.

»So, und jetzt setzt euch hin und zwar dalli, denn wir wollen euch eine Geschichte vorlesen. Wer nicht zuhören will oder lieber schwatzen möchte, kann herkommen und meine Rolle lesen – auf französisch.«

Er dachte, sie würden nie zu dem Teil mit der Palastwache gelangen, und als es dann soweit war, hoffte er nur, daß er es nicht verpfuschen würde.

»Die Palastwache«, las Cynthia endlich, »blickte auf Violet hinab und sagte …«

Er begann seinen Satz mit einem bösartigen Fauchen. »Aha, mein hübsches Kätzchen, dachtest wohl, du könntest mir Sand in die Augen streuen, wie?«

»Violet hatte große Angst«, fuhr Cynthia fort. »Sie wußte nicht, was sie machen sollte. Als die große Hand der Palastwache sich bewegte, um sie am Hals zu packen, spurtete sie zwischen den Beinen des Mannes hindurch.

Sie rannte, so schnell sie nur konnte, den langen Korridor hinunter.

Sie blickte zurück und sah die großen, schwarzen Stiefel des Wachtposten. Dann kamen noch andere Leute hinter ihr hergerannt und riefen: ›Haltet diese Katze!‹

Während sie lief, schlug Violets Herz sehr, sehr schnell; sie konnte kaum noch atmen. Stiefel und Pantoffeln und Mops und Besen folgten ihr dicht auf den Fersen.«

Gerade noch rechtzeitig sah er, daß er nun wieder an der Reihe war. »Wir müssen diese Katze aufhalten! Die Königin haßt Katzen!«

»Violet umrundete mit großer Geschwindigkeit die Ecke und rutschte in einen großen Raum. Er war hell und wunderschön. Die Sonne schien auf einen gewienerten Marmorfußboden. Und dort, auf einem Thron, saß ... die Königin.«

Er hörte ein oder zwei Kinder scharf einatmen. Große Augen hefteten sich auf Cynthia.

»Violet versuchte stehenzubleiben, aber der Marmorfußboden erlaubte es ihr nicht. Sie rutschte bis zum Saum des königlichen Gewandes. Und dann ... verbeugte sie sich.

Und genau in dem Augenblick spürte sie die furchtbare Hand in ihrem Nackenfell.

Plötzlich wurde sie emporgehoben, höher, höher – und dann wurde sie wieder runtergelassen, immer tiefer und tiefer, während die Palastwache sich ebenfalls verbeugte.

»Was ist los?« verlangte sie Königin zu wissen.

»Eure Majestät, das ist eine Katze!«

»Ich soll ja angeblich Katzen hassen!« sagte die Königin.

»Ja, Euer Majestät.«

»Aber warum soll ich eigentlich Katzen hassen?« fragte die Königin.

»Weil Euer Vater, der König, Katzen gehaßt hat, Euer Majestät.«

»Mmmh«, sagte die Königin. »Sie sieht weich aus. Ich möchte sie mal halten.«

»Aber, Euer Majestät, ich kann unmöglich ...«

»Natürlich kannst du, denn ich bin die Königin!«

In diesem großen Augenblick schaute Cynthia auf, um feststellen zu müssen, daß Violet plötzlich aus ihrer Trage sprang, über Schöße hüpfte und an all den Händen vorbeijagte, die sich ihr entgegenstreckten, um, begleitet vom lauten Kreischen aller Anwesenden, durch die offene Klassenzimmertür zu rennen.

»O nein!« rief Cynthia ungläubig.

Der Verschluß von Violets altertümlicher Trage hatte sich wieder einmal gelöst.

Cynthia jagte auf die Tür zu.

»Haltet diese Katze!« rief sie.

Die Hälfte des Klassenzimmers hatte sich geleert, bevor der Pfarrer aufstehen konnte.

Er setzte sich jedoch schnell wieder hin, da ihm beide Beine eingeschlafen waren.

»Du warst wunderbar als Palastwache«, sagte sie und lächelte ihn an. »So herrlich grimmig!«

»Es war eine neue und ganz andersartige Erfahrung, in der Tat«, erwiderte er.

»Ich fand, es hat unheimlich Spaß gemacht!«

»Welcher Teil hat dir denn besonders gefallen? Als wir zusammen die Geschichte gelesen haben oder als Violet durchs Fenster sprang und die Konrektorin sie mitten in der Luft gefangen hat?«

»Alles!« sagte sie lachend.

»Ich habe immer gehört, die Wahrheit sei denkwürdiger als die Fiktion.« Er betrachtete Violet, die schlafend auf Cynthias Schoß lag und wie der Inbegriff der Unschuld aussah.

Seine Frau runzelte die Stirn. »Vielleicht wird es doch langsam Zeit für eine neue Trage«, meinte sie.

Nach und nach feierten die Sommerurlauber ihr alljährliches Comeback in Mitford. Mit jedem Sonntag saßen mehr Leute in der Kirche, und der Mittwochsgottesdienst erfreute sich ebenfalls größerer Beliebtheit.

Vier Gebäude auf der Hauptstraße brachten neue grüne Markisen an, auch der »Laden«. Auf der Markise stand in weißen Buchstaben »Frisches Fleisch und Gemüse seit 1957, Avis Packard, Lebensmittelhändler«.

Dora Pugh veranstaltete einen Straßenverkauf und veräußerte in der Rekordzeit von zwei Stunden und neun Minuten fünfundvierzig flache Kartons Stiefmütterchen. Die Schleifenblumen gingen dagegen nicht so gut. Lank Pitts fuhr eine Lastwagenladung verrotteten Mist in die Stadt und parkte ihn vor Doras Landhandel, wo er ihn in Abfalltüten abgepackt pfundweise verkaufte.

»Die meisten Leute verschenken das«, brummte ein Kunde, der nichtsdestoweniger zwei volle Säcke erstand. »Ich bezahle schließlich auch für das Futter, das meine Pferde fressen«, hielt ihm Lank entgegen. »Scheint mir nur fair zu sein, für das, was wieder rauskommt, etwas zu berechnen.«

Ivey Adams, deren Elternhaus an der Hauptstraße lag, bekam einen Scheck von ihrem Onkel und ersetzte den verrosteten Schaukelstuhl auf der Veranda, der dem ganzen Dorf schon lange ein Dorn im Auge war, durch zwei grüne Korbstühle. Es wurden auch neue Fliegenfenster installiert, aber nur an der Vorderseite des Hauses. Onkel Billy hängte einen Korb Geranien an einen Nagel neben seiner Hintertür, wo man ihn, falls noch einmal Frost kam, leicht wieder hereinholen konnte.

Alles in allem waren die Tage nun länger, die Luft wurde langsam wärmer und die Jugendgruppe der Kapelle Unseres Herrn rastloser.

»Sie haben's uns zwei- oder dreimal versprochen«, sagte Larry Johnson, der Gruppenleiter.

»Konnte ich denn etwas dafür, daß ich bei eurem ersten Zeltlager die Grippe hatte und als ihr das zweite Mal gefragt habt, drauf und dran war, zu heiraten?«

»Diesmal sollten Sie es aber besser hinkriegen«, sagte Larry, »sonst weiß ich nicht, welch düstere Rachepläne die Kinder fassen werden. Sie wünschen sich wirklich so sehr, daß Sie mitkommen. Außerdem würde es bestimmt Spaß machen.«

Plötzlich wußte jeder, wie man Spaß hatte. Warum sollte er sich da noch selbst etwas ausdenken?

»Oh, und sie wollen, daß Sie Cynthia mitbringen«, sagte Larry.

Cynthia zum Zelten mitnehmen? Ob das gutgehen würde, wußte er nicht. Andererseits hatte ein Mädchen, das mal einen Alligator in der Badewanne beherbergt hatte, vielleicht eine Vorliebe dafür.

»Wie würde es dir gefallen, wenn wir übernächstes Wochenende zelten gingen?«

»Zelten?« Er hätte ebensogut fragen können, ob sie Lust hatte, sich im Bungeespringen zu üben.

»Mit der Jugendgruppe. Sie mögen dich und meinten, es wäre eine Wucht in Tüten, mit dir zelten zu dürfen.«

»Eine Wucht in Tüten?«

»Genauso haben sie sich ausgedrückt.«

»Wie geht man denn zelten? Was macht man da?«

»Du greifst dir einen Schlafsack und ein Zelt und eine Bratpfanne und schlenderst los«, sagte er.

»Hast du so was jemals gemacht?«

»Hunderte von Malen!« So gut wie das klang, er konnte unmöglich lügen. »Na, jedenfalls fünf- oder sechsmal. Ich habe es den Kindern versprochen, und jetzt gibt es keinen Ausweg mehr.«

»Schlangen«, sagte sie angewidert. »Ich hasse Schlangen.«

»Die Schlangen hassen dich noch mehr. Paß auf, wo du hintrittst, dann kann dir nichts passieren.«

»Was ist mit Käfern?«

»Cynthia, Cynthia …«

»Und wie macht man … ich meine … wie regelt man …?«

»Der Wald.«

»Oh.«

»Nimm dir deine Zeichenblöcke und Bleistifte mit; vielleicht siehst du einen Hirsch oder ein paar wilde Truthähne oder sogar Biber. Das wäre genau deine Kragenweite. Ich bringe dir bei, wie man eine Schnur ins Wasser wirft, und wer weiß, vielleicht fangen wir das Abendessen für die ganze Truppe und lassen uns dann als Helden feiern.«

»Hast du denn ein Zelt?«

»So was ähnliches«, sagte er.

»So was ähnliches?«

Er konnte förmlich sehen, wie sie Lunte roch. »Ein paar Stöcke und eine Decke.«

»Ich glaube nicht.«

»Ach, komm schon«, sagte er und küßte sie. »Das wird eine Wucht in Tüten.«

Sie sah ihn an und legte den Kopf auf genau die Art und Weise schief, der er nicht widerstehen konnte. Ihm ging auf, daß er keine Lust hatte, ohne sie zu gehen.

»Unter den Sternen schlafen, am Lagerfeuer singen, Marshmallows rösten ...« Er sah ihr forschend ins Gesicht, weil er hoffte, ein Zeichen des Interesses zu entdecken. Nichts.

»Spazierengehen im Wald, lauschen, wie der Bach kühn über die Felsen springt ...« Er gab alles, was er zu bieten hatte.

»Sich nach Zecken absuchen ...«, warf sie ein.

»Hast du nicht gesagt, du wolltest die verschiedenen Arten Moos studieren, Vögel zeichnen, hinaus in die freie Natur gehen? Das ist der Ort, an dem du Natur findest – im Wald!«

»Ja, aber ... zelten?«

»Cynthia, es wird ... Spaß machen!« sagte er in seiner verzweifelten Suche nach einer Strategie, die sie in Versuchung führen würde.

Sie sah ihn ernst an und grinste dann. »Also gut. Aber nur dieses eine Mal.«

»Erinnern Sie sich noch an das Lexikon, das ich auf der Müllkippe gefunden habe?« fragte Onkel Billy ihn, als sie sich auf der Straße trafen.

»Und ob.«

»Ich hab überhaupt keine Lust mehr, darin zu lesen.«

»Ach ja?«

»Ja, Sir, mal geht's um das eine, mal um das andere – die springen ständig von einem Thema zum anderen, verstehen Sie.«

Der Pfarrer rollte mit den Augen und kicherte.

»Das ist mein neuer Witz, aber es ist nicht der Hauptwitz. An dem Hauptwitz fürs Frühjahr arbeite ich noch. Nach dem Kalender beginnt der Frühling ja offiziell erst am einundzwanzigsten Juni.«

»Na, bis dahin haben Sie noch ein wenig Zeit«, sagte er. »Lassen Sie sich von mir zu einem Cheeseburger einladen.«

Onkel Billy grinste, daß sein Goldzahn nur so funkelte. »Da wäre ich Ihnen aber sehr verpflichtet, Prediger. Und ich hätte auch nichts dagegen, wenn Sie noch ein paar Pommes dazugäben.«

Er legte den Arm um die Schultern des alten Mannes, und gemeinsam gingen sie zur Grillstube. Wahrhaftig, er liebte diesen Billy Watson wie einen Blutsverwandten.

Er saß im Wohnzimmer in der Fliederstraße, wo Miss Sadie inzwischen durch und durch zu Hause zu sein schien.

Er wollte die Sache endlich hinter sich bringen, ja, er hatte sogar schon schlaflose Nächte deswegen. Was, wenn sie wirklich jemanden verletzte, oder wenn sie sich verletzte oder beides? Als man ihm das letzte Mal den Auftrag gab, einem anderen Menschen eine Warnung zukommen zu lassen, hatte er dies versäumt – und Dooleys bester Freund hätte dieses Versäumnis um ein Haar mit dem Leben bezahlt.

»Haben Sie schon versucht, einen Kaplan zu bekommen?« wollte Miss Sadie wissen.

»Nein, Ma'am, noch nicht.« Er fühlte sich plötzlich wie ein Neunjähriger.

»Nun...«, sagte sie, und ihre Stimme klang eine Spur

streng. Genauso hatte sie ihm die Hölle heiß machen müssen, damit er endlich eine Schule für Dooley suchte.

»Aber ich kümmere mich drum. Wir haben noch Monate Zeit.«

»Was haben Sie auf dem Herzen, Pfarrer Tim? Man sieht es Ihnen nämlich an, wenn Sie etwas auf dem Herzen haben.«

Spring rein und bete, daß Wasser im Pool ist. »Miss Sadie, ich weiß, daß Ihr Handgelenk langsam heilt.«

»Sehen Sie mal da!« Sie wackelte zum Beweis mit der Hand.

»Wollen Sie denn bald wieder fahren?«

»Na und ob! Ich habe mich schon fast in ein Fossil verwandelt, seit ich hier herumsitze, und das macht mich so bärbeißig wie nur was. Sie wissen, daß ich nie bärbeißig gewesen bin.«

»Nein, wirklich nicht.«

»Das ist gegen meine Natur.«

»Da bin ich völlig Ihrer Meinung.«

»Aber alles geschieht irgendwann zum ersten Mal«, erklärte sie.

»Miss Sadie, Rodney Underwood wird Ihnen das nächste Mal, wenn Sie auf den Gehsteig fahren, eine Vorladung schicken.«

Sie sah ihn an. »Hat er Ihnen das gesagt?«

»Ja.«

»Hat er Sie hergeschickt, damit Sie es mir sagen?«

»Ja, Ma'am.« Sieben Jahre alt.

»Nun, dann richten Sie Chief Underwood aus, daß er schön selber hier rüberkommen und seine Sache wie ein Mann vertreten soll. Mir meinen Priester zu schicken, damit der seine Schmutzarbeit tut, das gefällt mir nicht, o nein, das gefällt mir gar nicht.«

»Er sagte, seine Leute hätten Sie schon früher darauf angesprochen ...«

»Das haben sie allerdings, und ich habe nichts darum gegeben. Der Mann hat eine Vorliebe dafür, Leute durch die Gegend zu schicken, damit sie seinen Job machen! Ist er so überarbeitet, daß er sich nicht selbst um wichtige Dinge kümmern kann? Sie und ich, wir zahlen seinen Lohn, Pfarrer Tim, muß ich Sie daran erinnern?«

Sadie Baxter war nun nicht mehr bärbeißig, sondern eingeschnappt. Er wäre am liebsten zur Tür gerannt und hätte das Weite gesucht. Sie hatte schon früher mit ihm geschimpft, aber er war nie in der Nähe gewesen, wenn sie derart vom Leder zog.

Er sah Louella durch die Tür spähen.

»Als hätten Sie nicht schon genug um die Ohren, Pfarrer Tim, bei den vielen Kranken und Notleidenden in Mitford. Wissen Sie, was ich gerne täte?«

»Nein, was denn?«

»Ich würde Chief Underwood gern die Hammelbeine lang ziehen!« sagte sie mit vollem Ernst.

Er fand, daß sie nie so jung und draufgängerisch ausgesehen hatte. Vielleicht tat es ihr gut, ab und zu ein wenig bärbeißig zu sein. Jedenfalls hatte er die Absicht, sich zu verabschieden, so lange er die Nase vorn hatte.

Er stand auf. »Das Haus der Hoffnung macht gute Fortschritte, alles sieht wunderbar aus, und ich würde Sie gerne mal mit raufnehmen, wann immer Sie Lust haben. Oh. Fast hätte ich es vergessen.« Er zog eine Papiertüte aus seiner Jackentasche und reichte sie ihr.

»Donuts!« sagte er. Sie waren mit Abstand ihre Lieblingssüßigkeit.

Sie sah erst die Tüte an, dann ihn. »Die sollten mich wohl versöhnlich stimmen, wie?«

»Sollten sie«, sagte er. Wozu lange um den heißen Brei herumreden?

Sie warf den Kopf in den Nacken und lachte fröhlich. Das war Sadie Baxter, wie er sie kannte, gelobt sei Gott.

Als sie die Tüte entgegennahm, sagte sie: »Richten Sie

Chief Underwood aus, daß er mich persönlich aufsuchen soll, statt seine Gefolgsleute herzuschicken, damit die seine Arbeit tun.«

»Gemacht.«

Miss Sadie erhob sich aus dem Stuhl und griff nach ihrem Stock. »Und sagen Sie ihm, er soll vorher anrufen, damit ich mich zurechtmachen kann.«

»Wird erledigt.«

Sie lachte abermals. »Also wirklich, es macht irgendwie Spaß, bärbeißig zu sein. Die Leute springen, wenn ich pfeife. So etwas habe ich vorher noch nie beobachtet.«

Er legte einen Arm um sie, und gemeinsam gingen sie zur Tür. »Cynthia und ich werden Sie zu einer Ausfahrt abholen und Sie nach Fernbank rauffahren. Vielleicht haben Sie hier unten ja einfach ein klein wenig Platzangst.«

»Das wäre schön. Ach, Pfarrer Tim?«

»Ja?«

»Sie wissen, daß wir Sie lieben. Aber zum Einmischen taugen Sie nicht.«

»Hessies Story über Ihren Schlüsselblümchentee war ein Knüller«, sagte J.C.

»Sie hätte einen Preis verdient, jawohl«, sagte der Pfarrer aufrichtig. »Cynthia hat sich eine Kopie ziehen lassen.«

»Wenn ich diese Frau pro Wort bezahlen müßte, säße ich ganz schön im Dreck.«

Mule rutschte neben dem Pfarrer auf die Bank. Er trug ein hellgrünes Jackett. »Ich habe gerade einen mordsmäßigen Abschluß getätigt.«

»Na, dann können Sie jetzt vielleicht Ihren Polyesteranzug wegwerfen und sich eine neue Garderobe zulegen«, sagte der Reporter, der gerade einen Salat nach Art des Hauses verzehrte.

»Meinen Glückwunsch!« warf der Pfarrer ein.

»Ich habe mich gerade beim Garagenflohmarkt der

Presbyterianer eingedeckt. Zwei Anzüge, ein brandneuer Pullover und ein Jogginganzug.«

»Sie joggen doch gar nicht«, meinte J.C.

»Also werde ich dafür sorgen, daß meine Investition sich rentiert, und damit anfangen«, entgegnete Mule. »Was riecht denn da so?«

Der Pfarrer erwähnte nicht, daß er schon, seit J.C. sich gesetzt hatte, einen merkwürdigen Geruch wahrnahm. Bisher hatte dieser Geruch alle Kochdüfte vom Grill überlagert, seine Nebenhöhlen eingenebelt und ihm einen merkwürdigen Geschmack im Mund beschert.

»Was für einen Geruch meinen Sie?« fragte der Reporter.

»Etwas Scheußliches. Mann! Stinkt wie Katzenmoschus.« Mule schnupperte wie ein Beagle. »Nichts für ungut«, sagte er zu J.C., »aber es kommt aus Ihrer Richtung.«

»Es ist Ihre Oberlippe«, fuhr der Reporter auf und griff nach seiner Aktentasche. »Ich laß euch zwei Hübschen jetzt allein, damit ihr ausknobeln könnt, was es ist; ich muß rüber zum Büro der Bürgermeisterin. Hasta la vista.« Er hinterließ eine schwere Duftwolke. Die beiden Männer sahen einander an.

»Cologne«, sagte der Pfarrer.

Langsam machte sich das Begreifen auf Mules Gesicht breit. Er brach in sein typisches, gackerndes Gelächter aus. »Das ist es also! Na, da soll mich doch … der gute alte J.C., er … er …«

»Wird generalüberholt«, sagte der Pfarrer.

KAPITEL 9
Verschlossene Tore

Wenn der Frühling sich anfangs wie ein milder Wind übers Land gelegt hatte, so überlegte er es sich bald anders.

Aus sanften Regenfällen wurden windgepeitschte Sturzbäche, die die Saat aus den Ackerfurchen spülten und in Einfahrten und Wiesen tiefe Rinnen aushoben. Der Strom verabschiedete sich mit einem letzten Blinken und sprang dann wieder an, so daß Leute, die Computer besaßen, diese nicht mehr einzustöpseln wagten, und Fernsehapparate gaben unter dem Einschlag greller Blitze ihren Geist auf wie Enten in einer Schießbude.

Wie aus heiterem Himmel gingen erschreckende Hagelschläge auf das Dorf nieder, hinterließen zehncentstückgroße Löcher auf den sprossenden Funkien und legten ganze Bestände von Dreiblatt und Salomonsiegel flach. Setzlinge schwammen kieloben im Schlamm, und Winnie Iveys Hühner und Küken überschlugen sich förmlich, um auf höher gelegenen Grund zu gelangen.

Drei Tage hintereinander waren die Mitforder in ihren Häusern eingesperrt, wo sie zusehen konnten, wie der Moder seine alljährliche Invasion in Kellerräumen, Badezimmern und Wandschränken begann.

Es war Dienstag morgen, als das Dorf endlich von blendendem Sonnenschein, einem klaren Himmel und lauen Temperaturen geweckt wurde. Timothys Sekretärin schien das abscheuliche Wetter jedoch nicht aus den Fängen gelassen zu haben.

»Wenn ich jemals noch ein Wort über Hessie Mayhews Fräulein Lenz lese, wird mir schlecht«, sagte Emma.

»Hat Harold seine Kartoffeln gesetzt?«

»Hat sie gesetzt und zugesehen, wie sie den Berg runtergerutscht sind. Im Verein mit seinen Erbsen, Bohnen, Kürbissen und Zwiebeln.«

»Ein richtiger Gemüseteller.«

»Ich habe Sie in diesem Jahr noch gar nicht über den Garten reden hören. Zuviel zu tun, nehme ich an.« Emma warf ihm einen ihrer unmißverständlichen, beziehungsreichen Blicke zu.

»Aber gar nicht. Wir haben ein paar Beete mit purpurfarbenem Fingerhut, mit Lupinen, Kosmeen… warten Sie… Rittersporn, Glockenblumen, einem Dutzend Astilben…«

»Ha. Astilben. Viel zu filigran, wenn Sie mich fragen. Da ist mir eine schöne, kräftige Ringelblume immer noch lieber.«

»Jedem das Seine«, sagte er milde.

»Sie hatten ja ’ne richtige Party bei sich zu Hause.«

Er fragte sich, wann sie endlich auf das gesellschaftliche Ereignis zu sprechen kommen würde, das immer noch eines der wichtigsten Gesprächsthemen in der Stadt war. »Das habe ich auch gehört.«

»Cynthia hat ihre Sache gut gemacht.«

»Vielen Dank. Das ist mir ebenfalls zu Ohren gekommen.«

»Eine Spur zuviel Zucker in den Zitronentörtchen.«

»Ich stelle fest, daß es nicht genügt hat, um Ihre Laune zu versüßen.«

»Haha. Wie finden Sie es denn, daß Ihre Küchenwände mit einem Hammer bearbeitet worden sind?«

»Das Beste, was dem Pfarrhaus passiert ist, seit Pfarrer Hanes einen Kamin im Arbeitszimmer hat installieren lassen.«

»Ich hätte nicht gedacht, daß Ihnen so was gefällt.«

»Sie wissen hoffentlich, daß das verfallene Aussehen

genau das ist, was nüchternen Wänden einen sanften, von der Zeit geprägten Reiz verleiht. Denken Sie nur an die alten Villen in Italien zum Beispiel, wo der Stuck in dicken Schichten aufgetragen wird, ohne oberflächliches Trachten nach Vollkommenheit, wo die Wände sich kräuseln und wandeln wie … wie das Leben selbst …«

Sie sah ihn über den Rand ihrer Brille an.

»… wo die Gebäude sich im Laufe der Jahre bald auf die eine, bald auf die andere Seite neigen, wo ein Jahrhundert nichts ist als ein flüchtiger Augenblick im Strom der Zeit …«

»Ich hab's ja kapiert!« sagte sie, weil sie sich nichts mehr wünschte, als daß er augenblicklich aufhörte.

»… wo lange Jahrzehnte qualmenden Olivenöls und brennenden Holzes die Wände mit einer Farbpalette überziehen, die so subtil ist wie die Nuancen alter Steine oder alten Marmors – wo die bloßen Bewegungen von Licht und Schatten im goldenen Widerschein der Wände eingefangen werden, wo sie Geschichte atmen wie die unvergänglichen Handelswege, über die die alten Römer dahingezogen sind …« Er hatte keine Ahnung, wovon er redete, aber er amüsierte sich blendend.

Sie sah ihn mit leicht geöffnetem Mund sprachlos an.

Das sollte genügen, um sie fürs erste mundtot zu machen.

Wenn Cynthia sich nicht mit ihrem schönen, hölzernen Aquarallfarbkasten über das Zeichenbrett beugte, legte sie einen Pflasterweg durch die Hecke. Diesmal konnte er sich nicht auf seine Unbeholfenheit berufen. Es hieß, runter in den Schmutz, zusammen mit seiner Frau, etwas anderes kam nicht in Frage.

Sie trug eine von Dooleys Baseballmützen, ein T-Shirt, Bluejeans und ausgeleierte Tennisschuhe. Wenn man bedachte, wie jung sie aussah und welche Gedanken ihm durch den Kopf gingen, hätte man ihn durchaus wegen Verletzung der

Gesetze zum Schutze Jugendlicher ins Gefängnis schicken können.

»Ich packe für deinen Campingausflug«, sagte sie, während sie einen schweren Pflasterstein in das Loch zwängte, das er gerade ausgehoben hatte. Er hätte den Stein selbst hineingezwängt, aber sie zog die Art, wie sie die Steine plazierte, vor.

»Jetzt ist es also mein Campingausflug?«

»Hm, ja, ich würde so was niemals alleine tun, in hundert Jahren nicht.«

»Was packst du denn ein?«

»Buntstifte, Schokoriegel, eine Garnitur Socken und Unterwäsche zum Wechseln.«

»Das sollte wohl reichen«, sagte er und versuchte, nicht zu lachen.

»Was packst du denn ein?«

»Das Essen bringen die Kinder mit, daher können wir mit leichtem Gepäck reisen. Zelt, Taschenlampe, Kerzen für den Notfall, Streichhölzer, abgekochtes Wasser, ein Schweizer Armeemesser, eine Eisenkasserolle, eine Kaffeekanne, Kaffee, Feueranzünder… ah, mal sehen… aufblasbare Kissen, Isomatte, Laterne, Schlafsäcke, Verbandszeug, Toilettenpapier, getrocknete Früchte und Nüsse… was noch? Eine Feldflasche, Angelruten, Köder, Talkumpuder, Moskitospray, Verbandszeug, Sonnenschirm und, oh ja… einen Eimer für die Fische. Ah, gerade fällt mir noch was ein – wir brauchen auch einen Pfannenheber, um den Fisch in der Kasserolle zu wenden. Und Maismehl natürlich. Man kann keinen Fisch braten ohne Maismehl.«

»Wir werden einen Umzugswagen brauchen«, sagte sie, während sie den Stein solange hin und her wuchtete, bis sie zufrieden war.

»Wir.«

»Du hast doch sicher vereinbart, daß uns jemand mit einem Trupp Maultiere entgegenkommt…?«

»Der Trupp steht leibhaftig vor dir«, sagte er und sah sehr selbstzufrieden aus.

»Braucht man wirklich soviel für eine einzige Nacht?«

»Die Kinder haben uns gebeten, zwei Nächte zu bleiben.«

»Timothy!«

Er rollte mit den Augen und zuckte die Achseln.

»Hm, na gut«, sagte sie und wischte sich die Stirn mit der Rückseite ihres Gartenhandschuhs ab. »Mach dieses Loch ein wenig größer. Siehst du den Stein da? Der kommt als nächstes an die Reihe. Meinst du nicht auch?« Sie hockte sich auf die Fersen.

»Genau richtig.«

»Es wird schön sein, keinen Schlamm mehr an den Schuhen zu haben, wenn wir durch die Hecke laufen.«

»Das kann ich nur unterstreichen.«

»Timothy, Schatz, bist du eigentlich gern verheiratet?«

»Verheiratet mit dir oder verheiratet im allgemeinen?«

»Im allgemeinen«, sagte sie und sah aufmerksam zu, wie er das Loch aushob.

»Bin ich. Es ist so…« er suchte nach dem richtigen Wort, »so tröstlich.«

»Wunderbar! Und bist du auch gern mit mir verheiratet?« Er blickte auf ihre saphirfarbenen Augen unter dem Schirm der Baseballmütze hinab und hockte sich neben sie.

»Dafür gibt es keine Worte«, sagte er aus vollem Herzen. Der Duft des Blauregens stieg über ihr auf wie der Duft eines Busches in einem alten Garten.

»Ich möchte deine beste Freundin sein«, sagte sie.

»Du bist meine beste Freundin.«

»Seinem besten Freund kann man sein Herz ausschütten«, sagte sie.

»Was möchtest du denn von mir wissen?«

»Ich möchte, daß wir über unsere Zukunft sprechen. Es spielt keine Rolle, ob du nicht weißt, was du tun willst, oder wann du es tun willst. Es wäre einfach schön, zu reden, die

Sache auszusprechen. Das ist ein Punkt, bei dem ich bei dir immer auf eine Barriere treffe. Es ist so, als käme man an ein Tor, das verschlossen ist, und jemand hat den Schlüssel weggeworfen.«

»Vielleicht gibt es in uns allen irgendwelche Tore, die verschlossen worden sind.«

»Vielleicht«, sagte sie.

Er wäre am liebsten wieder aufgestanden, um sich von ihr abzuwenden und die Arbeit fortzusetzen. War das nicht der Grund, warum sie hierhergekommen waren? Aber statt dessen hockte er sich ins Gras und sah sie über den halbgepflasterten Weg hinweg an. Er war dankbar für den Schatten, denn ihm war heiß, und er fühlte sich plötzlich verdrießlich.

Katherine hatte ihm vor seiner Heirat ungebeten ihren Rat gegeben, ob er ihn nun wollte oder nicht. »Das Allerwichtigste«, hatte sie ihm auf ihre unverblümte Art erklärt: »Ihr müßt reden! Wenn Cynthia reden will, Timothy, dann versuchst du besser gar nicht erst, der Sache einen Riegel vorzuschieben. Reden ist das A und O, so schmerzlich es manchmal auch sein mag. Das kannst du mir glauben.«

So weit, so gut. Aber er wollte irgendwo eine Grenze ziehen, er wollte sie genau hier und jetzt ziehen – aber da saß er und sah sie an und gab sich Mühe.

»Ich möchte im Grunde nicht darüber reden«, sagte er schließlich.

»Ich weiß.« Auch sie saß im Gras und zog nun ihre Arbeitshandschuhe aus.

Es folgte ein langes Schweigen, das erfüllt war vom Geplapper und Gezwitscher der Vögel. Ein Junco schoß durch die Luft und verschwand in der Hecke. Sie hörten das Telefon im Nachbarhaus klingeln.

Ein Mittagsschlaf, dachte er. Ein Mittagsschlaf wäre jetzt genau das Richtige. Wozu quälten sie sich hier eigentlich ab? Waren sie nicht während der vergangenen beiden Jahre mühelos durch die Hecke gekommen? Was war schon dabei, wenn sie sich alle Jubeljahre einmal ihre Schuhe schmutzig machten…

»Du bist wütend«, sagte sie.

Ja, das war er. Und es gefiel ihm nicht. »Was kann es schon nutzen, über etwas zu reden, wovon ich gar nichts weiß? Wir sind zum Arbeiten hergekommen, also, warum arbeiten wir nicht?«

»Lieber Gott«, betete sie laut, »würdest du uns in dieser Sache bitte beistehen?«

Sein Herz verhärtete sich gegen sie, etwas, das ihm seit ihrer Hochzeit nicht widerfahren war, und etwas, das er nie erfahren wollte. Er fühlte sich wie damals, als sie das erste Mal die Ehe erwähnt hatte – sie nur erwähnt hatte. Sein Herz hatte sich in Stein verwandelt und war wochenlang versteinert geblieben.

»Da ist dein Tor«, sagte sie. »Ich stehe direkt davor, und es ist immer noch versperrt.«

Noch mehr Vogelgezwitscher. Ein Wagen, der auf der Blauregengasse vorbeifuhr.

»Dann wirst du eben das Reden besorgen müssen«, sagte er, »denn ich weiß nicht, was ich sagen soll. Ich habe keinen blassen Schimmer.«

Sie betrachtete ihre Hände, und eine kleine Furche erschien zwischen ihren Brauen. Er dachte, daß sie wohl überlegte, ob der Versuch, ihrer beider Zukunft zu entschlüsseln, überhaupt lohnte.

»Alles, was wirklich für unsere Zukunft von Bedeutung ist«, sagte sie, »ist, daß wir zusammen sind. Davon bin ich felsenfest überzeugt. Es verwirrt mich nur so sehr, daß du dich in dieser Sache derart verschließt – woher kommt diese plötzliche Kälte, die du verströmst, sobald die Rede auf deine Pensionierung kommt? Ach verflixt, Timothy, warum muß es so kompliziert sein? Ich möchte doch lediglich wissen, ob… ob du weiterpredigen wirst, bis du umkippst? Werden wir eines Tages unser eigenes Zuhause haben? Hast du darüber nachgedacht, wo wir leben könnten?«

»Ich meine«, sagte sie und zeigte mit einer weit ausholenden Geste auf das neue Blumenbeet, »ist es überhaupt sinnvoll, daß wir all diese Stauden pflanzen?«

Er betrachtete mit starrem Blick eine Reihe Astilben. »Ich weiß es nicht. Warum muß ich es auch wissen?«

»Hmm«, sagte sie und sah ihn an. »Das bringt uns nicht weiter.«

»Dann machen wir uns wohl lieber wieder an die Arbeit.« Er stand auf und griff nach der Schaufel.

Was war passiert? Sie hatten in innigster Verbundenheit miteinander gearbeitet, um einen Pflasterweg zu legen, der ihre beiden Häuser verband. Und dann war alles in Stücke gegangen.

Schweigend verlegten sie die letzten Steine.

Sein halsstarriges Benehmen machte ihn seltsam verlegen; es war ein Benehmen, das er selbst nicht einmal ganz verstand.

Sie waren eine Stunde hinter Mitford, unterwegs in Richtung Norden zu dem Campingplatz, als plötzlich ein heftiger Regen einsetzte. Der Wetterbericht im Radio versicherte ihnen, daß der Guß den ganzen Morgen über andauern und sich bis weit in den Nachmittag fortsetzen würde.

Die Möglichkeit, umzudrehen und zurückzukehren, wurde von acht Teenagern energisch zurückgewiesen.

Bo Derbin, der eine gerade erst aufkeimendc, aber heftig unterdrückte Leidenschaft für Lila Shuford hatte, wollte nichts von einer möglichen Rückkehr hören. Er sah sich bereits an einer Kletterpflanze über einen breiten Wasserlauf baumeln, um seine Flamme vor einem menschlichen, von Wölfen großgezogenen Wilden zu retten.

Der Pfarrer, der jeden Blickkontakt mit seiner Frau vermied, stimmte ebenfalls dafür, weiterzufahren. Larry erklärte, daß er nicht die leiseste Absicht hatte, irgend etwas anderes zu tun.

Sie fuhren weiter.

Acht Teenager mit Unterlippen, so dick, daß sie darüber hätten stolpern können, waren kein hübscher Anblick.

»Oh, haltet doch endlich die Luft an!« brüllte Larry, der sich an der Spitze ihrer kleinen Truppe in einem beharrlichen Nieselregen durch den Wald kämpfte. Obwohl er sich bekanntermaßen keinerlei Kritik von der Jugendgruppe gefallen ließ, war er nichtsdestoweniger ihr absoluter Lieblingsleiter, ganz zu schweigen von der Tatsache, daß er ein Eagle Scout war, ein erfolgreicher Absolvent diverser fortgeschrittener Angelkurse und der Bezwinger eines Grizzly in einem einmaligen Ringkampf.

»Wenn wir ankommen«, rief Larry, »wird die Sonne scheinen, die Fische werden beißen ...«

»Und der Boden wird die reinste Matsche sein!« hörte er Cynthia murmeln.

Matsche stimmte. Der Boden ihres Zeltplatzes war ein einziges Schlammbad.

Nie hatte seine Frau so jämmerlich ausgesehen, obwohl ihr kein Wort der Klage über die Lippen kam. Die Kinder dagegen jammerten und murrten. Sie wollten Nintendos, sie wollten Fernseher, sie wollten ein Badezimmer mit einem Schloß an der Tür.

Aber sie hatten sich nicht zwei Meilen von aller Zivilisation und vierzig von Mitford entfernt, um sich verhätscheln zu lassen.

»Zieht Borke ab!« befahl Larry Johnson, der es überaus demütigend fand, feststellen zu müssen, daß er den Coleman-Ofen vergessen hatte.

»Borke ... abziehen?« fragte Cynthia.

Nach Meinung des Pfarrers war das der Punkt, an dem die ganze Sache den Berg hinunterzugehen begann.

Er kniete neben dem Schlafsack, der, wie ein Fahrrad, für zwei zugeschnitten war.

Er hatte schon ein paar unbehagliche Minuten mit dem Verkäufer durchgestanden, als er das Ding in Holding gekauft hatte, aber es jetzt vor Gott und der Welt auf dem Boden auszubreiten, war noch schlimmer gewesen.

Die Kinder hatten gekichert, Larry Johnson hatte die Augenbrauen hochgezogen wie ein zweitklassiger Schauspieler und Cynthia hatte verschämt wie ein junges Mädchen dreingeschaut. Zum Teufel mit dem Ding, dachte er, als er seine Seite des Schlafsacks kurz nach zehn Uhr am Freitag abend aufzog.

Also gut, er hatte vergessen, die Zeltstangen mitzunehmen, so daß sie jetzt allem ausgesetzt waren, was das Wetter ihnen bescheren mochte. Na und? Also gut, sie lagen tatsächlich wie Aas im Freien, zur gefälligen Bedienung für Wölfe, Bären oder, schlimmer noch, Wildschweine. Na und?

Er sah sich auf ihrem Lagerplatz um und versicherte sich, daß niemand zuschaute, als er neben seine schlummernde Frau schlüpfte. Offensichtlich interessierte sich auch niemand dafür. Larry Johnson spielte eine letzte Melodie auf seiner Gitarre, die dank der schwülen Feuchtigkeit im Anschluß an den Regen so klang wie Gummibänder, die über eine Zigarrenkiste gespannt worden waren.

Cynthia hatte sich bis über die Ohren in den Schlafsack eingehüllt, so daß nur noch ihre Nase zu sehen war. Der Gedanke, auf dem Boden zu schlafen mit nur einer dünnen Decke unter sich und nichts über sich, hatte sie bestürzt – daran gab es nichts zu rütteln. Ihre Oberlippe hatte sich auf eine Weise in Falten gelegt, wie er es seines Wissens noch nie gesehen hatte.

Am Ende jedoch hatte die frische Luft Wunder gewirkt. Nachdem sie kurz vor halb neun in den Schlafsack gekrochen war, war sie augenblicklich eingeschlafen, wie ein Licht, das gelöscht wurde.

Er zog sie fest an sich und spürte wieder einmal, wieviel sie ihm bedeutete und wie sehr sein eigener Körper sich ihrer schlafenden Gestalt anzupassen schien. Ein Fleisch! In diesem Ausdruck, in diesem unergründlichen Plan lagen wahre Wunder. Mit einem Mal wurde ihm klar, daß er sich ihr bisweilen wie ein siamesischer Zwilling verbunden fühlte.

Wie hatte er nur solange ohne diese unendlich wichtige Verbindung leben können? Wo war er all diese Jahre gewesen? Wie war er zurechtgekommen, bevor er geheiratet hatte?

Er konnte sich nicht mehr vorstellen, wie es früher gewesen war; es schien, als hätte er immer in diesem Zweierschlafsack mit ihr gelegen, sich an sie geschmiegt und ihre Wärme eingeatmet. Welche Kraft notwendig gewesen sein mußte, um ihn aus seinem Schneckenhaus herauszulocken, dachte er voller Erstaunen!

»Wie glücklich Sie doch sind!« sagten die Leute dauernd zu ihm. Aber nein. Es hatte nie eine Zeit gegeben, zu der er seine Ehe als Glückstreffer betrachtet hatte. Glück! Was war das schon anderes als eine günstige Laune des Schicksals? Es war Gnade, nur Gnade, die Cynthias Körper dem seinen nahebrachte und sie zu diesem miteinander verschmolzenen, mystischen Fleisch machte, das ineinander aufging wie Brandy in Kaffee und weder von der Welt noch von ihrem nimmer endenden Druck auseinandergerissen werden konnte.

Er schloß die Augen und dankte Gott für diesen Quell des Friedens, des Lachens und der Liebe, der neben ihm lag und mit der gleichförmigen Präzision einer Kettensäge vor sich hin schnarchte.

»Lila Shuford!« brüllte Larry Johnson, während er mit einem Pfannenheber gegen eine Kasserolle schlug. Inmitten eines Rings aus Steinen knisterte ein jämmerliches Feuer.

»Hier!«

»Lee Lookabill!« Noch ein Einsatz für den Pfannenheber.

»Hier!«

Dunstiger Sonnenschein. Vogelgezwitscher.

»Luke Burnett!«

Er setzte sich im Schlafsack auf und warf einen Blick auf seine Armbanduhr. Fünf nach sechs. So lange hatte er seit seinen Flitterwochen nicht mehr geschlafen. Cynthia rollte sich auf die Seite und sah ihn an, als sei er ein kanadischer Elch, der sich in ihr Lager verirrt hatte.

»Cynthia Kavanagh!«

»Uh!« murmelte Cynthia, bevor sie sich in einem T-Shirt vom »Laden« aufsetzte, auf dem ein dicker, gelber Kürbis prangte. »Ich bin hier, um Himmels willen!«

Er griff nach dem Fotoapparat in seinem Beutel, aber nicht bevor sie mit einem Karatehieb auf sein Handgelenk schlug.

»Wenn du das tust, bist du ein toter Mann«, sagte sie und meinte es absolut ernst.

»Mist. Ich wollte das Foto ans Schwarze Brett im Gemeindehaus hängen. Vergrößert.«

Sie grinste, womit sie ihn vollkommen überraschte. »So schlimm war es übrigens gar nicht«, sagte sie und reckte sich. »Nur daß mir jeder Knochen im Leib weh tut. Haben wir auf einem Stein geschlafen?«

»Du hast wie ein Stein geschlafen, soviel weiß ich jedenfalls.«

»Ich erinnere mich noch, wie du neben mich gekrochen bist, aber ich habe mich schlafend gestellt. Ich war wütend. Aber jetzt bin ich drüber weg.«

»Du hast es gar nicht gemerkt, als ich in den Schlafsack gekrochen bin; du hast geschnarcht wie ein Akkord-Baumfäller.«

»Was um Himmels willen ist das denn?«

»Das willst du gar nicht wissen«, sagte er und schlüpfte aus dem Schlafsack.

»Clarence Austin!«

Vogelgezwitscher.

»Clarence! Erhebe dich!«

»Clarence ist nicht da«, sagte Lee Lookabill.

»Wo ist er denn?«

»Ich hab ihn nicht gesehen.«

»Nimm Henry Morgan mit und geh ihn suchen«, sagte Larry. »Bo Derbin!«

Gedämpftes Gelächter von den drei Mädchen, die unter einer an vier Pfosten festgemachten Decke geschlafen hatten.

»Bo! Wird's bald!«

»Bo ist nicht da«, sagte Lila Shuford.

»Wo ist er?«

»Er hat sich irgendwann davongemacht, wir haben ihn gesehen. Er ist mit Clarence gegangen. Die beiden sind schon ziemlich lange weg.«

»Mußten wahrscheinlich mal pinkeln«, meinte Lee Lookabill in dem Versuch, hilfreich zu sein.

»Bewegt euch«, sagte Larry zu dem Suchtrupp, »und während ihr schon mal dabei seid, könnt ihr gleich noch etwas Borke abziehen. Wir müssen was zu essen kochen.« Der Pfarrer fand, daß Larry aussah, als hätte er gerade eben mit einem weiteren Grizzly gekämpft.

»Bäh«, murmelte Cynthia in Erinnerung an das Chicken à la King von gestern abend, das in braunes Plastik eingewickelt dahergekommen war.

»Hier im Wald scheint dein Wortschatz irgendwie zu schrumpfen. Hat dir der Pfirsichriegel denn nicht geschmeckt?«

»Ich fand ihn abscheulich. Mein Hunger war zu groß, um zu warten, bis er sich mit Wasser vollgesogen hatte, also habe ich ihn trocken gegessen. Er ist in meinem Magen immer noch damit beschäftigt, seine ihm bestimmte Gestalt anzunehmen.«

»Und die Erdnußbutter. Ich dachte immer, du liebst Erdnußbutter.«

»Kannst du dir vorstellen, daß man seine Erdnußbutter erst

im Päckchen durchkneten muß, bevor man es öffnet? Und was haben sie dir gegeben, um die Butter auf dem Brot zu verteilen, einen Pflasterstein für den Pfad durch unsere Hecke? Ich bin so ausgehungert, ich könnte eine Portion Moos verschlingen. Was ist in dem Päckchen drin, das du noch übrig hast?«

Er hob es hoch und betrachtete es blinzelnd. »Zucker, Salz, Kaugummi, Streichhölzer und Toilettenpapier…«

»Na toll«, sagte sie, während sie in die kühle Morgenluft hinausglitt. »Heben wir uns das für den Nachmittagstee auf.«

Lee Lookabill hatte, während er Borke von einem Baum streifte, seine Brille verloren, und Henry Morgan kehrte mit einem Bericht zurück.

»Bo und Clarence haben wir nicht gefunden, und Lee hat seine Brille verloren und kann kaum genug sehen, um zurückzukommen. Ich dachte, ich wär draufgetreten, weil irgendwas geknirscht hat, aber es war nur ein Stock.«

»Wunderbar!« fuhr Larry ihn an. »Luke, du gehst mit Henry zurück und hilfst Lee, seine Brille suchen. Tim, Cynthia, ihr sucht nach Bo und Clarence; die beiden können nicht weit sein. Sagt ihnen, ich hätte gesagt, sie säßen tief im Dreck. Und vergeßt nicht – auf einen Baumstamm muß man drauftreten, nicht drübersteigen.«

Während der Pfarrer und seine Frau im Dickicht verschwanden, hockte Larry sich mit einer Bratpfanne über das qualmende Feuer und versuchte, einem zementfarbenen Block Bratkartoffeln etwas Erfreuliches abzugewinnen.

Cynthia zog ihre Bluejeans an und streifte sich ein Baumwollhemd über den gelben Kürbis. Er stieg ebenfalls in Jeans und Wanderstiefel, ohne den Rollkragenpullover auszuziehen, in dem er geschlafen hatte, und krönte das Ganze noch mit einem Cordhemd. Die Luft war nach dem gestrigen Regen feucht und kühl, und der Himmel schien sich wieder zu bewölken.

»Ich nehme meinen Rucksack mit. Vielleicht sehen wir ja etwas, das sich zu zeichnen lohnt.« Sie strich sich ihr blondes Haar zurück und schlang ein Gummiband darum.

»Ich glaube nicht, daß das die Art Spaziergang wird, bei der man sich hinsetzt und zeichnet.«

»Das kann man nie wissen«, entgegnete sie strahlend. »Außerdem glaube ich, daß da noch zwei Schokoriegel drin sind.«

»Hm. Kein Ersatz für Percys pochierte Eier mit einer Scheibe Hafergrütze.«

»Mein Liebster«, sagte sie und sah ihn mit strengem Blick an, »wir sind nicht hergekommen, um uns verhätscheln zu lassen.«

Man brauchte seiner Frau nur ein wenig Zeit und eine ordentliche Portion Schlaf zu geben, und sie konnte mit den Besten von ihnen Schritt halten, dachte er voller Stolz.

»Bo!« rief er, als sie an eine Lichtung im Wald kamen. »Clarence! Macht euch bemerkbar!«

»Soll ich pfeifen?« fragte Cynthia.

»Pfeifen?«

»So«, sagte sie und durchtrennte die Luft mit einem so hohen und schrillen Ton, daß selbst die Chicago Bulls zu Tode erschrocken stehengeblieben wären.

»Gütiger Himmel!« sagte er und hielt sich die Ohren zu. »Wo hast du denn das gelernt?«

»Als ich elf war. Ich war in einem Mädchenclub, und wir haben alle irgend etwas gelernt, was die Jungen taten. Phyllis Pringle lernte mit Steinen zu schießen, Alice Jacobs hat sich die Schleuder vorgenommen, und ich habe pfeifen gelernt.«

»Aha.«

»Soll ich es noch mal machen?«

»Nun ...«

Sie machte es noch mal.

»Du bist schon eine starke Nummer, Kavanagh«, sagte er voller Bewunderung.

Sie hörten den Antwortpfiff im Wald widerhallen.

»Hör nur!« rief sie.

»Klingt, als käme es von da drüben.«

Sie rannten über die Lichtung und waren schon fast am anderen Ende angekommen, als sie Bo und Clarence aus dem Wald treten sahen.

»Mann!« rief Bo. »Sie werden es nicht glauben!«

»Ich hoffe, du hast eine gute Ausrede«, sagte der Pfarrer mit dem Brustton der Überzeugung.

Clarence zeigte auf die Bäume. »Da drüben ist eine große Höhle!«

»Riesig!« bemerkte Bo. »Und auch ziemlich unheimlich. Clarence war zu feige, um reinzugehen, aber ich hab's getan, und Sie werden es nicht glauben!«

»Du kannst glauben, daß Larry Johnson dir das Fell abziehen wird, weil du einfach so das Lager verlassen hast.«

»Komm, sehen wir uns die Höhle an«, sagte Cynthia.

»Auf keinen Fall«, sagte der Pfarrer, während er die Jungen zur Lichtung hin scheuchte.

»O bitte, Timothy! Wo ist die Höhle, Bo? Ist es weit?«

»Gleich da drüben; ich bin gerade rausgekommen, als ich Ihren Pfiff gehört habe. Clarence kann nicht pfeifen, also habe ich zurückgepfiffen.«

»Ich kann wohl pfeifen!« sagte Clarence.

»Die Höhle liegt jedenfalls gleich da drüben«, sagte Bo, »hinter diesem großen Felsen. Sie brauchen bloß um den Felsen herumzugehen, dann sehen sie sofort dieses Loch im Hügel; es ist irgendwie mit Büschen und anderem Zeug verdeckt.«

»Habt ihr irgendwelche Fledermäuse gesehen?« fragte Cynthia.

»Nee. Wir haben bloß Wasser tropfen hören und diese komischen Dinger gesehen, die in die Luft ragen ...«

»Stalaktiten«, sagte der Pfarrer. »Oder sind das Stalagmiten?«

»Timothy, Liebster, nur fünf Minuten? Die Jungen können schon zurückgehen, und wir kommen dann gleich nach. Ich habe noch nie eine Höhle gesehen. Fünf Minuten, mehr nicht, ich verspreche es!« Sie sah ihn flehentlich an.

»Nun ...« sagte er.

»Wunderbar!«

»Geradeaus über die Lichtung, dann nehmt ihr den Fußweg nach links und zwar ein bißchen dalli«, sagte der Pfarrer.

Clarence schien untröstlich zu sein. »Larry wird uns wahrscheinlich den Kopf abreißen.«

»C'est la vie. Und jetzt, marsch.«

»Wir kommen euch gleich nach!« rief Cynthia, als die Jungen losrannten.

Pfarrer Tim legte beide Hände um den Mund. »Und bleibt zusammen!« rief er.

Das war eine Ermahnung, die er schon bald selbst würde beherzigen müssen.

»Uh, oh«, sagte Cynthia, die die beinahe verborgene Öffnung im Hügel betrachtete.

»Wovon sprichst du?«

»Von diesem Loch! Ich kann doch nicht in dieses Loch steigen wie ein Kaninchen in einen Bau.«

»Aber du liebst doch Kaninchen.«

»Kaninchen ja, aber nicht ihre Behausungen.«

Er hatte sie einmal auf Händen und Knien in Miss Rose Watsons winziges Spielzimmer auf dem Dachboden des alten Porter Place kriechen sehen, und das ohne die geringsten Bedenken.

»Dann kehren wir eben wieder um«, sagte er. »Ich bin völlig ausgehungert.«

»Na ja ... aber ich habe noch nie eine Höhle gesehen. Werfen wir wenigstens mal einen Blick rein.«

Sie kletterte die kurze Strecke zu dem Loch hinauf, schob die Gräser und Büsche beiseite und spähte hinein. »Der Weg fällt erst steil ab und wird dann wieder flacher. Ich kann überhaupt nichts sehen.«

Er persönlich wollte auch gar nichts sehen. Er hatte keinerlei Interesse daran, in einem Loch im Boden zu verschwinden, das kaum größer war als er selbst.

Sein Magen knurrte. »Denk daran, was Alice im Wunderland zugestoßen ist ...«

»Hm«, sagte sie und schob den Kopf durch die Öffnung. »Hm.«

Wie war das überhaupt? Ragten Stalaktiten von unten nach oben oder von oben nach unten? Was hatte ihnen ihre Lehrerin, Mrs. Jarvis, in der siebten Klasse erzählt, als sie sich die Höhlen von Mississippi vornahmen und dann auch tatsächlich eine Busreise in eine heimische Höhle machten? Stalaktiten hängen runter, Stalagmiten ragen auf! Anita Jarvis. Also, das war eine Lehrerin gewesen, vor der man sich hüten mußte ...

»Die Stalaktiten hängen runter!« sagte er laut und blickte auf, als Cynthias Kopf in dem Loch verschwand.

Er stolperte hinter ihr her. »Cynthia!«

»Du mußt mit den Füßen vorausgehen, Timothy. So geht es am besten!«

Er tat wie geheißen.

Genausogut hätte er sich in ein Grab hinunterlassen können. Was, wenn es einen Erdrutsch gab, irgendeine Bewegung im Gelände? Das Loch würde bis zum jüngsten Tag versperrt bleiben. Er spürte, wie sein Kopf hämmerte und etwas Schweres sich auf seine Brust legte.

Er ließ sich auf dem Rücken durch den schlammigen Eingangsschacht gleiten und landete auf den Füßen, direkt hinter seiner Frau. Immerhin fiel genug Licht durch den Höhleneingang, um einen Teil des großen Gewölbes, in dem sie nun standen, zu beleuchten. Es ähnelte einem U-Bahnschacht, lang und ziemlich schmal, und er konnte auch wieder mühelos atmen, weil reichlich Platz um sie herum war.

Merkwürdig, wie anders die Luft hier war; das spürte er sofort. Er nahm die Feuchtigkeit darin war und roch die Erde. Wie im Keller seiner Großmutter, nur besser.

»Ist alles in Ordnung mit dir?« fragte er, weil das erwartete Echo ausblieb.

»Wunderbar! Das ist einfach zu schön, um es mit Worten auszudrücken! Eine herrliche Gelegenheit! Ich muß doch hier irgendwo eine Taschenlampe haben.« Sie durchstöberte ihren Rucksack. »Da!«

Der Strahl der Taschenlampe schlängelte sich die Wand hinauf. »Gütiger Himmel! Sieh nur, Liebster! Das ist ja eine ganze Ansammlung von Orgelpfeifen!«

»Kalkstein. Die Erscheinung hat man häufig bei Kalkstein.« Die gewaltige Wand vor ihnen hätte aus gegossenem Marmor gemacht sein können, den irgend jemand üppig mit Rosa und Blau gefärbt hatte. Der Stein erstrahlte im allgegenwärtigen Glanz der Feuchtigkeit. Noch nie zuvor hatte er mit eigenen Augen gesehen, was Gott an verborgenen Orten wie diesem tat. Ein leises Frösteln lief ihm über das rechte Bein.

Der Lichtstrahl schob sich ganz allmählich die Wand hinauf und warf sein bleiches Licht auf Formationen, die wie die Falten schwerer Übergardinen aussahen und sich üppig über den darunterliegenden Kalkstein ergossen.

»Barmherziger!« stieß Cynthia hervor. Er schob den Zeigefinger in ihren Hosenbund, und Zentimeter um Zentimeter bewegten sie sich mit emporgewandtem Blick an der Wand des Gewölbes entlang.

»Schau nur!« sagte sie. »Wir haben gerade genug Licht, um zu sehen, wie hoch die Decke ist – wie in einer Kathedrale.

Kannst du dir vorstellen, daß wir uns unter einer dicken Schicht Erde befinden, vielleicht an einem Ort, an dem außer den Indianern noch nie jemand gewesen ist? Und wer weiß, wie alt diese Höhle ist, sie könnte Millionen Jahre alt sein, vielleicht Milliarden …«

»Halt die Lampe mal eine Sekunde lang ganz nah an dein Gesicht«, sagte er.

»Ich nehme an, du möchtest eine weitere altertümliche Formation sehen?«

»Dein Atem verdunstet in der Luft.«

Sie drehte sich um und richtete den Lichtstrahl auf ihn. »Deiner auch! Aber ich finde es gar nicht kalt hier unten.«

»Es ist nicht kalt. Aber anders.«

Cynthia lief weiter, diesmal im Geschwindschritt.

»He! Wo wollen Sie denn hin, Mrs. Kavanagh? Immer schön langsam.«

»Aber wir haben nur fünf Minuten … Igitt! Matsch. Diese Schuhe kann ich vergessen; irgendwie habe ich nie die richtigen Schuhe an, wenn's drauf ankommt. Letztes Jahr im Schneesturm, als ich in New York war, hatte ich nur Pumps …«

»Was ist das?« Sie blieben stehen und er drehte sich um und lauschte. Es klang wie tropfendes Wasser. Hier. Da. An allen möglichen Stellen. Überall. Wasser, das auf Wasser fiel. Plink. Plink. Plink, plink.

»Hier unten gibt es offensichtlich Wasser«, sagte er. »Paß auf, wo du hintrittst. Vielleicht sollten wir uns nicht so weit hineinwagen.«

»Nur noch zwei Minuten«, sagte sie und leuchtete die Wand an, die sich vor ihnen wölbte. »Da! Siehst du das? Sieht das nicht genauso aus wie der Brustkorb eines Dinosauriers?«

»Du hörst dich an wie die Frau, die einmal in einer Kumuluswolke Andrew Jackson entdeckt hat.«

Sie legte die Hand auf die Kalksteinwand, die sich zu den merkwürdigsten Gebilden formte. »Fühl mal, Timothy. Es ist so merkwürdig, wenn man es anfaßt. Glitschig. Naß. Aber irgendwie auch freundlich, meinst du nicht?«

»Hm.« Larry Johnson würde mittlerweile wie verrückt mit

seinen Bratkartoffeln hantieren. Eine kleine, grüne Zwiebel würde die Sache bestimmt nicht verschlechtern, ganz zu schweigen von einem Scheibchen von dem Romanokäse, den er in einem Butterbrotbeutel mitgebracht hatte. Er brauchte Ekklesiastes nicht, um zu wissen, daß es eine Zeit gab, Nahrung zu suchen, und eine Zeit, Höhlen zu erkunden.

»Zeit zu gehen«, sagte er kategorisch.

»Dort am Ende dieses Durchgangs, Liebster. Siehst du? Sieht das nicht aus wie eine riesige Vase, die da in diesem Gewölbe steht? Wie außergewöhnlich; all diese wunderbaren Dinge, die uns an Gegenstände oben auf der Erde erinnern, und dabei hat es das hier bestimmt schon lange gegeben, bevor es Kathedralen und Vasen gab.«

»Hör mal, die Leute verlassen sich auf uns. Wir sind genau wie Bo und Clarence einfach weggelaufen, und das wird Larry bestimmt nicht gefallen. Du stehst in Gefahr, daß man dir ebenfalls den Kopf abreißt ...« Er nahm ihren Arm.

»Was machst du da?«

»Wir kehren um und gehen auf demselben Weg zurück, auf dem wir gekommen sind.«

Sie seufzte. »Du hast natürlich recht.« Sie drehten sich um und gingen los. »Ich wollte etwas zeichnen, während du das Licht gehalten hättest, aber dafür haben wir wohl keine Zeit ...«

»Womit du verdammt recht hast. Wie steht es eigentlich mit der Batterie in diesem Ding? Das Licht kommt mir so schwach vor.«

»Das liegt nur daran, daß die Höhle so riesig und so dunkel ist; sie absorbiert das Licht ...«

»Wollen wir's hoffen.«

»Ich glaube, mir reicht es jetzt auch langsam. Ich habe einen Bärenhunger, ganz davon zu schweigen, daß ich furchtbar friere. Frierst du auch? Plötzlich ist es ... wie in einem Grab hier drin.«

»Könntest du das bitte etwas anders ausdrücken?«

Sie gingen schweigend nebeneinander her und richteten den Lichtstrahl auf die Wände zu beiden Seiten. Er konnte sich nicht daran erinnern, daß die kleine Höhle in Mississippi auch nur annähernd so ausgesehen hatte wie diese hier; im Gegenteil, er erinnerte sich daran, daß diese Exkursion damals ihn ziemlich gelangweilt hatte. Die lebhafteste Erinnerung an diesen Tag war das Foto, das irgend jemand von ihm und Anita Jarvis gemacht hatte, die beinahe so breit gewesen war wie der Bus. Er hatte versucht, vor der Kamera zu fliehen, aber Mrs. Jarvis hatte ihn am Ohr gepackt und zurückgerissen, während sich die anderen köstlich amüsierten. Am liebsten hätte er den Schnappschuß anschließend in hundert Stücke gerissen, aber es faszinierte ihn derart, ein Foto von sich selbst zu besitzen – und sei es auch mit Anita Jarvis zusammen –, daß er es einfach nicht über sich brachte.

»Ich habe eine Idee«, sagte sie. »Warum bleiben wir nicht stehen und knipsen das Licht aus? Ich würde schrecklich gern mal sehen, wie dunkel es wirklich hier drin ist.«

»Cynthia, Cynthia …«

»Es wird nur ein paar Sekunden dauern. Dann gehen wir, ich verspreche es.«

»Hm …«

Leuchtende, nicht identifizierbare Bilder verschwammen vor seinen Augen, wurden dann langsam blasser und ließen nur eine samtene, alles verschlingende Dunkelheit zurück.

Er glaubte, ihre Zähne klappern zu hören. »Vielleicht sollte ich das Licht wieder anknipsen.«

»Warte«, sagte er und berührte ihren Arm. »Unsere Augen fangen gerade erst an, sich an die Dunkelheit zu gewöhnen.« Schweigend standen sie nebeneinander. »Ich glaube, hier unten gibt es überhaupt kein Licht«, fügte er schließlich hinzu. »Wir befinden uns in totaler und absoluter Finsternis. Erstaunlich.«

»Unheimlich.«

»Hab keine Angst. Ich bin ja bei dir.« Er legte einen Arm

um ihre Schultern und stellte fest, daß die melodischen Laute von Wasser auf Wasser lauter als zuvor schienen.

»Ich bin froh, daß du da bist«, flüsterte sie.

»Ich werde immer da sein.«

»Wirklich? Meinst du das ernst?«

»Natürlich meine ich das ernst. Zum einen habe ich einen Schwur geleistet.«

Das Bruchstück eines Gedichtes ging ihm durch den Kopf, etwas, das, wie er glaubte, Wendell Berry geschrieben hatte: »... und stelle fest, daß auch die Dunkelheit blüht und singt.« Was hatte diese Dunkelheit hier unten in der Höhle an sich, diese ganz spezielle, beinahe greifbare Dichte der Dunkelheit und das merkwürdige Gefühl, daß er irgendwie mit ihr verschmelzen könnte?

»Warum sehen wir eigentlich das Licht vom Höhleneingang nicht?« fragte Cynthia.

»Keine Ahnung. Noch vor einer Minute haben wir in dem Licht gestanden ...«

»Wir können uns nicht völlig von dem Licht entfernt haben, das durch das Loch fiel.« Sie knipste die Taschenlampe an, deren Schein Säulen rosenfarbenen Kalksteins sichtbar machte.

»Das ist nicht der Weg, über den wir gekommen sind«, sagte sie. »Das hier haben wir noch nicht gesehen.«

»Dann müssen wir an irgendeiner Stelle falsch abgebogen sein.« Er dachte einen Augenblick lang nach, rieb sich die Stirn und fühlte sich orientierungslos. »Du bist ziemlich schnell vorangestürmt.«

»Nun, dann darfst du jetzt voranstürmen«, sagte sie gereizt.

»Okay, laß uns denselben Weg zurückgehen und genau aufpassen, wo wir hintreten.« Aber sie waren doch gerade erst denselben Weg zurückgegangen ...

Schneller als man eine Fürbitte sprechen konnte, waren sie vollkommen aus dem Konzept gebracht worden. Einen

Augenblick lang hatte er das Gefühl, als könnte er keinen klaren Gedanken mehr fassen.

Sie hatten gerade die ersten Schritte in die entgegengesetzte Richtung gemacht, als das Licht der Taschenlampe schwächer wurde, noch einmal zaghaft blinkte und dann erlosch.

»Nein«, sagte sie, als die Dunkelheit sie einholte. »Bitte nicht.«

KAPITEL 10
Die Höhle

»Bete, Timothy!«

»Tu ich ja. Geh weiter. Wir müssen irgendwann wieder zu dem Licht vom Eingang zurückkommen.«

»Bist du dir sicher?«

»Absolut.«

»Es ist so furchtbar dunkel. Hast du denn keine Streichhölzer in deiner Hemdtasche? Ich dachte, Camper hätten immer Streichhölzer bei sich.«

»Keine Streichhölzer.«

»Du darfst mich nicht verlieren, Timothy.«

»Werde ich schon nicht. Halt dich an meinem Gürtel fest, dann kommen wir schon klar. Wir müssen immer an der Wand entlanggehen…«

»Die Taschenlampenbatterie… Ich habe diese Taschenlampe nicht mehr benutzt, seit ich in das Haus nebenan eingezogen bin und der Strom ausfiel. Ich bin ein Trottel.«

»Vorsichtig. Hier ist es glatt. Fühlt sich an wie…«

»Wasser«, sagte sie. »Wir sind in Wasser getreten. Es sickert schon durch meine Tennisschuhe.«

Er blieb stehen. Sie waren vorher nicht durch Wasser gekommen. Sein Herz dröhnte wie ein alter Mastkran. Es war nicht direkt die Dunkelheit, die ihn beunruhigte. Es war das Gefühl, von allen Seiten von Kalksteinwänden umzingelt zu sein. Nein, das Schlimmste war das plötzliche Gefühl der Orientierungslosigkeit; er hatte keine Vorstellung mehr, in welcher Richtung Norden, Osten, Süden oder Westen lagen.

Es war, als hätte jemand die Rührstäbe einer Küchenmaschine in sein Gehirn hinabgesenkt und auf die höchste Stufe gestellt.

»Ich habe Angst«, sagte sie und klammerte sich von hinten an ihn. Was er auch tat, er durfte sie seine eigene Furcht nicht spüren lassen.

Am Rande seines Gesichtsfeldes flackerte so etwas wie Licht auf.

»Licht!« sagte er. »Ich habe Licht gesehen.«

»Wo? Gedankt sei Gott!«

Er blinzelte. Und blinzelte noch einmal. Aber da war überhaupt kein Licht. Er begriff, daß seine Nerven Impulse aussandten, die zu einem seltsamen, lichtähnlichen Flackern führten.

»Falsch«, sagte er. »Irgendwas ist mit unseren Augen los; sie haben sich immer noch nicht ganz an die Dunkelheit angepaßt.«

»Ach, Quatsch!« sagte sie inbrünstig.

Das Geräusch tropfenden Wassers kam von überall, beständig und unablässig, und jetzt stellte er fest, daß es auch ganz in ihrer Nähe tröpfelte.

Standen sie in einer Pfütze, über die sie auf dem Hinweg einfach hinweggetreten waren, ohne sie zu bemerken? »Warte hier«, sagte er. »Ich will mal feststellen, ob das Wasser irgendwo tiefer wird.«

»Laß mich nicht allein!«

»Ich bewege mich nur einige Zentimeter weg. Laß mich das überprüfen.«

»Ich komme mit.« Sie bohrte ihm beide Hände unter den Gürtel und klammerte sich fest.

Das Wasser wurde, als sie weitergingen, eindeutig tiefer. Dann hörte die Wand zu beiden Seiten auf, und seine Hände griffen plötzlich ins Leere. Er spürte, daß sie sich vielleicht einem großen Gewölbe am Ende des Durchgangs näherten.

»Wir kehren um«, sagte er mit gleichmäßiger Stimme.

»Wir kehren immer wieder um! Ich bin so verwirrt.«

»Halt dich an mir fest.« Lieber Gott, was war eine komplette Kehrtwendung, wenn man nichts sehen konnte? Hatte er ihre Bewegungen falsch eingeschätzt? Hatte er sich nur halb umgedreht statt ganz, so daß sie irgendwann den falschen Weg genommen hatten? Warum waren sie nicht gegen irgendwelche Wände gestoßen?

Langsam und als wären sie nur ein einziger Mensch, drehten sie sich um und gingen weiter. Er streckte die Hände aus und tastete nach der Wand, die noch vor wenigen Sekunden in seiner Reichweite gewesen war.

Da! Er spürte, wie der Schweiß über seinen Körper lief, und fröstelte dann, als die kühle Luft der Höhle über ihn hinwegstrich. »Laß deine linke Hand in meinem Gürtel und taste mit der rechten Hand nach der Wand; und nimm sie nicht runter, nicht mal für eine Sekunde. Wir werden schon wieder zu dem Licht zurückfinden, das verspreche ich dir. Es ist undenkbar, daß wir das nicht schaffen.« Seine Stimme stand kurz davor, sich in ein Krächzen zu verwandeln, und das durfte er sie nicht hören lassen. Bei ihm war Krächzen immer ein sicheres Zeichen für Niedergeschlagenheit, Zorn oder Angst, und sie wußte es.

Sie waren noch nicht lange genug hier, als daß Larry Johnson sich um sie Sorgen machen konnte. Wie er Larry kannte, dachte er wahrscheinlich, die beiden Jungverheirateten würden ein wenig Händchenhalten, und er würde ihnen reichlich Zeit dafür geben.

»Ich habe Durst«, sagte sie. »Bleib stehen, damit ich meinen Rucksack abnehmen kann. Ich glaube, ich habe da noch eine Flasche Wasser drin.«

Sie standen mit dem Rücken zu der feuchten Wand, und sie fand die Flasche und schüttelte sie. »Ist nicht mehr viel übrig. Die Taschenlampe … das Wasser. Ich kann aber auch gar nichts richtig machen.«

»Und was habe ich mitgebracht? Nichts. Alle Sonderpunkte gehen an dich.«

Sie schraubte den Verschluß auf, griff nach seiner Hand und gab ihm die Flasche.

»Nein«, sagte er. »Du zuerst.«

»Ich finde, du solltest als erster trinken, du bist der Führer.«

»Trink«, sagte er. Sie nahm die Flasche und trank und gab sie ihm dann zurück. Es war nicht mehr viel übrig, aber als er die Flasche geleert hatte, fühlte er sich frischer.

»Wie wär's, wenn ich um Hilfe schreien würde?«

»Noch nicht. Wir finden schon nach draußen.« Wer würde sie hören, wenn sie sich die Seele aus dem Leib schrien?

»Ich habe vergessen, daß du zu den Männern gehörst, die niemals an einer Tankstelle halten würden, um nach dem Weg zu fragen.«

»Es kommen keine Tankstellen mehr«, bemerkte er unlogisch. »Nur Läden, in denen man Hot Dogs und T-Shirts kaufen und sein eigenes Benzin zapfen kann.«

»Wir sollten uns die Seele aus dem Leib schreien. Irgend jemand wird schon nach uns suchen, Timothy. Sie werden uns hören.«

Er stopfte die leere Flasche in ihren Rucksack. »Spar dir den Atem. Wir sind erst zehn Minuten hier drin.« Waren es wirklich zehn Minuten? Oder zwanzig? Eine Stunde? Er konnte seine Armbanduhr nicht sehen. Er hatte nie eine Uhr mit beleuchtetem Zifferblatt gekauft, weil er es für eine überflüssige Ausgabe hielt. Wer wollte schon im Dunkeln wissen, wieviel Uhr es war, es sei denn, nachts im Bett? Und zu diesem Zweck stand auf seinem Nachttisch eine Uhr mit beleuchtetem Zifferblatt.

»Ich finde es schrecklich hier«, flüsterte sie. »Einfach grauenhaft. Wir sind schon klatschnaß.«

Seine unausgesprochenen Gebete waren verworren und hektisch gewesen; er mußte damit aufhören, tief durchatmen und sich einfacher ausdrücken. Er schlang die Arme um sie, und sie erkannte sofort die Bedeutung seiner Berührung und legte den Kopf an den seinen.

»Vater, deine Kinder sind in eine unangenehme Situation hineingeraten, und wir sind verwirrt. Du kennst den Ausweg. Bitte zeig ihn uns. In Jesu Namen.«

»Amen!« sagte sie und drückte seinen Arm.

»So ist es richtig.«

Er wollte noch einen Augenblick lang stehenbleiben, sich sammeln, ein Gefühl für diesen Ort bekommen. Vielleicht würde ihnen das helfen, vielleicht würden sie auf diese Weise auf eine Idee kommen, was sie als nächstes tun sollten. Sie waren schließlich wie zwei kopflose Kinder in die Höhle gestürmt, dann in Panik geraten und nun vollkommen verwirrt.

Ruhig. Immer langsam. Das war ganz gewiß die Antwort.

Er holte tief Luft. »Das ist übrigens genau die Art, wie viele Menschen ihr Leben leben ...«

»Wie meinst du das?«

»Ohne jemals irgend etwas zu wissen, im Dunkeln und ständig darauf angewiesen, etwas erraten zu müssen. Das ist das Schlimmste, das Ratenmüssen.«

»Du bist immer bei der Arbeit, mein Liebster.«

»Stoff für Predigten gibt es überall«, sagte er.

»Da wir gerade vom Raten sprechen – du hast bisher nur rumgeraten, was den Rückweg zum Eingang betrifft, ja?«

Wozu lügen? »Ja.«

Sie schwieg eine Weile. »Wir können unmöglich weit entfernt sein. Es sah alles so einfach aus, als wir reinkamen, nicht mehr als ein langer Raum mit diesem Kuppeldach und der Vase.«

»Richtig«, sagte er. »Wir können uns nicht mehr als ein paar Meter vom Eingang entfernt haben. Wenn er eine Schlange wäre, würde er uns beißen.«

»Sind wir in diesem komischen Gewölbe nach links oder nach rechts abgebogen?«

»Nach rechts. Dann sind wir um die Ecke gegangen und da war der Dinosaurierbrustkorb ...«

»Der Dinosaurierbrustkorb war vor dem Gewölbe.«

Er zwang sich ganz bewußt, nicht zu seufzen, und legte ihr den Arm um die Schultern. »Nehmen wir mal die nächste Episode auf die Hörner, Puppe.«

»Wie redest du denn?«

»Das ist Dooleys neue Fremdsprache, neben Französisch. Laß uns ein paar Mal tief Luft holen und dann weitergehen.«

»Ich habe das Gefühl, als lauerte hier jedes Kriechtier, das Gott je geschaffen hat.«

»Alles, was hier drin lauert, ist blind – falls dich das irgendwie tröstet.«

»Blind?«

»Alle Geschöpfe, die in Höhlen leben, sind blind.«

»Das ergibt einen gewissen Sinn, denke ich. Ich meine, was würde es den Tieren nutzen, wenn sie etwas sehen könnten?«

»Ich habe das in der siebten Klasse gelernt, als wir eine Busfahrt zu einer heimischen Höhle machten. An dem Teich mit den blinden Forellen wollte ich Justine Ivorys Hand nehmen, aber ich hab mich nicht getraut.«

»Du wolltest in der siebten Klasse Händchenhalten?«

»Du nicht?«

»Absolut nicht. Ich habe mich in der fünften Klasse in Russel Lowell verliebt, mir das Herz brechen lassen und bis zur High School nicht mal mehr an Jungen gedacht.«

»Ein ganz anderer Fall als bei mir ...«

Er stellte sich vor, wie Larry genau in diesem Augenblick in diese Richtung rannte, mit dem ganzen Rudel im Schlepptau. Hatte Bo nicht gesagt, die Höhle sei unheimlich? Und groß? Und die Öffnung halb von Büschen verdeckt? Das würde sich für Larry Johnson, der eine ganze Menge über die Gegebenheiten des Waldes wußte, gar nicht gut anhören.

Andererseits, was war, wenn die Jungen nicht mehr zur Höhle zurückfanden?

»O lieber Gott, Timothy! Ekelhaft! Abscheulich! Nimm es weg!«

»Was?« fragte er mit hämmerndem Herzen.

»Mir ist etwas auf den Kopf gefallen, o bitte, o nein, es läuft meinen Hals runter, oh, nimm es weg ...!«

»Wasser«, sagte er stoisch, als er spürte, wie ihm ein dicker Tropfen auf den Kopf platschte und seinen Rücken hinunterlief.

»Bist du dir sicher? Fühl mal meinen Rücken.«

Das Wasser war mit solcher Wucht aufgeschlagen, daß es aus großer Entfernung kommen mußte. »Wasser«, sagte er noch einmal und strich ihr feuchtes Hemd glatt.

»Timothy, wir müssen hier raus, wir können nicht einfach rumstehen und über die siebte Klasse plaudern!«

»Hast du nicht gesagt, du hättest zwei Schokoriegel in deinem Rucksack?«

»Snickers. Zwei Stück.« Sie wandte ihm den Rücken zu, und er griff in den Rucksack, wo er sich um die Farbstifte, den Malblock, die nutzlose Taschenlampe und ein Paar Socken herumtastete, bis er sie in ihrer Unterwäsche eingerollt entdeckte.

Er wußte nicht, warum die Erinnerung gerade in diesem Augenblick an die Oberfläche kam, aber ihm fiel Miss Sadies Geschichte wieder ein, wie sie in den Brunnen gestürzt war; sie hatte von der Dunkelheit erzählt, von ihrer furchtbaren Angst und der langen Nacht, in der es wegen des Regens niemandem bestimmt zu sein schien, sie zu finden. Der Regen hatte ihre Spur ausgelöscht, so daß die Bluthunde ihre Witterung nicht aufnehmen konnten. Was, wenn es wieder angefangen hatte zu regnen und auch ihre Spuren ausgelöscht wurden?

Aber er machte aus einer Mücke einen Elefanten. Gütiger Gott, sie tappten hier erst seit zehn oder fünfzehn Minuten herum, und er rief bereits nach den Bluthunden.

Sein Adrenalinpegel pendelte sich wieder ein, und er fühlte sich erschöpft und wünschte sich nichts sehnlicher, als sich hinzulegen und zu schlafen. Er aß zwei Bissen von dem Schokoriegel und staunte über seine beachtliche Süße, seine Beschaffenheit und Gestalt, das interessante Knistern des Papiers und die Art, wie der Geruch der Schokolade die Dunkelheit intensivierte.

»Bitte, iß nicht das ganze Ding.« Sie hatte ihn einmal in einem diabetischen Koma erlebt, und das war schon einmal zu oft gewesen.

Also steckte er den Rest des Schokoriegels in ihren Rucksack. Er fühlte sich vollkommen benebelt. Bevor der Zucker in seinen Blutkreislauf gelangt war, konnte er nicht weitergehen.

»Ich möchte weiter«, sagte sie ungeduldig.

»In welche Richtung?«

»Von mir aus gesehen nach rechts. Das ist die Richtung, in die wir gingen, als wir stehenblieben, um über unsere frühen Liebeserfahrungen zu sprechen.«

»Da sind wir aber nach links gegangen, von dir aus gesehen. Ich war vor dir, weißt du noch?«

»Ich dachte, ich wäre vorgegangen. Nein, warte. Das war davor.«

»Vertrau mir. Wir gehen in diese Richtung. Nimm meinen Gürtel und halte dich fest.«

»Ich glaube, es ist langsam Zeit zu schreien. Ich denke, wir sollten einmal schreien, dann zehn Schritte gehen und wieder schreien und so weiter, bis jemand kommt oder wir das Licht sehen.«

»Na, viel Spaß«, sagte er angespannt.

Sie schluckte den letzten Bissen von ihrem Snickers herunter und stieß dann ein bellendes Geräusch aus, das das Kristall in ihren eigenen Vitrinen vierzig Meilen entfernt hätte splittern lassen müssen.

»Wie war das?« wollte sie wissen.

»Das Schreien ist eindeutig dein Job, falls weiteres Schreien vonnöten sein sollte.«

»Alle zehn Schritte«, sagte sie mit neuer Entschlossenheit. »Du betest und ich schreie.«

»Eine hübsche Arbeitsteilung.« Er spürte jetzt noch deutlicher die betäubende Kälte und die Feuchtigkeit seiner Kleider. Bewahrten die Franzosen nicht Wein in Höhlen auf, weil dort eine gleichmäßige Temperatur von etwa zehn Grad Celsius herrschte? Hier schien die Temperatur um den Gefrierpunkt zu liegen und immer noch weiter abzufallen.

»Fünf, sechs, sieben ...«, sagte Cynthia.

Sein Fuß traf ins Leere. Er machte einen wilden Satz nach links, schlug mit dem Kopf gegen einen scharfen Gegenstand und fiel der Länge nach hin.

War es Blut oder Schlamm oder die Feuchtigkeit, die alles in dieser elenden Höhle bedeckte?

Blut. Eindeutig. Er spürte das scharfe Brennen, als er mit den Fingern über die Wunde strich.

»Ist alles in Ordnung mit dir?« Er hörte die Angst in ihrer Stimme.

»Alles bestens. Ich habe mir nur den Kopf angeschlagen.« Er hatte Mühe, wieder zu Atem zu kommen.

»Laß mich dir helfen ...«

»Rühr dich nicht von der Stelle!«

Ihre Stimme schien von irgendwo über ihm zu kommen. Er streckte die Hand aus, aber da war wiederum nichts als Luft, bis er gegen einen flachen Stein stieß. Dann schob er die Hand millimeterweise über die Kante und fand schließlich die Spitze ihres Schuhs. »Du stehst auf einer Art Vorsprung. Tritt ein Stück zurück und reg dich nicht auf.«

»Timothy ...«

»Keine Panik. Mir geht es gut. Ich sage dir, wir müssen jetzt ganz in der Nähe des Eingangs sein; du wirst schon sehen, wir sind im Nu hier raus. Bleib ganz ruhig.«

»Komm, ich gebe dir die Hand.«

»Du bleibst schön, wo du bist.«

Er klammerte sich an den Vorsprung und hievte sich hoch.

Er war nur einen guten halben Meter tief gestürzt – Gott sei Dank.

Lieber Gott, du weißt, daß ich in mehr als einer Hinsicht vollkommen im Dunkeln tappe. Ich habe nicht die leiseste Ahnung, wo wir sind oder was wir tun sollen. Ich weiß, daß du da bist, ich weiß, daß du mir antwortest, also gib mir irgendein übernatürliches Zeichen …

Er stand auf, lehnte sich gegen die Wand, griff nach seiner Frau, fand ihren Ärmel und nahm ihre Hand. Er hatte jedes Zeitgefühl verloren. Denn tausend Jahre sind vor dir wie der Tag, der gestern vergangen ist, und wie eine Nachtwache … Lernte er jetzt ein Stück von Gottes eigenem Zeitgefühl kennen?

»Ich werde noch mal schreien.«

»Nein«, sagte er kategorisch.

»Warum nicht, Timothy? Man wird uns suchen. Wenn ich nicht schreie, finden sie uns nie …«

»Dreh dich um.«

»Ich soll mich umdrehen? Schon wieder? Wir haben uns jetzt so oft umgedreht, daß ich überhaupt nicht mehr geradeaus denken kann. Wir haben uns um- und umgedreht, bis uns ganz wirr im Kopf geworden ist!«

»Das hier ist jedenfalls nicht der richtige Weg; er endet im Nichts.«

Er ging um Cynthia herum, und sie schob beide Hände in seinen Gürtel.

Der Zucker tat langsam seine Arbeit. Als er an der Wand entlangging und seine Frau an seinem Gürtel hing wie ein Güterwaggon an der Lokomotive, fühlte er sich plötzlich siegessicher.

Er ging jetzt schneller, ohne die Hände auch nur einen Augenblick von den nassen Wänden zu beiden Seiten zu nehmen. So. Das war schon besser, sein Adrenalinspiegel stieg.

»Wir haben's geschafft!« schrie er triumphierend. Er hob

die Hand und wischte das Blut weg, das ihm ins linke Auge lief. Ein Taschentuch. In seiner Tasche. Er nahm es, ohne stehenzubleiben, heraus und tupfte sich die Stirn ab.

Als er es wieder in die Tasche steckte und nach der Wand zu seiner Linken tasten wollte, griff er ins Leere.

»Warum bleibst du stehen?« fragte sie.

»Die Wand auf der linken Seite hat gerade aufgehört. Vielleicht ist da noch ein Durchgang. Vielleicht ist das der Weg, den wir gekommen sind, bevor ich gestürzt bin. Halt dich fest, wir gehen rückwärts.«

Er machte zwei Schritte nach hinten, fand die Wand auf der linken Seite und untersuchte sie mit der Hand. Endete sie abrupt oder wölbte sie sich?

Sie wölbte sich. Es war eine ziemlich sanfte Wölbung. Wenn sie durch diesen Gang zu der Stelle gekommen waren, an der sie jetzt standen, war es leicht möglich, daß sie einfach um die Kurve zu ihrer rechten Seite gegangen waren, bis er von dem Vorsprung gestürzt war.

Konnte er Cynthia allein hier zurücklassen und den Gang erkunden? Vielleicht brauchte er nur ein paar Schritte um die Ecke zu machen und würde das Licht vom Eingang sehen. Was war, wenn sie beide diesen Gang erkundeten? Sie konnten bis zum Jüngsten Tag durch irgendwelche Gänge stolpern. Wer hätte gedacht, daß ein so unschuldig aussehendes Loch in einem Hügel in ein so unaussprechlich kompliziertes Gewirr von Gängen führen konnte …

Brei. Sein Gehirn bestand aus Brei.

»Wir müssen noch mal stehenbleiben«, sagte er.

»Warum denn schon wieder? Du hast gesagt, wir würden jetzt hier rausgehen.«

»Tun wir auch. Aber wir müssen stehenbleiben und nachdenken, und zwar genau hier, wo diese beiden Gänge zusammenlaufen. Wir müssen nachdenken.«

Sie setzten sich mit dem Rücken zur Wand, und er legte den Arm um sie und zog sie an sich. Er spürte den kühlen, glitschigen Schlamm unter ihnen, scherte sich aber nicht weiter darum.

In seinem ganzen Leben war er noch nie mit einer derartigen Situation konfrontiert gewesen. Er war nie im Krieg gewesen, er war nie in Gefahr gewesen, er war nie in den Wald gegangen, um von Beeren zu leben, wie Pfarrer Roland es einmal getan hatte. Nein, er hatte ein behütetes Leben geführt, ein Leben der Seele und des Geistes – und was nutzte ihm das alles, wenn es darum ging, sich in der rauhen Wirklichkeit zurechtzufinden?

Annähernd vierzig Jahre hatte er nun darauf verwandt, anderen Menschen zu sagen, wie man im Licht lebt, und da saß er nun und hatte sich in einem komplizierten Labyrinth tief unter der Erde verirrt, in totaler, verheerender Dunkelheit.

Ohne daß er hätte erklären können, warum er jetzt daran dachte, fiel ihm jener Sommerabend ein, an dem sein Vater ihn ins Haus rief; es war der Abend gewesen, an dem die Kette gerissen war und er sein Fahrrad zu Fuß von Tommy nach Hause geschoben hatte.

»Timothy.« Das Küchenlicht war hinter seinem Vater, so daß seine Silhouette sich an der Fliegentür abzeichnete. Er hatte aufgeblickt und große Angst gehabt, denn die Silhouette seines Vaters war irgendwie übermächtig geworden.

»Ja, Sir?«

»Komm her und sag mir, warum.«

Komm her und sag mir, warum. Diese Bemerkung würde er nie vergessen. Was sollte sie bedeuten? Er wußte, es hatte etwas damit zu tun, daß er niemals etwas richtig machen konnte. Er hatte dort gestanden, wie angewurzelt und unfähig, den Schritt durch die Tür zu tun.

Sein Vater hatte die Fliegentür geöffnet und festgehalten, und er war hindurchgegangen.

Er sah den Ausdruck auf dem Gesicht seiner Mutter. »Schlag ihn nicht, Matthew.«

»Du weinst ja«, flüsterte Cynthia und wischte ihm die Tränen von der Wange. Es war ihm nicht bewußt gewesen, daß er geweint hatte, bis sie sein Gesicht berührte. Es war, als stünde er neben sich und sähe zwei Menschen auf dem Boden der Höhle sitzen und einander in den Armen halten.

»Mein Liebster ...«, flüsterte Cynthia und streichelte seine Hand.

Der Teil von ihm, der neben ihm stand, war gedemütigt, weil der Priester zusammengebrochen war. Ein Priester, der unter Druck so reagierte, war ein Priester, der nichts richtig machen konnte.

»Ich mache nichts richtig«, stieß er hervor, als wiederhole er eine ungeschriebene Liturgie.

Eine ungeschriebene Liturgie. All diese Jahre hatte er nur die schriftlich niedergelegte Liturgie ausgesprochen, während darunter ...

»Allmächtiger Gott, dir stehen alle Herzen offen, dir sind alle Wünsche bekannt und vor dir ist kein Geheimnis verborgen ...«

Ich kann nichts richtig machen.

»Heiliger und barmherziger Vater, der du uns in deiner unendlichen Liebe geschaffen hast ...«

Ich kann nichts richtig machen.

»Es ist alles meine Schuld«, sagte sie. »Ich habe darauf bestanden, daß wir hierherkamen, ich habe uns in diesen Schlamassel hineingebracht und eine Taschenlampe mitgenommen, die nichts taugt ... Du darfst dir keine Vorwürfe machen.«

Er wollte nicht weinen, aber er konnte nicht dagegen an; er hatte plötzlich das Gefühl, aufgebrochen worden zu sein.

»Es tut mir leid«, sagte sie. »Bitte, verzeih mir.«

»Er konnte nichts tolerieren, das nicht perfekt war.«

»Wer, mein Liebster? Wovon ...«

»Deshalb war er auch so furchtbar wütend, wenn etwas kaputtging. Es mußte sofort repariert oder weggeworfen werden. Wir standen unter einem furchtbaren Druck, weil wir stets dafür sorgen mußten, daß nichts zerbrach, daß alles wie neu blieb. Einmal ist Mr. Burtons Trecker auf der Straße, die von unserem Haus wegführte, liegengeblieben … Mr. Burton hat ihn von der Straße runtergeschoben und tagelang auf dem Feld stehenlassen. Mein Vater ist kein einziges Mal an diesem Trecker vorbeigegangen, ohne über die Unfähigkeit des Besitzers zu schimpfen.«

»Ah«, sagte sie leise.

»Ich kann nicht in Ruhestand treten«, erklärte er. Warum hatte er das gesagt?

»Sag mir, warum nicht.«

»So wie die Dinge sind, geht alles seinen Gang. Ich versuche, es richtig zu machen, Cynthia. Ich kann jetzt nicht einfach aufhören.«

»Aber du hast doch alles richtig gemacht, Timothy.«

Er wollte nicht beschwichtigt werden. Er rückte ein Stückchen von ihr ab, und sie saß schweigend da.

Er tat ihr weh, er spürte es, aber hier, in dieser totalen, sinnbenebelnden Dunkelheit, brachte er einfach nicht die notwendige Kraft auf, sich darum zu kümmern. Da draußen im Licht, da draußen, wo sein Amt und seine Kirche waren, konnte er immer alle Kraft aufbieten, die notwendig war, um Anteil zu nehmen.

»Hör mir zu, mein Liebster, und hör gut zu.« Er hatte schon früher einmal Messer in ihrer Stimme gehört, damals, als er sich vor ihrer Hochzeit von ihr zurückgezogen hatte. Auch jetzt waren es Messer, die er hörte, aber sie steckten in der Scheide, und er lehnte den Kopf an die kalte Wand und schloß die Augen.

»Ich habe siebzehn Jahre lang mit Elliott gelebt und immer versucht, alles richtig zu machen. Als ich versuchte, mir das Leben zu nehmen und es nicht funktioniert hat, da habe ich gedacht: Nicht einmal das kann ich richtig machen. Elliott war nie für mich da, kein einziges Mal – er war damit beschäftigt, mit anderen Frauen Kinder zu zeugen und auf seine eigene verworrene Art zu versuchen, alles richtig zu machen. Während dieser langen Monate, in denen ich mich auf dem Land im Haus einer Freundin erholte, hat Gott auf eine Art und Weise zu meinem Herzen gesprochen, wie er das noch nie zuvor getan hatte. Nein. Streich das. Er hat mir die Fähigkeit geschenkt, ihm auf eine Weise zuzuhören, wie ich vorher nicht zuhören konnte.

Er hat mich wissen lassen, daß es sehr gefährlich ist, immer alles richtig machen zu wollen, Timothy, und daß es ihm nicht gefällt.«

Da, wo das Blut geronnen war, pochte eine Ader an seinem Kopf. »Wie meinst du das?«

»Ich meine, daß es *Gottes* Aufgabe ist, die Dinge absolut richtig zu machen.«

Die Kälte drang durch seine Haut, und er fühlte sie langsam bis ins Mark. Außerdem spürte er den Verlust ihrer lebendigen Wärme, obwohl sie direkt neben ihm saß. Er zog sie an sich, nahm ihre Hände, schob sie unter sein Hemd und hielt sie fest. Sie zitterte.

»Muß ich dich daran erinnern, daß unsere Zukunft Gott gehört und nicht dir? Bitte, schließ dein Tor auf, Timothy. Laß es von den Angeln schwingen, wenn du willst. Die Frage unserer Zukunft muß uns absolut aus den Händen genommen werden; diese Dinge zu entscheiden, ist nicht an uns.«

Er lächelte in der Dunkelheit. »Halten Sie mir keine Predigt, Mrs. Kavanagh.« Die Tränen waren versiegt, aber er spürte eine wunde Stelle in sich, die ihm kleinkindhaft erschien, wie etwas, das frisch aus dem Ei geschlüpft war.

Er stand auf und half ihr auf die Beine. Seine Glieder waren steif, aber er fühlte sich gestärkt.

»Ich glaube, ich sollte mir jetzt mal diesen Gang vornehmen. Ich gehe nur so weit, daß du noch nach mir rufen kannst, das verspreche ich. Vielleicht sehe ich das Licht, vielleicht ist das der richtige Weg…«

»Laß mich nicht allein, Timothy.«

»Ich verspreche, daß ich nicht außer Hörweite gehe...«

»Ich komme mit.«

»Ich meine, du solltest hierbleiben und als Kompaß dienen. Wenn ich nichts herausfinde, komme ich sofort zurück. Wir sind nicht weit von der Öffnung entfernt, wir *können* einfach nicht mehr weit entfernt sein. Außerdem kenne ich Larry, und er wird sich langsam Sorgen machen, vielleicht ist er sogar schon stocksauer auf uns. Aber wie auch immer...«

»Timothy...«

»Ja?«

»Du hast deine Ängste, ich habe meine. Laß mich nicht allein.« Er hörte die Panik in ihrer Stimme.

»Aber ich weiß nicht, was uns in diesem Gang erwartet; warum sollten wir beide das Risiko eingehen?«

»Du könntest kopfüber in Gott weiß was hineinstürzen; du würdest vielleicht nicht...«

»Was würde ich vielleicht nicht?«

»Du würdest vielleicht nicht zurückkommen.«

»Natürlich komme ich zurück. Ich taste vor jedem Schritt, den ich mache, den Boden ab.«

»Nimm mich mit. Zusammen sind wir stärker, klüger. Wenn wir nur irgend etwas hätten, das wir hinter uns herstreuen könnten, wie Brotkrümel. Allerdings könnten wir sie ja ohnehin nicht sehen...«

Warum hatten sie nicht irgend etwas am Eingang der Höhle zurückgelassen, irgendein Zeichen, daß sie hier hineingegangen waren, wie die fast leere Wasserflasche oder die Verpackung eines Schokoriegels? Ein solches Zeichen hätte sagen können: »Wenn ihr das hier findet, sind wir immer noch hier drin. Sucht uns.«

Ruhig bleiben hieß die Devise. Sie konnten nicht jeden Gang entlangstürmen, der sich vor ihnen auftat. Licht! Wenn er nur die winzigste Flamme hätte, den Hauch einer Lichtquelle, würde er vor Dankbarkeit auf die Knie sinken.

In ihm war Leben; und das Leben war das Licht der Menschen. Und das Licht leuchtet in der Dunkelheit und die Dunkelheit konnte es nicht besiegen …

Er weigerte sich, diese undurchdringliche, greifbare Dunkelheit zu fürchten. Soweit er wußte, hatte Gott mit seinem Werk nicht vor Höhlen haltgemacht. Er hatte nicht gesagt, ich bleibe bei dir, solange du nicht irgendeine Torheit begehst, wie dich in einer Höhle zu verirren, du armer Einfaltspinsel. Er hatte vielmehr gesagt: Ich werde dich nie verlassen. Basta.

»Vertrau auf Gott!« platzte er, an seine Frau gewandt, heraus.

»Halten Sie mir keine Predigt, Pfarrer Kavanagh. Ich vertraue ja auf ihn, um Himmels willen. Gehen wir nun, oder gehen wir nicht?«

»Wir gehen. Laß uns den ersten Teil dieses Gangs erkunden. Ich werde keinen Schritt tun, ohne vorher den Boden zu erproben. Außerdem lasse ich die linke Hand auf der Wand und strecke die rechte vor mir aus. Halt dich an mir fest. Und keine Fahranweisungen vom Rücksitz, wenn's recht ist.«

Sie schoben sich vorsichtig um die gewölbte Kalksteinmauer mit ihren vorspringenden Formationen herum.

»Die Blumen mir zu Füßen seh ich nicht«, murmelte sie, »Noch welch ein Weihrauch an den Zweigen hängt. Doch was der scheue Balsam leis verspricht. Der reiche Mai erfüllt's, erfüllt's und schenkt … Wer hat das gesagt?«

»Will Rogers!«

Sie lachte. »Versuch's noch mal.«

»Joe DiMaggio?«

»Keats!«

»Aha.«

»Wie geht es da vorne?«

»Hm. Immer dasselbe. Aber kein Schlamm. Fühlt sich an, als gingen wir über trockenen Ton. Erinnert dich das vielleicht an irgendwas, was uns auf dem Hinweg begegnet ist?«

»Keine Ahnung«, sagte sie. »Die verschiedenen Wege, die

wir genommen haben, haben sich in meinem Gehirn zu einer Tasse Gulaschsuppe verquirlt.«

Das Gefühl der Platzangst war stärker denn je, als seine ausgestreckte rechte plötzlich auf einen Widerstand traf. Es war eine Wand aus reinem Kalkstein mit... Er strich mit seinen kalten Fingern darüber, wie ein Blinder vielleicht eine Skulptur begutachtete... mit einer Schwellung auf der Oberfläche.

Es war vielleicht eine dieser Säulen, etwa in der Art eines riesigen Elefantenrüssels. Er wandte sich langsam nach rechts und ertastete die Wand mit den Händen. Noch mehr Säulen.

Die Säulenwand, die er gefunden hatte, machte eine Kehre um hundertachtzig Grad.

Es dauerte einen Augenblick, bis er ihr sagte, was keiner von ihnen beiden wissen wollte:

Sie waren in eine absolute Sackgasse geraten.

KAPITEL 11

Von der Finsternis ins Licht

Er fühlte sich, als hätten die Schaltkreise in seinem Gehirn endgültig ihren Dienst quittiert.

Keine Logik, keine Vernunft, kein gesunder Menschenverstand hatte ihnen geholfen, den Eingang zu finden. Jede Abzweigung war eine falsche Abzweigung gewesen. Jede Entscheidung fruchtlos. Es war zum Verrücktwerden.

Lieber Gott! Was jetzt?

Die Dunkelheit schien sich wie ein schwerer Vorhang auf seinen Verstand herabzusenken.

»Wenn wir auf demselben Weg zurückkehren, auf dem wir gekommen sind«, sagte er und zwang sich, rational zu denken, »kommen wir wieder an die Stelle zurück, an der wir gesessen haben. Wir wissen, daß es nicht richtig war, nach rechts zu gehen; das ist die Stelle, an der ich über den Vorsprung gefallen bin. Also, gehen wir wieder zurück und wenden uns dann nach links.«

Sie zitterte, als er ihr den Arm um die Schultern legte.

»Wir können nicht weit vom Eingang entfernt sein«, sagte er. »Wir werden ihn finden, ich verspreche es. Außerdem wird Larry sich das nicht mehr lange mit ansehen. Du darfst nicht den Mut verlieren.«

Sie schob die Hände in seinen Gürtel, und sie traten den Rückweg an.

Er war es so elend leid, dieses endlose Umhertasten in der Finsternis. Wo, in Gottes Namen, blieb überhaupt Larry? Vielleicht angelte er gerade und gab mit seiner Fliegenwurfmethode an, die er auf einem seiner verflixten Kurse gelernt hatte?

Sein Durst ließ sich immer weniger ignorieren, und ihm wurde bewußt, wie verführerisch das Tröpfeln des Wassers klang. Er sah sie schon auf Händen und Knien liegen und eine Pfütze auflecken wie Barnabas und Violet. Aber was konnte das Wasser alles enthalten? Welchen Schaden konnte Kalkstein im menschlichen Körper anrichten, welche Wirkung hatten Algen oder Larven, die vielleicht im Wasser lauerten?

»Ich habe solchen Durst«, sagte sie, als könne sie seine Gedanken lesen. »Sind wir bald da?«

»Ich glaube, die Wand wölbt sich langsam ein wenig.« Würden sie die Wölbung wiedererkennen, die Stelle, an der sie gesessen hatten, oder würden sie immer weiter nach rechts taumeln, bis er wieder über den Felsvorsprung fiel? Lieber Gott, warum hatten sie die Stellen, an der sie gesessen hatten, nicht markiert, irgend etwas dort zurückgelassen, an dem sie sich hätten orientieren können?

»Hier. Ich glaube, hier sind wir richtig.« Das war doch die dünne Schlammschicht, auf der sie gesessen hatten, nicht wahr? Etwas gurgelte unter seinen Schuhen. In diesem Augenblick warmer Vertrautheit hätte es ein Licht im Fenster sein können, so hell und freundlich erschien ihm dieses Geräusch.

»Was machen deine Füße?«

»Tiefgefroren«, sagte sie.

»Wir gehen nach links. Halt dich an mir fest.«

»Bist du dir sicher? Weißt du genau, daß das der richtige Weg ist?«

»Ganz genau.« Er wußte es nicht genau.

Bis auf die Zeit, die sie an der Mauer gesessen hatten – wann war das gewesen, wie lange war das her, zwanzig Minuten? –, bis auf diese Zeit waren sie ständig auf den Beinen gewesen, hatten gegen ihre Angst angekämpft und sich bemüht, etwas Logik in dieses sinnverwirrende Durcheinander zu bringen. Seine Knie fühlten sich schwach an, oder waren es die betäubende Kälte und die Feuchtigkeit, die ihnen bis auf die Knochen drangen und ihre Schritte verlangsamte?

Endlich. Gott sei Dank waren sie wieder in einem Durchgang, dessen Wände er zu beiden Seiten berühren konnte!

»Bald«, sagte er und hörte die Verzweiflung in seiner Stimme, »bald werden wir am Eingang sein. Wir sind nur ein paar Mal falsch abgebogen.«

»Gewiß.«

Er hörte den Widerhall der Verzweiflung in ihrer Stimme.

Er versuchte nicht einmal, sich vorzustellen, wieviel Zeit inzwischen verstrichen war.

Er lehnte sich gegen den Tagesrucksack, benutzte ihn als Isolationsschicht zwischen seinem Rücken und der feuchten Kälte der Mauer und hielt seine Frau fest zwischen den Beinen.

Sie hatten sich durch einen endlosen, mit Felsbrocken und niedrigen Kalksteinablagerungen übersäten Durchgang getastet, in dem sie sich die Knie angeschlagen hatten und er zweimal der Länge nach hingefallen war. An einer Wasserlache blieben sie stehen und trafen die Entscheidung, nicht weiterzugehen.

»Ich finde, wir sollten abwarten«, sagte er, während er langsam von der Lache zurücktrat. »Wir müssen uns ausruhen. Sie werden uns schon finden.« Wieviel weiter hatten sie sich in ihrem Bemühen, den Ausweg zu finden, in die Höhle hineinbegeben?

Sie sagte nichts.

Erschöpft saßen sie abseits des Wassers unter einem Vorsprung und beteten schweigend.

Er hatte das Gefühl, als wären sie zu einem Teil der Höhle geworden. Die feuchte Kälte hatte sich so gründlich ihrer beider Körper bemächtigt, daß ihr Nervensystem nur noch unendlich langsam zu funktionieren schien. Es war nicht kalt genug, um zu erfrieren, überlegte er, aber die Kälte genügte im Verein mit der Dunkelheit immer noch, um alle Gliedmaßen zu betäuben – ganz zu schweigen vom Geist.

Sie lehnte sich mit dem Rücken an seine Brust und rieb ihm Beine und Knöchel, während er ihre Schultern und Arme massierte, um sie zu wärmen.

Seine Kehle war wie ausgedörrt, als wären sie durch die Wüste gewandert. Konnte er nicht vielleicht mit einer Hand Wasser schöpfen und es mit der anderen nach etwas Lebendigem absuchen? Er wollte keinen Wurm verschlucken, oder was sonst in diesen Gewässern leben mochte, und obwohl seine Frau bisher meist ruhig geblieben war, würde es die Dinge wohl kaum verbessern, wenn sie irgend einen zappelnden Organismus durch die Zähne schlürfte.

Was war überhaupt los in der Welt, in der es den Menschen freistand, sich zu bewegen, Bäume anzusehen und den Klang anderer menschlicher Stimmen zu hören? Die Kinder hatten die Höhle nicht finden können, dessen war er gewiß. Außerdem regnete es mit ziemlicher Sicherheit wieder, so daß keine Spuren von ihrer Witterung auf dem Boden verblieben waren.

Wassertröpfchen platschten in die Pfützen, platsch, platsch, platsch. Er verspürte eine jähe Atemnot und einen peinigenden, heißen Durst.

Er setzte sich auf, zog den Rucksack zu sich heran, griff hinein und fand die Flasche. Daneben fand er die beiden weichen Bündel, die sie neben ihren Bleistiftkasten gepackt hatte. Socken!

»Hier, zieh die an«, sagte er und reichte ihr ein Paar.

Er hatte große Mühe, die Füße aus den Schuhen zu ziehen, da er kaum noch Gefühl darin hatte. Erfreulich war, daß seine Socken dank des Geldes, das er in die Stiefel investiert hatte, trocken geblieben waren. Ihre Socken dagegen waren klatschnaß. »Zieh beide Paar an«, sagte er.

»Nein, Liebster. Du …«

»Bitte hör auf deinen Priester.«

Sie zog seine Füße zu sich auf den Schoß und massierte sie energisch, bevor sie ihm die Socken wieder überzog. Dann rieb sie sich die eigenen Füße und zog schließlich die trockenen Socken an. »Himmlisch«, murmelte sie.

»Ich hole Wasser«, sagte er.

»Aber …«

»Wie schlimm kann es schon sein?«

Sie dachte einen Augenblick lang nach. »Vielleicht könnten wir etwas Wasser mit der Hand aufschöpfen und fühlen, ob irgendwas drin ist.«

»Was auch immer.«

»Laß mich nicht allein!«

»Es ist doch gleich da drüben, um Himmels willen.«

»Gleich da drüben? Was ist gleich da drüben? Wir dachten, der Eingang sei gleich da drüben.«

»Cynthia …«

»Ich komme mit.«

»Na, dann halt dich fest.«

Sie krochen das kurze Stück bis zu der Wasserlache, tasteten sich voran, den Geruch feuchter Erde in der Nase.

»Es riecht sauber«, sagte er. »Das muß man dieser Höhle jedenfalls lassen. Und die Luft … kein Niesen, keine laufende Nase, keine tränenden Augen.«

»Keine Abgase, keine Pollen!« gab sie den Ball zurück.

Er ließ die Hand auf den Rand der Pfütze klatschen. Dann rollte er seinen schlammbesudelten Ärmel auf, streckte die Hand ins Wasser und erkundete dessen Tiefe. Der Boden fiel steil ab. Gott sei Dank waren sie nicht hineingestolpert.

»Kannst du fühlen, ob sich etwas bewegt?«

Er fühlte nichts dergleichen. Er schöpfte mit beiden Händen Wasser auf und begann tollkühn davon zu trinken. Lieber Gott! Süß. Süß wie Zucker! In einem herrlichen, heilenden

Strom rann es seine Kehle hinab. Er schöpfte noch mehr Wasser und trank abermals davon.

»Es ist in Ordnung, du kannst es trinken! Schieb dich ganz nahe an den Rand heran, aber sei vorsichtig, diese Pfütze könnte ziemlich tief sein.«

Er spritzte sich mit dem Handrücken Wasser in den Mund. Dann beugte er sich über die Pfütze und trank ohne jedes weitere Zaudern, spürte die mentholhaltige Kühle des Wassers auf seinem Gesicht und die Tropfen, die ihm von oben auf den Rücken klatschten.

»Oh«, sagte sie nur und weinte vor Erleichterung, während sie trank.

Es war, als hätte Gott sie berührt und neue Hoffnung in ihnen geweckt.

Sie krochen wieder zu ihrem Rucksack zurück, und er kehrte mit der Flasche zu der Pfütze zurück, füllte sie, schraubte den Deckel zu und tastete sich wieder zu der Stelle hinüber, an der Cynthia saß.

»Soll ich wieder anfangen zu schreien?«

»Gönn dir eine kleine Erholungspause, und dann kannst du weitermachen«, sagte er.

»Ich meine es ernst, Timothy. Wenn uns jemand sucht, wäre es eine große Hilfe für den Betreffenden.«

»Nun ja …«

Er hielt sich die Ohren zu, und sie schrie.

»Gut gemacht!«

»Ich nehme die Schreierei jetzt wieder auf, ganz egal, was du sagst.«

»So sei es«, sagte er. »Komm, wärmen wir uns aneinander.«

Sie kroch zu ihm hinüber und ließ sich, nachdem sie die eigenen Beine bis ans Kinn hochgezogen hatte, von seinen Armen und Beinen umfangen.

»Gott sei Dank kümmern sich Sophia und Liza um Barnabas«, überlegte er. »Wahrscheinlich führt er sie gerade in diesem Augenblick um das Stadtdenkmal herum.«

»Und Liza findet es herrlich!«

»Es gefällt mir, wie du riechst«, sagte er und begrub das Gesicht in ihrem Haar. Selbst an diesem dunklen, feuchten Ort, der nur nach Erde stank, inhalierte er einen Hauch von Blauregen.

»Erzähl mir etwas.«

»Was?« fragte sie.

»Warum hast du so große Angst, allein gelassen zu werden?«

Es folgte ein langes Schweigen. Er lauschte dem melodischen Tröpfeln des Wassers und bot all seine Disziplin auf, um der schieren Panik auszuweichen, die unter der Oberfläche seiner äußerlichen Gelassenheit lag. Sie sollten den Weg ins Freie suchen, sollten irgendeiner Strategie folgen, auf die er sich anscheinend nicht besinnen konnte. Aber nein, es hatte sie nicht weiter gebracht, blind durch die Höhle zu stolpern; er mußte mit allem, was er hatte, gegen die Angst kämpfen und genau da bleiben, wo sie waren, bis Hilfe kam.

»Weil ich immer von irgend jemandem allein gelassen worden bin. Von meiner Mutter und meinem Vater... und dann von Elliott.«

»Erzähl mir davon.«

»Nun, weißt du...« Sie zögerte und fuhr dann fort: »Ich erinnere mich an einen Tag, als ich in der vierten Klasse war und meine Eltern mich nach der Schule abholen sollten. Nur... daß sie nicht kamen.«

»Überhaupt nicht?«

»Ich habe vor dem Gebäude gewartet, bis alle Busse abgefahren waren, und Miss Phillips ist bei mir geblieben. Bis auf uns beide waren alle schon fort, und wir gingen dann wieder hinein und standen in meinem Klassenzimmer am Fenster und warteten darauf, daß sie vorgefahren kämen.«

Sie zitterte leicht.

»Sie... sind nie gekommen. Miss Phillips rief wieder und wieder bei uns zu Hause an, aber es ging niemand an den

Apparat, daher hat sie mich schließlich mit zu sich nach Hause genommen.«

Er küßte sie aufs Haar.

»Miss Phillips hat weiter zu Hause angerufen, aber es war einfach niemand da, und ich erinnere mich daran, daß sie mir überbackene Käsesandwiches und heiße Schokolade gemacht hat. Schließlich habe ich dann meine Hausaufgaben erledigt, und wir sind ins Bett gegangen. Ich habe auf ihrem Sofa geschlafen, und ihre Katze hat sich neben mir zusammengerollt; es war ein Kater, und er hieß Alexander, nach Alexander dem Großen. Am nächsten Morgen sind wir dann aufgestanden, ich habe meine Kleider vom Vortag wieder angezogen, und wir sind in die Schule gegangen, und ich hatte Angst, alle Leute würden wissen, daß ich nicht zu Hause gewesen war, daß Mutter und Vater… In der Pause sagte Miss Phillips, meine Mutter habe angerufen, um zu sagen, daß sie…«

Er wartete.

»… aufgehalten worden seien.«

Das Wasser tropfte überall um sie herum auf den Boden, und er war dankbar für den Felsvorsprung, der sie trocken hielt.

»Ich weiß nicht, warum ich mich ausgerechnet an dieses Ereignis erinnere.«

»Ich werde dich nie allein lassen«, sagte er und hielt sie fest.

»Nicht einmal, um einen Durchgang zu erkunden?«

»Nicht einmal dafür«, sagte er.

Sie war in seinen Armen eingeschlafen, und er saß mit offenen Augen da und blickte starr geradeaus, weil er das Licht nicht verpassen wollte, wenn es kam.

Das Gefühl der Panik war wundersamerweise von ihm abgefallen, und an seine Stelle war ein seltsamer und überraschender Friede getreten. Irgendwie hatte er keine Angst mehr vor dieser Höhle. Er konnte warten.

Eine Zeile von Roethke ging ihm durch den Kopf: In einer dunklen Zeit beginnt das Auge zu sehen.

Es war, als schwebte er durch den Raum, und jede Sorge, die er hatte, schrumpfte zu einem Nichts. Was für Sorgen hatte er überhaupt? Es waren nur wenige. So wenige. Wen scherte es schon, wo im Haus der Hoffnung die Wäscheschränke untergebracht wurden? Draußen im Licht hatten solch banale Dinge ihm viel mehr am Herzen gelegen, genauso wie es ihm am Herzen gelegen hatte, daß Sadie Baxter ihre Autoschlüssel endlich an den Nagel hängte, daß Buck Leeper mit seinem Schöpfer ins reine kam, daß Dooley Barlowe erwachsen wurde und ein Leben führte, das ihm niemand nehmen konnte, ganz gleich, was geschah.

Er hatte es sich zu Herzen genommen, daß die Kapelle Unseres Herrn siebentausend Dollar zuwenig in ihrem Budget hatte und daß zwei Familien, die er besonders mochte, zu den Presbyterianern gegangen waren und er nicht begreifen konnte, warum. Es war seine Aufgabe, sich um diese Dinge zu sorgen, aber hier in dieser unaussprechlichen Dunkelheit begriff er langsam, daß Gott sich noch mehr sorgte.

Ob Tim Kavanagh sich um irgend etwas sorgte, darum ging es schließlich gar nicht, und ob Tim Kavanagh irgend etwas unter Kontrolle hatte, darum ging es noch viel weniger. Gott hatte alles unter Kontrolle – fest und endgültig und absolut –, und das war etwas, das er nun zum ersten Mal auch mit dem Herzen begriff und nicht nur mit dem Kopf.

Er spürte, wie er lächelte, und staunte über das Lachen, das in ihm aufstieg, wie eine Quelle, die in ein Feld sickerte, durch das der Pflug gezogen worden war.

Aber er wollte sie nicht wecken, um nichts in der Welt, und so zwang er das Lachen zurück und spürte, wie seine Wärme sich wie die Glut eines Kohlenstücks in ihm ausbreitete.

»Vater?« flüsterte er.

Komm herein und sag mir, warum …

»Ich liebe dich«, hörte er sich sagen. »Ich verzeihe dir. Es ist alles gut.«

Cynthia murmelte im Schlaf, und die Woge unaussprechlicher Zärtlichkeit, die in ihm aufwallte, war anders als alles, was er je zuvor empfunden hatte.

Er spürte, daß alles möglich war – obwohl er keine Ahnung hatte, was das bedeutete oder wohin es führte.

Vielleicht war er ebenfalls eingeschlafen und träumte.

Aber es war kein Traum.

Er hörte es wieder – eine Art Schnaufen oder Wuffen. Wie erstarrt setzte er sich auf, voller Angst, er könne es sich nur eingebildet haben.

Wuff, wuff!

»Es ist Barnabas!« rief er. Es war die gewaltige Stimme eines Wurlitzers. Es war die Stimme von Engeln hoch oben im Himmel, es war sein Hund!

Er hörte sich schreien, in seltsamen Einklang mit Cynthias trommelfellzerreißendem Gebrüll; ihre Stimmen erhoben sich zu einer einzigen freudigen Schmähung der uranfänglichen Finsternis.

Die Grubenlampe, die an seinem Halsband befestigt war, warf ein wildes Wechselspiel von Licht und Schatten auf die Mauern, während Barnabas jeden unbekleideten Teil ihrer beider Körper leckte und nur innehielt, um die Rettungsmannschaft mit seinem Gebell zu sich zu rufen.

Schließlich tauchten auch die Gesichter von Larry Johnson und Joe Joe Guthrie unter Helmen mit Grubenlampen auf.

»Gott sei gelobt; sind Sie in Ordnung?« brüllte Joe Joe und stolperte vor Erleichterung über das lange Seil, das sie an Barnabas' Halsband befestigt hatten.

»Uns geht es gut! Bestens!« rief der Pfarrer.

»Ich könnte Ihnen in den Hintern treten«, sagte Larry Johnson im Brustton der Überzeugung.

Sie stolperten durch die Öffnung in das Licht, das von einem Ring von Laternen und dem Aufblitzen von J. C. Hogans Nikon kam.

J. C. ging, als sie aus der Höhle traten, rückwärts vor ihnen her, machte Nahaufnahmen und landete schließlich mit lautem Krachen im Gebüsch.

Cynthia, die von Kopf bis Fuß mit Schlamm bespritzt war, umarmte mehrere Mitglieder der überglücklichen Jugendgruppe und rief: »Halleluja!«

»Wie spät ist es?« fragte der Pfarrer.

»Zehn Uhr!« verkündete Bo Derbin, der stolz darauf war, gefragt zu werden. »Wir dachten, daß vielleicht Indianer in dieser Höhle leben und Sie skalpiert oder zu ihren Sklaven gemacht hätten.«

Mule Skinner kam mit einer Laterne auf sie zu. »Himmel hilf, da haben Sie sich aber ganz schön den Schädel aufgeritzt! Ich hoffe, Sie schaffen die zwei Meilen Fußweg hier raus; wir müssen Sie ins Krankenhaus schaffen.«

»Uns geht es gut«, sagte er. »Nichts weiter passiert!«

»Falls Sie in wirklich schlechter Verfassung gewesen wären, hätten wir per Funk einen Hubschrauber gerufen«, sagte ein Polizist, den die verpaßte Gelegenheit zu enttäuschen schien.

All das Aufhebens, das man um sie machte, demütigte ihn zutiefst. Cynthia und er hatten nicht nur den Campingausflug ruiniert, sie hatten auch noch die Polizei auf den Plan gerufen und die Presse, die nun obendrein noch zwei Meilen durch unwegsames Gelände humpeln mußte.

»Höhle!« sagte Larry Johnson. »Mehr brauchte ich gar nicht zu hören. Ich habe Ihnen eine Stunde gegeben, dann haben wir mit der Suche begonnen. Wir haben gerufen und gebrüllt, sind dann ein kleines Stück weit reingegangen und haben da ein wenig herumgestochert, aber nicht einmal mit einer Laterne und einer Taschenlampe konnte man weit sehen. Ich bin dann zum Lieferwagen gegangen, zum nächsten Telefon gefahren und habe Rodney angerufen.«

»Ich war gerade auf einen kleinen Plausch auf dem Revier, als Larry anrief«, sagte Mule. »Ich hab denen dann erzählt, daß mein Daddy sich mal in einer Höhle in Kentucky verirrt hat und daß sie ihn wahrscheinlich nie gefunden hätten, wenn sie nicht seinen Hund hinter ihm her geschickt hätten. Also hat Rodney seine Truppe zusammengerufen, ist zu Ihrem Haus gefahren und hat Barnabas geholt.«

»Ein Geniestreich.«

Larry trat dicht an den Pfarrer heran. »Ich erzähle es Ihnen ja nur äußerst ungern«, sagte er leise, »aber Rodney hat draußen vor Farmer eine falsche Abzweigung genommen, und die ganze Bande ist zwei Stunden lang wie die Völker Israels durch die Gegend geirrt.«

»Wir sind Barnabas gefolgt, so gut es ging«, sagte Joe Joe. »Nach dem Weg zu schließen, über den er Sie aufgespürt hat, müssen Sie rumgelaufen sein wie zwei Hühner mit abgeschlagenen Köpfen.«

»Erzählen Sie mir mehr darüber«, sagte der Pfarrer.

»Im übrigen«, informierte Cynthia J. C., »war es eine sehr interessante Erfahrung. Tut mir leid, daß wir Sie so erschreckt haben.«

»Wollen Sie mein letztes Päckchen Erdnußbutter?« wandte Lee Lookabill sich ritterlich an Cynthia.

»Wenn du es zuerst durchknetest, werde ich es essen«, sagte sie. »Ich hätte nie gedacht, daß ich mal so tief sinken würde.«

Rodney Underwood sah den Pfarrer streng an und zog seinen Waffengurt hoch. »Ich weiß nicht, wann ich das letzte Mal meine Zeit mit einem Mann vertrödelt habe, der sich in einer Höhle verirrt hatte. Deshalb habe ich erst mal mit dem Bezirkssheriff geredet, und der sagte, diese Höhle sei absolut unerforscht.«

»Jetzt nicht mehr«, sagte Mule und grinste stolz.

Emma Newland fällte ihr Urteil.

»Wer freiwillig einen Fuß in eine Höhle setzt, verdient es nicht besser, als sich zu verirren!«

»Es war eine sehr interessante Erfahrung«, zitierte er seine Frau.

»Interessant? Mit Fledermäusen, die einem um den Kopf schwirren.«

»Fledermäuse haben wir keine gesehen.«

»Keine Fledermäuse? Aber genau da leben Fledermäuse doch – in Höhlen!«

»Tut mir leid, damit kann ich nicht dienen«, sagte er.

Es war schon ein erhebendes Gefühl, nur durch die Tür des Pfarrhauses zu treten. Ihm war, als sei er aus dem Grab zurückgekehrt, als habe man ihm die ganze atemberaubende, lebendige Energie eines jeden Fitzelchen Grüns geschenkt, das er vor sich sah.

Er war dem Grab entronnen, und sein Geist fühlte sich neu belebt. In gewisser Weise war es sein eigenes Ostern.

»In einer Höhle verirrt?« fragte Bill Sprouse, der ihm auf dem Weg zur Grillstube begegnete. »Was für eine Predigt, Bruder, was für eine Predigt!«

»Für Sie«, sagte Percy, »gibt's das Sonderangebot einen Dollar billiger.«

»Warum das?« Er begegnete Percys Sonderangeboten mit einer gesunden Portion Skepsis.

»Sie haben sich in einer Höhle verirrt! Sie sind ein toller Kerl!«

Er grinste. »Ein toller Kerl, wie? Na, dann bringen Sie mir mal das Sonderangebot.«

»Velma«, rief Percy seiner Frau zu, »der Pfarrer nimmt das Sonderangebot! Kaffee geht aufs Haus.«

»Was, ah, ist denn heute das Sonderangebot?« erkundigte er sich.

»Gegrillte Hornkröte auf einem Bett von frischem Senfgrün«, verkündigte Percy mit feierlicher Miene.

»Na, dann geben Sie mir wenigstens einen Spritzer Salsa dazu«, erwiderte der Pfarrer.

Percy krümmte sich vor Lachen und schlug sich auf die Schenkel. Die Woche, die Percy und Velma im vergangenen Sommer in Hawey verbracht hatten, wirkte offenkundig immer noch Wunder, was Percys Sinn für Humor betraf.

»Sie haben sich in einer verdammten Höhle verirrt?« brüllte Dooley ins Telefon.

»Total!« Soweit es Dooley Barlowe betraf, würde er nur mit der schnöden Wahrheit durchkommen. »Vollkommen!«

»Total, vollkommen verirrt? Mann!«

»Willst du es irgendwann auch mal probieren?«

»Was? Mich in einer Höhle verirren? Ne, is nich.«

»Du weißt nicht, was du da verpaßt«, sagte er.

»Hat die Cynthia Angst gehabt?«

»Furchtbare Angst.«

Dooley kicherte. »Und Sie? Haben Sie auch Angst gehabt?«

»Was denkst du?«

»Ich denke, Sie haben geschlottert vor Schiß, das denke ich.«

»Du hast den Nagel auf den Kopf getroffen, Kumpel.«

Dooley Barlowe hörte sich so an, als wälzte er sich vor Lachen über den Boden. Vielleicht – nur vielleicht – war es eine Entschädigung für diese erbärmliche Erfahrung, Dooley lachen zu hören.

Einen Dollar Preisnachlaß für eine Kröte, die sich am Ende als Thunfischsalat erwies, und einen tosenden Lachanfall von Dooley Barlowe ...

Nicht schlecht, für ein paar Stunden, die man durch die Finsternis getaumelt ist.

Als er um halb sechs zu Hause ankam, glaubte er, nie in seinem Leben einen ähnlich verführerischen Duft wahrgenommen zu haben, obwohl mit seinem Magen irgend etwas eindeutig nicht ganz in Ordnung war.

»Lammkeule!« rief Cynthia.

»Mann!« Manchmal blieb einem nichts anderes übrig, als Dooley Barlowe zu zitieren.

»Und glasierte Möhren und Bratkartoffeln mit Rosmarin …«

»Die Pforten des Himmels.«

»Mein Liebster«, sagte sie und schlang ihm die Arme um den Hals, »irgend etwas ist anders an dir …«

»Was? Vielleicht Erschöpfung, weil ich nur vier Stunden geschlafen habe.«

Sie küßte ihn aufs Kinn. »Nein. Ich meine etwas, das tiefer geht, ich weiß aber nicht, was es ist.«

»Etwas Gutes, will ich doch hoffen.«

»Ja. Etwas sehr Gutes. Ich kann nicht direkt den Finger drauflegen. Oh. Ich habe etwas vergessen – es gibt noch Salat mit Orange und Schalotten, und dazu dein Lieblingsdressing.«

»Aber warum das alles?«

»Weil du so tapfer warst, als wir uns in dieser schrecklichen Höhle verirrt haben.«

Die Entschädigung verbesserte sich von Minute zu Minute. Er strich ihr das Haar aus dem Gesicht und küßte sie auf die Stirn. »So schrecklich war es gar nicht.«

»Timothy …«

»In Ordnung«, sagte er, »ich war halb verrückt vor Angst.«

Sie lachte. »Das wußte ich!«

»Wußtest du nicht.«

»Doch.«

»Nein.«

»Wollt ihr zwei Hübschen euch etwa in die Haare kriegen?« Und Onkel Billy spähte durch die Fliegentür.

»Noch nicht«, sagte der Pfarrer. »Kommen Sie rein und setzen Sie sich!«

»Ich hab mich hier runtergeschleppt, um Ihnen meinen Zehnten zu bringen, da Rose ständig an mir rumnörgelt, weil ich das Geld zwischen den Zeitungen aufbewahre. Sie hat schon einen ganzen Stapel auf der Suche nach dem Geld durchgesehen, können Sie sich so was vorstellen? Es ist ein Skandal, was ein Mann mit 'nem bißchen was Barem alles auf sich nehmen muß, wie?«

»Ich habe da keinen Schimmer, Onkel Billy, da ich nie über viel Bares verfügt habe.«

»Ich höre, Sie und Ihre Frau hätten sich in 'ner Höhle verirrt. Ich hab mich als Junge auch mal in 'ner Höhle verirrt. Das vergißt man im Leben nich. Diese Indianer, die einst durch die Berge gewandert sind, die kannten die Höhlen wie ihre Westentaschen, in- und auswendig, aber der weiße Mann kann kaum einen Schritt weit gehen, wenn ihm nicht helles Tageslicht ins Gesicht scheint.«

»Und das ist eine Tatsache«, sagte er.

»Ich höre, Ihr Hund hätt' Sie da rausgeholt, sonst wäret ihr zwei beiden da bis Weihnachten festgesessen.«

Barnabas, der unter dem Küchentisch lag, schlug mit dem Schwanz auf den Boden.

»Er ist der Mann der Stunde, stimmt«, sagte der Pfarrer und trat hinaus. »Er hat die Leute direkt zu uns geführt, fast eine viertel Meile weit in die Höhle hinein. Es war drei Uhr, als wir heute morgen endlich im Bett lagen.«

»Ich hoffe, ihr habt kein Wasser getrunken, so lange ihr da drinnen wart.«

»Warum nicht?«

»Mann, dieses Höhlenwasser kann einem ganz schön zusetzen. Es macht einen nicht sofort fertig, dauert vielleicht 'ne Weile, aber geben Sie diesen Höhlenbazillen ein bißchen Zeit, und ehe Sie sich's versehn …« Der alte Mann schüttelte grinsend den Kopf.

»Onkel Billy, würden Sie uns einen Gefallen tun?« fragte Cynthia durch die Fliegentür.

»Wenn es irgend jemand gibt, dem ich gern einen Gefallen tu, dann euch.«

»Würden Sie bitte diesen schönen, frischen Schokoladenkuchen mitnehmen, den Esther heute mitgebracht hat? Wir können keinen Bissen davon anrühren; wir müßten ihn wegwerfen.«

»Ach, du liebe Güte!« sagte Onkel Billy, den dieser Gedanke sichtlich erschütterte. »Ich und die Rose, wir nehmen euch den Kuchen gerne ab, wenn wir euch damit helfen.«

»Gedankt sei Gott!« sagte sie, als Onkel Billy sich mit seinem in Folie eingewickelten Päckchen wieder auf den Weg gemacht hatte. »Wenn er es nicht genommen hätte, hätte ich das ganze Ding aufgegessen! Ich hätte mich einfach damit vollgestopft.«

»Noch mal davongekommen«, sagte er und spürte, wie sein Magen sich zusammenkrampfte.

Sie setzte sich plötzlich auf einen Küchenstuhl.

»Was ist los? Du bist so weiß wie ein Bettlaken.«

»Keine Ahnung. Oje. O nein!« Sie sprang von ihrem Stuhl auf und rannte, die Hände auf den Bauch gepreßt, den Flur hinunter zum Gästebadezimmer.

Sein eigener Magen stieß ein lautes, nachdrückliches Gurgeln aus und signalisierte, daß es sich auch in seinem Fall um einen Notfall handelte.

»Höhlenbazillen!« rief er und rannte die Treppe hinauf.

Hund Rettet Pfarrer Und Ehefrau
Vierzehn Stunden Verirrt
In Versteckter Höhle

Er blickte auf die letzte Ausgabe der *Muse* hinab.

Daß Cynthia Kavanagh atemberaubend aussah, selbst wenn sie von Kopf bis Fuß mit Schlamm beschmiert war, war keine Überraschung ...

Was ihn selbst betraf, hatte sein Gesicht eine merkwürdige Ähnlichkeit mit einer Rübe, die jemand gerade aus dem Boden gerissen hatte. Und es kam noch schlimmer. Das Foto, auf dem sie aus der Höhle herausgetaumelt kamen, war aus solcher Nähe aufgenommen worden, daß er das Weiß in seinen eigenen Augen sehen konnte. Kein hübscher Anblick.

Das Foto von Barnabas dagegen war aus solcher Entfernung geknipst worden, daß man den Eindruck gewinnen mußte, ein Backenhörnchen habe das Rettungsteam angeführt.

Er hauchte seine Brille an, wischte sich die Gläser an dem Aufschlag seines alten burgunderroten Bademantels ab und überflog den Artikel.

Er hatte nicht behauptet, daß sie fossile Überreste eines Dinosauriers gefunden hätten, geschweige denn, eine Vase in einem Gewölbe.

Und auch J. C.s Andeutung, sie hätten die ganze Zeit herumgesessen, Süßigkeiten gegessen und auf Rettung gewartet, versetzte ihn nicht gerade in Begeisterung.

Jedenfalls machte er sich im Geiste eine Notiz, einige weitere Ausgaben der Zeitung für Walter und Katherine und eine für Pfarrer Roland in Kanada zu erstehen, die allesamt die offenkundig irrige Ansicht vertraten, er führe ein idyllisches und ereignisloses Leben.

Um fünf Uhr rief die Bürgermeisterin an und bat ihn, auf der Stelle ins Krankenhaus zu kommen, wo Puny bereits starke Wehen hatte. Sie machten sich ernste Sorgen.

Er war kaum in den verlassenen Korridor getreten, als Schwester Herman ihn auflas und zum Entbindungszimmer führte.

»Ich kann da nicht reingehen«, sagte er.

»Warum nicht?« fragte Schwester Herman. »Alle anderen tun es auch. Es ist der neueste Schrei, eine Geburt mitzuerleben.«

Was konnten sich die Leute nur dabei denken, rumzustehen und zuzusehen, wie Babys zur Welt kamen, als sei das Ganze eine Art Fernsehshow? Hatten die denn nichts anderes zu tun, wie zum Beispiel den Rasen zu mähen oder sich ihren Lebensunterhalt zu verdienen?

»Außerdem möchte die Bürgermeisterin, daß Sie beten«, sagte Schwester Herman.

Er fuhr sich mit den Fingern in den Kragen, der ihm plötzlich zu eng erschien. »Das kann ich auch auf dem Korridor tun!«

Esther Cunningham öffnete die Tür und schob den Kopf hindurch. »Da sind Sie ja endlich!« fuhr sie ihn an, als hätte er Stunden gebraucht, um ihrem Ruf Folge zu leisten. »Eins ist gerade rausgekommen; es ist ein Mädchen. Jetzt geht es weiter.«

Schwester Herman schob ihn ins Zimmer, wo er Joe Joe bei Puny sitzen sah, deren schweißnasses rotes Haar sich über das Kissen ergoß. Joe Joes Mutter, Marcie Guthrie, stand auf der anderen Seite des Raums und hielt sich die Hände vors Gesicht, verfolgte die Vorgänge jedoch durch die Finger. Am Waschbecken säuberte eine Krankenschwester einen rothaarigen Säugling, der nach Kräften schrie.

»Pressen!« sagte Joe Joe.

»Beten!« sagte die Bürgermeisterin.

»Atmen!« sagte Dr. Wilson.

»Oh, Gott!« sagte Marcie Gathrie.

Der Mann der Bürgermeisterin, Ray, stützte sich zittrig und mit einem Ausdruck gequälten Entsetzens auf dem Gesicht auf einen Stuhl.

»Ray ist solchen Dingen nicht gewachsen«, sagte die Bürgermeisterin, »aber es ist der letzte Schrei, und er hält sich gern auf dem laufenden.«

Der Pfarrer fand, daß das ganze Ereignis große Ähnlichkeit mit einem Grillfest im Wahlkampf hatte.

»Da kommt es!« rief Esther.

»Halleluja!« jubilierte Marcie.

»Es ist ein Mädchen!« verkündete der Arzt.

»Fangen Sie ihn auf!« rief Schwester Herman, als der Pfarrer zu Boden sank.

»Sissy und Sassy?« fragte er nach.

»In Wirklichkleit heißen sie Kaitlin und Kirsten«, sagte Puny und strahlte dabei übers ganze Gesicht. »Aber wir haben beschlossen, sie Sissy und Sassy zu nennen.« Sie hielt einen Säugling in jedem Arm. Die ganze Truppe hatte dicke rote Haarschöpfe, wie er sie noch nie zuvor im Leben gesehen hatte.

»Welche ist denn hm, ehm, Sissy, und welche ist ...«

»Das«, sagte Puny und zuckte mit der rechten Schulter, »ist Sissy. Und das«, sagte sie und zuckte mit der linken Schulter, »ist Sassy. Sie werden schon lernen, die beiden auseinanderzuhalten, wenn sie mit mir zur Arbeit kommen.«

»Lassen Sie sich ruhig Zeit damit«, sagte er aufrichtig. »Das hat keine Eile. Warum nehmen Sie sich nicht einen Monat – oder zwei! – frei, wir kommen schon zurecht!«

Puny sah ihn mit großen Augen an. »Wenn ich ein oder zwei Monate aussetzen würde, könnten wir nie im Leben unsere Rechnungen bezahlen! Sie wissen doch, daß wir dieses Badezimmer angebaut haben? Es hat viertausend Dollar gekostet und das ohne Toilette! Gott allein weiß, wann wir uns eine Toilette leisten können!«

»Aha.«

»Ich habe gehört, Sie wären ohnmächtig geworden, als Sassy rauskam!«

»Totaler Blackout«, sagte er grinsend. Wenn Schwester Herman ihn nicht aufgefangen hätte, hätte er sich auf dem gefliesten Fußboden womöglich den Schädel gebrochen.

»Machen Sie sich keine Gedanken wegen der Hausarbeit«, beruhigte Puny ihn. »Ich bin in zwei Wochen wieder da, so gut wie neu.«

Er betrachtete die junge Mutter und ihre kleine Brut und verspürte eine heiße Zuneigung für diese junge Frau, die sein Heim und sein Herz übernommen hatte und das alles zu seiner allergrößten Erleichterung.

»Sie sind die Beste, Puny Guthrie.«

»Als allererstes backe ich Ihnen einen großen Maiskuchen«, sagte sie und lächelte glücklich.

Er hatte noch nie zuvor eine Toilette gekauft, aber nach einigen Diskussionen über hölzerne Klobrillen, Plastikklobrillen oder weiche Klobrillen und über neue ökonomische Wasserbehälterkapazitäten entschied er sich für ein Standardmodell und ließ es, um die Liefergebühren zu sparen, in zwei Kisten in seinen Kofferraum packen. Dann fuhr er es zu dem kleinen Cottage der Guthries, wo er die Kisten mit nicht unerheblichen Schwierigkeiten aus dem Wagen und auf die Veranda wuchtete und das Ding mit Hilfe seines Autowerkzeugs gleich an Ort und Stelle montierte.

Als er davonfuhr, konnte er nicht umhin, zu bemerken, daß die Toilette durchaus das gewisse Etwas hatte, wie sie dort auf der Veranda stand.

Er setzte sich im Bett auf und lauschte. War das der Wind? Die Schatten an der Decke bewegten sich nicht.

Im Flur knurrte Barnabas.

»Was ist denn?« fragte Cynthia.

»Ich habe etwas gehört.«

Sie setzte sich ebenfalls auf.

Jemand klopfte an die Tür. Barnabas stürmte die Treppe hinunter und blieb dann bellend in der Diele stehen.

Als er seinerseits in die Diele kam, knipste er das Verandalicht an, nahm seinen Hund am Halsband und öffnete die Tür.

Solange er lebte, würde er nie vergessen können, was er in diesem Augenblick sah.

Es war ein Mädchen, das erkannte er an dem langen, blonden Haar, das ihm über die Schultern fiel, aber das Kind war so brutal geschlagen worden, daß sein Gesicht kaum noch zu erkennen war.

»Gütiger Gott!« sagte er.

Sie fiel ihm in die Arme, und er sah den Blutfleck in ihrem Haar.

Es war das Mädchen, das vom Baum gesprungen und zu Absaloms Füßen gelandet war, das Mädchen, das die Farne gestohlen hatte und vor ihm davongelaufen war.

KAPITEL 12
Lace

Barnabas bellte wie verrückt, während Lacey Turner sich an Pfarrer Tim lehnte, um nicht hinzufallen. »Ich muß mich irgendwo hinlegen.«

Er umfaßte ihre Arme und zog sie in den Flur. »Es ist alles gut«, sagte er mit hämmerndem Herzen. »Ich habe dich.«

»Halten Sie diesen Hund da fest.«

Cynthia erschien oben an der Treppe. »Wer ist da gekommen?«

»Es ist ein Mädchen. Sie ist schwer verletzt. Bring Barnabas in die Garage.«

»Gütiger Gott!«

»Ich gehe mit ihr ins Arbeitszimmer.«

Ihre Knie gaben unter ihr nach, und er machte Anstalten, sie aufzufangen. »Mein Rücken! Nicht anfassen!« rief sie. »Legen Sie mich irgendwo hin.« Der flehentliche Ausdruck auf ihrem Gesicht zerriß ihm schier das Herz.

»Leg deinen Arm um meine Schulter«, sagte er, »ich stütze dich.«

»Geht nicht. Reißt mir den Rücken auseinander.«

Mit vereinten Kräften manövrierten er und Cynthia sie durch den Flur und ins Arbeitszimmer. »Loslassen ... tut weh«, murmelte Lacey durch ihre aufgeschwollenen Lippen.

Während seine Frau hastig eine alte Decke übers Sofa breitete, wurde er sich des starken Geruchs nach Blut und Körperausdünstungen bewußt – und nach etwas gänzlich

Undefinierbarem, bei dem sich ihm der Magen zusammenzog. Er spürte, daß es der Geruch der Gewalt selbst war.

»Legen Sie mich langsam hin.«

»Richtig. Ganz langsam.«

Sie fluchte, als wir ihr aufs Sofa halfen. »Nicht auf den Rücken!« sagte sie. »Auf die Seite.«

Das Blut auf ihren Armen war verkrustet, aber aus der Verletzung an ihrem Kopf schien frisches Blut zu sickern, das ihren Scheitel verfärbte.

»Ich rufe Hoppy an«, sagte er. »Sie braucht einen Arzt.«

»Bloß keinen Arzt!« schrie Lacey und versuchte, den Kopf zu heben. »Rufen Sie keinen Arzt, ich brauche keinen ...«

»Du bist schlimm verletzt ...«

»Ich war schon schlimmer dran und bin auch nicht gestorben.«

»Du könntest innere Verletzungen haben.«

»Hab ich aber nicht. Ich kenne mich. Wenn Sie einen Arzt rufen, gehe ich. Waschen Sie mich ab und schmieren Sie mir etwas Salbe auf den Rücken.«

»Kannst du das?« fragte er seine Frau.

»Ja«, sagte sie. Sie sah blaß aus. »Hol mir heißes Wasser und Seife und saubere Lappen – die alten Windeln, die ich zum Silberputzen nehme. Und bring das Superoxyd mit – und das Verbandszeug.«

»Wird erledigt«, sagte er, bevor er zutiefst erschüttert das Zimmer verließ.

Sic saßen im Arbeitszimmer. Nur eine einzige Lampe brannte in der Dunkelheit.

Cynthia hatte Laceys Wunden ausgewaschen und geduldig die Fasern ihres Hemdes aus dem rohen Fleisch auf ihrem Rücken gezogen. Sie hatte nur einmal aufgeschrien, als das Superoxyd auf die angeschwollenen Wunden gestrichen wurde, und keinen Muckser von sich gegeben, als Cynthia eine Antibiotikasalbe auftrug und Verbände anlegte.

Er machte einen starken schwarzen Tee mit Zucker und

Zitrone, und Cynthia löffelte ihn auf Laceys Zunge, wobei sie sorgfältig ihre aufgedunsenen Lippen mied. Dann half sie ihr, sich wieder auf die Seite zu legen und deckte sie mit einer leichten Decke zu. Sie schwieg; man hörte nur gelegentlich, wie sie scharf die Luft durch die Zähne einsog.

Er hatte sich einen Hocker dicht ans Sofa gezogen, sah seine Frau an und sah das Leiden in ihrem eigenen Gesicht. Fast jeder konnte sie zu Tränen rühren oder zum Lachen bringen, da sie für die Gefühle anderer Menschen so offen war wie eine weit aufgesperrte Tür.

»Du bist hier in Sicherheit«, sagte sie zu Lacey. »Ich möchte, daß du das weißt.«

Das Mädchen nickte.

»Wie bist du auf uns gekommen?«

»Der alte Prediger Greer. Ich hab ihn hier neulich auf der Straße getroffen. Er sagte, wenn ich irgendwann mal schlimm verletzt würde, soll ich zu dem Prediger mit dem Kragen laufen; er würde Kinder bei sich aufnehmen.«

»Wußtest du«, fragte der Pfarrer, »daß der Prediger mit dem Kragen derselbe war, der dich in den Farnen gesehen hat?«

»Ich hab Prediger Greer gesagt, ich könnte nicht zu Ihnen gehen, weil Sie mich beim Stehlen erwischt hätten. Er sagte, ich soll's trotzdem tun; Sie würden mir schon helfen.«

»Es war sehr tapfer von dir, mitten in der Nacht in ein fremdes Haus zu kommen«, sagte Cynthia.

»Ich hatte Angst vor Papa; es war egal, wo ich mich verstecken konnte. Prediger Greer hätte mich bestimmt nicht belogen, also bin ich gekommen. Früher bin ich immer zu Witwe Fox gegangen, aber die ist jetzt im Altersheim. Sie dürfen niemand sagen, daß ich hier war, sonst verhaut mein Papa mich noch schlimmer.«

»Warum hat dein Papa dich denn verhauen, Lacey?«

»Ich werde nicht Lacey genannt. Nur Lace.«

»Also gut, Lace«, sagte Cynthia. »Warum hat dein Papa dich verhauen?«

»Weil er betrunken war, und man kann nicht mit ihm reden, wenn er betrunken ist. Ich weiß es eigentlich besser, ich hätt' mich unterm Haus oder sonstwo verstecken sollen, aber er ist so schnell ins Haus gekommen, da konnte ich nichts mehr machen. Ich hab aufgehört, Farne und Rhododendronbüsche auszugraben, das war der Grund. Er hat gesehen, daß mein Sack leer war. Ich hab schon zwei oder drei Mal fürs Stehlen Buße getan und damit aufgehört, und jedes Mal hat er mich schlimm verhauen.

Ich und Jess, wir müssen zusammen fünfundzwanzig Farne und sechzehn Rhododendronbüsche die Woche ausgraben, wenn das Wetter gut ist, und ich war mit meiner Hälfte nicht annähernd fertig. Also sagte er, er würde mir die Zähne ausschlagen, damit ich nicht mehr essen kann, da ich ja auch nicht meinen Teil zum Verdienst beitrage. Dann hat er seinen Gürtel ausgezogen und mich mit der Schnalle verdroschen. Er wollte mir den Kopf einschlagen, aber ich hab ihm den Rücken hingehalten, sonst hätte er mich umgebracht.«

»Deine Mutter ... Kann sie denn nichts tun?«

»Meine Mama hat eine Blutkrankheit und kann nicht aus dem Bett. Sie liegt da und brüllt, er soll abhauen, aber er geht nicht.«

Sein Herz lag ihm wie ein Stein im Leib. »Hast du Hunger?« fragte er.

»Ich hab nichts gegessen, aber ich hab auch keinen Hunger. Mein Kopf tut furchtbar weh.«

»Die Kapseln, die ich dir gegeben habe, müßten bald wirken«, sagte Cynthia. »Lace – bitte, laß uns den Doktor holen. Wir bezahlen ihn, und dein Vater braucht nichts davon zu erfahren ...«

»Ich gehe zu keinem Arzt – nee, ganz bestimmt nicht«, sagte sie und zog scharf den Atem ein.

»Das Gästezimmer ...«, sagte der Pfarrer. »Wir könnten sie ins Bett stecken, damit sie etwas schlafen kann.«

»Ich kann nicht schlafen. Wenn's hell wird, muß ich wieder zu Hause sein.«

»Du darfst nicht wieder nach Hause gehen. Du bist nicht in der Verfassung ...«

»Ich muß meiner Mama zu essen geben, sie nimmt von niemand sonst einen Bissen, außer von mir. Mein Papa, der schläft bestimmt wieder nur, und Jess macht gar nichts. Meine Mama würde sterben ohne mich, das hat sie gesagt.«

»Ich finde nicht, daß du aufstehen und irgendwo hingehen solltest«, sagte Cynthia. »Es muß doch jemanden geben, der sich um deine Mutter kümmern kann, während du ...«

»Es gibt niemanden, und ich bleibe nicht!« sagte Lace vehement. »Lassen Sie mich hier, bis ich aufstehen und wieder laufen kann, und ich will auch nicht darüber reden. Ich hasse die Leute aus der Stadt. Ich hasse sie bis aufs Blut. Sie reden alle Blödsinn.« Sie fluchte abermals, mit demselben Nachdruck, den er auch in Buck Leepers Stimme gehört hatte.

»Wir bleiben hier bei dir«, sagte Cynthia zu ihr.

So wie er letztes Jahr bei Buck Leeper geblieben war, während dieser mit sich rang.

Die Uhr tickte in dem stillen Raum, und die Zeiger näherten sich langsam der nächsten Ziffer. Es war ein Uhr morgens.

Herr, erbarme dich, betete er schweigend, Christus erbarme dich ...

Er saß bis halb sechs dösend in seinem Sessel, als er Cynthia in der Küche hörte, ihr folgte und Rodney Underwood zu Hause anrief.

Lace hatte unruhig geschlafen und gelegentlich im Schlaf gesprochen, oder sie war aufgewacht und hatte um Wasser gebeten. Kurz nach sechs hatte er ihr beim Aufstehen geholfen, und sie hatte sich auf die Kante des Sofas gehockt.

Er legte sanft die Hände auf ihren Kopf, auf die Stelle, die geblutet hatte, und betete für sie. Es war Wahnsinn, sie gehen zu lassen, aber ihre Entschlossenheit, zu ihrer Mutter zurückzukehren, war absolut und endgültig; er spürte die unverbrüchliche Kraft ihrer Entschlossenheit.

Cynthia wischte dem Mädchen mit einem feuchten Tuch das Gesicht ab, half ihr, heiße Schokolade von einem Löffel zu trinken, und kniete dann nieder, um ihr die Schuhe anzuziehen.

»Ich habe dir ein Paar Socken mitgebracht«, sagte Cynthia.

»Ich will keine Socken. Papa fragt sonst nur, wo die herkommen.«

»Dein Rücken muß eine Weile jeden Tag mit Superoxyd und Salbe behandelt werden. Kannst du herkommen, damit ich dich einreibe?«

»Ausgeschlossen.«

»Wird dein Vater wach sein, wenn du nach Hause kommst?«

»Er wird bis in den Vormittag hinein schlafen, aber meine Mama, die wird mich brauchen. Sie will bestimmt ihr Ei und Kaffee; ohne kommt sie nicht über die Runden.«

»Deine Schule … bist du schon fertig damit?«

»Ich geh nicht zur Schule. Ich bin so lange weggeblieben, daß sie mich schon suchen kamen, aber Papa hat ihnen erzählt, ich wär nach Tennessee, um bei seinen Verwandten zu leben.«

Er sah den Schmerz auf Cynthias Gesicht, als sie die Schnürsenkel ihrer zerbeulten Arbeitsschuhe verknotete. »Ich habe dir etwas zum Frühstück eingepackt. Hartgekochte Eier, Brötchen, Schinken und Obst und Käse. Du mußt essen, Lace, damit du bei Kräften bleibst.«

»Falls ich doch noch Hunger kriege …«

Sie halfen ihr auf und führten sie durch die Küche, wo er die Fliegentür für sie öffnete. »Was können wir tun?« fragte er, und seine Stimme klang heiser vor Erschütterung.

»Nichts. Ich danke Ihnen, daß Sie mich gewaschen haben und alles.«

Cynthia griff nach der Hand des Mädchens. »Komm wieder, Lace«, sagte sie.

»Jederzeit«, fügte er hinzu.

Sie sahen ihr nach, wie sie, gebeugt wie eine alte Frau, durch den Garten davonging. Sie zwängte sich durch die Hecke, die in den Baxter Park führte, und verschwand im kühlen Morgennebel.

Nachdem sie eine Weile schweigend dagestanden hatten, kehrten sie in die Küche zurück, wo sie sich Kaffee einschenkten und sich an den Tisch setzten.

Cynthia stützte den Kopf in die Hände. »Wir führen ein so behütetes Leben, Timothy … abseits des Schreckens.«

»Der Schrecken«, sagte er, »ist zu uns gekommen.«

Rodney zufolge mußte er auf dem Sozialamt zu Protokoll geben, daß Lacey Turner gesagt habe, sie werde geschlagen. Vielleicht würde man einen Polizeibeamter hinschicken, um in der Sache zu ermitteln, aber die Entscheidung darüber lag beim Sozialamt.

Als er endlich das richtige Büro in Wesley gefunden und erzählt hatte, was er wußte, sagte die Sozialarbeiterin nüchtern: »So etwas passiert ständig.«

»Wie lange wird es dauern, bis Sie der Sache nachgehen und sich wieder bei mir melden?«

»Ich reiche den Bericht heute ein. Kommt drauf an. Fünf Tage, höchstens eine Woche.«

Eine Woche. In einer Woche konnte ein Mensch getötet werden.

Er fühlte sich nutzlos, ohnmächtig – irgendwie dumm, genau wie Lace Turner gesagt hatte.

Dooley würde in wenigen Tagen von der Schule nach Hause kommen. Die Familie eines Mitschülers, der in Holding wohnte, würde ihn mitnehmen und im Pfarrhaus absetzen. Ein Segen, wenn man bedachte, wieviel Zeit Cynthias neues

Buch verschlang, und wie viele Termine er selbst wahrzunehmen hatte – unter anderem eine Überraschungsfeier zu Miss Sadies neunzigstem Geburtstag, die am übernächsten Sonntag im Gemeindehaus stattfinden sollte.

Es stand für ihn außer Frage, daß da ein großes Gelage angebracht war. Hatte Sadie Baxter der Kapelle Unseres Herrn nicht fünf Millionen Dollar geschenkt, damit sie eines der schönsten Pflegeheime im Land bauen konnten? Und hatte nicht erst ihr Vater und dann Miss Sadie selbst in der langen Geschichte der Kirche stets buchstäblich dafür gesorgt, daß die Gläubigen ein Dach überm Kopf hatten?

Er rief den Bischof an, um zu fragen, ob er der Feier beiwohnen könne, aber Stuart Cullen hatte an dem betreffenden Sonntag nicht weniger als vier Termine, allesamt weit weg von Mitford.

»Emma«, sagte er, »rufen Sie die ganze Gemeinde an und sagen Sie den Leuten, sie seien eingeladen.«

Emma verzog die Lippen. »Die ganze elend lange Telefonliste?«

»Die ganze elend lange Liste«, sagte er mit wachsender Erregung.

»Das sind nämlich einhundertzwanzig Haushalte.«

»Ich weiß.« Die Zahl freute ihn, vor allem, da sie in den letzten zwei Jahren um sieben Prozent angestiegen war, und das trotz des jüngsten Verlustes an das Lager der Prebyterianer.

»Ich nehme an, Ihnen ist klar, daß heutzutage niemand mehr zu Hause ist, um an den Apparat zu gehen.«

Dieses Argument konnte er nicht widerlegen. »Dann lassen Sie Karten drucken. Aber Sie müssen zusehen, daß sie spätestens morgen in der Post sind. Oh. Und vergessen Sie nicht, den Leuten mitzuteilen, daß es eine Überraschung sein soll.«

»Für mich ist es auf alle Fälle eine Überraschung.«

»Wenn wir erst unseren Computer haben«, sagte er ausgelassen, »wird der die Etiketten im Handumdrehen ausspucken. Bis dahin …«

Sie bedachte ihn mit einem düsteren Blick. »Bis dahin muß ich jeden einzelnen verwünschten Umschlag von Hand adressieren.«

»Jeden einzelnen verwünschten«, sagte er, vollführte eine schwungvolle Drehung auf seinem Stuhl und wählte Esther Bolicks Nummer. Wenn dies kein Anlaß war, der nach einem dreischichtigen Orangenmarmeladenkuchen schrie, was dann?

»Haben Sie etwas in Erfahrung gebracht?« fragte er die Sozialarbeiterin. Es war erst vier Tage her, seit er die Klage eingereicht hatte, aber es konnte nichts schaden, nachzufragen.

»Dazu kann ich nichts sagen, ich habe nichts auf meinen Schreibtisch bekommen.«

»Sind Sie der Sache denn nachgegangen?«

»Die für die Untersuchung verantwortliche Person ist heute nicht im Büro. Sie werden so bald wie möglich benachrichtigt.«

»Ich rufe noch mal an«, sagte er.

Cynthia hatte sich bereitgefunden, das Geburtstagsgeschenk in Wesley zu kaufen, wenn sie hinfuhr, um die neuen Handtücher und Waschlappen fürs Pfarrhaus zu besorgen. Sie dachte an einen Strickpullover, eine Mischung aus Wolle und Baumwolle, vielleicht sogar Seide.

»Du brauchst keine Kosten zu scheuen!« sagte er, denn sein unbestritten liebstes Gemeindemitglied verdiente nur das Allerbeste.

Emma ließ sich erweichen und kaufte einen versilberten Brieföffner, da Miss Sadie ihren verloren hatte und statt dessen ein Küchenmesser mit gezackter Klinge verwendete. »Sie wird sich noch mal die Hand abschneiden, wenn sie die

Stromrechnung aufmacht«, sagte Louella. »Und das, wo die Rechnungen doch sowieso schon einen Arm und ein Bein verschlingen.«

Er rief Katherine in New Jersey an, weil er dachte, sie würde der Dame, die bei einem lange zurückliegenden Besuch in Mitford so freundlich zu ihr gewesen war, vielleicht gern eine Karte schreiben.

Katherine nutzte die Gelegenheit, um ihm eine ihrer berühmten Predigten zu der Frage zu halten, warum er und Cynthia auf alle Fälle im August mit ihnen nach Irland reisen sollten, und er antwortete mit einer seiner Predigten, warum sie das nicht tun konnten, wobei der Hauptgrund der war, daß Dooley Barlowe dann immer noch Ferien hatte und er jeden freien Augenblick mit dem Jungen verbringen wollte.

»Hm, na gut«, sagte die Frau seines Vetters, »ich versuch's weiter. In der Zwischenzeit werde ich Miss Sadie zwei Topfwärmer schicken, die ich für unseren Kirchenbasar mache.«

Er erwähnte nicht, daß die Topfwärmer, die sie ihm einmal geschickt hatte, auf Petits-fours-Größe zusammengeschrumpft waren und alle Farbe verloren hatten, als sie einmal mit seiner Unterwäsche zusammen in die Waschmaschine geraten waren.

Die Leckerbäckerei wollte Gemüsesandwiches beisteuern, und der Frauenkreis versprach, Zitronentörtchen, Brownies und Schinkenbrötchen zu machen – und obendrein einen ganzen Haufen von Miss Sadies bevorzugter Partyspeise, nämlich Erdnußbutter und Gelee auf Weißbrotdreiecken ohne Kruste.

Er joggte die Alte Kirchgasse zum Bauplatz des Hauses der Hoffnung hinauf, um Buck Leeper eine Einladung zu überbringen, und staunte, welche Fortschritte der Bau machte. Die Fenster, die endlich installiert worden waren, reflektierten die Nachmittagssonne wie nebeneinander aufgereihte Goldplättchen. Atemberaubend!

Buck wollte tatsächlich zu der Feier kommen, obwohl der

Umstand, daß sie in einem Gebäude der Kirche stattfinden sollte, nicht gerade zu seiner Begeisterung beitrug.

Er bestellte Eiscreme, und zwar jede Menge – Vanille und Schokolade – und durchsuchte die Schubladen der Gemeindehausküche nach Geburtstagskerzen. Am Ende hatte er nur einundzwanzig rosafarbene Kerzen aufgetrieben und machte sich eine Notiz, daß er im Drugstore weitere holen müsse. Außerdem wollte er ein Döschen Rouge namens Wilde Koralle kaufen, von dem Miss Sadie einmal gesagt hatte, daß es ihr gefalle.

Esther Bolick wollte Klavier spielen, Bürgermeisterin Cunningham wollte eine Rede halten, Hal Owen würde das Dankgebet sprechen, und Dooley Barlowe, dessen war er sicher, würde singen.

In Vorbereitung auf den großen Tag bürstete Cynthia seinen besten dunklen Anzug aus und entschied sich für eines der beiden Seidentüchlein für seine Brusttasche. Er putzte sich die Schuhe und schrieb sich ein Gedicht auf, das er laut vorlesen wollte. Dann blätterte er seine ganze Bibliothek im Arbeitszimmer durch, um irgendwelche Verweise auf das Wort »Geburtstag« zu finden, die vielleicht witzig oder geistreich waren oder zum Nachdenken anregten oder sogar all diese Dinge in sich vereinten.

Er schlug vor, Louella in den Plan einzuweihen, und machte zu der Zeit, in der Miss Sadie ihren Mittagschlaf zu halten pflegte, einen Kurzbesuch in der Fliederstraße.

»Das ist nicht wahr«, rief Louella. »Das können Sie unmöglich alles getan haben!«

»Und ob ich das habe«, sagte er; ihr Stirnrunzeln war ihm verdächtig.

»Miss Sadie möchte kein großes Getue zu ihrem Geburtstag, das hat sie mir extra gesagt.«

»Wie meinen Sie das?«

»Sie sagte, Louella, daß du mir niemandem erlaubst, zu singen und rumzuhopsen.«

»Aber Miss Sadie hat es doch immer gern, wenn man singt und rumhopst!«

»Nicht dieses Mal, nein. Sie fühlt sich nicht richtig. Seit sie von dem Sofa gefallen ist und sich das Handgelenk gebrochen hat, ist sie mißmutig wie nur was.« Louella schüttelte den Kopf. »Ich weiß nicht. Sie ist nicht krank; ihr fehlt nichts. Sie ist einfach nur nicht mehr dieselbe Miss Sadie.«

»Lassen Sie mich mal ein Wort mit ihr reden.« Sadie Baxter war kein mürrischer Mensch. Sie war der Sonnenschein selbst. Vielleicht sollte er ihr doch von der Party erzählen, davon, wie aufgeregt die Leute alle waren. Damit war die Sache dann bestimmt in Ordnung, kein Problem.

»Kommen Sie am Mittwoch zu uns zum Essen, nach dem Heiligen Abendmahl«, sagte Louella. »Ich mache uns einen Topf Brechbohnen und backe ein Maisbrot. Wenn wir Besuch haben, hat sie immer bessere Laune.«

»Abgemacht!« sagte er erleichtert.

Es war das Letzte, was er in seinem Leben brauchte, das Allerletzte, was er auf der ganzen weiten Welt brauchte. Die Aussicht ließ ein halbes Dutzend Wurzelfüllungen wie eine Kleinigkeit erscheinen, das reinste Picknick.

»Sie können morgen mit uns rechnen«, sagte der Computertechniker.

Er ging zum Frühstück in die Grillstube, da Cynthia seit halb fünf auf war, um an einer Illustration zu arbeiten, die in New York erwartet wurde, und zwar pronto.

Als er sich auf seinen Platz gleiten ließ, hatte er das Gefühl, als wäre das Frühstück sein Letztes Abendmahl.

»Die Geschäfte lassen nach«, sagte Percy mit düsterer Miene.

»Für mich sieht alles so aus wie immer«, sagte Mule und sah sich in dem Raum um. »Ein oder zwei freie Stühle … «

»Ich kann mir ein oder zwei freie Stühle nicht leisten,

schon gar nicht jetzt, wo ich die neue Aushilfe für die Frühstücksschicht engagiert habe. Der Arzt sagte, Percy, sie dürfen nicht mehr soviel stehen, und jetzt sitze ich hier und schlürfe Kaffee wie alle anderen Müßiggänger auch.«

»Sie holen es schon wieder rein«, sagte J.C. mit untypischer Milde.

»Ich wüßte nicht, wie. Der Preis für Bratöl ist in die Höhe gegangen, der Preis für Eier ist in die Höhe gegangen, und sogar das Brot ist teurer geworden. Ich muß meinen Kundenstamm vergrößern.«

»Sie haben doch uns«, sagte Mule. »Wir kommen pünktlich wie die Uhr. Das ist doch auch was.«

»Ich kann aber mit einem Prediger, einem Teilzeitmakler und einem Zeitungsmann nicht meinen Lebensunterhalt bestreiten. Ich muß Reklame machen.«

»Ich kann nicht glauben, daß Sie wirklich dieses schmutzige Wort in den Mund genommen haben«, sagte J.C., der an einer Mischung aus Würstchen, Eiern, Toast und Hafergrütze kaute. »Sie haben sich gegen das Reklamemachen gewehrt wie ein Huhn gegen einen Habicht.«

»Ich rede nicht von gewöhnlicher Nullachtfünfzehn-Reklame wie in Zeitungen usw.«

»Vielen Dank.«

»Ich rede von einem Transparent, das ich über meine Markise hängen will.«

»Ein Transparent«, sagte J.C., den das Gespräch offensichtlich langweilte.

»Happy Endings benutzt Transparente, der Kragenknopf hängt zur Ausverkaufszeit Transparente raus … Und wissen Sie noch, wie die Leute Schlange gestanden haben, als der ›Laden‹ letzten Oktober mit einem Transparent für frischen Kohl warb?«

»Wer kann sich so was schon merken?« fragte Velma, die gerade ihre Tassen nachfüllte. »Himmel, ich weiß kaum noch, wo ich gestern war, geschweige denn, wer letzten Oktober nach Kohl angestanden hat.«

»Du warst gestern hier«, erklärte Percy hilfreich. »Von zehn bis zwei. Ich hätte dich von acht bis zwei gebraucht, aber du hast dir die Haare färben lassen.«

»Das kannst du dann ja auch gleich auf ein Transparent schreiben«, fauchte Velma ihn an. »Die meisten Leute glauben, das wäre meine natürliche Haarfarbe.«

»Was soll denn auf dem Transparent draufstehen?« fragte der Pfarrer.

»Wenn ich das wüßte! Ich habe den Entschluß ja erst heute morgen gefaßt.«

»Wieviel kostet so ein Transparent?« wollte Mule wissen.

»Zweihundert Dollar.«

Mule blies auf seinen Kaffee. »Dann sollte aber ein guter Spruch draufstehen.«

»Etwas Einprägsames«, schlug der Pfarrer vor.

»Genau«, sagte Mule.

Percy sah Pfarrer Tim an. »Was sollte Ihrer Meinung nach denn draufstehen? Sie schreiben doch Predigten und hängen diese flotten Geschichtchen an ihre Straßenkanzel. Und da sitzt der Redakteur der Lokalzeitung, ein Mordsschreiberling, wenn Sie mich fragen. Ihr zwei müßtet euch doch mit vereinten Kräften was ausdenken können.«

»Wie viele Worte?« fragte J.C.

»Nicht mehr als zehn. Bei mehr als zehn geht der Preis rauf und das Interesse der Leser runter. Das gilt für Reklametafeln genauso wie für Transparente, sagt jedenfalls der Mann von der Transparentefirma.«

»Der heimatlose Hobbes«, sagte der Pfarrer. »Das ist der richtige Mann für Sie; der war früher mal in der Werbung. Hat Müsli, Autos und Zahnpasta verkauft.«

»Ich habe keine Zeit, am Bach rumzulaufen und mir von einem der Hinterwäldler da eine Kugel in den Kopf schießen zu lassen. Ich will das so bald wie möglich regeln.«

»Wenn es um Werbung geht«, sagte J.C., »muß immer alles von jetzt auf gleich passieren. Sie haben solange gewartet, warum können Sie uns nicht ein oder zwei Tage zum Nachdenken geben?«

»Wenn ich den Spruch heute durchgebe, ist die Farbe am Donnerstag trocken, und es wird am Freitag geliefert. Auf diese Weise kann ich das ganze Wochenende über den Durchgangsverkehr erreichen, und wenn ich Montag morgen die Tür aufmache – ist die Bude gerammelt voll!« Es kam selten vor, daß Percy Mosley einmal lächelte.

J.C. tunkte mit seinem Toast den Rest Soße von seinem Teller auf und gab diesen dann Velma, die gerade vorbeikam. »Braucht nicht mehr abgewaschen zu werden.« Er nahm sein Taschentuch zur Hand und tupfte sich das Gesicht ab. »Also, dann wollen wir mal. Wir denken uns was aus.«

»Jetzt gleich?«

»Warum nicht? Ich kann mir nicht ewig den Kopf über ein blödsinniges Transparent zerbrechen, als hätte ich sonst nichts zu tun.«

»Ich gebe ein Frühstück aus, zweimal«, sagte Percy.

»Zweimal?«

»Dreimal.«

»Mit Würstchen?«

»Würstchen oder Pasteten, was Sie wollen.«

»Abgemacht«, sagte J.C., nahm einen Notizblock aus seinem überquellenden Aktenkoffer und zog einen Bleistift aus seiner Brusttasche. »Okay, um welches Angebot geht es? Zweite Tasse Kaffee kostenlos? Zwanzig Prozent Preisnachlaß für ältere Mitbürger?«

»Ich hatte eher an was Allgemeines gedacht.«

»Was Allgemeines? Man kann keine erstklassige Werbung für ›was Allgemeines‹ machen, man muß etwas Spezielles anbieten. Genaugenommen, etwas ganz Spezielles. Die besten Pasteten, das billigste Frühstück, die größte Salatbar. So was in der Art.«

»Ich hab's«, sagte Mule. »Die Grillstube ist das beste Speiselokal in der Stadt.«

J.C. rollte mit den Augen. »Das ist das einzige Speiselokal in der Stadt.«

»Streichen Sie das wieder«, sagte Mule.

Der Pfarrer strich seine Serviette glatt und nahm den Füller heraus, den er bei einer Versteigerung der American Legion gewonnen hatte. »Da dies das einzige Lokal ist, bringt es nicht viel, besser zu sein als die anderen. Vielleicht sollten Sie etwas verschenken.«

»Luftballons!« sagte Mule. »Aufkleber! Kaffeebecher!« Er sah sich auf dem Tisch um. »Wie wäre es mit Kühlschrankmagneten?«

Percy wackelte heftig mit dem Kopf. »Ich verschenke nix. Sehen Sie sich nur an, was ich jetzt schon verschenke – Frühstück für 2,90; Cheeseburger 1,50; Omeletts für 1,80, wo ich eigentlich zwei Dollar berechnen müßte... O nein, mehr verschenke ich bestimmt nicht.«

»Genau«, bekräftigte Velma.

»Worum es mir geht«, sagte Percy, »sind neue Kunden, Leute, die vielleicht auf dem Weg zur Arbeit in Wesley oder Holding hier haltmachen, so was in der Art. Oder Leute, die sich ihr Mittagessen von zu Hause mitnehmen und genauso billig hier essen könnten.«

»Also gut«, sagte Pfarrer Tim, »wie wäre es mit... mit etwas wie... also, mal ins Unreine gesprochen, nur so vom Tenor her...: ›Probieren Sie uns aus, und Sie werden immer wieder kommen.‹ Hm, ich weiß nicht. Das ist wirklich schwierig.«

»Das hat keinen Effet«, sagte J.C., während er an seinem Bleistift kaute.

»Effet?« fragte Percy. »Was ist das?«

»Wie spät ist es?« fragte der Pfarrer mit einem Blick auf seine Armbanduhr. »Gütiger Himmel! Ich muß los.«

»Warum so eilig?« fragte Mule. »Es fängt doch gerade erst an, Spaß zu machen.«

So, dachte der Pfarrer, als er ins Büro zurückrannte, würde er die Situation nicht beschreiben, ganz bestimmt nicht.

»Für Sie«, sagte der Techniker und knallte ihm ein Handbuch auf den Schreibtisch.

Der Pfarrer nahm es zur Hand und starrte es ungläubig an. Es war schwerer als seine Studienausgaube des alten Testaments. In etwa die gleiche Gewichtsklasse wie ein LKW-Reifen.

Er ließ mit dem Daumen einmal die Blätter ganz durchsurren, während der Techniker die Tastatur anschloß. Achthundertneunundzwanzig Seiten! Wenn sich das nicht zur bösesten Überraschung seines Lebens auswuchs, fraß er den Index – schlappe zehn Seiten einschließlich der Anhänge.

Emma hatte sich kaum gerührt, seit er im Büro war. Sie saß so steif wie ein Stockfisch an ihrem Schreibtisch, und unter zwei Flecken Rouge zeichnete sich eine tödliche Blässe auf ihrem Gesicht ab. Er war nicht imstande, ihr auch nur ein Wort des Trostes zu spenden.

»Bevor wir uns mit Ihrer Tabellenkalkulation beschäftigen«, meinte der Techniker – er hieß Dave –, »sollten wir noch einen Blick auf die Werkzeugleiste Ihrer Textverarbeitung werfen.«

»Aha.«

»Möchten Sie mit versteckten Werkzeugleisten arbeiten, oder sollen sie angezeigt werden?«

Ehrlichkeit war die beste Devise. »Ich habe keinen blassen Schimmer.«

»Okay, dann widmen wir uns zunächst mal den Anfangsgründen.«

»Ja.«

»Fangen wir mit der Maus an und üben das Anspringen, das Klicken und Ziehen.«

Emma bewegte ihren Kopf keinen Millimeter und verfolgte die Demonstration aus den Augenwinkeln.

»Okay, jetzt legen Sie Ihre Hand einmal so auf die

Maus …« Dave machte es vor. »Und klicken Sie. Gut, was? Und schon geht's los. Nun wählen wir eine Menü-Option aus. Oder würden Sie das lieber mit einer schnellen Tastenkombination machen?«

»Was würden Sie denn empfehlen?«

»Na, ich wette, Sie sind für die schnelle Methode. Also die Tastenkombination.«

»Ja, ich bin der Schnelltastentyp.«

Emma rollte mit den Augen, aber ihr Kopf verharrte regungslos.

»Gut, großartig. Jetzt den Cursor im Text an die gewünschte Stelle … oha, kein Problem. Okay, jetzt auf den Mausknopf drücken. Genau. Klick. Sehr gut. Und diese Tasten anschlagen. Nein, die andere. Noch mal.

Okay, jetzt sind Sie in einer Dialogbox. Diese Dialogboxen werden Ihnen gefallen. Ha, da sind auch schon die Schriften. Sehen Sie, das da ist die Schrift Roman. Als Katholik werden Sie da sicher voll drauf abfahren – ha ha ha, nur ein kleiner Scherz. Da soll mich doch der Schlag treffen; das habe ich auch noch nie gesehen. In dem Geschäft ändert sich alles so schnell, daß man gar nicht auf dem laufenden bleiben kann. Habe mit Hühnerfutter gehandelt, bevor ich an die Computer kam.

Mensch, sehen Sie sich das an, das wird Ihnen gefallen, eine Zoom-Box … gleich hier auf ihrer Standard-Werkzeugleiste. Sie brauchen nur den Pfeil nach unten anzuklicken, um sich für eine Prozentzahl zu entscheiden … genau … ho ho, zweihundert Prozent, Sie wollen ja hoch hinaus. Klasse.

Eigentlich«, sagte Dave und wirkte schlagartig ernst, »sollte ich Ihnen wohl zeigen, wie Sie ein Dokument anlegen … oder möchten Sie lieber lernen, wie man eines abspeichert?«

»Ich verstehe zwar, äh, kaum was davon, aber man wird doch wahrscheinlich nichts abspeichern können, was man nicht vorher angelegt hat?«

»Haargenau. Ihr wissenschaftlicher Verstand, nicht wahr? Okay. Ein Dokument anlegen. Klicken Sie auf die Schaltfläche ›Neu‹ auf der Standard-Werkzeugleiste. Hm. Sehr gut. Und bevor Sie sich versehen, können Sie auch schon eingeben, bearbeiten, öffnen und speichern.«

Emma schnellte von ihrem Stuhl hoch, schoß zur Toilette und knallte die Tür hinter sich zu.

Er ging früh nach Hause.

Vor seiner Veranda parkte ein Kinderwagen. Ein Doppelkinderwagen mit einem fröhlichen, gestreiften Dach. Als er an der Fliegentür stand, hörte er einen lebhaften Wettstreit verschiedener Geräusche, zu denen auch das Schleuderprogramm seines Trockners zählte, seine Waschmaschine im Spülgang, sein Staubsauger auf voller Leistung und etwas, das wie rostige Torangeln klang, die sich hin und her bewegten.

Er trat ins Haus und entdeckte, daß die Torangeln freudiges Quieken und entzücktes Kreischen waren. Auf dem Küchenfußboden vor seinem Herd lagen Sissy und Sassy in kleinen Schaukeln, die anscheinend bei jeder Bewegung bimmelten.

Ihre Aufmerksamkeit galt einem Gegenstand, der über ihnen hing und an der Beleuchtungsvorrichtung befestigt war. Es war eine Gänseschar, die sich nicht nur im Kreis drehte, sondern dazu auch mit den Köpfen nickte und quakte.

»Nun, nun«, sagte er und blickte auf zwei glückliche Gesichter hinab.

»Pfarrer Tim!« sagte Puny, die im Laufschritt den Flur hinunterkam. »Sie glauben gar nicht, wie froh wir sind, Sie zu sehen! Die Mädchen können's gar nicht erwarten, Sie kennenzulernen! Guck mal, Sassy, das ist der Pfarrer, und Sissy, Schätzchen, du sabberst ja schon wieder. Pfarrer Tim, wollen Sie vielleicht mit Sassy spielen, während ich Sissy die Windel wechsle? Dann können Sie Sissy nehmen, während ich Sassy füttere! Wäre das nicht lustig?«

Um sechs Uhr kam Cynthia durch die Hintertür geschwebt, eine rosafarbene Rassel in der Hand, die sie im Garten gefunden hatte. »Hallo, Liebling! Sind die Zwillinge nicht allerliebst?«

Sie legte die Rassel auf den Tisch und sah ihn an. »Ach herrje, du siehst aber gar nicht gut aus.«

»Sie nehmen nie ein Blatt vor den Mund, wie, Mrs. Kavanagh?«

»Nun, aber Liebster, du siehst wirklich nicht gut aus. Ist denn alles in Ordnung mit dir?«

»Oh.« Er zuckte sprachlos die Achseln.

»Und was hast du da an der Schulter? Sieht aus wie Taubendreck.«

»Ach ja?«

»Und dein Haar. Steht an beiden Seiten so komisch ab.«

»Im Ernst.«

»Deine Augen«, sagte sie erbarmungslos, »... sie sind irgendwie ... glasig.«

»Was du nicht sagst.«

»Wenn du zum Trinken neigtest, würde ich dir einen doppelten Scotch anbieten.«

»Wenn ich zum Trinken neigte«, sagte er, »würde ich ihn nehmen.«

KAPITEL 13
Heimkehr

Er sah in seinen Terminkalender.

Nach dem Heiligen Abendmahl um elf aß er mit Miss Sadie und Louella zu Mittag, hetzte dann nach Hause, um die neue Tagesdecke auf Dooleys Bett zu legen, die er nach dem Neun-Uhr-Treffen im Kinderkrankenhaus in Wesley kaufen würde, einer Versammlung, bei der er versuchen würde, einem Spender Geld abzuringen – eine Aufgabe, die er mehr als alles andere auf der Welt haßte.

Dooley sollte um halb drei im Pfarrhaus ankommen, und sie hatten den Eltern seines Freundes einen schnellen Imbiss versprochen, bevor sie den Berg hinunter weiter nach Holding fuhren.

Käse und Kräcker …

Er sollte gleich nach der Versammlung im Krankenhaus Käse und Kräcker kaufen – und den Leberkäse nicht vergessen. Russel Jacks erwartete Leberkäse, und nichts konnte daran etwas ändern. Er wollte sechs Pfund kaufen, vier davon einfrieren und Dooley morgen früh als Boten zu seinem Großvater schicken. Ein hübscher Junge in sauberen Kleidern, der wie ein Gelehrter redete und zwei Pfund Leberkäse austrug? Das genügte, um einem das Herz vor Stolz bersten zu lassen – sein eigenes Herz und das von Russel.

Er konnte es kaum erwarten, Dooley Barlowe wiederzusehen, und Cynthia hatte alle Hände voll mit ihrer eigenen Aufregung zu tun. Sie hatte wie verrückt das Zimmer des Jungen geputzt, neue Vorhänge aufgehängt und eine Fernbedienung für seinen Fernseher gekauft.

Nachdem sie ihm ihr Werk gezeigt hatte, waren sie am Gästezimmer vorbeigekommen und stehengeblieben, um einen Blick hineinzuwerfen.

»Nächsten Herbst«, sagte sie und betrachtete die kahle Wand am Fußende des Bettes, »der Wandschrank.«

»Nächsten Herbst – der Wandschrank«, wiederholte er.

»Genau da«, sagte sie und betrachtete die Wand. »Perfekt.«

»Nächsten Herbst«, sagte er. »Perfekt.«

Miss Sadie trug ein blaues Kleid mit einem wollweißen Spitzenkragen und einer handbemalten Brosche ihrer Mutter. Er glaubte nicht, daß er sie je hübscher gesehen hatte. Ihr Handgelenk schien fast wieder verheilt zu sein, und der Wagenschlüssel hing an einem Haken in der Küche, Gott sei Dank seit einigen Monaten unbenutzt!

Sie setzten sich zu grünen Bohnen, Maisbrot und einem Glas kalter Milch an den Tisch und hielten sich an den Händen, während er das Tischgebet sprach.

»Vater im Himmel, wir danken dir für den Reichtum dieses Lebens und für unsere Freundschaft und für dieses heiße, goldene, knusprige Maisbrot. Bitte segne die Hände, die dieses Mahl bereitet haben und laß uns nie die Nöte anderer vergessen.«

Sie hatten kaum »Amen« gesagt, als Miss Sadie ihre Papierserviette aufschüttelte, als handele es sich um gestärkten Damast, und ihn durchdringend ansah.

»Ich höre«, sagte sie streng, »daß Sie eine Überraschungsparty für meinen Geburtstag vorbereiten.«

Er warf einen Seitenblick auf Louella.

»Sie brauchen mich gar nicht so anzusehen, Schätzchen, ich habe nichts gesagt.«

»Es ist Esther Cunningham neulich herausgerutscht.« Miss

Sadie sah ihn grimmig an. »Sie ist puterrot geworden und sagte, sie könne sich ohrfeigen, daß ihr das passiert ist.«

»Die Bürgermeisterin hat's ausgeplaudert«, sagte Louella, für den Fall, daß er nicht richtig gehört hatte.

»Ich dachte, Sie mögen Partys«, sagte er. Da war es wieder, dieses Gefühl, als sei er zwölf Jahre alt.

»Ich mag Partys auch.«

»Nun, was ist es dann?«

»Ich möchte keine Party zu geraden Zahlen; das bringt Pech, und das weiß auch jeder.«

»Ich habe in meinem ganzen Leben noch nichts Derartiges gehört«, sagte er, und das war die Wahrheit. Er konnte es kaum erwarten, sich über sein Maisbrot herzumachen, wartete aber darauf, daß Miss Sadie nach ihrer Gabel griff.

»Sie hätten letztes Jahr eine Party geben sollen, als ich neunundachtzig wurde«, erklärte seine Gastgeberin ihm, als könne er nicht bis drei zählen. »Jetzt ist es zu spät.«

»Zu spät?« fragte er gekränkt. »Miss Sadie, muß ich Sie daran erinnern, daß es nie zu spät ist?« Er hatte keine Zeit, sich an das Ritual zu halten. Er strich Butter auf sein Maisbrot, brach es entzwei und nahm einen Bissen. Donnerwetter! Knusprig außen und weich und dampfend innen. War er auf dem Weg die Alte Kirchgasse hinauf gestorben und in den Himmel gekommen?

Miss Sadie spießte eine Bohne auf ihre Gabel und betrachtete sie ausgiebig.

»Sie haben dem lieben Gott gar nichts über meine Bohnen erzählt«, sagte Louella tadelnd.

»Ach nein?«

»Nur über das Maisbrot«, erwiderte sie düster.

Was war eigentlich los mit den Leuten hier? Fernbank war ein Ort gewesen, an dem die Sonne schien, die Vögel zwitscherten und mitten im Winter Blumen blühten. Und jetzt dies hier. Louella hatte ihm einmal erklärt, daß sie weinte, wenn Miss Sadie weinte, und daß sie lachte, wenn Miss Sadie lachte. Sie sagte, ihre Glieder schmerzten, wenn Miss Sadies Glieder schmerzten, und sie bekämen beide gleichzeitig einen steifen Hals. Das war es also, dachte er. Miss Sadie war die Schuldige, und er würde die Sache wieder in Ordnung bringen müssen oder platzen.

»Miss Sadie, ich finde, Sie sind es den Leuten schuldig, Ihnen zu erlauben, eine Überraschungsgeburtstagsparty für Sie zu veranstalten.«

»Wer sind die Leute?«

»Nun, die ganze Gemeinde! Einhundertundzwanzig Familien! Alles Menschen, die Sie kennen und gern haben.«

Sie hatte den Köder geschluckt, das spürte er. Aber er mußte Nägel mit Köpfen machen, bevor er seinen Schwung verlor. »Außerdem werden Sie übernächsten Sonntag gar nicht neunzig sein.«

»Ach nein?«

»Ganz und gar nicht. Ihr Geburtstag fällt auf den Samstag, also dürfen Sie dreimal raten, was das bedeutet.«

»Was denn?«

»Am Sonntag werden Sie bereits in ihrem einundneunzigsten Lebensjahr stehen.« Das sollte ihm mal einer nachmachen, dachte er, überaus zufrieden mit sich selbst.

»Das stimmt«, sagte Louella, die das Maisbrot zerkrümelte und in ihre Milch tunkte.

Zwei gegen einen, überlegte er. Er nahm sich noch ein Stück Maisbrot und bestrich es mit Butter. Wenn seine Frau wüßte, was er hier tat …

»Ich bin zu alt, um auf einer Geburtstagsparty herumzuhopsen«, verkündete seine Gastgeberin.

»Unfug!« sagte er mit Nachdruck. »Unfug!«

Noch nie im Leben hatte er so mit Miss Sadie Baxter gesprochen. Jeden Augenblick mochte ihn der Blitz treffen, und er war drauf gefaßt, den Kopf einzuziehen.

»Sie sind mit dem Alter aber ganz schön frech geworden,

Pfarrer Tim!« Sie lehnte sich auf ihrem Stuhl zurück und sah ihn herrisch an.

Louella versuchte, sich ein Lachen zu verbeißen, was ihr jedoch mißlang, so daß sie sich eine Hand auf den Mund pressen mußte.

Miss Sadie sah erst sie und dann ihn wütend an. Er war tatsächlich darauf gefaßt, den Kopf einzuziehen.

Dann begann sie zu lachen. Sie lachte und lachte noch mehr. Dasselbe tat er. Dasselbe tat Louella. Sie brüllten vor Lachen, sie bogen sich auf ihren Stühlen, sie schlugen auf den Tisch.

Er zog sein Taschentuch heraus, Miss Sadie benutzte ihre Serviette, und Louella holte sich die Papierrolle von der Spüle.

Sie tupften sich die Augen ab. Sie putzten sich die Nase.

»Sonntag, der vierzehnte, um zwei Uhr im Gemeindehaus!« stellte er fest.

»Wer nicht kommt, kriegt Dresche!«

Eine kleine Depression, überlegte er, während er zum Pfarrhaus fuhr. Das war es, was in Sadie Baxter gefahren war. Zuviel herumgesessen. Nicht genug mit ihrem 58er Plymouth durch die Straßen gefegt. Und keine Streifzüge auf dem Speicher von Fernbank, die einst eine ihrer Lieblingsbeschäftigungen gewesen waren.

Er hatte ein oder zwei Anrufe von möglichen Kaplanen für das Haus der Hoffnung bekommen und mußte auf mindestens fünf schriftliche Anfragen antworten. Sobald die Suche ernsthaft im Gang war, würde er Miss Sadie bitten, sich die Bewerbungen mit ihm anzusehen. Das würde sie vielleicht aufmuntern. In der Zwischenzeit …

Heute morgen hatte er einen Brief vom Sozialamt bekommen. In dem Brief, von dem er argwöhnte, daß es sich um einen Formbrief handelte, hieß es, daß die Nachforschungen fortgesetzt würden und er auf dem laufenden gehalten werde.

Als er in der Garage parkte, fiel sein Blick auf das Neue Testament auf dem Vordersitz seines Wagens. Wie sehr er wünschte, er hätte es Lacey Turner gegeben. Ob sie lesen konnte? Vielleicht sollte er noch einmal die Sozialarbeiterin anrufen, falls sie etwas Neues in Erfahrung gebracht hatten …

Als er in die Küche kam, sprang Barnabas auf und bellte markerschütternd. Er machte sich nicht die Mühe, sich auf irgendein Zitat aus der Bibel zu besinnen, sondern ließ das ausgiebige Ablecken beider Ohren über sich ergehen und war ausgesprochen dankbar dafür. Heute war der Tag! Heute kam Dooley Barlowe nach Hause.

»Wo is'n Ihre Frau?«

Er drehte sich um und sah Lacey auf der anderen Seite der Fliegentür stehen.

»Lace!« Sie war schmutzig, und ihr Anblick schnitt ihm ins Herz. Blondes Haar quoll unter dem alten Hut hervor, den sie in dem Farnwäldchen liegengelassen hatte.

»Komm rein!« Er hielt die Tür auf, aber sie starrte nur seinen Hund an.

»Erst wenn Sie diesen Hund da woanders hingebracht haben.«

»Dieser Hund«, sagte er, während er nach Barnabas' Halsband griff und die Tür mit dem Fuß offenhielt, »ist harmlos. Sieh nur.« Er streichelte den Hundekopf, um seine Feststellung zu beweisen.

»Ich traue Hunden nich' übern Weg.«

»Barnabas würde dich beschützen, statt dir etwas anzutun.«

»Mein Rücken juckt so schlimm, daß ich's kaum noch aushalte. Ich komme da nicht ran, und Pauline ist nicht zu Hause, und meine Mama kann nichts machen. Wo is'n Ihre Frau hin?«

»Sie ist nebenan. Ich hole sie. Hör mal, komm doch rein. Barnabas wird sich einfach dahinlegen, keine Angst.« Er befahl seinem Hund, sich neben seine Wasserschale zu legen, was er augenblicklich tat. »Wir werden deine Verbände wechseln. Hört sich an, als bedeutete das Jucken, daß deine Verletzungen langsam heilen.«

»Papa hat gestern abend wieder versucht, mich zu fassen zu kriegen, aber ich bin weggelaufen und hab mich unterm Haus versteckt. Da war so altes Autoöl drunter.« Stirnrunzelnd zupfte sie an ihrem Blusenärmel, als wolle sie den dunklen Fleck wegwischen.

»Setz dich hierhin«, sagte er und zog ihr einen Küchenstuhl heraus. »Und wie wär's mit einem Glas Milch und…« Natürlich! »… einem Mortadella-Sandwich?« Dieser Haushalt war tatsächlich bestens auf Dooley Barlowe vorbereitet; erst gestern hatten sie eine Super-Familien-Packung seiner Lieblingswurst gekauft.

»Machen Sie aber nichts drauf, einmal wär ich fast gestorben, weil ich Mayonnaise gegessen hatte.«

Der Pfarrer rief in dem kleinen, gelben Haus an, und Barnabas legte den Kopf auf die Pfoten und blickte blinzelnd zu dem Mädchen auf.

»Lace ist hier. Ja. Sie wird einen Happen essen. Ihr Rücken juckt, und sie hätte gern, daß du herkommst. In Ordnung.«

»Sie ist unterwegs«, sagte er. Was für ein Segen, zu Zeiten wie dieser eine Frau zu haben, die man herbeirufen konnte. Er legte zwei Scheiben Mortadella zwischen zwei Scheiben Brot und schüttete noch ein paar Chips auf den Teller.

»Ich esse keine eingelegten Gurken«, sagte sie, als er das Glas aus dem Kühlschrank nahm. »Die sind mir zu sauer im Magen.«

Er betrachtete ihre Hände. Kein hübscher Anblick. »Möchtest du dich waschen?«

»Bin schon gewaschen.«

Er stellte das Sandwich vor sie hin und drehte sich um, um ihr ein Glas Milch einzuschenken. Als er sich das nächste Mal umdrehte, war das Sandwich verschwunden.

»Ich mache dir noch eins«, sagte er und war merkwürdig glücklich dabei.

»Kein Brot mehr, bloß Fleisch.« Der Hut saß so tief auf ihrem Kopf, daß er kaum ihre grünen Augen sehen konnte.

Er legte gerade einige Mortadellascheiben auf ihren Teller, als er erst die Haustür klicken und dann Stimmen im Flur hörte.

»Reizend!« sagte eine Frau. »So alt und bezaubernd! Mein Großvater war auch Pfarrer.«

»Er mietet dieses Haus von der Kirche«, sagte eine Männerstimme. Aber es war keine Männerstimme, es war ...

Sein Herz hämmerte vor Freude. Dooley Barlowe war zu Hause!

Er drückte Lace den Teller in die Hand. »Ich bin gleich wieder da!« sagte er und lief zusammen mit Barnabas den Flur hinunter, der schnurstracks auf die Frau zulief und sie neben der Tür in die Ecke trieb.

»Darum sorgt nicht für morgen«, zitierte der Pfarrer mit lauter Stimme aus dem Matthäusevangelium, »denn der morgige Tag wird für das Seine sorgen. Es ist genug, daß jeder Tag ...«

Barnabas legte sich flach wie eine Briefmarke auf den Boden, und Dooley Barlowe trat grinsend auf ihn zu. Es war ein Anblick, den er nie wieder vergessen wollte. »Dooley!« sagte er und zog den Jungen im Schulblazer an sich.

»Hi«, sagte Dooley.

»Selber hi!«

Dooley bückte sich, um Barnabas unter einem der Schlappohren zu kraulen. »Wie geht's dem alten Köter?«

»Herr Pfarrer? Vince Barnhardt. Ich fürchte, wir sind ein bißchen früh dran.« Ein stämmiger Mann hielt ihm die Hand hin.

»Und ich bin Susan Barnhardt«, erklärte die elegant gekleidete Frau, bevor sie seine Hand ergriff und schüttelte.

»Ich muß mich wirklich für meinen Hund entschuldigen«, sagte er und erwiderte ihren Händedruck.

Dann wurde ihm die nächste Hand hingehalten. »Joseph, Sir. Guten Tag.«

Er hatte das Gefühl, daß das Pfarrhaus mit genug Energie erfüllt wurde, um das ganze Zentrum von Wesley zu beleuchten.

»Hallo!« sagte Cynthia, die gerade durch den Flur kam und Dooley umarmte. »Du großer Lümmel! Was bist du wieder gewachsen! Nicht zum Aushalten. Komm sofort mal ein paar Zentimeter runter!« Sie gab Dooley einen schmatzenden Kuß auf die Wange, woraufhin er dunkelrot anlief.

»Ist es nicht erstaunlich, wie die Kinder in der Schule wachsen?« fragte Susan, die derzeit damit beschäftigt war, Cynthias Hand zu schütteln.

»Erstaunlich! Kommen Sie doch bitte mit ins Eßzimmer«, sagte seine Frau, »ich habe Limonade und Kuchen rausgestellt und Käse und Kräcker. Ich muß nur noch mal kurz in die Küche, wenn Sie mich bitte entschuldigen würden ...«

Cynthia entschwand und ließ ihn mit einer Horde von Leuten allein, denen nichts entging, angefangen vom Silberservice seiner Großmutter bis hin zu der »ungewöhnlichen« Farbe der Eßzimmerwände, der Größe seines Hundes und der reichlich gefüllten Schale mit Walnußplätzchen.

Als Junggeselle war er ein fabelhafter Gastgeber gewesen, aber jetzt brauchte seine Frau ihn nur für fünf Minuten alleinzulassen, und er hatte nicht mehr den leisesten Schimmer, wie man so etwas machte.

»Wie war Ihre Fahrt?« fragte er, während er Limonade in die Gläser goß.

»Wunderbar!« sagte Susan Barnhardt. »Dooley hat uns den ganzen Weg unterhalten.«

Dooley? Der Leute unterhielt? Ein ganz neuer Gedanke.

»Ich hätte gerne etwas Milch«, sagte Dooley und ging Richtung Küche davon.

»Ich darf keine Nüsse essen«, verkündete Joseph mit Blick auf die Plätzchen, »ich hab eine Klammer.«

»Ich darf Nüsse essen«, sagte sein Vater. Nachdem er mehrere Plätzchen auf einen Teller gehäuft hatte, wandte er sich wieder dem Pfarrer zu. »Da ist etwas, das ich immer schon mal wissen wollte – was ist das für ein Gefühl, Pfarrer zu sein?«

»Nehmen Sie doch bitte im Wohnzimmer Platz«, sagte der Pfarrer, »dann werde ich versuchen, Ihnen eine Antwort auf diese Frage zu geben.«

Als alle mit Gläsern und Untersetzern und Keksen und Käse und Kräckern und Servietten Platz gefunden hatten, setzte er sich auf den Klavierschemel und versuchte, sich mit der Frage zu beschäftigen. Woher sollte er wissen, was für ein Gefühl es war, Pfarrer zu sein? Er hatte nie darüber nachgedacht, was für ein Gefühl das war. Er war es einfach, und das war's.

»Nun«, sagte er und wünschte sich seine Frau herbei. »Mal sehen…«

»Es muß sehr interessant sein«, sagte Vince.

»O ja, das ist es.«

»Viel zu tun?«

»Absolut. Hält mich ständig in Trab.«

»Der Job hat wahrscheinlich auch seine Streßphasen, denk ich mir.«

»Ganz bestimmt. Ganz bestimmt. Was machen Sie denn beruflich, Vince?«

»Prothesen«, sagte Vince.

»Aha. Und was ist das für ein Gefühl, in Prothesen zu machen?« O Gott, o Gott…

Dooley kam mit einem Teller Plätzchen und einem Glas Milch hereinspaziert. »Cynthia sagt, sie wird gleich hier sein. Wer ist das in der Küche?«

»Das ist Lacey Turner.«

»Bäh«, sagte Dooley mit unverhohlenem Abscheu.

»Geh noch nicht auf dein Zimmer«, bat er Dooley. Er hatte

die neue Tagesdecke auf dem Rücksitz seines Wagens liegengelassen und wollte sie aufs Bett legen, bevor Dooley sein renoviertes Zimmer sah.

»Ich war schon oben«, sagte Dooley. »Ich habe Joseph mit raufgenommen, während ihr anderen euch alle über künstliche Beine unterhalten habt.«

»Arme. Ich habe dir eine neue Tagesdecke gekauft. Sieht aus wie eine Indianerdecke.«

»Schön. Meine Fernbedienung gefällt mir. Aber man kriegt immer noch nur die drei Sender rein, mehr nicht. In der Schule haben wir vierundfünfzig.«

»Vierundfünfzig? Erstaunlich.«

»Das ist nicht erstaunlich, das ist Kabelfernsehen. Sie sollten sich auch einen Kabelanschluß legen lassen.«

Er hatte einmal mit dem Gedanken gespielt, aber beschlossen, die zwanzig Dollar im Monat lieber dem Kinderkrankenhaus zu spenden. Was sollte er mit den Eingeborenentänzen Malaysias anfangen oder gar mit all den Sportsendungen, die er sehen konnte, wo er doch nie Sport sah?

»Du wirst diesen Sommer zuviel zu tun haben, um rumzuliegen und vierundfünfzig Sender zu gucken. Tommy möchte, daß du für zwei Wochen mit ihm zu seiner Großmutter in Arkansas fährst, dann ist da noch das Stadtfestival – du sagtest mal, du würdest da gern einen Getränkestand machen –, und ich weiß, daß Hal und Marge dich gern ein paar Tage zu Besuch hätten …«

»Ich werde die ganzen Ferien dort sein«, sagte Dooley.

»Wie bitte?«

»Ich werde den Sommer auf Meadowgate verbringen und Doc Owen aushelfen.«

Er spürte, wie seine Kehle sich langsam zuschnürte. Hatte er sich verhört? »Wie meinst du das, den Sommer auf Meadowgate verbringen? Darüber haben wir nie gesprochen.«

»Ich habe Miz Owen geschrieben und sie gefragt, und sie

hat zurückgeschrieben und gesagt, wenn Sie einverstanden wären, könnte ich es tun ...«

Eine merkwürdige Kälte bemächtigte sich seiner. »Aber ich habe nie gesagt ... Wir haben nie darüber gesprochen ...«

»Ich wußte, daß es Ihnen egal wäre.«

»Aber es ist mir nicht egal. Und Cynthia auch nicht. Wir haben uns darauf gefreut, dich wiederzusehen, dich zu Hause zu haben.« Er spürte eine Art Schmerz, als würde er gleich in Tränen ausbrechen. Dann kam der Zorn.

Dooley sah ihn an und zuckte die Achseln.

Heiß.

Er stand auf, zog seinen Pyjama aus und ging barfuß ins Badezimmer.

Alle Fenster standen offen, aber es regte sich kein Lüftchen.

Er trat an den Schrank und nahm, so leise er konnte, den Ventilator aus dem Regal, ohne das Licht anzuknipsen. Dann nahm er die Uhr vom Nachttisch, stellte den Ventilator an ihre Stelle und stöpselte den Stecker in die Steckdose neben dem Bett.

»Timothy, was machst du da, um Gottes willen? Du klingst wie der Angriff der leichten Brigade.«

»Ich stöpsele den Ventilator ein.«

»Mit einer großen Hilfstruppe, wenn ich richtig höre.«

»Entschuldige«, sagte er. »Es ist heiß.«

»Wie in der Sauna.«

Er richtete den Ventilator auf das Bett, stellte ihn auf die höchste Stufe und legte sich wieder neben sie.

»Wunderbar«, sagte sie. »Gut gemacht.«

Sie lagen da und betrachteten die Schatten der Blätter an der Decke.

»Was ist los?« fragte sie, tastete nach seiner Hand und hielt sie fest.

»Was meinst du?«

»Was geht dir im Kopf herum? Ich weiß es immer, weißt du.«

Die Ehe hatte viele Vorzüge. Aber eine Frau, die die Gedanken ihres Mannes lesen konnte, schien im Augenblick keiner dieser Vorzüge zu sein.

»Dooley«, sagte er.

Sie wartete.

»Er will den Sommer auf Meadowgate verbringen.«

»Nein!«

»Doch. Und er ist fest entschlossen.«

»Aber warum? Warum fährt er nicht einfach für einen Besuch hin?«

»Er will mit Hal arbeiten, sagte, er hätte an Marge geschrieben, und sie hat es erlaubt, falls wir einverstanden sind.«

»Sind wir einverstanden?«

»Nein! Nein, zum Kuckuck.«

»Ich hasse das«, flüsterte sie. »Wir dachten, er würde sich freuen, nach Hause zu kommen.«

»Die Wahrheit ist«, sagte er verbittert, »daß nur wir uns gefreut haben. Es war eine Einbahnstraße.«

»Warum hat Marge das uns gegenüber nicht erwähnt?«

»Keine Ahnung.« Marge Owen war seine älteste Freundin in Mitford, die erste Freundin, die er vor fünfzehn Jahren hier gewonnen hatte. Er und Hal und Marge waren durch dick und dünn gegangen, bis Dooley ins Pfarrhaus kam und Rebecca Jane auf Meadowgate geboren worden war. Danach hatten sie sich voneinander entfernt, aber niemals, so hatte er geglaubt, in ihren Gefühlen füreinander. Sie wußten ganz genau, wie sehr er den Jungen liebte, aber sie liebten ihn ebenfalls, er stand ihnen sehr nahe …

»Laß mich mit Marge reden«, sagte Cynthia.

»Nein, laß es auf sich beruhen. Er will hinfahren. Und darum geht es schließlich. Nicht darum, ob sie die Sache irgendwie eingefädelt haben, oder darum, wie wir uns dabei fühlen. Was zählt, ist, daß er zu ihnen will.«

Am Boden zerstört. So fühlte er sich. Leer und gleichzeitig voller Schwere.

Er dachte manchmal noch an die Höhle, daran, welche Angst sie ausgestanden hatten, und an den Frieden, der ihn gegen Ende des Ganzen erfüllt hatte. Er hatte in dieser Höhle etwas gelernt, aber er wußte nicht, was. Vielleicht wußte er es deshalb nicht, weil er sich nicht gestattete, sich in die Sache zu vertiefen und darüber nachzudenken. Schließlich hatte er so viel zu tun gehabt, daß keine Zeit zum Nachdenken geblieben war.

Fülle oder Mangel, ging es ihm durch den Kopf, als er vom Büro zur Kirche lief. Als Junggeselle hatte er abends nichts als Zeit gehabt. Das hier war ein ganz anderes Leben, und er war dankbar dafür. Seine Frau auf dem Schoß zu haben, während sie das bißchen, was ihm von seinem Haar verblieben war, zerwühlte; von einem Kuß geweckt zu werden, der ihm die Sinne raubte, viele Stunden mit jemandem zu verbringen, dessen Gesellschaft ihm teuer war, der seine Gespräche geistreich erscheinen ließ, obwohl sie das offensichtlich nicht waren …

Schon wieder hatten Mäuse das Retabel angeknabbert, den ehrwürdigen Aufsatz links vom Altar. Nach Meinung des stellvertretenden Kirchenvorstands würden sie möglicherweise die Seitenvertäfelung ersetzen müssen, und ob er wohl so freundlich wäre, sich die Bescherung einmal anzusehen? Diese spezielle Stelle hatte schon immer die Mäuse angezogen, als wäre sie mit Vermonter Cheddar getränkt.

Und wenn er schon mal dabei war, hatte Emma gesagt, solle er doch bitte gleich überprüfen, ob die Laienleser nach ihrer Versammlung im Gemeindehaus gestern abend die Kaffeemaschine ausgemacht hätten. Ihrer Meinung nach taten die Laienleser nichts lieber, als die Maschine anzulassen, bis ihr Inhalt sich in Schlamm verwandelte. Laienleser standen in ihren Augen auf der untersten Sprosse der Kirchenleiter; sie hatten keine Kerzen zu entzünden, keinen Wein auszuteilen, kein Kreuz zu tragen, keine Wäsche zu waschen und zu bügeln, keine Hostien zu backen, keine Blumen zu arrangieren, keine Musik auswendig zu lernen – sie brauchten lediglich dazustehen und aus einem Buch vorzulesen.

Er bedauerte es, daß er keine Zeit mit Lacey hatte verbringen können. Sie war fort gewesen, bevor er von den Barnhardts loskommen konnte. Er wollte in Erfahrung bringen, wie ihr Gebet am Bachufer sich auf ihr Herz und ihr Gemüt ausgewirkt hatte, was es für sie bedeutet hatte. Was hatte es für die anderen Menschen bedeutet, die vom Ufer ins Wasser hinuntergeströmt waren, um sich im Namen des Vaters, des Sohnes und des Heiligen Geistes taufen zu lassen? Was hatte sich dort oben am Bach verändert, an jenem Ort, den zu betreten selbst Engel fürchteten?

Er schloß die Tür zur Vorhalle der Kirche auf, trat ein und war sofort erfüllt von der Dankbarkeit, dort sein zu dürfen.

Er war heutzutage nur noch selten allein in der Kirche – die Gemeinde wuchs, und immer häufiger werkelte irgend jemand irgendwo herum oder veranstaltete ein Treffen, oder die Touristen versuchten, hineinzukommen und den alten Wandbehang von Mortlake zu bestaunen, der für eine schwindelerregende Summe versichert war. Er verbeugte sich vor dem Altar, setzte sich in die zweite Reihe auf der Evangelienseite und schleuderte die Schuhe von sich.

Dies war sein Zuhause.

Er scherte sich nicht viel um die Mäuse, die sich, zumindest im Augenblick, nicht am Retabel gütlich taten. Er wollte lediglich dasitzen und sich von dem Frieden durchdringen lassen, vom Duft der Kastanienwände und von all den Jahren, in denen Weihrauch, getrocknete Hortensien, frische Blumen, Bienenwachs und Zitronenöl das ihre zur Atmosphäre beigetragen hatten.

Er hatte den Geruch seiner verschiedenen Kirchen im

Laufe der Jahre immer geliebt, vielleicht ganz besonders den der kleinen Missionskirche am Meer. Dieser Kirche mit den offenen Fenstern, durch die die frische, salzige Brise hereinkam, und dem Weihrauch, der an hohen Festtagen das Kirchenschiff erfüllte; es genügte, um einen auf Wolken gehen zu lassen. Die Protestanten hielten nicht viel von Weihrauch, und die Kultur der sechziger Jahre hatte seinen Ruf auch nicht gerade verbessert, aber er liebte ihn sehr.

Gott verlangte von Moses, daß Aaron auf dem Räucheraltar »gutes Räucherwerk« verbrennen solle, »jeden Morgen, wenn er die Lampen zurichtet. Desgleichen, wenn er die Lampen anzündet gegen Abend, soll er solches Räucherwerk auch verbrennen.« Kurz und gut, »das soll das tägliche Räucheropfer sein vor dem Herrn bei euren Nachkommen.«

Ah, hm, der Weihrauch war es nicht wert, daß man sich deswegen in den Haaren lag. Letztendlich war er nur eine Fußangel mehr in der Kirchenpolitik.

Warum waren die Kirchenpolitiker so verbittert? hatte jemand vor kurzem gefragt. Weil die Einsätze so klein sind, lautete die Antwort.

Er kicherte.

Die Kapelle Unseres Herrn hatte ihren Anteil am politischen Gezänk gehabt, aber, Gott sei Dank, in den letzten drei oder vier Jahren nicht mehr. Nein, die Dinge waren recht glatt gegangen, und dafür war er dankbar.

Warum dachte er über Politik nach, wo die Kirche so herrlich still war und irgendwie erwartungsfroh wirkte? Das Licht strömte durch das Buntglasfenster, das den jungen Jesus bei der Predigt im Tempel darstellte, es schimmerte durch Purpur und Scharlachrot und Gold und durch das Himmelsblau der Gewänder des Jungen, der vor den Kirchenältesten stand. Was für ein kluges und mutiges Kind, dachte er, ich bin froh, daß ich ihn kenne.

»Ruhe. Ruhe. Finde deine Ruhe in Gottes Liebe«, hatte Madame Guyon geschrieben. »Die einzige Arbeit, die jetzt von dir verlangt ist, besteht darin, Gottes stiller, leiser Stimme in deinem Innern deine tiefste Aufmerksamkeit zu schenken.«

Er seufzte, rutschte auf der abgenutzten Bank nach vorn und fiel auf dem Kissen auf die Knie.

»Lieber Gott«, sagte er laut, »ich werde nicht beten, ich will nur zuhören. Warum wendet sich Dooley von uns ab?

Und was war die Lektion, die du mich in der Höhle gelehrt hast?«

Es ging Cynthia nicht darum, den Jungen zur Rechenschaft zu ziehen.

»Ich möchte Dooley kein schlechtes Gewissen machen, das ist es nicht. Ich möchte lediglich, daß er weiß, was ich fühle. Das ist nur fair. Hat er es uns nicht auch wissen lassen?«

Sein Stil war es eher, die Dinge Gott anheim zu stellen, dann wieder seine Meinung zu ändern und so weiter, bis in alle Ewigkeit, bis die Sache ihn schließlich völlig ausgelaugt hatte. Seine Frau jedoch hatte ihren eigenen Stil.

»Dooley«, sagte sie beim Abendessen am Küchentisch, »wir haben uns auf dich gefreut.«

Dooley nickte.

»Wir lieben dich, und wir waren ganz aufgeregt bei dem Gedanken, dich über die Sommerferien zu Hause zu haben.«

Dooley starrte die Wand an.

»Es macht uns traurig, daß du lieber nach Meadowgate willst.«

Dooley nahm einen Bissen Lasagne.

»Wir wollten die Zeit gemeinsam mit dir verbringen, aber wir respektieren deine Entscheidung und wünschen dir, daß du einen schönen Sommer hast und viel von Dr. Owen lernst.«

Dooley nickte.

»Aber das ist nur ein Teil meiner Gefühle. Dies ist der

andere Teil.« Sie sah Dooley in die Augen und hielt seinen Blick fest. »Du hast meine Gefühle verletzt und mich irrsinnig wütend gemacht. Manchmal, finde ich, benimmst du dich wie ein Mistkerl.«

Dooley schluckte.

Er auch. Nun, so sei es.

»Haben Sie es gesehen?« fragte Percy.

»Was gesehen?«

»Das Transparent.«

»Aha! Sie haben es also aufgehängt, ja?«

Percy sah ihn grimmig an. »Heute morgen um zehn. Hat ganz schönen Wirbel verursacht.«

»So ein Transparent ist schlecht zu sehen, wenn es auf einer Markise angebracht ist, und man den Kopf in den Nacken legen müßte, um überhaupt etwas zu sehen. Ich gehe mal auf die andere Straßenseite rüber und werfe einen Blick drauf.«

»Die haben ein Wort bei dem Mistding vergessen.«

»Das ist doch nicht Ihr Ernst!«

»Aber dafür sind sie fünfzig Dollar mit dem Preis runtergegangen.«

»Das war auch das Mindeste, was sie tun konnten.«

»Ich wollte ihnen schon sagen, daß sie das ganze Geschäft vergessen können, aber …« Percy zuckte mutlos mit den Schultern.

»Machen Sie mir schon mal ein überbackenes Thunfischsandwich, ich habe heute etwas Spielraum in meiner Diät. Bin gleich wieder da.«

Er ging so unachtsam über die Straße, daß Esther Bolick ihn um ein Haar mit dem Pick-up ihres Mannes gestreift hätte. Esther kam mit quietschenden Bremsen zum Stehen und beugte sich aus dem Fenster. »Wie ich höre, hat die Bürgermeisterin bei Miss Sadie geplaudert.«

»Wir ziehen die Sache durch.«

»Ich mache keinen Orangenmarmeladekuchen«, sagte Esther. »Ich mache einen mit Erdnußbutter. Drei Schichten, mit Gelee dazwischen. Apfelgelee oder Traube?«

»Traube!«

»Um Himmels Willen, gehen Sie endlich von der Straße runter, bevor Sie noch jemand umfährt«, sagte sie und donnerte davon.

Als er sicher auf der anderen Seite angekommen war, drehte er sich um und betrachtete das Transparent über Percys Markise.

Bei Percy hat jeder Stuhl.

Er lachte schallend und schlug sich auf die Schenkel.

Aber, Donnerwetter auch. Er konnte nicht hier rumstehen und lachen. Was, wenn Percy aus dem Fenster schaute und ihn sah?

Er ging zurück zur Grillstube, als betrachte er das Mauerwerk des Postamtes, und keuchte vor Lachen. Der Postmeister steckte den Kopf durch die Tür und zeigte grinsend auf das Transparent. »Da habe ich auch schon anderes gehört«, bemerkte er.

Er trabte zurück über die Straße. »Percy«, sagte er nüchtern, »ich würde der Transparentefirma ihre fünfzig Dollar zurückgeben.«

»Wie meinen Sie das?«

»Ich meine, dieses Transparent wird das Gesprächsthema in der Stadt sein.«

Percys Miene hellte sich auf. »Meinen Sie wirklich?«

»Und das ist doch der eigentliche Sinn der Werbung, nicht wahr?«

»Nun ...«, sagte Percy.

»Vertrauen Sie mir«, sagte der Pfarrer.

Cynthia legte ihm den Arm um die Taille. »Soll ich es machen?«

»Ich mache es«, sagte er.

Er ging ins Arbeitszimmer, setzte sich an seinen Schreibtisch und wählte die Nummer der Owens. Barnabas folgte ihm und legte sich zu seinen Füßen nieder.

»Hallo? Hier Meadowgate.«

»Marge? Timothy.«

»Timothy!«

»Ich werde dich nicht lange aufhalten …«

»Das geht schon in Ordnung, Rebecca schläft, und Hal ist auf einer Sitzung der Landwirtschaftlichen Vereinigung. Wie geht es dir?«

»Gut. Dooley sagt, er wolle über die Sommerferien zu euch …«

»Ach ja? Ich … ich wußte es nicht genau. Ich habe gesagt, wenn ihr alle einverstanden wäret …«

»Es ist das, was er will. Ich wollte dir nur sagen, daß ich ihn bis zu Miss Sadies Party am Sonntag, dem 18., hier brauche.«

»Natürlich! Hm … ja. Miss Sadies Party. Darauf freuen wir uns auch schon sehr.«

»Er soll nämlich singen, weißt du.«

»Verstehe.«

Lange Pause.

»Nun, Marge. Danke für alles. Wann sollen wir ihn zu euch rausbringen?«

»Oh … jederzeit. Wann immer es euch paßt. Vielleicht könntet ihr … ihn nach der Party einfach mit uns fahren lassen?«

»Gut. Na dann, schöne Grüße an Hal.«

»Ja, und grüß du Cynthia.«

Er legte auf und spürte, wie sein Magen sich zusammenkrampfte. Er hatte sich noch nie zuvor in einem Gespräch mit Marge Owen irgendwie unwohl gefühlt; im Gegenteil, er war von Anfang an in ihrer Gesellschaft immer locker und ungezwungen gewesen. Wie oft hatte er seine Füße unter den Tisch der Owens gestreckt, hatte den Frieden des alten

Bauernhauses genossen, während die Pflichten einer neuen und schwierigen Gemeinde ihn in Atem hielten?

Und noch etwas. Es war klar, daß Dooley Barlowe weder die Vernunft noch den Anstand besessen hatte, ihnen eindeutig mitzuteilen, daß er kam.

Diese ganze Angelegenheit war ihm ein Dorn im Auge.

»Ich bin furchtbar aufgeregt, Pfarrer Tim, ich wollte nur, daß Sie das wissen.« Es war Sadie Baxter, und in ihrer Stimme lag wieder der alte Schwung.

»Das freut mich zu hören. Wir sind auch aufgeregt. Ganz schön schwierig, heutzutage ein Bläserorchester aufzutreiben, aber wir versuchen es ...«

»Machen Sie sich ja keine Mühe!«

»Mühe? Wahrhaftig, Miss Sadie, genau darum geht es doch gerade! Wenn sich niemand auf dieser Welt irgendwelche Mühe machen würde, hätte die Kirche nie ein Dach bekommen. Es würde niemals Maisbrot gebacken werden. Jungen würden nie zur Schule gehen.«

Sie lachte. »Cynthia sagt, Dooley würde uns heute besuchen.«

»So gegen zwei Uhr, denke ich. Sie werden einen ganz neuen Jungen vor sich sehen.«

»Nicht so neu, daß er keinen Hunger hätte. Sagen Sie ihm, er soll sich nur nicht genieren; Louella macht Limonade und Zimtplätzchen, genau wie Mama sie früher gemacht hat.«

»Ich bin richtig neidisch.«

»Sie sind ein hoffnungsloser Fall, das sind Sie!«

»Man hat schon Schlimmeres über mich gesagt«, versicherte er ihr.

Er wachte mit dem Gedanken an Dooley auf, ging die Treppe zu seinem Arbeitszimmer hinunter und tappte, so leise es ging, durch das Schlafzimmer.

Fünf Uhr.

Er war seit Jahren morgens um fünf Uhr aufgestanden; es war einfach seine Zeit, auch wenn er letzthin furchtbar schlecht geschlafen hatte.

Er lehnte sich an den Kaminsims, reckte sich und flüsterte das Gebet, das er von seiner Großmutter gelernt hatte: Lieber Gott, laß mich heute irgend jemandem zum Segen gereichen.

Gut. Es tat so gut, sich zu recken, lebendig zu werden, dachte er, und stellte sich auf die Fußballen.

Er würde Kaffee machen, er würde das Morgengebet lesen, er würde zwanzig Minuten lang einfach still dasitzen; dann wollte er ins Krankenhaus, eine Runde, die er jeden Morgen machte, und von der es nur wenige Ausnahmen gab.

Ein Besuch bei den Kranken war weiterhin eine gute Medizin für ihn. Wenn er sich einmal hundeelend fühlte, brauchte er lediglich schnell mal zum Hügel raufzulaufen und ins Krankenhaus zu gehen, und alle Sorge um sich selbst war verflogen.

Wenn er in Pension ging, würde er diese Besuche im Krankenhaus beibehalten...

Wenn er in Pension ging?

Er ließ die Anspannung aus seinen Armen weichen und hielt sich am Kaminsims fest.

Wenn er in Pension ging. Woher war dieser Gedanke gekommen?

Er ging in die Küche, malte die Bohnen, braute den Kaffee und fand in diesem einfachen, täglichen Ritual einen merkwürdigen Frieden. Es war ein Ritual des Wohlbehagens und der Sicherheit in dem stillen, schlummernden Haus.

Er nahm die dampfende Tasse, stellte sie neben seinen Ohrensessel, knipste dann die Lampe an und griff dann nach seinem abgegriffenen Gebetsbuch.

Dies war die Zeit, um den Tank für die Fahrt des Tages zu füllen. Er konnte den Tank nur zu einem Viertel füllen und später am Straßenrand liegenbleiben, oder er konnte gleich bis obenhin vollmachen und die ganze Strecke bewältigen...

Aber irgend etwas wollte anscheinend vor dem Morgengebet bedacht sein.

Warum hast du diese Fragen nicht beantwortet? fragte er schweigend.

Er hatte in dieser Stunde in der Kirche nichts anderes empfangen als ein Gefühl der Ruhe. Das allein war durchaus schon eine Antwort, aber nicht die, nach der er suchte.

Vergebung.

Er spürte, wie sich das Wort langsam in sein Herz schrieb, und wußte es sofort. Diese einfache Sache war die Antwort.

»Vergebung«, sagte er laut. »Vergebung ist die Lektion der Höhle ...«

Er saß still da und wartete.

»Und was ist mit Dooley, lieber Gott, warum entgleitet Dooley uns derart?«

Wieder hatte er das Gefühl, es würde ihm ein Wort ins Herz geschrieben.

Dito.

Er schüttelte den Kopf. Dito? So redet Gott nicht, Gott sagt nicht dito. Er lachte laut auf. Dito?

Eine große Last fiel von ihm ab. Dito! Natürlich redet Gott so, wenn er es will.

Er stand auf, trat ans Fenster und blickte in die Morgendämmerung hinaus.

Er würde Dooley Barlowe und Marge und Hal Owen vergeben müssen, ob es ihm gefiel oder nicht.

KAPITEL 14

Der Richtige für den Job

Coot Hendrik kam auf dem Weg zur Herrentoilette am hinteren Tisch vorbei. »Ich esse hier jetzt seit dreißig Jahren«, sagte er, »und das mit dem Stuhl klappt immer noch nicht richtig.«

»Percy gibt Ihnen eine Portion Dörrpflaumen«, sagte Mule. Dann sah Mule den Pfarrer an und senkte die Stimme. »Haben Sie gesehen, wer da hinter Ihnen hereingekommen ist?«

»Wer?«

»Officer Lynwood. Sie sitzt an der Theke.«

»Aha.«

Mule pfiff durch die Zähne. »Mann …«

»Mann was?«

»Was bringt J.C. bloß auf den Gedanken, daß er damit fertigwird? Sie trägt eine Neunmillimeter unter der Jacke.«

Der Pfarrer lachte.

»Mit Joghurt und trockenem Toast allein ist es da nicht getan, wenn Sie mich fragen.«

»J.C. wird Sie aber nicht fragen.«

»Mal im Ernst. Was macht Ihr Junge diesen Sommer?«

»Er geht nach Meadowgate, um Hal Owen zu helfen.«

»Ich dachte, Sie planten eine große Überraschung, einen Campingausflug, nur Sie und er.«

»Das hatte ich tatsächlich vor, aber ich habe in der letzten Zeit genug Überraschungscamping gehabt, vielen Dank.«

»Da kommt ja auch J.C. Nun, da soll mich doch …

er hat ihr zugenickt, als hätte er sie noch nie im Leben gesehen.«

»Das ist normal.«

»Ach ja?«

»Wenn man verliebt ist, benimmt man sich manchmal, als würde man den anderen nicht kennen.«

»Ist das eine Tatsache? Ich habe mich nie so benommen. Sie?«

»Immer wieder«, sagte der Pfarrer.

»Warum?«

»Keinen Schimmer.«

»Wow, er setzt sich neben sie. Aber er sieht nicht in ihre Richtung.«

»Das ist ein sicheres Zeichen.«

»Wofür?«

»Für etwas Ernstes.«

Ein langes Schweigen folgte, während Mule zur Theke spähte.

»Sieht so aus, als käme er doch endlich rüber, um mit seinen Freunden zu sprechen. Immerhin treffen wir uns jetzt seit fünfzehn Jahren an diesem Tisch. Vielleicht will er ja bloß kurz mit Percy plaudern, vielleicht muß er ja auch in ein oder zwei Minuten weiter. Verflixt. Percy hat ihm gerade eine Tasse Kaffee und Besteck gegeben. Ich fasse es nicht – der Blödmann will an der Theke essen!«

»Dann haben wir ihn verloren«, sagte der Pfarrer.

»Was hätten Sie denn gern?« fragte Velma.

»Wen interessiert das schon?« seufzte Mule mit mutloser Miene.

Es waren ungezählte Telefongespräche und die wiederholte Beteuerung vonnöten, er sei Geistlicher. Als er endlich einen Rückruf von dem Ermittler des Sozialamtes bekam, fühlte er sich, als wäre er bis ins Pentagon durchgekommen.

»Nach allem, was wir in Erfahrung bringen konnten, lebt

Lacey Turner tatsächlich nicht mehr in der Gemeinschaft am Bach. Eine Nachbarin sagte, sie wohne jetzt in West Virginia, eine andere sprach von Tennessee. Bei den Turners hat niemand aufgemacht. Wir haben der Familie ein Schreiben dagelassen, mit der Bitte, Kontakt zu uns aufzunehmen, aber wir haben keine große Hoffnung, daß das tatsächlich passiert.«

»Das Mädchen lebt dort, das weiß ich mit Sicherheit.«

»Wir hatten einige Jahre eine vertrauliche Quelle am Bach, aber die Frau ist in ein Pflegeheim gekommen. Solange wir keine neuen, verläßlichen Informanten finden, sind wir gezwungen, mit den vorliegenden Informationen zu arbeiten.«

»Sie müssen etwas tun. Ich sage Ihnen, die Situation ist dringend.«

»Wir können mit einem Polizeibeamten hingehen, aber das ist so eine Sache. Die Leute am Bach machen dicht wie eine Muschel, sobald sie eine Uniform sehen... In den letzten zwölf, dreizehn Jahren sind da oben drei Hilfssheriffs angeschossen worden. Ich glaube nicht, daß das die richtige Vorgehensweise wäre.«

»Was wäre denn dann die richtige Vorgehensweise?« Er bedauerte die Kälte in seiner Stimme.

»Wir könnten es mit einer gerichtlichen Verfügung versuchen. Dann kämen wir ins Haus rein, um nachzusehen, und könnten zumindest beweisen, daß das Mädchen da lebt.«

»Was würden Sie mit dem Mädchen machen, wenn Sie sie fänden?«

»Wenn die Situation so ist, wie Sie es beschreiben, würde sie aus dem Haus entfernt werden. Aber zuerst würden wir eine medizinische Untersuchung machen, nach Beweisen für eine Mißhandlung suchen.«

»Wenn man sie aus dem Haus fortbrächte, wo käme sie dann hin?«

»Wir würden nach einem geeigneten Verwandten suchen, und wenn da niemand ist – Pflegeeltern.«

»Unter welchem Vorwand würden Sie die gerichtliche Verfügung beantragen?« fragte er.

»Die Wahrheit. Eine Klage wegen Kindesmißhandlung.«

»Was, wenn sie das Mädchen nicht finden können?«

»Das Gesetz verlangt von uns den Versuch, Ihre Aussage zu beweisen. Im Idealfall beweisen wir sie, indem das Mißbrauchopfer gefunden und eine medizinische Untersuchung durchgeführt wird. Wenn wir das Mädchen nicht finden können, können wir Ihre Aussage zur Erhärtung der Sache benutzen, sofern wir dazu noch einen weiteren Zeugen hätten, der die Verletzungen des Kindes gesehen hat. In diesem Fall könnte Ihre Frau das übernehmen.«

»Und dann ...?«

»Dann wird die Sache der Staatsanwaltschaft übergeben. Die werden eine Suche nach Lacey in die Wege leiten.«

Er war erschüttert.

»Sie müssen wissen«, sagte der Ermittlungsbeamte, »daß Sie das Haus wahrscheinlich nicht verlassen will. Sie mag dort Gewalttätigkeiten ausgesetzt sein, aber es ist ihre vertraute Umgebung, und sie hat wahrscheinlich mehr Angst vor dem Unbekannten als vor dem, was sie kennt. Andererseits hat eine Minderjährige nicht das Recht, unsere Hilfe abzulehnen, und wir wären verpflichtet, sie von dort wegzubringen.«

»Die Mutter ... sie ist invalide. Wenn Lacey wegginge ...«

»Wenn sie volljährig und zurechnungsfähig ist, hat sie das Recht, selbst zu entscheiden, ob sie gehen oder bleiben will. Aller Wahrscheinlichkeit nach wird sie nicht gehen.«

Er schwieg.

»Da ist noch etwas, das Sie wissen sollten, Herr Pfarrer. Fälle wie diese nehmen nur sehr selten ein glückliches Ende.«

»Was«, fragte er, »ist denn nun die Quintessenz in dieser Angelegenheit?«

»Sie haben getan, was das Gesetz von Ihnen verlangt – Sie haben Meldung gemacht. Die Quintessenz ist: Wir müssen tun, was das Gesetz von uns verlangt, das heißt, wir müssen versuchen, das Mädchen zu finden. Wir werden einige weitere Möglichkeiten ausschöpfen, die uns offenstehen, und wenn nichts dabei rauskommt, werden wir Ihre Aussage als Beweis benutzen – dann greift die Staatsanwaltschaft ein.«

Zutiefst bekümmert legte er den Hörer auf. Wenn sie Lacey fanden, würden sie sie von ihrer Mutter wegholen, was für beide verheerende Folgen haben würde. Wenn es Lacey gelang, sich zu verstecken, wußte nur Gott allein, was ihr Vater alles tun konnte, um sich für die Erkundigungen des Sozialamtes zu rächen...

Er spürte, wie sich eine Last auf ihn herabsenkte, wie er sie viele Jahre nicht mehr gekannt hatte.

Wer war er, noch mehr Elend zu bringen, wo von Anfang an nur Elend geherrscht hatte...?

Bei Winnie Iveys Cottage wandte er sich nach links und ging den Bach hinunter, um seinen alten Freund zu besuchen.

Der heimatlose Hobbes kannte die Gemeinschaft am Bach wie seine Westentasche – lebte er nicht am Rand dieser Gemeinschaft, und gab er nicht jeden Mittwoch abend der Hälfte der Menschen dort aus seinem großen Suppentopf zu essen?

Als er sich dem winzigen Haus am Ufer des kleinen Mitfordbachs näherte, sah er den Heimatlosen auf der Treppe sitzen und lesen, während der Stimmlose erfolglos versuchte, zu bellen.

»Ich sehe schon Dinge, die nicht da sind«, sagte der Heimatlose, ließ das Buch sinken und rieb sich die Augen. »Ist es eine Vision von Johannes, dem Täufer, oder ist es einer der alten Propheten, der durch die Wildnis wandert? Wo sind Sie gewesen?«

»Verheiratet, mein Freund, verheiratet. Die Tage fliegen dahin, und eh' man sich's versieht...«

»Sie sind mir richtig fremd geworden. Kommen Sie und

trinken Sie ein Glas Limonade, bevor Sie noch einen Hitzeschlag kriegen.«

Er folgte dem Heimatlosen und dem Stimmlosen ins Haus, das trotz seiner dünnen Wände im Ofen der sommerlichen Hitze herrlich kühl schien.

Er sah, daß sein Freund, der sich häufig rühmte, nur ein einziges Paar Hosen zu besitzen, eine schöne Cordhose mit ledernen Hosenträgern anhatte.

»Sie sehen ja richtig geschniegelt aus, Hobbes.«

»Die Sachen habe ich auf der Müllkippe hinter der Kildale Road gefunden, da, wo Miss Rose Watson immer plündern ging, wenn sich jemand fand, der sie dahin mitnahm. Die da haben einer Witwe gehört, deren Mann den Löffel abgegeben hat. Angeblich hat sie keinen roten Heller auf den Burschen gegeben und einfach all seine Sachen in den Pick-up ihres Gärtners geladen und ihn damit nach Kildale geschickt. Ich hab da rumgestanden, als wüßte ich, daß er kommt. In den Hosentaschen war noch 'ne Armbanduhr drin, die hab ich für sechzig Dollar an Avis Packard verkauft. Den Rest der Sachen habe ich weggegeben.«

»Gut gemacht!«

»Setzen Sie sich doch«, sagte sein Gastgeber und bot ihm den einzigen Stuhl im Haus an. »Mit dem Geld haben wir eine Kindermatratze und Decken für Sis Thompsons kleines Enkelkind gekauft; das hat bisher auf Decken geschlafen.«

Der Heimatlose beäugte ein wenig kläglich seine Hosenträger. »Ich weiß nicht, ob ich die behalte oder nicht. Wer weiß, am Ende bleibe ich doch noch irgendwo hängen.«

Nachdem der Stimmlose gründlich die Schuhe und die Hose des Pfarrers beschnuppert hatte, sprang er dem Pfarrer auf den Schoß und legte sich zufrieden nieder.

»Ist er nicht ein herrlicher Anblick?« fragte der Heimatlose. »Das ist der größte Trost, den ein Mann sich nur wünschen kann, zusammengerollt in neun Pfund braunes Fell mit weißen Flecken. Wie geht's dem Barnabas? Ich habe gehört, er hat Sie aus dieser Höhle rausgepaukt.«

»Hat er, und er verdient eine Medaille dafür. Wenn Sie einen Rat wollen: Halten Sie sich von irgendwelchen Löchern in irgendwelchen Hügeln fern.«

»Ich lasse mich auf nichts ein, wo ich nicht drin stehen kann.«

Der Pfarrer rieb die Ohren des Hundes. »Ich wollte Sie nach dem Abend mit Prediger Greer fragen…«

»Dem Abend, an dem so viele gerettet wurden? So wie ich es sehe, war das etwas, das nur wenige Menschen je erleben.«

»Da war ein Kind, ein Mädchen…«

»Lacey Turner.«

»Erzählen Sie mir alles, was Sie über sie wissen.«

»Hat's schwer, die Kleine. Sie leben auf der anderen Seite des Baches, den Hügel rauf. Mit dieser erbärmlichen Gegend da oben habe ich nicht soviel Kontakt, aber mir kommt doch so dies und das zu Ohren. Sie ist ein heller Kopf und kann lesen wie nur was. Und sie hat auch eine schnelle Hand, wenn's ums Stehlen geht. Ihr Vater schlägt sie furchtbar, und ihre Mutter ist invalide. Das letzte, was ich gehört habe, war, daß Lacey ihre Sachen gepackt hat und woanders hingezogen ist.«

»Sie lebt immer noch zu Hause. Wir wollen ihr helfen, da rauszukommen, wenn wir können.«

»Da werden Sie erst ihre Mutter rausholen müssen, bevor Sie das Kind von dort wegbekommen, wenn Sie mich fragen. Ihr Vater hat gedroht, ihrer Mutter was anzutun, wenn Lacey mit irgend jemandem über die Zustände zu Hause spricht.«

»Erzählen Sie mir von ihrem Vater.«

»Heißt Cate und ist ein übler Bursche. Die Leute machen einen großen Bogen um ihn. Ich habe ihn ein-, zweimal gesehen, und das reicht mir vollkommen. Man mischt Jähzorn nicht mit schwarzgebranntem Schnaps.«

»Job?«

»Ab und zu, wie es scheint. Er hat an dieser neuen Brücke mitgearbeitet, die über den Shantee River führt, aber die steht jetzt ja schon ein ganzes Weilchen.«

»Ich glaube, es gibt da einen Bruder...«

»Jess. Achtzehn, zwanzig Jahre alt. Nicht besonders hell im Kopf, wie ich es sehe.«

Der Pfarrer, der dem Hund die Ohren kraulte, dachte darüber nach. »Was hat dieser Gottesdienst im Freien am Bach ausgelöst? Hat irgend jemand sein Leben geändert?«

»O ja. Mrs. Thompson zum Beispiel. Sis hatte früher weiß Gott Haare auf den Zähnen. Sie hat nicht getrunken, aber sie war boshaft und trug immer ein Messer bei sich. Sie ist heute nicht mehr dieselbe Frau, dafür kann ich mich verbürgen. Der liebe Gott hat ihr das freundlichste Herz geschenkt, das Sie jemals wo finden werden.«

»Sonst noch jemand?«

»Slap Jones. Auch er ist ein anderer geworden. Slap fährt mich runter in die Stadt, damit ich holen kann, was Ihr Krämer wegwirft. Er fährt mich auch zu den Müllkippen raus und hilft mir, Suppe zu den Kranken zu bringen. Ich lese ihm ab und zu aus der Bibel vor; er macht da ziemliche Fortschritte.« Der Heimatlose hielt inne und sah den Pfarrer an. »Slap hat im Gefängnis gesessen, weil er seinen Bruder getötet hat.«

»Sie brauchen jemanden hier oben, einen jungen Absalom Greer...«

»Und ob wir das tun. Manchmal hält die Veränderung bei einem Menschen an, manchmal fällt er gleich wieder zurück in seine alte Schlechtigkeit. Es ist sehr leicht, in schlechte Angewohnheiten zurückzufallen, wie ich aus eigener Erfahrung weiß.«

»Ich weiß nicht, was ich tun soll, Heimatloser. Der Mitforder Geistlichkeit ist nicht wohl dabei, hier raufzukommen; diese Gegend liegt außerhalb der Befugnisse unserer Polizei;

sie gehört zu einem anderen Schulbezirk und ist einem anderen Sozialamt unterstellt …«

»Ich würde ja selber predigen, aber der Allmächtige ruft mich einfach nicht.«

»Er hat Sie bereits gerufen. Sie haben ein Amt.«

»Wenn Sie mich fragen, so ein besonders großes Amt ist Suppe wohl nicht.«

»Das ist vielleicht der erste Punkt, in dem wir jemals unterschiedlicher Meinung sind. Um genau zu sein, bin ich ganz anderer Meinung.«

»Dann trinken Sie ein Glas Limonade, und wir diskutieren die Sache aus«, sagte der Heimatlose und lachte sein rauhes Lachen.

Er öffnete die Tür des altertümlichen Kühlschranks und nahm eine Kühlbox heraus. »Sie haben nach Menschen gefragt, die ihr Leben geändert haben. Mir fällt gerade noch jemand ein; Pauline Barlowe. Meine Herrn, das war eine schlimme Sache. Wenn jemals der Alkohol einen Menschen umzubringen drohte, dann sie. Und ich sollte das wissen, da ich dreißig Jahre lang ein Fünfsternesäufer war.«

»Pauline …?«

»Barlowe. Ausgesprochen gutaussehende Frau, hat ein Kind und ist vor einer Weile mit einem ziemlich miesen Typen hier raufgezogen; der Mann benutzt einen Gewehrkolben, um ihr zu zeigen, wo's langgeht.«

Er spürte, wie ihm übel wurde.

»Sie war übrigens auch diejenige, die vorgetreten ist und mit Bruder Greer gebetet hat. Seither hat sie eine totale Kehrtwendung gemacht und ist, wie ich höre, für manche Leute eine richtige Inspiration. Na ja, die Zeit wird es erweisen.«

Der Heimatlose sprach weiter, aber der Pfarrer konnte sich nicht mehr darauf konzentrieren, was er sagte.

Pauline Barlowe war Doollys verschwundene Mutter.

Es ging immer noch kein Lüftchen in dieser warmen Juninacht; nur der ständige Luftstrom, der von ihrem Fächer am Bett kam, spendete ein wenig Linderung.

»Was machen wir jetzt?« fragte er unglücklich.

»Ich habe nicht das Gefühl, daß wir überhaupt etwas machen sollten. Sie hat Dooley in der Obhut seines Großvaters zurückgelassen, und da befindet er sich in gewisser Weise immer noch. Durch dich, durch uns kümmert sein Großvater sich um ihn. Sie ist nicht hergekommen, um daran etwas zu ändern. Es ist eine sehr kostbare Zeit in Dooleys Leben – sieh nur, wie er wächst, Timothy. Ja, er hat uns wehgetan, aber bedenke doch, warum – er möchte den Sommer darauf verwenden, mehr über das zu erfahren, was vielleicht einmal sein Lebenswerk sein wird.

Denk doch darüber nach! Ein Junge, der in einem zerlumpten Overall zu dir gekommen ist, ohne auch nur zu wissen, daß es so etwas wie ein Lebenswerk überhaupt gibt ...«

Er nahm ihre Hand.

»Vielleicht weiß sie nicht, daß er hier ist. Und es gibt keinen Grund, warum er erfahren sollte, daß sie dort oben ist. Überhaupt keinen Grund«, sagte sie mit Nachdruck. »Denk nicht länger daran. Wir werden dafür beten, daß seine Mutter gesund wird, so wie Dooley gesund wird. Laß die Sache auf sich beruhen. Leg es in Gottes Hände.«

»Ich danke dir«, sagte er. »Genau das brauchte ich.«

Aber was, wenn Pauline Barlowe Dooley holen kam und ihn zurückforderte?

Trotz der stickigen, feuchten Hitze überlief ihn plötzlich ein kalter Schauder.

»Dann ist da noch Lace ...«, sagte er. Aus demselben rauhen Holz geschnitzt wie Dooley Barlowe.

Warum hatte Gott sie buchstäblich auf Dooleys Fersen hergeschickt? Vielleicht hatte er es beim ersten Mal nicht richtig gemacht und bekam nun eine zweite Chance.

Er drehte sich auf die Seite, und Cynthia rückte dicht an ihn heran und schlang den Arm um ihn.

»Hör auf deinen Diakon, Liebster, und schlaf ein.«

Er versuchte, auf sie zu hören, konnte es aber nicht.

Er saß gerade an seinem Schreibtisch, als die Tür sich öffnete und ein großer, schlanker junger Mann ins Büro kam.

»Pfarrer Kavannagh? Scott Murphy.«

Er blickte in das angenehme Gesicht eines Menschen, bei dem er das Gefühl hatte, ihn vielleicht schon seit Jahren zu kennen, den er aber noch nie in seinem Leben gesehen hatte.

»Kommen Sie rein, Scott! Setzen Sie sich.«

Scott Murphy rückte seine Brille zurecht. »Ich höre, Sie suchen nach einem Kaplan, Sir, für das Haus der Hoffnung. Ich bin hergekommen, um zu sagen … ich glaube, ich bin Ihr Mann.«

Der Pfarrer stand auf und schüttelte ihm lachend die Hand. Scott Murphy hatte diese Feststellung getroffen, als sei er fest davon überzeugt.

»Das gefällt mir«, sagte er und nahm wieder Platz. »Erklären Sie mir, warum Sie das denken.« Das würde wohl kaum der Vormittag werden, den er erwartet hatte.

»Nun, Herr Pfarrer, ich bin bereit, hart zu arbeiten, das ist das erste. Ich würde mich ganz einbringen – nicht für den Job, sondern für die Patienten. Ich habe den entsprechenden Werdegang, aber was noch wichtiger ist, ich bin gern mit älteren Menschen zusammen, sie liegen mir sehr am Herzen.« Der junge Mann hielt inne und lächelte.

»Sonst noch etwas?«

Scott Murphy setzte sich auf die Besucherbank. »Nein, Sir. Das ist alles.«

Entwaffnend. Wie ein Blitz aus heiterem Himmel. Und es hatte einen gewissen Charme. »Nun, Scott, wenn das stimmt, möchte ich mehr hören. Wer hat Sie hergeschickt?«

»Ich hatte einen Traum. Es ist vielleicht schwer, das zu

glauben, Herr Pfarrer. Alles, was ich sagen kann, ist, Sie müssen mir in dieser Sache vertrauen.«

»Das will ich gern tun«, sagte er fasziniert. »Trinken Sie eine Tasse Kaffee?«

»Nein, Sir. Kaffee macht mich ganz kribbelig.«

»Das würde ich gern eines Tages mal erleben.«

Sie lachten zusammen, ein unbefangenes Lachen.

»Herr Pfarrer, als ich neun Jahre alt war, ist uns, unserer Familie, etwas Schreckliches zugestoßen.« Scott holte tief Luft und lehnte sich an die Wand hinter der Bank.

»Die Eltern meines Vaters und meiner Mutter waren gute Freunde. Sie lebten in der gleichen kleinen Stadt, in Redwing in Kansas, nicht weit entfernt von unserem Haus. Meine beiden Großelternpaare teilten sich die Erzeugnisse ihrer Gärten und nahmen viele Mahlzeiten gemeinsam ein. Sie gingen auch zusammen in dieselbe Kirche.

Im Sommer konnte ich es kaum erwarten, bis die Schule aus war. Ich stieg dann in einen Bus nach Redwing, und dort blieb ich drei Monate lang, pendelte zwischen Granma und Granpa Murphys Haus und Granma und Granpa Lewis' Farm.

Es war wunderbar, bei ihnen zu sein. Von allen vier Seiten schlug mir Liebe entgegen, und das zur gleichen Zeit. Diese Liebe war so konzentriert und direkt wie ein Laserstrahl.«

Scott Murphy rückte seine Brille zurecht und grinste.

»Sie gingen mit mir in den Zoo, sie schenkten mir ein Pony, sie bauten mir ein Baumhaus, sie ließen mich in meinem eigenen Garten arbeiten – sie taten alles, was man nur tun kann, um einem Kind die allergrößte Lebensfreude zu schenken.

Aber es waren nicht das Pony oder das Baumhaus, was wirklich zählte, Sir. Was zählte, war ihre Liebe; diese Liebe hatte solche Kraft, und sie blieb die ganze Zeit bei mir. Rückblickend würde ich sagen, sie hat mir das Gefühl gegeben, … unbesiegbar zu sein.«

Der Pfarrer nickte.

»Eines Nachts, es war im Winter, stiegen meine Großeltern – alle vier – in Granpa Murphys neuen Chevrolet Caprice und fuhren in die nächste Stadt, um sich einen Disney-Film anzusehen. Granma Murphy liebte Walt Disney. Auf dem Heimweg…«

Scott senkte kurz den Blick und sah dann wieder zu Pfarrer Tim auf.

»Auf dem Heimweg hatten sie einen Frontalzusammenstoß mit einem Truck.«

Die Uhr auf dem Bücherregal tickte gegen das kurze Schweigen an.

»Granma und Granpa Lewis waren auf der Stelle tot und Granpa Murphy auch. Granma Murphy lebte noch, als der Krankenwagen das Hospital erreichte, aber sie lag in einem tiefen Koma.«

Wie viele Geschichten, die jenseits des Erträglichen lagen, ja sogar jenseits jeder Möglichkeit, diese Dinge außerhalb dieser vier Wände zu wiederholen, waren im Laufe der Jahre in diesem einen kleinen Raum ans Licht gekommen?

»Von da an kann ich mich an nichts mehr erinnern, bis ich etwa zwölf oder dreizehn Jahre alt war. Es ist einfach nur Leere dort, eine Lücke, als hätte ich einen Schlag auf den Kopf bekommen und für lange Zeit nicht das Bewußtsein wiedererlangt.

Man könnte sagen, bei diesem Unfall hat es keine Überlebenden gegeben. Mom und Dad… es schien, als kämen wir einfach nicht darüber hinweg, als könnten wir nicht mehr richtig weiterleben.« Scott schüttelte den Kopf. »Man sollte meinen, all die Liebe, die meine Großeltern mir geschenkt hatten, wäre mir erhalten geblieben, wie eine Art Rüstung. Stattdessen hatte ich das Gefühl, als sei sie mir gestohlen worden. Was sie mir auch gegeben hatten, ich hatte es verloren.«

»Ich verstehe.«

»Verstehen Sie auch, daß ich jeden Glauben an Gott verlor?«

»Ja. So etwas kann geschehen.«

»Wir hielten uns überwiegend von dem Pflegeheim fern, in dem Granma Murphy lebte, wenn man es leben nennen kann. Ein Grund, warum wir nicht hingingen, war der, daß sie uns nie zu erkennen schien.

Irgend etwas daran machte mir zu schaffen, die Tatsache, daß wir wegblieben, weil sie uns nicht erkannte. Aber ich ging ja noch zur Schule, und seit dem Unfall war die Schule sehr hart für mich gewesen. Es gab eine Zeit, da glaubte ich nicht, daß ich es bis zum Abschlußjahr schaffen würde. Ich hatte soviel im Kopf, daß es mich nicht allzusehr bekümmerte, daß ich sie nicht besuchte. Aber irgend etwas nagte doch an mir und ließ mich nicht los.

Eines Tages war ich mit meinem Fahrrad unterwegs, und ich machte an einem Picknickplatz halt und betrachtete diese Tische, an denen niemand saß, und ich dachte an all die Picknicks, die meine Großeltern mit mir veranstaltet hatten... Plötzlich wurde ich überwältigt von... von Trauer, von etwas, das zu fühlen ich mir nie gestattet hatte. Ich dachte, ich würde sterben vor Schmerz.«

Er atmete tief aus. »Das war das Beste, das mir je passieren konnte, daß ich anhielt und den Schmerz spürte.

Und genau in diesem Augenblick wußte ich, daß ich Granma Murphy besuchen mußte, daß ich sie wirklich besuchen, sie ansehen, sie berühren und ihr sagen mußte, daß ich sie liebhatte. Ich kann Ihnen nicht sagen, wie eilig ich es plötzlich hatte.

Wir hatten sie in einem Pflegeheim etwa zwanzig Meilen entfernt untergebracht. Ich kann mich an diese Fahrradfahrt kaum noch erinnern – zwanzig Meilen, und ich erinnere mich kaum daran. Etwas anderes trat statt meiner in die Pedale, es war, als würde ich von einer göttlichen Hand geführt, als hätte ich Flügel geschenkt bekommen.«

Scott Murphy strahlte. »Ich warf mein Fahrrad vor der Tür auf den Boden und rannte den Flur hinunter und fand Granma …«

Jetzt liefen dem jungen Mann die Tränen übers Gesicht, und er nahm die Brille ab und wischte sich über die Augen, aber er lächelte immer noch. »… und ich küßte ihr Gesicht und ihre Hände und sagte ihr, daß ich sie liebhätte, und daß ich sie immer liebhaben würde.

Ich sagte ihr auch, daß ich zurückkommen würde.

Ich konnte sehen, daß sie mich nicht erkannte. Und … es war in Ordnung, daß sie mich nicht erkannte. Viele Leute hören auf, die Menschen zu besuchen, die sie lieben, weil der Betreffende sie nicht erkennt. Genau in diesem Augenblick dachte ich, wen kümmert es, ob sie mich erkennt oder nicht? Immerhin weiß einer von zwei Leuten in diesem Raum, wer er ist, und diese Chancen sind gut genug für mich.«

»Ja!«

»Von da an fuhr ich zweimal die Woche hin. Es war wie in alten Zeiten, so wie am Anfang des Sommers – ich konnte es gar nicht erwarten, Granma zu besuchen. Ich glaubte einfach, daß sie irgendwo dort drin sein müsse, hinter den Augen, die nichts zu sehen schienen, und den Ohren, die nichts zu hören schienen – irgendwo dahinter schlug ein Herz, das immer noch voller Liebe war, ein Herz, das immer noch leben und immer noch empfangen wollte.

Sie können sich sicher vorstellen, daß ich diese Geschichte im Zusammenhang mit meiner Arbeit einige Male erzählt habe, und ab und zu fragen die Leute, wie ist es möglich, daß ein Jugendlicher so denken konnte.

Ich muß Ihnen sagen, ich weiß nicht, warum ich so denken konnte. Ich war nur ein großer, schlaksiger, völlig verwirrter Junge wie viele Jungen in diesem Alter. Etwas anderes muß da in mir am Werk gewesen sein.

Auch meine Eltern gingen wieder in das Heim. Und irgendwie begannen wir einfach, Liebe in meine Granma hineinzupumpen und mit ihr zu reden, als könne sie alles verstehen, was wir sagten. Mein Dad erzählte ihr Witze; sie war immer eine große Freundin von Witzen, und wir glaubten, daß sie uns hören und irgendwo tief innen lachen konnte. Wir hörten einfach auf, daran zu zweifeln, daß sie uns kannte und uns hören konnte.«

Scott hielt inne und grinste.

»Sprechen Sie weiter!« sagte der Pfarrer.

»Heute ist meine Granma eine der Organisatorinnen des Freizeitprogramms in Ihrem Pflegeheim.«

»Halleluja!« rief er; ja, er schrie es beinahe.

Scott sah auf seine Armbanduhr. »Halb drei. Im Augenblick sitzt sie im Handwerkskurs. Sie bemalen Blechdosen-Sets für ihre Kinder und Enkelkinder.«

Der Pfarrer brach in Gelächter aus. Blechdosen-Sets bemalen! Wie gewöhnlich und unbedeutend das der Welt erscheinen mußte. Er hätte am liebsten Beifall geklatscht und laut Hurra geschrien.

»Einige Leute«, fuhr Scott fort, »fragen auch, ob ich gebetet hätte, während sie in diesem Koma lag. Ab und zu habe ich tatsächlich etwas gesagt wie: ›Gott, ich bin wirklich böse auf dich, aber ich glaube immer noch daran, daß du Gott bist und daß du alles tun kannst, was du willst, und ich möchte, daß du Granma wieder gesund machst. Basta.‹«

»Was glauben Sie, ist passiert?«

»Ich glaube, er hat Granma gesund gemacht, nur weil ich ihn darum gebeten habe. Ich glaube, er hat es mit Liebe getan, und er hat uns als Werkzeug dazu benutzt. Er hätte auch einen anderen benutzen können – eine Krankenschwester, eine alte Freundin vielleicht –, aber er hat uns gewählt, und ich bin dankbar dafür.

Ich habe seit dieser Zeit in meinem Leben eine besondere Vorliebe für einige Verse im zweiten Korintherbrief: ›Denn unsere Trübsal, die zeitlich und leicht ist, schafft eine ewige und über alle Maßen gewichtige Herrlichkeit, uns, die wir nicht sehen auf das Sichtbare, sondern auf das Unsichtbare. Denn was sichtbar ist, das ist zeitlich; was aber unsichtbar ist, das ist ewig.‹

In meinem Amt als Kaplan versuche ich, nach den Dingen Ausschau zu halten, die nicht zu sehen sind.«

»Eine gute Idee.«

Scott stand auf und reckte sich. »Entschuldigen Sie mich, Sir, aber ich bin eine ganze Weile nicht gelaufen, und das macht sich bemerkbar.«

»Ich habe in den letzten Tagen auch etwas nachgelassen. Wie lange werden Sie in der Gegend sein?«

»Ich weiß nicht. Vielleicht sollte ich Ihnen noch den Rest der Geschichte erzählen …«

»Bitte.«

Scott Murphy setzte sich wieder hin und lehnte sich an die Wand hinter der Bank.

»Ich glaube, ich habe meine Berufung zum Anstaltsgeistlichen während der Zeit erhalten, in der wir Granma besuchten. Da erschien es mir, als es Zeit fürs College wurde, nur natürlich, nach Fuller zu gehen, wo zwei Onkel von mir studiert hatten. Ich habe dort meinen theologischen Magister gemacht und dann ein C.P.E.-Jahr in einem Krankenhaus abgeleistet, das mit Geriatriepatienten arbeitete.

Dann wurde ich in einem großen Altenfürsorgezentrum in Boston als Kaplan eingestellt. Das steht alles in meinem Lebenslauf, Sir, und ich habe mehrere Empfehlungsschreiben.«

»Ich freue mich schon darauf, sie zu lesen.«

»Ich habe drei Jahre in dem Zentrum gearbeitet, und ich habe hart gearbeitet und gutes Geld verdient, aber irgendwie ist jetzt die Zeit gekommen, weiterzuziehen. Ich kann nur sagen, ich fühle mich rastlos, und ich habe bisher nicht recht gewußt, warum.

Ich habe viel gebetet, daß Gott mich dorthin führt, wo ich hingehöre, und vor zwei oder drei Monaten hatte ich einen

Traum. Im Alten Testament macht Gott ein paar ziemlich unglaubliche Sachen mit Träumen.«

»Das können Sie laut sagen.«

»In dem Traum senkte sich dieser schwarze Vorhang über meinen Verstand, und darauf war ein Wort geschrieben. Die Buchstaben waren weiß, und sie waren groß und gedruckt. ›Mitford‹ war das Wort.

Irgendwie hatte ich das Gefühl, dies sei die Antwort, aber es lag kein Handbuch für ihre Benutzung dabei. Ich hatte keinen Schimmer, was ich wegen dieser Antwort unternehmen sollte. Daher ging ich in die kleine Bezirksbibliothek die Straße hinunter und schlug das Wort so oft nach, bis es schließlich zu kleingehackter Leber geworden war. Geriatriezentren, Militärschulen, was Sie wollen. Nichts. Dann, als ich in einem Atlas blätterte, weil ich eine große Vorliebe für Landkarten habe, wurde es mir schlagartig klar – vielleicht war Mitford ein Ort.«

»Guter Schuß!«

»Ich fand eine Menge Milfords. Sie waren überall. Aber es gibt nur ein einziges Mitford im ganzen Land. Ich habe dann ein paar Nachforschungen im Internet angestellt und erfahren, daß Sie hier ein Fünfmillionendollar-Pflegeheim bauen.«

Scott betrachtete den Computer, der auf Emmas Schreibtisch stand. »Sie surfen auch im Netz?«

»Die Antwort auf diese Frage wollen Sie bestimmt nicht wissen«, sagte der Pfarrer und schnitt eine Grimasse.

Scott Murphy lachte. »Also habe ich auf ein langes Wochenende gewartet, dann bin ich in meinen Wagen gestiegen und hierher gefahren.

Ich frage Sie nicht, ob sich das verrückt anhört, Sir, denn ich weiß, das tut es. Ich habe die vergangene Nacht in Wesley verbracht und bin dann den ganzen Vormittag durch Ihre Stadt gewandert. Gerade komme ich vom Haus der Hoffnung. Es ist eine ganz hervorragende Einrichtung, Sir, die beste, die ich je gesehen habe. Das ganze

Haus ist voller Licht… es wird in jedem Punkt seinem Namen gerecht.

Ihre Stadt gefällt mir sehr, die Leute waren den ganzen Vormittag über sehr freundlich zu uns, vor allem zu Luke und Lizzie.«

»Luke und Lissie?«

»Meine Hunde, Sir. Sie sind zwei Jahre alt, und man könnte sagen, sie arbeiten mit mir.«

»Aha.«

»Ältere Menschen lieben Hunde, und Luke und Lissie lieben sie. Wir sind sozusagen ein Team, Sir.« Scott lächelte. »Das Haus der Hoffnung, Ihre Stadt, die Menschen hier… es scheint mir alles genau richtig zu sein, Herr Pfarrer. Absolut richtig. Ich sage Ihnen einfach, wie es ist, ohne Beschönigungen.«

Scott Murphy erhob sich von der Besucherbank und verschränkte die Hände auf dem Rücken, wie ein Schuljunge, der ein Referat über »Krieg und Frieden« halten will.

»Ansonsten gibt es nur noch eines zu sagen, Herr Pfarrer. Nämlich: Ich würde diesen Job sehr gern haben.«

Der Pfarrer stand auf und ging auf Scott Murphy zu. Er blickte in die bittenden braunen Augen des jungen Mannes und schüttelte ihm die Hand.

»Sie sind engagiert«, sagte er.

Gütiger Himmel! Er hatte einen Mann engagiert, den der Kirchenvorstand hätte überprüfen sollen, ganz zu schweigen von Hoppy Harper und – an letzter, aber absolut nicht unwichtigster Stelle – Sadie Baxter.

Wenn Sadie Baxter, die die Rechnung zahlte, nicht mit Scott Murphy einverstanden war, war er ein toter Mann.

»Scott, ich möchte, daß Sie auf eine halbe Stunde zu Miss Sadie Baxter gehen, und bitte, erwähnen Sie nicht, daß ich Sie gerade eingestellt habe.«

Scott legte den Aktenordner mit seinem Lebenslauf auf den Schreibtisch des Pfarrers. »Ja, Sir.«

Er wählte die Nummer in der Fliederstraße.

»Miss Sadie, wenn es Ihnen passen würde, schicke ich Ihnen einen Kandidaten für das Amt des Kaplans rüber. Ich hoffe, Sie schenken ihm einige Minuten Ihrer Zeit.«

»Was halten Sie von ihm, Herr Pfarrer?«

Er fühlte sich versucht, zu sagen, daß Scott Murphy in seinen Augen einzigartige Eignung für den Job mitbrächte. Aber nein. Etwas hielt ihn davon ab.

»Qualifiziert. Guter Mann«, sagte er und versuchte, beiläufig zu klingen. »Rufen Sie mich wieder an, wenn Sie können.«

Wenn das nicht hinhaute, wollte er nicht darüber nachdenken, wie die Sache ausging. Das Ende am Lied würde wahrscheinlich sein, daß er lange vor seiner Zeit den Ruhestand antrat.

Zwei Stunden verstrichen, dann drei. Endlich klingelte das Telefon.

»Pfarrer Tim?« sagte Miss Sadie. »Ich glaube, Scott Murphy ist der Richtige für den Job. Engagieren Sie ihn!«

»Betrachten Sie die Angelegenheit als erledigt«, sagte er.

KAPITEL 15
Und viele weitere ...

Der Fingerhut mußte früher als gewöhnlich mit einem Stecken abgestützt werden, und die Funkien, die überall im Dorf in dichten Büscheln wuchsen, ließen dicht an dicht auf hochaufgerichteten Stengeln vorwitzige Knospen treiben.

Links von der Alten Kirchgasse blühten cremefarbene Moosröschen, die über dem smaragdgrünen Gras bauschige Wolken bildeten. Pinkfarbene und fuchsienrote Kletterpflanzen rankten über die Gitter, und in einem Garten verströmte ein dichter Busch alter Strauchrosen sein reiches, berauschendes Parfüm.

Die treffendste Zusammenfassung der Wunder des Junis wurde von Winnie Ivey formuliert, die nie viele Worte machte:

»Einfach toll!« wurde sie in Hessie Mayhews Kolumne zitiert.

Er selbst konnte die Schönheiten des Junis nicht recht würdigen, da ihn im Büro eine weitere Sitzung am Computer erwartete.

Er hätte natürlich einfach nicht hingehen und Emma mit dem ganzen Schlamassel alleinlassen können. Er hätte Grippe vorschützen und sich krank melden können. Er könnte auch beim Joggen in einen Graben fallen – genau das hatte er schließlich schon einmal getan, und er hatte sich dabei ziemlich böse das Bein verletzt.

Er wußte, daß Stuart Cullen drüben im Hauptquartier der Diözese ganz gewiß nicht an seinem Schreibtisch saß und eine Maus vor sich herschob. Nein, Stuart konnte wohl andere dazu verdonnern, aber er selbst …

Dave erwartete ihn schon vorm Pfarrbüro.

»Hallo, alter Knabe! Wie geht's denn so?« erwiderte der Pfarrer, während er die Tür aufschloß. »Was steht denn heute auf dem Programm?«

Wenn er etwas anderes wäre als der verantwortungsbewußte, rückständige Mensch, als den ihn alle kannten, würde er in seinen Wagen steigen und aufs Land rausfahren.

Er hatte Schriften geladen, Absätze formatiert, den Anfang jeder Eintragung einer Liste gekennzeichnet, eine Schrift ausgewählt, eine Graphik eingebaut, eine Überschrift unterschnitten und Ränder gesetzt. Er war erschöpft.

Er fuhr früh nach Hause und tat etwas, das er seit seiner Kindheit nicht mehr getan hatte.

Während ein kühler Frühlingsregen aufs Dach trommelte, schlüpfte er, ohne sich auszuziehen, unter die Decke, wo er schlief, bis Cynthia erschien, blaß von langen, mühsamen Stunden über ihrem Zeichenbrett.

»Gute Idee«, sagte sie, kroch neben ihn und war einen Augenblick später fest eingeschlafen.

Ein schönes Paar waren sie. Und noch dazu frisch verheiratet.

Sie zogen sich für Miss Sadies Party um, und Dooley präsentierte sich in Bluejeans, einem gestärkten Hemd und seinem marineblauen Schulblazer.

»Umwerfend!« sagte Cynthia. »Wo ist der Fotoapparat?«

»Oberstes Regal im Kleiderschrank«, sagte der Pfarrer.

»Wir werden jemanden bitten, uns in der Kirche zu fotografieren«, sagte sie, während sie den Apparat vom Regal nahm und in ihre Handtasche steckte.

»Kann ich meinen Fernseher auf die Farm mit rausnehmen?« fragte Dooley.

Waren die Slippers des Jungen frisch geputzt, oder sah er schon weiße Mäuse? »Hm, klar.«

»Danke«, sagte Dooley und verließ das Zimmer.

»Er hat mir erzählt, daß er Hal heute nacht bei einem kranken Kalb helfen wolle«, sagte Cynthia. »Er hat viel Mitgefühl, Timothy.«

»Mitgefühl für Tiere ist keine Rechtfertigung für Gleichgültigkeit gegenüber Menschen.«

Sie schwieg einen Augenblick. »Das wird heute ein anstrengender Tag für dich, mein Liebster – zwei Messen – Sonntagsschule der Erwachsenen, eine Riesenparty und die Abendandacht –, ich mache uns heute abend bei mir zu Hause etwas zu essen, und wir gönnen uns ein wenig Muße.«

Er lächelte seine Frau an, die ein Kleid von der Farbe seiner Lieblingsclematis anzog. »Wunderbar. Wenn ich in Ruhestand gehe, werden wir hoffentlich viel Muße haben…«

»Wenn du… was?«

»Wenn ich… in Ruhestand gehe.« Er hatte es ausgesprochen; es war ihm ohne sein Zutun entschlüpft.

Cynthias Augen leuchteten. »Na, da laust mich doch der Affe!«

»Wir werden… irgendwann darüber reden«, sagte er errötend.

»Gut! Ich liebe es, über die Zukunft zu reden.«

»Cynthia, Cynthia«, sagte er, während er einen frischen Kragen anlegte, »was liebst du eigentlich nicht?«

»Fernsehen am Tag, eingelegte Zwiebeln und billige Kugelschreiber.«

Er lachte fröhlich. Eine Mußestunde drüben in dem kleinen, gelben Haus. Nach der seltsamen Freude zu urteilen, die ihn bei dem Gedanken daran erfüllte, hätten sie sich ebensogut in Südfrankreich verabreden können.

Sadie Baxter war seit achtzig Jahren Mitglied der Kapelle Unseres Herrn. Kaum jemand tat irgend etwas, so überlegte er, achtzig Jahre lang. Das war ein Segen, den man nicht auf die leichte Schulter nehmen durfte.

Die Kinder nahmen in Reih und Glied hinter Ray Cunningham Aufstellung, der mit einer Videokamera auf der Schulter an der offenen Tür des Gemeindehauses stand.

Der Pfarrer betrachtete die eifrigen Gesichter von dreizehn Kindern im Alter zwischen viereinhalb und zwölf Jahren, die dem vorstehenden Ereignis alle mit großer Aufregung entgegensahen.

Wie viele Kinder hatten in der Welt von heute Gelegenheit, mit alten Menschen zusammenzukommen? Wie sollte man jemals »lernen«, was es hieß, alt zu werden?

Zu seiner Zeit war all das geregelt gewesen, es hatte überall Beispiele für das Altwerden gegeben – zu beiden Seiten der Straße, bei einem Plausch auf der Veranda, bei der Arbeit im Garten, auf Bänken sitzend – die alten Menschen waren überall zu sehen gewesen.

»Da kommt sie!« rief Ray.

Esther Bolick schlug mit einem Holzlöffel auf einen Geschirrtopf. »Ruhe! Macht euch fertig, da kommt sie!« Dann stellte Esther den Topf weg und nahm ihren Platz am Klavier ein.

»Ich hoffe, das überfordert Ihre Kamera nicht!« sagte Miss Sadie, die mit Louella und Ron Malcolm und ihrem besten, mit einer silbernen Spitze versehenen Gehstock ankam.

»Auf los geht's los!« rief Esther.

Happy Birthday to you!
Happy Birthday to you!
Happy Birthday, Miss Sadie,
Happy Birthday to you!
And many mo-oh-ore!

»Alles Gute zum Geburtstag, Miss Sadie! Und noch viele weitere Geburtstage!« fielen die Kinder ein und hielten die Plakate hoch, die sie eigens für diesen Anlaß gemacht hatten.

Der ganze Raum brach in Hochrufe und Beifall aus, während er ihr seinen Arm anbot und den Ehrengast zu einem Stuhl vorm Kamin führte.

»Ich setze mich besser hin, bevor ich umfalle!« schmetterte sie.

Lachen aus allen Winkeln des Raumes.

»Bitte kommt und erweist unserer lieben Freundin anläßlich ihres neunzigsten Geburtstags euren Respekt«, sagte der Pfarrer. »Bedient euch mit Erfrischungen und laßt noch etwas Platz für Kuchen und Eiscreme nach der Rede der Bürgermeisterin. Aber zuerst wollen wir beten!«

Überall wurde Füßescharren laut, und die Mütter versuchten, ihre herumtollenden Kleinkinder einzufangen.

»Lieber Gott, wir danken dir von Herzen für diesen Tag, dafür, daß wir hier zusammenkommen durften, um neunzig Jahre eines dir wohlgefällig gelebten Lebens zu feiern – eine Zeitspanne, die in deinem Dienste verbracht wurde.

Wir danken dir für das Dach auf diesem Haus, das deine Tochter, Sadie Baxter, uns gegeben hat, und wir danken dir auch für all die anderen Gaben, die sie aus dem großen Reichtum, den du ihr in deiner Güte geschenkt hast, zuteil werden ließ.

Wir danken dir für ihre gute Gesundheit, ihren starken Geist, ihre strahlende Hoffnung und ihr Lachen. Wir danken dir für Louella, die die wunderbare Würze der Liebe in unser Leben gebracht hat. Und wir danken dir, barmherziger Gott, für das Essen, das du für diese Feier bereitgestellt hast, und wir preisen dich für all den Reichtum, mit dem du uns segnest. Begleite und behüte auch weiterhin deine Tochter Sadie auf ihrem Weg, darum beten wir. Wir erbitten dies in Jesu Namen.«

»Amen!« rief die versammelte Gemeinde im Chor, bevor die eine Hälfte sich ausgelassen in Richtung Buffet in Marsch setzte und die andere Schlange stand, um dem Ehrengast ihre Glückwünsche zu überbringen.

Er sah Buck Leeper, den Bauaufseher vom Haus der Hoffnung, der sich verlegen vor Miss Sadie verbeugte und dann schnell zur Tür eilte.

Voller Entzücken beobachtete er, wie die Kinder eines nach dem anderen vor sie hintraten. Jedes Kind hatte ein kleines, eingepacktes Kästchen in der Hand – und alle enthielten, wie er aus wohlinformierter Quelle wußte, Süßigkeiten mit Erdnußbutter.

Ganz besonders aber freute ihn der Anblick Absalom Greers, der sich, um seinen tiefen Respekt zu zeigen und ungeachtet seiner fortgeschrittenen Arthritis, vor Miss Sadies Stuhl auf ein Knie herabließ.

Und viele weitere! dachte er lächelnd. Ja wirklich, und viele weitere.

Sie gingen von der Kirche nach Hause, und Cynthia trug ein eingewickeltes Päckchen mit dem Erdnußbutter- und Gelee-Geburtstagskuchen, mit dem sie einen zweifelhaften Treffer gelandet hatten.

»Dooley«, sagte sie, »du hast so wunderschön gesungen, daß meine Kopfhaut gekribbelt hat.«

Der Pfarrer legte dem Jungen einen Arm um die Schultern. »Und mir ist es kalt über den Rücken gelaufen.«

»Miz Bolick hat an diesem Klavier aber auch ganz schön in die Tasten gehauen. Sie sollten das Ding mal stimmen lassen.«

»Wir kümmern uns drum«, versprach der Pfarrer. »Jetzt lauf und pack deine Sachen zusammen; Marge und Hal sind sicher in ein paar Minuten hier.«

»Ich möchte gern den Käfig mitnehmen, in dem früher Jack gesessen hat. Falls ich ein Kaninchen finde oder sonst ein kleines Tier, das sich verletzt hat.«

»Nimm ihn mit.«

Er rannte vor ihnen her ins Pfarrhaus, und sie blieben auf der Veranda stehen.

»Wie geht es dir?« fragte Cynthia.

»So lala.« Sie legte eine Hand auf seinen Arm. »Das hat niemand bemerkt. Die Party war ein Riesenerfolg! Miss Sadie hat geweint, als Dooley sang, und dein Gedicht fanden alle ganz wunderbar.«

»Hm.«

»Glaubst du, wir hätten Miss Sadie auch so gefeiert, wenn sie nicht das Dach gespendet und das Pflegeheim bezahlt hätte?«

»Ganz bestimmt! Absolut!«

»Gut.« Sie wollte gerade durch die Tür gehen, als Dooley den Flur hinunterkam.

»Dieses Mädchen ist schon wieder da«, sagte er und sah sie kalt an.

»Lacey ...«

»In der Küche. Mann, was die stinkt.«

»Hol deine Sachen«, sagte der Pfarrer und drehte sich zu seiner Frau um. »Würdest du mal sehen, ob er wirklich alles eingepackt hat, was er braucht? Ich kümmere mich inzwischen um Lacey.«

Er fand sie in sich zusammengesunken auf einem Stuhl am Küchentisch, das Haar unter den zerbeulten Hut geschoben.

»Ihre Tür war nicht zu, da bin ich einfach rein.«

Er setzte sich ihr gegenüber hin. »Wie geht es dir?«

»Mein Pa ist nach Tennessee, um an irgend'ner Brücke zu arbeiten.«

»Wunderbar!« sagte er.

»Er kommt Freitag zurück. Die zu Hause haben nichts zu essen, er hat alles zusammengerafft, was wir hatten, und mitgenommen.«

»Das kriegen wir schon hin. Wie geht es deiner Mutter?«

»Mies.«

Er hörte die Leere in ihrer Stimme. »Das tut mir leid, Lacey.«

Sie sah ihn kühl an. »Ich hab doch gesagt, Sie sollen mich Lace nennen.«

»Ja. Hat deine Mutter ihre Medizin bekommen?«

»Ja.«

»Wie wär's mit einem heißen Bad? Das würde dir guttun, und es wär auch gut für deinen Rücken. Anschließend machen wir dir was zu essen.«

»Ich brauch kein Bad.«

Dooley und Cynthia kamen in die Küche. »Lace! Wir sind froh, daß du hier bist! Dooley Barlowe, Lace Turner.«

Dooley starrte das Mädchen an, und Lace starrte zurück.

»Es steht alles vor der Haustür«, sagte Cynthia, während sie den Kuchen auspackte. »Ich will nur ein Stück davon abschneiden, um es nach Meadowgate mitzugeben.«

»Ich tät schon ein Stück davon essen, wenn man mir eins geben würde«, meinte Lace.

»Ich nehme den Kuchen mit«, erklärte Dooley. »Er gehört mir.«

»Genaugenommen gehört er uns«, sagte Cynthia. »Und sie kann ein Stück abbekommen.«

Dooley warf dem Mädchen einen vernichtenden Blick zu. »Wo kommst du her?«

»Geht dich nichts an.«

Das Telefon klingelte, und Dooley rannte darauf zu. »Hallo!« Er hörte aufmerksam zu. »Ja, Ma'am. Ich hab's gern gemacht. Ich hoffe, Sie hatten einen richtig schönen Geburtstag und… es kommen noch viele weitere dazu. Danke, daß Sie soviel für mich getan haben. Ja, Ma'am. Mach ich. Bis dann.«

»Miss Sadie?« fragte Cynthia.

»Sie sagte, sie hätte sich gefreut, daß ich ihr Lieblingskirchenlied gesungen habe. Ich fand's schrecklich, sie zum Weinen zu bringen.«

»Oh, aber das waren gute Tränen!« sagte Cynthia, während sie Lace ein Stück Kuchen gab. Lace nahm es mit beiden Händen vom Teller und schlang es hinunter.

Dooley funkelte sie wütend an. »Du könntest schon danke sagen.«

Lace leckte sich die Finger ab und sah ihn unverschämt an. »Du bist nich mein Boß.«

»Komm mit mir nach draußen, mein Sohn«, sagte der Pfarrer, »dann reden wir miteinander, bis Marge und Hal ankommen.«

Sie trugen die Taschen auf die Veranda hinaus, wo Dooley sich auf die oberste Treppenstufe fallenließ. »Wenn sie kein Mädchen wäre, würde ich ihr eine knallen.«

»Was würdest du damit bewirken?« fragte der Pfarrer.

»Sie wüßte dann, wen sie vor sich hat, das würde ich bewirken.«

»Und wen hätte sie da vor sich?«

»Ich wette, Sie lassen sie hier einziehen, lassen sie hier essen und alles. Die wär weiß Gott gut beraten, aus meinem Zimmer rauszubleiben – und warum versucht sie eigentlich, wie 'n Junge auszusehen? Würg. Kotz.«

Er bemerkte, daß der Einfluß von Dooleys feiner Schule hier rasch abbröckelte. »Beruhig dich«, sagte er. »Wenn du wüßtest, unter welchen Umständen sie lebt ...«

Hal Owen fuhr seinen roten Pick-up an den Straßenrand, und Rebecca Jane lehnte sich aus dem Fenster. »Onkel Dools!«

Dooley nahm eine schwere Tasche in jede Hand, und der Pfarrer hievte den Koffer und den Käfig hoch.

Sein Herz hämmerte dumpf. Es schien, als hätten sie den Jungen erst gestern zu Hause willkommen geheißen, und jetzt ...

Schluck es runter, dachte er, während er zum Straßenrand ging. Schluck es runter.

Hal stieg aus und kam um den Wagen rum, um ihnen zu

helfen. »Wir stellen deine Sachen einfach hinten rein. Alles gut zugemacht?«

»Ja, Sir«, sagte Dooley.

Marge öffnete die Tür und nahm Rebecca Jane auf den Schoß. »Steig ein«, sagte sie.

»Marge …« Er wußte nicht, was er sonst hätte sagen sollen.

»Timothy, ich … « Sie hob die Hände und ließ sie wieder sinken.

Hal schlug dem Pfarrer auf den Rücken. »Wir passen schon auf ihn auf, und du und Cynthia, ihr könnt jederzeit zu uns rauskommen. Wir würden uns wirklich freuen.«

»Jederzeit«, sagte Marge, und ihre Stimme war kaum mehr als ein Flüstern.

Er streckte die Hand in den Wagen und tätschelte Rebecca Jane, die Zähne wie Saatkörner präsentierte, wenn sie lächelte. »Komm doch gleich mit!« rief sie.

Der Pfarrer brachte es fertig, ihr Lächeln zu erwidern. »Nicht heute.«

Cynthia kam mit einem Beutel in der Hand den Gehweg hinuntergelaufen. »Wartet! Esthers Kuchen!«

Cynthia schob den Kopf in den Wagen und gab Rebecca Jane einen Kuß. »Ihr müßt für uns auf Onkel Dools aufpassen.«

»Machen wir«, sagte das kleine Mädchen und nickte ernsthaft.

Sie küßte Dooley. »Ruf uns an.«

»Okay.«

»Wir haben dich lieb, mein Junge«, sagte er unglücklich. Er sah in die Augen des Jungen. Würde der Schmerz, den er dort fand, denn nie weggehen?

»Mam sagt, wenn man gleich nach dem Waschen nach draußen geht, öffnen sich die Poren, und man wird krank.«

Cynthia gab ihr noch ein Stück gebratenes Huhn. »Aber

jetzt ist Juni, Lace, und es ist unwahrscheinlich, daß so etwas passiert. Sie meinte wahrscheinlich, daß es nicht gut ist, im Winter gleich nach dem Waschen rauszugehen. Wie dem auch sei, ich möchte mir deinen Rücken ansehen.«

Lace dachte einen Augenblick lang nach. »Ich bin Ihnen und Ihrem Mann wirklich dankbar, aber ich werd nicht in irgend'ne Badewanne klettern.«

»In Ordnung. Wie schmeckt dir das Huhn?«

»Ich esse gerne Huhn. Ist mein Lieblingsessen.«

»Meins auch«, sagte Cynthia.

»Ich würd's noch lieber essen, wenn's frittiert wär.«

Es entstand ein langes Schweigen, während sie ihr hastig zubereitetes Abendessen einnahmen.

»Lace ...«, sagte Cynthia.

»Hm?«

»Wie stehst du eigentlich zu deinem Vater?«

»Ich hasse ihn.« Noch mehr Schweigen. »Aber früher hatte ich ihn gern.«

»Was hattest du denn gern an ihm?«

»Er war lieb zu mir, als ich noch klein war. Die Leute sagten, ich sei sein Schätzchen gewesen, und ich hab in Papas Bett geschlafen, bis ich zu groß dafür war. Er war früher immer nett zu mir, hat mir Süßigkeiten mitgebracht und solche Sachen. Dann kam der Schnaps, und er ist vor die Hunde gegangen.«

»Vor die Hunde gegangen«, sagte der Pfarrer.

»Ja.«

»Hat er irgendwann mal tatsächlich damit gedroht, dich zu töten?«

»Oft. Und er hat gesagt, wenn ich irgend jemand was sage oder mich von den Schulleuten einfangen laß, wird er Mam eine Tracht verpassen, die sie so bald nicht vergißt.«

»Ich habe gehört«, fuhr er fort, »daß eine Frau namens Pauline Barlowe am Bach lebt. Kennst du sie?«

»Ja.«

»Was weißt du von ihr?«

»Sie ist nett, sie ist gut. Sie hilft mir manchmal, aber ihr Macker sieht's nicht gern, wenn sie das tut.«

»Inwiefern ist sie nett?«

»Sie hat dies Gebet gebetet, das ich auch gebetet hab, und danach war sie anders, sie lächelt jetzt oft und macht Sachen für andere Leute.«

»Ich habe gehört, sie hätte ein Kind.«

»Sie hat Poobaw, der ist zehn.«

»Dieses Gebet, das du gebetest hast, Lace... Hat es dich verändert?«

Das Mädchen zuckte mit den Schultern. »Ich wollte danach aufhören zu klauen, ich wußte, es ist nicht richtig, meine Mam weiß auch, daß es nicht richtig ist.«

»Sonst noch etwas?«

Sie sah ihn kalt an. »Ihr stellt aber heute 'ne Menge Fragen.«

Er wußte nicht, warum, aber diese Bemerkung kam ihm so komisch vor, daß er in lautes, angenehmes Gelächter ausbrach. Cynthia lachte ebenfalls.

Und dann stimmte Lace in ihr Gelächter mit ein.

Sie blieb an der Hintertür stehen, das Paket mit Nahrungsmitteln an sich gepreßt. »Ich werd ab und zu mal wieder reinschauen.«

»Wenn ich dir das hier geben würde«, sagte er und hielt einen Zwanzigdollarschein hoch, »was würdest du damit machen?«

»Ich würde Mam Erdnüsse kaufen. Sie liebt Erdnüsse. Und den Rest würd ich für was zu essen ausgeben, Schinken und so Sachen.«

»Gehst du in den Laden?«

»Ich geh nich in Läden und auch nirgendswohin, wo die Schulleute mich kriegen können. Ich zieh mich an wie ein Junge und weiß, wie ich mich unsichtbar machen kann. Wenn ich hierher komme, gehe ich zum Beispiel am hinteren Weg den Bach runter, dann durch die Apfelbäume und am Park vorbei.«

»Wer geht denn dann für dich in den Laden?«

»Pauline meistens.«

»Ist sie ehrlich?«

»Ja. Ehrlicher als alle andern. Außer Mam.«

Er gab ihr das Geld. »Nimm es. Und ich möchte auch, daß du das hier annimmst. Ich weiß, daß du einen Platz hast, um es zu verstecken, wenn es sein muß.« Er zog eine kleine Ausgabe des Neuen Testaments aus der Tasche und gab sie ihr.

Sie sah das Buch ohne Kommentar an und ließ es in den Beutel mit dem Essen fallen.

»Wenn du jemanden zum Laden schickst«, sagte Cynthia, »bitte laß dir auch ein Stück Seife mitbringen und wasch dich.« Er fand, daß seine Frau sich anhörte, als sei es ihr ernst damit.

»Vielleicht mach ich das«, sagte Lace. »Wenn ich Lust dazu hab.«

Während sie ihr nachsahen, wie sie durch die Hecke trat, erinnerte er sich daran, daß das Sozialamt nach ihr suchte. Der bloße Gedanke daran entsetzte ihn im einen Augenblick und schenkte ihm im nächsten Erleichterung.

In Cynthias Haus wehte eine kühle Brise durch das offene Küchenfenster und vermischte sich im Flur mit einem schwachen Luftzug, der aus dem Wohnzimmer kam. Oben im Schlafzimmer stellte er fest, daß sie die Decken zurückgeschlagen hatte, und auf dem kleinen Tisch, den sie vor den Kamin geschoben hatte, stand eine Vase mit Blumen.

Violet lag zusammengerollt auf dem Stuhl vor dem Schminktischchen, und ein leichter Wind blähte die Vorhänge auf.

»Gott sei gedankt!« rief er und gab sich dem Frieden des Raumes hin.

»Zieh dich aus, Liebster, dein Morgenmantel hängt an der Badezimmertür.«

Er drehte sich um und küßte sie auf die Stirn. »Ich will verhext sein, wenn ich auch nur den leisesten Schimmer habe, wie ich jemals ohne dich zurechtgekommen bin.«

»Versuch ja nicht, es rauszufinden«, sagte sie sanft. »Versuch überhaupt nicht, irgend etwas herauszufinden. Dies ist eine Mußestunde!«

Sie lagen lang ausgestreckt auf dem Bett und lauschten auf das Klopfen des Sommerregens. Auf dem Teller waren nur die Krümel eines geteilten Kuchenstückes übriggeblieben, und auf zwei Untersetzern schwitzten in trauter Einigkeit ihre Limonadengläser.

»Es ist wie Urlaub«, sagte er und gähnte herzzerreißend.

»Was weißt du denn von Urlaub, du großer Lümmel? Du machst doch nie Urlaub, es sei denn, ein direkter Befehl deines Bischofs zwingt dich dazu.«

»Wohl wahr. Aber das wird sich ändern.«

»Ja?« fragte sie mit hoffnungsvollem Blick.

»Bestimmt.«

»Das ist ja eine wunderbare Neuigkeit, Liebling! Jemand sagte mal, daß Leute, die keine Zeit zur Erholung finden, sich früher oder später Zeit nehmen müssen, um krank zu sein.«

»Daran zweifle ich keinen Augenblick. Wo möchtest du diesen Sommer hinfahren? Der August ist für mich eine gute Zeit, um wegzufahren. Und wie steht es mit dir?«

»Perfekt. Das Buch wird bis dahin fertig sein, und ich kann die Beine hochlegen. Wie wär's denn mit …«, sie breitete mit einer schwungvollen Gebärde die Arme aus, »Norditalien?«

»Ich dachte eher an etwas, das … mit dem Wagen zu erreichen ist.«

»Natürlich. Du hast nicht gesagt, du würdest deine Angst vorm Fliegen überwinden, du hast nur von deiner Angst vor allem, was Spaß macht, gesprochen.«

»Stimmt.«

»Wie wär's mit Mississippi? Du könntest mir zeigen, wo du gelebt hast, als du Kaninchen gezüchtet hast!«

»Mississippi im August? Ich glaube nicht.«

»Dann also Massachusetts, und ich zeige dir, wo ich gelebt habe, als ich pfeifen lernte.«

»Das wäre vielleicht eine gute Idee, Kavanagh. Und wo wir gerade beim Thema sind, ich wollte dir schon länger mal eine Frage stellen.«

»Und die wäre?«

Er räusperte sich. Konnte er wirklich über dieses Thema reden? Ja. Ja, er konnte. Tatsächlich fühlte er sogar ein leises Beben der Erregung. »Wo möchtest du leben, wenn wir … in Ruhestand treten?«

Das schwache Ticken der Uhr untermalte das Geräusch des Regens.

»Meine Güte! Ich habe mich bisher gezwungen, nicht darüber nachzudenken, daher habe ich nicht mal einen blassen Schimmer«, sagte sie. »Irgendwo, wo es im Winter schön warm ist?«

»Das ist was für Weichlinge.«

Sie blickte ihn von der Seite an. »Du hast es also gerne, wenn der Wind dir Blasen im Gesicht beschert und deine Füße auf dem kurzen Weg zwischen unserem Haus und dem ›Laden‹ taub werden?«

»Bin ganz verrückt danach.«

»Ich übrigens auch.«

Er lachte. »Wir sind also beide versessen auf vier deutlich unterscheidbare Jahreszeiten …«

»Ganz recht.«

»Möglicherweise irgendwo in der Nähe eines Gewässers?« überlegte er.

»Möglicherweise.«

»Aber nicht im Flachland.«

»Nein! Auf keinen Fall im Flachland.«

Sie lauschten eine Weile auf den Regen und spürten die herrliche Kühle auf ihren Gesichtern.

»Ein kleineres Haus«, sagte sie glücklich.

»Genau. Gut. Aber mit einem großen Garten.«

»Kleines Haus, großer Garten. In Ordnung. Ich pflanze, du mähst.«

»Auf keinen Fall. Wir pflanzen, wir mähen.«

Grinsend schüttelten sie einander die Hände.

»Hm«, sagte er, »wir haben jede Menge Zeit, darüber nachzudenken.«

»Wirklich?« hakte sie nach. »Was meinst du, wieviel Zeit? Nur so eine Frage, natürlich.«

»Oh. Vielleicht ein paar Jahre.«

»Hm. Ja. Ein paar Jahre klingt gut für mich.«

»Wunderbar! Dann wäre das also geregelt.«

»Was wäre geregelt?«

»Es ist geregelt, daß wir eine Zukunft haben«, sagte er. »Findest du es nicht schön, eine Zukunft zu haben?«

»Es schön finden?« rief sie. »Ich liebe es!«

Während er sie festumschlungen hielt, glitt er so friedlich wie ein Kind langsam in den Schlaf hinüber.

In der Höhle war es um Vergebung gegangen. Um Vergebung – und deswegen auch um Freiheit.

Als das Telefon klingelte, warf er schnell einen Blick auf die Uhr. Drei Uhr morgens. »Hallo?« antwortete er und fürchtete sich gleichzeitig vor der Nachricht, die seiner harrte.

»Miss Sadie ist schon wieder gestürzt«, stöhnte Louella. »Kommen Sie schnell.«

Er klickte den Hebel für die Scheibenwischer nach oben, so daß sie sich noch schneller über die Windschutzscheibe bewegten.

Dem Himmel sei Dank, daß sie die Party hinter sich hatten; keinen Augenblick zu früh. Aber wenn Gottes Timing für die

Party perfekt gewesen war, mußte er auch daran glauben, daß er für diese schlimme Sache den perfekten Zeitpunkt ausgewählt hatte. Ob es einem gefiel oder nicht, dem Kind Gottes geschah nichts durch Zufall, und die heilige Schrift erbrachte dafür den unwiderlegbaren Beweis.

»Wir wissen aber, daß denen, die Gott lieben, alle Dinge zum Besten dienen, denen, die nach seinem Ratschluß berufen sind«, murmelte er aus dem Römerbrief vor sich hin. Laß mich das nie vergessen, betete er.

Als er in die Fliederstraße einbog, sah er noch die Sanitäter die Bahre zum Krankenwagen tragen. Mit hämmerndem Herzen hörte er, wie sie die Tür schlossen, und folgte ihnen dann im Regen den Hügel hinauf.

Wie viele Male hatte er böse Neuigkeiten aus Hoppy Harpers Mund gehört?

»Ein schlimmer Bruch«, sagte der Arzt kopfschüttelnd. »Sehr schlimm. Wir bringen sie in den Operationssaal, aber…« Er hielt inne und fuhr sich mit den Fingern durch sein zerzaustes Haar. »Ich möchte Ihnen das gar nicht sagen.«

»Und ich möchte es nicht hören.«

Sadie Baxter würde zu den ersten zählen, die in das Pflegeheim kamen, das von ihrem Geld gebaut wurde.

Während der Operation saß er mit Louella, Cynthia und Olivia Harper in Hoppys von Lampen erleuchtetem Büro.

»Sie sagt, sie hätte etwas Wasser verschüttet, als sie aus ihrem Badezimmer in ihr Schlafzimmer gegangen sei, und als sie in der Nacht zur Toilette ging, ist sie in diese kleine Wasserlache getreten und hingefallen.«

Miss Sadies Freundin und Gefährtin seit Kindertagen preßte die Arme auf ihren Leib, als fröre sie. »Das ist eine böse Geschichte, Schätzchen, eine böse Geschichte. Ich spür's bis in die Knochen.«

Olivia legte einen Arm um Louella. »Das trifft uns alle bis

ins Herz«, sagte sie; sie versuchte augenscheinlich, ruhig zu bleiben. Vor einigen Monaten erst hatte Olivia herausgefunden, daß Miss Sadie ihre Großtante und einzige lebende Verwandte war. Dieses Band zählte für sie beide zu den größten Freuden, die ihnen das Leben geschenkt hatte.

Sie hielten einander an den Händen und wechselten sich beim Gebet ab, während die Uhr dem Tageslicht entgegentickte.

Er schluckte schwer, bevor er die Intensivstation betrat, und konnte dann kaum glauben, was er sah. Es war Miss Sadie, die das warme Licht ihrer Ausstrahlung verloren hatte, es war ein Mensch, der grau und leidend und sehr, sehr alt war.

Er mußte das Weinen, das in ihm aufwallte, niederzwingen, ein Weinen, das sagte: Das kann nicht sein, ich akzeptiere das nicht, das ist falsch.

Er stand am Fenster seines Arbeitszimmers und blickte in einen Regenguß hinaus, der die Rhododendronblätter tanzen ließ und mit einem feuchten Schimmer überzog. Hinter der Hecke lag der Baxter Park, ein grüner Teich der Stille und der Einsamkeit in der sommerlichen Abenddämmerung.

Cynthia kam zu ihm und schlang ihm die Arme um die Taille. »Was quält dich, mein Liebster?«

Er biß die Zähne zusammen, und seine Stimme klang heiser. »Dooley. Und Lace. Und Sadie Baxter. Und Sophia und Liza. Und all die anderen …«

»Ich gehe heute abend ins Krankenhaus. Du hast nur drei oder vier Stunden Schlaf gehabt.«

»Danke, aber …«

»Ich bin dein Diakon, Timothy, das hast du selbst gesagt. Gib mir eine Chance, meine Arbeit zu machen.«

Er wollte weinen, er wollte wimmern; irgendwo tief in ihm bildeten sich Laute, die nicht zu erkennen waren, Laute einer Trauer, die er niemals würde ausdrücken können.

»Wir fahren zusammen hin«, sagte er.

Sie ging Richtung Küche. »Ich mache uns eine Tasse Tee.«

Sadie Baxter war zäh, sie war unverwüstlich, sie war aus starkem Holz geschnitzt, und – nicht zuletzt – ihr Glaube war der Sache gewachsen. Sie konnte leicht hundert werden. Trotzdem vermochte er diese dunkle Angst, die sich seiner bemächtigt hatte, nicht mehr abzuschütteln.

»Und noch viele weitere«, flüsterte er unbeugsam in die hereinbrechende Dämmerung draußen vorm Fenster.

KAPITEL 16
Lieben und Wiederlieben

»Okay«, sagte Puny und warf ihm einen schelmischen Blick zu, »welche ist Sissy, und welche ist Sassy?«

»Also, Puny …«

»Ach, versuchen Sie's doch wenigstens!«

Er hatte keinen Schimmer, rechnete sich aber aus, daß die Chancen ziemlich gut standen. »Das da ist Sissy!«

»Falsch! Das ist Sassy!«

Er lag auf dem Sofa im Arbeitszimmer unter – zumindest fühlte es sich so an – einem ganzen Haufen dicker, zappelnder Babys, Stoffentchen, Quiekaffen und einem Gummischwein, das aufjaulte, als er sich daraufsetzte, sowie einem Stapel zusammengefalteter Windeln.

»Verwünscht«, sagte er. »Woran erkennen Sie das?« Soweit er feststellen konnte, hatten beide rotes Haar, beide hatten dieselbe Augenfarbe und dieselbe Größe, und sie rochen genau gleich.

»Sehen Sie hier?« sagte Puny und zeigte auf eine dicke Wange. »Sissy hat ein Grübchen links, Sassy hat ein Grübchen rechts.«

Sissy, Sassy, links, rechts. Er konnte es kaum erwarten, bis sie daherliefen und plapperten. Dann brauchte er nur noch einen Namen zu sagen, und diejenige, die dann angelaufen kam, nun, das war dann die, die er gerufen hatte.

»Wollen Sie Sissy halten, während ich Sassys Windel wechsele? Es dauert nur eine Minute. Oder – sie könnten Sissys Windel wechseln, während ich Sassy halte!«

Beide Aussichten schienen sie mit solch übermütiger Freude zu erfüllen, daß er es ihr kaum abschlagen konnte. »Ich entscheide mich für die erste Variante«, murmelte er.

»In Ordnung, da ist sie. Hm, oh. Sissy braucht dringender eine frische Windel als Sassy!«

»Wenn es nicht eine Sache ist, dann sind es zwei«, zitierte er einen ehemaligen Bischof.

Sie hob Sissy auf seinen Armsessel, ließ sie auf die Sitzfläche fallen und tat, was getan werden mußte. »So!« sagte sie, als sie die Windel befestigte, »jetzt darfst du auf Opas Schoß sitzen!«

Opa! Opa? Das war etwas, das er bisher im Keim erstickte, solange es sich noch ersticken ließ. »Ah ... Puny.«

»Ja, Sir?« Sie drehte sich mit dem Baby auf den Armen um, und er sah das hübscheste Bild diesseits des Himmels – seine eine und einzige Puny, die das düstere Pfarrhaus mit dem Schein von tausend Kerzen erhellt hatte. Konnte er ihr überhaupt etwas abschlagen?

»Bringen Sie sie her!« sagte er und breitete die Arme aus, während Sassy ihm noch schnell einen Tritt verpaßte.

Er war gejoggt, Puny hatte die Kinder und deren Ozean von Habseligkeiten eingesammelt und war nach Hause gegangen, und Cynthia mußte jeden Augenblick rüberkommen. Er war heute abend mit Kochen an der Reihe, und er hinkte hinterher.

Ob er es wagte, den langweiligen und sparsamen Fleischklops zuzubereiten – für eine Frau, mit der er erst seit wenigen Monaten verheiratet war? Er hatte sie bis zum Gehtnichtmehr verwöhnt mit geröstetem Dies und glasiertem Das, ganz zu schweigen von seinen gegrillten Rippchen, einer Spezialität, nach der sie sich förmlich verzehrte. Dazu hatte es eine beträchtliche Menge aller möglicher Leckereien gegeben, angefangen von gegrillter Wachtel bis zu überbackenen Austern.

Waren die Flitterwochen vorüber? Er rollte seinen Fleischklops aus und hoffte inbrünstig, daß dem nicht so war.

Schließlich hörte er ein Klopfen an der Hintertür, und als er sich umdrehte, sah er Olivia Harper durch die Fliegentür spähen. »Hallo!« sagte sie.

»Olivia! Selber hallo! Kommen Sie doch rein!«

Er hielt ihr die Fliegentür auf und war wieder einmal geblendet von der atemberaubenden Schönheit von Sadie Baxters Großnichte. »Das ist ja eine wunderbare Überraschung. Cynthia müßte jeden Augenblick hier sein, und ich habe heute abend Küchendienst. Waren Sie oben bei Miss Sadie?«

»Ja«, sagte sie und setzte sich an den Tisch, »sie hat schlimme Schmerzen.«

»Ich weiß.«

»Bei dem Bruch, den sie sich zugezogen hat, kann sie unmöglich die Bettpfanne benutzen, und das Aufstehen, um den Toilettenstuhl zu erreichen, geht beinahe über ihre Kräfte. Es tut mir bis in die Seele weh, sie so leiden zu sehen, und Hoppy sagt, wir können nichts für sie tun.«

»Ich weiß. Sie ist zu zart und zu zerbrechlich, um ihr schwerere Medikamente zu geben.«

»Ich wollte nicht herkommen, um Unheil und Düsternis über Sie zu bringen …«, sagte Olivia.

Er sah die grimmige Sorge, die ihre außerordentlichen violetten Augen überschattete. »Und das haben Sie auch nicht getan«, versicherte er ihr.

»Ich denke wohl auch an die Zukunft.«

»Daran, sie in ein Rehabilitationszentrum zu schicken«, sagte er. »Und dann, wenn sie nach Hause kommt, wird sie den ganzen Tag Krankenschwestern um sich haben müssen …«

»Und wird wahrscheinlich ans Bett gefesselt sein … für lange Zeit.«

»Sie wissen, daß Cynthia und ich alles tun werden, was

notwendig ist, Sie sind nicht allein in dieser Sache. Wie geht es Louella heute? Ich habe sie gar nicht gesehen, als ich um drei Uhr da war…«

»Sie leidet, Herr Pfarrer. Diese Sache hat sie beide gleichzeitig altern lassen.«

»Der Herr tue mir dies und das…« zitierte er aus dem Buch Ruth.

»… nur der Tod wird mich und dich scheiden«, vollendete sie den Vers.

Cynthia und Lace kamen über die Hintertreppe und traten in die Küche.

»Olivia!«

Die beiden Frauen nahmen einander herzlich in die Arme. »Olivia, das ist Lace Turner. Lace, das ist Mrs. Olivia Daven ... huch, Harper.«

Olivia hielt Lace ihre wunderbar manikürte Hand hin; das Mädchen betrachtete die Hand kurz, bevor sie sie verlegen ergriff.

»Freut mich sehr, dich kennenzulernen, Lace.«

Das Mädchen ließ den Kopf sinken.

»Oh, Timothy«, sagte Cynthia, »ich bin so froh, daß du heute abend mit Kochen dran bist. Ich dachte schon, ich sei an der Reihe, und ich hatte keinen Schimmer, was ich machen sollte. Vielleicht Fleischklops oder sonst etwas Tröstliches.«

»Fleischklops!« rief er. »Genau das Richtige!« Große Geister denken ähnlich…

»Lace hat mich besucht«, sagte Cynthia, »und ich habe ihr meine Aquarellfarben gezeigt.«

»Die kann vielleicht malen!« erklärte Lace, während sie sich hinsetzte und den Hut wieder aufsetzte. »Sehen Sie mal, sie hat mir diese Bücher geschenkt.« Sie zog zwei Violetbücher aus dem Gürtel ihrer Arbeitshosen und reichte sie Olivia. Er sah ein Funkeln in ihren Augen, das er noch nie zuvor dort gesehen hatte.

»Ich kenne die Bücher«, sagte Olivia, »und sie sind große

Klasse! Ich kann nicht mal eine gerade Linie zeichnen, und du?«

»Ich kann ein bißchen malen.« Lace stützte das Kinn auf ihre schmutzige Hand und starrte Olivia an. »Sie sind richtig hübsch«, sagte sie.

»Das bist du auch, Lace.«

»Nein, bin ich nicht! Sie brauchen mir das nicht zu sagen, bloß weil ich's Ihnen gesagt hab.«

»Ich habe es auch nicht gesagt, weil du es mir gesagt hast. Ich habe es gesagt, weil es stimmt. Du bist ein sehr hübsches Mädchen, mit schönen Gesichtszügen und wunderbaren haselnußbraunen Augen.«

Lace errötete und zog sich den Hut tief in die Stirn, so daß er beinahe ihre Augen bedeckte.

»Ich sehe, du magst Hüte«, sagte Olivia. »Ich mag auch Hüte.«

»Ich kann keine Hüte tragen«, erklärte Cynthia, während sie beinahe einen der Stühle umrannte. »Ich sehe lächerlich aus.«

Der Pfarrer, der bis dahin Zwiebeln gewürfelt hatte, drehte sich um. »Sei nicht so bescheiden. Mit einer Baseballmütze siehst du einfach hinreißend aus!«

Olivia lachte. »Wenn du irgendwann mal Lust hast, dir meine Hüte anzusehen, Lace, würde ich sie dir gern zeigen. Ich habe Hüte, die zur Jahrhundertwende gemacht worden sind, mit herrlichen Federn und Nadeln und Schleiern. Sie kommen von jemandem aus meiner Familie.«

»Dieser Hut hat früher meinem Pap gehört.«

»Wo gehst du denn zur Schule?«

»Ich geh nicht zur Schule. Ich hab aufgehört.«

»Verstehe.«

»Mein Pap will mich nicht zur Schule lassen, die würden ihn bloß ins Gefängnis werfen, weil er mich verprügelt.« Sie rollte ihren Hemdsärmel auf und zeigte Olivia die verheilenden Prellungen, dann riß sie den Ärmel plötzlich wieder runter und stand vom Tisch auf.

»Ich muß nach Hause. Pap kommt heute abend.« Sie nahm die Bücher und stopfte sie unter ihren Gürtel.

»Warte, geh noch nicht!« Cynthia trat an den Kühlschrank, fand Käse und Tomaten und nahm dann noch einen Laib Brot aus der Gefriertruhe. Mit schnellen Griffen legte sie ein Glas Mayonnaise und ein Glas mit Eingemachtem in eine Tüte, gab noch einige Dosen Suppe und gebackene Bohnen hinzu und zum Abschluß zwei Äpfel.

»Da«, sagte sie beinahe atemlos. »Lauf schnell nach Hause und versteck die Sachen, wenn es nötig ist. Du bist immer in unseren Gebeten, ihr alle. Sei vorsichtig, paß auf dich auf – widersprich deinem Vater nicht und komm wieder her, wenn du kannst.«

Lace nickte und ging, die Tüte an sich gedrückt, rückwärts auf die Tür zu. »Ich dank Ihnen schön für die Sachen. Ich komm gelegentlich wieder vorbei.«

Er trat an die Tür und sah ihr nach, wie sie Richtung Baxter Park verschwand. Heute hatte er das Kind in ihr gesehen, wenn auch nur für einen Augenblick; er fand, daß sie förmlich hopste, als sie sich durch die Hecke zwängte.

Er machte sich gerade bereit, ins Krankenhaus zu gehen, als das Telefon klingelte.

»Timothy?«

»Ja, Marge?«

»Ich… wir müssen reden. Ist der Zeitpunkt für dich günstig?«

»Ich wollte gerade aus dem Haus gehen, um Miss Sadie zu besuchen.«

»Soll ich morgen noch einmal anrufen?«

»Nein, laß uns jetzt reden.« Er ging mit dem schnurlosen Telefon ins Arbeitszimmer und setzte sich in seinen Ohrensessel.

»Timothy, ich spüre, daß da etwas zwischen uns steht.«

Er wußte nicht, was er sagen sollte.

»Ich möchte dir erklären, wie ich mich fühle. Ich fühle mich… als säße ich zwischen zwei Stühlen. Weißt du, Dooley schrieb uns und fragte, ob er den Sommer hier verbringen dürfe, und ich antwortete natürlich, daß er gern kommen könne, wenn ihr das alle so wollt. Ich dachte, er würde mit dir darüber reden, und du würdest mit mir reden. Es tut mir leid, daß die Sache dich derart überrascht hat.«

»Dann waren wir beide überrascht.«

»Ja. Du weißt, deine Freundschaft bedeutet mir viel, und ich habe Dooley sehr lieb. Nichts kann daran etwas ändern. Wenn ich dir irgendwie wehgetan habe, Timothy, bitte verzeih mir.«

Er dachte, er hätte ihr verziehen, aber das hatte er nicht. Er spürte noch immer die Bitternis dieser ganzen Angelegenheit in sich.

»Es tut mir leid, Marge. Es tut mir leid, daß ich so…« Ja, was war er gewesen? Besitzergreifend? Eigensüchtig?

»Dann verzeihst du mir also?«

Er hörte die Sorge in ihrer Stimme, und sein Herz wurde weicher. »Ja«, sagte er eifrig. »Ja. Außerdem gibt es da nichts zu verzeihen, überhaupt nichts.«

»Ich glaube, ich habe da etwas verstanden, was Dooley betrifft. Wenn er Hal bei einem kranken oder einem verletzten Tier hilft, ist es, glaube ich, seine Art, seine Brüder und seine kleine Schwester zu lieben. Vielleicht ist das der Grund, warum er sich derart auf jede Gelegenheit stürzt, einem Tier zu helfen. Vielleicht ist das der Grund, weshalb es so aussieht, als sei er dir und Cynthia weggelaufen.«

»Ja«, sagte er sehr leise.

»Ich glaube, es war für ihn schrecklich, euch neulich zu verlassen, er war furchtbar hin- und hergerissen deswegen, aber er hat durchgehalten und getan, was er für richtig hielt.«

»Ich danke dir, Marge, daß du mit mir geredet hast. Ich schäme mich, daß… «

»Kein Grund, sich zu schämen, alter Freund. Das Leben ist so kurz.«

Er kicherte. Wie schön, daß sie jetzt diese Last vom Herzen hatten.

»Bitte kommt doch Sonntag nachmittag zu uns, du und Cynthia. Und bringt auch Barnabas mit. Ich mache euch Hühnerpastete, deine alte Lieblingsspeise.«

Er spürte, wie sich ein Grinsen auf seinem Gesicht ausbreitete. »Abgemacht. Und danke. Vielen Dank.«

»Weißt du, Timothy, es ist nicht so wichtig, daß wir jemanden haben, der uns liebt – sondern daß wir jemanden haben, den wir lieben, meinst du nicht auch?«

»Ja!« sagte er und wußte genau, was sie meinte. »O ja.«

»Ich bete darum, daß er seine Familie wiederfindet. Meinst du nicht, das wäre möglich?«

Er schwieg einen Augenblick lang. »Ich weiß nicht, Marge. Bei Gott ist nichts unmöglich. Also, ja. Die Antwort ist: Ja.«

Miss Sadies Zustand hatte sich angeblich verbessert, und sie kam langsam wieder zu Kräften. Bevor er am Mittwoch morgen im Krankenhaus ankam, um ihr das Heilige Abendmahl zu geben, hatte sie sich, nach dem Bericht der Schwestern, im Bett aufgesetzt und die erste Strophe von ›Wer nur den lieben Gott läßt walten‹ gesungen.

»Ihre Stimme war ein wenig wackelig«, meinte Schwester Kennedy, »aber sie hat gesungen, und wir waren überglücklich!«

Er sang das Lied selbst, während er in seinem Buick zum Mittagsgottesdienst hinunterrollte, schrie es geradezu jedem entgegen, der da vielleicht zuhörte.

Wer nur den lieben Gott läßt walten
und hoffet auf ihn allezeit,
den wird er wunderbar erhalten
in aller Not und Traurigkeit.
Wer Gott dem Allerhöchsten traut,
der hat auf keinen Sand gebaut.

Manchmal erschöpfte ihn das Glück mehr als die Verzweiflung. Seine Hochstimmung angesichts von Miss Sadies Besserung führte dazu, daß er am Mittwoch abend völlig kraftlos war.

Seine Frau saß aufrecht im Bett und kritzelte etwas in einen Skizzenblock, während er sich im Ankleidespiegel begutachtete.

»Bist du müde, Liebster?« fragte sie.

»Ein bißchen.«

»Mehr als ein bißchen, denke ich. Du weißt, du kannst nicht leuchten, wenn du deine Lampe nicht füllst.«

»Wo hast du denn diese alte Platitüde ausgegraben, Kavanagh?«

»Hmm. Weiß ich nicht mehr.«

Er sah in den Spiegel und beklagte im stillen die frischen, grauen Strähnen in dem, was von seinem Haar noch übrig war.

»Liebling«, sagte sie, »ich finde dein graues Haar einfach wundervoll. Sehr distinguiert, um genau zu sein.«

Er warf ihr einen boshaften Seitenblick zu. »Ja, und bloß weil Schnee auf dem Dach liegt, heißt das nicht, daß kein Feuer im Ofen brennt.«

Sie brach in schallendes Gelächter aus. »Timothy! Ich kann einfach nicht fassen, daß du so etwas sagst.«

»Das ist vielleicht nur das erste von vielen Dingen, von denen du nicht glauben kannst, daß ich sie sage.«

»Was kannst du damit nur meinen?«

»Ich meine ... ja, was meine ich? Ich meine, laß uns für den Anfang morgen abend zum Essen nach Holding fahren. Es gibt da ein neues Restaurant, das geradezu idiotisch teuer ist.«

»Ich kann es nicht glauben!«

»Siehst du? Und noch etwas: Sehen wir uns einen Film an. Und du darfst meine ganzen Milchdrops essen.«

»Timothy! Was ist nur los mit dir? Wenn du nicht aufpaßt, wird es regelrecht Spaß machen, mit dir zusammenzusein.«

»So weit würde ich denn doch nicht gehen«, erwiderte er grinsend.

»Ich finde es herrlich, all diese Dinge zu tun! Und jetzt, da es Miss Sadie wieder besser geht, kann ich auch über etwas mit dir reden, das mir durch den Kopf gegangen ist.«

»Und was wäre das?« fragte er, während er durchs Zimmer ging und sich auf die Bettkante setzte.

»Nachdem ich letzte Woche mein Testament gemacht habe, ist mir eingefallen ... wenn ich ins Gras beiße, bevor ich meinen Scheitel nachfärben lassen konnte, laß ja nicht zu, daß Fancy Skinner Hand an mich legt, hörst du?«

Er sah sie ausdruckslos an.

»Du mußt eine Friseuse aus Charlotte kommen lassen, und ich möchte unbedingt Folie, keine Haube. Verstanden?«

»Wie bitte?«

»Folie! Keine Haube! Oh, puh, ich schreib's dir auf und stecke den Zettel zu dem Testament in den Umschlag. Ich habe dir doch gesagt, wo ich das Testament hingelegt habe, oder?«

»Ich erinnere mich nicht daran, daß du das getan hättest.«

Gütiger Gott, sie hörte sich an, als könnte sie wirklich morgen das Zeitliche segnen.

»In der obersten Schublade deines Schreibtischs im Arbeitszimmer. Unter dem Rechnungsbuch.«

»Richtig. Also, warum machst du dir Sorgen um dein Haar, wo du dich doch einäschern lassen willst?« Die Episkopalen hatten traditionellerweise die Neigung, in einer Urne zu enden, und dafür brauchte man sich gewiß nicht den Scheitel nachfärben zu lassen, schon gar nicht von jemandem, der nicht mal aus der Stadt kam.

»Ich lasse mich nicht einäschern! Ich will einfach in die altmodische Kiste geworfen werden, die soviel Platz unter der Erde wegnimmt und heutzutage von hier bis zu den Azoren politisch als nicht mehr korrekt gilt.«

»Aha.«

»Ich schreibe dir auch auf einen Zettel, was ich tragen will. Ich denke, es sollte dieses pflaumenfarbene Kostüm sein, das du so magst.« Sie hielt inne und dachte nach. »Es sei denn natürlich, ich gebe im Sommer den Löffel ab, dann müßte es dieses kleine Pikeekleid mit den blauen Paspeln sein.«

»Könnten wir über etwas anderes sprechen?« fragte er. Wenn es darum ging, über die Zukunft zu reden, war er bei weitem talentierter als seine Frau, und dabei hatte er gerade erst damit angefangen.

Der Sonntag war ein goldener Junitag, den niemand so recht enden sehen wollte.

Sie taten sich an Marges Hühnerpastete gütlich und schwärmten von der knusprigen Kruste und tranken einen ganzen Krug Eistee. Dooley ritt mit Gänsedaunen-Owen über den Hof und hielt Rebecca fest, die sich den Sattel mit ihm teilte. Barnabas ging mit mehreren Hunden von Meadowgate auf Tour und hatte, als er zurückkehrte, das Fell voller Zweige, toter Blätter und anderer Entbehrlichkeiten der Natur.

Der Pfarrer machte sich mit seiner Frau und ihrem dicken Zeichenblock auf den Weg in den Wald, wo sie auf einem sonnenbeschienenen Fleckchen ein Kissen aus Moos fanden.

»Mein Liebster«, sagte sie, während sie ihren Kasten mit Buntstiften öffnete, »vielleicht sollten wir einen Bauernhof kaufen, wenn du in Ruhestand gehst.«

»Das wäre ein Gedanke.«

»Ich fände es herrlich, wilde Blumen zu pflücken und sie in Tonkrügen auf ein Fenstersims zu stellen!« Sie betrachtete eine Gruppe Fichtenspargel, die durch eine Schicht vermoderter Blätter hindurchgewachsen waren, und begann mit schnellen Strichen zu zeichnen. »Und ich fände es herrlich, dicke Brombeerpasteten zu backen. Würdest du die Beeren pflücken?«

»Auf keinen Fall«, sagte er.

»Warum nicht?«

»Als ich das letzte Mal Brombeeren pflückte, hatte ich anschließend so viele Flohbisse, daß man mich kaum noch erkennen konnte.«

»Wann war das?«

»Oh, als ich ungefähr zehn oder elf war.«

»Und das hat dich für den Rest deines Lebens vom Brombeerpflücken abgehalten?«

»Absolut.«

»Dann sollten wir vielleicht doch keinen Bauernhof kaufen.«

»Vielleicht nicht«, erwiderte er lachend.

Dooley und Barnabas kamen lärmend den bewaldeten Weg entlanggelaufen, gefolgt von Bonemeal, dem Beagle der Farm.

»Hi!« sagte Dooley.

»Selber hi!« erwiderten sie wie aus einem Mund.

»Ich bin fertig mit dem Tränken der Pferde.«

»Toll. Komm und setz dich zu uns, während Cynthia zeichnet.«

Dooley ließ sich aufs Moos fallen, und Barnabas legte sich der Länge nach auf die Fichtenspargel.

»Steh auf, du Riesentrottel!« rief Cynthia.

»Barnabas, alter Bursche, hierher!« Barnabas kam herübergeschlendert und legte sich keuchend neben seinen Herrn.

»Gequetschter Spargel«, sagte Cynthia. »Oh, hm, Dooley, dann zeichne ich eben dich.«

»Das möchte ich nicht«, sagte er, »ich bin nicht … ich habe nicht … meine Haare sind nicht gekämmt und alles.«

»Perfekt! Dann wird es also ein ehrliches Portrait.«

Dooley bedeckte das Gesicht mit den Händen.

»Nimm sofort die Hände von deinem komischen Gesicht!« rief Cynthia, die bereits einen Bleistift gezückt hatte.

Dooley, der wiehernd lachte, rührte sich nicht.

»Niemand hört auf mich«, seufzte sie. »Timothy will keine

Brombeeren pflücken, Barnabas zerquetscht den Gegenstand meines Gemäldes, und du verdeckst dein Gesicht. Mist, mach ich eben einfach ein Nickerchen.« Sie ließ sich rücklings auf das Moos fallen.

»Nein, schlafen Sie nicht ein!« sagte Dooley. »Sie dürfen mich zeichnen.«

»Klasse!« sagte sie und sprang auf. »Okay, halt still und sieh in diese Richtung. Nein … sieh lieber in die andere Richtung. Und jetzt nimm das Kinn runter. Ich liebe deine Sommersprossen. Laß das Blinzeln. Hast du da einen Schnitt auf der Stirn? Was ist passiert?« Sie skizzierte hastig. »Laß die Finger aus dem Haar, es sieht wunderbar aus, wie es ist. Hm, heb das Kinn ein wenig an. Nur ein Fitzelchen. Nein, das ist zuviel …«

»Ich hasse so was«, sagte Dooley, während der Pfarrer vor Lachen zitterte.

»Warum«, fragte Pfarrer Tim, »besorgst du eigentlich allein das ganze Zeichnen in der Familie? Wir werden dich zeichnen.«

»Nein, nein, tausendmal nein, wenn du mich malst, sieht meine Nase bestimmt aus wie ein Kürbis.«

»Stark«, sagte Dooley.

»Yeah!« sagte der Pfarrer.

»Na dann, versuch's mal«, sagte sie, während sie die Zeichnung vollendete und Dooley ihren Bleistift und den Skizzenblock gab.

»Sieh in diese Richtung!« drängte der Pfarrer.

»Nein, sehen Sie in die Richtung!« widersprach Dooley. »Und streichen Sie sich das Haar aus dem Gesicht!«

»Erstaunlich!« sagte Pfarrer Tim, während er die hastig fertiggestellte Skizze betrachtete. »Deine Nase sieht überhaupt nicht aus wie ein Kürbis. Sie sieht aus wie eine Melone.«

Dooley und der Pfarrer grölten vor Lachen, während Cynthia sie mit verblüffender Geringschätzung ansah.

»Ihr zwei Spaßvögel braucht aber nicht viel, um euch zu amüsieren.«

Dooley griff nach der Zeichnung, die sie von ihm gemacht hatte, und nahm sie sorgfältig in Augenschein. »Mann!« sagte er. »Das bin ja wirklich ich.«

Der Pfarrer blickte in die eifrigen Augen des Jungen. »Dir gefällt es hier draußen, nicht wahr, mein Freund?«

»Jawoll.«

»Ich freue mich, daß du bei dem Kalb so eine große Hilfe warst.«

»Das Kalb springt jetzt auf der Weide rum wie neu. Doc Owen meinte, er hätte es ohne mich nicht geschafft.«

Es gab auch einige Dinge, die er nicht ohne Dooley Barlowe geschafft hätte.

Lächelnd ballte er die Faust und gab Dooley eine liebevolle Kopfnuß. »Wir haben dich lieb, großer Junge.«

Dooley wandte den Blick ab und sagte etwas. Es war kaum hörbar, aber sie hörten es dennoch, klar und deutlich. Er sagte: »Ich liebe Sie auch.«

»Wo sind Sissy und Sassy?« fragte er, als er kurz zu Hause vorbeischaute, um ein Fleischklopssandwich zu essen und zwei Bücher aus seinem Arbeitszimmer zu holen.

»Scht«, sagte Puny, »sie liegen in Ihrem Arbeitszimmer und schlafen. Sie sollten sie mal sehen, sie sind dreißig Zentimeter gewachsen!«

»Ich brauche zwei Bücher aus meinem Arbeitszimmer«, sagte er und sprach dabei so leise wie möglich.

»Ich hole sie für Sie, Sie würden die beiden nur aufwecken, und, meine Güte, die zwei haben letzte Nacht keine fünf Minuten durchgeschlafen. Was brauchen Sie denn?«

Er kratzte sich am Kopf und versuchte, sich die Bücher auf ihren jeweiligen Regalen vorzustellen. »Ich brauche *Pilgrim's Progress*, weil ich mich in einer Predigt darauf beziehen will, und ein Buch namens *In the Wake of Recovery*.«

»Wo stehen die Bücher?« flüsterte sie.

»Mal sehen. *Pilgrim's Progress* müßte auf dem dritten oder vierten Regal von unten auf der rechten Seite stehen, blauer Ledereinband. Das andere sollte auf der linken Seite stehen, vielleicht im untersten Regal, und ich weiß nicht genau, welche Farbe der Einband hat.«

»Drittes oder viertes Regal rechts, blauer Einband, und linke Seite, unteres Regal, wie war noch der Name?«

»In the Wake of Recovery.«

»Scht. In Ordnung, ich bin gleich wieder da, versuchen Sie, keinen Krach zu machen.«

Er öffnete leise die Kühlschranktür, holte den Fleischklops heraus und drückte die Tür vorsichtig wieder zu. Er nahm das Brot aus dem Brotkasten und wäre beinahe buchstäblich aus der Haut gefahren, als der runde Deckel des Kastens auf den Boden krachte, unter den Tisch rollte und dort mit einem Geräusch liegenblieb, daß die Fensterscheiben in ihren Rahmen klirren ließ.

Während er unter den Tisch kroch, um den Deckel aufzuheben, beschloß er, nach nebenan in das kleine, gelbe Haus zu gehen, wo er gelegentlich Kräcker und Käse finden konnte ...

Puny kehrte in die Küche zurück und schloß die Tür hinter sich. »Gütiger Gott!« flüsterte sie. »Was haben Sie hier drin fallenlassen, Ihre Zähne? Ich kann nichts mit irgendwelchen Pilgern auf dem Einband finden. Und das da ... ist das das Buch, das Sie aus dem unteren Regal haben wollten?«

»Das ist es, vielen Dank. Gut gemacht! Aber ich brauche auch *Pilgrim's Progress*.«

»Sind auf dem Einband Siedler mit schwarzen Hüten und diesen komischen Schuhschnallen und all diesem Zeug?«

»Nein, auf dem Einband ist weder eine Zeichnung noch sonst etwas, es ist einfach ein blauer Papiereinband mit dem Titel und dem Namen des Autors darauf, John Bunyan.«

»Sie meinen diesen Schrank von einem Mann, der Bäume

gefällt hat? Wieso brauchen Sie denn den für eine Predigt? Oder war das Davy Crockett?«

»Lassen Sie mich reingehen, ich wecke die beiden schon nicht auf. Ich gehe auf Zehenspitzen.«

»Männer können nicht auf Zehenspitzen gehen. Sie sollten mal Joe hören, wenn er es versucht – boing, schepper, broch, rumms …«

»Puny …«

»O, schon gut«, sagte sie widerstrebend.

Er zog die Schuhe aus und stahl sich wie ein Einbrecher in das Arbeitszimmer, wobei er sorgfältig die Dielenbretter mied, die für gewöhnlich unter seinen Füßen ächzten. Dann durchforstete er die Bücherregale auf der rechten Seite … Wo zum Teufel steckte das Ding?

Er hörte ein Glucksen hinter sich und drehte sich um, um die Zwillinge zu betrachten, die nebeneinander auf seinem Sofa lagen. Eines der Kinder schlief friedlich, während ihn das andere mit großen, ernsten Augen ansah.

Er unterzog das Regal einer weiteren verzweifelten Suche und floh dann mit leeren Händen aus dem Raum.

Während er in seine Slipper schlüpfte, flüsterte er Puny zu: »Eins der Mädchen ist wach, es hat die Augen offen – und ehrlich, ich bin's nicht gewesen!«

»Welche von beiden ist denn wach?« erkundigte sich die besorgte Mutter.

»Sassy!« sagte er aufs Geratewohl. Aus dem Arbeitszimmer erklang ein gewaltiges Heulen.

Er riß das Buch, daß Puny gefunden hatte, vom Tisch und suchte das Weite.

»Ich dachte, Sie würden es wissen wollen«, sagte Hoppy bei einem frühen Anruf.

»Will ich auch.«

»Ich habe heute morgen ihre Herztöne abgehört, und irgend etwas klingt da nicht, wie es sollte. Ihre Knöchel sind angeschwollen, sieht nach einem Ödem aus. Ich tippe auf ein früheres, kongestives Herzversagen.«

»Was können Sie tun?«

»Medikamente. Einige Leute sprechen drauf an, andere nicht.«

Er schwieg einen Augenblick lang. »Es ist schwer, gute Neuigkeiten von Ihnen zu bekommen, Freund.«

Der Arzt seufzte. »Stimmt. Sagen wir, ich bin Ihnen eine gute Nachricht schuldig.«

Als er zum Frühstück in der Grillstube ankam, fand er Mule dort vor, der ihn mit verwirrter Miene ansah.

»Also, was meinen Sie, warum J.C. uns nichts von Adele Lynwood erzählt?«

»Ich meine«, sagte der Pfarrer, »er möchte nicht, daß irgend jemand erfährt, daß er generalüberholt wird. Nach allem, was er zur Hälfte der Bevölkerung dieser Stadt über das Thema Frauen gesagt hat, versucht er wahrscheinlich nur, sein Gesicht zu bewahren.«

»Ich finde, er sollte damit rausrücken und dann einfach weitermachen wie immer. Sieht doch so aus, als täte sie ihm gut, meinen Sie nicht?«

»Wenn man bedenkt, daß er neunundzwanzig Pfund abgenommen und seinen Cholesterinspiegel gesenkt hat und seit neuestem immer ein sauberes Taschentuch bei sich trägt, ja, ich meine schon.«

»Fancy Skinner ist das Beste, was mir je passiert ist«, sagte Mule stolz.

»Ach ja?«

»Jawoll, ich war ein ungeschliffener Diamant, als ich sie kennenlernte. Ich hatte noch nie im Leben einen Schluck getrunken, aber ich war gerade drauf und dran, mich auf ein paar Flaschen Beefeater-Gin zu stürzen, die meine Kumpel von einem Fernlaster geklaut hatten.«

»Im Ernst?«

»Ich bin gerade noch mal davongekommen. Ihr Dad hat's mir klargemacht, er sagte, Mule, wenn ich jemals höre, daß du anfängst zu saufen, werde ich dir persönlich eins über den Kopf geben, daß dir Hören und Sehen vergeht. Meine Lippen haben nie einen Tropfen Alkohol gesehen, sagte er, und Lippen, die Alkohol zu schmecken bekommen, werden niemals die Lippen meiner Fancy berühren. Mein lieber Schwan, wie er da vor mir stand – er war so groß wie ein Haus, ihr Daddy – und ich mußte ihm versprechen, daß ich nie trinken würde – und ich hab's auch nicht getan.«

»Wunderbar.«

»Er hat uns unser erstes kleines Haus gekauft.«

»Guter Kerl.«

»Drei Zimmer. Adrettes kleines Häuschen. Ich habe damals Enzyklopädien von Collier verkauft.«

»Das wußte ich ja gar nicht.«

Velma stellte pochierte Eier und Toast vor den Pfarrer hin und reichte dem Makler eine Schachtel Wheaties und eine Schale.

»Vielen Dank«, sagte Mule, womit er auf Velmas jüngste Klagen reagierte, daß die Kunden selten Danke sagten, geschweige denn anständige Trinkgelder gaben. »Und die Ehe tut Ihnen gut?«

»Absolut.«

»Sie blicken nie zurück?«

»Nie. Es ist das Beste, was mir passiert ist. Cynthia sorgt dafür, daß ich mit beiden Beinen auf dem Boden stehe«, sagte er mit voller Überzeugung. Er schob die Butter weg und nahm einen Bissen von dem trockenen Vollweizentoast, von dem seine Frau beharrlich behauptete, er sei gut für ihn.

Mule starrte in seine leere Schale. »Velma hat meine Milch vergessen. Kein Wunder, daß sich hier niemand bedankt. Wie soll man Getreidekost ohne Milch essen?«

»Gar nicht«, sagte der Pfarrer.

Mule blickte auf, und sein Gesicht erstrahlte. »Na, mich

laust der Affe! Da kommt J.C., und er kommt direkt auf uns zu. Also wirklich! Wenn man vom Teufel spricht …!«

J.C. warf seinen überquellenden Aktenkoffer unter den Tisch und rutschte mit finsterer Miene neben Mule auf die Sitzbank.

Mule schlug ihm auf den Rücken.

»Wo haben Sie gesteckt, Kamerad?«

J.C. ignorierte die Frage und bestellte sein Essen bei Velma, die ihm mit ihrem Bestellblock gefolgt war. »Ich nehme zwei Wurstpasteten, eine doppelte Portion Grütze, zwei gebutterte Bisquits, zwei gut durchgebratene Spiegeleier, und ich hätte nichts dagegen einzuwenden, wenn Sie ein ordentliches Stück Bauernschinken reinschneiden.«

J.C. nahm ein abgerissenes Papierhandtuch aus seiner Hemdtasche und wischte sich übers Gesicht.

Der Pfarrer und der Makler wandten die Köpfe um und sahen einander augenzwinkernd an.

Er zog den Stuhl dicht an ihr Bett, setzte sich hin und nahm ihre Hand. Wie klein diese Hand war, wie zart und kühl mit den blauen Äderchen, die durch die Haut schimmerten. Er wünschte sich, daß die Wärme seiner eigenen Hand auf die ihre ausstrahlen möge, daß seine eigene Vitalität sich wie eine Quelle verströmen und in ihr wieder aufwallen würde, damit sie den Kopf heben, sich aufsetzen und ihm eine Geschichte erzählen konnte.

»Miss Sadie … «

»Herr Pfarrer.«

Sie schwiegen eine Weile.

»Ich brauche Sie«, sagte er, aber das war nicht alles, was er sagen wollte. »Ich brauche Sie … damit Sie mir eine Geschichte erzählen.«

»O, Pfarrer Tim. Meine Geschichten sind alle erzählt.«

Das war es, was er am meisten gefürchtet hatte. Er konnte es nicht ertragen, das zu hören.

»Ich will das nicht glauben, also werde ich … Ich werde einfach weiter daran glauben, daß es noch viele Geschichten zu erzählen gibt. Werden Sie mir eine versprechen?« Er würde in dieser Sache dringend eine positive Einstellung brauchen.

Sie lächelte schwach. »Sie sind eine Nervensäge.«

»Ich weiß!« sagte er mit neuer Hoffnung. »Das bin ich!«

»Lassen Sie mich erst meine Kraft wiederfinden«, sagte sie und wandte den Kopf auf dem Kissen, um ihn anzusehen. »Und dann, vielleicht …«

»Ich würde mich sehr darüber freuen«, sagte er und schluckte.

Er küßte ihre Hand und legte sie dann sachte wieder auf die Matratze. »Sie haben mal eine Geschichte erwähnt, in der es um die Flut von 1916 ging …«

»Ah … so lange her …«

»Und die Geschichte von dem Zahnarzt, der Ihnen den falschen Zahn zog, als Sie noch ein kleines Mädchen waren. Die haben Sie mir nie von Anfang bis Ende erzählt.«

Sie schloß die Augen und lächelte. »Ich bin froh, daß wir Scott Murphy eingestellt haben«, sagte sie.

»Ja, Ma'am. Das war eine gute Sache.«

»Gehen Sie jetzt heim, Pfarrer Tim, und ruhen Sie sich aus. Wenn ich Ihnen eine Geschichte erzählen soll, brauche ich Zeit, um mich für eine zu entscheiden.«

Er beugte sich über sie und küßte ihre kühle Wange; er wollte nicht gehen.

An der Tür blieb er noch einmal stehen und blickte zurück. Er wollte eigentlich noch etwas sagen oder ihr vielleicht zum Abschied zuwinken, aber sie hatte den Kopf bereits zum Fenster gedreht.

KAPITEL 17
Weitersingen!

Als er bei Onkel Bill Watson vorbeifuhr, begrüßte ihn der alte Mann mit großer Herzlichkeit. »Prediger, kommen Sie, setzen wir uns in den Garten und beobachten den Verkehr.«

Sie gingen über die Wiese, die von den städtischen Angestellten vor kurzem erst gemäht und gewässert worden war, und ließen sich auf die Chromstühle neben dem Schild sinken, das den Porter Place als das Mitforder Stadtmuseum auswies.

Onkel Billy spuckte ins Gebüsch und fuhr sich mit der Hand über den Mund. »Sadie Baxter geht's nicht besonders, hm?«

»Gestern hat sie im Bett gesessen und ein Kirchenlied gesungen, aber ich weiß nicht recht, Onkel Billy – sie ist sehr schwach.«

»Sie ist alt!« sagte Onkel Billy. »Das ist es. Denken Sie nur an Rose; Rose wird auch langsam alt. Sie hört immer schlechter. Ja, Sir, versteht kaum noch ein Wort von dem, was ich sage, und ein Hörgerät will sie auch nicht.«

Der Pfarrer nickte.

»Wie neulich, als Rose zu mir sagte, Billy, ich hab nichts zu tun, absolut gar nichts, und ich sagte, Rose, du solltest da reingehen und anfangen zu leben. Na, da hat sie fast einen Wutanfall gekriegt. Ich soll da reingehen und anfangen zu sterben? sagte sie, du erzählst mir, ich soll da reingehen und anfangen zu sterben? Ich sagte, Rose, das hab ich nicht gesagt, ich sagte, du sollst da reingehen und anfangen zu *leben.*«

Er lachte schallend. »Onkel Billy, entschuldigen Sie, daß ich lache …«

»Oh, denken Sie sich nichts dabei, so mache ich es auch – ich lache einfach.«

»Sie sind ein guter Kerl.«

»Nein, Sir, bin ich nicht. Ab und zu verliere ich ganz schön den Mut.«

Sie beobachteten, wie der Verkehr um das Denkmal kreiste. Coot Hendrick kam mit seinem verrosteten Pick-up vorbeigerattert, winkte ihnen zu, und sie winkten zurück. Ron Malcolm grüßte sie aus seinem Cadillac heraus.

»Prediger, haben Sie schon den von dem Hilfssheriff gehört, der einen Touristen bei einer Geschwindigkeitsübertretung erwischte?«

»Ich glaube nicht.«

»Nun, Sir, er hat den Touristen an den Straßenrand gewunken und gesagt: Wo kommen Sie her? Und der Tourist sagte, Chicago. Erzählen Sie mir doch keinen Blödsinn, sagte der Sheriff, auf Ihrem Nummernschild steht Illinois.«

Der Pfarrer warf den Kopf in den Nacken und lachte herzlich.

»Haben Sie den von dem Burschen gehört, in dessen Führerschein stand, er müsse beim Autofahren eine Brille tragen? Na, der Sheriff hat ihn angehalten und gemeint, Kamerad, Sie wandern ins Gefängnis, weil Sie ohne Brille gefahren sind. Der Bursche meinte, aber Sheriff, ich trage Kontaktlinsen. Und der Sheriff sagte, mir egal, was für Linsen Sie heute zu Mittag hatten, Sie wandern trotzdem ins Gefängnis.«

»Bill Watson, Sie sind eine gute Medizin!« Er hätte Bill Watson eigentlich dafür bezahlen müssen. »Ich muß jetzt weiter in mein Büro«, sagte er. »Begleiten Sie mich doch ein Stück.«

Ray Cunningham donnerte in seinem RV um das Denkmal herum und drückte auf die Hupe. Sie winkten.

»Ich will nur kurz Rose Bescheid sagen, daß ich mit dem

Prediger weggehe, sie hat's nicht gern, wenn ich einfach so verschwinde, wissen Sie.« Onkel Billy erhob sich mit knarrenden Gelenken von dem Stuhl, dann gingen sie langsam durch den Garten und ums Haus herum.

»Rose!« rief der alte Mann und klopfte an die Fliegentür. »Rose, ich geh eben ein Stück mit dem Prediger. Ich bin gleich wieder da.«

Miss Rose erschien in einem Chenillemorgenmantel, Socken und Duschhaube. »Du willst zu Pa?«

»Ich hab gesagt, ich bin gleich wieder zurück!«

»Sieh zu, daß du spätestens um vier zurück bist und keine Minute später!«

»Na, was hab ich Ihnen gesagt?« seufzte Onkel Billy, als sie Richtung Gehweg davonzogen. »Das Alter erwischt jeden! Rose kann nicht hören, und ich vergesse die Hälfte von dem, was man mir sagt. Um wieviel Uhr sollte ich noch zurück sein?«

Winnie Ivey, die gute Seele, verbrachte die Nächte bei Louella, die in ihrem neunundsiebzig Jahre währenden Leben kaum jemals eine Nacht allein gewesen war.

Er holte Winnie ab, wenn sie um halb sechs die Leckerbäckerei schloß, und da ihr Wagen in der Werkstatt war und ihre entzündeten Fußballen ihr keine langen Gehwege gestatteten, fuhr er sie zu ihrem kleinen Haus an der Brücke, wo sie nur schnell ihre Katze fütterte, bevor er sie dann zu Louella brachte.

Er saß in Winnies Hollywoodschaukel auf der Veranda und schaute über den Kleinen Mitfordbach hinweg in den grünen Wald hinein. Irgendwo da oben, wo sie von diesem friedlichen Ort aus nicht zu sehen war, lebte die Gemeinschaft, von deren Existenz kaum jemand Notiz nehmen wollte.

Aus den Augen, aus dem Sinn ...

Als er kurz vor sechs zu Hause ankam, trank Cynthia am Küchentisch eine Tasse Tee, während Barnabas zu ihren

Füßen lag. Er brauchte nur in das Gesicht seiner Frau zu sehen und wußte, daß etwas passiert war.

»Timothy ...«

Er zog sich einen Stuhl heran und setzte sich. »Was ist los?«

»Ich soll ein Dokument unterzeichnen und bestätigen, daß ich Laceys Verletzungen gesehen habe, daß ich weiß, daß sie geschlagen wird. Dann werden sie die Staatsanwaltschaft hinzuziehen. Sie gehen davon aus, daß sie sie finden und von zu Hause wegbringen werden. Es ist furchtbar ...«

»Ich weiß.«

»Es war eine Sache, zu wollen, daß sie da rauskommt, aber das hier ist etwas ganz anderes. Wie kann ich dieses Papier unterzeichnen, eine Entscheidung treffen, die sie ihrer Mutter wegnimmt? Aber andererseits – wie könnte ich es nicht tun?«

»Man wird ihrer Mutter die Entscheidung überlassen, ob sie gehen oder bleiben will.«

»Ja, aber sie sagen, die Frau würde wahrscheinlich nicht gehen wollen. Ich habe gefragt, was alles passieren könnte, und anscheinend entscheiden die Menschen sich häufig eher für den Schrecken als für die Hilfe.«

»Ich habe Lace nicht mehr gesehen, seit ihr Vater nach Hause gekommen ist. Ich wünschte, wir wüßten, was da vorgeht. Ich würde gern glauben, daß die Tatsache, daß er jetzt wieder Arbeit hat, sein Alkoholproblem eindämmt, aber ...«

»Aber du glaubst es nicht.«

»Nein, ich glaube es nicht. Was hast du den Leuten vom Sozialamt gesagt?«

»Ich sagte, ich würde ihnen bis Mittwoch meine Entscheidung mitteilen. Wenn wir es wirklich tun, und sie von zu Hause weggeholt wird, wo wird man sie hinschicken?«

»Man wird versuchen, sie bei Verwandten unterzubringen. Wenn das nicht geht, wird sie einer Pflegefamilie zugeteilt.«

»Was ist, wenn ... Ich meine ... Sollten wir in Erwägung ziehen, sie in Pflege zu nehmen?«

»Ich habe keine Ahnung, wie so etwas funktioniert.«

Sie schwieg eine Weile, bevor sie wieder zu sprechen begann. »Ich wünschte, ich könnte zum Bach gehen und mir die Sache selbst ansehen.«

»Was sollte das nutzen? Welches Problem würdest du damit lösen?«

»Ich weiß es nicht«, sagte sie ratlos. »Ich weiß es nicht.«

Wenn es irgend etwas gab, was eine Kirche besaß, dann waren es Listen, und – das hatte Dove ihnen versichert – im Handumdrehen würden sie ihre Listen formatiert, gegliedert und durchnumeriert haben, sortiert natürlich auch, keine Frage. Bevor Dave eintraf, hievte er sich das Handbuch auf den Schreibtisch und las:

Um den Text, der neben einer Nummer in der Liste erscheint, zu ändern, klicken Sie den Text in einer der Boxen für ›Vorstehenden Text‹ oder ›Nachstehenden Text‹ an. Um die Formatierung einer Nummer oder das Absatzzeichen zu ändern, wählen Sie ein Nummernformat oder Absatzzeichenformat unter Nummernformat, Absatzzeichen, Nummer oder Absatz aus.

Um den Abstand zwischen den Eintragungen der Liste zu ändern, geben Sie den Abstand in die Box ›Abstand zwischen Einrückung und Text‹ ein.

Er lernte, daß er die Box ›Hängende Einrückung‹ auswählen mußte, um hängende Absätze verwenden zu können. Er würde aber einen hängenden Absatz nicht einmal erkennen, wenn er ihm direkt in die Arme liefe.

Voller Sehnsucht blickte er auf seine alte Schreibmaschine, die stumm unter ihrer schwarzen Staubhülle ruhte.

»Es gibt nur ein Problem, das dagegen spricht, die Listen heute durchzugehen«, erklärte Emma.

»Wenn Sie mich fragen, gibt es da mehr als ein Problem.«

»Ich kann den Aktenordner mit den Listen nicht finden.

Mit denen, die wir heute morgen in den Computer eingeben sollten.«

»Wenn ich mich recht erinnere, hat der Ordner zwei Wochen genau da auf Ihrem Schreibtisch gelegen.«

»Jetzt aber nicht mehr. Ich habe überall gesucht. Haben Sie ihn vielleicht weggenommen?«

»Ich habe Ihren Schreibtisch nicht angerührt.« Dieser Schreibtisch hätte ebensogut mit Stacheldraht umzäunt sein können, so wenig vergriff er sich daran. »Welche Listen waren denn in dem Ordner?«

»Alle. Das aktuelle Mitgliederverzeichnis. Die Einschreibungsliste der Sonntagsschule mit allen Namen, Adressen und Telefonnummern, Listen mit Beitragszahlern, Spendern zu Gedenkzwecken... die Helferliste für die Dacharbeiten... und, ach ja, eine Liste mit sämtlichen bisherigen Kosten für das Haus der Hoffnung und unsere Haushaltsplanung für das nächste Jahr.«

»Das waren doch bestimmt nicht die Originallisten?« Er wollte die Antwort eigentlich gar nicht wissen.

»Nun, natürlich waren es die Originale, es waren genau die Listen, die ich direkt von all diesen wirren Notizen abgetippt habe, die Sie mir seit unvordenklichen Zeiten geben. Außerdem, wie sollte ich Kopien machen, wo doch der Kopierer auf dem Postamt die halbe Zeit kaputt ist und der in der Bibliothek so klein ist, daß man da kaum eine Postkarte drauf kopieren kann? Hinzu kommt, daß wir, praktisch seit ich wieder Baptistin geworden bin, kein Durchschlagpapier mehr haben.«

»Wir müssen die Listen wiederfinden.«

»Schön«, sagte sie. »Dann suchen Sie mal.«

»Wer war sonst noch hier drin?«

»In den letzten zwei Wochen? Wie soll ich mich an all diese Leute erinnern? Der Kaplan, den Sie eingestellt haben...« Sie sah ihn an, als sei Scott Murphy ein Verbrecher; als sei das genau die Antwort auf all ihre Probleme.

»Emma…«

»Ich weiß, Sie sind fuchsteufelswild. Aber wenn es schon so schlimm steht, daß man einen Aktenordner nicht mehr auf dem eigenen Schreibtisch liegenlassen kann, ohne daß jemand sich bedient, was erwarten Sie da von mir?

Denn Gott hat uns nicht gegeben den Geist der Furcht, sondern der Kraft und der Liebe und der Besonnenheit, las er laut aus dem zweiten Brief des Paulus an Timotheus.

Er dachte wieder an Katherines leidenschaftlichen Rat, den sie ihm letztes Jahr am Telefon gegeben hatte, bevor er Cynthia einen Antrag machte. Er hatte furchtbare Angst gehabt loszulassen, und Katherine hatte ihn mit unmißverständlichen Worten daran erinnert, woher Furcht und Angst kamen. Wenn sie nicht von Gott kommen, überlegte sie, können sie nur aus einer einzigen anderen Quelle stammen. »Die Furcht ist ein Werk des Teufels.« Und damit hatte sie recht.

Als junger Seminarist hatte er glauben wollen, daß diese Briefe auf irgendeine übernatürliche Weise direkt an ihn gerichtet waren. Sie enthielten allerlei merkwürdige, persönliche Bezüge, von denen Pauls Hinweis auf des Timotheus Mutter und Großmutter, Frauen von »ungefärbtem Glauben«, nicht die belanglosesten waren. Niemand hätte seine Mutter und Großmutter besser charakterisieren können.

Es war eine uralte Tradition, daß er die Briefe des Paulus an seinen Namenspatron Timotheus an seinem Geburtstag oder doch kurz davor beziehungsweise danach las. Natürlich hatte es mehrere Jahre gegeben, in denen er gar nicht merkte, daß sein Geburtstag gekommen und gegangen war, aber in diesem Jahr war es anders. Jetzt gab es am achtundzwanzigsten Juni, der ihnen in wenigen Tagen ins Haus stand, mehr zu feiern als seine Geburt in Holly Springs in Mississippi. Jetzt war dies auch das Datum, an dem er seiner Nachbarin von nebenan einen Antrag gemacht hatte.

Er rückte seine Brille zurecht und las die Zeilen unmittelbar vor einer der Stellen, die er besonders liebte, einer Stelle, die in jedem Jahr einen ganz besonderen Platz für ihn einzunehmen schien.

Du aber bleibe bei dem, was du gelernt hast und was dir anvertraut ist; du weißt ja, von wem du gelernt hast und daß du von Kind auf die heilige Schrift kennst, die dich unterweisen kann zur Seligkeit durch den Glauben an Christus Jesus.

Er las weiter bis zum Ende des zweiten Briefes, wo der oberste Apostel um etwas bittet: *Den Mantel, den ich in Troas ließ bei Karpus, bringe mit, wenn du kommst...* Diese Zeilen verfehlten nie ihre Wirkung auf ihn, war Paulus doch zu diesem Zeitpunkt höchstwahrscheinlich krank und dem Tode nahe.

Beeile dich, daß du vor dem Winter kommst, schließt der Brief. Mit anderen Worten: Mach schnell, laß mich nicht im Stich. Schon bald wird es bitterkalt sein.

Würde er am Ende mit Paulus sagen können, ich habe einen guten Kampf geliefert? Ich habe mein Ziel erreicht? Ich habe den Glauben bewahrt?

Die Zeit, die alle Fragen löst, würde auch darauf die Antwort geben.

Er war spät dran, und daran ließ sich nichts ändern.

Als er die Bürotür öffnete und gerade seiner Sekretärin guten Morgen sagen wollte, kam wie aus dem Nichts etwas Braunes angeschossen und hängte sich knurrend an seinen rechten Knöchel.

»Was in Dreiteufelsnamen...?«

Emma sprang von ihrem Schreibtisch auf. »Snickers! Komm sofort hierher!«

»Gütiger Himmel«, sagte er, während er versuchte, seinen Knöchel freizubekommen. Die Zähne durchbohrten nicht direkt die Haut, aber wenn er eine falsche Bewegung machte...

»Achten Sie gar nicht auf ihn«, sagte Emma.

Nicht auf ihn achten? Der Hund war entschlossen, sich dauerhaft an sein Bein zu hängen!

»Kümmern Sie sich gar nicht um ihn, dann hört er von selbst damit auf«, informierte Emma ihn.

»Oh.« Er ging zu seinem Schreibtisch und schleppte den Hund mit sich, als existiere er gar nicht.

»Das ist Snickers«, sagte Emma. »Da Sie ja mehr oder weniger aufgehört haben, Barnabas zur Arbeit mitzubringen, dachte ich, ich könnte gelegentlich mal Snickers mitnehmen.«

Ist denn kein Balsam in Gilead?

»Ich könnte meinen Knöchel wohl in seinem Maul lassen, bis er einschläft«, meinte der Pfarrer und nahm die Schutzhülle von seiner Schreibmaschine.

Emma blickte ihn über ihre Brille hinweg an. »Sie mögen meinen Hund nicht?«

»Nun …«

»Er mag Sie aber«, sagte sie gekränkt.

Er hatte Roberto in Florenz telegraphiert und gefragt, ob sein Großvater nicht vielleicht einen Brief an Miss Sadie schreiben könne.

Es würde eine gute Medizin für sie sein, etwas von Leonardo zu hören, ihrem Freund aus Kindertagen. Als Junge hatte Leonardo drei Jahre lang mit seinem Vater, einem Maler, auf Fernbank gelebt und die Decke des Ballsaals in eine himmlische Kuppel verwandelt, an der eine Heerschaar von Engeln lebte.

Als der Brief im Pfarrbüro ankam, sorgfältig ins Englische übersetzt, brachte er ihn sofort ins Krankenhaus.

»Darf ich ihn Ihnen vorlesen?« fragte er, während er sich an ihr Bett setzte.

Sie nickte, und er bemerkte, wie durchscheinend ihre Haut wirkte. Das war ihm noch nie zuvor aufgefallen.

Meine liebste Sadie,
Zeit ist auch heute noch Geld, meine geschätzte Freundin, aber ich kümmere mich nicht länger um solche Dinge. Worum kümmere ich mich dann, und was bewegt mich heute noch? Die Berichte Robertos, der Ihr Loblied singt und mir immer wieder von der Reise erzählt, die ihn letztes Jahr im Juni an den Busen Ihrer Familie und Ihrer Freunde geführt hat. Er kann auch gar nicht genug von dem großen Fest erzählen, das in Ihrem Ballsaal veranstaltet wurde, ebenjenem wunderschönen Raum, in dem mein Vater und ich so glücklich Seite an Seite gearbeitet haben. Es erfüllt mich mit großer Freude, wenn ich mir wieder und wieder Robertos Beschreibung der Decke anhören darf, jener Decke, die in meiner Erinnerung verblaßt war, die er für mich jedoch abermals mit frischem, neuem Leben erfüllt hat.
Was für mich zählt, ist, Sadie, daß ich mein ganzes Leben getan habe, was ich mit der größten Leidenschaft liebte – ich habe gemalt. Das ist alles, was ich jemals tun wollte; kein einziges Mal ist mir je der Gedanke gekommen, daß ich vielleicht gern Banker gewesen wäre oder mich im Exportwesen betätigt hätte. Ich konnte tun, was ich am meisten liebte! Ich betrachte dies als ein außerordentliches Wunder in einer Welt, die sich verschwört, uns unsere Träume zu rauben, ja, sogar unsere Leidenschaft.
Ihr Priester erzählte uns, daß Sie gestürzt sind, daß Sie aber nach wie vor stark im Geiste seien und in Ihrem Bett singen! Das ist die Sadie Baxter, die uns vor so vielen Jahren an der Tür empfangen und gesagt hat: Tempo e denaro! Zeit ist Geld! Wußten Sie, daß mein Vater mich oft gedrängt hat, meinen Pinsel schneller zu bewegen, weil er nie vergaß, mit welchen Worten Sie uns begrüßt hatten? Er glaubte, Ihr Vater habe es Ihnen aufgetragen, da er zu sehr Gentleman war, um uns selbst zur Eile zu mahnen.
Auch ich liege in diesen Tagen im Bett und stehe nicht oft

auf. Mein alter Feind, die Arthritis, macht mir böse zu schaffen. Aber auch ich singe in meinem Bett, Sadie, singe die alte Musik aus La Traviata. Ich habe keine Stimme mehr; es ist mein Geist, der singt.
Meine liebe Freundin von der anderen Seite der Welt, ich fordere Sie heraus:
Singen Sie weiter! Singen Sie weiter!
Sie werden für alle Zeit in meiner Seele lebendig sein.
In großer Zuneigung,
Ihr Leonardo Francesca

Miss Sadie nickte, und er wußte, daß sie zugehört hatte und sich über den Brief freute.

»Wo ist Louella?« fragte sie und blickte aus dem Fenster.

»Ich werde sie um neun Uhr abholen und zu Ihnen bringen.«

»Ach, Pfarrer Tim«, sagte sie langsam, »Sie haben keine Zeit, die Leute hin und her zu kutschieren.«

»Es ist mir eine Freude, Leute hin und her zu kutschieren, wenn es mit Ihnen zu tun hat.«

Sie drehte sich zu ihm um und sah ihn an. »Ich wollte Ihnen das eigentlich nicht erzählen, weil es Ihnen vielleicht zu Kopf steigt …«

»Sagen Sie es mir!« bedrängte er sie. »Was es auch sei, ich verspreche, daß ich es mir nicht zu Kopf steigen lasse.«

»Wir hatten in meinen achtzig Jahren in der Kapelle Unseres Herrn sieben Priester, und Sie … Sie sind derjenige, der uns am meisten geliebt hat.«

Er schluckte schwer. Was er auch tat, er durfte diese Gelegenheit nicht ungenutzt verstreichen lassen. »Und zum Dank dafür bekomme ich jetzt keine Geschichten mehr von Ihnen?«

Sie schloß die Augen und lächelte. »Wenn Sie wiederkommen«, sagte sie. »Aber ich hoffe, Sie erwarten nicht allzuviel, Pfarrer Tim. Ich glaube, ich habe Sie doch sehr verwöhnt mit meinen Geschichten von Engeln und gemalten Decken, von gebrochenen Herzen, die nie heilten.«

»Miss Sadie, Sie können mir alles erzählen. Sie können mir meinetwegen das Telefonbuch vorlesen! Bleiben Sie nur ...«

Sie sah ihn an.

»Bleiben Sie nur, Miss Sadie.«

Sie schloß wieder die Augen, und er beugte sich über sie und küßte sie auf die Stirn. »Soll ich Ihnen eine Tüte mit Donuts mitbringen?« Bitte, sag ja, dachte er.

»O nein. Nein.«

Während der Fahrt den Hügel hinunter versuchte er »Wer nur den lieben Gott läßt walten« zu singen, aber er konnte es nicht.

»Alles Gute zum Geburtstag!« rief seine Frau und küßte ihn mitten ins Gesicht.

»Was in aller Welt...?«

»Wach auf, du Schlafmütze, du hast heute Geburtstag! Du bist jetzt volle sieben Jahre älter als ich, und ich finde es wunderbar!«

»Dieses Vergnügen wird kaum einen Monat anhalten, also sieh zu, daß du es genießt, solange du kannst.«

»Oh, das mache ich, das mache ich! Jetzt setz dich hin; ich habe dir deinen Kaffee gebracht.«

»Ich habe noch nie in meinem Leben im Bett Kaffee getrunken, außer der einen Tasse, die Dooley mir gemacht hat, als ich Grippe hatte. Wieviel Uhr ist es überhaupt? Gütiger Himmel, Kavanagh, es ist ja nicht einmal hell draußen.«

»Ich mußte es jetzt machen, denn sonst wärest du mir entwischt, um in diesem komischen Jogginganzug die Hauptstraße runterzuhopsen. Oder du säßest schon in deinem Arbeitszimmer beim Morgengebet.«

»Was ist das?« fragte er argwöhnisch, während er das

Tablett auf den Schoß nahm und etwas betrachtete, das diskret mit einer Serviette verhüllt war.

»Zuerst trinkst du deinen Kaffee. Dann habe ich ein kleines Geschenk für dich.«

»Ein Geschenk? Um fünf Uhr morgens? So früh bin ich ja noch nicht einmal zu Nikolaus aufgestanden, als ich noch ein Junge war.«

»Ist das nicht lustig?« fragte sie, nachdem sie sich im Schneidersitz auf das Bett gesetzt hatte.

»Für dich vielleicht. Ich habe meine Krankenhausbesuche vor mir, dann noch zwei Sitzungen vor Mittag, dann muß ich Winnie Ivey zur Bäckerei zurückbringen und eine Predigt fertigschreiben, damit ich dich am Samstag abend zum Essen ausführen kann. Ganz zu schweigen von einer weiteren Sitzung mit dem Computertechniker.«

»Ach herrjeh. Dave?«

»Dave.«

»Mmm. Trink deinen Kaffee, Liebster.«

»Ach, übrigens«, sagte er, »alles Gute zum Jahrestag unserer … na, du weißt schon.«

»Sprich es aus, du Biest.«

»Herzlichen Glückwunsch zu dem Abend, an dem ich mich auf ein Knie runtergelassen und tollkühn auf meine Freiheit verzichtet habe, meine Eigenständigkeit …«

»... deine langweilige Existenz als vertrockneter alter Junggeselle …«

»Genau.«

Er hatte gerade den ersten Schluck Kaffee aus seiner Lieblingstasse genommen, als das Telefon klingelte. Nein, dachte er. Bitte, nicht das …

Es war Schwester Kennedy. Man hatte jemanden mit schweren Brandverletzungen eingeliefert. Ob er kommen und im Krankenhaus beten wolle, oder ob er das lieber von zu Hause aus tun würde?

»Bete«, rief er Cynthia zu, während er sich eilig anzog. »Ein Brandopfer.«

Alles, was er denken konnte, als er den Hügel hinauffuhr, war: Warum, Gott?

»Wir wissen nicht, wer es ist, Pfarrer Tim. Es ist jemand vom Bach, soviel kann ich Ihnen jedenfalls sagen. Dr. Harper läßt einen Unfallchirurgen einfliegen, der besser weiß, was da zu tun ist. Er und Dr. Wilson sind beide da drin und tun ihr Bestes; er sagt, Sie sollen beten, wie Sie noch nie zuvor gebetet hätten.«

»Ist es schlimm?«

»Sehr schlimm.«

Bill Sprouse hatte von Familien oben am Bach gesprochen, deren Häuser abbrannten, aber diese Dinge ereigneten sich normalerweise im Winter, wenn Kerosinöfen und offene Feuerstellen benutzt wurden.

Er wagte nicht, sich vorzustellen …

Mit hämmerndem Herzen lief er hinter der Krankenschwester her, die bereits wieder fortging. »Schwester Kennedy! Ist es ein Mädchen?«

»Ich glaube nicht, Pfarrer Tim. Ist das so wichtig?«

»Ja!« sagte er, »sehr wichtig!«

»Ich werde es rausfinden, sobald ich kann.« Sie ging hastig weiter, und die Sohlen ihrer Schuhe machten in dem leeren Korridor laute, quietschende Geräusche.

Schwester Kennedy klopfte leise an und öffnete Hoppys Bürotür. »Eine der Schwestern sagt, es sei kein Mädchen. Es ist eine erwachsene Frau.«

»Wissen Sie denn mittlerweile, wer es ist?«

»Nein, Sir. Schwester Gilbert sagt, die Patientin könne nicht sprechen, und wer auch immer sie hergebracht hat, ist nicht geblieben.«

»Also gar keine Ahnung, um wen es sich handelt?«

»Es heißt, sie hätte ein Armband mit den Initialen L.M. getragen. Ich glaube, Dr. Harper möchte, daß Sie sie begleiten, wenn sie auf die Isolierstation kommt. Das habe ich jedenfalls gehört, aber mir hat er nichts gesagt.«

»Ist auch nicht wichtig«, erwiderte er, und es war ihm ernst damit.

Es gab zwei Möglichkeiten, hatte Hoppy ihm einmal erklärt. Ein Arzt konnte daran glauben, daß der Patient überleben würde oder daß der Patient sterben würde. Er hatte sich da auf eine Patientin bezogen, die ihm etwas über ihren ehemaligen Arzt erzählt hatte. Sie sagte, er habe nicht daran geglaubt, daß sie überleben würde. Tatsächlich, so fuhr sie in ihrem Bericht weiter, habe sie das Gefühl gehabt, als wolle der Arzt sie im Grunde töten ...

Schwester Kennedy klopfte an die Tür und spähte hinein.

»Pfarrer Tim, Dr. Harper möchte Sie in zehn Minuten auf der Isolierstation sprechen. Er hat mich gebeten, Sie kurz ins Bild zu setzen.

Es ist eine vierzigprozentige Verbrennung, überwiegend auf der linken Körperhälfte; zum größten Teil handelt es sich um Verbrennungen dritten Grades. Keine Augenverletzungen, aber es werden etliche Hauttransplantationen vonnöten sein. Man hat die Patientin an ein Sauerstoffgerät angeschlossen, um die Atemwege offenzuhalten. Die Verbrennungen waren durch eine Stichflamme von Benzin ausgelöst worden, von der sie auch etwas eingeatmet hat, und eine Schwellung engte die Atemwege ein. Sie kann nicht sprechen, könnte es auch ohne den Luftröhrenschlauch nicht, und dieser Zustand wird wahrscheinlich noch einige Tage andauern.«

»Transplantationen ...«, sagte er und dachte an einen Freund aus dem Priesterseminar, der in einen Autounfall verwickelt gewesen war.

»Ja, Sir. Sie haben gerade den Schmutz abgewaschen und ihr noch mehr Morphium gegen die Schmerzen gespritzt, aber sie wird Schmerzen haben, die sich nicht unter Kontrolle bringen lassen. Der Unfallchirurg sagte, man solle mit ihr sprechen, es würde sie beruhigen. Wir hoffen, Sie haben nichts dagegen, das zu übernehmen, da Sie sich so gut auf diese Dinge verstehen.«

»Natürlich habe ich nichts dagegen. Gibt es sonst noch etwas, das ich wissen sollte?«

»Alles andere wird Dr. Harper Ihnen mitteilen. Man hat Sie für den Augenblick als LM eingetragen. Möchten Sie eine Tasse Kaffee?«

Wenn er schon ohnmächtig geworden war, als Sissy Guthrie auf die Welt kam, was würde er dann im Angesicht dieser grauenhaften Sache tun?

Isolierstation. Isolation.

Als er die Tür zu dem grauen Zimmer öffnete, spürte er, daß er einen Raum in einer anderen Welt betrat, einen Raum, der außerhalb der Zeit stand. Und dann der Geruch. Hier herrschte immer dieser fremdartige Geruch nach Flüssigkeiten, die nicht in den menschlichen Körper gehörten, aber nicht destoweniger dazu beitragen konnten, diesen Körper zu erhalten.

Das Leiden unter den dicken, weißen Verbänden war förmlich greifbar; er spürte die Macht dieses Schmerzes wie einen körperlichen Schlag.

Er trat an das Bett und betrachtete das Wenige, was er von der Patientin sehen konnte, mit großer Aufmerksamkeit. Nur ein kleiner Teil der rechten Gesichtshälfte war sichtbar, verzerrt durch den großen Schlauch, der in ihren Mund führte. Der Geruch nach Salzlösung, der durch die Verbände drang, wehte ihm wie ein saurer Wind vom Meer entgegen. Lieber Gott. Konnte er sprechen?

Die Patientin öffnete das unverbundene Auge und sah ihn an, und plötzlich spürte er, wie ihn die Kraft erfüllte, diese Sache durchzustehen.

»Sie sind nicht allein. Ich bin bei Ihnen.«

Tränen rannten aus ihrem Auge auf das Kissen, und er nahm ein Papiertuch aus der Schachtel neben dem Bett. Er wollte ihr gerade die Tränen abwischen, zuckte dann aber instinktiv zurück, weil er Angst hatte, ihr mit seiner Berührung Schmerzen zuzufügen.

»Ich habe den Heiligen Geist gebeten, uns beizustehen.«

Er hatte in Augen geblickt, die ihn aus den Tiefen der Seele anflehten, aber etwas Derartiges hatte er in seinem ganzen Leben als Priester noch nie gesehen.

Er wußte nicht, woher der Gedanke kam; er schien aus einem Teil seiner selbst zu kommen, der genauso tief war wie die Verzweiflung der Patientin. »Ich werde Gott bitten, mir einen Teil Ihrer Schmerzen aufzuerlegen«, sagte er, und seine Stimme war heiser vor Mitleid. »Ich werde diese Sache mit Ihnen teilen.«

Sie sah ihn abermals an und schloß dann die Augen.

Er zog sich den Stuhl aus der Ecke des grauen Zimmers heran und stellte ihn neben ihr Bett, dann setzte er sich hin.

Lieber Gott, gib mir die Kraft und die Barmherzigkeit, zu tun, was ich gerade versprochen habe. Was es auch kostet.

Er rief in dem kleinen, gelben Haus an und erzählte Cynthia, was er wußte.

»Dann ist die Entscheidung also getroffen«, sagte sie.

»Was meinst du?«

»Das Brandopfer vom Bach – ich habe um ein Zeichen gebetet, um etwas, das mir Sicherheit gibt, und das ist es. Wir müssen Lace aus dieser Hölle herausholen.«

»Ja«, sagte er.

»Ich kann mir nicht vorstellen, was da vorgeht, warum wir sie so lange nicht gesehen haben. Ich werde beim Sozialamt anrufen und feststellen, ob man dort etwas erfahren hat. Dann gehe ich hin und unterschreibe die Papiere.«

»Sag mir Bescheid. Ich werde zu Hause sein... irgendwann. Wahrscheinlich vorm Abendessen. Ich habe das starke Gefühl, daß ich noch eine Weile hierbleiben soll.«

»Ich bringe Louella um elf zu Miss Sadie, und heute abend hole ich Winnie ab. Trotz all der Dinge, die dagegen sprechen, ich sage es trotzdem – ich wünsche dir einen schönen Geburtstag, mein Geliebter.«

»Sie wissen gar nicht, wieviel Sie mir bedeuten, Kavanagh.«

Seine Frau schluckte und legte auf.

Er hatte Dave, den Computertechniker, verpaßt, aber Emma nicht. Sie war dort gewesen und hatte – allein – ein zweistündige Computerschulung über sich ergehen lassen, von der er vermutete, daß sie sie schier um den Verstand bringen würde.

Das Mindeste, was er tun konnte, war anzurufen. »Wie ist es gegangen?« erkundigte er sich vorsichtig.

»Es war wunderbar! Einfach fabelhaft!«

»Wie bitte?« Ließen seine Ohren ihn jetzt auch schon im Stich?

»Dave hatte etwas zum Mittagessen mitgebracht, Cheeseburger mit allem Drum und Dran und Pommes frites und Milchshakes. Wir haben erst unsere Portion gegessen und uns Ihre dann geteilt.«

»Freut mich, daß ich zu Diensten sein konnte.« Mit Bangen sah er dem Rest des Telefongesprächs entgegen.

»Und schließlich, ich weiß gar nicht, wie es passiert ist, aber ich habe einfach … ich weiß nicht, plötzlich fügte sich eins zum anderen. Sie werden es nicht glauben …«

»Versuchen Sie es trotzdem.«

»Ich habe die erste Seite des Gemeindebriefes fertiggemacht.«

»Nein!«

»Mit allen Rändern, gegliederten Listen, Ihrer Monatsbotschaft und unserer Titelleiste.«

»Phantastisch!«

»Alles mit Umrandungen natürlich. Und zwar nicht einfach ein paar Striche mit dem Lineal gezogen.«

»Tatsächlich?«

»Mit griechischen Buchstaben«, sagte sie voller Inbrunst. »Dave hat mir ein kostenloses Solitaire-Programm mitgebracht, und für Sie *Die Bücher der Heiligen Schrift – ein Lehrgang.*«

»Du kriegst die Motten!«

»Sie müssen also doch kein junges Ding im Minirock einstellen«, schmetterte sie.

»Aha.«

»Aber Sie werden mir eine Gehaltserhöhung zahlen müssen.«

»Hm...«

»Und das ist mein voller Ernst!«

Er betrachtete diese Wendung der Ereignisse als das beste Geburtstagsgeschenk, seit Cynthia Coppersmith seinen Heiratsantrag angenommen hatte. Wenn Emma Newland ihm diese teuflische Sache abnahm, hatte er nichts dagegen, ihr eine astronomische Gehaltserhöhung zu gewähren.

»Ach, übrigens«, sagte Emma, »ich habe den Aktenordner mit den Listen wiedergefunden.«

»Wo?«

»Unter den Sitzkissen von Harolds Sofa neben dem Fernseher in unserem Wintergarten.«

Er fragte nicht weiter nach, weil er es gar nicht wissen wollte.

Hoppy ließ sich erschöpft auf seinen Schreibtischstuhl sinken.

»Was ist das Schlimmste, was passieren kann?« fragte er. Auch er war zutiefst erschöpft.

»Infektion. Lungenentzündung. Rückfälle. Wenn nicht wenigstens eine dieser Komplikationen eintritt, wäre das ein mittleres Wunder.«

»Erzählen Sie mir alles, was Sie wissen.«

»Die Verbrennungen sind unterschiedlich schwer – manche betreffen nur die oberen Schichten der Haut, aber größtenteils ist die Haut in ihrer ganzen Dicke verbrannt. Ich weiß nicht, ob wir bei den Transplantationen irgendwo bis in die Fettschicht gehen müssen; das erfahre ich erst, wenn Cornell Wyatt hier ist. Er wird morgen zusammen mit seiner Spezialschwester hergeflogen, und übermorgen werden wir uns dann bei möglichen Spendern nach passender Haut umsehen.«

»Welche Körperteile werden neue Haut benötigen?«

»Die linke Hälfte ihres Gesichtes – es sieht aus wie eine Explosion, vielleicht hat sich das Kerosin vor ihr entzündet und ist explodiert, als sie sich abwandte.«

»Mir geht diese Patientin ganz besonders nahe.«

»Warum?«

»Keine Ahnung«, sagte er. »Vielleicht ist es das Gebet. Ich glaube, wenn wir für andere beten, selbst wenn es völlig fremde Menschen sind, schweißt uns das auf eine Weise zusammen, die wir nicht verstehen können.«

»Wir müssen improvisieren; ich habe nie große Erfahrungen mit Brandverletzungen sammeln können. Cornell ist mir noch einen großen Gefallen schuldig, nichts Geringeres ist das hier. Ach, noch etwas. LM hat ihr linkes Ohr verloren.«

»Verdammt.«

»Wir werden bis zur Transplantation zweimal täglich ihre Verbände wechseln, und keine noch so große Menge Morphium kann etwas gegen den Schmerz tun, der damit verbunden ist. Es wäre mir lieb, wenn sie nach dem Wechseln der Verbände bei ihr wären, wann immer Sie es einrichten können. Das wäre so gegen neun Uhr morgens und acht Uhr abends. Ich weiß, Sie haben viel zu tun und das ist nicht Ihre Aufgabe …«

»O doch, genau das ist es.«

»LM«, sagte Hoppy, während er geistesabwesend die

Wand anstarrte. »Cornell sagte, wenn wir ihren Vornamen herausfinden könnten, würde das schon helfen ...«

»Was ist das Beste, was passieren kann?«

»Ohne Lungenentzündung, ohne Infektion und ohne Rückfälle wird sie für zwei, vielleicht drei Wochen hierbleiben und dann nach Winston-Salem zu einer sehr aggressiven Physiotherapie gebracht. Das Beste, was in diesem Falle denkbar wäre, ist eine lange Rekonvaleszenz und eine deutliche Vernarbung.«

»Wie wird die Hauttransplantation durchgeführt?«

»Das wollen Sie bestimmt nicht wissen.«

»Will ich doch.«

»Stellen Sie sich einen Apparat wie einen elektrischen Käsehobel vor. Sie stellen die Schnittdicke und -breite nach den jeweiligen Erfordernissen ein. Ich habe Verbrennungspatienten sagen hören, das Geräusch dieser Apparate hätte ihnen auf Jahre hinaus Alpträume beschert.

Wie auch immer, auf diese Weise bekommt man ein schönes Stück Haut von den Pobacken, das für Verletzungen am Rumpf und an den Armen benutzt werden kann. Kurz und gut, eine Hautverpflanzung ist für alle Beteiligten die Hölle – für Ärzte, Personal und Patienten gleichermaßen.«

»Ich bin froh, daß ich nicht Ihren Job habe, mein Freund.«

»Und ich bin froh, daß ich nicht Ihren habe.«

»Dann wären wir ja quitt«, sagte der Pfarrer und brachte ein Lächeln zustande. »Ich werde noch ein paar Minuten mit LM reden, dann gehen ich den Flur hinunter zu Miss Sadie. Wie geht es ihr?«

Hoppy fuhr sich mit den Fingern durch sein ergrauendes Haar. Er wollte etwas sagen, besann sich dann aber anders.

Wenn es Hoppy an Erfahrung mit Brandverletzungen mangelte, dann mangelte es ihm nicht minder daran. Er stand an ihrem Bett, umfaßte das Geländer und betrachtete das zuckende Lid über ihrem geschlossenen Auge. Vielleicht schlief sie oder hatte sich in dem Nebel, den das Morphium hervorrief, verirrt. Ihr Atem klang rauh in dem Luftröhrenschlauch, und von den intravenösen Tropfs ging ein beständiges Zischen und Gurgeln aus.

Er betete, sprach aber mit Bedacht sehr leise. »Lieber Gott, wir danken dir, daß du bei uns bist, denn wir können dies nicht allein tragen. Kühle und lindere, heile und stärke, liebe und beschütze deine Tochter. Tröste und vereinige jene, die sich um sie sorgen, und wache auch über sie. Wir bitten dich hier um dein Bestes, Vater, wir erwarten es. In Jesu Namen.«

Eine Sekunde später blickte sie zu ihm auf, und er schaute in den tiefen Brunnen ihres Auges und spürte ein merkwürdig vertrautes Band.

»Hallo«, sagte er und lächelte einfältig.

KAPITEL 18
Jedes zitternde Herz

Sadie Eleanor Baxter starb friedlich im Schlaf, in den frühen Morgenstunden des 31. Juni. Als der Pfarrer der Kapelle Unseres Herrn den Telefonanruf bekam, fuhr er sofort ins Krankenhaus und ging in ihr Zimmer, wo er ihre kalte Hand ergriff, niederkniete und an ihrem Bett betete.

Dann fuhr er zur Kirche, stieg die Stufen zum Dachstuhl hinauf und ließ zwanzigmal die Totenglocke erklingen. Die klagenden Klänge erschollen in der lauen Sommerluft und weckten die Dorfbewohner, die verwirrt waren, erschrocken oder erfüllt von einem sicheren Wissen.

»Es ist die alte Sadie Baxter«, sagte Coot Hendricks Mutter, die sich in ihrer Nachtmütze im Bett aufsetzte. Coot, der gerade einen Karton voller Küken fütterte, die er für die Bratröhre züchtete, rief ihr von der Küche zu: »Leg dich wieder hin, Mama!«

Mule Skinner drehte sich auf die Seite und lauschte, unterließ es aber, Fancy zu wecken, die selbst das Bombardement Londons verschlafen hätte. »Leben Sie wohl, Miß Baxter«, flüßterte er in das verdunkelte Zimmer.

J. C. Hogan hörte die Glocken im Schlaf und arbeitete sie in einen Traum ein, in dem jemand Schienen für eine Bahnstrecke nach Tulsa, Oklahoma, auf den Schwellen festnagelte. Bong, bong, bong, John Henry war ein Stahlkrampenmann…

Cynthia Kavanagh stand auf und betete für ihren Mann, dessen Schmerz sie spürte, als wäre es ihr eigener. Dann ging sie in die Küche hinunter, kochte Kaffee und setzte sich im Morgenmantel an den Tisch, wo sie warten wollte, bis es spät genug war, um auf Meadowgate anzurufen und all den anderen Bescheid zu sagen, die es würden wissen wollen.

Winnie Ivey, die seit halb fünf auf den Beinen war, blieb wie angewurzelt mitten in der Küche an der Fliederstraße stehen, wo ein schwaches Licht im Herd brannte. Sie betete und dankte Gott für das Leben eines Menschen, der sich stets um andere gekümmert und für etwas ganz Bestimmtes gestanden hatte, und der, soweit es sie betraf, nie vergessen werden würde.

Louella Baxter Marshall hatte nicht geschlafen, als sie das Glockengeläut hörte, sie hatte die ganze Nacht hindurch immer wieder gebetet und geweint und laut mit Miss Sadie und Gott gesprochen. Als das Läuten erklang, setzte sie sich auf und rief, ohne es eigentlich zu wollen: »Ich danke dir, Jesus! Danke, daß du sie heimgeholt hast!«

Lew Boyd hörte die Glocken und wachte auf und blickte auf seine Uhr, die er außer zum Duschen nie abnahm. Im Geiste sah er die lange Schlange von Autos, die vor seinen Zapfsäulen warteten und seine Süßigkeiten, seine Zigaretten und seine Getränkedosen kauften. Sadie Baxters Beerdigung würde eine ganze Heerschar von Besuchern anlocken, darauf konnte man sich verlassen. Er seufzte und schlief dann weiter, bis sein Wecker läutete.

Jena Ivey, die bereits auf war und Zahlen in ihr Rechnungsbuch für das Mitforder Blumenlädchen eintrug, schauderte. Sie würde Aushilfen einstellen müssen, um all die Kränze und Stäuße für diese Beerdigung zu bewältigen; diese Sache würde größer werden als alles, worauf der alte Parrish Guthrie jemals hatte hoffen dürfen. Was machte es da schon, daß Miss Sadie niemals auch nur eine einzige Gloxinie im Mitforder Blumenlädchen gekauft hatte. Sadie Baxter war eine Dame gewesen, und sie hatte diese Stadt geliebt und mehr für sie getan, als irgend jemand sonst je tun konnte, Gott gebe ihrer Seele den ewigen Frieden.

Esther Bolick stieß Gene in die Rippen und weckte ihn auf.

»Sadie Baxter ist tot«, sagte sie.

»Woher weißt du das?«

»Die Glocken läuten.«

»Vielleicht ist es ja auch der Präsident oder sonst ein hohes Tier«, sagte Gene, der sich noch an das ganze Trara bei Roosevelts Tod erinnerte.

»Das glaube ich nicht«, widersprach seine Frau. »Ich habe den Präsidenten gestern im Fernsehen gesehen, und er wirkte so gesund und munter wie ein Fisch im Wasser.«

Percy Mosley verließ gerade sein Haus am Stadtrand, als er das erste Läuten hörte. Er nahm den Hut ab, drückte ihn sich aufs Herz und stellte zu siner Überraschung fest, daß ihm eine Träne über die Wange lief – für einen Menschen, mit dem er in seinem ganzen Leben kaum mehr als fünf Worte gewechselt hatte, dessen Gegenwart hoch oben über der Stadt, auf dem Gipfel des steilen Farnhügels, aber, seit er sich erinnern konnte, ein Gefühl des Trostes verströmt hatte.

Nachdem Timothy die Glocke geläutet hatte, ging er in die Fliederstraße, saß bei Louella und betete das alte Totengebet: Mache dich auf den Weg, Schwester in Christus, im Namen Gottes, des allmächtigen Vaters, der dich erschaffen hat; im Namen Jesu Christi, des Sohnes des lebendigen Gottes, der für dich gelitten hat; im Namen des Heiligen Geistes, der über dich ausgegossen worden ist. Heute noch sei dir im Frieden eine Stätte bereitet, deine Wohnung bei Gott, mit… allen Engeln und Heiligen des himmlischen Vaters. Amen.

Dann tat er, was nach ihm noch viele andere mit Sadie Baxters Lebensfreundin tun würden. Er saß bei ihr, weinte mit ihr und schluchzte wie ein Kind.

Er wählte die Telefonnummer und lauschte dem merkwürdigen Summton eines ländlichen Telefons.

»Bruder Greer …«, sagte er.

»Ist es Sadie?« fragte der alte Mann.

»Ja.«

»Ich komme«, sagte Absalom.

Er tat das jetzt seit achtunddreißig Jahren – organisierte die Beerdigung, hielt die Messe und tröstete die Hinterbliebenen. Aber jetzt gehörte er selbst zu den Hinterbliebenen, und es gab nirgendwo Trost für ihn. Es war, als habe er plötzlich einen Teil seines eigenen Lebens verloren, den er niemals zurückbekommen würde.

Er unterschrieb die Papiere, mit denen die Erlaubnis gegeben wurde, ihren Körper nach Holding zu überführen und einäschern zu lassen. Er war gerade mit der Frage beschäftigt, wie er die Frage von Urne und Grabstein lösen sollte, als das Telefon klingelte.

»Pfarrer Kavanagh? Lewis Cromwell von Cromwell, Cromwell und Lessing in Wesley. Wir haben die Familie Baxter seit der Jahrhundertwende juristisch vertreten.«

»Natürlich. Miss Sadie hat oft von Ihnen und Ihrem Vater und Ihrem Großvater gesprochen.«

»Ich habe gerade von ihrem Dahinscheiden erfahren; Louella hat heute morgen angerufen. Ich wollte Sie davon in Kenntnis setzen, daß hier ein Brief für Sie liegt. Es war Miss Baxters ausdrücklicher Wunsch, daß Sie ihn direkt nach ihrem Tod bekommen sollten.«

»Wie bekomme ich ihn denn?«

»Wir schicken ihn rüber. Ich habe einen jungen Assistenten, der ohnehin bei Ihnen vorbeifährt, wenn er in Ihrem Lebensmittelladen einkauft. Sie wissen ja, wie sehr wir hier in Wesley Ihren hervorragenden Lebensmittelhändler zu schätzen wissen.«

»Avis Packard ist beinahe so berühmt, wie seine Werbekampagnen es behaupten.«

»Ich weiß, daß Sie für Miss Baxter sehr wichtig waren, und wir möchten Ihnen unser Beileid aussprechen, Sir.«

»Vielen Dank.«

»Es ist das Ende einer Ära«, sagte Lewis Cromwell.

Der Brief wurde im Büro abgeliefert, als er gerade nach Hause gehen wollte.

Er wußte nicht so recht, was er damit machen sollte. Vielleicht sollte er eine Weile einfach dasitzen und ihn in der Hand halten, bevor er ihn öffnete. Sie hatte in ihrer zittrigen Handschrift seinen Namen auf die Vorderseite des dicken Umschlags geschrieben und ihn mit Tesaband versiegelt, das beinahe neu aussah.

Als er zu Hause ankam, ließ er sich mit dem Brief in der Hand am Küchentisch auf einen Stuhl fallen.

»Nimm ihn mit ins Arbeitszimmer«, sagte Cynthia, »und ich bringe dir dann eine Kanne Tee.«

Er wollte keinen Tee. Er wollte nicht in sein Arbeitszimmer gehen. Er fühlte sich grausam ausgelaugt und verwirrt, als hätte er seinen Geist für etwas überstrapaziert, worauf er sich nicht einmal besinnen konnte.

Am liebsten hätte er sich hingelegt, das war alles, was er wollte. Aber irgendwie war das nicht die richtige Art, einen Brief zu lesen, erst recht nicht, wenn es sich um den Brief einer Toten handelte. So etwas mußte man aufrecht sitzend auf einem Stuhl mit gerader Rückenlehne tun.

»Verwünscht«, sagte er laut vor sich hin.

»Dann geh rüber zu mir damit«, sagte sie, als könne sie seine Gedanken lesen. »Setz dich auf mein Sofa im Arbeitszimmer. So mache ich es immer, wenn ich Trost brauche.«

Er wollte nicht in ihr kleines, leeres Haus hinübergehen und sich auf dieses kleine Sofa in diesem kleinen Zimmer setzen.

»Warum kann ich nicht einfach hier sitzenbleiben und ihn gleich an Ort und Stelle lesen?« fragte er mit verlorenem Gesichtsausdruck.

»Wunderbar! Hast du etwas dagegen, wenn ich das Abendessen mache, während du hier sitzt?«

Ob er etwas dagegen hatte? Er hätte nicht gewußt, was ihm lieber gewesen wäre. Plötzlich fühlte er sich von der unmittelbaren Nähe seiner Frau geschützt, geborgen in der Vertrautheit des Kochrituals, der Alltäglichkeit all dessen.

Während ihm langsam ein wenig leichter ums Herz wurde, schlitzte er den Umschlag mit einem Tischmesser auf.

Datiert war er am siebten September des vergangenen Jahres.

Lieber Pfarrer Tim,
wir sind gerade von Ihrem wunderschönen Hochzeitsfest heimgekommen, und ich weiß nicht, wann uns das letzte Mal solche Erquickung des Herzens zuteil geworden ist. Die Freude darüber läßt meinen Kugelschreiber förmlich über die Seite fliegen.

Zuzusehen, wie Sie eine Braut nahmen, auch wenn es so viele Jahre gedauert hat, schien mir das Natürlichste auf der Welt zu sein. Gewiß wird niemand jemals sagen können, Sie hätten in Hast geheiratet, um mit Muße zu reuen!

Vor langen Jahren, als ich Willard so tief geliebt und gegen alle Vernunft gehofft habe, daß wir vielleicht doch heiraten würden, schrieb ich etwas nieder, das Martin Luther einst gesagt hat. Er sagte: Es gibt keine schönere, freundlichere und bezaubernde Beziehung, Verbindung oder Gemeinschaft als eine gute Ehe.

Möge Gott Sie und Cynthia segnen und Ihnen eine gute Ehe schenken und ein langes, glückliches Leben zusammen.

Wie Sie wissen, habe ich viel Geld an humane Institutionen weggegeben, und zur Abwechslung würde ich gern einmal etwas an ein menschliches Individuum verschenken.

Ich habe in dieser Angelegenheit gebetet, und Louella hat dasselbe getan, und Gott hat uns grünes Licht gegeben.
Ich werde Mamas Geld Dooley hinterlassen.
Wir glauben, daß er das hat, was man braucht, um es zu etwas zu bringen. Sie wissen, daß Papa nie eine Ausbildung erfahren hat, und sehen Sie nur, was er ohne jede Hilfe zu Wege gebracht hat. Und Willard – denken Sie nur, was er aus sich gemacht hat, und auch ihm hat keine Menschenseele geholfen.
Pfarrer Tim, es kann eine gute Sache sein, keine Hilfe zu haben. Eine noch bessere Sache kann es jedoch sein, ebendiese Hilfe zu bekommen – wenn der Charakter stark ist. Ich glaube, Sie werden Dooley helfen, die Art Charakter zu entwickeln, die ihm zu einem wichtigen Amt in dieser Welt verhelfen wird, daher soll das Geld ihm gehören, wenn er einundzwanzig Jahre alt wird.
(Ich bin altmodisch und glaube, daß man mit achtzehn noch viel zu jung ist, um ein Erbe anzutreten.)
Ich habe eine Viertel Million Dollar an einer Stelle angelegt, an der das Geld wachsen wird, und ich habe Vorkehrungen getroffen, um Dooleys Ausbildung bis dahin zu gewährleisten. Wenn er achtzehn Jahre alt ist, wird das Einkommen aus dem Treuhandvermögen für seine Zeit auf dem College ausreichen.
Ich verlasse mich darauf, daß Sie diesbezüglich nie ein Wort zu ihm sprechen, bis er alt genug ist, es mit Würde zu tragen. Ich verlasse mich auch darauf, daß Sie zu ihm halten werden, Pfarrer Tim, daß Sie mit ihm durch dick und dünn gehen werden, so wie Sie es schon die ganze Zeit getan haben.
Wenn Sie diesen Brief erhalten, gibt es zwei Dinge, die Sie sofort wissen müssen. Erstens, die Urne für meine Asche steht auf dem Speicher von Fernbank. Wenn Sie die Treppe hinaufgehen, wenden Sie sich nach rechts und gehen Sie dann ganz bis nach hinten durch. Ich habe sie auf einem

kleinen Tisch stehenlassen; sie stammt aus dem zaristischen Rußland, das Papa einmal besucht hat. Verstreuen Sie mich nicht zwischen irgendwelchen Rosenbüschen, Pfarrer Tim, ich weiß, wie Sie da denken. Stecken Sie die Urne einfach so weit wie möglich von Parrish Guthrie entfernt in den Boden, bedecken Sie sie mit genug Erde, damit ein Büschel Moos darauf wachsen kann, und stellen Sie meinen kleinen Grabstein daneben.

Die andere Sache, die Sie sofort wissen müssen, ist die, daß mein Grabstein sich bei Mr. Charles Hartley von der Firma Gedenksteine Hartley in Holding befindet. Es ist bereits bezahlt. Ich halte es für großen Unsinn, seinen eigenen Nachruf auszuwählen; auf diese Weise ist man entweder übermäßig bescheiden oder übermäßig angeberisch. Diese Aufgabe überlasse ich Ihnen, und ich baue darauf, daß Sie nichts Geschwollenes oder Hochtrabendes eingravieren lassen, denn ich bin heute und immerdar nur die einfache Sadie.

Ich werde jetzt meinen Stift niederlegen und mich ausruhen, ihn aber heute abend noch einmal ergreifen. Es tut so gut, diesen Brief zu schreiben, der sich schon seit Jahren in meinem Kopf herauskristallisiert! Es war Ihre Hochzeit am heutigen Tag, die mich hat einsehen lassen, daß man mit seinem Leben vorankommen muß, und das schließt immer auch die aufrichtige Beschäftigung mit dem eigenen Tod ein.

Er blickte auf und sah, wie seine Frau leise vor sich hinsummend ein Huhn mit Olivenöl einrieb. Irgendwie ein ungewöhnlicher Anblick im Angesicht dieses noch ungewöhnlicheren Briefes.

Als der Brief weiterging, bemerkte er die neue Kraft in Miss Sadies Handschrift.

Wir wollen heute abend fernsehen und etwas Popcorn machen, daher werde ich mich kurz fassen.

Was Fernbank betrifft, möchte ich Sie bitten, zusammen mit Olivia und Cynthia den Speicher durchzusehen und sich zu nehmen, was Sie gern hätten. Sie können sich auch aus dem Haus alles nehmen, was Ihnen gefällt. Ich weiß zwar nicht, was das sein könnte, aber es wäre mir lieb, wenn Sie auch für Mr. Buck Leeper etwas auswählen könnten, der seine Sache beim Haus der Hoffnung so ungemein gut macht. Vielleicht wäre da etwas aus Papas Besitz angebracht.

Alles übrige geben Sie bitte an die Bedürftigen oder an Ihr Kinderkrankenhaus. Ich möchte nicht, daß irgend etwas aus meiner Habe auf Flohmärkten den öffentlichen Blicken preisgegeben wird, und ich möchte auch nicht, daß die Leute sich über den Rest meines Besitzes hermachen. Ich weiß, Sie werden mich verstehen.

Die Möbel von Fernbank sollen für das Haus der Hoffnung verwendet werden. Tun Sie mit meinem Heim, was Sie wollen, aber bitte, behandeln Sie es freundlich. Wenn ich vor Louella sterben sollte, hat sie auf Lebenszeit ein Zuhause im Haus der Hoffnung und die nötigen Mittel, um alle besonderen Bedürfnisse abzudecken. Ich weiß, Sie werden alles in Ihrer Macht Stehende tun, um sich um sie zu kümmern; sie ist meine Schwester und meine geliebte Freundin.

Es wäre wunderbar, wenn ich hundert Jahre alt werden und mit einem Lächeln vor meinen Schöpfer treten könnte. Ich glaube, so wird es sein! Aber wenn nicht, so habe ich all meine Angelegenheiten geordnet und sehe mit frohem Mut allem entgegen, was Gott für mich parat hält.

Möge der Allmächtige Vater Sie auch weiterhin segnen, Pfarrer Tim, Sie bedeuten unendlich viel für
Ihre
Sadie Eleanor Baxter.

Er sah auf und begegnete Cynthias besorgtem Blick.

»Was ist, mein Liebster?«

»Du darfst mit keiner anderen Menschenseele darüber sprechen«, sagte er.

»Das tue ich nicht. Versprochen.«

»Setz dich«, sagte er. Sie setzte sich.

»Dooley Barlowe«, eröffnete er ihr, »ist Millionär.«

»Niemand kommt je auf den Gedanken, der Prediger selbst könne bei einer Beerdigung traurig sein«, sagte Absalom Greer, der ins Pfarrbüro gekommen war.

»Ein wahres Wort.«

»Die Leute wissen nicht, daß auch wir leiden.«

Die beiden Männer schwiegen einen Augenblick und nippten an ihrem Kaffee.

»Wie sind Sie hierhergekommen?« fragte der Pfarrer.

»Der Mann, der meinen Obstgarten in Ordnung hält, hat mich in seinem Wagen mitgenommen. Er bringt mich auch zum Gedenkgottesdienst wieder her.«

»Nach dem Gottesdienst bringen wir die Urne auf den Friedhof. Es werden nur wenige Leute dabeisein. Werden Sie auch kommen?«

»O ja«, sagte der alte Mann. »Ich habe Sadie Baxter einmal gesagt, daß ich sie bis ins Grab lieben würde, und ich stehe zu meinem Wort.« Seine blauen Augen zwinkerten. »Lotti hat heute morgen zu mir gesagt: ›Absalom, ich verzeihe Sadie.‹ Ich hatte alle Mühe, nicht zu antworten: ›Das ist aber eine tolle Leistung, nachdem sie tot ist.‹«

»Dem Himmel sei Dank, daß Sie nicht der liebe Gott sind«, sagte der Pfarrer.

Sie lachten freundschaftlich.

»Ich frage mich, wem sie wohl ihr Geld hinterlassen haben mag?« überlegte Absalom. »Ich würde sagen, der Kirche.«

»Nicht schlecht geraten.«

»Sadies Leben wird eine unbeschreibliche Predigt abgeben. Sie werden ein gutes Thema haben und eine volle Kirche. Was soll ich an dem Tag tun?«

»Es wäre mir lieb, wenn Sie bei Louella und Olivia und Hoppy sitzen würden, als Teil der Familie.«

»Das tue ich; ich tue es gern.«

»Sie haben Lacey Turner zu mir geschickt«, sagte der Pfarrer.

»Ich wußte, Sie würden ihr helfen, wenn Sie können.«

»Ich möchte Sie wissen lassen, daß das Kind uns sehr am Herzen liegt. Ich habe Meldung über die Mißhandlungen gemacht, und das Büro des Staatsanwalts sucht nach ihr. Wenn sie keinen Verwandten finden können, wird man sie bei Pflegeeltern unterbringen.«

Der alte Prediger nickte. »Es ist ein schlimmer Fall, Bruder, ein schlimmer Fall. Gott wird Ihnen die Kraft geben, zu tun, was Sie können.«

Louella würde ein Kirchenlied singen, in ihrem kehligen Mezzosopran, der so tröstlich war wie Rosinen in warmem Brot. Nein, sie würde nicht zusammenbrechen, sie wollte es tun! Hatte sie nicht mit Miss Sadie gesungen, seit sie beide kleine Kinder waren?

Der Chorleiter, der für seinen Einfallsreichtum bekannt war, schlug vor, daß Dooley mit Louella zusammen singen solle, aber niemand glaubte, daß der Junge darauf eingehen würde. Der Pfarrer rief ihn trotzdem an.

»Was werden wir singen?« fragte Dooley, der seinen Entschluß bereits getroffen hatte.

»›Wer nur den lieben Gott läßt walten‹.«

»Kein Problem. Welche Instrumente?«

»Orgel und Trompeten.«

»Gegen Trompeten kann ich nicht ansingen«, sagte Dooley.

»Du brauchst nicht zu singen, wenn die Trompeten spielen.«

»Wann ist die Probe?«

»Morgen um drei. Ich hole dich gegen zwei in Meadowgate ab.«

»Tut mir leid, daß sie tot ist«, sagte er. »Ich dachte immer, sie würde noch lange leben.«

Das, ging es ihm durch den Kopf, denken wir alle von den Menschen, die wir lieben.

Er hastete ins Krankenhaus, um LM zu besuchen. Nach dem letzten Wechseln der Verbände hatte er lange bei ihr gesessen. Wie weit half das Morphium gegen den Schmerz? Gab es igendwelche Anzeichen für eine Infektion?

»So weit, so gut«, sagte Schwester Gilbert. »Wir fangen am Morgen mit der Hauttransplantation an; Dr. Wyatt ist gestern abend mit seiner Schwester hier angekommen.«

Er öffnete die Tür zu ihrem Zimmer und blieb vor ihrem Bett stehen.

»Hallo«, sagte er leise.

Es schien, als hätte sie sich nicht bewegt, seit er sie das erste Mal gesehen hatte. Noch immer war da die gewaltige Masse feuchter Verbände und dieser Geruch, der ihm in der Nase brannte. Noch immer blickte das eine unverletzte Auge verzweifelt in die seinen, und die Luft wurde mechanisch vom Sauerstoffgerät in den grünen Schlauch gepumpt.

Er wußte nicht, warum, aber als er auf sie hinabblickte, fand etwas in ihm Zugang zu einer neuen Realität. Plötzlich wurde es real für ihn, daß Sadie Baxter an dem Ort war, an den eine erlöste Seele nach dem Versprechen des Evangelium gelangen würde – im Paradies. Wenn er das so absolut und unerschütterlich glaubte, warum trauerte er dann? Weil es einige Zeit gebraucht hatte, bis solch übernatürliches Wissen den Weg von seinem Herzen in seinen Kopf finden konnte. Oder war es der Weg von seinem Kopf zu seinem Herzen?

Ihm wurde bewußt, daß er ziemlich einfältig lächelte, so wie er in den ersten Monaten seiner Ehe gelächelt hatte. Die Tränen sprangen ihm in die Augen, Tränen des Glücks, und er spürte, daß er sich eigentlich von dieser Frau hätte abwenden müssen, die dort lag und keines Glückes teilhaftig war, deren Tränen aus einer Qual geboren wurden, die er nicht einmal ahnte. Aber er konnte sich nicht abwenden, er stand wie angewurzelt da und strahlte, als gehöre sein Gesicht nicht ihm selbst.

Er griff nach ihrer rechten Hand, die vollkommen unversehrt geblieben war, und sah, daß er sie nahm und festhielt, und er weinte und wandte sich nicht ab.

»Pfarrer Tim! Hier ist Scott Murphy!«

»Sie ahnen gar nicht, wie gut es mir tut, Ihre Stimme zu hören, mein Freund.«

»Ich bin so aufgeregt, weil ich nun bald im Haus der Hoffnung anfangen werde, Sir. Es sind nur noch zwei Monate bis September, und ich habe bereits die Kündigung eingereicht. Wie stehen die Dinge in Mitford?«

»Sadie Baxter ist gestorben; der Gedenkgottesdienst ist morgen.« Das war die einzige Antwort auf seine Frage, genauso standen die Dinge in Mitford – dieses eine Ereignis hatte für ihn alle anderen überdeckt.

»Miss Baxter? Sie ist gestorben? Sie war… Sie war so lebendig, als ich sie kennengelernt habe!«

»Sie ist gestürzt und hat sich von dem damit verbundenen Schock nicht wieder erholt. Ich wollte Ihnen noch sagen, wie sehr Sie ihr gefallen haben.«

»Ich werde mein Bestes tun, mich dieser Ehre würdig zu erweisen, Sir.«

Es folgte ein kurzes Schweigen ohne jede Verlegenheit.

»Ich hatte eine Idee und würde gern mit Ihnen darüber reden, Pfarrer Tim, wenn es nicht verfrüht ist.«

»Es ist nie zu früh.«

»Ich habe gedacht… ich weiß, wie positiv ältere Menschen auf Tiere ansprechen – Kaninchen, Hunde, Katzen, ich habe sogar mit Ponys gearbeitet. Ich habe nun überlegt, Sir, falls von dem Budget für das Haus der Hoffnung noch etwas übrig ist, könnte man dann nicht einen kleinen… Zwinger bauen?«

»Einen Zwinger?«

»Bin ich zu vorschnell?« fragte Scott besorgt.

»Sie müssen zugeben, daß das keine gewöhnliche Idee ist.«

»Aber genau darum geht es doch, Pfarrer Tim. Gewöhnliche Ideen reichen oft nicht weit genug, wenn sie sich auf das Leben von Menschen beziehen, die häufig allen Kontakt zu ihrer Umwelt verlieren.«

»Sprechen Sie weiter.«

»Nur ein kleiner Zwinger, in dem die Tiere regelmäßig besucht werden könnten. Es ist schwierig, Leute zusammenzubekommen, die ihre Hunde und Katzen mitbringen. Wenn ich mich recht entsinne, würde sich der Platz hinter dem Parkhaus vielleicht für einen Zwinger und einen kleinen Auslauf eignen. Aber es ist natürlich nur ein Gedanke, Sir, nur ein Gedanke. Genau betrachtet haben wir unsere besten Hilfsmittel überhaupt nur ein paar Häuserblocks vom Haus der Hoffnung entfernt.«

»Ach ja?«

»In der Kapelle Unseres Herrn. Die Kinder, Sir.«

»Aha.«

»Ich muß Ihnen nicht erklären, was für einen positiven Einfluß Kinder und alte Menschen aufeinander ausüben können.«

Wo war sein eigener Enthusiasmus geblieben? War er mit seiner Jugend davongeflogen?

»Ich denke auch an einen Garten; da ist doch ein Stückchen Land hinter dem Speisesaal, das wie geschaffen für die Bewohner des Hauses wäre, weil man so leicht dort hingelangt. Ein bißchen Graben in der Erde kann der Seele ungemein guttun…«

»Absolut!«

»Wie dem auch sei, Pfarrer Tim, ich wollte Sie nur wissen lassen, daß ich meiner Zukunft in Mitford mit großer

Vorfreude entgegensehe, und ich danke Ihnen – und Miss Baxter –, daß Sie mich auf diese Stelle berufen haben.«

»Das war ein Glücksgriff, Scott, ich spüre es in den Knochen.«

»Wo wir gerade von Knochen sprechen, Luke und Lizzie lassen schön grüßen.«

Er lachte, als er auflegte. Scott Murphys frisches Blut würde diesem alten Pfarrer wirklich guttun, ganz zu schweigen von den vierzig Bewohnern des Hauses der Hoffnung, die in seiner Obhut, ob sie es wollten oder nicht, gezwungen sein würden, ihre letzten Lebensjahre zu verbringen.

Auf dem Weg von Lew Boyds Tankstelle die Hauptstraße hinunter sah er, wie sich die Parade für den Unabhängigkeitstag hinter dem Polizeirevier formierte.

Der Mitforder Schulchor stand wie immer ganz vorn und trug das Transparent mit dem schon lange bestehenden politischen Programm der Bürgermeisterin: Mitford Kümmert Sich Um Die Seinen.

Als nächstes kam Coot Hendricks Lastwagen, vollgeladen mit Heu, dann eine ganze Anzahl von Kindern, die amerikanische Fahnen schwenkten.

Dem Lastwagen folgte Fancy Skinners pinkfarbener Cadillac mit Mules Maklerreklame auf der Motorhaube und einer Reklame für das Hair House auf der Rückseite. Er sah auch Fancy selbst, die in einem pinkfarbenen Pullover und Caprihosen mit einem Lappen die Motorhaube polierte.

Eine Frau in einem Cowboyhut, die immer noch versuchte, sich eine günstige Ausgangsposition zu verschaffen, führte zwei Lamas hinter sich her. Von irgendwoher hörte er die Bläserkapelle der Presbyterianer zum Tusch blasen, und er erhaschte sogar einen Blick auf eine Tambourmajorin, die, wie er vermutete, eine Leihgabe aus Wesley war.

Als er die bereits mit Zuschauern gesäumte Hauptstraße

hinunterfuhr, sah er einige Autos auf den Parkplatz der Kapelle Unseres Herrn abbiegen.

Für fremde Augen sah es vielleicht so aus, als mache sich das nördliche Ende der Hauptstraße für eine Feier bereit, während das Südende Trauer trug.

Aber er sah das nicht so. Überhaupt nicht.

Während die Trompeten die gute Neuigkeit von Sadie Baxters Anwesenheit in einem herrlichen Himmel verkündeten, würde der elektrische Käseschneider LM Eintritt in eine Hölle auf Erden einläuten.

»Betet für LM«, sagte er zu Marge und Olivia, bevor er den Gedenkgottesdienst eröffnete.

Ron Malcolm bekam seine Bitte zufällig mit. »Ich werde ebenfalls beten«, sagte er.

Ein Priester war immer dankbar für Menschen, die nicht erst alle Einzelheiten zu wissen brauchten, sondern sich die kleinste Bitte zu Herzen nahmen und handelten.

»Die Menschen sind zusammengekommen, die Trompeten erklangen!« rief er. »Sadie Eleanor Baxter hat ihren Frieden gefunden im Schoße des Vaters, und ich fordere alle auf, sich über diese einfache und doch so wunderbare Tatsache zu freuen.«

Wie oft hatten die Menschen gehört, daß der Tod für einen Christen nichts ist als der letzte Triumph, ein Grund zum Feiern? Zu hoffen war nur, daß dieses Wissen nun bei ihnen allen seinen Weg vom Kopf zum Herzen fand, so wie es ihm widerfahren war.

Er ließ seinen Blick über die Gemeinde wandern, die das Kirchenschiff beinahe sprengte, und er sah, daß auch sie es wußte. Die Menschen hatten den Funken aufgefangen. Ein wärmendes Feuer lief durch die Kirche, angefacht von Staunen und Freude.

Als Louella sang, war ihre Stimme fest wie ein Stein und

mischte sich süß und doch machtvoll mit der des Jungen. Ihre Musik überflutete die Kirche mit einem unglaublichen Trost.

Ewige Freude schenke ihnen, Herr,
die du zu dir gerufen,
daß sie im Tode nicht vergehn,
in deiner Kraft einst auferstehn,
wenn du die Welt vollendest…

In das Schweigen, das der Musik folgte, und treu seinen baptistischen Wurzeln sprach Absalom Greer ein tiefempfundenes »Amen!«

Der Pfarrer blickte in die Reihe, in der Sadie Baxter während der fünfzehn Jahre gesessen hatte, die er nun in dieser Kanzel stand, und sah Olivia und Hoppy, Louella und Absalom, die einander an den Händen hielten. Daß sie im Tode nicht vergehn…

»Wir wissen nicht«, sagte er zum Abschluß, »wer unter uns der nächste sein wird, der geht, ob der Älteste oder der Jüngste. Wir beten, daß er oder sie sanft vom Tod umfangen wird, ein friedvolles Ende findet und eine glorreiche Auferstehung in Christi.

Aber für den Augenblick, gehet hin in Frieden – um Gott, den Herrn, zu lieben und ihm zu dienen.«

»Gelobt sei Gott!« stimmte die Gemeinde mit tiefer Inbrunst ein.

Die Trompeten nahmen machtvoll ihr Spiel wieder auf, und die Menschen gingen über den Kirchrasen, wo Esther Bolicks dreistöckige Torte auf einem prächtigen Tisch aufgebaut war, wo der Frauenkreis Krüge mit geeister Limonade bereitgestellt hatte und wo, wie jeder sehen konnte, eine große Feier im Gange war.

»So«, sagte er, als er den kleinen, mit einer Gravour versehenen Stein auf die frische Erde stellte. Sadie Eleanor Baxter, stand darauf zu lesen. In Liebe.

Sie hatte die Augen noch gar nicht aufgemacht. Er konnte nicht wissen, ob sie bemerkt hatte, daß er gekommen war, oder ob es sie überhaupt interessierte.

Er zog den Stuhl dicht an ihr Bett heran und setzte sich. Heute hatten sie Hautlappen von der Unterseite ihres Halses, von ihrem Po und ihrem Unterleib entfernt und alle notwendigen Hautübertragungen vorgenommen – in einem einzigen langen Martyrium, dessen Widerschein er im Gesicht jeder Krankenschwester sah, der er im Flur begegnete.

Das Ganze ging weit über Worte hinaus, aber er tat sein Bestes.

»Hallo«, sagte er.

»Timothy!« Es war Marge Owen.

»Ich dachte, du wüßtest vielleicht gern, daß Dooley heute abend Kälberzwillinge zur Welt gebracht hat! Hal war bei einer Versammlung der Landwirtschaftlichen Vereinigung, und Mr. Shuford rief an, um zu sagen, daß es seiner preisgekrönten Färse sehr schlecht gehe. Ich habe Dooley hingefahren, und … er hat es geschafft!«

Er schluckte.

»Vielleicht nach den Buchstaben der Standesvorschriften strenggenommen nicht ganz astrein …«

»Aber irgend jemand mußte es tun!« sagte er, benommen vor Stolz. »Gib ihn mir mal kurz, wenn er gerade da ist.«

Er hörte Marge rufen: »Dooley! Dooley?«

Dooley.

»Hi«, sagte Dooley mit seiner erwachsenen Stimme.

»Selber hi. Erzähl mir alles. Zwillinge, wie?« Sissy und Sassy hatten da offensichtlich einen Trend begründet.

»Es war Mr. Shufords beste Färse, und Miz Shuford stand draußen in der Scheune und hatte fast einen Anfall. Sie sagte, diese Färse sei ihre beste Freundin. So etwas habe ich zwar noch nie gehört, aber ich wußte, daß ich die Sache besser nicht falsch anpacke.«

Er lachte.

»Die Färse hatte eine Fehllagerung, und wenn niemand dagewesen wäre, hätte sie durchaus sterben können. Ich sah diese Füße herausragen, einen Vorderhuf und einen Hinterhuf, und als ich hineingriff, spürte ich, daß da zwei Kälber waren. Mann, ich wär fast gestorben. Dann habe ich mir überlegt, daß ich erst mal die Hufe sortieren mußte, bevor ich anfange zu ziehen, sonst hätte ich womöglich noch eins der Kälber stranguliert oder so was.

Also hab ich den Arm reingeschoben und den Vorderhuf gesucht, der zu dem Hinterhuf paßte, der schon rausguckte. Dann hab ich angefangen zu ziehen, und kurz danach hatte ich auch schon zwei Kälber im Stroh liegen.«

Dooley holte tief Luft. »Ich kann mich nicht mehr richtig an alles erinnern.«

»Was hat Mrs. Shuford gesagt?«

»Sie hat mich ganz fest in die Arme genommen und alles, und Mr. Shuford, der hat mir einen Zwanzig-Dollar-Schein gegeben und gesagt, ich könne ihn behalten.«

»Puh! Was für eine Geschichte. Ich bin wahnsinnig stolz auf dich.«

»Hm«, sagte Dooley. Er konnte beinahe hören, wie sich ein Grinsen auf dem Gesicht des Jungen ausbreitete.

»Ich würde dich gerne an Cynthia weitergeben, aber die sitzt gerade in der Badewanne. Kann sie dich morgen früh anrufen?«

»Dann sollte sie besser vor sieben anrufen, denn ich fahre mit Doc Owen nach Asheville, zu einer Tierarztversammlung oder so was.«

»Tolle Sache, mein Freund. Hm, hör mal, wir haben dich lieb.«

»Ich habe Sie auch lieb!« sagte Dooley.

Anschließend sprang er buchstäblich durchs Zimmer.

»Juhu!« schrie er. »Juhu!«

Es bestand kein Grund, in aller Eile nach Fernbank rauszufahren, um ihre Besitztümer durchzusehen. Das konnte warten, bis alles ein wenig ruhiger geworden war, bis es eine Freude war und keine Last mehr.

Er hatte sich das Haus sorgfältig angesehen, als er die Urne holen ging. Das Dach war immer noch leck, aber es war nicht so schlimm, daß es ein ernsthaftes Problem dargestellt hätte – solange er die Töpfe ließ, wo sie waren.

Winnie Ivey hatte sich bereit erklärt, die Nächte bei Louella zu verbringen, bis das Haus der Hoffnung im Herbst seine Tore öffnete. Winnie war dankbar für das zusätzliche Geld, aber wichtiger noch war die Tatsache, daß sie und Louella gern zusammen waren.

Jetzt brauchte er nur noch zu der Anwaltskanzlei in Wesley zu fahren und einige Papier zu unterzeichnen, was er sich für die nächste Woche vorgenommen hatte.

Er überlegte, am Sonntag vielleicht mit Cynthia nach Meadowgate rauszufahren; dann könnten sie alle zu den Shufords rüberwandern und sich die Zwillinge ansehen. Schon bei dem Gedanken daran mußte er unwillkürlich grinsen.

Cynthia erbot sich, am Abend eine Stunde bei LM zu verbringen; genaugenommen bestand sie geradezu darauf.

»Meinst du, du wirst damit fertig?« fragte er. »Es ist nicht… es ist nicht direkt einfach.«

»Natürlich werde ich damit fertig. Ich bin doch dein Diakon.«

Sie brachte ihm sein Abendessen auf einem Tablett, und es hätte nur noch gefehlt, daß sie ihn auch noch mit einem Löffel fütterte. »Ruh dich aus«, befahl sie ihm so streng wie ein Schuldirektor, »und wehe, du gehorchst mir nicht.«

Was war schlimmer? Emma Newland oder seine Frau?

»Sehr wohl, Ma'am«, sagte er, legte sich aufs Sofa und schob sich ein Kissen unter den Kopf. Barnabas sprang auf und ließ sich seufzend auf ihm nieder. Was konnte er noch mehr vom Leben verlangen?

Er war gerade eingeschlafen, als das Telefon klingelte.

»Timothy? Sie möchte dich sprechen.«

»Wer?« fragte er benommen.

»LM. Sie sagen, sie halte ständig nach dir Ausschau und scheine sehr erregt zu sein. Ich wollte dich eigentlich nicht stören, ganz gleich, was passiert, aber … selbst ich spüre die Verzweiflung in ihr. Sie werden jetzt den Atemschlauch herausnehmen. Kannst du kommen?«

»Ich bin gleich da.«

Die Fragen, die er an sie hatte, waren endlos.

Wer sind Sie? Warum war Ihre Familie nicht hier? Wie ist es passiert? Wofür steht LM? Ohne jeden vernünftigen Grund hatte er gedacht, daß es vielleicht für Lillian stehen könnte. Wie alt sind Sie? Was machen Sie normalerweise? Was kann ich für Sie tun?

Als er im Krankenhaus ankam, fuhr Cynthia nach Hause, um an ihrem Buch zu arbeiten, das schon in vier Wochen beim Verlag sein mußte.

»Komm rüber zu mir, sobald du wieder zu Hause bist«, sagte sie mit ängstlicher Miene. »Ich will alles wissen.«

Im Gang begegnete er Hoppy, der ihn voller Erleichterung angrinste. »Sie können mitkommen, während wir den Atemschlauch entfernen. Wir haben uns so an Sie gewöhnt, als arbeiteten Sie hier.«

Er wartete, bis alles fertig und der Schlauch entfernt war, dann trat er neben das Bett. »Sie werden ein oder zwei Tage lang wahrscheinlich nicht viel sprechen können«, erklärte Hoppy seiner Patientin. »Dieses Ding steckte bisher zwischen ihren Stimmbändern, was bedeutet, daß Ihr Hals wehtun und das Sprechen nicht so angenehm sein wird. Lassen Sie es langsam angehen.«

Er wußte, daß Hoppy ebenfalls neugierig war, mehr über seine Patientin in Erfahrung zu bringen, ihm aber respektvoll den Vortritt ließ, während er selbst sich eine dringend benötigte Pause unten im Flur gönnte.

Der Arzt und die Krankenschwester gingen aus dem Zimmer und schlossen die Tür hinter sich.

»Hallo.« Sie war über und über in frische Verbände eingehüllt, die die Hauttransplantationen verdeckten. »Sie sehen gut aus.«

Sie flüsterte etwas, das kaum hörbar war, und er beugte sich über sie, um sie besser zu verstehen. »Meine … Kinder«, sagte sie.

»Erklären Sie mir, was ich tun kann.«

Sie sah ihn nur an und schüttelte langsam den Kopf.

Wie war ihr Name? Hieß sie wirklich Lillian? Er hatte das Gefühl, daß er nicht länger warten konnte. »Wie heißen Sie?«

Sie hatte große Mühe, zu schlucken.

»Wofür steht LM?«

Sie schüttelte den Kopf. Nein. »Das … ist … der Name von …« Die Tränen begannen zu laufen. »... des Mannes, der …«

»Der Ihnen das angetan hat«, sagte er mit plötzlichem Begreifen.

Sie nickte. Ja.

»Können Sie mir Ihren Namen sagen?« Es würde ihr guttun, ihren eigenen Namen ausgesprochen zu hören; Wyatt zufolge war es ein großer Trost.

Die Tränen strömten jetzt ungehemmt über ihr Gesicht, und sie öffnete mühsam den Mund, um zu sprechen. »Pauline«, wisperte sie.

»Barlowe«, fügte er mit hämmerndem Herzen hinzu.

Sie sah ihn an, und es schien eine lange Zeit zu vergehen, bis sie endlich nickte.

Ja.

KAPITEL 19

Ein neuer Anfang

»Poobaw«, flüsterte sie.

»Ihr Sohn.« Dooleys kleiner Bruder, jetzt zehn Jahre alt.

»Wo …?« Sie schluckte und schnitt eine Grimasse. »Wie geht es ihm?«

Er wußte sofort, daß er lügen würde. »Gut. Machen Sie sich keine Sorgen.« Was, wenn es wirklich eine Lüge war? Konnte LM dem Jungen etwas ähnlich Furchtbares angetan haben? Mit dieser Sache würde er sich später auseinandersetzen müssen.

»Wer … kümmert sich um ihn?«

»Er ist in guten Händen.«

Die Tränen liefen weiter. »So viel … Ihnen zu erzählen«, brachte sie mühsam hervor.

»Ich will alles hören.«

»Die Schmerzen …«

»Ja.« Sie hatten ihr erst vor ein paar Minuten eine Spritze gegeben.

»Ich möchte, daß Sie wissen …« Sie schloß das unverletzte Auge und begann, ruhiger zu atmen.

»Ja?« sagte er.

»… daß ich es ertragen kann.«

»Ich vermag alles durch Christus«, zitierte er den ersten Teil von Olivias Lieblingsvers aus dem Philipperbrief. Er konnte ihre Antwort kaum hören.

»… der mich mächtig macht«, flüsterte sie.

»Was nehmen Sie?« fragte Velma, als J.C. sich an den Tisch setzte.

»Wheaties und Magermilch.«

Velma zog die Augenbrauen hoch. »Keinen Kaffee?«

»Den habe ich mir abgewöhnt.«

Mule seufzte. »Da fängt das also wieder an«, sagte er, während Velma zum nächsten Tisch weiterging.

»Was soll denn das heißen?« fuhr der Reporter ihn an.

»Ich meine, warum heiraten Sie die Frau nicht einfach und bringen die Sache hinter sich?«

»Welche Frau?«

»Adele Lynwood! Von wem sollte ich wohl sonst sprechen?«

Der Pfarrer blies auf seinen dampfenden Kaffee, vollauf damit befaßt, den Kopf einzuziehen. Es war unübersehbar, daß Mule Skinner der Verstellung und Verschleierung müde war und die Karten auf dem Tisch liegen sehen wollte.

J.C. lehnte sich mit erschöpfter Miene auf seinen Platz zurück und wischte sich mit einem Taschentuch übers Gesicht. »So'n Quatsch«, sagte er. »Ach, Mist«, sagte er.

»Was ist Mist?« Mule ließ nicht locker.

»Ich schätze, Sie wissen das mit Adele.«

»Jeder Trottel kann sehen, daß Sie sich in sie verguckt haben. Was wir nicht wissen, ist – was zum Teufel geht da vor?«

»Ich laß mich hängen, wenn ich Ihnen diese Frage beantworten kann«, sagte J. C. »Im einen Augenblick ist alles gut, im nächsten ist es aus.«

»Im einen Augenblick sind es Wheaties, im nächsten Hafergrütze«, sagte der Pfarrer.

»Genau«, sagte Mule.

Der Pfarrer ließ seinen Kaffee in der Tasse kreisen. »Klingt für mich ziemlich typisch.«

J. C. beugte sich vor. »Ach ja?«

»Klar. An einem Tag weiß man es, am nächsten nicht.

Wenn es das Richtige ist, werden Sie es sehr bald wirklich wissen.«

»Ach.«

»Aber woher weiß man, daß man es wirklich weiß?« fragte Mule.

Der Pfarrer sah leicht verwirrt drein. »Ich weiß es nicht«, sagte er, und es war sein voller Ernst.

Mule seufzte. »Sie sind, was das betrifft, schon ziemlich eingerostet.«

»Wieso will sie, daß ich keinen Kaffee mehr trinke, mein Fett loswerde und meinen Cholesterinspiegel senke, wenn sie dann gestern abend nicht mit mir ausgeht? Ich meine, was soll das Ganze?«

»Vielleicht mußte sie arbeiten«, sagte Mule, der nur helfen wollte.

»Bestimmt nicht. Sie war zu Hause und hat ihre Pistole gereinigt.«

»Woher wissen Sie das?«

»Weil ich sie angerufen habe und sie sagte, daß sie genau das gerade täte.«

»Wohin haben Sie sie denn eingeladen?« fragte der Pfarrer.

»Ins Brendle; da konnte man verbilligt einen Tri-X-Film sehen.«

»Kein Wunder, daß sie lieber zu Hause geblieben ist, um eine Pistole zu reinigen«, meinte Mule.

»Haben Sie ihr Blumen geschickt?« fragte Pfarrer Tim. »Das ist immer eine gute Idee.«

»Blumen? Einer Frau, die eine Neun-Millimeter mit sich rumträgt?«

»Meine Güte, Kamerad«, sagte Mule. »Sie hören sich aber mächtig nach Macho an. Schließlich ist es ihr Job, eine Waffe bei sich zu tragen.«

»Frauen mögen Blumen«, sagte der Pfarrer. »So einfach ist die Sache. Vielleicht versucht sie, etwas für Sie zu tun, und Sie tun nichts für sie.«

J. C. kratzte sich am Kopf. »Ich glaube nicht, daß es das ist. Ich habe meiner ersten Frau einmal Blumen geschenkt, und sehen Sie sich nur an, was passiert ist.«

»Einmal ist kein Beweis«, sagte der Pfarrer.

»Richtig«, sagte Mule.

»Haben Sie sie gern?« fragte Pfarrer Tim.

J. C. wurde rot. »Ja, ich habe sie gern. Wir gehen miteinander aus. Wir machen irgendwelche Sachen zusammen.«

»Welche Sachen?«

»Ach, so dies und das. Sie kocht ziemlich oft bei sich zu Hause, und ich hab ihr einmal Koteletts mitgebracht.«

Mule sah den Pfarrer an.

»Hört sich so an, als gäbe es ziemlich viele Dinge, die Sie genau ›einmal‹ getan haben«, meinte Pfarrer Tim. »Einmal haben Sie Blumen geschickt, einmal haben Sie Koteletts mitgebracht.«

»Hm, hm«, sagte Mule.

»Da liegt das Problem«, sagte der Pfarrer.

»So? Ich soll also wie eine Schlange auf dem Bauch angekrochen kommen, damit diese Frau sich wieder für mich interessiert?«

»Blumen schicken ist nicht dasselbe wie auf dem Bauch kriechen.«

»Und warum bringen Sie Koteletts mit«, fragte Mule, »wenn sie versucht, Sie dazu zu bringen, abzunehmen und Ihren Cholesterinspiegel zu senken? Sie sollten statt dessen lieber … mal sehen …«

»Bringen Sie ihr Tofu mit«, sagte der Pfarrer.

»Mann!« sagte J. C. und wischte sich übers Gesicht. »Wenn ich auf Sie beide höre, sitze ich bald bis zum Hals im Schlamassel.«

Mule lehnte sich zurück, damit Velma ihm seinen Teller hinstellen konnte. »Sie sitzen schon so tief drin, daß Sie bald eine Schaufel brauchen werden, verflixt und zugenäht. Warum hören Sie nicht einfach auf uns? Wir haben Referenzen …«

»Stimmt«, sagte der Pfarrer. »Wir sind verheiratet.«

»Was ein reiner Gnadenbeweis Gottes ist, wenn Sie mich fragen«, sagte J. C.

»Stimmt schon wieder«, pflichtete Pfarrer Tim ihm bei.

»In Ordnung, ich höre auf Sie«, seufzte der Reporter. »Aber nur dieses eine Mal.«

Er konnte es kaum erwarten, das Büro zu verlassen und ins Krankenhaus zu kommen, wo Pauline Barlowe, Schwester Kennedys Auskunft nach, das Badezimmer aufgesucht und Saft getrunken hatte.

Wir beten immer noch, hatte Schwester Kennedy gesagt, denn eine Lungenentzündung ist möglich, eine Infektion wahrscheinlich – wir sind noch lange nicht über den Berg.

Er war gerade mit seinen Predigtnotizen fertig, die Emma, die gute Seele, in den Computer eintippen wollte, als er ein Klopfen an der Tür hörte.

»Pfarrer Tim?«

Olivia Harper schaute ins Büro und lächelte. »Komme ich gelegen?«

Er stand auf und ging ihr entgegen. »Sie kommen immer gelegen.«

»Ich wollte etwas wegen Tante Sadie mit Ihnen besprechen.«

»Setzen Sie sich auf Emmas Stuhl. Wollen Sie ein Kaugummi?«

Sie nahm eins. »Was in aller Welt machen Sie mit Kaugummis?«

»Amy Larkin sorgt dafür, daß ich immer einen ausreichenden Vorrat habe.«

Sie lachte. »Gibt es irgend jemanden, der Sie nicht liebt?«

»Das dürfen Sie mir nicht sagen, es könnte mir zu Kopf steigen.«

»Sie wissen, wie begeistert wir von Tante Sadies Gedenkgottesdienst waren. Ich danke Ihnen, daß Sie darüber gesprochen haben, wer sie war und wofür sie stand.«

»Das ist in einer kleinen Gemeinde sehr wichtig; es ist wichtig, über die Menschen zu reden, die man liebt. Es weicht ein wenig vom traditionellen anglikanischen Beerdigungsgottesdienst ab, aber …«

»Aber das hier ist der Süden!« sagte sie lachend.

Er grinste. »Was liegt an?«

»Es muß da eine Mahagonikommode auf Fernbank geben, von der Louella sagt, ich solle sie haben. Ich wollte das nur mit Ihnen absprechen, bevor ich mir die Sachen ansehe.«

»Meine liebe Olivia, Sie brauchen nichts mit mir abzusprechen. Nehmen Sie, was Sie wollen, und wenn Louella sich alles angesehen hat, werden Cynthia und ich noch mal hinfahren. Miss Sadie hätte es so gewollt; sie ist einfach davon ausgegangen, daß wir das wissen. Schließlich sind Sie Ihre Blutsverwandte.«

»Ich hatte meine Großtante nur so kurze Zeit.«

»Daß Sie sie überhaupt gefunden haben, war geradezu übernatürlich.«

»Sie haben ja so recht«, sagte sie, als das Telefon klingelte.

»Kapelle Unseres Herrn, Pfarrer Kavanagh am Apparat.«

»Pfarrer Kavanagh, hier Doug Wyeth vom Sozialamt in Wesley. Wir dachten, Sie würden vielleicht gern wissen, daß die Staatsanwaltschaft erfolgreich war.«

»Ach ja?«

»Wir haben Lacey gefunden.«

Irgendwie kam die Sache nun doch überraschend.

»Wir suchen nach einem Pflegeheim für sie, aber bisher hat sich da nichts ergeben. Wir haben festgestellt, daß es keine Verwandten gibt, zumindest keine, die wir ausfindig machen konnten.«

»Wie geht es jetzt weiter?« fragte er.

»Wenn wir keine Pflegeeltern finden, muß sie in eine Notaufnahme unten am Berg.«

Das hörte sich nicht gut an.

»Ich weiß, daß Sie sich für den Fall interessieren, Pfarrer.

Wären Sie möglicherweise offen für den Vorschlag, das Mädchen vorübergehend bei sich aufzunehmen? Sie haben keine Lizenz als Pflegeeltern, aber man würde Ihnen eine befristete Genehmigung erteilen.«

»Lassen Sie mich… darüber nachdenken«, sagte er. Ich muß… ich rufe Sie in, sagen wir, einer halben Stunde wieder an?«

»Gut. Sie haben ja meine Nummer.«

»Was macht Lacey?«

»Schimpfen«, sagte Doug Wyeth.

Er legte den Hörer auf und schüttelte den Kopf.

»Lace?« fragte Olivia.

»Das Büro der Staatsanwaltschaft. Sie haben sie gefunden; sie ist auf dem Sozialamt. Man versucht jetzt, Pflegeeltern für sie zu finden, aber bisher ist die Sache erfolglos verlaufen.«

Olivia beugte sich auf dem Stuhl vor. »Lassen Sie sie zu uns kommen, Pfarrer.«

»Gütiger Gott, Olivia! Sie wissen ja nicht, was Sie sagen.«

»Und ob ich das weiß. Hoppy und ich, wir haben neulich schon darüber gesprochen, daß wir jemanden zu uns nehmen könnten. Wir wollten vielleicht Louella einladen, bis das Haus der Hoffnung aufmacht, aber dann hat sich das mit Winnie so wunderbar ergeben. Lace hat mir gefallen. Wir können sie bei uns aufnehmen.«

»Aber das wäre doch bestimmt zuviel…« Der Gedanke schien ihm geradezu verrückt.

»Pfarrer Tim, Gott hat mir ein zweites Mal das Leben geschenkt! Gegen alle Wahrscheinlichkeit hat er mir ein neues Herz gegeben. Ich glaube bis auf den heutigen Tag, daß es Ihre und Hoppys Gebete waren, die die Tore des Himmels geöffnet und wahre Wunder bei meiner Transplantation bewirkt haben. Wozu soll all das sonst gut gewesen sein?« fragte sie, und ihre violetten Augen verdunkelten sich.

»Nur um die glückliche Frau eines wundervollen Mannes zu sein? Ich möchte etwas zurückgeben. Vielleicht mache ich meine Sache nicht besonders gut, aber ich werde alles daransetzen. Lassen Sie uns Lace aufnehmen.«

Warum sollte er der Frau, deren Lebensmotto er gerade erst Pauline Barlowe zitiert hatte, diese Bitte abschlagen?

»Außerdem«, drang sie weiter in ihn, »sehen Sie nur, was Sie bei Dooley geschafft haben.«

Gewiß würde sein Wort als Geistlicher helfen, den Harpers die notwendige Genehmigung zu beschaffen.

»Rufen Sie sie zurück«, drängte sie ihn mit ernstem Gesichtsausdruck.

Sie war immer noch heiser und konnte nur flüstern. »Als Sie mich angesehen haben...« sagte sie und versuchte zu schlucken.

Er wartete.

»... und geweint haben, da spürte ich, wie ein Teil des Schmerzes von mir abfiel.«

»Wirklich?« Er krächzte wie ein Frosch. Ein Außenstehender hätte wohl kaum sagen können, wem von ihnen beiden man gerade den Schlauch aus der Luftröhre gezogen hatte. »Das freut mich.«

»Ich denke, ich weiß es immer, wenn Sie kommen, ganz gleich, wieviel Morphium...«

»Ja. Gut.«

»Warum?« fragte sie.

»Warum was?«

»Warum nehmen Sie solchen Anteil an mir?«

»Weil...« Was konnte er darauf sagen? Weil ich Ihren Sohn von ganzem Herzen liebe? Weil seine Mutter einfach eine Freundin von mir sein muß? Weil Sie litten, und das für mich genug war? Wer weiß, warum? Die Wahrheit war, er war gekommen, weil sie ihn gerufen hatten, und dann hatte er begonnen, Anteil am Schicksal dieser Frau zu nehmen, bis er nicht mehr aufhören konnte.

»Ich habe... furchtbare Dinge getan.«

»Wer hätte das nicht«, entgegnete er begütigend.

Ihre Tränen strömten ungehemmt über ihre Wangen. »Furchtbare Dinge«, sagte sie noch einmal.

Er stand an ihrem Bett und wartete.

»Meine Kinder. Ich habe sie weggegeben.«

Er nickte begütigend, denn er wußte, daß die Tränen ihre Augen anschwellen lassen und ihr noch mehr Schmerzen und Ungemach bescheren würden. Schmerzen und endlose Schmerzen, dachte er.

»Wie … wie heißen Sie?« fragte sie.

»Timothy Kavanagh. Pfarrer Kavanagh.«

»Sie sind der Mann, der Dooley hat.«

»Ja.«

»Ich wußte, daß er bei Ihnen lebt. Die Leute sagen …«

»Was haben die Leute gesagt?« fragte er sanft.

»Sie sagten, Sie hätten ihn … in die Schule geschickt.«

»Eine Freundin hat ihn hingeschickt. Es hilft. Seine Wunden heilen.«

»Seine Wunden heilen.« Sie schloß die Augen, und die Tränen liefen ihr wieder übers Gesicht. Dann schwieg sie eine lange Zeit. »Ich wollte ihn sehen … zweimal habe ich vor Ihrem Haus gesessen und gehofft, ihn zu sehen. Aber ich hörte, daß Sie gut zu ihm sind, deshalb … habe ich ihn bei Ihnen gelassen.«

Er nickte.

»Vor einer Weile habe ich ein Gebet gesprochen … mit dem alten Prediger Greer …«

Er wartete.

»Als ich das getan hatte, habe ich begriffen, wie furchtbar ich mein Leben verpfuscht hatte. Und der Schmerz war … so groß, so schrecklich.«

Sie schluckte und sah ihn an. »Aber zum ersten Mal …«

»Ja?«

»Zum ersten Mal hatte ich die Kraft, es zu ertragen.«

»So geht es oft.«

»Der Grund, warum ich früher Whiskey und alles andere trank, was ich nur in die Finger bekommen konnte, war der ... Ich konnte es nicht ertragen.«

Er nickte.

»Ich habe mein Ohr verloren«, flüsterte sie.

»Ja. Es tut mir sehr leid.« Er merkte, daß er ebenfalls flüsterte.

»Ich habe Gott gebeten, mir zu helfen, Lester Marshall zu verzeihen. Ich wußte, es war falsch von mir, bei ihm zu bleiben, aber ...« Sie schob dem Pfarrer die rechte Hand hin. »Beten Sie für mich«, sagte sie flehentlich, »damit ich meine Kinder zurückbekomme.«

Er stand wie angewurzelt da und sah wie in Zeitlupe, wie ihre Hand sich auf seine zu bewegte.

Für sie beten, damit sie Dooley wegholen konnte? Gott zu bitten, das Undenkbare geschehen zu lassen?

Die jüngsten Ereignisse in seinem Leben hatten mehr als eine Wahrheit mit Macht an die Oberfläche treten lassen, und jetzt kam die nächste.

Dooley gehörte Pauline Barlowe nicht. Und er gehörte auch ihm nicht. Dooley gehörte Gott. Basta. Es war nicht an ihm, Dooley irgend jemandem zurückzugeben.

»Ich hab Harley Welchs alten Truck gefahren, seit ich zwölf war. Ich fahr hier jedem den Arsch ab.«

Lacey saß auf einem hohen Hocker in dem kleinen Büro, ließ die Beine baumeln und kaute Kaugummi. Sie trug ihren Hut, und ihre Kleider waren über und über mit Motorenöl und Schlamm bespritzt.

»Als ich dann Pauline so brüllen hörte, bin ich da runter, und dieser Huren ...« Sie hielt inne und sah den Pfarrer an. »Dieser Mistkerl hat versucht, sie zu verbrennen. Er ist aus dem Haus gerannt, und ich hab eine Decke über sie geworfen und sie auf die Veranda gezogen. Dann hab ich mir Harleys Truck geholt, und wir haben sie reingelegt, und ich hab sie dann ins Krankenhaus gebracht. Ich hab sie im Krankenhaus allein gelassen, bevor die Leute da richtig kapierten, was Sache war, denn ich wußte ja, daß die Polizei nach mir sucht.«

»Wo ist Poobaw?« fragte der Pfarrer.

»Das sag ich nicht.«

»Weder ihm noch dir wird etwas Böses geschehen, Lace.«

»Ich sag's trotzdem nicht.«

»Seine Mutter würde es gern wissen. Ist er in Sicherheit?«

Sie zuckte mit den Schultern. »Woher soll ich das wissen? Ich war diejenige, die sich um ihn gekümmert hat, und jetzt haben Sie alles kaputtgemacht.«

»Wir werden dich bei Pflegeeltern unterbringen«, sagte Doug Wyeth. »Wir brauchen nur ...«

Sie sprang von dem Hocker. »Sie werden nichts dergleichen tun!« schrie sie. »Man hat mich hierhergebracht, weil ich ohne Führerschein gefahren bin.«

Fluchend rannte sie auf die Tür zu. Zwei Sozialarbeiter waren nötig, um sie festzuhalten.

Wenn Olivia Harper mit dieser Sache fertigwurde, dachte er, konnte sie sich heiligsprechen lassen.

Sie lagen im Bett und blickten zur Decke. Den ganzen Tag lang war ein schwerer Regen auf das Dorf niedergegangen, und die Schatten, die die im Wind tanzenden Blätter warfen, tanzten über ihnen.

»Die Frage ist nicht, ob, sondern wann«, sagte er.

»Ich habe das Gefühl, daß wir ihn sofort zu ihr lassen sollten. Er wird schon damit fertig. Sie kann ihn bestimmt nicht aus der Schule nehmen oder auch nur von Meadowgate wegholen, denn sie hat keinen festen Wohnsitz. Außerdem stehen ihr noch mehrere Monate Physiotherapie bevor.«

»Ich rufe ihn an. Wie spät ist es?«

»Halb neun. Gütiger Himmel, erzähl bloß nie jemandem,

daß wir so früh im Bett liegen. Wir würden zum Gespött der Leute.«

»Wenn du nur wüßtest, wie viele Leute in dieser Stadt genau in diesem Augenblick eifrig Holz sägen …«

»Aus mir ist eine Bäurin geworden«, seufzte sie.

»Da läßt sich nichts machen.«

Warum lange darüber nachdenken und sich fragen, wie man es am besten sagt? Er würde es einfach aussprechen, so wie es war, und weitermachen und das Beste hoffen. Er streckte gerade die Hand nach dem Telefon aus, als es klingelte.

»Hi«, sagte Dooley.

»Selber hi, Kamerad.«

»Miz Shuford hat mich gebeten, den beiden Kälbern Namen zu geben.«

»Das ist ja wunderbar. Und wie hast du sie genannt?«

»Jessie und Kenny.«

»Ah. Gut. Das ist gut.« Die Namen seiner kleinen Schwester und seines zweitälteren Bruders.

»Ich wollte sie erst Lillie und Willie nennen.«

»Ich finde, Jessie und Kenny klingt hübsch.«

»Wie geht's der Cynthia?«

»Könnte gar nicht besser sein. Willst du eben hallo sagen?«

»Ja.«

»Dooley, du großer Lümmel. Wie geht es dir?«

»Ich habe die Kälber Jessie und Kenny genannt.«

»Dr. Dooley Barlowe, Tierarzt mit vollem Service. Ich heile, ich entbinde, ich suche Namen aus. Du bist wirklich Klasse!«

»Kommen Sie Sonntag her?«

»Ja, wir wollen uns doch Jessie und Kenny ansehen.«

»Gut. Die beiden sind gesund und munter, Sie werden sie mögen.«

»Ich mag dich!«

»Ich mag Sie auch.«

Sie beugte sich über ihn und legte den Hörer auf.

»Ich konnte es nicht«, sagte sie.

»Ich auch nicht.«

»Wir lassen ihm noch zwei Tage unschuldiger Kindheit«, sagte sie. »Wir können es ihm auch am Sonntag erzählen.«

»Stimmt. Ich werde Pauline sagen, daß er sie besuchen kommt.«

Sie schwiegen einen Augenblick und hielten einander bei den Händen.

»Hat es dir je leid getan, einen Pfarrer geheiratet zu haben?«

»Warum sollte es mir leid tun?«

»Weil ich meine Arbeit nicht im Büro lassen kann.«

»Natürlich kannst du das nicht, du hast keinen Job von neun bis fünf, bei dir geht es von Mittag bis Mittag. Das wußte ich doch, mein Liebster. Außerdem liebe ich deine Arbeit ebenfalls. Du mußt immer daran denken, daß ich dein Diakon bin.«

Er rollte sich zur Seite und küßte sie und spürte ihren weichen Körper an seinem. »Was für ein Handel«, murmelte er. »Jeder Kirchenmann im Lande würde mich rasend beneiden.«

Wenn er nicht bald zur Tat schritt, war wieder mal Pferdeschwanz angesagt.

Hatte er sich nicht gerade erst die Haare schneiden lassen? Es war wirklich zum Auswachsen; während oben auf seinem Schädel niemals auch nur ein einziges Haar sproß, schien der Rest seines Kopfes mit irgendeinem Wunderdünger gedüngt zu sein.

Ebenfalls zum Auswachsen war die Frage, ob er sich hinter Joe Iveys Rücken zu Fancy schleichen oder loyal sein sollte, wie es eigentlich seinen Neigungen entsprach. In diesem Falle mußte er sich eben zwingen, die Treppe zu Joes Stuhl hinaufzusteigen, wo Fancy zufolge diese an Streifenhörnchen erinnernden Bäusche gehegt und gepflegt wurden.

Verflixt und zugenäht, es schien, als könne ein Mann sich nicht einmal mehr die Haare schneiden lassen, ohne sich Scherereien einzuhandeln.

»Sechshundertzweiunddreißig«, sagte Emma, die die Spendeneinnahmen der vergangenen Woche eintippte.

»Nein, sechshundertfünfundsiebzig. Sie müssen zum Frisör.«

»Aber zu wem?« fragte er voller Begeisterung über diese einmalige Chance, die Verantwortung für die Entscheidung einem anderen in die Schuhe zu schieben.

»Gehen Sie zu Fancy, bei Joe sehen Sie nachher immer aus wie ein Streifenhörnchen«, sagte sie, ohne den Blick vom Computerschirm abzuwenden.

Er mochte Emma Newland von Tag zu Tag lieber.

»Ist Ihre Gehaltserhöhung schon durch?« fragte er.

»Nein – es sei denn, Harolds Ziege hätte sie aus dem Postkasten geholt und aufgefressen.«

»Ich kümmere mich darum«, sagte er und war froh, ihr zu Diensten sein zu können.

»Wir bringen Dooley zu Ihnen«, sagte er. »Entweder Sonntag abend oder am Montag.«

»Das habe ich nicht verdient.«

»Gottes Gnade fragt nicht nach dem Verdienst«, sagte er und nahm ihre Hand.

Sie lächelte; es war das erste Mal, daß er sie lächeln sah.

»Darf ich ... darf ich Pfarrer Tim zu Ihnen sagen?«

»Bitte. Ich wollte Sie übrigens fragen, ob Sie gern Ihren Vater sehen würden? Es geht ihm gut, und er wird gut versorgt. Ich denke, es würde ihn freuen.«

Sie nickte.

»Ich habe ... nachgedacht, Pfarrer Tim.«

»Erzählen Sie es mir.«

»Sie sollten Dooley bei sich behalten, bis er mit der Schule fertig ist. Die Schule ist eine gute Sache, das hat meine Mutter immer versucht, mir zu erklären. Danach kann er tun, was Gott von ihm verlangt. Ich werde nicht versuchen … ihn zurückzuholen.«

»Gut«, sagte er. »Es ist gewiß am besten so.«

»Aber meine anderen Kinder …«

»Wo sind sie?«

»Nachdem ich dieses Gebet gesprochen hatte, habe ich versucht, sie zu finden.«

Er war an ihre Tränen gewöhnt; sie waren eine Art Sprache, die nach Ausdruck verlangte.

»Kenny habe ich jemandem gegeben, der …«

Er saß auf dem Stuhl an ihrem Bett und wartete.

»Der …«

»Es ist schon gut.«

»… ich habe ihn für ein paar Liter Whiskey und … hundert Dollar weggegeben.«

Er wußte wirklich nicht, ob er damit fertigwerden konnte. Schließlich war auch er nur ein Mensch; sein Amt allein stattete ihn weder mit Schild noch mit Rüstung aus. Nein, das war einfach zuviel, er brauchte Verstärkung, er wollte nicht einmal hören, was noch kam.

»Es tut mir weh, das zu hören«, sagte er. Wozu um den heißen Brei herumreden?

Sie sah ihn flehentlich an.

»Können wir Kenny finden?« fragte er.

»Als ich das letzte Mal von ihm hörte, war er in Oregon.«

Es folgte ein langes Schweigen, das er nicht zu brechen versuchte.

»Poobaw«, sagte sie. »Wir nennen ihn so, weil er wie ein Poolball herumzuhüpfen pflegte, den ich einmal mit nach Hause gebracht habe, und bei diesem Namen ist es dann geblieben. Er ist zehn und so ein lieber Junge, Pfarrer Tim, immer fröhlich …«

»Und Jessie?«

»Sie ist vier. So… klein. So… hübsch.«

Sie schluchzte herzzerreißend, und er wollte sich abwenden, zur Tür hinauslaufen und nicht zurückkommen.

»Pfarrer Tim… ich wünsche mir so sehr… einen neuen Anfang machen zu können. Glauben Sie, Gott… wird mir erlauben, noch einmal neu anzufangen?«

»Das«, sagte er mit voller Überzeugung, »ist das Wesen Gottes.«

Schwester Gilberts Uniform raschelte, als sie mit einer Spritze ins Zimmer trat. »Das wird Ihnen helfen«, sagte sie und ging auf Pauline zu.

Wenn das nur möglich gewesen wäre.

»Gott steh uns bei! Sehen Sie sich das an! Üben Sie für eine Kirchenaufführung, in der Sie Johannes den Täufer verkörpern sollen? Wissen Sie noch, was dem passiert ist? Sein Haar sah so schlimm aus, daß sie ihm den Kopf abgeschlagen haben.

Wie geht es Ihrer Frau? Ich habe sie neulich gesehen im ›Laden‹, aber ich habe nur Süßkartoffeln und Pilzrahmsuppe genommen, meinen Sie, das war in Ordnung? Wissen Sie, was man alles mit Pilzrahmsuppe machen kann? Die ist unglaublich nützlich, man kann sie über Hühnchen kippen und im Ofen überbacken, und etwas Besseres wird man Ihnen bestimmt nie vorsetzen. Mule liebt Pilzrahmsuppe, haben Sie jemals welche in der Küche benutzt? Also, das sollten Sie aber, Sie können sie übrigens auch über einen Braten kippen, aber da müssen Sie das ganze Ding einpacken wie eine Mumie, damit es funktioniert. Sie brauchen mindestens zwei Lagen Alufolie, und Sie müssen den Braten zwei Stunden lang bei zweihundert Grad drinlassen.

Wo wir gerade von Alufolie sprechen, ich lerne gerade, Alusträhnchen zu machen, früher habe ich ja immer eine Haube benutzt, aber das ist überholt, das macht keiner mehr, der auf dem neuesten Stand ist. Wissen Sie, was es kostet, in diesem Geschäft auf dem neuesten Stand zu sein? Ich war auf einer Tagung in Charlotte, Sie würden ja nicht glauben, was die da unten für Hotelzimmer haben, die kosten einen Haufen Geld, und wenn man die Vorhänge aufzieht, sieht man lediglich eine Steinmauer.

Wo wir gerade von Mauern sprechen, ich höre, Cynthia hätte Löcher in Ihre Küche geschlagen, und ich habe Mule gefragt, was das zu bedeuten hätte. Es wäre der neueste Schrei, Löcher in seine Wände zu hauen, sagte er, und Fancy, wenn du Löcher in unsere Wände haust, werde ich dir persönlich den Kopf abreißen, haha. Ich bin sicher, sie hatte einen guten Grund, wo sie doch so klug ist, wir haben sie alle so gern, ich glaube, Sie haben das wirklich großartig gemacht, sie zu heiraten, sie wirkt so viel jünger...

Huch, da hätte ich Sie doch fast mit diesen Nägeln gestochen; es sind Acrylnägel, wo meine doch so langsam wachsen, weil ich als Kind nie Milch getrunken habe; meinen Sie nicht auch, daß man als junger Mensch lauter schreckliche Dinge tut, für die man dann später zahlen muß? Wie zum Beispiel in der Sonne liegen. Schauen Sie sich nur diese Falten um meinen Mund an, sehen Sie die? Sonne! Zuviel Sonne. Aber ich sage immer, warum jetzt aufhören, auch wenn's mich umbringen wird, ich habe schon genug Sonne abgekriegt, um zwei- oder dreimal dafür ins Gras zu beißen.

Wo wir gerade beim Thema sind, ich fand's schrecklich, das mit der alten Miss Baxter; war sie eine Freundin von Ihnen? Ich hoffe, sie hat Ihnen etwas von dem Geld hinterlassen, das sie in all diesen Jahren gehortet hat. Meine Herren, wäre das nicht toll, wenn ein Prediger das große Geld in die Finger bekäme? Was würden Sie machen, wahrscheinlich eine Kreuzfahrt in die Karibik, ich wollte immer mal auf Kreuzfahrt gehen, Mule sagt, nächstes Jahr. Waren Sie jemals auf Kreuzfahrt? Meinen Sie, Sie würden sich übergeben? Ich würde vielleicht. Ich höre, das wäre die schlimmste Art Übelkeit, die man kriegen kann, aber das Essen! Es heißt, man würde zwölf- oder vierzehnmal am Tag essen, kein Wunder, daß man sich dann übergeben muß.

Sitzen Sie doch still! Ich sage Ihnen, Männer zappeln auf diesem Stuhl wie die Kleinkinder, ich verstehe es einfach nicht. Haben Sie gehört, daß Buck Leeper den Nerv hatte, wiederzukommen und sich genau da hinzusetzen, wo Sie jetzt sitzen, und er war so nett, wie man's sich nur wünschen kann? Wissen Sie noch, daß ich ihm das letzte Mal fast die Augen ausgekratzt hätte, weil er mich so rumkommandiert hat?

Wissen Sie, wer sonst noch herkommt? Adele Lynwood. Haben Sie gehört, daß sie mit J.C. Hogan ausgeht? Ist das denn noch zu fassen? Wer würde schon mit J.C. Hogan ausgehen? Sie ist wirklich nett. Sie sollten mal mit ihr reden, sie hat einen Sohn, der als Cop in Deerfield arbeitet – liegt das in Connecticut oder in Massachusetts? Und zwei der süßesten Enkelkinder, die Sie je zu Gesicht gekriegt haben. Im Ernst, was meinen Sie, was sie in ihm sieht? Ich kapier's jedenfalls nicht.

Lieber Himmel! Sehen Sie sich nur das ganze Zeug da an, ich werde einen Mähdrescher und eine Strohpresse brauchen, um hinter Ihnen sauberzumachen.

Aber lassen Sie sich gesagt sein, Schätzchen, es sieht gut aus, Ihre Frau wird sich alle Finger nach Ihnen ableken! Und ich rede zuviel!

Sehen Sie? Wie gefällt es Ihnen? Das macht sechs Dollar, wo Sie doch Geistlicher sind.«

»Eine Infektion?« fragte er Hoppy.

»Nichts. Kein Rückfall, keine Lungenentzündung, keine Infektion.«

»Eine Antwort auf unsere Gebete?«

»Ich weiß nicht. Es gibt keine Möglichkeit, so etwas herauszufinden. Aber ich habe meine Meinung, und die lautet: Ja.«

»Es ist also ein Wunder?«

Hoppy fuhr sich mit den Fingern durch sein ungebärdiges Haar. »Jedenfalls untypisch. Jedenfalls ein kleineres Wunder.«

Der Pfarrer grinste. »Warum also Haare spalten?« fragte er.

Er rief Olivia an. »Wie läuft es denn so?«

Sie lachte.

»Gott sei Dank, Sie lachen.«

»Das muß man doch, Pfarrer Tim, meinen Sie nicht auch?«

»Ja, und ich habe es dringend nötig, daran erinnert zu werden. Erzählen Sie mir alles. Wie geht es ihr?«

»Sie ist sehr ernst. Wußten Sie, daß ihre Mutter sich bereit erklärt hat, von dort wegzugehen? Man wird sie am Dienstag in ein Frauenhaus in Wesley bringen.«

»Hervorragend! Ich bin erleichtert, das zu hören.«

»Ich hoffe nur, daß Lace dann nicht mehr den Wunsch hat, wegzulaufen. Sie ist ein ziemlich starker Charakter, das muß ich sagen, aber vor allem: Sie hat Charakter.«

»Ja. Das glaube ich auch.«

»Sie hat Hoppy sehr ins Herz geschlossen! Oh, ich habe sie übrigens gewaschen, und sie sieht ganz wunderbar in einem Kleid aus, aber ich glaube nicht, daß es ihr gefällt. Ich glaube eher, daß es ihr nicht gefällt, daher habe ich all ihre anderen Kleider gewaschen und gebügelt und werde sie in ihrem Schrank aufbewahren.«

»Klingt, als hätten Sie die Sache im Griff.«

»Ich weiß nicht, ich glaube, wir dürfen nicht versuchen, ihr ihre ganze Identität auf einmal wegzunehmen. Die Art, wie sie sich kleidet, mag uns unerfreulich und unwürdig erscheinen, aber sie ist, wer sie ist, und wir müssen ihr die Chance geben, langsam zu einem neuen Menschen zu werden, ohne zuviel Druck auszuüben.«

»Mir gefällt Ihre Ansicht.«

»Aber dieser Hut…«

Er lachte.

»Eine Prüfung, Olivia, eine Prüfung.«

»Barmherziger ...«

»Ich werde mal bei Ihnen vorbeischauen. Glaubt sie, daß ich etwas mit den Ereignissen zu tun habe?«

»Sie begegnet uns allen mit Mißtrauen; ich hoffe nur, daß sie nicht wegläuft. Aber ich glaube nicht, daß sie irgendwohin könnte, jetzt, da ihre Mutter vom Bach weggeht.«

»Ich hoffe, Sie haben recht. Hat sie Poobaw erwähnt?«

»Sie sagte, er hätte mit ihr zusammen unter dem Haus gelebt; sie hätten unter dem Haus auf einem Stapel Decken geschlafen, direkt unter dem Bett ihrer Mutter. Sie hat auch erzählt, daß sie die Dielenbretter entfernen und im Haus ein und aus gehen konnte, ohne gesehen zu werden. Sie wußte, daß sie gesucht wurde, und dachte, der Junge würde ebenfalls gesucht. Sie hat ihn beschützt. Übrigens sagte sie, er sei das einzige Kind, das Pauline zurückgelassen habe.«

»Wo ist er jetzt?«

»Sie hat ihn unter dem Haus alleingelassen, als sie wegging, um etwas zu essen zu besorgen, und dann wurde sie aufgegriffen.«

Bitte, lieber Gott, gib uns in dieser Sache einen Fingerzeig, was wir tun sollen.

Er würde doch nach Nova Scotia ziehen – einem der wenigen Orte, an denen die Milch noch ins Haus gebracht wurde – und Milchmann werden. Es war kein ehrgeiziges Ziel, aber der Gedanke hatte ihn in Zeiten wie dieser stets getröstet.

»Mir gefällt Ihre Frisur«, sagte Puny, die an der Spüle stand und Kartoffeln schälte.

»Mir gefällt Ihre.«

Sie lachte.

»Wo sind Luke und Lizzie heute?«

»Wer?« Sie drehte sich um und sah ihn verständnislos an.

»Ähm, oh.« Luke und Lizzie, Sissy und Sassy, Jessy und Kenny … Wie er da noch den Überblick behalten sollte, war ihm schleierhaft.

Er ging ans Telefon, um Miss Sadie anzurufen und ihr zu erzählen, daß Dooleys Mutter sich langsam erholte. Er hatte bereits die Hand auf dem Hörer liegen, als er innehielt, den Kopf schüttelte und aufs neue begreifen mußte, daß Miss Sadie nicht mehr da war.

»Pfarrer Tim«, sagte Schwester Kennedy, »jemand war hier, um mit Ihnen über Miss Barlowe zu sprechen, aber er ist nicht geblieben.«

»Wer war es denn?«

»Mr. Leeper; das ist der Bauleiter vom Haus der Hoffnung. Er sagte, er habe gehört, Dooleys Mutter sei hier und es tue ihm leid.«

Er war sprachlos. Buck Leeper?

»Er hat das hier für Miss Barlowe dagelassen.«

Schwester Kennedy gab ihm eine Rose in einer Vase.

Der Mann, der Möbelstücke gegen seine Wände geschleudert hatte, hatte eine Rose in einer Vase dagelassen?

Er konnte nur den Kopf schütteln im Angesicht dieses Wunders.

»Da ist übrigens etwas, das ich Sie schon längere Zeit mal fragen wollte, Herr Pfarrer«, sagte Schwester Kennedy, während sie an seiner Seite durch den Flur ging.

»Schießen Sie los.«

»Warum bricht uns Gott so oft das Herz?«

»Hm. Manchmal tut er es, um unseren Glauben zu mehren; das ist seine Art, uns auf die Probe zu stellen. Aber ich denke, es gibt noch einen anderen Grund, warum unsere Herzen brechen.«

Sie sah ihn.

»Oft«, sagte er, »ist brüchig, was bricht.«

Sie nickte nachdenklich. »Wir müssen also aufpassen, daß wir nicht hartherzig werden?«

»Bingo«, sagte er und legte ihr den Arm um die Schultern, während sie gemeinsam zum Ende des Flures weitergingen.

KAPITEL 20
Sende mich!

»Das sind unsere Mußestunden für diesen Monat«, erklärte Cynthia, »und du mußt mitkommen.«

»Kein Problem«, sagte er und war nur allzu froh, in diesem Punkt auf seine Frau zu hören.

In der Dämmerung marschierten sie durch den Garten und hinaus zum Baxter Park. Sie nahmen eine Decke mit.

Sie hatte einen kleinen Beutel voller verschiedener Dinge dabei und begann nun, sie aufzustellen. Da waren kleine Kerzen in Ständern, die sie mit einem Streichholz entzündete und dann wie in Gläsern gefangene Glühwürmchen im Gras verteilte.

Zwei reife Pfirsiche. Eine Flasche Champagner. Kristallgläser. Zwei Damastservietten.

»So!« sagte sie sehr zufrieden mit sich selbst.

Er ließ sich auf die Decke sinken, ganz berauscht von einer Idee, auf die er selbst in hundert Jahren nicht gekommen wäre. Baumfrösche riefen, Grillen zirpten, ein Nachtvogel erhob sich von der Hecke und flog über sie hinweg.

»Ahhhh«, sagte seine Frau und stieß dabei langsam den Atem aus.

»Was hast du heute gemacht?« fragte er, erfüllt von einer plötzlichen Zärtlichkeit für den guten Instinkt seiner Frau.

»Das Gewöhnliche natürlich. Und ich habe anderthalb Stunden bei Miss Pattie gesessen.«

Er liebte die Vertrautheit der Frage, die jeder stellte, wenn es um Evie Adams alte Mutter ging. »Was hat Miss Pattie jetzt schon wieder angestellt?«

»Ach, gar nichts Besonderes. Wir haben auf dem Sofa gesessen und ›Taler, Taler, du mußt wandern‹ gespielt, das ist ihr Lieblingsspiel. Dann ist sie fest eingeschlafen. Sie ist mehr oder weniger auf meine Schulter gefallen und hat eine Ewigkeit lang geschnarcht.«

»Und was hast du gemacht?«

»Ich wollte mich natürlich nicht vom Fleck rühren, um sie nicht zu wecken, daher habe ich einfach nur dagesessen und für Pauline und Evie und Miss Pattie gebetet. Dann habe ich im Kopf unsere Einkaufsliste gemacht und mir überlegt, wie ich zwei verschiedene Blautöne mit einem Spritzer Grün mischen kann, für ein paar Federn, die ich male.«

Er lächelte. »Gute Arbeit, Diakon. Was macht dein Buch?«

»Es klappt ganz wunderbar! Ich habe nur noch zwei Seiten zu schreiben. Weißt du, daß ich es einfach herrlich finde, Vögel zu malen?«

»Was findest du denn nicht herrlich?«

»Drei Dinge. Streß, Streß und Streß.«

»Die hatten wir in letzter Zeit eindeutig alle drei. Und natürlich alle aus gutem Grund, aber ...«

»Wir sollten es nicht einmal nötig haben, über Streß zu reden, geschweige denn ihn zu haben. Schließlich leben wir in Mitford!«

»Richtig, in einer malerischen Kleinstadt, in der die Menschen einander schätzen und niemals jemandem Böses widerfährt.«

»Quatsch!« sagte sie mit Nachdruck.

»Wo werden wir leben, wenn wir in Ruhestand treten?« fragte er, während er beobachtete, wie am Himmel ein Stern erschien. »Und wohin fahren wir im August, der schon nächsten Monat beginnt? An die Küste?«

»Ich kann nicht schwimmen!« sagte sie.

»Ich vertrage die Sonne nicht«, gestand er.

»Ich hasse Sand!«

»Dann scheidet das also aus«, erwiderte er. »Laß uns den Champagner aufmachen.« Sie hatten keinen Champagner mehr getrunken, seit...

»Wir haben seit unserer Hochzeit keinen Champagner mehr getrunken«, sagte sie und reichte ihm die Flasche. »Und bitte, sei vorsichtig. Mein Neffe David hat eines Abends den Korken aus der Flasche gezogen und dann hineingeschaut, um festzustellen, warum er nicht rausgekommen war.«

»Ähm, oh.«

»Und genau in diesem Augenblick kam er raus! David hat die Augenklappe zwei Monate getragen.«

Er zog den Korken heraus, und sie hörten ihn ins Gras fallen und dann in die Rhododendren rollen.

»Bingo!« rief seine Frau.

Sie hoben die Gläser. »Wie habe ich dich nur je gefunden?« fragte er.

»Du hast in der Hecke herumgestochert, und da war ich!«

»Mit deinen Lockenwicklern«, sagte er grinsend.

»Auf die Lockenwickler!« schmetterte sie. »Laß uns später über den August nachdenken und jetzt das andere Thema weiterspinnen. Wir können uns, was den Altersruhesitz betrifft, weitaus größere Ziele stecken!«

»Wie wär's, wenn ich eine Vertretung in Kanada übernähme?« fragte er und stützte sich dann, das Glas in der Hand, auf den Ellbogen.

»Wir könnten in der Wildnis leben!«

»Wo immer ich hingerufen werde.«

»Damit könnte ich klarkommen«, sagte sie.

»Oder England. Wir könnten in England leben. Die Sprache sprechen wir ja. So mehr oder weniger jedenfalls.«

»Ich könnte mit fast allem klarkommen, mein Liebster. Und denk nur – ich kann überall arbeiten, solange ich Farben und einen Pinsel habe. Ach übrigens, ich höre, es gibt da eine kleine Kirche an der Küste mit einem Appartement im hinteren Teil des Gebäudes, und jede Woche tut ein Geistlicher einer anderen Konfession dort Dienst. Das würde vielleicht Spaß machen.«

»Vielleicht...« sagte er lächelnd.

Der Champagner stieg ihm augenblicklich zu Kopf. Er sah sich schon in Schuhen mit einem Sohlenprofil, das direkt von einem Traktorreifen hätte abgeschnitten sein können. Er würde ein richtiggehender Globetrotter werden; er würde hierhin gehen, er würde dorthin gehen...

»Timothy, mein Liebster?« Sie stieß ihn sachte in die Seite. »Schläfst du mir etwa ein?«

Augenblicklich setzte er sich aufrecht hin. »Wer, ich? Einschlafen? Natürlich nicht!«

Gütiger Himmel! Woher sollte er nur die Energie nehmen, weiter zu gehen als bis in seinen eigenen Garten?

Als Dooley aus dem Krankenzimmer seiner Mutter kam, wirkte er mitgenommen und in sich gekehrt.

Sie fuhren langsam die Alte Kirchgasse hinunter; es schüttete wie aus Kübeln, und die Scheibenwischer wischten aus Leibeskräften.

»Deine Mutter kommt schon wieder auf die Beine.«

»Sie hat aber man bloß noch ein Ohr.«

Das war der alte Dooley, der da sprach, der Junge, der auch heute noch unter dem Emblem seines teuren Schulblazers lebte.

»Möchtest du ein Weilchen bei uns bleiben, damit du sie jeden Tag besuchen kannst?«

Dooley schwieg. Dann sagte er: »Ich möchte zurück auf die Farm. Ich hab da zu tun.«

Zwei Schritte vorwärts, einen rückwärts.

Auf der Hauptstraße fuhren sie an Olivia Harper in dem blauen Volvo vorbei, die auf die Hupe drückte und winkte. Er sah Lace neben ihr auf dem Beifahrersitz, die, ohne die Spur eines Lächelns im Gesicht, den alten Hut auf dem Kopf trug.

Einen für dich und einen für mich, dachte er und winkte zurück.

Der Bau vom Haus der Hoffnung machte Riesenfortschritte, und das trotz der schweren Regengüsse. Buck Leeper trieb seine Leute unbarmherzig an, um rechtzeitig fertig zu werden, und so unglaublich es in der heutigen Welt scheinen mochte, er tat immer noch sein Möglichstes, mit dem vorgegebenen Budget auszukommen.

»Er wird sich eines Tages noch umbringen«, sagte Ron Malcolm. »Er wird einfach in eine Ausschachtung fallen, und die Leute werden Erde über ihn kippen. Oder er wird wie ein Vulkan in die Luft gehen.« Ron schüttelte den Kopf. »Das ist die Sache nicht wert.«

»Amen.«

»Was macht der Computer? Und beißen Sie mir nicht den Kopf ab, nur weil ich frage.«

»Mein Freund, ich bin ein glücklicher Mann. Durch irgendein Wunder, das ich nie begreifen werde, mag Emma das moderne Ding und hängt jetzt an ihm wie eine Biene am Klee!«

Ron lachte. »Das Haus der Hoffnung wird eine Wucht.«

»Und ob. Haben Sie schon jemanden für die Verwaltung gefunden? Ich habe die letzte Versammlung versäumt...«

»Sieht so aus, als hätte Hoppy da jemanden an der Hand«, sagte Ron. »In ein oder zwei Wochen werden wir die Vorstellungsgespräche beginnen. Ich höre, die Frau hat ganz schön Ellbogen.«

»Man muß schon Ellbogen haben, um ein Pflegeheim von vierzig Betten zu leiten und dafür zu sorgen, daß alles wie am Schnürchen läuft.«

»Was wissen Sie denn über Ellbogen?« fragte Ron voller Zuneigung.

»Was ich von Ellbogen weiß? Eine Menge. Mehr als mir lieb ist.«

»Sie sehen ganz schön mitgenommen aus, wenn Sie mich

fragen. Achten Sie auch immer schön brav auf Ihre Diabetes?«

»So ziemlich. Ich hinke etwas hinterher, was das Joggen betrifft, aber Scott Murphy wird im September hier sein, und dann wollen wir mal sehen, ob wir nicht zusammen laufen können. Auf diese Weise käme ich endlich wieder in die Gänge.«

Ron sah ihn besorgt an. »Ich würde nicht auf Scott Murphy warten, bevor ich wieder anfange zu joggen.«

»Und?« fragte Mule, als ein regendurchnäßter J.C. sich an den Tisch zwängte.

»Und was?« fuhr J.C. ihn an.

»O nein. Erzählen Sie mir nicht ...«

»Ich habe nicht die Absicht, Ihnen irgend was zu erzählen. Es geht Sie nämlich, verdammt noch mal, nichts an.«

»Nach allem, was wir getan haben, um Ihnen zu helfen, geht es uns nichts an?« fragte der Pfarrer.

»Sie haben die Blumen *nicht* geschickt«, sagte Mule mit niedergeschlagenem Gesichtsausdruck.

»Ich habe die verdammten Blumen sehr wohl geschickt.«

»Sie haben vergessen, in dem Restaurant zu reservieren, und man hat Ihnen keinen Tisch gegeben, und Sie mußten zu Hardees gehen«, riet der Pfarrer.

»Ich habe nicht nur an die Reservierung gedacht, ich habe auch sechzig Mäuse ausgespuckt für etwas auf einem Salatblatt, das die Größe von Schneckenexkrementen hatte.«

»Ach, du liebe Güte!« rief Mule. »Wir haben Ihnen doch gesagt, Sie sollen nicht in dieses französische Lokal gehen.«

»Vielleicht waren es ja Schneckenexkremente«, sagte der Pfarrer, der alle Mühe hatte, sich ein Lachen zu verkneifen.

»Also, haben Sie Ihr einen Antrag gemacht?«

»Einen Antrag? Wir haben nie davon gesprochen, daß ich ihr einen Antrag machen soll.«

»Wir dachten auch nicht, daß wir darüber reden müßten;

wir dachten, Sie würden das schon selbst kapieren. Haben Sie ihr wenigstens gesagt, daß Sie sie lieben?« fragte Mule.

»Mehr oder weniger.«

Der Pfarrer sah den Reporter über seine Brille hinweg an. »Wie meinen Sie das, mehr oder weniger?«

»Ich sagte … Na, Sie wissen schon.«

»Nein, wir wissen nicht. Und wenn wir es nicht wissen, stehen die Chancen ziemlich gut, daß sie es auch nicht weiß. Ist Ihnen dieser Gedanke jemals gekommen? Lesen Sie's mir von den Lippen ab«, sagte der Pfarrer, »Sie müssen es einfach aussprechen: *Ich liebe dich.* Kapiert?«

»Ich habe etwas in der Art gesagt.«

»Was war es?« fragte Mule.

»Ich habe ihr gesagt, daß es mir wirklich gefällt, wie sie ihren Streifenwagen sauberhält.«

Mule schlug sich an die Stirn. »Unmöglich, unmöglich, unmöglich! Sie sind ein hoffnungsloser Fall.« Er drehte sich zu dem Pfarrer um. »Wir verschwenden unsere Zeit.«

»Versuchen Sie's noch einmal«, sagte Pfarrer Tim. »Schicken Sie ihr Blumen. Führen Sie sie zum Essen aus. Sagen Sie ihr, daß Sie sie lieben.«

»Und dann schenken Sie ihr einen Ring«, sagte Mule. »Haben Sie denn nie was über die Vögel und die Bienen gehört?«

»Ich könnte ihr vielleicht sagen, daß ich sie liebe, aber das mit den Blumen und dem Schneckenzeug mache ich nicht noch mal.«

Der Pfarrer sah J.C. mit zusammengekniffenen Augen an. »Da erhebt also das ›Alles-nur-einmal-Prinzip‹ wieder seinen häßlichen Kopf. Einmal Blumen, einmal ein tolles Essen. Sie steigen aus dem Zug aus, bevor Sie in den Bahnhof eingelaufen sind, Kamerad.«

»Was immer das heißen soll.«

»Fangen Sie noch mal von vorne an«, sagte Mule griesgrämig.

J.C. seufzte schaudernd und wischte sich das Gesicht mit einem Stück Papier von einer Küchenrolle ab.

»Sehen Sie? Ein Papierhandtuch. Sie sind in einer beklagenswerten Verfassung; ich fasse es einfach nicht. Wenn Sie sich je eine Frau zulegen wollen, die sich um Sie kümmert, müssen Sie das genau jetzt tun, bevor Ihr Verfallsdatum endgültig abgelaufen ist.«

»Stimmt genau!« sagte der Pfarrer.

J.C. schob sich über die Sitzbank, wobei er seine überquellende Aktentasche hinter sich her zerrte und stand auf.

»Rufen Sie sie an!« sagte Mule.

»Sofort!« befahl der Pfarrer.

»Gott steh mir bei«, stöhnte J.C. und ging in Richtung Tür.

Mule blies auf seinen Kaffee. »Sie glauben doch nicht, daß wir zu hart mit ihm waren, oder?«

»Stuart? Hier Tim Kavanagh.«

»Ich laß mich hängen, ich habe gerade an dich gedacht«, sagte sein Bischof und Seminarfreund.

»Was hast du denn gedacht?« fragte der Pfarrer. »Will ich es wissen?«

»Ich dachte, daß ich ziemlich lange nichts von dir gehört habe. Da ist etwas, das ich gern wissen würde.«

»Da ist immer etwas, das du gern wissen würdest. Zu meiner Zeit nannte man so etwas Neugier.«

»Ich gebe es zu, ich bin neugierig. Na jedenfalls, ich wüßte gern, wie die Ehe dir gefällt.«

»Sie gefällt mir ganz ungemein, um genau zu sein.«

»Bestens! Dann ist es also nicht zuviel für dich?«

»Was meinst du damit, es könnte zuviel für mich sein?«

»Cynthia ist das reinste Energiebündel.«

»Das bin ich auch«, sagte er.

»Du? Ein Energiebündel? Seit wann?«

»Seit ich beschlossen habe, in den Ruhestand zu treten, was auch der Grund ist, warum ich anrufe.«

»Was?«

»Ja wirklich: Was, mein Freund? Ich hätte dir geschrieben, aber ich habe einfach keine Zeit.« Er hoffte, daß das nicht zu dreist klang, aber warum sollte er sich deswegen sorgen, wo es doch wichtigere Dinge gab, die seine Gedanken beanspruchten?

»Sprich weiter.«

»Ich habe beschlossen, mich in zwei Jahren aus dem Berufsleben zurückzuziehen, und dachte, ich sage dir jetzt schon mal Bescheid. Ich bin dann fünfundsechzig, und das ist mein Stichtag. Ich denke, daß ich auf jeden Fall aktiv bleiben möchte, was bedeutet, daß ich gern gelegentlich aushilfsweise tätig werden würde. Du kannst uns natürlich etwas in dieser Diözese geben, aber das muß nicht unbedingt sein. Ich bin für ein wenig Abenteuer in meinem Leben bereit.«

»Entschuldige bitte, aber spricht da wirklich Pfarrer Timothy Kavanagh?«

»Eben der.«

»Die Ehe hat dich eindeutig lockerer gemacht, Timothy! Da ist ein ganz neuer … Unterton in deiner Stimme.«

»Das ist Entschlossenheit, was du da hörst, Stuart, Entschlossenheit. Ich bin absolut gewillt, ein neues Leben anzufangen, was nicht heißen soll, daß mir das Leben, das ich jetzt führe, nicht gefällt. Genaugenommen gefällt es mir ungemein.«

»Ich wußte ja, daß Cynthia dir guttun würde!«

»Cynthia tut mir tatsächlich gut, da hast du absolut recht. Aber die Ehre gebührt ihr nicht ganz allein.«

»Wirklich? Wie kommt das?«

»Ich habe mich törichterweise – oder klugerweise, wie es sich vielleicht herausstellen mag – durch ein Loch in der Erde fallen lassen wie das weiße Kaninchen, und ich habe mich in einer Höhle verirrt. Dieses Erlebnis hat mir zu denken gegeben.«

»Du alter Knacker!« sagte Stuart voller Zuneigung.

»Ich bin jetzt davon überzeugt, daß jeder alte Knacker einmal in seinem Leben in einem Loch in der Erde festsitzen sollte.«

Stuart lachte. »Und, was hast du da unten gelernt?«

»Zum einen habe ich etwas über meinen Vater und meine Gefühle gelernt. Ich kaue jetzt schon seit Wochen an der Sache rum, und mir scheint, daß einer der Gründe, warum ich Priester wurde, der war, daß ich meinem Vater helfen wollte. Ich wollte, daß seine Seele gerettet wird, aber soweit ich weiß, ist das nie passiert. Ich glaubte, wenn ich mir nur große Mühe gäbe und nie aufhören würde, könnte ich Menschen wie meinen Vater erreichen und irgendwie wiedergutmachen, daß es mir nicht gelungen ist, ihn für Christus zu gewinnen. Ich spüre immer noch den Drang in mir, Menschen zu erreichen, aber, nun ja, die Quintessenz ist, daß ich es nicht mehr als Zwang empfinde. Ich empfinde es… als meinen freien Entschluß.«

Stuart schwieg. »Vielleicht müßte ich auch mal in ein Loch fallen.«

»Vielleicht«, sagte er kühn.

Sein Bischof seufzte. »Es gibt da auch bei mir ein paar alte Wunden, die ich mir im Laufe der Jahre immer wieder geleckt habe, aber bequemerweise waren stets andere Dinge zu wichtig, um mich mit diesen alten Wunden zu beschäftigen.«

»Fall in ein Loch, und das einzige, was noch wichtig ist, ist die Frage, wie du deinen Allerwertesten da wieder rausbekommst.«

Sie lachten.

»Ich weiß nicht, wann je mir ein Telefongespräch besser gefallen hätte als dieses«, sagte Stuart. »Also. Du möchtest Vertretungen machen, und ich kann dich wie eine Baseballspieler der Ersten Liga an andere Bischöfe verschachern?«

»Vielleicht etwas in der Karibik…«

»Du Schlawiner.«

»Im Ernst, Kanada würde uns interessieren oder England. Vielleicht auch Irland. Virginia? Vermont? Ich weiß nicht. Ich habe das große Glück, daß meine Frau alles im Leben als Abenteuer empfindet. Und ich denke, etwas in mir müßte dringend mal ausgelüftet werden, daher also mein Entschluß. Soll ich's dir schriftlich geben und offiziell machen?«

»Betrachte es als offiziell. Schreib mir irgendwann mal, wenn du dazu kommst – nur für die Unterlagen. Zu gegebener Zeit werden wir für die Kapelle Unseres Herrn einen Ersatzmann suchen. Bei den hohen Anforderungen, die wir heute stellen, kann es bis zu anderthalb Jahren dauern, bevor wir einen neuen Priester einsetzen.«

»Laß nichts nach außen dringen, bis wir die Sache bekanntgeben müssen. Meine Gemeinde ist …«

»Deine Gemeinde liebt dich hingebungsvoll! Ich hoffe, ich bin im fernsten Afrika, wenn sich rumspricht, daß ich dir die Erlaubnis gegeben habe zu gehen.«

»Du bist sehr entgegenkommend.«

»Ich bin dein Freund.«

»Seit wie vielen Jahren eigentlich?« fragte der Pfarrer. »Sechsunddreißig, siebenunddreißig?«

»Neununddreißig.«

»Tut mir leid, daß ich gefragt habe. Wie geht es Martha?«

»Sie versucht mich dazu zu bewegen, die Sache etwas langsamer angehen zu lassen …«

»Und sie hat keinen Erfolg dabei«, sagte er.

»Ich betrachte es als eine Art Tod.«

»Du meinst, wenn du die Sache langsamer angehen ließest, um deine beiden adoptierten Enkelkinder in den Zoo oder zum Mittagessen einzuladen, das wäre dann der Tod? Mein Freund, das ist das Leben.«

»Halt mir keine Predigt, Timothy.«

»Du hast mir in der Vergangenheit schon so manche Predigt gehalten, mein lieber Bischof.«

»Geh und laß einen Drachen steigen«, sagte Stuart kichernd.

»Geh und fall in ein Loch«, sagte der Pfarrer, und es war ihm damit ernst.

Onkel Billys »Arthur« war nach dem Regen so schlimm, daß er Pfarrer Tim bat, zu ihm zu kommen, um seinen Zehnten zu holen.

Der Pfarrer kam kurz vor Mittag an und ging ums Haus herum zur hinteren Veranda. Er hätte seinen schönen Diakon schicken sollen, dachte er, aber sobald der alte Mann die Tür öffnete, war er froh, selbst gekommen zu sein. Wenn es je ein Gesicht gegeben hatte, das einem Prediger neuen Mut schenkte, dann war es das Gesicht Billy Watsons.

»Kommen Sie rein und setzen Sie sich; da draußen ist es ja glutheiß. Außerdem hat Rose gerade einen Krug Tee gemacht.«

Ach, was scherte es ihn? Er hatte Rose Watsons verdächtigen Erfrischungen jahrelang widerstanden, aber vielleicht würde er sich ausnahmsweise doch einmal erweichen lassen, etwas zu probieren.

»Rose! Es ist der Prediger, der ein Glas Tee mit uns trinken möchte.«

»Kannst selber einschenken«, rief sie ungehalten und mit wütendem Blick vom Flur aus.

»Ach, herrje«, sagte der alte Mann verlegen, »das ist die Hitze, die setzt ihr bös zu.«

Miss Rose stellte sich in die Tür und sah zu, wie ihr Mann ihrem Gast Tee einschenkte. Sie trug einen wadenlangen Chenillebademantel, die Pumps, die Onkel Billy letztes Jahr aus einem Katalog bestellt hatte, und den Hut von Esther Cunninghams Waves-Uniform.

Onkel Billy reichte ihm mit zitternder Hand das Glas Tee. »Das war ein ganz schöner Guß, nicht wahr, Prediger?«

»Entweder das oder kolossal viel Tau!«

»Wo war ein Stau?« wollte Miss Rose wissen. »Was erzählen Sie da von einem Stau?«

Wo war nur sein Diakon?

»Passen Sie bloß auf, daß Sie nicht in einen Stau geraten«, sagte die alte Frau, »das kann höchst unangenehm werden, wo Sie doch Prediger sind und alles auf Sie wartet!«

»Ja, Ma'am«, sagte er und zog sich in die Ecke des Raumes zurück.

Er liebte seine Gemeindemitglieder von Herzen, aber manchmal fiel es ihm doch ungemein schwer, die Fassung zu bewahren.

»Pfarrer Tim? Scott Murphy hier! Ich hoffe, ich falle Ihnen nicht auf die Nerven.«

Er spürte sofort, wie sich ein Grinsen auf seinem Gesicht ausbreitete. »Ganz im Gegenteil! Wie geht es Ihnen?«

»Bestens, Sir. Ich habe wieder angefangen zu laufen. Und wie steht's bei Ihnen?«

»Ich hinke hinterher und sehe keine Hoffnung auf Besserung.«

»Gehen Sie raus und tun Sie's einfach, Sir; sehen Sie zu, daß Sie sich für September in Form bringen. Ich werde Ihretwegen nicht langsamer laufen.«

Er lachte fröhlich. Das war mal jemand, der ihm Beine machen würde. »Betrachten Sie's als erledigt. Was liegt an?«

»Ich habe gerade bei Ihrem Freund, Mr. Skinner, angerufen und mich erkundigt, welche Häuser man mieten könnte, und er meinte, daß das Cottage einer gewissen Miss Winnie Ivey vielleicht in Frage käme.«

»Das stimmt.« Olivia hatte Winnie eingeladen, in ihrem Haus auf der Fliederstraße zu wohnen und großzügigerweise auch Winnies zwei ältliche Katzen in die Einladung eingeschlossen. »Ich kenne das Cottage gut; es liegt an einem Bach. Hat eine Veranda und eine schöne Aussicht und es ist ziemlich abgeschieden. Winnie betreibt hier die Bäckerei.«

»Ja, ich war kurz dort und habe ein Cremeschnittchen gegessen.«

»Sie hat ihr kleines Haus tipptopp in Ordnung gehalten. Außerdem ist es nur ein kurzer Weg von dort bis zum Haus der Hoffnung, den Hügel hinauf und an den Obstgärten vorbei.«

»Klingt zu schön, um wahr zu sein. Ich werde Mr. Skinner zurückrufen und ihm sagen, daß ich es nehme. Was tut sich denn so in Ihrer Gemeinde, Pfarrer Tim?«

»Ich hatte einen Jungen ein paar Jahre lang bei mir, und seine Mutter hat gerade einige furchtbare Brandverletzungen davongetragen, aber darum kümmern wir uns. Und dann ist da noch ein Mädchen, dreizehn Jahre alt... Wir haben sie gerade aus einer sehr bitteren und gewalttätigen Situation in einer heruntergekommenen Gemeinschaft geholt, die wir ›Den Bach‹ nennen.«

»Armut? Inzucht? Drogen?«

»Alles. Es ist angeblich gefährlich da oben für Polizisten und Geistliche, und das Ergebnis ist – niemand unternimmt viel deswegen, einschließlich meiner Person, wie ich zu meiner Schande eingestehen muß.«

Es entstand eine nachdenkliche Pause.

»Ich werde dort raufgehen, Pfarrer Tim. Wenn ich nach Mitford komme, senden Sie mich.«

Sende mich. Die Worte, die der Prophet Jesaja gesprochen hatte, als Gott einen besonders unangenehmen Auftrag vergab.

»Ich weiß nicht recht, Scott, vielleicht sollten Sie sich... die Sache erst mal ansehen.«

»Nun, Sir, ich glaube, die einzige Art, wie man Einblick in etwas bekommt, ist die, hinzugehen und genau das zu tun: es sich ansehen.«

Das war keine Frechheit. Das war vielmehr schlicht und ergreifend die Wahrheit.

»Wissen Sie noch, wie ich Ihnen erzählte, die Liebe meiner

Großeltern hätte mir das Gefühl gegeben, unbesiegbar zu sein?«

»Ich erinnere mich.«

»Weil ich so sicher weiß, daß Gott mich liebt, spüre ich heute dieselbe Unbesiegbarkeit wieder«, sagte Scott. »Wenn ich nach Mitford komme, reden wir noch mal drüber. Ich gehe da rauf und sehe, was sich machen läßt. Es muß doch eine Möglichkeit geben.«

Da hatte er natürlich recht. Es mußte eine Möglichkeit geben. Plötzlich faßte er neuen Mut in einer Sache, die ihn schon seit Monaten entmutigte.

War Scott Murphys Elan nur eine Menge Rauch ohne Feuer und jugendlicher Optimismus? Nun, die Zeit, die alles ans Licht brachte, würde wohl auch dies ans Licht bringen.

Was konnten sie wegen Poobaw unternehmen? Er hatte mit Dooley kein Wort über seinen kleinen Bruder gesprochen, und anscheinend hatte Pauline das auch nicht getan.

Er ging hinauf zu dem weitläufigen, in den Bergen gelegenen Haus der Harpers und fand Olivia im Eßzimmer vor, wo sie ein Kleid für Lace zuschnitt.

Sie sah, gelinde ausgedrückt, ziemlich spitz aus.

»Ich ringe noch nicht direkt die Hände, aber meine Bemühungen, das Kind … zu erreichen … sind nicht besonders erfolgreich.«

»Das war zu erwarten«, erwiderte er grinsend. »Um das zu schaffen, wovon Sie da sprechen, braucht man annähernd zwei- bis dreihundert Jahre.«

»Oh«, sagte Olivia lachend. »Ich dachte, ich sollte es in zwei oder drei Tagen schaffen.«

»Es ist schwer, ein Kind zu erreichen, das alle Menschen, die es bisher gekannt hat, verraten haben, einschließlich seiner eigenen Mutter.«

»Wie meinen Sie das?«

»Ich meine, die Unfähigkeit ihrer Mutter, sich um sich selbst und ihre Tochter zu kümmern, hat Lace großes Herzeleid verursacht. Ich weiß, daß ihre Mutter invalide ist, aber selbst das ist in gewisser Weise ein Verrat, da Lace deshalb die Rolle der Mutter übernehmen mußte.«

Olivia seufzte. »Es ist nicht so, als hätten wir gar keine Fortschritte gemacht. Bisher hat sie zweimal gebadet und mir sogar erlaubt, ihre Hände und Fingernägel zu schrubben. Oh, und sie hat mir erlaubt, ihr die Knoten aus dem Haar zu bürsten, was ein wahres Wunder ist. Ich glaube nicht, daß das jemals jemand bei ihr getan hat.«

»Was gefällt ihr denn bisher an ihrem Leben hier oben?«

»Mein Make-up. Hoppy. Frühstück, Mittagessen und Abendessen. Meine Hüte.«

»Wunderbar. Sie wissen, daß Sie vielleicht ein Segen für das Mädchen sind, der es ein Leben lang begleiten wird.«

»Wenn ich durchhalte«, sagte Olivia und schenkte ihm ein strahlendes Lächeln.

»Wenn Sie nicht durchhalten, schafft es niemand. Ich muß unbedingt einmal mit Lace reden. Darf ich?«

Olivia brachte Lace ins Wohnzimmer, und er erkannte sie kaum wieder, in Rock und Pullover und mit zurückgebundenem Haar. Er war tatsächlich schockiert von ihrer überraschenden Schönheit.

»Du siehst wunderbar aus. Ganz wunderbar!« sagte er aufrichtig.

Lace sah erst ihn an, dann die Wand.

»Ich habe Nachrichten von deiner Mutter. Du kannst sie morgen besuchen; sie kommt sehr gut zurecht und scheint sich schon besser zu fühlen.« Nur für den Fall, daß sie es nicht verstand, brachte er es für sie auf den Punkt. »Das ist eine gute Neuigkeit.«

»Ja«, sagte Lace.

»Ich muß jetzt alles wissen, was du mir über Poobaw

erzählen kannst, und ich muß es sofort wissen.« Seine Stimme klang sanft, aber er meinte es ernst und das wußte sie auch. »Setzen wir uns.«

Sie setzte sich auf einen Stuhl und wirkte plötzlich unbeholfen in ihren neuen Kleidern. Seltsam, aber er hatte sich so an die Lumpen gewöhnt, die sie zuvor getragen hatte.

»Pauline Barlowes Zustand wird sich verbessern, aber man wird sie jetzt bald zu einem langen Aufenthalt an einen Ort schicken, an dem sie lernen wird, wieder ihren Arm zu benutzen und für sich zu sorgen. Sie hat gerade ihren ältesten Sohn Dooley gesehen – du hast ihn kennengelernt…«

»Er ist ein Ekel. Ich hasse Rothaarige.«

»Einige meiner besten Freunde sind rothaarig, ich wäre dir also dankbar, wenn du dich da etwas zurückhalten könntest. Es würde Pauline sehr gut tun, Poobaw zu sehen, zu wissen, daß er in Sicherheit ist und man sich um ihn kümmert.« Er gab ihr Zeit, diese Worte zu verdauen. »Also sag es mir, wo ist er? Wo kann ich ihn finden?«

Sie sah ihn an.

»Hör mir zu, Lace. Du vertraust mir nicht, und ich mache dir keinen Vorwurf daraus, denn du kennst mich nicht. Aber du mußt mir glauben, daß Poobaw nichts Böses passieren wird. Wir müssen ihn finden und ihn von dort wegholen, und wir müssen jemanden für ihn finden, bei dem er leben kann, bis es Pauline wieder gut geht und sie sich selbst um ihn kümmern kann.«

Sie zuckte die Achseln. »Ich hab ihm gesagt, er soll zu Harleys Wohnwagen gehen, wenn ich nicht zurückkomme.«

»Wer ist Harley?«

»Harley ist verrückt, aber er ist auch ganz in Ordnung. Er würde niemandem verraten, daß Poobaw da war, und ich hab Harley gesagt, wenn jemand nach Poobaw suchen kommt, soll er ihm das Gehirn wegblasen, wo er doch das einzige

Kind ist, das Pauline noch hat. Das mit Dewey, oder wie der andere heißt, wußte ich nicht.«

»Wo wohnt Harley?«

»Auf der anderen Seite des Hügels, da unten, wo die Leute ihr Zeug abladen. Er hat einen blauen Wohnwagen und drei Hunde, die Ihnen in den Arsch beißen werden, also seien Sie besser vorsichtig, wenn Sie da aufkreuzen.«

Er würde Scott Murphy schon vor September brauchen, lange vor September.

Warum mußte sie Harley auch sagen, er solle jedem das Gehirn wegblasen, der rauskam, um nach nach Poobaw zu suchen?

Jedesmal, wenn er genügend Mut gefaßt hatte, den Jungen selbst zu holen, dachte er an Harley und schrak zurück. Mist, er haßte Feigheit. Wegen einer anderen Art von Feigheit hätte er beinahe Cynthia verloren, und jetzt stand er da, ein erwachsener Mann in einem freien Land, der bei dem Gedanken, an eine Tür zu treten und anzuklopfen, wie ein Feldarbeiter schwitzte.

Rodney Underwood konnte ihm da auch nicht weiterhelfen, denn es war nicht sein Bezirk. Und das Sozialamt würde nach eigenem Eingeständnis Tage brauchen, um die Räder in Gang zu setzen.

Schön. Aber besser, die Leute vom Sozialamt blickten in den Lauf dieser Waffe, die sich in seinen Gedanken zu dem Zwölfmillimetergewehr des verrückten Harley Welch ausgewachsen hatte, als er.

Der Drang, etwas zu unternehmen, fiel jedoch nicht von ihm ab; er lag ständig wie ein Alpdruck auf seinem Herzen. Heute morgen hatte Pauline ihm forschend ins Gesicht geblickt und wieder gefragt: »Poobaw? Es geht ihm doch gut?«

Und schlimmer noch, er erinnerte sich an den Schmerz in Dooleys Gesicht, die Art Schmerz, von der er geglaubt hatte, die Zeit werde ihn auslöschen, und dann erinnerte er sich auch noch daran, wie er und Dooley vor langer Zeit einander bei den Händen gehalten und für seine Schwestern und Brüder gebetet hatten, wobei ihre besondere Sorge Poobaw gegolten hatte.

Warum konnten sie Harley nicht einfach anrufen und ihn bitten, den Jungen in seinem Truck zum Krankenhaus zu fahren, verflixt und zugenäht? Von da an konnten er und Cynthia die Sache in die Hand nehmen.

Er rief bei Olivia an und bat sie, ihm Lace an den Hörer zu geben.

»Harley hat kein Telefon, er hat ja nicht mal'n Klo.«

Gab es irgendeine Möglichkeit, wie sie Harley eine Botschaft überbringen konnte?

»Die einzige Möglichkeit ist, da raufzugehen.«

»Da rauf?«

»Über den Bach rüber und das Ufer rauf. Es ist steil, aber ich bin da 'ne Million Mal raufgeklettert; außer mir und Granny Sykes benutzt niemand diesen Weg.«

»Was ist mit den Hunden?«

»Die kennen mich ziemlich gut, aber alle andern, die da hingehen, sollten besser 'n Sack mit Fleisch mitnehmen.«

Als er auflegte, stellte er fest, daß er abermals zu schwitzen begonnen hatte. Er dachte, er hätte den Gedanken aus seinem Bewußtsein verbannt, aber das stimmte nicht.

Er wußte plötzlich mit absoluter Klarheit, daß er dort hingehen und Poobaw holen würde.

»Wir können den Jungen nicht in so einer Situation lassen«, erklärte er Olivia. »Ich weiß, es ist eine verrückte Idee und das Risiko ist möglicherweise gewaltig, aber ich habe das Gefühl, daß ich gehen muß. Würden Sie mir recht geben?«

Sie zögerte nicht. »Ja«, sagte sie und ihre violetten Augen waren dunkel vor Sorge.

»Wie viele Leute haben Sie denn zu beköstigen?« fragte Avis Packard an der Fleischtheke des »Ladens«.

»Drei«, sagte er. »Aber die sind ziemlich hungrig.«

»Dann sollten drei Pfund wirklich genügen.«

»Geben Sie mir lieber sechs Pfund«, sagte er und wischte sich mit einem Taschentuch über die Stirn. »Und es muß nicht vom Besten sein.«

Avis blinzelte. »Aha, Sie kriegen bestimmt Ihren Kirchenvorstand zu Besuch.«

Er lachte. »Ich kriege überhaupt keinen Besuch. Das ist...« Sollte er es erzählen? Warum nicht, er würde ja nichts damit verraten. »Das ist für Hunde«, sagte er.

»Sechs Pfund Rindfleisch für drei Hunde. Das müssen ja ganz schöne Viecher sein.«

»Oh, das sind sie, das sind sie.«

Das große, in Papier gewickelte Paket schien ihm so auffällig zu sein, daß er, als er auf den Gehweg hinauskam, es am liebsten unter seinem Mantel versteckt hätte.

Bin bald zurück, schrieb er. Sollte er hinzufügen: »Mach dir keine Sorgen«? Natürlich nicht, das würde sie ja erst auf den Gedanken bringen, sich Sorgen zu machen. Wichtiges Treffen. War das nicht die Wahrheit? Alles Liebe, Timothy.

Er hielt den Strahl der Taschenlampe dicht am Boden.

»Sie sollten besser hier langgehen, wenn Sie sich nicht auf den Hintern setzen wollen.« Lace war ihm voran das schlammige Bachufer hinaufgeklettert, beweglich wie ein Eichhörnchen.

»Nicht so schnell!« flüsterte er. Jetzt wären die Schuhsohlen, die er sich neulich abends vorgestellt hatte, bestimmt nützlich...

»Rutschen Sie hier bloß nicht aus, sonst landen Sie am Ende noch irgendwo in der Nähe von Leesville.«

Sein Herz hämmerte – donnerte, um genau zu sein. Wenn jemand namens Granny dieses Ufer bewältigen konnte, konnte er das auch. Andererseits würde jemand namens Granny wohl kaum sechs Pfund rotes Fleisch in einem Sack auf dem Rücken tragen.

»Heben Sie meinen Hut auf!« sagte Lace mit leiser Stimme. »Dieser Busch da hat ihn mir vom Kopf gehauen.«

»Geh weiter«, sagte er, »ich habe ihn.«

Er stülpte sich den Hut auf den Kopf und zog sich weiter hoch, indem er sich an einer freiliegenden Baumwurzel festhielt.

Was tat er mitten im Dunkel der Nacht hier draußen? Wieso schlich er sich wie ein Hühnerdieb ein Bachufer hinauf? Er hatte Lace Turner und sich selbst einem sinnlosen Risiko ausgesetzt und dafür obendrein noch eine ganz törichte und übereilte Methode gewählt. Was, wenn ihr Vater sie sah? Was, wenn Lester Marshall in der Nähe von Harleys Wohnwagen herumlungerte? Keine Menschenseele würde ihm verzeihen, wenn irgend etwas passierte.

Aber wenn Gottes Liebe Scott Murphy unbesiegbar gemacht hatte, warum sollte sie dann nicht auf dieselbe Weise bei ihm und dem Mädchen wirken? Wenn es darum ging, seine Kinder zu lieben, kannte Gott keine Günstlinge.

»Wir sind gleich da«, sagte sie. »Mit Ihnen alles in Ordnung?«

»So halbwegs.« Er war so außer Atem, als hätte er einen Zehn-Kilometer-Lauf hinter sich. Wenn er doch nur einen Augenblick ausruhen könnte …

»Sie brauchen sich nicht hinzusetzen«, zischte sie. »Ich kann schon Harleys Fernseher durchs Fenster flimmern sehen.«

Der Gestank von Abfall und Moder war ihm den ganzen Weg das Ufer hinauf in die Nase gestiegen. Im Mondlicht, das den Weg zu ihrer Linken beschien, sah er nun die bleichen Umrisse von Kühlschränken und Küchenherden, die halb aus ungezählten Hügeln regendurchweichter Trümmer herausragten. Als er an jenem Tag in Omers Flugzeug auf ebendiesen Ort herabgeblickt hatte, wäre ihm nicht einmal im Traum der Gedanke gekommen …

Er hörte ein Rascheln in der Müllkippe und schauderte.

Sie erreichten den oberen Teil des Ufers, wo der Boden endlich wieder eben war. »Stehenbleiben!« flüsterte sie. »Geben Sie mir den Sack.«

Er tat es und stellte fest, daß seine Hände zitterten.

»Kein Grund, Angst zu haben«, sagte sie. »Ich hab das schon 'ne Million Mal gemacht. Wenn wir noch einen Schritt weitergehen, schlagen die Hunde an. Ich schmeiß dann das Fleisch runter und Sie werfen diese kleinen Steine an Harleys Fenster. Hier«, sie reichte ihm zwei Kiesel, die sie am Bach aufgelesen hatte. »Das ist mein Zeichen, wenn ich reingelassen werden will.«

»Was ist, wenn er schläft?«

»Er schläft erst spät in der Nacht ein.«

»Was ist, wenn er die Kiesel am Fenster nicht hört?«

»Er wird hören, daß die Hunde anschlagen und auf die Steine horchen.«

Er hoffte nur, daß ihr Plan genauso gut funktionieren würde, wie sie es annahm. Sechs Pfund Fleisch würden keine sechs Minuten vorhalten. Wenn Barnabas Kavanagh da irgendein Maßstab war, konnten sie sich bestenfalls auf drei Sekunden verlassen.

»Was ist mit den Hunden, wenn wir wieder gehen?« flüsterte er ängstlich. Der Sack Fleisch mochte ja an der Front funktionieren, aber welche Strategie würden sie verwenden, um die Nachhut zu schützen?

»Dann ruft er sie zurück«, sagte sie. »Sind Sie soweit?«

»Ich bin soweit.« Eine krasse Lüge.

»Heiliger Himmel, wenn das nicht unsere Lace ist«, sagte Harley Welch grinsend. Sie standen im Wohnwagen und hatten die Tür hinter sich zugeschlagen, an der jetzt drei

Hunde hochsprangen; es hörte sich an, als würde die Tür von Preßlufthammern bearbeitet. Sein Atem ging stoßweise.

»Die Hunde brauchst du jetzt jedenfalls zwei Tage nicht mehr zu füttern«, sagte Lace.

Harley schüttelte ihm immer noch grinsend die Hand. Wenn Harley noch einen einzigen Zahn im Mund hatte, bekam der Pfarrer ihn jedenfalls nicht zu sehen. Er faßte augenblicklich Zuneigung zu diesem bärtigen Mann, dessen Augen echte Freundlichkeit verrieten.

»Na, denn kommt mal rein. Der Junge schläft schon, und ich bin gerade bei einem kleinen Imbiß.« Harley hielt einen Löffel in die Höhe.

Der Pfarrer sah ein aufgerissenes, grünes Plastiksofa, auf dessen Kissen eine geöffnete Konservendose stand. Eine Lampe mit einer nackten Glühbirne darin beleuchtete die hintere Ecke des Raumes, und die Fenster waren mit Zeitungspapier zugeklebt.

»Wollt ihr auch 'n Happen?«

»Ich hab schon gegessen«, sagte Lace.

»Ich auch«, sagte der Pfarrer.

»Ihr Hut gefällt mir«, sagte Harley und zeigte auf seinen Kopf. »Die Lace hat auch immer solche Hüte, bloß daß Ihrer wohl in noch schlechterem Zustand ist.«

Lace setzte sich auf die Armlehne des Sofas. »Wir wollen Poobaw holen. Pauline liegt immer noch halbverbrannt im Krankenhaus.«

»Ja«, sagte Harley, »und die Polizei hat ihren Kerl geschnappt.«

Es gab also doch noch gute Nachrichten auf dieser Welt, dachte er.

»Am besten, du weckst ihn gleich«, sagte sie. »Hat er noch irgendwelche Kleider hier?«

»Nur die, die er anhatte«, sagte Harley, der immer noch grinste. Er nahm die Konservendose in die Hand und ließ den Löffel darin klirren. »Meine Herren, ich glaub, die Bohnen müssen da irgendwie klammheimlich rausspaziert sein.« Er sah den Pfarrer an und sagte schelmisch: »Oder die alte Müllkippenratte hat sie geholt.«

»Ach, scht, Harley, hier gibt es doch keine Ratten; Ratten halten sich so weit wie nur möglich von dir fern.«

Er lachte wiehernd. »Ist sie nicht große Klasse? Ich kenn' sie schon, seit sie mir bloß bis ans Knie reichte. Lace, dein Pap ist abgehauen; er hat alles mitgenommen, was er zu fassen kriegen konnte, und ist abgedampft.«

Er sah ihr Gesicht und glaubte, es nicht ertragen zu können, noch eine weitere gequälte Seele in dieser Welt zu sehen.

»Er hat deinen Bruder mitgenommen.« Harley lachte. »Die wär'n wir denn mal glücklich los.«

»Da ist ja der Poobaw«, sagte sie. Der Junge kam in den Raum und rieb sich die Augen.

»Hi«, murmelte er verschlafen und blickte lächelnd zu ihr auf.

Selber hi, hätte er beinahe gesagt und spürte, wie sein Herz von einer namenlosen Freude erfüllt wurde.

Sie hatten das Ufer hinter sich und waren jetzt auf der anderen Seite des Bachs. Sie gingen über die kleine Brücke.

Dort war Winnie Iveys Cottage, dessen Fenster vom Schein einer Lampe erhellt wurde. Und über ihnen segelte ein großer, voller Mond am Himmel, der die ganze Landschaft in ein silbriges Licht tauchte.

Er spürte die Hand des Jungen in seiner und sah Lace vor ihnen hergehen, die Schultern durchgedrückt unter dem alten Mantel, den sie für diesen Ausflug noch einmal angezogen hatte.

Irgend etwas berührte ihn ganz tief, etwas, das er in all den Jahren als Priester nicht gekannt hatte und für den Augenblick weder verstehen oder definieren wollte.

»Cynhia«, sagte er, als er durch die Hintertür trat, »da ist jemand, den ich dir gern vorstellen möchte ...«

Der Junge trat ein und blinzelte in dem hellen Licht der Küche.

»Poobaw Barlowe!« sagte der Pfarrer.

Wenn er geglaubt hatte, er sei über die Maßen glücklich, so war sein eigenes Gefühl nichts im Vergleich zu dem, was er im Gesicht seiner jubelnden Frau sah.

»Pauline, da ist jemand, der Sie besuchen möchte.«

Er trat rückwärts durch die Tür und Poobaw ging hinein.

»Mama?« sagte der Junge und lief zu ihrem Bett.

Er schloß gerade die Tür, als er sah, wie Poobaw die Hand hob und zärtlich die rechte Seite des strahlenden Gesichtes seiner Mutter streichelte.

»Dooley«, rief er ihm zu, als er ihn auf Meadowgate zwischen dem Bauernhaus und der Scheune erblickte, »da ist jemand, der dich besuchen möchte. Er wartet auf der Veranda!«

KAPITEL 21
Diese hohen, grünen Hügel

Ganze Felder von Ginstersegge verwandelten sich über Nacht in Seen aus Gold, und überall krochen die wohlduftenden Reben des Frauenmantels in die Hecken, während die Sonne am Himmel weiterzog und das Licht sich wandelte und die scharfen, klaren Tage langsam kürzer wurden.

»Sie sagen immer, dies sei der schönste Herbst, den wir je hatten«, schalt Dora Pugh einen Kunden im Landhandel. »Wie kann jedes Jahr das schönste sein?«

Avis Packard hängte ein Transparent auf, Percy Mosley nahm seines endlich herunter und der Kragenknopf veranstaltete seinen alljährlichen Herbstausverkauf. Letzterer brachte den Pfarrer auf die Idee, einige Einkäufe für Dooley Barlowe zu tätigen, der jetzt wieder in der Schule war. Am Ende hatte er drei Paar Khakihosen erstanden, vier Paar Socken und einige Taschentücher, die Dooley niemals ihrem eigentlichen Verwendungszweck zuführen würde.

Pauline Barlowe befand sich zwei Autostunden entfernt in einem Therapiezentrum für Verbrennungsopfer, Lacey Turner war in die siebte Klasse der Mitforder Schule aufgenommen worden, und Poobaw, der bei seinem Großvater Russell Jacks im Haus der Krankenschwester Betty Craig lebte, besuchte die vierte Klasse.

Louella kam weiterhin sehr gut mit Winnie Ivey aus, Scott Murphy war zusammen mit Luke, Lizzie, einem Bett, drei Stühlen und einem Wok in das Cottage am Bach gezogen, und J.C. hatte erst einige Tage zuvor seine Neuigkeiten verkündet.

»Ich dachte schon«, sagte Mule, »daß wir die Sache für Sie erledigen müßten – wie dieser Bursche mit der großen Nase.«

»Was wollten Sie für mich erledigen, und was hat das Ganze mit einer großen Nase zu tun?« fragte J.C.

»Sie wissen doch …« Mule sah den Pfarrer hilfesuchend an.

»Cyrano de Bergerac. Er hat Roxane stellvertretend für Christian de Neuvilette einen Antrag gemacht.«

»Von dem hab ich nie gehört. Aber wie auch immer, ich habe die Sache selbst durchgezogen, vielen Dank.«

»Was war das für ein Gefühl, einer Frau einen Heiratsantrag zu machen?« fragte Mule.

»Ich habe mich gleich danach übergeben.«

»Das war bestimmt ganz entzückend. Wie haben Sie's gemacht?«

»Ich habe mich einfach über die Toilette gebeugt und schon kam's.«

»Das«, sagte Mule, »war es nicht, was ich wissen wollte. Wie haben Sie ihr den Antrag gemacht? Ich hoffe, Sie haben nicht eine von diesen dämlichen Nummern abgezogen, wie zum Beispiel den Ring in ein Stück Kuchen zu stecken …«

J.C. sah ihn überrascht an. »Woher wissen Sie das? Ich war drüben bei ihr, und sie hat mir einen Kuchen zum Geburtstag gebacken, und während sie in der Küche war, habe ich den Ring in ihr Stück gedrückt – in den Zuckerguß.«

»Und wenn sie draufgebissen hätte?« fragte der Pfarrer.

»Und wenn sie ihn verschluckt hätte?« fragte der Makler.

J.C. tupfte sich das Gesicht mit einem Taschentuch ab. »Als berufstätige Frau ißt sie immer ziemlich schnell, und bevor ich wußte, wie mir geschah, hatte sie diesen Ring auch schon erwischt; man konnte es direkt hören. Also habe ich sie angesehen und gefragt: ›Was zum Kuckuck hast du in deinem Kuchen?‹, und sie sagte: ›Ich glaube, ich spinne, es ist ein Ring.‹«

»Und was haben Sie dann gesagt?« fragte Mule.

»Sie zwei sind ja schlimmer als eine Horde alter Weiber.«

»Stimmt«, gab der Pfarrer zu.

»Ich sagte: ›Willst du?‹, und sie sagte: ›Okay.‹«

Mule rollte mit den Augen. »Willst du? Das haben Sie wirklich gesagt?«

»Wenn es gut genug für Officer Adele Lynwood war«, brauste J.C. auf, »sollte es auch gut genug für Sie sein, mein Freund.«

Mule blickte über den Tisch. »Haben Sie sich nicht vor sie hingekniet oder so was?«

»Wollen Sie mich auf den Arm nehmen?«

»Sie haben also an Ihrem Geburtstag um Ihre Frau angehalten!« rief der Pfarrer.

»Stimmt.«

»Das habe ich nämlich auch gemacht.«

Mule brach in Gelächter aus. »Das ist doch nicht Ihr Ernst. Das wußte ich ja gar nicht. Nein, wirklich.«

»Es ist eine richtiggehende Epidemie«, sagte der Reporter grinsend.

Velma eilte an ihren Tisch und funkelte J.C. wütend an. »Okay, was wollen Sie? Und lassen Sie sich nicht den ganzen Tag Zeit mit Ihrer Bestellung.«

Der Pfarrer und der Makler sahen J.C. erwartungsvoll an.

»Magerjoghurt und Grapefruitsaft…«

»Es fängt also wieder von vorne an«, seufzte Mule.

»Mit einer Portion Würstchen und Grütze«, sagte der Reporter.

»Wenn er bootet«, erklärte Emma ihm, »installiert mir der Konfigurations-Dateimanager alle Gerätetreiber, die ich im Verlauf des Tages benötigen werde.«

»Wunderbar!« sagte er, während er die Walze seiner Schreibmaschine ölte.

»Können Sie sich vorstellen, daß ich dank der Möglichkeiten zur Objektverknüpfung und Einbettung von Prozessen alle meine Anwendungsprogramme interaktiv benutzen kann?«

»Potztausend!«

»Und nicht nur das, ich kann etwas an die Datenbank anhängen, aus dem Notizblock ausschneiden oder einfach von überall wegziehen und woanders ablegen …«

»Nein, wirklich!«

»… und zwar binnen Sekunden«, sagte sie mit triumphierendem Blick.

An dem Tag, den Emma ihren – mittlerweile im Zwei-Monats-Turnus stattfindenden – »Tech-Tag« nannte, schleppte sie alles Mögliche herbei, angefangen von Roastbeef und grünen Bohnen bis hin zu Makkaroni und Käse und verfütterte diese Dinge in gewaltigen Mengen an Dave. Beim Mittagessen am Schreibtisch des Pfarrers, der an diesen Tagen einer Caféteria ähnelte, sprachen sie frohgemut eine Sprache, die für ihn genausogut hätte kroatisch sein können.

Am Tech-Tag stand vor allem eines für ihn fest:

Er kratzte die Kurve.

Wann immer er Bill Sprouse traf, der jedesmal wissen wollte, wie es ihm mit dem Computer ergehe, wählte er seine Antwort aus einem Vorrat begeisterter Erwiderungen einschließlich: »Wunderbar!«, »Könnte gar nicht besser sein!« und seinem Lieblingsspruch: »Kein Problem!« Da Emma Newland sich für die fortgeschrittene Technologie erwärmte wie eine Ente fürs Wasser, war das schließlich die Wahrheit und nichts als die Wahrheit.

Man soll nie sagen, man könne einem alten Hund keine neuen Kunststückchen beibringen, dachte er, als er beschwingt der Grillstube entgegenging, bevor Dave um halb zwölf mit seinem Wagen herangedonnert kam.

Er hatte sich den Schlüssel von Fernbank in die Tasche gesteckt, als er sich zum Joggen umzog, und stand nun mitten auf Miss Sadies Speicher und versuchte, das Richtige zu finden. In gewisser Weise war es wie Einkaufen, nur ohne die verwünschten Unannehmlichkeiten eines Kaufhauses.

Hutschachteln, Koffer, Schaukelstühle, ein Schreibtisch auf Rollen. Alte Zeitungen, säuberlich aufgestapelt und durchnumeriert. Dutzende von Regenschirmen, sowohl aus chinesischem Papier wie auch aus brüchig gewordener Seide, Lampenständer, ein wunderbarer Stuhl mit Rädern, etliche zusammengelegte und mit Laken abgedeckte Vorhänge, ein Kinderschaukelstuhl, ein Kindertisch mit Stühlen, Kopfbretter, Fußbretter, verrostene Bettfedern.

Es war überwältigend, und das, obwohl nur wenig Licht durch das Fenster fiel.

Da. Ein großer Schrankkoffer mit den Initialen JB. Josiah Baxter.

Ein klappriger Lederstuhl, eine Stehlampe mit einem handbemalten Pergamentschirm. Bücher, Bücher und noch mehr Bücher. Eine Reihe von Kisten, die auf einem jakobinischen Tisch aufgestapelt standen.

Er ging die Kisten eine nach der anderen durch, bis er zu dem Reiseköfferchen kam, das mit einem Kamm und Bürsten ausgestattet war, einem Schuhlöffel, Talkumpuder und leeren Kristallflaschen für Kölnisch Wasser.

Er nahm das Köfferchen in die Hand und wischte mit seinem Taschentuch den Staub weg. JB lautete das mit der Zeit trüb gewordene Monogramm auf dem Leder.

»Etwas von Papa«, hatte Miss Sadie gesagt.

Es war vielleicht ein wenig ausgefallen für einen Mann wie Buck Leeper, aber es würde gewiß seinen Zweck erfüllen.

»Eine Mußestunde!« verkündete sie, als er durch die Hintertür trat, erfüllt von der Absicht, zu Hause noch einige Stunden zu arbeiten.

»Haben wir nicht gerade erst eine gehabt?« fragte er und kratzte sich am Kopf.

»Timothy, das war im Juli! Jetzt haben wir Oktober.«

»Oh«, sagte er.

»Ich packe nur noch den Korb fertig, dann geht's los. Der Sonnenuntergang müßte heute abend absolut herrlich sein; heute morgen war der Himmel ganz rot!«

»Heißt es nicht, roter Himmel am Morgen, bringt Seemann Kummer und Sorgen?«

»Was soll's«, sagte sie frohgemut und gab noch ein Stück Käse in den Korb.

Barnabas trottete mit ihnen den Hügel hinauf, wo sie heftig keuchend schließlich alle an der Steinmauer ankamen.

»Du darfst die Aussicht noch nicht in Augenschein nehmen, Liebster. Das heben wir uns auf, bis wir alles für unser Picknick bereitgestellt haben, ja?«

Er breitete die alte Fransendecke, die Ende der 40er Jahre der Frau eines Bischofs gehört hatte, auf der Mauer aus, und Cynthia schickte sich an, auszupacken, was sie gerade erst eingepackt hatte.

Warum lümmelte er sich wie ein Gigolo hier oben auf dem Hügel, wo er doch in einer Woche ein Pflegeheim eröffnen mußte und tausend Einzelheiten geregelt sein wollten, von denen allein zwei ihn heute morgen bis ein Uhr nachts wachgehalten hatten? Aber nein, kaum war seine Frau mit einem Buch fertig, verfiel sie augenblicklich in diese Freizeitwahn. Vielleicht waren es ja gerade diese Dinge, die ihrem Aussehen in den letzten zwei Monaten diese glückstrahlende Note verliehen hatten, die ihm in letzter Zeit aufgefallen war.

»Die häusliche Muße«, sagte sie, während sie einen Teller mit Kräckern hinstellte, »ist ein Konzept, das buchstäblich die Institution der Ehe retten könnte. Weißt du, daß einigen Studien zufolge Eheleute pro Woche nur insgesamt siebzehn Minuten miteinander reden?«

»Wir liegen so weit über dieser Quote, daß wir in einer anderen Studie gelandet sein müssen.«

»Das möchte ich doch meinen. Fritierter Knoblauch. Reife Birnen. Geröstete Pekannüsse. Blauschimmelkäse.«

Sie nahm Servietten und zwei Gläser aus dem Korb und schenkte eine Runde Himbeertee aus.

»So!« sagte sie. »Jetzt dürfen wir hinsehen!«

Das Land erstreckte sich unter ihren Füßen, ein weites Panorama üppiger flämischer Farben unter einem makellos blauen, wolkenlosen Himmel.

Kirchtürme ragten aus kleinen Wäldchen empor.

Gepflügtes Bauernland erschien, durchwirkt mit Hecken, wie samtene Fetzchen auf einer Steppdecke.

Dort blähten sich Rauchwölkchen aus Schornsteinen himmelwärts, und da drüben glitzerte das Licht auf einem Teich, der Avis Packards »Laden« regelmäßig mit frischen Forellen versorgte.

»Sieh nur, Liebster! Sieh sie dir an, unsere hohen, grünen Hügel.«

Er schaute über das kleine Tal und hinauf, hinauf zu den grünen Hügeln, auf denen flammendbunte Hartholzbäume die Gipfel säumten und Zäune die breiten, ungleichmäßigen Wiesen umfaßten.

»Sind sie nicht wunderschön in diesem Licht?«

»Das sind sie!« sagte er aus vollem Herzen.

»Wo ist der Zug?«

Er warf einen Blick auf seine Armbanduhr. »Noch zehn Minuten!« Der kleine Zug würde sich durch das Tal schlängeln, über die Brücke, die sich über die Schlucht spannte, und genau in dem Augenblick, in dem er an der roten Scheune und dem Silo zwischen den Bäumen hervorkam, würden sie ihn sehen. Wenn das Glück ihnen hold war, würden sie auch den langen, klagenden Ruf seines Signalhorns hören.

Ein Stückchen weiter entfernt im Osten glaubte er einen kleinen Punkt zu sehen, einen Vogel vielleicht. Aber Vögel glänzten nicht.

Aha! Es war ein kleines Flugzeug. Es war ein gelbes, kleines Flugzeug. Den zackigen Bewegungen nach mußte es

Omer Cunningham sein. Herabschießen, rollen, gleiten, schweben. Omer! Er stieg auf die Mauer und winkte.

»Was in aller Welt …?« fragte seine Frau.

»Das ist Omer«, sagte er strahlend.

»Wer ist Omer?«

Er winkte noch etwas länger und glaubte, Omer zurückwinken sehen zu können, als das kleine Flugzeug seinen rechten Flügel neigte und in das Blau des Himmels hineinschoß.

»Omer. Wer sonst.« Er spürte, wie sich ein törichtes Grinsen auf seinem Gesicht abmalte.

»Du kennst hier wirklich jeden«, sagte sie beeindruckt.

Er setzte sich wieder hin, sah sich um und trank seinen Tee. »Ah, hm, wir werden das nicht bis in alle Ewigkeit tun können«, sagte er.

»Ich weiß!« Sie prostete ihm zu. »Wir werden in einem fernen Land voller Abenteuer leben!«

»Stimmt.«

Sie seufzte.

»Warum seufzt du?«

»Habe ich geseufzt? Ich wußte nicht, daß ich geseufzt habe.«

»Seufzen fällt dem Seufzer selbst häufig gar nicht auf«, sagte er.

»Hm. Welche Bedingungen haben wir noch gleich an den Ort gestellt, an den wir uns nach deiner Pensionierung zurückziehen wollen?« fragte sie.

»Oh, wenn ich mich recht erinnere, vier deutlich unterscheidbare Jahreszeiten …«

»Unbedingt!« sagte sie.

»Ein kleines Haus und ein großer Garten.«

»Oh, ja. Jetzt erinnere ich mich wieder. Wir pflanzen, wir mähen.«

»Du hast es erfaßt. Und nichts Flaches, haben wir gesagt.«

»Flach ist so …« Sie hielt inne und suchte nach Worten.

»Flach«, bemerkte er.

»Richtig!« pflichtete sie ihm bei.

»Haben wir nicht davon gesprochen, daß wir's gern haben, wenn der Winter uns die Brillen an der Nase festfrieren läßt?«

»Absolut.«

»Horch!« Er legte beide Hände an die Ohren. »Da kommt er!«

Ein Frachtzug tauchte an der roten Scheune auf und ließ sein Horn ertönen, während er an einem Feld vorbeirauschte, in den Bäumen verschwand und dann längs einer Reihe winziger Häuser wieder in Sicht kam …

Sie klatschte Beifall und drehte sich lachend zu ihm um. Nein, wirklich, seine Frau brauchte nicht viel …

Sie kosteten den fritierten Knoblauch und strichen den Blauschimmelkäse auf die Kräcker und knabberten die Pekannüsse und leerten die Teekanne und sahen zu, wie der Himmel erst rosa und dann rot wurde.

»Du seufzt schon wieder«, bemerkte er.

»Ich kann mir gar nicht vorstellen, warum.«

»Mir machst du nichts vor. Wenn sich irgend jemand vorstellen kann, warum er etwas tut, dann bist du das, Kavanagh.«

»In Ordnung. Ich glaube, ich werde Mitford vermissen.«

»Aha. Ich auch.«

Ein Vogel zwitscherte. Barnabas rollte sich zu Füßen seines Herrn auf die Seite und gähnte, und der Pfarrer beugte sich vor, um den rosafarbenen Bauch zu kratzen, der ihm dargeboten wurde.

»Also …« sagte sie und hielt dann nachdenklich inne.

»Also?«

»Mir will scheinen, daß wir einen Ort gefunden haben, der all unsere strengen Anforderungen erfüllt.«

»Hm. Kleines Haus, großer Garten«, überlegte.

»Winter, die unsere Brillen an der Nase festfrieren lassen …«

»Nichts Flaches, viele Hügel …«

»Kein Sand«, sagten sie.

Sie wandten sich einander zu und lächelten. Dann lachten sie.

Keiner von ihnen sagte noch etwas, während sie die Überreste ihres Picknicks wieder in den Korb packten, die Decke falteten und mit ihrem Hund auf den Fersen den Hügel hinuntergingen.

Nächstes Jahr, kamen sie überein, würden sie einen großen Raum hinten an das kleine gelbe Haus anbauen lassen. Mit vielen Fenstern, sagte der Pfarrer. Mit glänzenden Hartholzfußböden, sagte seine Frau.

»Es gibt zwei Ziele, die man im Leben anstreben sollte«, zitierte er Logan Pearsall Smith. »Erstens, sich zu beschaffen, was man will, und danach, es zu genießen.«

»Das ist der Haken!« sagte sie.

Mit einem Leuchtstift schrieb sie diese Weisheit an die Wand über ihrem Zeichenbrett, kostete die Freiheit, dies zu tun, voll aus, und fand den Gedanken herrlich, das kleine, gelbe Haus zu vergrößeren, um für immer dort zu leben.

Es gab soviel zu tun und soviel zu bedenken, daß sie in der Nacht nur mit Mühe schlafen konnten. Er hatte sogar mit dem Kirchenvorstand über den Bau des Hundezwingers und des Auslaufs gesprochen, und zwei Männer aus Farmer hatten rund um die Uhr gearbeitet, um auch diese Dinge pünktlich fertigzubekommen.

Die Leute vom Frauenkreis waren in großer Zahl erschienen, um jeden Garten und jede Wiese auf Herbstblumen, getrocknete Kräuter und Kürbisse abzusuchen, mit denen sie die öffentlichen Räume im Haus der Hoffnung dekorieren konnten. Cynthia erbot sich freiwillig, Vasen und Eimer aufzutreiben und sogar sechs Dutzend Zitronentörtchen für den Empfang zu backen.

J.C.s Hochzeit stand unmittelbar bevor, mitten in der Woche nach der großen Eröffnung, und der Pfarrer würde nicht nur den Gottesdienst abhalten, sondern auch einen Schinken backen.

Unmittelbar nach der Hochzeit auf dem Polizeirevier, bei der Mule Skinner als Trauzeuge fungieren würde, wollten sie alle zum Haus der Skinners pilgern, wo Fancy in den Räumen von Hair House einen Empfang gab, um zu feiern, daß ihre Wohnräume frisch gestrichen worden waren.

Cynthia war gebeten worden, zu diesem Anlaß vier Dutzend Gemüsesandwiches beizutragen, ferner vier Dutzend Zitronentörtchen und so viele gegrillte Hühnerbeine, wie sie nur schaffen konnte.

»Ich mache keine Hühnerbeine, weder gegrillt noch sonst wie«, erklärte sie ihrem Mann. »Es gibt zwei wesentliche Regeln, von denen ich nicht abweichen werde – ich koche nicht mit Cheeze Whiz und ich mache keine Hühnerbeine. Ich werde Fleischklößchen in Soße beisteuern.«

Scott Murphy sammelte Tiere, große und kleine, die Hal Owen verarztet hatte, und brachte sie in den brandneuen Zwingern vom Haus der Hoffnung unter, die, bis auf die Zäune bei den Ausläufen, fix und fertig waren.

Die Blechbläserkapelle der Presbyterianer probte eifrig drei Abende die Woche und war durchs halbe Dorf zu hören. Der Jugendchor der Kapelle Unseres Herrn veranstaltete seine Proben in Jena Iveys Blumenladen, weil die Räume der Sonntagsschule der Frauenkreis mit Beschlag belegt habe, der siebenundzwanzig größere Blumenarrangements fertigstellen mußte.

»Raffiabast!« rief die verzweifelte Dame, die für die Koordination der Eröffnungsfeierlichkeiten des Hauses der Hoffnung zuständig war. »Wir brauchen Raffiabast!«

»Was ist denn Raffiabast?« wollten mehrere Freiwillige wissen.

»Nehmen Sie bloß keinen Raffiabast«, riet Jena Ivey. »Der letzte, den ich hatte, war voller Läuse.«

Jemand sagte, Buck Leeper habe im »Kragenknopf« einen nicht preisreduzierten Anzug gekauft, und auch J.C. Hogan habe den »Kragenknopf« mit einer Schachtel von der Größe einer kleinen Garage verlassen. Berichten zufolge sei er in Begleitung von Officer Lynwood gewesen, die keine Uniform getragen und in einem Hosenanzug eine ausgesprochen gute Figur gemacht habe.

Percy Mosley nahm einen Gemüseteller ins Sonderangebot: Kohl, schwarzäugige Erbsen, kandierte Süßkartoffeln, Maisbrot und Bananenpudding für zweifünfzig, ein Angebot, das jedoch nur in der Woche der großen Eröffnung des Hauses der Hoffnung galt. Danach würde es drei Dollar kosten.

Die Buchhandlung »Happy Endings« gab fünfundzwanzig Prozent Rabatt auf jeden Titel, der mit H anfing. »Schließt das auch die Heilige Bibel ein?« wollte Onkel Billy Watson wissen, der, als seine Frage bejaht wurde, auf der Stelle vierzehn Dollar hinblätterte und dazu noch mal dreifünfzig für ein Vergrößerungsglas.

Kaum jemand im Dorf blieb unberührt von der Aufregung um das große, aus Glas und Stein gebaute Haus auf dem Gipfel des Hügels, das an der Stelle stand, an der die erste Episkopalkirche bei einem tragischen Feuer bis auf die Grundmauern abgebrannt war. Nur ein einziger Mensch diesseits des Grabes kannte die volle Wahrheit über diesen Brand, dachte der Pfarrer, und das war er selbst.

Sadie Baxters Bemühen, ein Unrecht wiedergutzumachen, war bei weitem besser, als er es sich im Augenblick vorstellen konnte. Viel Gutes würde vom Haus der Hoffnung kommen, das konnte er in den Knochen spüren.

»Ich bin hier«, sagte Scott Murphy, »weil Gott mich hierher geholt hat. Und dasselbe gilt für Sie.«

Die Worte des Kaplans galten den vierzig neuen Bewohnern des Hauses der Hoffnung, von denen die meisten anwesend waren und die sich alle in einer ihnen unvertrauten Situation befanden.

»Weil Gott uns hierher geholt hat, wollen wir ihm Ehre

erweisen, indem wir viel Spaß miteinander haben und diesen wunderbaren und bemerkenswerten Ort zur Gänze auskosten.

Sie müssen wissen, daß ich dies weder heute noch in Zukunft jemals als ein Pflegeheim betrachten werde, obwohl einige von Ihnen Pflege nötig haben werden. Gute Pflege ist wichtig, aber sie ist nicht alles.«

Die Bürgermeisterin sah den Pfarrer an und nickte.

Ron Malcolm lehnte sich zurück und entspannte sich.

In Buck Leepers Kiefer zuckte ein Muskel.

»Wir werden hier singen«, sagte Scott Murphy und trat hinter der Kanzel hervor, um den Gang hinunterzugehen. »Wir werden hier tanzen. Wir werden hier beten. Wir werden hier lachen und lieben. Und wir werden all das tun, indem wir den machtvollen ewigen und lebenspendenden Geist der Hoffnung nähren, durch Christus, unseren Herrn.

Als Ihr Kaplan werde ich jedoch nicht allein arbeiten, denn ich bin nicht als Individuum zu Ihnen gekommen, sondern als Teil eines Teams.

Luke!«

Ein Jack-Russell-Terrier kam schwanzwedelnd hinter der Kanzel hervorgetrottet und setzte sich auf den Boden.

Das Publikum lachte überrascht.

»Lizzie!«

Ein weiterer Jack-Russell, beinahe identisch mit dem ersten, schob schüchtern den Kopf um die Kanzel herum, kam dann hervor und setzte sich neben Luke.

Das Publikum applaudierte heftig, dankbar für das Lachen nach all der Förmlichkeit, mit der das Band in dem schneidenden Oktoberwind durchschnitten worden war, der darauffolgenden langen, feierlichen Einweihung mit Chormusik und der bombastischen Rede der Bürgermeisterin.

»Mit dem Kaplan haben Sie aber einen Volltreffer gelandet«, flüsterte die Bürgermeisterin dem Pfarrer zu.

»Den Volltreffer habe nicht ich gelandet«, flüsterte der Pfarrer der Bürgermeisterin zu.

Nach dem großen Empfang, der um den munter plätschernden Springbrunnen im Atrium abgehalten worden war, bezogen vierzig Einwohner, von denen viele in Rollstühlen saßen, ihre neuen Quartiere.

Louelle Baxter Marshall wurde von Olivia und Hoppy Harper, Lacey Turner, Cynthia und Timothy Kavanagh und Dooley Barlowe in Zimmer Nummer eins geleitet. Evie Adams, die vor Dankbarkeit und Erleichterung weinte, führte Miss Pattie in Zimmer vierunddreißig.

Überall in den Gängen halfen Familienangehörige geliebten Menschen dabei, sich häuslich einzurichten, machten sich mit Krankenschwestern bekannt, sprachen mit Ärzten und bewunderten die üppigen Blumendekorationen, die die Zimmer und die Pflegestationen füllten.

»Ich ziehe auch hier ein, sobald Gene den Löffel abgibt«, sagte Esther Bolick.

»Aber Sie sind doch gar nicht krank!« sagte Fancy Skinner.

»Nein, aber ich arbeite dran«, sagte Esther und betrachtete den rosenfarbenen Teppich, die hohen Fenster und die Kristalleuchter.

»Buck«, sagte der Pfarrer, während er die rauhe Hand des Bauleiters schüttelte, »bessere Arbeit habe ich noch nie gesehen. Ich persönlich kann Ihnen gar nicht genug danken und die Kapelle Unseres Herrn auch nicht.«

Buck nickte, und dem Pfarrer kam plötzlich zu Bewußtsein, wie viele Stunden Arbeit in diesem Haus steckten – und ein Versprechen, das unter großem persönlichem Verzicht eingehalten worden war. Er schlang die Arme um den Mann und drückte ihn an sich. »Möge Gott Sie dafür segnen, Buck.«

»Kein Problem«, sagte Buck Leeper und wandte sich zum Gehen.

»Warten Sie! Wann reisen Sie ab?«

»Ich werde morgen ausziehen.« Der Nerv zuckte in seinem Kiefer.

Er wollte Buck Leeper nicht gehen lassen. Nein, das wollte er überhaupt nicht.

»Der Kirchdachboden – da oben ist so viel Platz, und Miss Sadies Vater wollte ihn seinerzeit in Räume für die Sonntagsschule umbauen – wäre dieser Job groß genug für Sie? Könnten wir Sie dafür wieder herholen?«

Buck zuckte die Achseln. »Vielleicht.«

»Könnten Sie – würden Sie heute abend zum Essen zu uns kommen? Wir würden uns sehr freuen.«

»Ich habe noch viel zusammenzupacken«, sagte Buck Leeper mit verlegenem Gesichtsausdruck.

Der Pfarrer versuchte zu lächeln. »Vielleicht ein andermal.«

Mit einem Gefühl der Enttäuschung kehrte er mit Cynthia und Dooley nach Haus zurück. Er war nur froh, daß sie das Schild zu Ehren Bucks hatten machen lassen.

»Was ist los?« fragte sie, da sie wie immer spürte, daß etwas in ihm vorging.

Er fand die richtigen Worte nicht. Morgen würde er beginnen, sich mit dem Ausbau des Dachbodens zu beschäftigen und mit der Frage, wie sie die notwendigen Mittel zusammenbekommen konnten; er würde Bucks Chef anrufen, den er im Country Club kennengelernt hatte, und ihn dringend bitten, ihm für dieses Projekt abermals seinen besten Bauleiter zur Verfügung zu stellen.

Etwas sagte ihm ganz deutlich, daß Buck Leeper in Mitford noch nicht fertig war.

Noch lange nicht.

»Nun, junger Mann ...«

Die Herbstferien waren vorbei, und sie hatten Dooley wieder in der Schule abgeliefert und Poobaw mitgenommen.

»Du weißt, daß wir dich sehr liebhaben«, sagte der Pfarrer und umarmte den Jungen. Mit der auf der Hand liegenden

Ausnahme Miss Sadies, konnte er sich nicht daran erinnern, jemals zuvor einen Millionär umarmt zu haben.

Cynthia küßte ihn auf die Wange. »Ja, du großer Lümmel, wir haben dich lieb.«

»Ich habe Sie auch lieb«, sagte Dooley und hielt ihrem Blick stand.

Dooley ließ sich auf ein Knie nieder und legte Poobaw die Hände auf die Schultern. »Bleib cool, Poo.«

»Mach ich«, sagte Poobaw und nickte lächelnd. »Auf Wiedasehen.«

»Sag nicht Wiedasehen«, tadelte ihn sein Bruder.

»Was soll ich denn sagen?«

»Laß dir das von den beiden da erklären.« Dooley stand auf und lächelte, dann drehte er sich um, und einen Augenblick später war er bereits verschwunden.

»Heute ist der Tag!« erklärte seine Frau, die geradezu teuflisch selbstzufrieden aussah.

»Heute«, murmelte er und versuchte, sich in das Unausweichliche zu schicken.

»Du wirst schon sehen, es ist im Nu erledigt!« sagte sie strahlend.

»Im Nu erledigt. Natürlich.«

»Also, krempeln wir uns die Ärmel hoch und fangen wir an!«

Er begann zu krempeln. »Der hat schon halb die Tat getan, der erst begonnen.«

»Plato!« schmetterte seine Frau.

»Horaz!« blaffte er.

Cynthia strich sich das Haar aus den Augen und sah ihn mit kühler Herablassung an. »Mein Partner beim Schulball, wenn ich mich recht entsinne. Ich wußte gar nicht, daß ihr beide euch kennt.«

Sie stapelten alles auf dem Fußboden, und der Haufen, der sich daraus ergab, war zu seiner Überraschung groß genug, um einen Achtzehntonner zu füllen.

Nachdem sie die Schubladen herausgenommen und die Türen mit Seilen gesichert hatten, wuchteten sie das Ding die Treppe hinunter, durch den Korridor hinaus auf die Veranda und die Treppe hinunter, dann durch den Garten und schließlich durch die Hecke, hinter der sie es auf die Pflastersteine stellten.

Er wischte sich das Gesicht ab.

Sie ächzte und stöhnte.

Er hockte sich auf die Fersen und blickte zu Boden.

Sie lehnte sich gegen einen Baum und starrte in den Himmel.

Ein Vogel zwitscherte. Ein Flugzeug donnerte über sie hinweg.

»Fertig?« fragte sie.

»Fertig«, erwiderte er.

»Hab ich dir nicht gesagt, wir würden es schaffen?«

»Hast du.«

»In Ordnung«, rief sie, »eins, zwei, drei, hauruck!«

Und weiter ging es; wie zwei Packesel schleppten sie das Ungetüm durch den Garten des Pfarrhauses, die Treppe hinauf und über die Schwelle, wo sie die Tür mit einem Besenstiel aufgestellt hatten.

Sobald sie sicher im Haus waren, ließen sie ihre Last zu Boden und sanken erschöpft auf zwei Stühle am Tisch.

»Limonade?« fragte sie nach einer gequälten Pause.

»Keinen Augenblick zu früh«, sagte er und wischte sich abermals die Stirn ab.

Er betrachtete das fremdartige Ding, das da in seiner Küche stand. Eine Eigentumswohnung mit drei Schlafzimmern, allermindestens. Ein Transportkäfig für einen kanadischen Elch …

»Da!« sagte sie, reichte ihm seine Limonade und stürzte die ihre hinunter.

Wenn das nicht der letzte Schurkenstreich war, den seine Frau in Sachen Hausverschönerung durchzuführen gedachte, würde er eine Ziegelsteinmauer quer über den Weg bauen, der durch die Hecke führte, und basta.

»Du hättest auf Puny warten können, damit sie uns zur Hand geht«, sagte er.

»Ich kann doch eine frischgebackene Mutter nicht bitten, schwere Möbelstücke durch die Gegend zu schleppen.«

»Schwer? Habe ich dich eben ›schwer‹ sagen hören? Du hast ein ganzes Jahr lang beharrlich beteuert, dieses Ding sei leicht wie eine Feder!«

»Ach, quatsch«, sagte sie düster, »du weißt schon, was ich meine.«

Er trank seine Limonade und stand auf, um seine Medizin zu schlucken, wie es sich für einen Mann gehörte. »Fertig?«

»Fertig«, sagte sie und sah ihn undurchdringlich an. »Und daß du mir nicht die Fußböden in der Diele zerkratzt, die sind gerade erst gewachst worden.«

Gewachst, ja? Er konnte schon sehen, wie sie einen falschen Schritt machten, den Flur hinunterschlitterten, durch die Haustür krachten und auf der Straße landeten, lebendig begraben unter diesem elenden Monstrum von Schrank. Junggesellen stellten die Möbelstücke nicht um, nein, bestimmt nicht. In fünfzehn Jahren hatte er kaum einen Stuhl von einem Ort zum anderen bewegt.

Ein tiefer Seufzer entfuhr ihm.

»Du seufzt«, sagte sie.

»Eine scharfsinnige Beobachtung.«

»Eins, zwei, drei, hauruck!«

Und weiter ging es. Sie wankten den Flur hinunter. Er versuchte, sich mit den Zehen auf dem glatten Fußboden festzukrallen, aber sie waren in seinen Slippers gefangen.

»So!« sagte sie glücklich und trat einen Schritt von der Wand im Gästezimmer zurück, um das Ganze in Augenschein zu nehmen. »Was meinst du dazu, Liebling?«

»Es ist wunderbar!« sagte er aus vollem Herzen. »Es

gehört genau dort hin. Du hattest die ganze Zeit über recht, Kavanagh.«

»Wir haben jetzt so viel mehr Platz für Handtücher und Bettwäsche …«

»Genau!« sagte er und wischte sich das Gesicht ab. »Absolut.« Was war das für ein scharfer Schmerz, der sein rechtes Bein hinaufjagte? Oder kam es von seinem Kreuz?

»… und wunderbare Möglichkeiten, Laken und Kopfkissenbezüge unterzubringen!«

»Gut gemacht«, sagte er und wünschte sich nichts sehnlicher, als sich im Arbeitszimmer neben dem elektrischen Ventilator auf das Sofa im Arbeitszimmer fallenzulassen.

»Allerdings …« Sie trat noch einen Schritt weiter zurück und blickte über den Rand ihrer Brillengläser hinweg. Dann verschränkte sie die Arme vor der Brust und runzelte die Stirn.

»Allerdings was?«

»Wenn man bedenkt, wie die Fenster in diesem Raum angelegt sind, wirkt er da an der Wand eigentlich zu groß. Mist! Verstehst du, was ich meine?«

Er kannte diesen gedankenvollen Blick, den sie häufig hatte, wenn sie ein Buch entwarf. »Überhaupt nicht«, sagte er. »Ich finde das absolut nicht; er ist wunderbar, genau da, wo er steht, und wir hätten ihn schon vor einer Ewigkeit rüberholen sollen.« Er bedauerte den verzweifelten Unterton in seiner Stimme.

»Nein, wirklich, Timothy, weißt du, wo er wirklich großartig aussehen würde? In unserem Schlafzimmer! An der Wand, gleich rechts, wenn man zur Tür hereinkommt, genau da, wo deine alte Truhe steht. Wir könnten die Truhe hier reinstellen; sie würde sich hier einfach himmlisch machen. Dieses alte, dunkle Holz neben dem anderen alten, dunklen Holz. Ich glaube, das ist die Lösung.«

Er trat mit bleichem Gesicht rückwärts aus dem Zimmer.

»Aber nicht heute, mein Liebster!« sagte sie und kam

hinter ihm her, um ihm einen Kuß auf die Wange zu geben. »Eher … im Frühling.«

»Natürlich!« sagte er und fühlte sich schon gleich besser. »Im Frühling!«

Sie gingen durch den Flur und in ihr Schlafzimmer. »Genau hier!« sagte sie und zeigte auf die Wand hinter der Truhe. »Perfekt!«

Er holte tief Luft.

»Im Frühling«, sagte er und lächelte seiner entschlossenen Frau zu. »Perfekt!«

Die Geschichte der Zwillingsschwestern Meg und Miranda – zwei Frauen auf der Suche nach Glück

England 1944. Im vom Krieg heimgesuchten Plymouth werden Zwillinge geboren: zwei kleine Mädchen, deren Eltern sie gar nicht wollten und deren ungewöhnliche Kindheit sie unzertrennlich macht. Sie brauchen niemand anderen, sie haben einander. Miranda, die lebhafte, strahlende, die sich niemals anpassen will und Meg, die stille zurückhaltende, die jedes ihrer Schwester drohende Unheil vorausahnt.
Als Meg sich verliebt, treiben die Ereignisse einen Keil zwischen beide. Ihre Lebenswege trennen sich, Miranda wird zur Gefangenen ihrer häuslichen und familiären Pflichten, während die sich hintergangen fühlende Meg den Weg zum Erfolg findet.
Aber die engen Bande zwischen den Schwestern zerreißen nicht und helfen ihnen, das Glück zu finden, als sie es schon nicht mehr erhoffen.

ISBN 3-404-12979-2

BASTEI LÜBBE